Der Ruf des Abendvogels

Elizabeth Haran

Der Ruf des Abendvogels

Roman

Aus dem Englischen von
Monika Ohletz

Weltbild

Die englische Originalausgabe erschien unter dem Titel
The Heart of a Sunburned Land

Besuchen Sie uns im Internet:
www.weltbild.de

Genehmigte Lizenzausgabe für
Verlagsgruppe Weltbild GmbH,
Steinerne Furt, 86167 Augsburg

Übersetzung: Monika Ohletz
Umschlaggestaltung: Johannes Frick, Augsburg
Umschlagmotiv: gettyimages, München
Gesamtherstellung: GGP Media GmbH,
Karl-Marx-Straße 24, 07381 Pößneck
Printed in Germany
ISBN 3-8289-7219-5

2006 2005 2004 2003
Die letzte Jahreszahl gibt
die aktuelle Lizenzausgabe an.

VORWORT

Riordan Magee trat in das feuchte Dunkel des Chelms Wood in der Nähe von Goold's Cross, Tipperary. Obwohl er die Geschichten über böse Geister in diesem Wald zuvor scheinbar unbeeindruckt als Aberglaube abgetan hatte, überlief ihn nun doch ein kalter Schauder, als er zwischen den hohen, alten, von Flechten überwucherten Bäumen entlangging, und unwillkürlich tastete er nach dem Griff seiner Pistole.

Dieser Wald, so viel hatte die Frau des Gastwirts ihm erzählt, gehörte zum Anwesen von Donaldbain Keefe, ein ewig schlecht gelaunter, stummer Einsiedler, der Eindringlinge oder Wilddiebe gern mit einer Salve aus seiner uralten Donnerbüchse erschreckte.

Dabei dürfte es seit dem Verschwinden des jungen Malachy Finn wohl kaum irgendwelche Eindringlinge gegeben haben. Der kleine Junge war zwei Jahre zuvor, im Bilderbuchsommer von 1920, verschwunden, als er im Chelms Wood gespielt hatte. Seitdem hatte nicht einmal die Aussicht auf einen Fasanenbraten die Anwohner dazu verleiten können, dort zu wildern.

»Die Suchtrupps haben damals merkwürdige Markierungen auf dem Boden gefunden«, hatte die Wirtsfrau in verschwörerischem Ton geflüstert, »und etwas in den Bäumen, das sie für zerstückelte Tiere hielten. Aber nicht eine Spur vom jungen Malachy. Hexenzauber, kein Zweifel!«

»Abergläubiges Gewäsch!«, hatte Riordan erwidert. »Die Zigeuner benutzen solche Tricks, um die Leute abzuschrecken und die Wälder und das Wild für sich zu behalten!«

»Aber was ist dann mit Malachy passiert?«

Darauf hatte Riordan keine Antwort gehabt.

»Denk an meine Worte, Junge«, hatte die Frau gesagt. »Bei Vollmond hört man die wilden Hunde heulen – wenn du in diesen Wald gehst, bist du auf dich allein gestellt!«

Obwohl es dunkel war und man nicht viel sah, wusste Riordan, dass es leichtsinnig gewesen wäre, eine Laterne anzuzünden. So tastete er sich seinen Weg über umgestürzte Stämme und um dornige Zweige herum, die an seine Hosenbeine schlugen und ihm die Beine zerkratzten. Er durchquerte einen kleinen Bachlauf, der im Mondlicht wie flüssiges Silber glänzte, und stieg dann einen rutschigen, moosbewachsenen Hang hinauf.

Oben angekommen, hörte er Musik wie von einem ausschweifenden Fest und lautes Gelächter, Geräusche, die zusammen mit dem Rauch eines Holzfeuers und dem verlockenden Duft gebratenen Fleisches zu ihm herübergetragen wurden. Doch wegen der dunklen Silhouetten der ihn umgebenden, dicht belaubten Bäume gelang es ihm nicht, irgendetwas zu erkennen.

Plötzlich erklang der Ruf einer Nachtigall genau über ihm und ließ ihn so heftig erschrecken, dass er blitzschnell seine Pistole zog. »Gütiger Gott!«, murmelte er, als der Vogel davonflatterte und er sein Herz wild pochen spürte. Mühsam kämpfte er den Gedanken an Malachy Finn nieder und erschauderte im Nachhinein bei dem Gedanken, was geschehen wäre, wenn er wirklich seine Pistole abgefeuert und die Zigeuner dadurch auf sich aufmerksam gemacht hätte.

»Ich muss komplett verrückt sein«, murmelte er im Weitergehen, denn ihm war klar, dass er sterben könnte, wenn er entdeckt würde – die Zigeuner schützten bekanntlich ihre Frauen mit ihrem Leben.

Seit Victoria Millburn ihm ein Bild ihrer Nichte Tara geschickt hatte, die ihrer Ansicht nach von dem fahrenden Volk geraubt worden war, quälte Riordan die Vorstellung, das Mädchen werde vielleicht misshandelt und vergewaltigt. Im Lauf der Zeit hatte ihn eine regelrechte Besessenheit überkommen, Tara aus einem, wie er es sah, erniedrigenden Dasein zu befreien. Seine Geschäfte hatten darunter ebenso gelitten wie sein Privatleben. Selbst seine Freunde zweifelten an seinem Verstand, seit er begonnen hatte, jedem Hinweis über Taras Aufenthaltsort nachzugehen und manchmal tagelang durch die Straßen zu wandern, egal ob in Matsch oder Schnee, und seit er außerdem jeden Schlupfwinkel untersuchte, an dem sich die Zigeuner aufhalten mochten.

Zum Glück war es trotz der drohenden Regenwolken trocken geblieben, und der Vollmond schien. Während Riordan weiter auf den Lärm des Zigeunerfestes zuhielt, brachen einzelne Lichtstreifen durch die vorüberziehenden Wolken und die Baumkronen und erhellten kleine Flecken auf dem Waldboden.

Riordans Herz drohte zu zerspringen, als ein Hase direkt neben ihm aufsprang und im Schutz des Gebüschs verschwand. Er war am Ende seiner Nerven, als er schließlich hinter dunklen Bäumen den Schein eines Lagerfeuers entdeckte. Schrilles Frauengelächter, Gitarrenmusik und laute Männerstimmen drangen an sein Ohr.

Bunte Wohnwagen standen im Kreis am Rand der Lichtung, in deren Mitte ein Feuer brannte, das die Gesichter in der Runde mit seinem warmen Schein erhellte.

Die Augen der Zigeuner glänzten wie schwarze Opale und bildeten einen lebhaften Kontrast zum strahlenden Weiß ihrer Zähne und dem metallenen Glitzern ihrer Messer. Die Wärme der Nacht und die Hitze des Feuers verliehen ihrer Haut einen bronzenen Schimmer.

Riordan versteckte sich vorsichtig zwischen den Pferden der Zigeuner, und als er sicher sein konnte, nicht beobachtet zu werden, rannte er zu den Wohnwagen hinüber und versteckte sich zwischen den Rädern.

Er fand sich neben schlafenden Welpen wieder, die reichlich von Flöhen besiedelt zu sein schienen. Es stank nach Hundekot, altem Urin und faulenden Essensresten, doch Riordan wagte nicht, sich zu bewegen, weil er fürchtete, sonst entdeckt zu werden.

Über sich hörte er das Geräusch polternder Schritte und eine wütende Männerstimme, das Schreien eines Babys und das leise Summen einer Mutter, die versuchte, ihr Kind zu beruhigen.

Riordan ließ seinen Blick über das Lager wandern. Die Schatten auf den Gesichtern der Männer wirkten im Feuerschein düster und verzerrt. Er konnte den Schweiß auf ihren Körpern riechen und die säuerlichen Ausdünstungen der Überreste des Festes. Ihre Hemden lagen eng an ihren schlanken Körpern an, und die meisten trugen schwarze Hosen mit breiten, nietenbeschlagenen Gürteln.

Fast alle hatten sie lange, ölig wirkende Haare, und einige trugen Tätowierungen an den Oberarmen. Als Riordan sich vorstellte, wie sie Tara berührten, stieg kalte Wut in ihm auf und lag ihm wie ein schwerer Stein im Magen.

Ihm wurde bewusst, dass er nicht einmal einen Plan hatte, wie er vorgehen sollte. Blind und töricht war er seinen Gefühlen gefolgt.

Abrupt brach die Gitarrenmusik ab. Mit großer Spannung wartete Riordan auf das, was nun geschehen würde.

Ein paar Augenblicke später durchbrach das leise Schellen von Tambouringlöckchen die Stille, die sich über das Lager gelegt hatte. Er hörte die Anfeuerungsrufe der Männer, als eine Frau langsam mit schwingenden Hüften in den freien Raum am Feuer trat und das Tambourin, das sie hoch über ihrem Kopf hielt, mit aufreizenden Bewegungen zum Klingen brachte.

Riordan konnte nur ab und zu einen Blick auf die Frau erhaschen, weil die zusammenströmende Menge ihm teilweise die Sicht versperrte. Er kroch vorwärts, bis er das Geschehen wieder besser sehen konnte, und starrte erschrocken auf die langen, kupferfarbenen Haare der Frau, die ihr bis über die Taille reichten.

Auch Taras Haare waren von der Farbe polierten Kupfers, aber sie hätte doch sicher niemals für ihre barbarischen Entführer getanzt!

Die Frau bewegte sich weiter um das Feuer herum. Sie hatte ihm den Rücken zugewandt. Ihr Rock hing in bunten Streifen von den Hüften herab und ließ ihre langen, gebräunten Beine sehen. Ihre enge, rote Bauernbluse spannte sich über ihren Brüsten, und goldrote, im Feuerschein glänzende Haarsträhnen fielen ihr über die nackten Arme.

Nach allem zu urteilen, was Riordan von ihr sah, war sie eine Schönheit.

Als die Frau sich umwandte und er zum ersten Mal ihr Gesicht sah, erstickte er fast bei dem Versuch, den Ausruf des Erschreckens zu unterdrücken, der in ihm aufstieg. Denn was er am allerwenigsten zu sehen erwartet hatte, war der Anblick von Tara als Tänzerin vor den Menschen, die sie angeblich gefangen hielten. Man hatte ihn doch glauben gemacht, die Zigeuner hätten sie im Dunkel der Nacht aus der Geborgenheit ihres Elternhauses verschleppt.

Er kam zu dem Schluss, dass man sie wahrscheinlich zwang zu tanzen. Sein Zorn wuchs, als er an die Demütigung dachte, die Tara fühlen musste, während sie wie ein dressiertes Tier vorgeführt wurde.

Vollkommen gebannt beobachtete er, wie sie mit aufreizenden Bewegungen hin und her wirbelte. Sie schien wie hypnotisiert, und er fragte sich, ob sie vielleicht mit einem Zaubertrank gefügig gemacht worden war. Doch dann sah er ihr strahlendes Lächeln, als sie mit rhythmischen Schritten um das Feuer tänzelte.

Sie machte absolut nicht den Eindruck, als zwinge man sie zu dem, was sie tat. Obwohl jede Faser in Riordan sich dagegen sträubte, musste er zugeben, dass ihre erotische Ausstrahlung ihr offensichtlich angeboren war.

Doch wer hatte sie gelehrt, so aufreizend zu tanzen, wer hatte ihr beigebracht, ihren Körper so verführerisch einzusetzen? Sicherlich niemand aus ihrer strengen Familie. Victoria wurde von dem Gedanken gequält, Tara sei eine Gefangene der Zigeuner – doch die Wahrheit schien Riordan noch viel schlimmer. Victoria darf das nie erfahren, schwor er sich selbst – niemals!

Als die Musik schneller wurde, folgten Taras Bewegungen dem rascheren Rhythmus. Ihre nackten Füße wirbelten Staub auf, und sie warf den Kopf zurück, während sie ihren wohl geformten Hals nach hinten bog und die langen Haare ihr als leuchtende Flut über die Schultern fielen.

Die Männer starrten sie mit unverhohlenem Begehren an, als ihre Bewegungen immer sinnlicher und erregender wurden. Riordan wurde wieder wütend – wütender als jemals vorher in seinem Leben. Er dachte an all die Tage und Wochen, die er mit der Suche nach ihr verschwendet hatte. Er hatte seine Geschäfte vernachlässigt und ebenso sein Privatleben. Wie unendlich töricht von ihm, jemals geglaubt zu haben, dass sie auf Rettung wartete! Tara war genau dort, wo sie sein *wollte.*

Plötzlich konnte er sich nicht länger zurückhalten; er kroch aus seinem Versteck und drängte sich durch die Menge nach vorn.

»Tara!«, schrie er. »Wie konnten Sie ... das tun?«

Jemand packte ihn am Kragen, und er fühlte sich zu Boden gedrückt und von Männern umringt. Abrupt verstummte die Musik. Er griff nach seiner Pistole, doch die Zigeuner waren schneller. Hasserfüllte Blicke aus dunklen Augen durchbohrten ihn; das Letzte, das er bewusst wahrnahm, nachdem mehrere Faustschläge sein Gesicht und Fußtritte seinen Körper getroffen hatten, war Tara, die mit vor Schreck weit aufgerissenen Augen auf ihn herabblickte. Danach überkam ihn gnädiges Vergessen.

Fröhliches Vogelgezwitscher war die erste Wahrnehmung, die in Riordans Bewusstsein drang. Dann spürte er ein schmerzhaftes Pochen in seiner Schulter und hörte seltsame, halb erstickte Grunzlaute, die etwas Tierisches hatten.

Mit größter Anstrengung öffnete er eines seiner fast zugeschwollenen Augen und blinzelte ins Sonnenlicht. Ein hünenhafter, bärtiger Mann stand über ihn gebeugt und zielte mit einem alten Gewehr genau auf seinen Kopf. Riordan versuchte, seine Beine zu bewegen, und eine Woge der Panik überkam ihn, als er meinte, von der Taille abwärts gelähmt zu sein. Doch dann stellte er rasch fest, dass die untere Hälfte seines Körpers in einer grabähnlichen Vertiefung steckte und mit Erde bedeckt war.

Jeder Zentimeter seines Oberkörpers schmerzte höllisch, und sein Gesicht war geschwollen und blutverkrustet. Riordan wusste, es war ein Wunder, dass er überhaupt noch lebte. Doch er vermochte keine Erleichterung darüber zu verspüren, und noch weniger Freude. Als die Erinnerung an die nur wenige Stunden zurückliegenden Ereignisse in sein Bewusstsein drang, fühlte er nichts als tiefe Resignation. Die Zigeuner waren fort.

1

Sieben Jahre später

Als sich die Frau, die sich Lady Morna Bowers nannte, ihrem Ziel näherte, überprüfte sie nervös ihre äußere Erscheinung. Sie zupfte an ihrem Schleier, bis sie sicher war, dass er ihr Gesicht verbarg, und vergewisserte sich, ob sie nicht schon wieder einen der kleinen Zierknöpfe auf der Vorderseite ihres Wit wenkleides verloren hatte.

Beim Anblick der Knöpfe musste sie unvermittelt an den letzten Abend denken, den sie mit ihrer Familie verbracht hatte. Es hatte ein festlicher Abend voller Fröhlichkeit werden sollen, doch die Erinnerung daran war furchtbar, die Ereignisse von damals genau der Grund, warum sie nun gezwungen war, harmlose Menschen zu betrügen, um an die Mittel zu gelangen, die sie zum Leben brauchte.

Lady Bowers umfasste ihr flaches, aber sperriges Paket mit festem Griff, was in den vornehmen Spitzenhandschuhen nicht eben einfach war. Dann blickte sie über die Grafton Street, eine der geschäftigsten Straßen von Dublin, hinweg in die Darby Lane, wo sie schon ihr Ziel erkennen konnte, die Harcourt Gallery. Nach einem tiefen Atemzug trat sie vom Gehweg auf die Straße.

»Vorsicht!«, rief jemand.

Zwei Kutschpferde scheuten vor der Hupe eines Automobils, gingen durch und preschten in hohem Tempo an ihr vorüber. Die Räder der Kutsche rollten durch eine Pfütze, und schmutziges Wasser spritzte an den Straßenrand.

»Sie ungeschickter Trottel!«, rief Lady Bowers dem Fahrer des Automobils zu. Sie war so außer sich, dass ihr das Paket entglitt.

»Diese verdammten Handschuhe!«, murmelte sie aufgebracht. »Nicht mal so ein verflixtes Ding kann ich halten. Und zur Hölle mit dem lächerlichen Schleier! Ich sehe ja kaum, wohin ich gehe!«

Sie hob den störenden Tüll, um das Paket zu begutachten, das zum Glück unbeschädigt schien, musste aber feststellen, dass der Saum ihres Kleides von übel riechendem Schlamm bedeckt war.

»Heiliger Moses«, stieß sie unterdrückt hervor, »ich hätte nicht gedacht, dass heute noch mehr schief gehen kann.«

An dem eleganten schwarzen Kleid, das sie günstig bei einem Wohltätigkeitsbasar erstanden hatte, waren zwei Knöpfe lose gewesen, sodass es über dem Busen nicht richtig schloss – was sie in letzter Minute behoben hatte. Ihre Schuhe waren nur geliehen und eine Nummer zu groß, weshalb sie Zeitungspapier in die Spitzen hatte stopfen müssen. Dann hatte ihr Pferd ein Hufeisen verloren, sie war in einen Wolkenbruch geraten ...

Plötzlich bemerkte sie, dass jemand einen stützenden Arm um ihre schmale Taille gelegt hatte. »Lassen Sie mich sofort los!«, stieß sie ärgerlich hervor, den Blick noch immer auf den Schmutz bedeckten Saum ihres Kleides gerichtet. »Das hat mir gerade noch gefehlt – jetzt stinke ich wie ein wandelnder Misthaufen!« Dann wandte sie sich halb um, bereit, den unverschämten Kerl zu tadeln, der es wagte, sie anzufassen. Doch ein amüsierter Blick aus graublauen Augen ließ sie sofort verstummen. Hastig bedeckte sie ihr Gesicht, jedoch nicht, ohne vorher festzustellen, dass die schönen Augen zu einem sehr gut aussehenden Mann gehörten. Er war vermutlich nur wenige Jahre älter als sie selbst und trug einen maßgeschneiderten Mantel aus sehr teurem, feinen Stoff.

»Oh, entschuldigen Sie bitte!« Erschrocken schlug sie die Hand vor den Mund, als ihr bewusst wurde, dass er jetzt sehr schlecht von ihr denken musste.

Er nahm seinen schwarzen Hut ab, unter dem dichte, blonde, gelockte Haare zum Vorschein kamen. Sein Schnurrbart war leicht rötliche und wohl gepflegt. Inmitten der vielen Arbeitslosen, die in schäbiger Kleidung vorübertrotteten, fiel seine Erscheinung umso mehr auf.

Der Mann maß sie mit einem fast unverschämten Blick von oben bis unten; ihre Aufmachung wirkte ein wenig altmodisch, sodass er eigentlich eine sehr viel ältere Frau zu sehen erwartet hatte. Ihre angenehme Stimme, ihr Auftreten und vor allem ihre sehr direkte Ausdrucksweise hatten ihn deshalb sehr überrascht. Zum Glück hatte er noch einen kurzen Blick auf ihr Gesicht werfen können, bevor sie diesen lächerlichen Schleier darüber gezogen hatte – sie war wirklich hübsch.

»Ich denke, Sie werden mir darin zustimmen, dass Pferdekutschen und Motorfahrzeuge nicht auf derselben Straße fahren sollten«, sagte er freundlich und zog ein schneeweißes Taschentuch mit Monogramm hervor. Ungläubig sah Lady Bowers zu, wie er begann, damit den Schmutz vom Saum ihres Kleides abzuwischen.

»Oh ja«, erwiderte sie leidenschaftlich. »Die Fahrer dieser Motorungeheuer scheren sich den Teufel um Fußgänger und noch weniger um die Pferde. Heute Morgen wäre ich beinahe im Straßengraben gelandet ...« Sie verstummte jäh, als ihr klar wurde, dass er eher für die Automobile gesprochen hatte und dass sie sich besser wie eine Dame benehmen sollte – zwar in finanzieller Notlage, aber nichtsdestotrotz eine wirkliche Lady!

»Ich wollte sagen, ich musste auf meine Kutsche zurückgreifen, denn wie alles andere ist auch Benzin im Moment schwierig zu bekommen ...«

Er blickte kurz auf, während er fortfuhr, am Saum ihres Kleides herumzuwischen, womit er allerdings den Schmutz nur weiter verschmierte. »Man kommt an alles heran, wenn man nur die richtigen Kontakte hat!«

Lady Bowers blickte auf seinen Kopf hinab und schnaubte leise. Wenn man nach seiner Kleidung urteilte, konnte er sich alles leisten! Jetzt richtete er sich auf, und sie zwang sich zu einem dankbaren Lächeln.

»Sind Sie wirklich nicht verletzt?«, forschte er, und trotz ihres leisen Ärgers fand sie den Klang seiner Stimme irgendwie faszinierend.

»Wirklich nicht«, erwidert sie und sah zu, wie er sich bückte, um ihr Paket aufzuheben. Plötzlich fühlte sie angesichts des zerknitterten braunen Papiers und der offensichtlich schon häufiger benutzten Schnur leise Scham in sich aufsteigen. »Ich hätte aufpassen müssen, als ich auf die Straße trat. Ich war wohl in Gedanken – das passiert mir sonst selten ...« Sie schenkte ihm einen eindringlichen Blick unter ihren langen Wimpern, um den Eindruck wieder auszugleichen, den ihr ungeschicktes Benehmen bei ihm hinterlassen haben mochte.

»Sie sind ganz einfach das Opfer eines Zusammentreffens zwischen Vergangenheit und Zukunft geworden«, erwiderte er. »Würden Sie mir erlauben, Ihnen beim Überqueren der Straße beizustehen?«

Einen flüchtigen Augenblick lang genoss Lady Bowers das Gefühl, so respektvoll behandelt zu werden, doch dann rief sie sich zur Ordnung: Sie musste vor allem ihr Ziel im Auge behalten.

»Das wird nicht nötig sein«, gab sie spröde zurück und hoffte, er würde sich nun wieder seinen eigenen Angelegenheiten widmen. Genau das hatte sie ebenfalls vor, bevor sie völlig die Nerven verlor.

»Es ist viel Verkehr – und Ihr ... Ihr Gemälde sieht ziemlich schwer aus.«

»Ich komme schon zurecht!«

»Aber es wäre mir ein Vergnügen!«

Da war es wieder, dieses verheerende Lächeln! Schon sah sie ihren ausgefeilten Plan in sich zusammenstürzen, doch sie musste sich zusammennehmen. Ihr Leben stand kurz davor, eine fatale Wendung zu nehmen, und sie musste schnell handeln, um nicht in eine schreckliche Situation zu geraten. Schließlich war sie auf sich allein gestellt und ohne jegliche finanzielle Mittel.

»Nein, danke. Wenn Sie mich jetzt entschuldigen würden ...«

»Sind das Ihr Wagen und Ihr Fahrer?« Er blickte zu einer glänzenden schwarzen Kutsche, die nur ein paar Schritte hinter ihr stand, und die sie sich nicht einmal in ihren kühnsten Träumen hätte leisten können. Ihre Wangen überzogen sich mit tiefer Röte, und wieder war sie froh, einen Schleier zu tragen.

»Ja – aber ich habe meinem ... Diener gesagt, dass ich durchaus imstande bin, allein über die Straße zu gehen!« Sie versuchte, ihr Gemälde an sich zu nehmen, doch er hielt es weiter fest. Sie war sich nicht sicher, ob er nun ein unerschütterliches Selbstbewusstsein besaß oder einfach nur schrecklich hartnäckig war. Jedenfalls stellte er ihre Geduld auf eine harte Probe!

»Diese mutige Selbstständigkeit ist eine bewundernswerte Eigenschaft, Madam«, sagte er, »besonders in der Situation, in der Sie sich bedauernswerterweise befinden – aber ich bestehe darauf, Ihnen zu helfen. Außerdem verfüge ich zufällig über einigen Einfluss in der Galerie. Es wäre mir eine Ehre, Sie persönlich dorthin zu begleiten und dafür zu sorgen, dass Sie mit äußerster Höflichkeit und Rücksicht behandelt werden.« Er war sicher, dass irgendetwas mit ihr nicht stimmte, und wild entschlossen herauszufinden, was es war.

Lady Bowers bedachte ihn mit einem zweifelnden Blick. »Auch wenn Sie anscheinend noble Absichten haben, Sir, kann ich nicht glauben, dass Sie in der angesehenen Harcourt Gallery wirklich über einen derartigen Einfluss verfügen!«

Jetzt wirkte er überrascht und irgendwie verwirrt, doch Lady Bowers fuhr unerbittlich fort: »Ich habe meinen eigenen Plan, um sicherzustellen, dass ich gerecht behandelt werde.« Sie hatte zunächst überlegt, sich ein Kissen unter das Kleid zu stecken, damit es aussähe, als sei sie schwanger, doch schließlich hatte sie ihre Meinung geändert.

»Wirklich? Ich bin gespannt«, erwiderte er, und sein Ton machte ihr schlagartig bewusst, dass sie nicht gerade wie eine trauernde Witwe klang.

»Ich meine, ich hoffe natürlich, dass man mir dort wegen meiner persönlichen Situation Mitgefühl entgegenbringt.«

»Unglücklicherweise, Madam, sind Mitgefühl und Geschäfte

für gewöhnlich unvereinbar, besonders jetzt, seit dem Börsenkrach. Wenn Sie aber jemanden dort kennen würden, also Beziehungen hätten, könnte das eine große Hilfe sein. Darf ich fragen, ob Sie mit irgendjemandem in der Galerie bekannt sind?«

»Nun ... nein.«

Er lächelte. »Erlauben Sie mir, mich vorzustellen: Riordan Magee, zu Ihren Diensten.«

»Ta...« Sie räusperte sich, um ihren Schnitzer als Hustenanfall zu tarnen, doch Riordan hatte es trotzdem bemerkt. »Lady Morna Bowers, Sir.« Sie erinnerte sich an ihre Benimmstunden und streckte ihm zögernd eine behandschuhte Hand entgegen. Er bemerkte sofort die gebräunte Haut zwischen dem Rand ihres Handschuhs und dem Ärmel ihres Kleides. Eine wirkliche Lady hätte sicher nicht so viel Zeit im Freien verbracht!

»Sehr erfreut, Lady Bowers.« Er beugte sich über ihre Hand. »Ich zweifle nicht daran, dass Ihr Plan wohl durchdacht ist, aber ich glaube trotzdem, es wäre von Vorteil, wenn ich Sie begleite. In diesem Unternehmen ist man ein wenig altmodisch und auf Etikette bedacht, und unglücklicherweise wird auf Trauernde dabei keine Rücksicht genommen. Es wäre mir eine Ehre, wenn Sie mir die Erlaubnis geben würden.«

Sie maß ihn mit einem langen Blick und gestand sich schließlich ein, dass sie jede Hilfe brauchen konnte.

»Gut«, erklärte sie, »solange Sie sich nicht in meine Geschäfte einmischen. Auch wenn es vielleicht dramatisch klingt, aber von dem Verkauf dieses Bildes hängt sehr viel für mich ab. Ich kann es mir nicht leisten, dass dabei etwas schief geht.« Sie sah Riordans neugierigen Blick, hätte sich jedoch lieber die Zunge abgebissen als zuzugeben, dass sie kurz davor stand, obdachlos und allein zu sein – nur weil sie ihrem oft abwesenden Ehemann kein Kind hatte gebären können. Stattdessen besann sie sich wieder auf ihre Rolle als trauernde Witwe. »Seit ich meinen Mann ... verloren habe ...«, sie schluchzte theatralisch in ihr Taschentuch, »muss ich für mich selbst sorgen; ich hoffe, Sie verstehen?«

»Natürlich, Lady Bowers. Es ist wirklich sehr bedauerlich, dass Ihr Mann nicht ausreichend für Sie vorgesorgt hat!«

Morna riss die Augen auf und unterdrückte nur mühsam ein hysterisches Lachen. Es war fast unmöglich, für eine Frau zu sorgen, während man in einer Gefängniszelle festsaß – und genau dort befand sich ihr wahrer Ehemann nur allzu oft.

»Auch wenn ich Lord Bowers nicht persönlich kannte«, fügte Riordan hinzu, »so habe ich doch gehört, dass er ein sehr wohlhabender Mann gewesen sein soll.«

Seine Worte brachten die angebliche Lady Bowers für einen Augenblick aus dem Gleichgewicht. Sie hatte nicht erwartet, dass Riordan irgendetwas über ihren vorgeblichen Ehemann Lord Bowers wusste, und rief sich hastig in Erinnerung, was sic sich zurechtgelegt hatte. »Das ist lange her, Mr. Magee. Seine Leidenschaft für Kartenspiele, vor allem für ›Black Jack‹, war sehr viel größer als sein Geschick in dieser Hinsicht. Wir mussten fast unseren gesamten Besitz verkaufen. An diesem Bild hier hänge ich sehr, aber ich habe eine Verantwortung für meine Bediensteten und bringe es nicht übers Herz, sie einfach auf die Straße zu setzen ...«

Riordan war jetzt so gut wie überzeugt, dass ihre Geschichte erfunden war, doch ihre Schauspielerei bereitete ihm großes Vergnügen. Er beschloss, sie weiter zu verunsichern. »Ich verstehe – und vielleicht darf ich hinzufügen, ich bin zutiefst erleichtert, dass die Gerüchte um Ihren Mann nicht der Wahrheit entsprechen!«

Sie starrte ihn verwundert an. »Gerüchte? Was für Gerüchte?«

»Also, ich weiß nicht, ob ich sie Ihnen ...«

»Erzählen Sie mir davon, Mr. Magee! Ich habe ein Recht darauf zu wissen, was die Leute über meinen ... meinen lieben verblichenen Devlin reden.«

Riordan brachte es nur mit Mühe fertig, ein Lächeln zu unterdrücken. »Ich bin sicher, es ist kein Körnchen Wahrheit daran ...«

»Natürlich nicht. Aber trotzdem sollte ich wissen, was hinter meinem Rücken geredet wird!«

»Also gut, Lady Bowers! Es wurde erzählt, Lord Bowers hätte mehrere Geliebte gehabt.«

Obwohl es sie kaum hätte berühren dürfen, fühlte sie sich in ihrem Stolz getroffen, und echte Empörung stieg in ihr auf. »Das stimmt natürlich nicht!«, stieß sie wütend hervor.

»Bitte entschuldigen Sie meine Unverblümtheit! Jetzt, da wir uns kennen, würde ich niemals glauben, dass diese Gerüchte zutreffen könnten. Darf ich fragen, wie Lord Bowers ... so bedauerlich früh sein Ende gefunden hat? Auch darüber gingen zwar Geschichten um, aber wie ich soeben auf so plumpe Weise bewiesen habe, können solche Berichte sehr ungenau sein!«

»Er ... er ... war eine Zeit lang krank, und irgendwann hat sein Herz nicht mehr standgehalten ...« Sie hoffte, die vage Formulierung würde auch fast alle anderen Krankheiten abdecken, an denen Lord Bowers gelitten haben könnte. Riordan hob erstaunt die Brauen.

»Wirklich? Wie gut zu hören, dass er nicht an Syphilis gestorben ist! Gerüchte können so grausam sein!«

Lady Bowers war sprachlos vor Entsetzen. Wie hatte sie sich nur jemand derart Verdorbenen als Scheinehemann aussuchen können? Sie war eben im Begriff, Riordans Andeutungen empört zurückzuweisen, als sie seinem Blick begegnete und das mutwillige Zwinkern darin sah. Ihr Verdacht, er wisse, dass sie nicht wirklich Lady Bowers war, erhärtete sich, aber sie hoffte, er werde Gentleman genug sein, sie nicht allzu offen des Betrugs zu beschuldigen. Außerdem hatte er offensichtlich Devlin Bowers nicht persönlich gekannt, sodass er ihr ihre Lügen nicht würde beweisen können, zumindest nicht, ohne vorher einige Nachforschungen anzustellen.

Wieder zwinkerte er ihr zu, und seine Lippen verzogen sich zu einem verschwörerischen Lächeln.

»Ich hege den Verdacht, Mr. Magee«, sagte sie, »dass bei Ihnen unter der glatten Fassade eines Gentleman das Herz eines Schurken schlägt. Ich muss Sie warnen: Man hält mich nicht ungestraft zum Narren!«

Riordan setzte eine gekränkte Miene auf, um dann zu erklären: »Bitte nehmen Sie es sich nicht zu Herzen, Lady Bowers, aber ich habe den Eindruck, dass ich es bin, der heute von Ihnen in der Kunst der Verstellung etwas lernen kann!« Ein weiteres verschmitztes Lächeln nahm seinen Worten die Schärfe.

Das Schellen einer Messingglocke ertönte, als Riordan Magee Lady Bowers an der Eingangstür der Harcourt Gallery den Vortritt ließ. Nach einem tiefen Atemzug gegen die plötzlich aufsteigende Nervosität ging sie hinein und fühlte sich augenblicklich eingeschüchtert angesichts der gediegenen Atmosphäre in Irlands berühmtester Kunstgalerie.

Ölgemälde und Aquarelle, manche davon in wertvollen Rahmen, schmückten die Wände, Skulpturen aus Bronze und Stein standen neben reich verzierten Säulen und Bögen. Die angebliche Lady Bowers fühlte sich sehr verunsichert; unter normalen Umständen hätte sie niemals gewagt, ein solches Gebäude zu betreten.

Da Riordan Magee an der Tür von einem Bekannten aufgehalten wurde, ging sie ohne ihn weiter auf einen gut gekleideten Gentleman im hinteren Teil der Galerie zu. Er beobachtete sie von seinem riesigen Sessel aus, während seine Miene mäßige Neugier und Herablassung spiegelte. Sie schluckte den Kloß in ihrer Kehle hinunter, als sie seinen Blick auf das in zerknittertes braunes Papier gewickelte Bild gerichtet sah, das Riordan im Flur abgestellt hatte und auf den schmutzigen Saum ihres Kleides.

Der fremde Mann erhob sich, bevor Lady Bowers ihn erreicht hatte, und sie stellte fest, dass sein Sessel gar keine so riesigen Ausmaße besaß, wie es zuerst den Anschein gehabt hatte. Der Mann war nur sehr klein. Er wirkte unsympathisch und abweisend, und seine Worte bestätigten diesen Eindruck voll und ganz.

»Wenn Sie verkaufen wollen, Madam: Wir machen keine Geschäfte mit Kunden, die uns nicht persönlich empfohlen worden sind.« Seine Worte schienen in der Stille der Galerie nachzuklingen wie ein Echo und verstärkten die Woge der Scham, die in Morna aufstieg.

Ihr Kopf war plötzlich ganz leer, und es verstrichen einige seltsame Momente, bevor es ihr gelang, ihre Gedanken zu ordnen. Als sie schließlich sprechen konnte, klang ihre Stimme zaghaft. »Würden Sie mir bitte einige Minuten Ihrer Zeit schenken? Ich verspreche Ihnen, dass es lohnend für Sie sein wird.« Sie schluchzte in ihr Taschentuch, doch ihre offensichtliche Verzweiflung schien den Mann nicht zu rühren.

»Es tut mir Leid, Madam. Wir machen absolut keine Ausnahmen.« Seine Worte klangen nicht im Mindesten mitfühlend, und er entließ Lady Bowers durch einen Wink seiner kurzfingrigen Hand.

Lady Bowers fühlte sich zutiefst gedemütigt. All die Stunden, in denen sie für diesen Moment geprobt hatte, fielen ihr ein, und sie wollte nicht glauben, dass alles umsonst gewesen sein sollte. Obwohl ihr häufig mit Verachtung begegnet wurde, hatte sie sich nie daran gewöhnt. Hinzu kam, dass sie sich vor Riordan Magee ausgesprochen blamiert fühlte. Wenigstens war er nicht direkt Zeuge der erniedrigenden Abfuhr geworden!

»Es tut mir Leid, dass ich Sie warten ließ, Lady Bowers!«, sagte er in diesem Moment genau hinter ihr, und sie zuckte erschrocken zusammen. Zögernd wandte sie sich um, fieberhaft nach Worten ringend, um ihre Demütigung vor ihm zu verbergen. Doch ihr fiel absolut nichts ein. Um die ganze Sache noch schlimmer zu machen, fühlte sie, wie ihr die Tränen kamen.

»Was für ein herzloser Mensch ...«, stammelte sie. Das Mindeste, worauf sie hoffen konnte, war ein wenig Mitgefühl. »Er ist anscheinend zu beschäftigt, um mir einen kurzen Moment seiner Zeit zu gewähren, nachdem ich stundenlang unterwegs war, um hierher zu gelangen! Mein lieber Devlin würde sich im Grabe umdrehen ...«

Riordan hatte schnell erfasst, dass Lady Bowers wohl eher verlegen als enttäuscht war. Der Geschäftsführer hatte sich ihr gegenüber wohl recht brüsk verhalten.

»Lady Bowers«, meinte Riordan beschwörend, »so schnell werden Sie doch wohl nicht aufgeben! Ich hatte mich so darauf gefreut, die Ausführung ihres Plans mitzuerleben!«

Sie zögerte. Ihre missliche Lage rührte Riordan. Er war wirklich so enttäuscht darüber, ihre Vorstellung nun vielleicht doch nicht erleben zu können, dass er beschloss, ihr zu helfen. Mit einem Blick auf den Mann hinter dem Schreibtisch flüsterte er: »Vielleicht müsste er nur noch einmal darauf hingewiesen werden, wer Sie sind?«

Lady Bowers starrte den Mann an, der sic soeben wie einen Niemand hinausgewunken hatte. »Sie haben Recht!«, erwiderte sie, und ihre Entschlossenheit kehrte zurück. Sie hob den Kopf und straffte die Schultern, um dann wieder auf den Tisch zuzugehen. Dort blickte sie auf den Mann herab, der ganz auf einige Schriftstücke konzentriert zu sein schien.

»Ich bin Lady Morna Bowers«, sagte sie so eindringlich, dass der Mann überrascht aufblickte. »Darf ich Sie um Ihren Namen und Ihren Titel bitten?«

Sekunden lang wirkte der Mann verärgert, doch als Riordan hinter Morna auftauchte, malte sich Verwirrung auf seinen Zügen.

»Ich bin ... Kelvin Kendrick, der Geschäftsführer der Galerie, Madam. Ich muss mich wohl für meine Unhöflichkeit entschuldigen ... Ich wusste nicht, dass Sie ...« Er räusperte sich nervös. Sein Blick ging einige Male zwischen Riordan und ihr hin und her. »Ich habe nicht einen Augenblick lang angenommen ...« Sein Gesicht überzog sich mit tiefer Röte. »Bitte vergeben Sie mir meine unentschuldbare Anmaßung!«

Lady Bowers Lebensgeister kehrten zurück. »Wenn Sie die Freundlichkeit hätten, den Besitzer der Galerie zu verständigen, werde ich ihre Unhöflichkeit nicht erwähnen.«

Kelvin Kendricks Miene wirkte absolut ausdruckslos. Er starrte wieder an ihr vorbei. »Ich ... ich bin nicht ganz sicher, ob der Besitzer zurzeit ... verfügbar ist.«

»Dann versuchen Sie bitte, das herauszufinden. Ich kann hier nicht den ganzen Tag herumstehen!«

»Wenn ich kurz unterbrechen dürfte, Lady Bowers«, meinte Riordan, »würde ich vorschlagen, dass Mr. Kendrick Sie in ein Büro führt, wo Sie in Ruhe auf den Besitzer warten können.«

Sie wandte sich zu ihm um. »Vielen Dank, Riordan! Wie Sie sehen, habe ich die Situation unter Kontrolle.«

Kelvin hatte ihre Worte mitgehört und war so verlegen, dass sein Gesicht fast dunkelrot anlief. Lady Bowers wandte sich ihm wieder zu, während Riordan mit dem Lachen kämpfte. »Wenn Sie ein ruhiges Büro haben, dann führen Sie mich bitte dorthin«, kommandierte sie.

Kelvin zögerte nur einen winzigen Augenblick. »Sehr gern, Madam. Wenn Sie mir bitte folgen würden? Ich werde sehen, ob ich den Besitzer ... finden kann.«

»Bitte teilen Sie ihm mit, dass ich über gute Beziehungen zur europäischen Kunstszene verfüge und nicht zögern würde, sie zu nutzen.«

Die Röte in Kelvins Gesicht breitete sich bis zu seinem Hals hin aus.

Morna drehte sich noch einmal zu Riordan um. »Sie können jetzt gehen, Mr. Magee. Ich habe wirklich alles unter Kontrolle.«

»Das sehe ich«, erklärte er. »Auf Wiedersehen, und viel Glück. Ich hoffe, wir begegnen uns bald wieder.«

Sein graublauen Augen zwinkerten amüsiert. »Vielen Dank, dass Sie mich hierher begleitet haben«, sagte sie. Dann nahm sie ihr Gemälde und folgte Kelvin Kendrick den Flur hinunter in ein großzügiges Büro. Er führte sie hinein und ging wieder fort.

Die Einrichtung des Privatbüros war schlicht, aber elegant. Ein antiker Tisch und zwei bequeme Ledersessel waren außer einem schmalen Bücherregal und einer Marmorbüste das einzige Mobiliar. Der Boden war mit geschmackvollen Teppichen ausgelegt, die den Raum gemütlicher wirken ließen. Wertvolle Kunstwerke zierten die Wände, die meisten davon Impressionisten und zu ausgefallen für ihren Geschmack.

In der Ecke hinter der Tür standen einige weitere Bilder, die teilweise mit einem Tuch verhängt waren. Neugierig zog sie das Tuch fort und schaute sich die Gemälde an. Bei den meisten Bildern handelte es sich um Landschaften und Portraitstudien ... Plötzlich jedoch hielt Morna inne – und stutzte: Sie starrte auf ein Porträt, das sie selbst an einem Lagerfeuer zeigte, bekleidet mit einer sehr freizügigen ärmellosen Bluse und einem Seidenrock, der die ganze Länge ihrer wohl geformten Beine sehen ließ. Der Feuerschein ließ ihr kupferfarbenes Haar schimmern und spiegelte sich in ihren großen, goldenen Ohrringen. Das blasse Oliv ihrer Haut schien förmlich zu glühen, und in ihrem Blick stand sehnsuchtsvolles Begehren. Das war eine kurze, sehr glückliche Zeit in ihrem Leben gewesen, doch dann hatte sich alles so schnell verändert ...

Morna überlegte, wie das Bild wohl in die Galerie gekommen war. Es war ein Geschenk an ihre Tante gewesen, die geschworen hatte, sich niemals davon zu trennen. Allerdings war diese Tante einige Jahre zuvor angeblich nach Übersee ausgewandert. Ein Geräusch hinter ihr ließ sie zusammenfahren.

»Der Besitzer ist zurzeit nicht zu sprechen«, erklärte Kelvin Kendrick kühl. »Vielleicht kann ich Ihnen helfen?«

Sein Angebot klang gezwungen, aber im Grunde genommen war es ihr so eigentlich lieber, denn sie ahnte instinktiv, dass Kelvin Kendrick leichter zu manipulieren sein würde.

Lady Bowers stellte das eben entdeckte Bild vor die übrigen. »Könnten Sie mir sagen, wie der Galleriebesitzer an dieses Porträt gekommen ist?«, fragte sie, um einen sachlichen Ton bemüht.

Kelvin wirkte überrascht. Er hatte das Bild nie sehr gemocht. »Ich weiß nicht – ich glaube, er hat es in Übersee erstanden, Madam.«

Also musste ihrer Tante etwas zugestoßen sein! Sie beschloss, später noch einmal in die Galerie zu kommen, um mit dem Besitzer zu sprechen.

»Mr ...« Kelvin hüstelte, statt zu sagen, was er eigentlich hatte sagen wollen. »Entschuldigen Sie. Ich weiß zufällig, dass es nicht zu verkaufen ist«, fuhr er fort. Die Verachtung in seiner Stimme war nicht zu verkennen. »Meiner Meinung nach ist es technisch nicht besonders gut, aber ich glaube, der Besitzer hat persönliche Gründe dafür, das Bild zu behalten. Normalerweise führen wir solche ... Arbeiten nicht in der Galerie.«

Sie wusste genau, was er meinte: Das Porträt einer Zigeunerin wurde nicht für würdig befunden, einen Platz in der Harcourt Gallery einzunehmen.

»Aus einem mir unbekannten Grund hat der Besitzer allerdings nach dem Künstler suchen lassen, um mehr von ihm anzukaufen«, fügte Kelvin hinzu.

»Tatsächlich?« Lady Bowers lächelte hocherfreut.

2

Die Dunkelheit brach schon herein, und die Straßenlaternen brannten bereits, als Lady Bowers und Mr. Kendrick ihr Geschäft abgeschlossen hatten. Er geleitete sie zur Tür der Galerie, an der gerade eine Zigeunerfamilie vorüberging.

»Diebisches Gesindel!«, murmelte Kelvin. »Warten Sie am besten hier drinnen, bis die vorbei sind, Lady Bowers, sonst werden Sie am Ende noch um die hübsche Geldbörse erleichtert, die Sie bei sich tragen!«

Morna erkannte die Zigeuner sofort. Rosa und Jasper hatten fünf Kinder zu ernähren. Wie viele andere, litten auch sie unter der allgemeinen Wirtschaftskrise, aber sie waren bemüht, alles zu tun, um irgendwie für die Kleinen zu sorgen.

»Die Zigeuner sind nicht so schlecht, wie die Leute glauben«, hörte sie sich plötzlich sagen. »Sie leben nach ihren eigenen Gesetzen, die vielleicht anders sind als Ihre und meine – aber ich glaube, die meisten von ihnen sind durchaus ehrenwerte Menschen.«

Erstaunt starrte Kelvin sie an. »Aber Sie kennen doch sicher keinen Zigeuner persönlich, Lady Bowers? Ansonsten würden Sie ganz gewiss nicht so großmütig über sie denken.«

»Mein Vater und mein verstorbener Onkel erlaubten den Zigeunern, auf ihrem Land zu lagern. Mein Onkel hatte ein gewisses künstlerisches Talent, und man sagte mir, dass ihm die Zigeunerfrauen Modell gestanden hätten. Da ich seine Werke nie sehen durfte, kann ich nur annehmen, dass die Bilder eher ... gewagt gewesen sind.«

Kelvin Kendrick war völlig konsterniert, wie Lady Bowers zufrieden bemerkte. »Der Besitzer der Galerie muss das Gemälde in seinem Büro schon mögen«, fügte sie hinzu, »sonst würde er Sie doch wohl kaum beauftragt haben, andere Werke desselben Künstlers anzukaufen!«

Kelvins abweisender Blick sprach dafür, dass die Vorliebe des Besitzers für das Zigeunerbild ihm vollkommen unverständlich war. Oft schon hatte er seinen Arbeitgeber dazu bewegen wollen, es abzugeben, doch dieser hatte nichts davon hören wollen. Allerdings hatte er das Gemälde auch niemals aufhängen lassen, nicht einmal in seinem Büro. Es war, als hasse er es, könne sich aber trotzdem nicht davon trennen, und dieser Widerspruch verblüffte Kelvin.

»Dann auf Wiedersehen, Mr. Kendrick«, sagte Lady Bowers, als die Zigeunerfamilie vorüber war. »Es ist mir ein Vergnügen gewesen, mit Ihnen Geschäfte zu machen.« Diese Bemerkung war eine glatte Lüge. Ihre Dankbarkeit hatte nichts mit dem unfreundlichen Geschäftsführer zu tun, sondern entsprang einzig ihrer Zufriedenheit über das erfolgreiche Täuschungsmanöver.

Dass Kelvin Kendrick bereit gewesen war, so viel Geld für ein Bild zu bezahlen, dass ihm nicht gefiel und dem er jeden technischen Vorzug absprach, verwirrte sie, doch sie beschloss, nicht länger über den Grund für sein Handeln – oder ihr Glück – nachzugrübeln. Sie würde es eben einfach als lange überfällige Wiedergutmachung des Schicksals sehen!

Nachdem sie die Galerie verlassen hatte, wandte sich Lady Bowers ab und eilte die Straße hinunter. »Engstirniger kleiner Mann«, murmelte sie ärgerlich.

»So unzufrieden, Lady Bowers?«

Morna fuhr herum, überrascht, Riordan Magee hinter sich zu sehen.

»Konnten Sie Ihr Geschäft nicht zu Ihrer Zufriedenheit beenden?«, fragte er scheinheilig.

»Im Gegenteil – es ist sehr gut verlaufen. Wenn Sie mich jetzt entschuldigen würden …!« Sie wandte sich zum Gehen.

Es gab eine ganze Menge Dinge, die Riordan an dieser Lady Bowers faszinierten, doch im Augenblick interessierte ihn vor allem das Bild, das sie in der Galerie verkauft hatte. »Das freut mich für Sie«, fuhr er beharrlich fort »aber dafür, dass Sie so viel Glück hatten, wirken Sie reichlich verärgert. Stimmt irgendetwas nicht?«

Morna blieb stehen, wandte sich um und sah ihm gerade in die Augen. »Ich hasse jede Form von Engstirnigkeit«, stieß sie wütend hervor, um dann hastig zu verstummen. Was tat sie eigentlich? Wollte sie unbedingt seinen Verdacht erregen?

Riordan hatte den Eingang der Galerie beobachtet, als die Zigeuner daran vorbeigelaufen waren, und den Ausdruck der Verachtung auf Kelvins Gesicht gesehen, als dieser Morna zurückhielt.

»Wenn Sie mich jetzt entschuldigen wollen …« Wieder wandte sie sich ab, doch sie spürte den Druck seiner Hand auf ihrem Arm.

»Darf ich Sie mitnehmen, Lady Bowers? Ihre Kutsche scheint Sie im Stich gelassen zu haben, und um diese Zeit weiß man nie, wer sich auf den Straßen herumtreibt!«

Lady Bowers Ungeduld wuchs, doch plötzlich sah sie einen Constable, der auf sie zukam. Ihre Augen weiteten sich vor Schrecken, als sie gleich hinter dem Polizisten Jake entdeckte. Er war der Anführer der Zigeunergruppe, die am Ufer des Liffey lagerte. Ihr waren Gerüchte zu Ohren gekommen, ihr Ehemann schulde Jake Geld, und ihr war klar, dass er nicht ruhen würde, bis er alles bekommen hatte, was sie besaß. Wenn er sie nun mit einem wohlhabenden Gentleman sprechen sah – oder Wind vom Verkauf des Bildes bekam!

»Vielleicht haben Sie Recht«, sagte sie deshalb. »Wo ist Ihre Kutsche?«

Riordan Magee deutete auf einen Ford Modell T, der ein paar Schritte vor ihnen am Straßenrand stand. Morna bekam große

Augen. Sie hatte noch niemals in irgendeinem Fahrzeug gesessen, das mit diesem luxuriösen Wagen vergleichbar gewesen wäre. Trotz ihrer Ungeduld fühlte sie sich plötzlich von fast kindlicher Vorfreude erfüllt. Eilig lief sie zur Wagentür und rief dem Fahrer bereits durch das offene Fenster hindurch zu: »Zum Merrion Square, bitte!«

Während Riordan ihr folgte, bemerkte er den Constable und lächelte in sich hinein. Diese Lady Bowers war wirklich eine ungewöhnlich interessante Frau! Plötzlich wurde ihm bewusst, dass es viele Jahre her sein musste, seit er von einem weiblichen Wesen so angetan gewesen war.

Als der Wagen sich in den Verkehr einreihte, bat Riordan: »Würden Sie mir jetzt, wo wir unter uns sind, Ihren richtigen Namen verraten?«

Sie hatte nicht erwartet, dass er sie so unverblümt darauf ansprechen würde. »Ich verstehe nicht ganz«, erwiderte sie in der Hoffnung, Zeit zu gewinnen. »Ich weiß nicht, wovon Sie sprechen, und außerdem sind wir nicht ganz allein!« Sie warf einen viel sagenden Blick auf seinen Fahrer.

»Sykes ist überaus diskret. Ich versichere Ihnen, Sie können offen sprechen.« Als sie nicht antwortete, fuhr er fort: »Sie können ihre Verkleidung fallen lassen, denn wie auch immer Ihr Name lautet, Morna Bowers ist es auf keinen Fall. Ich kenne zufällig die echte Lady Bowers, und wenn sie auch ein sehr liebenswerter Mensch ist, so lässt sich ihre Größe allenfalls mit dem Attribut ›winzig‹ beschreiben, und dabei ist sie von beträchtlichem Umfang.«

Obwohl es sie verlegen machte, ertappt worden zu sein, musste sie beinahe lächeln. Riordan war offensichtlich zu sehr Gentleman, um Morna Bowers klein und dick zu nennen!

»Diese Beschreibung passt nun wirklich nicht auf Sie«, sagte er. »Ich würde Sie eher als schlank und wohl geformt bezeichnen.«

Einen Augenblick lang fühlte sie sich geschmeichelt. Ihre Vorsicht schwand dahin, vor allem, weil sein Blick eher amüsiert als ärgerlich wirkte. Doch sie beschloss, zumindest so lange wachsam zu bleiben, bis sie herausgefunden hatte, was er von ihr wollte.

»Mornas Mann, der übrigens weder ein Spieler noch ein Don Juan war, ist vor vielen Jahren gestorben, und zwar auf sehr dramatische Art: Sie befanden sich auf ihrer Silberhochzeitsreise, als er vor der Küste Südafrikas vom Deck eines Kreuzfahrtschiffs ins Meer fiel. Ich nehme an, sein Herz hat versagt.« Seine Lippen formten sich zu einem leichten Lächeln. »Meins würde dasselbe tun, wenn ich einen Hai auf mich zu schwimmen sähe! Ich habe den Eindruck, dass Lord Bowers Morna in sehr guten Verhältnissen zurückließ. Wussten Sie, dass sie auf dem Kontinent lebt?«

Als seine Frage ignoriert wurde, fuhr er ungerührt fort: »Angeblich hat sie sich unsterblich in einen wohlhabenden Grafen verliebt. Ich mache mir sogar Hoffnungen, zu den Hochzeitsfeierlichkeiten eingeladen zu werden!«

»Ihre gesellschaftlichen Perspektiven interessieren mich nicht, Mr. Magee. Bitte, kommen Sie zur Sache und sagen Sie mir, weshalb Sie auf mich gewartet haben – denn jetzt bin ich mehr denn je davon überzeugt, dass meine Sicherheit das Letzte ist, was Sie interessiert!« Sie warf einen Blick aus dem Fenster. Vom Liffey stieg Nebel auf und hüllte die Straßen ein, sodass Morna kaum erkennen konnte, wo sie sich gerade befanden. Sobald der Wagen den Merrion Square erreichte, wollte sie sich davonmachen.

»Werden Sie mir denn sagen, aus welchem Grund Sie sich für Morna Bowers ausgeben? Man könnte Sie immerhin sogar deswegen verhaften!«

»Ich habe kein Verbrechen begangen – aber falls Sie die Absicht haben, mich der Polizei zu übergeben, werde ich behaupten, Sie seien mein Komplize. Der Geschäftsführer der Galerie ist mein Zeuge.«

Riordan lächelte. Wenn sie nur wüsste!, dachte er. »Wenn Sie wirklich so unschuldig sind, warum wollten Sie dann dem Constable auf der Straße vor der Galerie aus dem Weg gehen?«

Jetzt wirkte sie doch ein wenig verunsichert. »Ich kann Ihnen versichern, dass ich keinem Constable aus dem Weg gegangen bin. Sie hatten mir angeboten, mich mitzunehmen, und ich habe dummerweise angenommen, weil die Straßen um diese Zeit, wie Sie schon sagten, wirklich von unangenehmen Subjekten bevölkert sind. Ich spreche zum Beispiel von diesem grobschlächtigen Kerl, der vor der Galerie auf uns zukam.«

Riordan erinnerte sich, einen Mann von unangenehmem Äußeren gesehen zu haben, der hinter dem Constable gegangen war. Ein Zigeuner! Jetzt begriff er: Der Zigeuner hätte die Maskerade der angeblichen Lady Bowers vielleicht auffliegen lassen können, weil er sie wahrscheinlich kannte!

»Sie haben mein Wort als Gentleman, dass ich nicht beabsichtige, Sie in Schwierigkeiten zu bringen. Ich bin einfach ungemein neugierig. Eine schöne Frau und ein großes Geheimnis bilden für mich eine unwiderstehliche Kombination.« Wieder glitzerte Mutwillen in seinem Blick, der Morna seinen Spaß an der ganzen Sache verriet. Und doch fühlte sie instinktiv, dass sie ihm trauen konnte – zumindest bis zu einem gewissen Grad.

»Ich muss Sie ja für einen Schuft halten, Mr. Magee! Würden Sie mir sagen, wovon Sie leben?«

Riordan setzte eine gekränkte Miene auf, während er fieberhaft nach einer Formulierung suchte, die ihr nicht zu viel über ihn verriet. Er amüsierte sich zu gut, um ihr jetzt die Wahrheit zu sagen. »Ach, ich kaufe und verkaufe ... wertvolle Dinge«, meinte er unbestimmt. »Und ich glaube nicht, dass mich das schon zu einem Schurken macht. Ich selbst sehe mich eher als so etwas wie einen Opportunisten.«

»Dann muss man als Opportunist gut verdienen: Ihr Mantel ist aus sehr feinem Stoff, ihre Taschentücher tragen Ihr Monogramm, und dieses Automobil muss Sie ein Vermögen gekostet haben. Wenn ich mich nicht irre, gibt es in Dublin nicht sehr viele davon, besonders seit Beginn der Depression!« Ihr Scharfsinn überraschte Riordan. »Die meisten Menschen haben nicht einmal genug zu essen, Sie dagegen scheinen überhaupt keine Probleme zu kennen«, fuhr sie fort.

»Ich komme aus einer wohlhabenden Familie«, räumte er ein, auch wenn er mit seiner Familie im Moment kaum Kontakt hatte.

»Ihr Geld wäre an anderer Stelle sicher besser angelegt, aber ich bin erleichtert, dass Sie sich nicht in einer Notlage befinden, Mr. Magee. Wenn Sie mir nämlich aufgelauert hätten, um mich um Geld zu bitten ... ich hätte Ihnen nicht einen Penny meines Erlöses gegeben.«

Fast hätte er laut gelacht. »Ich will Sie nicht kränken, Madam, aber ich kann Ihnen versichern, dass ich Ihr Geld nicht benötige. Ich will nur die Geschichte, die hinter ihrer Verkleidung steckt. Ich habe den Eindruck, dass sie sehr unterhaltsam sein muss, und bei meinem eintönigen Leben wäre ich für etwas Spannung und Aufregung sehr dankbar.«

Morna hob ihre dunklen, schön geschwungenen Augenbrauen und überlegte sichtlich, warum sein Leben eintönig sein sollte.

»Bitte, sagen Sie mir doch, wie kann der Verkauf dieses einen Bildes Ihr Leben verändern?«, bat er.

Morna hob den Kopf und starrte aus dem Fenster, innerlich betend, dass sie bald am Merrion Square sein würden. »Ich sehe keinen Grund dafür, Ihnen überhaupt irgendetwas zu erzählen!«

»In diesem Fall werde ich Ihnen sagen, was ich zu wissen glaube.« Riordan hatte in Gedanken alles zu einem Ganzen zusammengefügt. Seine Beobachtungen ebenso wie das, was sie ihm erzählt hatte und seine Vermutungen über das, was sie ihm verschwieg.

»Ihre Haut ist nicht so makellos weiß wie die von bestimmten Ladys, die sich zum Teetrinken und Bridge spielen in ihren Häusern verstecken; deshalb nehme ich an, dass Sie viel Zeit im Freien verbringen. Das wiederum führt mich zu dem Schluss, dass Sie Ihre Handschuhe nicht ausziehen, weil Ihre Hände nicht so zart sind wie die einer Lady, deren Haut regelmäßig gepflegt wird. Wie mache ich mich bisher?«

Ihr Tonfall verriet ihr Erstaunen, als sie antwortete: »Fahren Sie fort, Mr. Magee!« Trotzdem glaubte sie fest daran, dass er die Wahrheit niemals erraten würde.

»Sie können fluchen wie ein Mann, obwohl auch irgendetwas Vornehmes in ihrem Benehmen ist. Ich glaube ... Sie haben bei den Zigeunern gelebt. Vielleicht sind Sie als Kind aus ihrem Wagen geraubt worden?«

Morna war jetzt ehrlich beeindruckt. »Sehr scharfsinnig, Mr. Magee. Ich stamme wirklich aus einer vornehmen Familie«, erklärte sie. »Und ich habe tatsächlich mit den Zigeunern gelebt. Aber es stimmt nicht, dass sie Kinder rauben – davon haben sie selbst genug!« Diese Worte erinnerten sie daran, dass nicht einmal die Zaubertränke und Sprüche der fahrenden Leute ihr hatten helfen können, ein Kind zu empfangen. »Nein, ich bin als junges Mädchen mit den Zigeunern fortgelaufen.« Sie hatte keine andere Möglichkeit gesehen, doch sie wollte jetzt nicht über ihre Gründe sprechen. »Ich hatte mich in einen ihrer Männer verliebt«, sagte sie mit einer Spur von Traurigkeit in der Stimme. Es hatte ein ganzes Jahr gedauert, bevor sie vor sich selbst zugegeben hatte, dass sie Garvie Flynn liebte, auch wenn es nicht die leidenschaftliche Liebe gewesen war, von der sie immer geträumt hatte. Und erst nach einem weiteren Jahr hatte sie zugestimmt, ihn zu heiraten, nachdem eine der Zigeunerinnen sie davon überzeugen konnte, dass kein anderer Mann sie nehmen würde. Morna erwartete Hass oder Abneigung in Riordans Miene zu lesen, doch stattdessen wirkte er nur ehrlich erschrocken.

In Gedanken war er plötzlich wieder in jener Nacht, die viele Jahre zurücklag und in der er sein Leben riskiert hatte, um eine junge Frau zu finden, die von den Zigeunern entführt worden war.

Er hatte sie tatsächlich gefunden und dann feststellen müssen, dass sie sich überhaupt nicht in Gefahr befand. Sie war nicht einmal gefangen gehalten worden, sondern hatte im Gegenteil eher selbst die Zigeuner durch ihre Reize gefesselt.

»Wusste Ihre Familie, dass Sie mit dem fahrenden Volk gegangen waren?«, fragte er.

»Ich ... bin sicher, dass sie es wussten. Ich habe sie seit damals nicht mehr gesehen, und das ist viele Jahre her.«

»Ihr Fortgehen hat sie gewiss sehr geschmerzt«, erwiderte Riordan, und seine Gesichtsausdruck wurde härter. Er kannte diesen markzerfressenden Schmerz nur zu gut und hatte Jahre gebraucht, um darüber hinwegzukommen.

Morna wandte sich ab und starrte wieder aus dem Fester. »Wenn es Ihnen nichts ausmacht, würde ich dieses Thema jetzt gern beenden.«

»Wie Sie wünschen.« Erleichtert wandte Riordan seine Aufmerksamkeit wieder dem Geheimnis zu, das diese aufregende Dame umgab. »Und woher haben Sie nun dieses Bild, Zigeunerlady? Ist es gestohlen?«

Sie fuhr ärgerlich auf: »Warum glauben Sie, dass ich eine Diebin bin? Nur weil ich das Leben einer Zigeunerin geführt habe?«

»Beruhigen Sie sich, Zigeunerlady! Ich habe doch gar nicht behauptet, dass Sie das Bild gestohlen hätten!«

»Das habe ich auch nicht, ebenso wenig wie irgendjemand anders. Und nennen Sie mich nicht immer ›Zigeunerlady‹!«, zischte sie ihn an.

Riordan wirkte verblüfft über ihren hitzigen Ton. »Es tut mir Leid. Ich wollte keinesfalls andeuten, dass Sie eine Diebin seien. Ich kann Sie mir nur sehr schwer als Künstlerin vorstellen, aber vielleicht irre ich mich auch. Bisher haben Sie schon viele verschiedene Talente bewiesen – sind Sie vielleicht auch die Malerin des Bildes, das Sie in der Galerie verkauft haben?«

Ihr Zorn fiel rasch in sich zusammen. Riordan besaß so angenehm höfliche Umgangsformen! »Nein. Ich war das Modell.« Sie sah die Betroffenheit in seinem gut geschnittenen Gesicht und fand es schwer zu verstehen, dass er bei der Vorstellung, sie habe einem Künstler Modell gestanden, so erschrocken war.

»Glauben Sie mir etwa nicht?«, fragte sie.

Er antwortete nicht; seine Gedanken zogen ihn mit unwiderstehlicher Macht in die Vergangenheit ...

»Das Gemälde, das ich heute Abend verkauft habe, ist sehr gut«, sagte sie leise. »Der Besitzer der Galerie hat ein ganz ähnliches Bild in seinem Büro.« Es tat ihr gut, ihm das zu sagen. »Er hat anscheinend schon lange nach anderen Werken desselben Künstlers gesucht. Das war für mich sehr günstig.« Sie hatte es nicht einmal nötig gehabt, die trauernde Witwe zu spielen – es war alles überraschend leicht gegangen.

Riordan starrte sie ungläubig an und beugte sich leicht vor. Sein Herz hämmerte so heftig gegen seine Rippen, dass er kaum sprechen konnte. Er musste ganz sichergehen, dass er sie richtig verstanden hatte.

»Wollen Sie behaupten ... es gäbe ein Bild von Ihnen in der Harcourt Gallery, im Privatbüro des Besitzers?«

»Schauen Sie mich nicht so erstaunt an!«, erwiderte sie, zutiefst gekränkt durch seine offensichtlichen Zweifel.

»Merrion Square, Sir!«, rief der Fahrer in diesem Moment, und nach einer Fehlzündung, die sie beide zusammenzucken ließ, blieb der Wagen abrupt stehen.

Bevor Riordan noch ein weiteres Wort herausbrachte, war sie ausgestiegen. Völlig verwirrt rief er ihr nach: »Warten Sie doch!« Ihm wurde klar, dass er keine Ahnung hatte, wie er sie erreichen konnte. Sie eilte in Richtung des St.-Stephen's-Green-Parks, wo sie ihr Pferd angebunden hatte.

»Tara!«, rief Riordan, der inzwischen ebenfalls ausgestiegen war, und hob den Schleier auf, den sie verloren hatte. Es kam keine Antwort. Sie war im nebligen Dunkel der Nacht verschwunden.

Er starrte ihr nach, ohne recht zu begreifen, was soeben geschehen war. Die ganze Zeit über war er in Gesellschaft ebenjener Frau gewesen, die seine Träume beherrschte. Jene Frau, die ihn seinem Gefühl nach betrogen hatte, und er hatte es nicht einmal geahnt!

»Was hat sie sich nur dabei gedacht, einfach so durch den Park davonzurennen? Alle möglichen Personen treiben sich dort herum, und erst letzte Woche ist eine Frau ermordet worden ... Das ist kein Ort für eine Lady!«

»Soll ich eine Lampe anzünden, Sir?«, fragte der Fahrer.

»Es hat keinen Sinn, Sykes. Sie ist längst fort, und wir würden sie ohnehin nicht mehr finden. Ich habe das Gefühl, sie kennt sich im Park sehr viel besser aus als wir.«

Er hielt ihren Schleier in den Lichtstrahl der Frontscheinwerfer seines Wagens. Sichtlich befremdet, beobachtet Sykes, wie Riordan einige lange, rötliche Haarsträhnen von dem Tüll zupfte und diese dann eingehend betrachtete.

»Sie ist wirklich Tara Killain! Nach all dieser Zeit muss sie förmlich wieder in mein Leben stolpern!« Riordan lächelte wehmütig, als ihm die Ironie der ganzen Sache aufging: Die einzige Frau, die ihn seit dem Zusammentreffen mit Tara, der Zigeunerin, vor so vielen Jahren hatte fesseln können, war ebendiese Frau: Tara Killain!

3

Der Himmel war an diesem frühen Morgen bleigrau, und ein Grollen aus schweren, dunkeln Wolken kündete ein Gewitter an, als Tara leise das Zigeunerlager am Ufer des Liffey verließ.

Das Lager war noch nicht zum Leben erwacht, doch in der frischen Morgenluft nahm Tara all jene Gerüche wahr, die ihr mittlerweile so vertraut geworden waren: den warmen Dampf der Pferdeleiber, frisches Heu und Lederseife, die Überreste der Fleischspieße, abgestandener Wein und nicht zuletzt der betörende Duft der Öle, mit denen die Zigeunerinnen ihre Körper einrieben.

Auf dem Weg zu ihrem Ziel, dem Mountjoy-Gefängnis, war Tara von einer seltsamen Vorahnung erfüllt. Alles, was ihr während der vergangenen Jahre so vertraut geworden war, würde für sie bald Vergangenheit sein. Obwohl ihr das Herz bei dem Gedanken daran schwer wurde und sie versucht hatte, das Unvermeidliche zu verdrängen, wusste sie doch, es war an der Zeit, weiterzuziehen.

Während der letzten beiden Wochen zuvor hatte sie unter den Zigeunern eine wachsende Spannung gespürt. Viele, besonders die Männer, verhielten sich ihr gegenüber plötzlich kühler, und sie hatte schon des Öfteren feindselige Blicke bemerkt und gesehen, dass hinter ihrem Rücken über sie getuschelt wurde. Auch die Frauen, mit denen sie normalerweise recht gut auskam, waren ihr gegenüber plötzlich verschlossen und hielten Abstand.

Tara war sich immer bewusst gewesen, dass der Zusammenhalt

der Zigeuner untereinander unverbrüchlich war. Trotz ihrer Heirat mit Garvie Flynn hatten sie sie nur allzu deutlich spüren lassen, dass sie nicht von ihrem Blut war. Aber am meisten störte die Gruppe, vor allem in solch harten Zeiten wie dieser, dass sie ihnen kein Geld einbrachte.

Jetzt, wo Garvie wieder einmal im Gefängnis saß, war Tara für die anderen zu einer Last geworden. Und genau das war der Grund dafür, dass es sie forttrieb. Jake, der die Sippe anführte, seit Rory krank war, hatte Zwietracht gesät. Rory war älter und weiser, und bei ihm konnte man sich immer darauf verlassen, dass er in Entscheidungen, die die Gruppe betrafen, Gerechtigkeit walten ließ. Jake dagegen war anders: körperlich sehr stark und ebenso stur. In Rorys Abwesenheit wagte ihm niemand die Stirn zu bieten.

Am vorangegangenen Abend, als alle anderen schon geschlafen hatten, hatte Jake Tara vor ihrem Wohnwagen abgefangen. Sie glaubte, dass er sie beobachtet und dort erwartet hatte. Sie hegte sogar den Verdacht, dass er sie in der Grafton Street erkannt hatte. Die bloße Erinnerung an die Begegnung ließ sie erschaudern.

Auf dem Weg in die Stadt dachte sie noch einmal über das Gespräch mit ihm nach. Jake hatte sie in der Dunkelheit zu Tode erschreckt, als sie gerade einen Eimer neben ihrem Wohnwagen ausleerte.

»Dein Mann steht in meiner Schuld, und ich will mein Geld«, hatte er aus dem Dunkel heraus plötzlich gesagt. Tara hatte sich ihren Schrecken nicht anmerken lassen. Sie hatte sich langsam aufgerichtet und ihm so ruhig wie möglich entgegnet: »Er hat dir schon öfter Geld geschuldet. Du weißt, dass du es bekommst.«

Jake hatte einen Schritt auf sie zu getan und war aus dem Dunkel zu ihr ins Mondlicht getreten. Seine dunklen Augen waren schmal geworden, und er hatte seinen Blick langsam an ihrem Körper hinunterwandern lassen. Sie hatte die Art, wie er sie anstarrte, immer gehasst. Es war der gleiche Blick, mit dem man auf einem Viehmarkt Pferde taxierte, so taktlos und erniedrigend, dass er ihr eine Gänsehaut verursachte.

Die Tatsache, dass Garvie Jake angeblich Geld schuldete, war keine Überraschung für sie. Es hatte im Lager Gerüchte darüber gegeben, und ihr Mann hatte schon öfter etwas von Jake geliehen. Doch Tara fragte sich, warum Jake diesmal nicht warten konnte, bis Garvie zurückkam, wie er es sonst tat. Sie spürte seine fast mit Händen zu greifende Ungeduld, und das beunruhigte sie. Schließlich zahlte ihr Mann seine Schulden immer zurück, sobald er aus dem Gefängnis heraus war und Arbeit gefunden hatte – warum sollte das dieses Mal anders sein?

»Du kannst nächste Woche auf dem Pferdemarkt in Cork für mich tanzen«, schlug Jake in kühlem Ton vor. »Und auf allen anderen Märkten auch, bis die Schuld bezahlt ist.«

Seine Arroganz machte Tara zornig. Sie spürte, dass er die Gelegenheit nutzen wollte, Macht über sie zu gewinnen, etwas, das sie niemals zulassen würde. »Ich tanze nicht für Geld«, gab sie entschlossen zurück. »Und ich werde Dublin nicht verlassen, bevor Garvie nicht wieder frei ist.«

Jake wandte sich für einen Augenblick ab, die Kiefer fest aufeinander gepresst, als grüble er über etwas nach. Als er sie wieder ansah, war er sehr wütend. »Du wirst mich irgendwie bezahlen, Mädchen. Ich schlage vor, du überlegst dir, wie, bevor ich es tue!«

Die Bedeutung seiner kaum verhüllten Drohung erschreckte sie zutiefst. Sie hatte gehört, dass Frauen manchmal auf Pferdemärkten verkauft wurden, und sie traute Jake alles zu. Sie hatte ihn niemals gemocht, denn er und seinesgleichen trugen die Schuld am schlechten Ruf der Zigeuner. Jake streckte die Hand aus, und Tara spürte, wie ihr Körper sich versteifte, obwohl sie sich geschworen hatte, keine Angst zu zeigen. Sie trug noch immer das Witwenkleid, und er berührte den winzigen, cremefarbenen Knopf gleich unterhalb ihrer Kehle und ließ seinen Blick dann abwärts wandern, an der Reihe der Knöpfe entlang zwischen ihre Brüste.

»Ich habe dich vorhin in diesen teuren Wagen steigen sehen«, sagte er, während sein Finger zum nächsten Knopf wanderte und dann zum übernächsten. Er war ihr so nah, dass Tara seinen warmen, alkoholgetränkten Atem an ihrer Wange fühlen konnte.

Sie erstarrte, doch es gelang ihr, die aufsteigende Panik hinter einer unbewegten Miene zu verbergen. Und es war ihre äußerliche Ruhe, die Jake am meisten reizte. So sehr er sie auch zu erschüttern suchte, es gelang ihm nicht. Mit dem Zeigefinger folgte er weiter der Knopfreihe. »Ist der Besitzer des Wagens dein reicher Liebhaber?«

»Natürlich nicht!« Tara fühlte, wie ihr das Blut in die Wangen stieg. Jake nahm ihr Erröten als Beweis ihrer Schuld, und seine Augen wurden schmal vor Eifersucht. Viele schlaflose Nächte lang hatte er sich unruhig herumgeworfen und sich vorgestellt, wie es sein mochte, sie leidenschaftlich zu lieben.

Tara, der seine Nähe und seine vertraulichen Berührungen unerträglich wurden, stieß seine Hand von sich, blieb aber ruhig stehen, als er den Kopf hob. Sein Blick traf den ihren, in dem offene Rebellion stand.

»Warum solltest du in seinen Wagen steigen, wenn er nicht dein Liebhaber ist?«

»Das geht dich nichts an.«

»Hast du etwas zu verbergen?«

»Du bist nicht mein Ehemann, ich schulde dir keine Erklärung.«

So in seine Grenzen gewiesen, zog sich Jake zurück. »Aber ich will mein Geld«, stieß er zwischen den Zähnen hervor, »also siehst du besser zu, dass du es beschaffst. Mir ist egal, wie du es machst, oder mit wie vielen Männern du ins Bett gehst, während dein Mann im Gefängnis sitzt. Besorg mir einfach nur das Geld!«

Als er davonschlenderte, zitterte Tara vor Wut. Niemals würde sie Jake das Geld vom Erlös des Bildes geben, denn obwohl Garvie oft Schulden machte, hatte sie nur Jakes Wort dafür, dass es diesmal wieder so war. Und ihr galt Jakes Wort ungefähr so viel wie der Flussschlamm unter ihren Füßen.

Zum ersten Mal in ihrem Leben hatte Tara das Gefühl, sie müsse augenblicklich Pläne für ihre weitere Zukunft machen. Sie wollte aus dem Lager fort, weil sie ahnte, dass die Zigeuner ihr keine Wahl lassen würden. Zumindest hatte sie jetzt die Mittel, sich ein billiges Cottage zu kaufen und damit ein Dach über dem Kopf. Ein kleines Häuschen am Meer, so windschief es auch sein mochte, war immer ihr stiller Traum gewesen. Sie hatte vorgehabt, die Entlassung ihres Mannes aus dem Gefängnis abzuwarten und dann ein Heim für sie beide zu schaffen, doch war sie sich inzwischen nicht mehr sicher, ob es das war, was sie wirklich wollte.

Wenn sie sich ihre Zukunft mit Garvie vorstellte, sah sie sich immer allein und darauf wartend, dass er aus dem Gefängnis entlassen würde. Und obwohl sie nicht genau wusste, was sie mit ihrem Leben anfangen wollte, war ihr doch klar, dass sie mehr von einer Beziehung erwartete. Sie wollte und brauchte einen starken Partner, jemanden, auf den sie sich verlassen konnte. Wenn sie einen solchen Mann nicht fand, wollte sie lieber allein bleiben.

Als Tara sich den Außenbezirken von Dublin näherte, ließ sie ihr müdes, altes Pferd im Schritt weitergehen und dachte an ihren bevorstehenden Besuch bei Garvie. Es war noch immer früher Morgen, Taras bevorzugte Tageszeit, denn dann hatte sie das Gefühl, mit der Welt und ihren Gedanken allein zu sein. Sie grübelte eben über verschiedene Möglichkeiten nach, Garvie gegenüber, das Thema Jake anzuschneiden, als ihr ein Rauchschleier auffiel, der zwischen einigen Baumwipfeln in der Nähe aufstieg. Neugierig lenkte sie ihr Pferd von der Straße und auf die Baumgruppe zu. Hinter Brombeerranken erspähte sie das Heck eines Wohnwagens. An den aufgemalten Tieren sowie Mond und Sternen erkannte sie den Wagen, der Eloisa gehörte. Die alte Frau, von den Zigeunern ausgestoßen, galt allgemein als ziemlich verrückt. Viele fürchteten sie wegen ihres seltsamen Verhaltens und mieden sie, wodurch sie gezwungen war, das Leben einer Einsiedlerin zu führen.

Tara hatte sie immer Leid getan. Es ging das Gerücht, Eloisa sei von einer Hexe verzaubert worden, weil sie einer Tochter aus reichem Haus einen Trank gegen morgendliche Übelkeit verabreicht habe. Der Trank hatte eine Fehlgeburt ausgelöst und das Mädchen umgebracht.

Obwohl die Schwangere in Wirklichkeit gegen Holunder allergisch gewesen war, hatten die abergläubischen Zigeuner Eloisa von da an für alles Übel verantwortlich gemacht, das sie befiel. Sogar die Siedler fürchteten sie – doch nicht so Tara.

Wann immer sie allein war und die Ausgestoßene traf, hielt sie an, um mit ihr zu sprechen. An diesem Tag jedoch fühlte sie sich irgendwie befangen, und beim Absteigen wurde ihr plötzlich klar, dass sie sich vielleicht bald in derselben Rolle wieder finden würde wie Eloisa: von den Zigeunern ausgestoßen.

Die alte Frau trug ein helles Kopftuch, unter dem einige ihrer grauen Haarsträhnen und riesige Ohrringe hervorlugten. Sie war in ein dickes Tuch gewickelt und saß zusammengesunken am Feuer, einen Becher Tee in der Hand. Ihre Fingernägel waren einige Zentimeter lang und in der Farbe getrockneten Blutes lackiert. Auf dem Zinnbecher wirkten sie wie Klauen eines Adlers. Tief in Gedanken versunken klopfte sie mit einem ihrer vielen Ringe rhythmisch gegen das Metall des Trinkgefäßes. Während sie abwesend in die Flammen starrte, schien sie Tara überhaupt nicht zu bemerken. Über dem Feuer hing ein gusseiserner Topf mit Weizenbrei, dessen Duft Taras Hunger weckte.

»Hallo, Eloisa!«, sagte Tara leise. Zuerst glaubte sie, die alte Frau habe sie gar nicht gehört, doch dann wandte diese langsam den Kopf, ihre Augen weiteten sich, und sie zuckte erschrocken zusammen.

»Ich bin es nur, Eloisa«, rief die Jüngere. »Tara Flynn. Wir haben uns schon öfter unterhalten ...«

Die alte Frau ließ ihren Becher fallen, dessen Inhalt sich in die Flammen ergoss. Mühsam erhob sie sich mithilfe eines knorrigen Stocks. Sie schien auf etwas über Taras Kopf zu starren, dann fuhr sie mit der freien Hand auf deren Gesicht zu und murmelte etwas Unverständliches.

Tara wich vor ihren klauenartigen Nägeln zurück. »Eloisa!«

Plötzlich hielt die alte Frau inne, blickte Tara in die Augen, und ihr Arm fiel schwer herab. Ihre Krallen fuhren ziellos durch die Luft. »Du siehst es, nicht wahr? Du siehst, was niemand anders sehen kann!«

Tara schüttelte den Kopf.

Die alte Frau wandte sich um und ging zurück zum Feuer, wo sie sich wieder niederließ. Die Jüngere blieb stehen und starrte sie verwirrt an. Die unterschiedlichsten Gedanken schossen ihr durch den Kopf, und sie kam zu dem Schluss, dass die alte Frau bei ihrem Eintreffen über irgendetwas nachgedacht haben musste und nun verwirrt war.

Eloisa goss heißen, angenehm duftenden Tee in einen Becher und wandte sich ihr zu. »Willst du mit mir frühstücken?«

Tara fühlte sich noch immer ein wenig zittrig, doch sie antwortete: »Ja, gern, danke.«

»Wohin bist du unterwegs?«, fragte Eloisa plötzlich ganz vernünftig. Mit einem Löffel füllte sie den dickflüssigen Weizenbrei in eine Schale, um dann etwas darüber zu streuen, das aussah wie Teile von Fingernägeln, und einen Schuss Milch hinzuzugeben.

»Ich will meinen Mann besuchen«, gab Tara zurück. Plötzlich war ihr jeder Appetit vergangen.

Eloisa blickte sie an. »Ist er im ›Mount‹?«

Unsicher, was sie antworten sollte, und überrascht, dass Eloisa Garvies Aufenthaltsort kannte, nickte Tara. Die alte Frau hielt den eindringlichen Blick ihrer dunklen Augen auch weiterhin auf Tara gerichtet. Ihre Nase war schmal und gebogen, was ihr das Aussehen eines Raubvogels verlieh. »Dich bedrückt etwas!«, stellte sie fest.

Wieder nickte Tara. »Aber ich komme schon damit zurecht.«

»Das wirst du auch – und du weißt es, oder? Du weißt, was kommt?«

Tara sah Eloisa erschrocken an, bevor sie sagte: »Ja, du hast Recht. Die Zigeuner werden mich auffordern, die Gruppe zu verlassen.« Sie war erleichtert, endlich mit jemandem darüber reden zu können, jemandem, der sie verstehen würde. »Ich habe keine Ahnung, was ich tun werde.«

»Sie fürchten dich«, murmelte Eloisa.

»Nein«, gab Tara zurück.

»Oh doch, das tun sie!«

»Und warum?«

»Du bist eine Seherin – eine von den Auserwählten. Aber die Zigeuner haben Angst vor deinen roten Haaren – sie gelten als böses Omen.«

Tara war zutiefst verwirrt. So etwas hatte sie nie zuvor gehört, und sie lebte immerhin seit elf Jahren mit den Zigeunern. Ganz sicher spann sich Eloisa da etwas zusammen!

»Sie mögen mich nicht, weil ich keine von ihnen bin – kein Zigeunerblut in den Adern habe«, erwiderte sie, bemüht, Eloisa zu überzeugen.

Die alte Frau beugte sich zu ihr vor, und Tara spürte den Geruch von Knoblauch und Kräutern in ihrem Atem. »Und ob du Zigeunerblut in dir hast, meine Liebe – edles Zigeunerblut!«

Wieder fühlte sich Tara vollkommen verwirrt. Die alte Frau konnte wirklich nicht ganz bei Sinnen sein. »Nein, Eloisa – ich bin eine Killain. Mein Vater ist ein wohlhabender Landbesitzer!«

»Du hast Zigeunerblut in dir, mein Mädchen. Daher hast du auch deine seherische Gabe. Bevor du heute kamst, hatte ich eine Vision, und als ich aufblickte, habe ich um deinen Kopf eine Aura gesehen. Also warst du die Person in meiner Vision.«

Tara sprang hastig auf und warf dabei ihre Schale mit dem Weizenbrei um. »Ich muss gehen«, erklärte sie und eilte auch schon zu ihrem Pferd hinüber, um aufzusteigen. Das Herz hämmerte ihr wie wild gegen die Rippen, doch das lag nicht nur an dem, was Eloisa ihr gesagt hatte: Es war für sie wie ein Zwang gewesen, hierher zu kommen – sie hatte keine Wahl gehabt.

Im Davonreiten hörte sie Eloisa rufen: »Frag deine Mutter, Mädchen – sie weiß Bescheid.«

Tara ritt so schnell die Straße hinunter, wie ihr Pferd zu laufen imstande war, doch sie vermochte dem Nachhall von Eloisas Worten nicht zu entkommen. Fragen, auf die es keine Antworten gab, geisterten so rasch durch ihre Gedanken, dass ihr schwindelig wurde. Sie hatte sich immer gefragt, warum ihre Haut so dunkel war, doch ihre Mutter hatte ihr nur unbestimmt entgegnet, es müsse eben in irgendeinem Zweig der Verwandtschaft südländisches Blut gegeben haben.

Elsa hatte rote Haare, aber anders als ihr eigenes war es von eher blassem Ton. Elsas Augen waren hellgrün, ihre Brauen so blond, dass man sie kaum sah. Taras Haare dagegen glänzten in einem satten Kupferton, in den sich auch kastanienbraune Akzente mischten. Ihre Brauen über den smaragdgrünen Augen waren fast schwarz, und schön geschwungen. Aber dass in ihren Adern Zigeunerblut fließen sollte, nein, das konnte doch nicht sein! Ihre Mutter hatte immer Vorurteile gegen das fahrende Volk gehabt. Sogar die bloße Erwähnung von Zigeunern hatte sie gestört. Tara schloss daraus, dass Eloisa sich geirrt haben musste. Was die alte Frau gesagt hatte, war ganz einfach nicht möglich.

Vor langer Zeit schon hatte Garvie Tara gebeten, den Gerichtsverhandlungen fern zu bleiben, ihn auch nicht im Gefängnis zu besuchen, und in diesem Punkt blieb er absolut unnachgiebig. Zigeuner wurden in irischen Haftanstalten entsetzlich schlecht behandelt, und ihre Frauen mussten Kränkungen und Misshandlungen über sich ergehen lassen. Er selbst hatte keine andere Wahl, als alles zu ertragen, aber er wollte lieber verdammt sein, als Tara unter derselben furchtbaren Behandlung leiden zu sehen, wie andere Zigeunerfrauen sie erdulden mussten.

Tara war empfindsamer als die Romafrauen, obwohl sie niemals etwas davon hatte hören wollen. Solche Reden gaben ihr das Gefühl, eine Außenseiterin zu sein. – Nie hatte sie sich etwas so verzweifelt gewünscht, wie zur Gruppe zu gehören, die für sie eine große Familie darstellte. Doch ihr Wunsch war nie in Erfüllung gegangen.

Trotz ihres Eigensinns hatte Tara Garvies Wünschen gehorcht und ihn niemals zuvor besucht. Der Gedanke, ein Gefängnis zu betreten, und sei es auch nur ganz kurz, war ihr absolut zuwider. In der ersten Zeit ihrer Beziehung hatte sie Garvie jedes Mal furchtbar vermisst, sich jedoch schließlich an seine häufige Abwesenheit gewöhnt.

Heute aber hatte sie keine andere Wahl. Sie brauchte Garvies Rat und hoffte, herauszufinden, warum Jake auf einmal so ungeduldig geworden war. Außerdem meinte sie, ihr Mann habe ein Recht darauf, von ihren Plänen zu erfahren.

Das Mountjoy-Gefängnis verunsicherte Tara vollkommen. Garvie war auch schon in den Gefängnissen von Limerick und Cork gewesen, doch Mountjoy war bei weitem das größte Gefängnis in Irland. Hier saßen männliche Gefangene und Untersuchungshäftlinge ein. Die weiblichen Häftlinge waren in der benachbarten Anstalt St. Patrick untergebracht.

Mountjoy war etwa in der Mitte des 18. Jahrhundert erbaut worden und bestand aus vier Flügeln, die wie Arme eines riesigen Seesterns vom Hauptgebäude abgingen. Nachdem Tara sich in der stickigen Empfangshalle in die Besucherliste eingetragen hatte, wurde sie in einen der drei angrenzenden Besuchsräume geführt.

In der Mitte dieses Raumes stand ein Tisch, der von Wand zu Wand reichte. Über die gesamte Länge des Tisches verlief ein Drahtnetz, das Besucher und Häftlinge voneinander trennte.

Auch hier war die Luft abgestanden. Die beige Wandfarbe blätterte ab, und der Zementfußboden war fleckig. Das einzige Tageslicht kam von einem hohen Fenster mit starkem Gitter davor, und Tara nahm an, dass diese Atmosphäre völliger Hoffnungslosigkeit nichts mit dem Wetter zu tun hatte.

Obwohl sie die abstoßenden, überfüllten Zellen noch nie gesehen hatte, war sie sich sicher: Wenn sie auch nur für eine Minute im Mountjoy-Gefängnis eingesperrt gewesen wäre, hätte sie niemals wieder etwas getan, das sie in die Gefahr brachte, dorthin zurückkehren zu müssen.

Garvie erschrak, als er seine Frau auf der anderen Seite des Tisches stehen sah. Einige Augenblicke lang starrten sie sich verlegen an. Tara war zwei Stunden vor der offiziellen Besuchszeit eingetroffen und hatte draußen im Nieselregen warten müssen. Einer der Wärter war im Begriff gewesen, sie in einen Warteraum hineinzulassen. Als er jedoch feststellte, dass sie gekommen war, um den ›Zigeuner‹ zu besuchen, hatte sich seine Haltung sofort geändert. Er war feindselig geworden und hatte ihr gesagt, dass sie nun doch nicht hereinkommen dürfe.

An diese Art von Vorurteil hatte sich Tara niemals gewöhnen können. Es machte sie unendlich wütend, besonders, weil sie absolut nichts daran ändern konnte. Als sie jetzt ihrem Mann gegenüberstand, schämte sie sich plötzlich ihrer vom Regen durchnässten Erscheinung und hatte große Mühe, nicht zu zittern.

»Tara, was tust du denn hier?« Auf Garvies Zügen lag ein leidvoller Ausdruck. »Du bist ja vollkommen durchnässt, Mädchen!«

»Das ist ja eine feine Art, deine Frau zu begrüßen! Ich bin vom Regen überrascht worden«, sagte sie und versuchte, ihre Haare zu glätten, die immer widerspenstig waren, wenn sie feucht wurden. Dann trat sie ein Stück näher an ihn heran und fuhr mit gedämpfter Stimme fort: »Ich musste einfach kommen, Garvie. Sei mir bitte nicht böse!«

»Stimmt irgendwas nicht, Mädchen?«

Tara setzte sich auf die dafür vorgesehene harte Holzbank, und Garvie setzte sich ihr gegenüber, während ein Wärter mit grimmiger Miene neben ihnen Wache stand. Ihre Stimmen hallten in der Stille des Raumes wider, und Tara hatte große Hemmungen, in Gegenwart des Wärters zu sprechen, doch Garvie schien es nicht zu stören. Offensichtlich war er an das Leben im Gefängnis und den Mangel an Privatsphäre mittlerweile ausreichend gewöhnt. »Ich sollte dich mit meinen Sorgen nicht belasten, Garvie, ich weiß, du hast selbst genug davon. Aber ich brauche deinen Rat.«

Garvie war viele Jahre älter als Tara, und in der ersten Zeit ihrer Beziehung war er für sie wie ein Mentor, eine Vaterfigur gewesen. Vor allem hatte er niemals an ihren Worten gezweifelt. Seit sie jedoch erwachsen war, hatten die Dinge sich geändert, und nun war es Garvie, der häufig ihren Rat suchte. Doch in diesem Fall brauchte sie seine Hilfe.

»Worum geht es, Mädchen?«

All die vorbereiteten taktvollen Worte schienen mit einem Mal aus ihrem Kopf verschwunden zu sein. »Jake bedrängt mich wegen einer Geldsumme, die du ihm schuldest, wie er sagt«, stieß sie impulsiv hervor. »Ist das wahr? Ich habe ein bisschen Geld, das ich ihm geben könnte ...« Sie hasste zwar den Gedanken, sich davon zu trennen, doch wenn ihr Mann es ihr befahl und es sich nur um eine kleine Summe handelte ...

»Dieser hinterhältige Bastard«, erwiderte Garvie hitzig. »Du gibst ihm keinen Penny!«

»Ich war nicht sicher, ob er die Wahrheit sagte, und ich verstehe nicht, warum er nicht warten will, bis du entlassen wirst. Du hast ihn doch bisher immer bezahlt!«

Unfähig, dem vertrauensvollen Blick ihrer grünen Augen standzuhalten, senkte Garvie den Kopf und fuhr sich mit seinen kräftigen Händen über den kahl geschorenen Kopf. Es war ein Schock, ihn ohne seine dichten, gelockten Haare zu sehen, die Tara so liebte. Er sah aus wie ein Fremder. Natürlich hatte man ihm im Gefängnis jedes Mal die Haare abrasiert, doch waren sie immer schon wieder nachgewachsen gewesen, bis er zu seiner Frau zurückkehrte.

»Bist du okay, Garvie? Es tut mir Leid, dass ich mit meinen Sorgen zu dir komme.«

»Mir geht's gut, Mädchen. Und diese Sorgen sind nicht deine, sondern meine.« Garvie war froh, dass Tara nichts von den Erniedrigungen wusste, denen er im Gefängnis ausgesetzt war. Niemals durfte sie davon erfahren. Die Rasur der gesamten Körperbehaarung und die Entlausung waren nur der Anfang. Privatsphäre, Selbstvertrauen und Selbstbestimmung gehörten der Vergangenheit an. In dem Augenblick, wenn der Gefangene durch das Gefängnistor schritt, war er für seine Umwelt nichts mehr als nur eine Nummer.

Mountjoy war das schlimmste der Gefängnisse, in denen Garvie bisher eingesessen hatte. Widerliches Essen – jeden Tag Fischabfälle für die Gefangenen, deren Willen die Wärter brechen wollten. Zigeuner galten in der Rangordnung weniger als die Küchenschaben, die ihre überfüllten Zellen bevölkerten. Waschgelegenheiten waren praktisch nicht vorhanden, und während andere Häftlinge einmal wöchentlich baden durften, wurde dies den Zigeunern höchstens einmal im Monat gestattet, wenn sie Glück hatten.

Garvie hatte schon das Gefängnis in Cork schlimm gefunden, doch immerhin hatte er dort zweimal in der Woche baden dürfen. Und als ob sein Leben nicht schon elend genug war, hatte er sich ausgerechnet in Mountjoy dazu hinreißen lassen, einen besonders bösartigen Wärter zu schlagen. Als Strafe musste er die Toiletteneimer von allen Zellen im Block leeren, jeden Morgen während der vergangenen drei Wochen, und es sah nicht so aus, als ob sich daran bald etwas ändern würde. Der Inhalt der Eimer unterschied sich kaum von dem widerlichen Brei, der ihnen als Essen aufgetischt wurde. Garvie war fast dankbar dafür, dass seine graue Häftlingsuniform vor seiner Frau verbarg, wie sehr er in nur wenigen Wochen abgemagert war.

»Behalt das bisschen Geld, das du hast, für dich, Tara«, sagte er. »Ich kann kaum fassen, dass er dich danach gefragt hat!«

Es lag Tara auf der Zunge, ihm von dem Verkauf des Bildes zu erzählen, doch sie zögerte. Irgendetwas verschwieg er ihr doch!

»Ist das alles, was Jake gesagt hat – dass er das Geld wollte?« Garvie runzelte die Stirn. Er befürchtete, Jake könne sein Versprechen gebrochen und ihn hereingelegt haben.

Tara erkannte deutlich, wie besorgt er war, und ihr Misstrauen wuchs. »Also ... ja. Er schlug vor, ich solle tanzen, um das Geld zu besorgen, aber ich habe natürlich abgelehnt!«

»Dieses verdammte Schwein!«

Der Wächter trat näher heran, die Hand auf dem Griff seines Schlagstocks, den stumpfen Blick verächtlich auf Tara und Garvie gerichtet, als seien sie Abschaum.

»Still, Garvie!«, flüsterte Tara besorgt. Sie sah die dunkelblauen Blutergüsse in seinem Gesicht und die Schürfwunden auf seinen Unterarmen, doch sie wusste, dass er niemals zugeben würde, geschlagen zu werden. Das ›Schweigegebot‹ zu brechen, würde ihn das Leben kosten. »Ich werde das Gefühl nicht los, das da noch etwas ist, wovon ich nichts weiß!«

»Wenn er dich anfasst, dann schwöre ich dir, rufe ich alle zusammen, die mir einen Gefallen schulden, und such mir jemanden, der ihn umbringt ...« Garvie wurde blass, als hätte er sich daran erinnert, weshalb er wahrscheinlich niemals wieder als freier Mann würde leben können. Doch dann kehrten seine Gedanken schnell wieder zu Jake zurück, der ihn drei Wochen zuvor besucht und ihm vorgeschlagen hatte, ihm seine Schulden zu erlassen, wenn er dafür Tara bekam.

Garvie war explodiert und hatte Jake gedroht, ihn umzubringen, wenn dieser seine Frau berührte. Sein Wutausbruch hatte ihm eine Woche Einzelhaft eingebracht, ständig von dem Gedanken gepeinigt, was Jake wohl in der Zwischenzeit Tara antun mochte.

Sie fühlte seinen Zorn und wurde immer unruhiger. »Ich gehe heute Nacht fort, Garvie.« Tara wollte ihm nicht sagen, dass sie erwartete, von den Zigeunern weggeschickt zu werden.

Wieder runzelte Garvie die Stirn. »Wohin willst du denn gehen? Wovon wirst du leben?« Das einzig Tröstliche an ihren Worten war die Gewissheit, dass sie dann vor Jake in Sicherheit sein würde, solange dieser nicht wusste, wo er sie finden konnte. Während der ersten Zeit ihrer Ehe hatte Garvies Besorgnis sie immer gerührt, doch mit den Jahren war sie klüger geworden: Seine Sorge um sie war nie groß genug gewesen, ihn von neuen Dummheiten abzuhalten. Sie beschloss, offen zu ihm zu sein.

»Du wirst es nicht glauben, Garvie – aber ich habe das letzte Bild, das du von mir gemalt hast, an die Galerie Harcourt verkauft. Sie haben mir einen sehr guten Preis bezahlt, sodass ich jetzt genügend Geld besitze, um ein kleines Cottage am Meer zu kaufen!«

Garvies Augen wurden groß vor Staunen, und der Wärter horchte sichtlich auf.

»Ich kann mir zwar nur ein kleines Häuschen leisten. Es wird auch sicherlich vieles repariert werden müssen, aber das macht nichts, solange ich genug Geld habe, um durchzuhalten, bis ich Arbeit gefunden habe.« Sie hätte beinahe gesagt, ›bis zu deiner Entlassung‹, doch sie wusste, dass Garvie niemals sesshaft werden würde.

Der Wächter grinste hämisch, und Garvie warf ihm einen finsteren Blick zu. Tara verstand nicht, was das zu bedeuten hatte.

»Ich freue mich wirklich darauf, etwas mehr Platz zum Leben zu haben und alles gemütlich einzurichten.« Sie sah, dass Garvie traurig wurde. Vermutlich glaubte er, dass sie sich auf ein Leben ohne ihn vorbereite. Sie hätte ihm so gern etwas gegeben, auf das er sich freuen könnte. Dennoch wollte sie ihm auch keine falschen Hoffnungen auf ein gemeinsames Leben machen. Sie war über ihre Beziehung zu ihm hinausgewachsen, obwohl es sie traurig stimmte. Sie hatte oft gedacht, dass er vielleicht ohne den Einfluss der Zigeuner anders wäre. Doch er wollte sein Leben nicht ändern, und sie konnte es nicht für ihn tun.

Garvie sah sie an, als ergebe nichts von dem, was sie sagte, einen Sinn. Sie nahm an, er mache sich Sorgen um sie.

»Es wird alles gut, du wirst schon sehen«, versicherte sie ihm und spürte ein starkes Verlangen, ihn zu berühren, ihm Trost zu spenden. »Ich weiß, du hast immer gesagt, du könntest niemals sesshaft werden, und ich verstehe das. Aber du musst auch verstehen, dass ich ein Dach über dem Kopf brauche. Ich kann nicht mit der ständigen Bedrohung leben, dass Jake mir alles nimmt, was ich besitze.«

Garvie schüttelte den Kopf, und sein Blick verdüsterte sich. Er wusste, dass er ihr nichts als Probleme gebracht hatte.

»Was ist los, Garvie?« Tara war verwirrt. »Ich habe gründlich über alles nachgedacht. Ich komme schon zurecht. Wenn du nicht ins Lager zurück möchtest, kannst du zu mir kommen. Aber du weißt selber, dass du auf Dauer dort nicht glücklich sein würdest. Wir können nichts daran ändern, wie wir sind ...«

»Nein, Mädchen – du verstehst nicht«, unterbrach Garvie sie. »Ich kehre nicht ins Lager zurück – und auch nicht zu dir ...«

Völlig durcheinander fragte Tara: »Was redest du da? Natürlich gehst du ins Lager zurück, Garvie!«

Als er ihr nicht sogleich zustimmte, frage sich Tara, ob man ihn vielleicht bedrohte. Er hatte sich niemals einem Stärkeren gebeugt, schon gar nicht irgendeiner Amtsperson, und das hatte ihn schon oft in ernste Schwierigkeiten gebracht. Oder, überlegte sie, war er etwa krank? Doch er sah nicht krank aus, höchstens ein bisschen schmal und abgemagert.

Dann schoss ihr ein ganz anderer Gedanke durch den Kopf. War es möglich, dass er eine andere gefunden hatte? »Hast du eine andere Frau?« Obwohl sie das überrascht und auch schockiert hätte, stellte sie verwundert fest, dass sie bei dieser Vorstellung gleichzeitig Erleichterung empfand. Wenn er wirklich jemand anderen gefunden hatte, brauchte sie nicht länger quälende Schuldgefühle zu hegen.

Sein Blick wurde weich, und sie las tiefe Trauer darin. »Für mich wird es niemals eine andere Frau geben, Tara. Ich bin nicht gut genug für dich, und ich werde nie begreifen, womit ich dich verdient habe. Meine Liebe zu dir werde ich mit ins Grab nehmen!«

Aus Taras Gesicht wich alle Farbe, und sie packte die Tischkante mit beiden Händen. Eine Vision stieg in ihr auf, doch sie zwang sie nieder. »Warum redest du so? Jake hat mir gesagt, du bist zu drei Monaten Gefängnis verurteilt – wegen Wilderei. Stimmt das etwa nicht?«

Garvie nickte, erleichtert, dass Jake wenigstens sein Wort gehalten hatte. »Wenn das alles wäre ... aber da ist noch mehr, viel mehr.«

Einige Tage zuvor war er zu dem Schluss gelangt, dass Tara die Wahrheit erfahren musste. Nur so konnte er die Bänder zwischen ihnen zerschneiden und sie dazu bewegen, weiterzuziehen. Es brach ihm fast das Herz bei dem Gedanken, sie zu verletzen und ihr schönes Gesicht nie mehr zu sehen. Sie zu verlieren war schlimmer, als sein Leben zu verlieren. »Ich habe Jake gebeten, dir nichts zu sagen – er musste es mir sogar schwören, Liebes. Ich hatte gehofft, du würdest irgendwann dein Leben weiterleben, vielleicht jemand anderem begegnen ... Ich bin froh, dass du Pläne für eine Zukunft ohne mich machst, ich wünschte nur, ich könnte dir dabei helfen!« In seinen dunklen Augen stand jetzt abgrundtiefer Schmerz, und er ließ den Kopf sinken.

Eine kalte Hand schien nach Taras Herz zu greifen, und wieder spürte sie Schuldgefühle in sich aufsteigen. Sie hatte tatsächlich Pläne für eine Zukunft ohne Garvie gemacht, ohne zu ahnen, dass ihm vielleicht eine lange Haftstrafe bevorstand – oder sogar Schlimmeres. Plötzlich sah sie die Dinge ganz anders, ihr Plan erschien ihr auf einmal vollkommen bedeutungslos. »Mach dich nicht lächerlich, Garvie – ich bin deine Frau, in guten und in schlechten Tagen ...«

Er hob die Hand, um sie zum Schweigen zu bringen. »Meine liebe, süße, treue Tara! Du bist ein Engel, aber du musst jetzt allein weitermachen – und tapfer sein. Ich habe Jake gesagt, dass er sein Geld bekommt. Anscheinend glaubt er mir nicht ...«

»Aber warum nicht? Das hast du mir immer noch nicht gesagt.«

»Es könnte sein, dass ich zwanzig Jahre hier drin bleiben muss – wenn ich Glück habe. Wenn nicht ... werden sie mich in einer Kiste hier heraustragen.«

Tara hätte vor Entsetzen beinahe das Bewusstsein verloren. »Nein! Aber sie werden dich doch nicht ... hängen?«

»Jake hat einen Anwalt für mich bezahlt – aber du weißt ja, die Rechtsprechung hier ist nicht günstig für Zigeuner, besonders für jemanden mit meiner Vorgeschichte. Ich hatte keine Chance. Jetzt schulde ich Jake fast fünfzig Pfund. Aber ich schwöre dir, wenn ich es schaffe, zahle ich sie ihm zurück. Wenn du einen Ort hast, wohin du gehen kannst, vielleicht dein Cottage am Meer, dann gib ihm den Wohnwagen, wenn es nicht anders geht, Tara. Vielleicht lässt er dich dann in Ruhe. Ich einige mich schon irgendwie mit ihm ...«

Tara schob ihren Stuhl zurück und starrte Garvie an, als sei er ein Fremder. Erst jetzt fiel ihr auf, dass die Goldreifen aus seinen Ohren verschwunden waren und ebenso die Kette, die er immer um den Hals getragen hatte. Sie hatte ihn kaum jemals ohne diesen Schmuck gesehen. Er besaß fast keine Ähnlichkeit mehr mit dem Mann, den sie als ihren Ehemann kannte. »Vergiss den Wohnwagen und das Geld, Garvie – wir sprechen hier über dein Leben!«

Garvie erkannte Taras Entsetzen, und er bereute schon, ihr die Wahrheit gesagt zu haben. Sie war so sehr von Mitgefühl erfüllt, dass sie wahrscheinlich nichts unversucht lassen würde, seine arme Seele zu retten, bis sie krank davon wurde. »Mach dir keine Sorgen, Liebes. Vielleicht hängen sie mich ja auch gar nicht. Dann bekomme ich zwanzig Jahre, und ich bin noch nicht so alt, dass ich nie wieder Tageslicht sehen würde! Ich bitte dich, mach dir um mich keine Sorgen!« Er versuchte zu lächeln, doch es fiel nicht sehr überzeugend aus.

»Wie kannst du mir sagen, ich soll mir keine Sorgen machen? Ich könnte Jake dafür umbringen, dass er Geld von mir fordert statt mir zu sagen, dass ich meinen Mann vielleicht nicht wiedersehe! Dieser Kerl ist ein gemeiner Schuft!«

»Die Zeit ist um, Flynn!«, sagte der Wärter.

Tara erschrak. »Warten Sie – bitte nur noch ein paar Minuten!«

Der stumpfgesichtige Mann schüttelte den Kopf.

Tara griff in ihre Geldbörse und zog eine Zehn-Schilling-Note heraus, genau wie der Wärter es erwartet hatte. Diese schob sie ihm verstohlen zu, gerade, als andere Besucher den Raum betraten. Der Wärter hüstelte und griff hastig nach dem Geld, das er in seiner Jackentasche verschwinden ließ. Dann verschränkte er die Hände auf dem Rücken und starrte mit sehr zufriedener Miene geradeaus.

Tara wandte sich wieder ihrem Mann zu. Garvie war wütend, weil sie den korrupten Wärter bestechen musste, nur damit sie ein paar Minuten mehr miteinander verbringen konnten. Er hatte schließlich seit mehr als drei Wochen keinen Besuch mehr gehabt.

»Was hast du getan, was werfen sie dir vor, dass du ein so hartes Urteil befürchten musst?«, flüsterte Tara. Sie zweifelte kaum daran, dass Garvie schuldig war, denn er war noch nie völlig unschuldig gewesen, doch sie wollte ihn das nicht spüren lassen.

Garvie starrte sie an, und seine Gedanken gingen zurück zu dem Abend, an dem er sie zum ersten Mal gesehen hatte. Das Bild stand so klar vor ihm, als sei es erst gestern gewesen. So schön, so verletzlich hatte Tara ausgesehen, und so vollkommen durcheinander und verzweifelt war sie gewesen! Ihre Seele war zutiefst verletzt und er hatte nicht geglaubt, dass sie jemals wieder darüber hinwegkommen würde. Trotz der vielen Jahre, die seitdem verstrichen waren, stieg jedes Mal frische Wut in ihm auf, wenn er daran dachte, was Stanton Jackson ihr angetan hatte.

Stanton Jackson! Wenigstens hatte der keine Gelegenheit gehabt, je wieder eine lebende Seele zu verletzen. Garvie senkte den Blick auf die Tischplatte und schloss für einen Moment die Augen. »Ich schwöre dir, ich hatte keine Ahnung!«, flüsterte er.

»Keine Ahnung wovon, Garvie?« Taras Beklemmung wuchs. Das Herz klopfte ihr bis zum Hals, und sie wurde sich plötzlich der anderen Besucher bewusst, die nicht weit entfernt saßen.

»Erinnerst du dich noch an den Abend, als wir uns um ersten Mal gesehen haben, Tara?«, fragte Garvie leise, ohne aufzublicken.

»Natürlich«, flüsterte sie verwundert. »Wie könnte ich das vergessen?«

Wieder nickte Garvie. »Du warst so verzweifelt. Ich wusste nicht, wie ich dir helfen konnte und was ich tun sollte ...«

»Du hast mir aber geholfen, Garvie. Sehr sogar. Ich weiß nicht, was ich ohne dich getan hätte!«

»Es war nicht genug.«

»Du hättest sonst nichts tun können. Mein Vater war der Einzige, der die Möglichkeit gehabt hätte, aber er hat nichts unternommen.« Tara fühlte sich verwirrt. »Was willst du mir sagen, Garvie? Ich verstehe nicht ...«

»Ich bin als Ehemann ein elender Versager gewesen, das weiß ich, aber du musst mir glauben, dass ich dir gegenüber nur gute Absichten hatte.«

Tara konnte nicht leugnen, dass er die Wahrheit sagte. Er hatte sie oft, sehr oft im Stich gelassen, aber sie hatte immer gewusst, dass er sie niemals hatte verletzen wollen. Er war nur einfach nicht der richtige Mann für sie gewesen. Er war im Grunde genommen kein schlechter Mensch, er war nur nicht für die Ehe geschaffen. Er hatte einen sicheren Instinkt für Schwierigkeiten, in die er oft – entschieden zu oft – hineingeriet.

»Was du sagst, ergibt keinen Sinn, Garvie. Ich weiß, dass du immer nur die besten Absichten hattest. Aber warum sprichst du jetzt von diesem ersten Abend?«

Seit jenem Tag hatten sie niemals mehr über das gesprochen, was geschehen war. Garvie hatte gefunden, dass man es am besten vergessen sollte. Er ahnte nicht, dass Tara fast jeden Abend, wenn sie die Augen schloss, an diese Nacht denken musste, jedes Mal, da er sie berührte. Aber sie sprach mit niemandem darüber.

»Dieser Abend hat viel damit zu tun, dass ich hier bin«, sagte Garvie. Er richtete sich auf und nahm die Hände auseinander.

Tara sah ihn an und wartete auf eine Erklärung. Entsetzliche Gedanken schossen ihr durch den Kopf, doch sie brachte sie nicht über die Lippen. Irgendwann konnte sie die Spannung nicht mehr ertragen. »Ist in dieser Nacht irgendetwas passiert, von dem ich nichts weiß? Hast du jemandem etwas ... Du hast meinem Vater doch nichts getan, oder, Garvie?«

»Stanton Jackson«, sagte Garvie schlicht.

Tara erstarrte. Sie hatte diesen Namen seit vielen Jahren nicht gehört und nicht geahnt, dass Garvie sich überhaupt noch an ihn erinnerte. Allein ihn nur zu hören verursachte ihr körperliche Schmerzen, doch etwas anderes beunruhigte sie noch mehr. Sie hoffte und betete, Garvie möge nicht für sie Rache genommen haben! »Was ist mit ihm?«, flüsterte sie.

Garvie blickte auf, mit Augen, die seine Gefühle spiegelten. »Ich wollte ihn umbringen für das, was er dir angetan hat.«

Tara stieß erschrocken die Luft aus. »Nein ... Garvie, nein!« In ihren Augen glänzten jetzt Tränen.

Garvies Miene war voller Verzweiflung, als er die Enttäuschung in ihrem Blick erkannte. Unfähig, sie weiter anzusehen, ließ er den Kopf wieder sinken. »Ich muss es dir sagen, Mädchen!«

»Nein!« Tara sprang auf und stieß dabei die Bank so heftig um, dass diese zu Boden fiel.

»Es tut mir Leid, aber ich sorge mich um deine Sicherheit«, beharrte er mit einem Seitenblick auf den Wärter, und Tara wurde von neuem bewusst, dass dieser jedes Wort ihres Gesprächs mithörte. Wieder sah Garvie sie an, und in seinem Blick stand die flehende Bitte um Verständnis.

An dem Abend, als sie sich zum ersten Mal begegnet waren, hatte Taras Familie eine Party für sie gegeben, die ihr Debüt in der Gesellschaft hatte werden sollen. Während sie draußen frische Luft geschöpft hatte, war sie von einem Mann überfallen worden, der für ihren Vater arbeitete. Blind vor Tränen und Schmerz war sie mit zerrissenem Kleid in den Wald gelaufen und schließlich im Zigeunerlager gelandet. Garvie hatte sich um sie gekümmert, bis sie sich beruhigt hatte, und sie dann überredet, wieder nach Hause zurückzukehren.

»Als ich dich damals heimbegleitete, habe ich dir noch vom Waldrand aus nachgeschaut, bis du im Haus verschwunden warst. Ich wollte gerade gehen, da bemerkte ich einen Mann, der im Dunklen um die Ställe herumschlich. Sein Verhalten führte mich zu dem Schluss, dass er wahrscheinlich derjenige war, der dich überfallen hatte. Als ich ihn im hintersten Stall verschwinden sah, folgte ich ihm. Aus dem Schatten der Heuballen gleich hinter der Tür heraus beobachtete ich, wie er eine Lampe anzündete und sein Hemd auszog. Er fing an, Wunden auf seinem Körper zu untersuchen, die wie Bisswunden aussahen. Mir fiel ein, dass du gesagt hattest, dein Hund sei dir zu Hilfe gekommen, als du überfallen wurdest. Dann entdeckte ich die Kratzspuren auf seiner Brust und seinen Schultern. Du musst sie ihm zugefügt haben, als du dich gegen ihn gewehrt hast.«

Tara schlug entsetzt eine Hand vor den Mund.

»Als ich daran dachte, was er dir angetan hatte, stieg blinde Wut in mir auf. Ich ging auf ihn zu, und wir stritten miteinander. Er war auch noch stolz auf das, was er angerichtet hatte. Er brüstete sich sogar damit, deinen Vater davon überzeugt zu haben, dass es ein Zigeuner gewesen wäre, der dich ...«, er flüsterte nur noch, und Tara fühlte, wie sie vor Scham errötete, »vergewaltigt hatte. Ich schlug auf ihn ein, bis er zu Boden fiel. Ich war völlig erschöpft, mein Körper und meine Seele waren müde, und doch fühlte ich noch immer Wut in mir. Als ich so über ihn gebeugt stand und ihn aufforderte, wieder hochzukommen, hörte ich draußen die Stimmen von Menschen, die rasch näher kamen. Ich wusste zwar, dass die Wunden auf Stantons Körper Beweis genug für seine Schuld waren, aber man hätte trotzdem mich, den Zigeuner, verhaftet. Also versteckte ich mich wieder hinter den Heuballen und hoffte, wer immer dort draußen war, würde vorbeigehen. Zwei junge Männer, ich hielt sie für Lieferanten eines Restaurants, blieben an der Stalltür stehen. Sie sahen das Licht und Stantons am Boden liegenden Körper und kamen herein. Sie haben ihn untersucht und festgestellt, dass er noch am Leben war. Während einer von ihnen Hilfe holen ging, kümmerte der andere sich um Stanton, und so schlüpfte ich unbemerkt aus dem Stall und rannte davon. Als ich auf den Wald zulief, hörte ich deinen Vater in irgendeinem der oberen Räume herumbrüllen und dachte, er sei wütend wegen der Sache, die Stanton dir angetan hatte. Ich war froh, dass ich Stanton niedergeschlagen und damit an der Flucht gehindert hatte. Erst im Lager merkte ich, dass ich die Kette und das Medaillon verloren hatte, die ich immer trug. Ich dachte, die Kette sei vielleicht im Kampf mit Stanton zerrissen. Gerade als ich deshalb zurückgehen wollte, kamst du und sagtest, die Polizei sei zu uns unterwegs. Dein Vater glaubte, einer von uns habe dich vergewaltigt. Ich war wie vor den Kopf geschlagen und wütend auf deinen Vater, weil er dir nicht geglaubt hatte. Ich war sicher gewesen, dass er sich Stanton nur ansehen müsste und dass die Bisswunden auf dessen Körper ihm sagen würden, was wirklich geschehen war. Sonst hätte es bedeutet, dass der Mann ohne Strafe für das, was er dir angetan hatte, davonkommen würde! Ich wollte zurückgehen, um mit deinem Vater zu sprechen. Aber deine Worte überzeugten mich davon, dass nichts Gutes dabei herausgekommen wäre. Wenn er seiner eigenen Tochter schon nicht glaubte, hätte er schon gar keinem Zigeuner getraut. Du konntest an nichts anderes denken als an den Verrat deines Vaters, und ich dachte, es sei das Beste, dich mit uns zu nehmen. Nachdem wir damals weitergezogen waren, habe ich diese Goldkette und das Medaillon für lange Zeit völlig vergessen.«

Tara schüttelte den Kopf, unfähig, seine Worte wirklich zu begreifen.

»Die Zeit ist um, Flynn«, sagte der Wärter wieder.

»Bitte«, flehte Tara, »nur noch ein paar Minuten!« Sie öffnete ihre Börse und schob einige Münzen in seine Richtung. Nachdem er sich vorsichtig umgesehen hatte, steckte der Mann das Geld ein und wirkte sehr mit sich zufrieden.

Dieses Mal schien Garvie von dem unverschämten Handel nichts mitbekommen zu haben. Er musste seine Geschichte zu Ende bringen und sich dem Menschen gegenüber rechtfertigen, der ihm näher stand als alle anderen. Er hoffte inständig, dass Tara nicht unter den Folgen des damaligen Geschehens zu leiden haben würde, doch es war immerhin möglich, und deshalb musste er sie vorwarnen.

»Die Polizei hat mir bei meiner Verhaftung gesagt, dass Stanton zwei Tage später gestorben ist, an einem Blutgerinnsel in seinem Gehirn. Ich erinnere mich, dass er gegen die Stallwand fiel, wo auch eine Forke stand – aber ich habe kein Blut gesehen. Die Polizei glaubt, ich hätte ihn mit der Forke geschlagen, aber ich schwöre dir, so war es nicht. Jedenfalls haben sie meine goldene Kette und das Medaillon auf dem Boden im Stroh gefunden und sie ein paar Schmuckhändlern in der Gegend gezeigt. Einer hatte die Kette für mich angefertigt und hat ihnen eine Beschreibung von mir gegeben. Völlig ahnungslos ging ich vor ein paar Monaten, als ich wieder einmal in der Gegend zu tun hatte, zu demselben Juwelier in Maynooth und bat ihn, mir genau so ein Medaillon zu machen wie das, das ich verloren hatte. Er tat es, verlangte allerdings einen unverschämten Preis und ging zur Polizei, als ich die letzte Rate nicht aufbringen konnte. Ich hatte vorher auf einigen Farmen in der Gegend gearbeitet, Land gerodet und Holz gehackt. Einer der Farmer, ein Nachbar deines Vaters, erkannte die Kette und das Medaillon, und die Aussagen des Farmers und des Juweliers reichten der Polizei, um einen Haftbefehl gegen mich auszustellen. Und weil hinten auf dem Medaillon meine Initialen eingraviert waren, gab es für mich auch keine Ausreden – also hatten sie mich. Ich wurde wegen Mordes an Stanton Jackson angeklagt.«

»Oh, Garvie!« Tara begann leise zu schluchzen.

»Weine nicht, Liebste!«

»Es ist alles meine Schuld! Wenn ich in dieser Nacht nicht zu euch ins Lager gelaufen wäre, wäre all das nicht passiert.«

»Sag nicht so etwas, Tara! Du bist das Beste, was mir jemals widerfahren ist. Ich bin zu nichts nutze. Du musstest dich ohne eigene Schuld die meiste Zeit deiner Ehe allein durchschlagen!«

»Du hast sicherlich oft über die Stränge geschlagen, Garvie, aber du hast ein gutes Herz!«

»Kinder können über die Stränge schlagen, Tara. Ich bin einfach ständig in Schwierigkeiten, und du wärst ohne diese Schwierigkeiten besser dran!«

»Ich gehe zur Polizei und sage ihnen, was wirklich passiert ist. Wenn sie die ganze Wahrheit kennen, lassen sie die Anklage vielleicht fallen!«

»Das ist typisch für meine großzügige Tara – aber es gibt nichts, was sie dazu bringen kann, die Anklage fallen zu lassen. Was immer er dir angetan hat, er ist durch meine Schläge gestorben. Und wenn ich nicht wegen Mordes an ihm hier wäre, dann wegen etwas anderem. Du weißt, dass es so ist. Auf diese Weise erspare ich nur allen möglichen Leuten die Mühe, mich alle paar Monate vor Gericht zu bringen. Ich hatte genügend Zeit, über das nachzudenken, was geschehen ist, und ich halte es für wahrscheinlich, dass Stanton dieses Blutgerinnsel schon in seinem Kopf hatte, als er dich überfiel. Ich erinnere mich noch an das, was du mir in jener Nacht über ihn erzählt hast – dass er Schmerzen zu haben schien und immer wieder eine Hand an seine Schläfe legte. Du hast versucht, einen Grund dafür zu finden und gemeint, er habe vom Trinken Kopfschmerzen bekommen. Aber ich glaube, in Wirklichkeit gab es noch einen anderen Grund.«

Tara nickte. »Du dürftest nicht hier sein, Garvie.«

»Ich hatte zwar nicht vor, Jackson umzubringen, aber er ist tot. Ich habe mein Schicksal angenommen, und du musst dasselbe tun!«, war Garvies schlichte Antwort.

»Aber dies ist ein so schrecklicher Ort. Wie kannst du es nur ertragen, in der Nacht die Sterne nicht zu sehen – hier eingesperrt zu sein, statt am Lagerfeuer zu sitzen und Gitarre zu spielen?«

Eine Sekunde lang glaubte Tara, Verzweiflung in seinem Blick aufschimmern zu sehen. Sie hatte keine Vorstellung davon, wie sehr Garvie seine Freiheit vermisste. Jede Nacht träumte er in seiner Zelle von Reisen über einsame Landstraßen inmitten von blühenden Wiesen. Er sah sich neben einem hellen Lagerfeuer sitzen oder fühlte den Seewind auf seiner Haut. Er liebte Musik, und Tara tanzen zu sehen, erfüllte sein ganzes Inneres mit Leidenschaft. Er hätte seine Seele verkauft, um seine Frau noch einmal beim Tanzen zu betrachten, aber sein Wunsch würde nicht in Erfüllung gehen. In der kurzen Zeit, die ihm blieb, musste er mit seinen Träumen und Erinnerungen leben.

»Du bist es, um die ich mir Sorgen mache, Tara! Ich habe zwar der Polizei gesagt, dass du nichts mit Stantons Tod zu tun hattest, aber ich bin nicht sicher, ob sie mir glauben. Sie haben mich ständig gefragt, ob Stanton und ich deinetwegen miteinander gestritten haben. Als sie hörten, dass du mit mir fortgelaufen bist, dachten sie, Stanton sei vielleicht ein abgewiesener Verehrer. Ich wäre sehr beruhigt, wenn du irgendwohin gingst und ein neues Leben anfingst. Du warst nie für ein Leben unter den Zigeunern bestimmt; ich möchte, dass du mich und das Leben mit mir vergisst. Du bist eine echte Lady und verdienst so viel mehr, als ich dir geben konnte: ein großes Haus, einen netten Mann, viele Kinder ... Ich weiß, dass du dir die Schuld daran gibst, mir keine Kinder geschenkt zu haben, aber viel wahrscheinlicher lag es an mir. Du weißt ja, dass unsere Ehe nur nach Zigeunerrecht gültig war. Betrachte dich als ungebundene Frau, die ein neues Leben anfängt!«

Tränen strömten Tara über die Wagen. Ja, sie hatte frei sein wollen, aber niemals um den Preis von Garvies Leben. Es war alles eine einzige Tragödie.

»Tu es für mich, Tara, bitte! Alles, was ich mir wünsche, ist, dich glücklich und in Sicherheit zu wissen!«

»Ich will dich aber nicht vergessen, Garvie! Verlang das nicht von mir. Du bist fast elf Jahre lang Teil meines Lebens gewesen, und neun davon mein Mann. Große Häuser und all dieses unnötige Zeug habe ich nie gebraucht ...«

Garvie merkte, dass er nicht zu Tara durchdrang. »Vielleicht ist das so. Aber im Grunde wissen wir beide, dass ich der falsche Mann für dich bin.«

Tara schüttelte den Kopf. Sie wollte nicht hören, was er sagte.

Das Einzige, woran sie denken konnte, war, dass Garvie sein Leben verlieren würde, weil er sie gerächt hatte.

Sein Ton wurde hart. Er war fast sicher, dass man ihn hängen würde, und er konnte nicht zulassen, dass Tara ihr Leben damit verschwendete, um ihn zu trauern. »Du hast sogar deine eigene Familie vergessen, Tara. Wenn du das konntest, kannst du auch jemand so Unwürdigen wie mich vergessen. Wir werden keinen weiteren Kontakt miteinander haben.«

Tara starrte ihn zutiefst erschrocken an.

»Schreib mir nicht, denn ich werde niemanden bitten, mir deine Briefe vorzulesen. Besuch mich nicht, denn ich möchte dich nicht sehen. Jetzt geh, und beginne ein neues Leben als Tara Killain!«

Der Schock verschlug Tara die Sprache. Nie zuvor hatte Garvie in diesem Ton mit ihr geredet. Er stand auf, und seiner Miene war nicht anzusehen, wie sehr er litt. Er blickte in Taras schönes Gesicht, sah die Tränen auf ihren Wangen, und ihr Bild brannte sich tief in sein Gedächtnis ein. Fast hätte ihr Anblick seine Entschlossenheit ins Wanken gebracht, doch er kämpfte darum, stark zu sein – um ihretwillen. Er liebte Tara von ganzem Herzen, aber er musste sie freigeben.

Unfähig, sich zu rühren, beobachtete Tara, wie er durch die Tür ging, zurück in seine Zelle. Er blickte sich nicht einmal um. Sie fragte sich, wie er so grausam und gefühllos sein konnte. Ihr Kopf weigerte sich, die Wahrheit zu begreifen, doch in ihrem Herzen kannte sie die Antwort: Er liebte sie.

Auch wenn Garvie Recht hatte und man ihn ganz sicher hängen würde, so änderte das nichts an dem unerträglichen Schmerz, der sie erfüllte.

4

Als Kelvin Kendrick an diesem kalten und ungemütlichen Morgen die Harcourt Gallery betrat, war es noch nicht ganz hell, und er hätte sich jetzt liebend gern in der Wärme irgendwo auf der anderen Hälfte der Erdkugel aufgehalten. An seinem Schreibtisch im hinteren Teil der eigentlichen Galerie sah er zu seinem Erstaunen den Schleier, den Lady Bowers am Tag zuvor getragen hatte, mitten auf seinen Papieren liegen. Verwundert blickte er sich um und stellte fest, dass die Tür zum Büro nur angelehnt war. Da die Galerie für Diebe ein willkommenes Ziel abgab und Kelvin Tapferkeit nicht zu seinen hervorstechendsten Tugenden zählte, erschrak er zutiefst.

Vielleicht handelte es sich bei der Person im Büro um Lady Bowers, die zurückgekehrt war, um das Porträt der Zigeunerin zu stehlen. Aus einem ihm unbekannten Grund schien sie sich Gedanken über das Bild gemacht zu haben. Er zog eine Pistole unter seinem Schreibtisch hervor und näherte sich ein wenig unsicher der Bürotür. Die Pistole war nicht geladen, weil der Gedanke an den Anblick von Blut, auch wenn es das einer anderen Person war, ihm Unbehagen bereitete, doch er hoffte, auf die abschreckende Wirkung der Waffe.

Als er kein Geräusch vernahm, warf er einen vorsichtigen Blick in den Raum hinein. Rasch hatte er die Person, die er vor dem Bildnis der Zigeunerin stand, erkannt und schüttelte verwirrt den Kopf. Was mochte es nur sein, das die Leute an diesem schrecklichen Gemälde so sehr faszinierte?

Kelvin schwankte zwischen Erleichterung und Ärger. »Mr.

Magee, haben Sie mich aber ... erschreckt! Sie hätten mir doch sagen können, dass Sie heute Morgen aufschließen würden – ich hätte fast einen Herzinfarkt erlitten!« Als Riordan nicht antwortete, betrat er das Büro.

Riordan war in Gedanken meilenweit entfernt gewesen, in einer mondhellen Nacht, in einem Wald in Tipperary. Er wirkte müde und verzagt.

»Kelvin ... könnten Sie dieses Bild so einpacken, dass es als Seefracht aufgegeben werden kann?«, fragte er leise und reichte seinem Angestellten das Porträt der Zigeunerin.

»Dieses Bild, Sir? Hat es etwa jemand gekauft?«

»Ich möchte es seiner rechtmäßigen Besitzerin zurückgeben.«

»Ich dachte, Sie ...« Kelvin war zutiefst verwirrt, doch er hielt sich davon zurück, seinen Arbeitgeber auszufragen. »Natürlich, Sir. Aber ich habe gestern doch noch eines gekauft ...«

»Ich will es nicht sehen«, unterbrach ihn Riordan, in scharfem Ton. »Schicken Sie sie beide an Victoria Millburn, c/o Tambora Station, Wombat Creek, Südaustralien.« Riordan setzte sich an seinen Schreibtisch und nahm einige Papiere. Ein vergeblicher Versuch, um sich abzulenken. Kelvin spürte, dass ihn etwas bedrückte.

»Stimmt irgendetwas nicht, Sir? Sie sehen ... so anders aus heute Morgen!« Der Geschäftsführer ahnte, dass Riordans eigenartige Verfassung etwas mit Lady Bowers zu tun haben musste, doch er hatte nicht den Mut, genauer nachzufragen. Kelvin starrte auf das Bild, das – noch immer in das braune Packpapier gewickelt – an der Wand lehnte. Vermutlich war sein Arbeitgeber einfach nicht neugierig genug gewesen, um es auszupacken. Er hatte keine Ahnung von den inneren Qualen, die Riordan seit mehr als einer Stunde ausstand, während der er mit dem fast unwiderstehlichen Drang gerungen hatte, das Porträt aus seiner Papierhülle zu befreien.

»Ein Riesenzufall, dass Lady Bowers ein Bild desselben Künstlers besaß, der auch die Zigeunerin gemalt hat, nicht wahr, Sir?«, meinte Kelvin, der nach Gründen für Riordans bedrückte Stimmung suchte.

»Das war kein Zufall«, gab dieser müde zurück. »Ich dachte, Sie hätten einen so guten Blick für Details?«

Die Kritik verblüffte Kelvin. Irgendetwas stimmte absolut nicht. Er verstand nicht, wie der Schleier auf seinen Schreibtisch gelangt war, und Riordan gab ihm ebenfalls Rätsel auf, weil er völlig verändert wirkte.

»Tut mir Leid!«, sagte Riordan jetzt, fuhr sich mit den Fingern durch die dichten, blonden Haare und stieß einen abgrundtiefen Seufzer aus. »Sie sind in dieser Sache nicht dümmer als ich gewesen, und der Fairness halber muss berücksichtigt werden, dass die Lady einen Schleier trug!« Kelvin sah die dunklen Ringe unter den Augen seines Arbeitgebers, deutliche Zeichen einer schlaflosen Nacht. »Haben Sie keinerlei Ähnlichkeit zwischen Ta ... Lady Bowers und der Zigeunerin auf dem Bild entdeckt?«

»Eine Ähnlichkeit? Zwischen Lady Bowers und einer Zigeunerin?!« Kelvin konnte es nicht fassen, und seine Verwirrung steigerte sich von Minute zu Minute.

»Ihre Gesichtszüge, Kelvin! Ich weiß, sie waren kaum zu sehen, aber haben Sie nicht bemerkt, dass sie ähnlich aussah? Ich dachte, es wäre Ihnen vielleicht aufgefallen, weil die Beleuchtung hier sehr gut ist.«

Kelvin sah sich das Porträt genauer an. Dabei legte er eine Hand unter sein Kinn, eine seltsame, fast weibliche Pose, die er immer dann einnahm, wenn er sich ganz auf die Betrachtung eines Kunstwerks konzentrierte. »Als ich sagte, dass ich das Bild kaufen würde, hat sie ihren Schleier gelüftet ... Ich fand es eigenartig ...«

Riordan sah ihn an, und auf seinen Zügen lag plötzlich ein Ausdruck tiefer Traurigkeit. »Dann haben Sie also eine Ähnlichkeit bemerkt?«

Kelvin besah sich das Gemälde noch genauer. »Jetzt, wo Sie es erwähnen, sehe ich sogar eine verblüffende Ähnlichkeit. Vor allem die Augen ...« Er wandte sich zu Riordan um, angestrengt nachdenkend. »Gestern habe ich überhaupt nicht darüber nachgedacht. Aber die Kleidung der Zigeunerin ist geschmacklos, fast obszön, während Lady Bowers standesgemäß und ordentlich gekleidet war – vielleicht ein bisschen altmodisch, aber gänzlich angemessen für ihre persönlichen Umstände. Ihre Haare konnte ich nicht sehen, aber es ist unwahrscheinlich, dass es dieselbe Farbe hat wie das der Zigeunerin – dieses dunkle Rotbraun«, fügte er hinzu, und es klang fast wie ein Kompliment. »Warum fragen Sie, Sir? Lady Bowers hat doch sicher nichts mit dieser ... Frau zu tun, nicht wahr?«

»Das ist eine lange Geschichte, Kelvin – aber Lady Bowers und die Zigeunerin auf diesem Bild sind sogar ein und dieselbe Person.«

Kelvin stieß überrascht die Luft aus.

»Erinnern Sie sich noch daran, wie ich vor sieben Jahren eine ganz bestimmte Frau gesucht habe?«

Der Geschäftsführer nickte stumm. Es war sehr unwahrscheinlich, dass er diese dunkle Zeit jemals vergessen würde. Er hatte damals die Galerie allein geführt, sich um Ankauf, Katalogisierung und Verkauf gekümmert, während Riordan wie besessen gewesen war. Niemand hatte ihn zur Vernunft bringen können – er hatte weder Kelvin noch jemand anderem viel über die Einzelheiten erzählt, doch seine Suche hatte fast in einer Tragödie geendet, als er durch die Hände von Zigeunern beinahe sein Leben verloren hätte. Keiner von seinen Freunden wusste genau, was er im Chelms Wood, Tipperary, gemacht hatte, aber man vermutete, dass er einem Raubüberfall zum Opfer gefallen war. Die Einheimischen jener Gegend jedoch schrieben das Geschehen sehr viel dunkleren Mächten zu.

»Ich habe damals die Frau auf diesem Bild gesucht«, erklärte Riordan.

Kelvin starrte ihn fassungslos an. Er konnte nicht begreifen, dass Riordan für eine Zigeunerin sein Leben riskiert hatte. Sofort dachte er an das Bild, das er gekauft hatte, und seine Augen weiteten sich. »Ist das Gemälde denn eine ... Fälschung?«

»Das Gemälde ist völlig unwichtig, Kelvin.«

»Unwichtig? Ich habe ihr eine Menge Geld dafür bezahlt!« Kelvin war sehr stolz darauf, dass ihm bislang niemand etwas hatte vormachen können, obwohl es schon viele versucht hatten – doch wie es schien, war es der Zigeunerin tatsächlich gelungen.

Zum ersten Mal, seit Kelvin für ihn arbeitete, und das tat er immerhin mittlerweile seit fast neun Jahren, erkannte Riordan, dass sein Angestellter wirklich ein engstirniger Mann war, ganz wie Tara es gesagt hatte – und diese Erkenntnis erschreckte ihn.

»Ich habe Sie selbst instruiert, jedes Bild des Künstlers zu kaufen, der die Zigeunerin gemalt hat, erinnern Sie sich? Aber das Gemälde ist wirklich unwichtig – Sie brauchen sich deshalb keine Gedanken zu machen, und es sollte Ihnen auch nicht den Schlaf rauben.«

Kelvin hörte gar nicht richtig zu. Der Gedanke, von einer Zigeunerin hereingelegt worden zu sein, schockierte ihn zutiefst. »Ich wusste doch, dass das Bild wertlos war. Ich verstehe nicht, warum Sie mich angewiesen haben, so eine Summe für etwas so Schlechtes zu bezahlen ... So etwas könnte sogar unseren guten Ruf ruinieren!« Ihm fiel wieder ein, wie herablassend die Frau sich ihm gegenüber benommen hatte, und heiße Kränkung schoss in ihm hoch. »Die hat vielleicht Nerven, sich als echte Lady auszugeben!«

Riordan fühlte, wie er wütend wurde, doch er kämpfte seinen Ärger nieder. »Erstens, Kelvin, ist die Zigeunerin in Wirklichkeit Tara Killain und damit eine waschechte Lady. Ninian Killain war früher ein eifriger Kunstsammler, und seine Schwester, Victoria Millburn, ist eine gute Freundin von mir.«

Kelvin sank förmlich in sich zusammen, doch Riordan war noch nicht fertig mit ihm. »Sie sind immer ein loyaler und fähiger Mitarbeiter gewesen, Kelvin, aber manchmal muss man Sie, so scheint es mir, daran erinnern, dass Sie in einem kleinen Farmhaus mit nur zwei Zimmern zur Welt gekommen sind.« Er sah, wie sich sein Angestellter förmlich wand vor Scham. »Sie hatten das Glück, dass Ihr Onkel Ihnen eine Ausbildung bezahlte und dass Ihr Talent in der Kunstszene gefördert wird.«

Kelvin errötete tief und senkte den Blick.

Als er sah, wie sehr er den anderen gedemütigt hatte, schlug Riordan einen sanfteren Ton an. »Tara stammt aus vornehmen Kreisen und hätte normalerweise all die Privilegien beanspruchen können, die damit verbunden sind: eine gute Ausbildung, eine hohe Stellung in der Gesellschaft ...« Er schloss die Augen und verstummte, als er daran dachte, was für eine Wendung ihr Leben genommen hatte und welcher Kummer dadurch über ihre Familie gekommen war. »Sie hat sich in einen Mann verliebt ... der zufällig ein Zigeuner war. Wir haben nicht das Recht, sie deswegen zu verurteilen, ob wir nun mit ihrer Wahl einverstanden sind oder nicht.« Normalerweise hielt sich Riordan für einen einigermaßen offenen und mitfühlenden Menschen. Jetzt musste er jedoch feststellen, dass diese beiden Eigenschaften ihn im Stich ließen, wenn es um Tara ging. Er überlegte, ob sich das je ändern würde – aber zu seiner großen Erleichterung war es wohl eher unwahrscheinlich, dass er ihr jemals wieder begegnen würde.

Kelvin dachte, dass er lieber verdammt sein wolle, als sein Mitgefühl an jemanden zu verschwenden, der als Zigeuner gelebt hatte. Seiner Meinung nach waren sie nichts als Wilde. Hatte Riordan etwa schon vergessen, dass er von ihnen beinahe umgebracht worden war? Er hätte seine Gedanken gern ausgesprochen, hielt sich jedoch zurück, denn schließlich wollte er seine Stelle in der Galerie nicht verlieren.

»Victoria Millburn bat mich, ihre Nichte zu suchen, und schickte mir das Bild, damit ich sie erkennen konnte.« Riordan war unfähig, weiterzusprechen. Obwohl er Taras Tugend verteidigt hatte, empfand er bei dem Gedanken an ihr Handeln noch immer schmerzhafte Enttäuschung. Wenn er ehrlich war, musste er allerdings zugeben, dass es seine eigene Schuld war. Er hatte aus der Frau auf dem Bild eine Traumfigur gemacht, die darauf wartete, von ihm errettet zu werden. Doch diese Traumfrau hatte nur in seinem Kopf existiert, und nun hatte er sie losgelassen. Plötzlich konnte es ihm gar nicht schnell genug damit gehen, alle Gedanken an die Zigeunerin aus seinem Kopf zu verbannen, wozu er bisher nicht fähig gewesen war. Das Bild an Victoria zurückzuschicken würde der erste Schritt dazu sein.

»Würden Sie mich jetzt bitte allein lassen, Kelvin?«, bat er leise.

Als Tara ins Lager zurückkehrte, fand sie ihre Sachen durchwühlt und überall am Ufer des Liffey verstreut. Ihr Wohnwagen war fort, ebenso wie die Zigeuner. Ganz offensichtlich war Jake nicht bereit, auf sein Geld zu warten, und die Zigeuner wollten sie nicht länger unterstützen. Sie waren nicht ihre Familie und würden es niemals sein. Obwohl sie immer gewusst hatte, wie die anderen zu ihr standen, schmerzte sie ihre Ablehnung doch sehr.

Bei Einbruch der Dämmerung hatte Tara den Beschluss gefasst, sich für diese Nacht ein warmes Bett in einem einfachen Gasthof zu leisten und so ihre üble Lage zumindest für ein paar Stunden zu vergessen. Sie hatte keine Ahnung, wohin sie gehen oder was sie nun tun sollte, und niemanden, mit dem sie darüber sprechen und der ihr raten konnte. In ihrem ganzen Leben hatte sie sich noch nicht so allein gefühlt.

Trotz des bequemen Bettes fand sie fast die ganze Nacht keinen Schlaf. Sie dachte an ihre Tante und das Porträt, das sie in der Galerie entdeckt hatte. Der Schwur ihrer Tante, das Bild niemals aus der Hand zu geben, war ihr noch lebhaft im Gedächtnis. Es musste also einen sehr guten Grund gegeben haben, warum sie sich schließlich doch davon getrennt hatte. Die beiden Frauen waren sich in Taras Jugend sehr nahe gewesen, und nun konnte diese nicht einfach ihr Leben weiterleben, ohne herauszufinden, was aus der Älteren geworden war.

Riordan saß über einigen Papieren, als er in der Galerie ärgerliche Stimmen vernahm.

»Ich verlange zu wissen, wie Sie an diesen Schleier gekommen sind! Wo ist der Besitzer?«

»Bitte, gehen Sie, bevor ich einen Polizisten rufe und Sie hinauswerfen lasse!«

Riordan war gerade aufgesprungen, als seine Bürotür aufgestoßen wurde und Tara erschien, gekleidet als Lady Bowers. Sein Herz drohte auszusetzen, als er sie sah. Gleich hinter ihr erschien ein verlegener Kelvin Kendrick.

»Es tut mir Leid, Sir – ich konnte sie nicht aufhalten. Ich werde einen Constable rufen.«

So überrascht Tara war, Riordan zu sehen, hörte sie doch die Verachtung, die in Kelvins Ton mitschwang, und ihre Nackenhaare sträubten sich.

Riordan ließ sich wieder in seinen Sessel fallen. »Nein, Kelvin – ich werde mit Miss Killain sprechen!« Er barg das Gesicht für einen Augenblick in den Händen, um Kraft zu sammeln.

Mit einem letzten, wütenden Blick auf Tara verließ Kelvin das Büro.

Tara starrte Riordan aus großen Augen an. Er stellte fest, dass sie den Schleier in der Hand hielt, den sie am Abend zuvor weggeworfen hatte.

»Was haben Sie in diesem Büro zu suchen?«, fragte sie und schlug dann eine Hand vor den Mund, als ihr die Erkenntnis dämmerte. »Sie sind doch wohl nicht der Galeriebesitzer?« Tödlich verlegen dachte sie daran, wie hochnäsig sie sich am Tag zuvor ihm gegenüber benommen hatte. Warum hatte sie nur nicht gespürt, dass er der Besitzer war? Wieder einmal hatte ihre Gabe sie im Stich gelassen! Eloisa musste sich irren – sie war ganz sicher keine Seherin!

»Wie konnten Sie mich ...«

Riordan unterbrach sie, und in seinem Ton schwang eisiger Sarkasmus mit. »Sie werden doch nicht so weit gehen und mich einen Betrüger nennen, oder?« Er hatte sich vorgenommen, ihr gegenüber freundlich zu sein, doch er schaffte es nicht.

Tara errötete vor Wut und Verlegenheit. »Sie haben mich vorhin Miss Killain genannt. Woher wussten Sie, wer ich bin, und woher haben Sie das Bild, das ich gestern hier gesehen habe?« Sie schaute zu den ausgepackten Gemälden auf dem Boden an der Wand hinüber: Das Bild der Zigeunerin war fort, doch das neue Porträt, das sie der Galerie verkauft hatte, stand noch dort.

Riordan folgte ihrem Blick. »Es ist schon verpackt, um zu Ihrer Tante zurückgeschickt zu werden«, sagte er. »Das hätte ich schon vor Jahren tun sollen! Sie können das andere wieder mitnehmen.«

Tara starrte ihn misstrauisch an. »Woher kennen Sie meine Tante? Und wie sind Sie an das Porträt von mir gelangt? Tante Victoria hat geschworen, es nie aus der Hand zu geben!«

Riordan seufzte und blickte auf die ordentlich gestapelten Papiere vor ihm auf dem Schreibtisch hinunter, ohne sie wirklich zu sehen. Tara kam auf ihn zu, entschlossener als je zuvor, die Wahrheit herauszufinden. Als sie am Schreibtisch angekommen war, blieb sie stehen und starrte auf ihn hinunter.

»Setzen Sie sich doch«, forderte Riordan sie auf, und seine Stimme klang plötzlich müde. »Zwar ist dieses Gespräch mit Ihnen, Miss Killain, das Letzte, was ich will, aber ich bin es Victoria schuldig.« Riordan hoffte, in Frieden weiterleben zu können, wenn die Dinge ein für alle Mal ausgesprochen waren. Tara Killain hatte ihm wahrhaftig genug Probleme bereitet.

Der unerwartete Umschwung in seinem Verhalten ihr gegenüber verwirrte diese. »Ich heiße Tara Flynn – Mrs. Tara Flynn«, erklärte sie in dem plötzlichen Verlangen, ihn zu ärgern, »und das Letzte, was ich will, ist ein Gespräch mit Ihnen. Aber ich denke, das sind Sie mir schuldig.« Sie ließ sich auf dem äußersten Rand des Stuhls nieder, der dem seinen gegenüberstand.

Riordan nickte, verwirrt über die Wirkung, die ihre Nähe auf ihn hatte, und schockiert darüber, dass sie verheiratet war, vermutlich mit einem der Zigeuner, und das verdoppelte seine Wut.

»Fangen Sie am besten damit an, woher Sie meine Tante kennen«, meinte Tara. »Das Letzte, was ich von ihr hörte, war, dass sie nach Übersee gehen würde.«

Riordan blickte auf, direkt in ihr Gesicht und ihre klaren, grünen Augen, und fand es plötzlich schwer, sich zu konzentrieren. Tara war noch genauso schön wie vor sieben Jahre. Bilder von ihrem aufreizenden Tanz tauchten vor seinem geistigen Auge auf, und er musste sich zwingen, zusammenhängend zu denken. Dass sein Körper auf sie reagierte, verärgerte ihn noch mehr. »Ich habe Ihre Tante in Paris kennen gelernt. Ich befand mich auf einer Einkaufsreise für die Galerie. Dann sind wir uns zufällig noch in vielen anderen europäischen Städten über den Weg gelaufen und gute Freunde geworden. Wir blieben sogar in Kontakt, als sie nach Indien ging, wo sie Tom Millburn, ihren späteren Mann, traf.«

Taras Augen wurden groß vor Verwunderung. Sie war so froh, dass ihre Tante endlich ihr Glück gefunden hatte! Riordan bemerkte ihre Freude und schloss daraus, dass Tara ihre Tante wirklich gemocht haben musste. Das machte es noch schwerer zu begreifen, warum sie ihr so ungerührt das Herz gebrochen hatte.

Riordan blickte starr auf einen Briefbeschwerer, einen aus Sandstein geschnitzten Elefanten, den er von einem Kunden geschenkt bekommen hatte. »Tom besaß ein ansehnliches Stück Land mitten in Australien. Anscheinend hatte er auch schon einige Zeit dort gelebt und es erschlossen, bevor er nach Indien ging. Er hatte sich dort sehr wohl gefühlt und war sicher, dass Victoria Tambora ebenfalls lieben würde.« Riordans Stimme wurde sanfter. »Tom Millburn war einer der nettesten Menschen, die man sich vorstellen kann. Er hat Ihre Tante sehr glücklich gemacht.«

»Sie sprechen in der Vergangenheit – ist ihm irgendetwas zugestoßen?«

»Tragischerweise ist Tom vor fünf Jahren gestorben.«

»Oh.« Tara fühlte tiefes Mitleid mit ihrer Tante. Es schien Victoria wie ihr selbst nicht bestimmt zu sein, wahres und dauerhaftes Glück zu finden. »Was ist dann mit meiner Tante geschehen? Sicher zog es sie nach Irland zurück, nachdem Tom gestorben war.«

»Das hätte man vermuten können – doch sie hat beschlossen, in Australien zu bleiben und Tambora selbst zu führen. Eine große Aufgabe, denn der Besitz ist zweimal so groß wie Irland.«

Tara konnte nur staunen.

»Ich weiß, dass sie große Schwierigkeiten zu überwinden hatte, aber Victoria ist eine außergewöhnliche Frau«, fuhr er fort, und in seinen Worten schwang ehrliche Bewunderung mit. Er sah, wie sich Taras Augen mit Tränen füllten.

»Victoria muss schon ziemlich betagt sein«, sagte sie, denn ihr war wieder eingefallen, dass ihre Tante älter sein musste als ihr Vater.

Riordan nickte. »Sie ist mir als vitale und energische Frau in Erinnerung, aber zuletzt hörte ich, dass ihre Gesundheit nicht die beste sei. Wie ich Victoria kenne, wird sie nicht aufgeben, bis man sie in einem Sarg von ihrem Grund und Boden trägt.«

Tara nickte. Riordans Bemerkung zum Charakter ihrer Tante erschien ihr ganz zutreffend: Victoria war immer schon sehr entschlossen gewesen, genau wie sie selbst. »Bitte erklären Sie mir doch noch, wie Sie an das Bild gelangt sind – hat sie es Ihnen verkauft?« Tara dachte, dass ihre Tante vielleicht nach Toms Tod Geld gebraucht hatte, um die Farm über die Runden zu bringen, denn die Depression hatte auch Australien sehr gebeutelt.

»Victoria schrieb mir und bat mich, Sie zu finden. Sie hatte kein neueres Foto und wusste nicht, ob Sie vielleicht Ihren Namen geändert hatten, also schickte sie mir das Gemälde als ›Leihgabe‹, damit ich Sie erkennen konnte.«

Tara war verwirrt. »Warum wollte sie mich denn finden?« Den Ärger, der in Riordans Augen aufblitzte, bemerkte sie nicht.

»Sie wünschte sich, dass Sie ihr bei der Bewirtschaftung der Farm helfen sollten.« Das war der Grund, den Victoria ihm zuerst genannt hatte, doch im Laufe der Zeit hatte er den wahren Grund herausgefunden.

Wieder stieß Tara verblüfft den Atem aus. »Ich?« Diese Information musste sie erst einmal einen Augenblick auf sich einwirken lassen, so unglaublich erschien sie ihm. »Wie lange ist es her, dass sie Ihnen geschrieben und Sie gebeten hat, mich zu suchen? Ein paar Monate? Oder eher zwölf?«

»Vor sieben Jahren – zwei Jahre, bevor Tom starb ...«

Taras Augen weiteten sich vor Schreck. Sicher hatte ihre Tante sie nach Toms Tod mehr denn je gebraucht. Sie sprang hastig auf. »Sieben Jahre ...?« Also nur ein Jahr, nachdem sie Victoria das Bild geschickt hatte. Wäre sie damals persönlich zu ihrer Tante gegangen, statt einfach eine kurze Nachricht und das Bild zu schicken, hätte sie von der Heirat der Tante und ihren Plänen erfahren, mit ihrem Mann im australischen Busch zu leben. So hatte diese nur mit einer kurzen Karte geantwortet und ihr geschrieben, sie werde das Bild nie aus der Hand geben. »Wann haben Sie zuletzt von ihr gehört?«

»Vor fast zwei Jahren. Wahrscheinlich ist es meine Schuld – ich habe den Kontakt abreißen lassen. Ich hatte keine Neuigkeiten über Sie zu berichten ...«

Tara wusste nicht, was sie denken sollte.

»Ihr Leben hätte so anders verlaufen können!«, meinte Riordan müde. »Ihre Tante wollte Ihnen alles über die australische Art der Farmbewirtschaftung beibringen, die von unserer hier sehr verschieden ist, soweit ich weiß. Zuletzt hat sie dort mehrere tausend Stück Vieh gehalten, Rinder und Schafe. Da sie keine Kinder und damit auch keine Erben hatte, dachte sie auf lange Sicht daran, Sie zur Herrin von Tambora zu machen.« Ein ganz anderes Leben als das, das Sie gewählt haben, dachte Riordan halb traurig, halb verärgert. Es versetzte ihm einen regelrechten Stich.

Tara konnte nicht begreifen, was Riordan ihr da sagte. Unruhig lief sie im Raum auf und ab, den Kopf voller wirrer Gedanken. Sie konnte sich nicht vorstellen, einen solchen Besitz zu führen, gerade jetzt nicht, wo sie im Begriff war, ein verfallenes Cottage zu kaufen, nur um überhaupt ein Dach über dem Kopf zu haben.

»Wissen Sie, ob Victoria einen meiner Brüder um Hilfe gebeten hat?« Taras Brüder, die Zwillinge Liam und David, waren zwar jünger als sie, doch sicher eher dazu imstande, einen Familienbetrieb zu führen.

»Ich bezweifle es. Das war nie ihre Absicht.« Riordans Blick wurde hart, als er an die Qualen dachte, die er damals ausgestanden hatte. So sehr er es auch versuchte, er konnte einfach nicht verstehen, wie sie den Menschen gegenüber, die sie liebten, so grausam hatte handeln können.

»In Wahrheit wollte Ihre Tante Sie aus einem wie sie glaubte furchtbaren Dasein retten ... Ich habe es nicht übers Herz gebracht, ihr zu sagen, das Sie in Ihrem neuen Leben glücklich waren.«

Sein seltsamer Ton und die Andeutungen, die in seinen Worten mitschwangen, verwirrten Tara. »Wie meinen Sie das?«

»Ihre Tante sagte mir, Sie seien von den Zigeunern entführt worden.«

Tara war jetzt vollkommen verblüfft. »Entführt? Warum hat sie Ihnen das erzählt?«

»Sie konnte einfach nicht glauben, dass Sie freiwillig mit ihnen gegangen waren. Ich weiß, dass Sie ihr in einem Brief schrieben, Sie seien glücklich, aber das hat sie nicht geglaubt. Sie erzählte mir, Ihre Familie habe anlässlich Ihres achtzehnten Geburtstages eine große Party für Sie gegeben, Ihr gesellschaftliches Debüt sozusagen. Bei dieser Gelegenheit habe sie Sie das letzte Mal gesehen. Anscheinend war Ihre Tante damals krank und konnte an dem Fest nicht teilnehmen.«

Tara senkte den Blick. Sie erinnerte sich, dass ihre Tante gerade aus irgendeinem fremden Land zurückgekehrt war, wo sie sich mit einem Fieber infiziert hatte. »Das stimmt – aber ich bin nicht entführt worden.« Sie ging zu dem vorhanglosen, vergitterten Fenster hinüber. Es bot sich ihr kein schöner Ausblick, doch draußen fiel der erste Schnee und verlieh dem Ganzen eine sanftere Note. Vermutlich hatte ihr Vater ihrer Tante erzählt, dass sie entführt worden sei. Wahrscheinlich war ihm das leichter gefallen als das zuzugeben, was er annahm: dass sie sich freiwillig einem

Zigeuner hingegeben hatte, und dann mit diesem davongelaufen war. Ninian Killain hätte fast alles getan, um Skandal und Ehrverlust zu vermeiden. Am Ende hatte er sich sogar gegen seine einzige Tochter gestellt, dachte Tara bitter.

»In jener Nacht ist etwas geschehen, über das ich gern mit meiner Tante gesprochen hätte – ich glaube, Victoria hätte es verstanden ...« Sie konnte nicht weitersprechen.

»Vielleicht ist es besser so. Mit dem Eingeständnis, sich in einen der Zigeuner verliebt zu haben und ohne Rücksicht auf Ihre Familie mit ihm davongelaufen zu sein, hätten Sie Ihrer Tante bestimmt das Herz gebrochen!«

Heiße Wut stieg in Tara auf. »Aber so war es nicht!«, stieß sie mühsam beherrscht hervor.

Riordan sah sie an, den Blick der graublauen Augen voller Zweifel.

»Sie wissen eben doch nicht alles über mein Leben!«, fügte Tara erbittert hinzu.

Das, was er für vorgetäuschte Kränkung hielt, ließ Riordans jahrelang aufgestaute Qual und Enttäuschung mit einem Mal wie einen Vulkan explodieren. »Ich weiß aber zum Beispiel, dass Sie mehr als freiwillig für die Zigeuner getanzt haben – Sie standen alle in Ihrem Bann!« Er war auch wütend über sich selbst, weil er seine wahren Gefühle preisgab, doch er kam nicht dagegen an.

Tara schnaubte jetzt förmlich. »Woher wollen Sie das wissen?«, fragte sie aufgebracht.

»Weil ich Sie gesehen habe!« Die leidenschaftliche Wut, die so viele Jahre lang an Riordans Seele genagt hatte, brach sich jetzt Bahn, und es gab kein Halten mehr. »Ich habe beobachtet, wie Sie die Männer mit ihren Reizen erregt haben. Ich habe gesehen, wie die Zigeuner Sie angestarrt haben. Sie haben jede Sekunde genossen, und es ist nicht übertrieben, wenn ich behaupte, dass die Begeisterung ihrer Zuschauer Ihnen auf schamlose Weise Lust bereitet hat.«

Tara wurde bleich vor Wut. Im ersten Moment hätte sie sich am liebsten verteidigt, ihm gesagt, wie gern sie tanzte. Sie hatte nie gewagt, wie andere Zigeunerfrauen Waren auf der Straße zu verkaufen, aus Furcht, vielleicht als Tochter eines angesehenen Bürgers erkannt zu werden. Überraschenderweise besaß sie einiges Talent, wenn es darum ging, die Zukunft vorherzusagen. Doch sie hatte sich stets geweigert, es auf Jahrmärkten für Geld zu tun, und sie war zu stolz gewesen, um ein paar Münzen zu betteln. Aufgrund ihrer Weigerung, auf der Straße zu betteln oder Waren zu verkaufen, hielten manche der Zigeuner sie für hochnäsig, doch nichts wäre weiter von der Wahrheit entfernt gewesen. Obwohl sie ihre Eltern niemals wiedersehen wollte, hatte sie den Namen ›Killain‹ nie entehren wollen. Sie musste schließlich auch an die Zukunft ihrer Brüder denken.

Die Zigeuner hatten schnell erkannt, dass sie für die Sippe keine große Hilfe sein würde: Sie hatte ihr ganzes Leben lang Bedienstete gehabt. Was wusste sie schon vom Kochen und Putzen? Sie hatte kein großes Talent darin, auf kleinere Kinder aufzupassen. Darin war sie ihrer Mutter sehr ähnlich, auch sie hatte immer Kindermädchen gehabt. Sie war auch noch niemals gezwungen gewesen, Tiere zu pflegen oder deren Hinterlassenschaften fortzuschaffen, was die Zigeuner von ihr erwarteten. Anscheinend besaß sie keinerlei nützliche Kenntnisse und Fähigkeiten. Als man sie letztlich fragte, ob sie denn überhaupt irgendetwas könne, antwortete sie ihnen halb im Scherz, dass sie sehr gern tanze. Die Frauen lachten nur spöttisch, doch die Männer behaupteten, ihr Aussehen könne durchaus ein zahlendes Publikum anlocken, und drängten die Frauen, ihr die Zigeunertänze beizubringen. Sie lehrten sie, ihren Körper auf eine Weise zu bewegen, wie sie es sich nie zuvor erträumt hatte. Riordan würde niemals verstehen, dass das Tanzen ihr nach dem Verrat durch den Vater ihr Selbstvertrauen und ihre Würde wiedergegeben hatte.

»Wann haben Sie mich tanzen gesehen?«, fragte sie, während sie sich wieder setzte.

»Im Chelms Wood. Ich bin dorthin gegangen, um Sie zu ... retten. Wie Ihre Tante glaubte ich, Sie seien entführt worden und die Zigeuner hielten Sie gegen Ihren Willen fest. Ich dachte, Sie führten ein demütigendes Dasein in den Händen ungehobelter Männer. Mein Irrtum hätte nicht fataler sein können. Wie um Himmels willen hätte ich ihrer Tante erzählen können, was ich damals gesehen habe? Sagen Sie es mir!«

Tara starrte ihn eine Weile stumm an. Dann dämmerte ihr die Erkenntnis: Sie betrachtete sein Gesicht und sah eine blasse Narbe, die sich von seiner rechten Augenbraue bis unterhalb des Ohres zog. »Sie waren der Mann, den die Zigeuner verprügelt haben! Ich dachte, sie hätten Sie umgebracht. Mein Gott, das muss ...«

»... sieben Jahre her sein, genau. Sie haben mich wirklich beinahe umgebracht«, meinte Riordan wütend. »Aber die Schmerzen, die ich erlitten habe, waren nichts im Vergleich zu meiner Enttäuschung.«

Unfähig, sie auch nur einen Moment länger anzublicken, wandte sich Riordan dem Fenster zu und dachte an den alten Mann, Donaldbain Keefe, der ihm geholfen hatte. Ohne den alten Mann wäre er sicher gestorben.

Verblüfft über seinen Ausbruch starrte Tara auf seinen Rücken und dachte über das nach, was er gesagt hatte. Sie konnte das alles nicht verstehen. Warum hätte er enttäuscht sein sollen? Sie bedeutete ihm doch nichts! Jene Nacht war ihr jetzt wieder so lebhaft im Gedächtnis, als sei es am Tag zuvor gewesen. Ihr Publikum hatte aus einem Meer verschwommener Gesichtern bestanden, doch ein Augenpaar hatte ihre Aufmerksamkeit auf sich gezogen: Riordans! In seinem Blick hatte das gleiche unverhüllte Begehren gestanden wie in denen der anderen Männer. Aber bei ihm hatte sich in das Verlangen noch etwas gemischt, das sie damals für Traurigkeit gehalten hatte. Jetzt wusste sie, dass es Enttäuschung gewesen war. Dieser Blick hatte sie lange Zeit verfolgt.

Tara hatte versucht, die Männer davon abzuhalten, weiter auf ihn einzuschlagen, doch die Frauen hatten sie mit sich fort gezogen. Monatelang hatte sie der Gedanke beschäftigt, warum der

Fremde gekommen sein mochte, warum er sie so angesehen hatte. Sie war von Schuldgefühlen gepeinigt worden, überzeugt, die Zigeuner hätten ihn getötet. Es war ein reines Wunder, dass er lebte, und dafür dankte sie dem Herrgott. Und weil sie der Grund für seine Anwesenheit im Lager gewesen war, hatte sie das Gefühl, ihm eine Erklärung schuldig zu sein. Es würde sehr schwer werden, aber es wurde höchste Zeit, die Dinge zu klären – zuerst Riordan gegenüber, und dann ihrer Tante! Erst dann würde sie wirklich frei sein, neue Pläne zu schmieden ...

»Am Abend meines achtzehnten Geburtstags«, begann sie zögernd, »wurde ich überfallen und ...«, sie bemühte sich, möglichst unbeteiligt zu klingen, aber das war unmöglich, »... vergewaltigt.«

Riordan wandte langsam den Kopf, und sie sah den Schreck in seinem Gesicht. Doch dann veränderte sich seine Miene und drückte nun eher Verachtung aus. »Von einem Zigeuner?«

»Nein. Vom Verwalter meines Vaters, Stanton Jackson.« Sofort musste sie an Garvie denken, und etwas in ihrer Brust zog sich schmerzhaft zusammen. »Mein Vater hielt sehr viel von ihm – so viel, dass er mir nicht glaubte, als ich ihm erzählte, was passiert war.« So sehr sie es auch versuchte, sie konnte ihre Gefühle nicht zurückhalten, als sie von ihrem Vater sprach. Verzweifelt kämpfte sie gegen das Schluchzen an. Ihr Vater hatte sie auf die schlimmste Weise verraten, und das würde sie ihm niemals vergessen können.

Riordan wandte sich jetzt vollständig um und musterte sie aufmerksam. Sie wünschte, er hätte es nicht getan, denn es war einfacher gewesen, zu seinem Rücken zu sprechen. Sie zwang sich zur Konzentration und ließ ihre Gedanken zurückwandern zu jener Nacht, zu dem Abend, als sie noch unschuldig gewesen war und viele gut aussehende junge Verehrer sich danach gedrängt hatten, all ihre Träume und Hoffnungen wahr werden zu lassen.

»Ich hatte viel Spaß auf dem Fest ... Es war ein warmer Juniabend, der Himmel voller leuchtender Sterne. Draußen im Garten war eine Tanzfläche aufgebaut, die von brennenden Fackeln erleuchtet wurde. Die Luft war schwer von Blütenduft. Ich habe mit jedem der jungen Männer getanzt – ich tanze sehr gern.« Sie blickte auf und fühlte, wie ihr die Röte in die Wangen stieg. Sie erhob sich und ging hinüber zur Stirnseite des Raumes, wo sie vor einem Gemälde stehen blieb und Riordan den Rücken zuwandte. Sie wollte ihm nicht in die Augen sehen müssen, denn dann schien es ihr, als würde sie in seine Seele blicken – und das konnte sie nicht ertragen.

»Dieses Fest erscheint mir jetzt fast unwirklich, so dumm und oberflächlich. Ich kann mir kaum noch vorstellen, wie es war, als ich keine größere Sorge hatte als die Frage, mit welchem jungen Mann ich als Nächstes tanzen sollte!« Besonders einer der Jungen war sehr aufdringlich geworden, Corey Gower – sie erinnerte sich noch lebhaft an sein seltsames Verhalten und seine verschwitzten Hände.

»Ich wollte ein paar Minuten allein sein und ging zu den Ställen hinüber. Mein Hund hatte in einem der Ställe geschlafen und kam zu mir, um mich zu begrüßen. Wir wanderten oft zusammen auf der Farm herum, deshalb sprang er davon, und ich folgte ihm. Der Mond war fast voll, ich konnte den Hund ein Stück vor mir laufen sehen. Ich rief ihn, aber er muss ein Kaninchen entdeckt haben ...« Ihre Stimme verlor sich. Als Tara weitersprach, war sie sehr bemüht, die tiefen Gefühle nicht durchklingen zu lassen. Ihr Ton war ruhig und sachlich. »Ich wurde von hinten gepackt und vom Pfad herunter hinter eine Hecke gezerrt. Stanton hatte getrunken. Ich roch den Whiskey in seinem Atem, wie schon unzählige Male zuvor. Er sagte mir, er habe mich beobachtet, und ich hätte die Männer verrückt gemacht ... mich aufreizend bewegt ...« Plötzlich wurde ihr klar, dass sie genau das getan hatte, als sie für die Zigeuner tanzte – und Riordan merkte es auch.

»Ich versuchte, mit ihm zu reden, ich bettelte sogar. Als das nichts half, rief ich um Hilfe, aber wir waren zu weit vom Haus entfernt, und die Musik war zu laut. Ich habe wirklich versucht, ihn davon abzubringen, aber ...«, ihre Stimme brach, als sie gegen die Übermacht der Gefühle ankämpfte, »... es ist mir nicht gelungen. Irgendwann ist Scully mir zu Hilfe gekommen. Ich glaube, Stanton hätte mich umgebracht, wenn Scully nicht gewesen wäre. Er lief fort, verfolgt von meinem Hund, und ließ mich verletzt und missbraucht in den Büschen zurück wie einen alten Lumpen. Ich rappelte mich auf und rannte blindlings in den Wald. Ich wusste nicht, wohin ich lief, ich wollte nur so weit wie möglich fort von diesem Ort.« Tara begann wieder, unruhig im Raum umherzulaufen, und zupfte fahrig an den Trägern ihrer kleinen Handtasche herum, als die Erinnerung sie wieder mit aller Macht überfiel.

»Ich war vollkommen hysterisch, als ich im Zigeunerlager ankam. Ich weiß nicht, wer erschrockener war, sie oder ich – aber sie waren unglaublich nett. Ein paar von den Männern machten sich auf die Suche nach Stanton; ich war zu durcheinander, um ihnen auch nur die Andeutung einer Beschreibung zu geben, aber der Ausdruck in ihren Augen ließ mich fast Mitleid mit jedem empfinden, auf den sie stoßen würden. Garvie, der Zigeuner, den ich später heiratete, hat mich wie ein Kind getröstet. Er ging sehr sanft mit mir um, und ich fühlte mich sicher, obwohl ich doch voller Angst hätte sein müssen. Fast eine Stunde lang versuchte er mich davon zu überzeugen, dass ich zurückgehen und meinem Vater sagen müsste, was passiert war. Zuerst wollte ich nichts davon wissen, ich wollte nur immer weiter fortlaufen und niemals zurückblicken. Garvie reichte mir einen Schal von einer der Frauen, den ich mir um die Schultern legen konnte, und brachte mich bis in Sichtweite des Hauses. Die Gäste waren fort. Ich sah, wie die Diener fieberhaft die Umgebung des Hauses nach mir absuchten, und bestand darauf, den Rest des Weges allein zu gehen. Ich wollte dem Mann, der so freundlich zu mir gewesen war, keine Schwierigkeiten bereiten.« Tara dachte an das, was sie gerade von Garvie erfahren hatte, und das Herz wurde ihr schwer wie Blei. Wenn er Stanton nur nicht gefolgt wäre!

Riordan hatte sich wieder in seinen Sessel gesetzt, und Tara ging zum Fenster hinüber. Sie starrte in den fallenden Schnee und erinnerte sich daran, wie Garvie ihr damals jedes Wort geglaubt hatte. Er war ein völlig Fremder gewesen und hatte doch keine ihrer Aussagen angezweifelt. Er hatte sie beruhigt und getröstet, überzeugt davon, dass ihr Vater Stanton Jackson vor Gericht bringen würde. Doch das Gegenteil war geschehen.

Tara erstarrte förmlich, als sie daran dachte, was dann folgte. Mit tonloser Stimme sprach sie weiter. »Ich berichtete meinem Vater, was passiert war, und ... er nannte mich ... eine Lügnerin!« Dabei hatte sie ihren Vater so geliebt und ihn niemals belogen. »Offensichtlich war Stanton vor mir bei ihm gewesen und hatte ihm einen ganzen Packen Lügen aufgetischt. Ich konnte nicht glauben, dass er Stantons Wort höher schätzte als meines! Als er den Zigeunerschal sah, begann er vor Wut zu rasen. Er sperrte mich in mein Zimmer ein und rief den Arzt. Als der bestätigte, dass ich keine ... Jungfrau mehr war, ließ Vater den Constable holen. Meine Mutter sah mich an, als trage ich einen Makel mit mir herum, und ich wusste, was sie dachte: ›Kein anständiger Mann möchte eine *beschädigte Ware*.‹ Ihre Hoffnungen auf eine gute Partie für mich waren zerstört. Wie ich mich fühlte, war völlig gleichgültig ...«

Tara wandte sich zu Riordan um, und Tränen liefen ihr über die blassen Wangen. »Mein Vater wollte die Zigeuner hängen sehen. Stanton hatte ihm erzählt, er habe mich dabei beobachtet, wie ich mich im Wald einem der Zigeuner hingegeben hätte.« Jetzt begann sie heftig zu weinen. Riordan reichte ihr sein Taschentuch und goss ihr ein Glas Wasser ein. Er fühlte sich wie betäubt, schämte sich für das, was er angenommen hatte. Doch ihre Geschichte war auch mit gutem Willen nur sehr schwer zu glauben. Zu viele offene Fragen gingen ihm durch den Kopf.

»Ich überredete einen meiner Brüder, mich aus meinem Zimmer herauszulassen, und lief zum Zigeunerlager, um sie zu warnen und zum Aufbruch zu drängen. Ich bat Garvie, mich mitzunehmen, und sagte ihm, ich würde sowieso fortlaufen, ob nun mit den Zigeunern oder ohne sie. Er ließ sich erweichen, aber sicher nur, um mich beschützen zu können. Ich war mir klar darüber, dass sich mein Leben nun völlig ändern würde, doch ich fühlte mich von meinem Vater verraten, und dies schien mir die einzig mögliche Lösung.«

»Wo ist Ihr ... Garvie jetzt?«, fragte Riordan.

Tara senkte den Blick. »Das ist unwichtig.«

Riordan musterte sie eindringlich. Irgendetwas in ihrem Ton hatte ihn misstrauisch gemacht. »Er ist im Gefängnis, nicht wahr?« Die Abneigung in seinen Worten war nur zu deutlich.

Tara antwortete nicht, doch das war auch nicht nötig. Ihre Miene sagte ihm alles, was er wissen wollte. Es überraschte ihn nicht sonderlich, dass ihr Mann ein Verbrecher war. Allerdings würde sie ihn, nach dem zu urteilen, was er über die Behandlung von Zigeunern im Gefängnis wusste, wahrscheinlich nie mehr wiedersehen.

»Leben Sie immer noch mit den ... Zigeunern?«, fragte er, unfähig, so unbeteiligt zu bleiben, wie er es gern gewesen wäre.

Nun, da sie ihm soeben die schlimmste Erfahrung ihres Lebens enthüllt hatte, sah Tara keinen Grund mehr für taktvolle Zurückhaltung. »Nein, Garvie schuldet dem Anführer Geld, deshalb haben sie mir alles genommen, was ich besaß, den Wohnwagen eingeschlossen, und mich aus der Sippe verstoßen. Ich besitze nur noch etwas Kleidung und mein altes Pferd.«

Ihre Aufrichtigkeit rührte Riordans Herz. »Ganz so hartherzig werden sie doch wohl nicht sein, nur weil Ihr Mann ihnen Geld schuldet?«

Tara schwieg einen Moment, bevor sie antwortete: »Ich bin keine von ihnen, keine Blutsverwandte. Sie haben mich nur wegen Garvie geduldet – und jetzt ist er ... fort.«

Riordan runzelte die Stirn und fragte plötzlich: »Und was werden Sie jetzt tun?«

Tara hielt seine pragmatische Art für Kaltherzigkeit, doch sie hatte auch nichts anderes erwartet. Bisher hatte er ihr gegenüber nicht das leiseste Mitgefühl gezeigt.

»Ich hatte vor, irgendwo an der See ein Cottage zu kaufen, vielleicht in Devon, aber jetzt bin ich mir nicht mehr ganz sicher.« Stirnrunzelnd blickte sie Riordan an. »Ich würde gern zu meiner Tante gehen, aber die Depression macht das Leben auch ohne die Last eines weiteren Essers schwierig genug.«

Riordan wandte sich ab. Tara spürte, dass ihn irgendetwas beschäftigte, aber er wirkte zu gleichgültig, als dass es ihr Bericht hätte sein können. Plötzlich schoss ihr ein erschreckender Gedanke durch den Kopf. »Sie glauben überhaupt nichts von dem, was ich Ihnen gerade erzählt habe, stimmt's?«

»Ich weiß nicht, was ich denken soll«, gab er offen zurück.

Tara starrte ihn fassungslos an. »Glauben Sie am Ende, ich hätte das alles nur erfunden?«

Riordan wandte sich ganz zu ihr um und starrte zurück, wütend auf sie und sich selbst, aber ohne, dass er einen Grund dafür hätte nennen können. »Ich weiß, dass Sie durchaus fähig sind, sich die wildesten Geschichten auszudenken, Tara – zum Beispiel die von Lady Bowers!«

»Ich habe Ihnen doch gesagt, warum ich das getan habe. Für gewöhnlich erzähle ich niemandem fantastische Geschichten, aber ich konnte hier ja schlecht als Zigeunerin hereinspazieren ... Himmel, ich würde mir doch niemals etwas so Schreckliches, derart Schockierendes über mich selbst ausdenken!«

»Aber warum hat dann ihr Vater diesem Stanton geglaubt? Ich kann nicht einmal verstehen, warum Sie die Sicherheit Ihrer Familie verließen, um nachts allein spazieren zu gehen!«

»Ich wollte ein bisschen Luft schöpfen ... Heilige Mutter Maria, warum mache ich mir überhaupt die Mühe, mich zu verteidigen? Es ist doch ganz klar, dass Sie Ihr Urteil längst gefällt haben!«

»Es gab doch sicher Beweise dafür, dass dieser Stanton Sie vergewaltigt hat, besonders wenn Sie sich gewehrt haben!«

»Beweise?«

»Kratzspuren im Gesicht ...«

Tara wurde plötzlich blass. »Vielleicht nicht im Gesicht. Aber mein Wort hätte meinen Eltern genügen müssen. Sie kannten mich besser als irgendjemand sonst. Ich war manchmal übermütig, aber nie eine Lügnerin!« Sie warf Riordan einen scharfen Blick zu. »Und was Sie betrifft, ist es schließlich nicht mein Fehler, dass Sie aus mir eine Art Prinzessin gemacht haben, die auf Rettung wartet. Also geben Sie mir auch nicht die Schuld daran, wenn Ihre Illusionen zerplatzen!«

Ihre Worte waren für ihn wie ein Schlag ins Gesicht, denn sie hatte die Wahrheit erkannt.

»Ich habe weder meinen Vater noch Sie betrogen, was das betrifft ...« Ihre Worte endeten in einem Schluchzen.

Unter Tränen stürmte sie aus Riordans Büro und schlug die Tür mit einem lauten Knall hinter sich zu.

Riordan starrte ihr nach, aschfahl im Gesicht. Zu gern hätte er ihr geglaubt. Doch er konnte sich nicht überwinden, ihr zu trauen. Der Gedanke, er könnte sich wieder in ihr täuschen, war unerträglich. Nein, nicht noch einmal! Er hatte sie tanzen gesehen, hatte beobachtet, wie sie die Männer in einen Taumel der Leidenschaft versetzte – bei Gott, auch er war einer von ihnen gewesen! Er stellte sich vor, wie sie auf der Farm ihrer Familie herumstolziert sein mochte, gekleidet in weiche Spitze und mit Männern wie Stanton Jackson flirtend ... Bestimmt hatten auch die Zigeuner sie mit begehrlichen Blicken beobachtet ...

Verdammt, er wusste einfach nicht, was er denken sollte. Er kannte sie nicht als Unschuld, aber er hatte sie als Verführerin erlebt.

Draußen vor Riordans Büro tupfte sich Tara die Tränen ab. Als sie aufblickte, stellte sie fest, dass Kelvin Kendrick sie voller Verachtung anstarrte.

»Warum starren Sie so?«, stieß sie wütend hervor.

»Verlassen Sie sofort das Gebäude«, erwiderte Kelvin eisig. »Leute wie Sie gehören auf die Straße!«

Taras Wut erreichte ungekannte Ausmaße, und sie stürmte auf

ihn zu. »Sie weibischer Zwerg ... Sie scheinheiliger, fantasieloser Speichellecker ...!«

Kelvin fuhr erschrocken zurück, doch dann schnaubte er: »Ah, jetzt zeigen Sie also Ihr wahres Gesicht, Miss Killain. Wenn Sie nicht sofort gehen, rufe ich einen Constable!«

Auf der Suche nach einem passenden Gegenstand, den sie ihm ins Gesicht werfen konnte, entdeckte Tara ihr Porträt auf einem Tisch. Kelvin war dabei gewesen, es zu verpacken, um es ihrer Tante zu schicken. Sie erkannte den Namen, und unter der Adresse stand Australien. Entschlossen griff sie danach.

Kelvin blieb vor Empörung der Mund offen stehen. »Sie können das nicht einfach ...«

»Warum nicht? Ich habe ganz sicher eher ein Recht darauf als Sie!«

Kelvin starrte sie finster an, doch Tara ließ sich nicht beirren. Ihre grünen Augen funkelten gefährlich. Sie war so wütend, dass sie es sogar mit dem Teufel aufgenommen hätte. Während sie sich weiterhin wütend anstarrten, hielt sie das Gemälde fest in den Armen und gab Kelvin deutlich zu verstehen, dass er nur nicht wagen solle, es ihr zu entreißen.

Er warf einen kurzen Blick auf Riordans Tür. Als diese jedoch geschlossen blieb, dachte er sich, dass Riordan schließlich nicht wissen konnte, dass sie das Bild mitgenommen hatte, also – was machte es schon? Er hatte immer noch das andere Bild, das er losschicken konnte. Seiner Meinung nach war das Porträt sowieso wertlos und sollte ruhig im Besitz seines Modells bleiben – bei Tara, der Zigeunerin.

Tara wartete nur noch einen winzigen Moment, bevor sie hoch erhobenen Hauptes auf die Tür der Galerie zueilte. Sie würde das Bild selbst abliefern – zur Hölle mit Riordan Magee!

5

Am Nachthimmel glitzerten Millionen Sternen, und aus Nordwest wehte eine sanfte Brise, was für Ende Januar auf der südlichen Erdhalbkugel typisch war. Die *Emerald Star* machte gute Fahrt auf diesem letzten Stück der Reise, die glücklicherweise ohne Zwischenfälle verlaufen war. Nach fast zwei Monaten auf See legte das Schiff einen kurzen Zwischenstopp in Freemantle an der Südwestspitze Australiens ein, wo einundachtzig Passagiere an Land gingen. Vierzig von ihnen hatten von der Regierung Land zugewiesen bekommen, auf dem sie Farmen gründen und sich selbst versorgen wollten. Für die ersten sechs Monate war ihnen eine Unterstützung von sechzehn Schillingen zugesagt worden, danach mussten sie allein zurechtkommen.

Die anderen einundvierzig träumten davon, in der Stadt Kalgoolie im Westen auf Gold zu stoßen. Die Nahrungs- und Wasservorräte wurden aufgefüllt, bevor das Schiff durch das große Südmeer auf die ›Investigator-Strait‹ und ihren nächsten Zielhafen, Port Adelaide, zuhielt.

Den Passagieren wurde mitgeteilt, dass sie vermutlich am folgenden Morgen vom Schiff gehen konnten. Nach der langen, gefährlichen Reise um das Kap der Guten Hoffnung herum waren alle ungeduldig, den eng begrenzten Raum des Schiffs bald hinter sich lassen zu können.

»Ich kann kaum glauben, dass Eleanor Craddock mir so etwas Schönes schenkt, Maureen!«, sagte Tara und hielt in ihrer engen Kabine eine Kette mit einem glänzenden Türkis vor sich in die

Höhe. »Es ist mein Glücksstein, deshalb hat sie darauf bestanden, dass ich ihn annehmen soll.«

Tara hatte eine ganze Dose voller Schmuckstücke angesammelt fast genug, um damit einen eigenen Juwelierladen aufzumachen zu können. Sie hatte versucht, solche Geschenke zurückzuweisen, aber ihre ›Kundinnen‹ hatten viel Fantasie entwickelt, um sie ihr trotzdem zukommen zu lassen. Der Schmuck war ihr vor die Tür gelegt oder in ihre Wäsche gesteckt worden. Beim Essen hatte sie ihn unter ihrer Serviette und sogar in ihrer Suppe gefunden.

»Sieht aus, als wäre es ein kleines Vermögen wert. Was immer du ihr gesagt hast, muss sie sehr beeindruckt haben!«

Tara dachte an ihr Treffen mit Eleanor, gleich nach dem Essen in der geräumigen Kabine in der ersten Klasse, die sechsmal so groß war wie der ›Schuhkarton‹, den sie mit Maureen und deren sechsjähriger Tochter Hannah teilte. »Ihr Mann hat sich in eine Weinhandlung im Barossa-Tal in Südaustralien eingekauft, wie sie sagte eine fruchtbare Gegend, die von den Deutschen erschlossen worden ist. Seine Geschäftspartner sind wirklich alle Deutsche, und Eleanor macht sich Sorgen, weil sie sich nicht erklären kann, warum sie Roddy aufgenommen haben. Obwohl er immer großes Interesse an guten Weinen hatte, weiß er absolut nichts darüber, wie man sie produziert. Außerdem wollte sie wissen, ob ihr Sohn später in den Betrieb einsteigt. Jetzt, wo es so wenig Arbeitsplätze gibt, macht sie sich natürlich Sorgen. Sie wollen das bisschen Geld, das sie gespart haben, nicht verlieren. Ich habe ihr die Karten gelegt, und alles sieht gut aus. Ihr Mann ist in Bezug auf Zahlen und Vermarktung sehr begabt, und das haben seine Partner erkannt. Ich habe ihr gesagt, er solle die Kelterei ihnen überlassen und sich um den Verkauf kümmern. Es wird zwar lange dauern, aber ich glaube, die Firma wird auf lange Sicht florieren und die Partner werden sich gut verstehen. Eleanor war sehr froh, aber ich ahnte, dass ihr noch etwas anderes auf der Seele lag. Ich habe ihre Familie ein wenig beobachtet, deshalb war ich mir sicher, was es war. Ich fragte sie also, ob sie glaube, dass ihr Mann ihr untreu sei, was sie absolut verblüffte. Sie glaubte, ich hätte es in den Karten gelesen. Tatsächlich dachte sie, er hätte eine ›Bordromanze‹ mit dieser amerikanischen Erbin Lavinia Bliss. Lavinia ist jünger als Eleanor, aber ich finde sie ziemlich unattraktiv und man hätte viel weniger Schwierigkeiten mit ihr, wenn sie ihre Nase nicht immer so hoch tragen würde.«

Maureen wirkte ratlos, unfähig, Lavinia einzuordnen.

»Sie ist dir bestimmt im Speisesaal schon aufgefallen – sie trägt immer diesen lächerlichen Fuchspelz, sogar bei dieser Hitze.«

Jetzt nickte Maureen und zog eine Grimasse.

»Sie macht einen solchen Narren aus sich!«, fügte Tara schaudernd hinzu.

»Und – hat Eleanors Mann wirklich etwas mit ihr?«

»Absolut nicht. Die arme Eleanor war überglücklich, als ich ihr das sagte. Sie liebt Roddy wirklich.«

»Und wie kannst du so sicher sein, dass er nicht untreu ist? War es in den Karten?«

»Natürlich nicht, Maureen!« Tara war entschlossen abzustreiten, an was sie selbst nicht recht glauben konnte. Ihre Vorgefühle, das, was sie sah, wenn sie in die Zukunft anderer Menschen schaute, waren ganz gewiss nichts anderes als eben reine Gefühle, die sie ihrer Intuition zuschrieb. »Die Zigeuner haben mich gelehrt, genau zu beobachten – das ist ihr Geheimnis, weißt du? Es hat nichts mit Zaubertränken und Flüchen zu tun, oder damit, dass sie in die Zukunft sehen könnten. Sie beobachten und registrieren Gesten, Blicke, die Sprache des Körpers. Und das verrät ihnen alles. Roddy hat sich ein bisschen in Lavinia verschaut, weil sie stark geschminkt ist und den Männern auffällt. Das habe ich Eleanor natürlich nicht erzählt, aber sie braucht sich auch keine Sorgen zu machen. Lavinia hat einen ›dickeren Fisch‹ im Auge – sie hat es auf Theodore Radborn abgesehen, seit wir Irland verlassen haben. Angeblich hat er in den südafrikanischen Goldminen Millionen gemacht, sodass es Lavinia leichter fällt, seine unangenehme Art und seine exzentrischen Anwandlungen zu übersehen.«

Maureen war sehr verwundert.

»Hast du etwa noch nicht davon gehört? Ich dachte, jeder auf dem Schiff spricht über ihn.«

Maureen schüttelte nur den Kopf.

»Anscheinend hat er sehr seltsame Gewohnheiten ...«

»Was um Himmels willen meinst du damit?«, fragte Maureen stirnrunzelnd.

»Er trägt Hemden und Unterhosen nicht mehr als ein Mal.«

Maureen starrte sie einen Moment verständnislos an. »Aber das ist doch ganz normal – ich muss Michael immer daran erinnern, seine Unterwäsche zu wechseln – er zieht sonst manchmal drei Tage hintereinander dieselbe Hose an.«

»Das meine ich nicht«, erklärte Tara, die fand, dass Michaels persönliche Gewohnheiten sie nichts angingen. »Sogar wenn sie frisch gewaschen sind, zieht er sie nicht wieder an. Er wirft sie einfach weg!«

»Was für eine furchtbare Verschwendung!«, stieß Maureen angewidert hervor.

»Er hat angeblich eine ganze Schrankladung voll Unterwäsche dabeigehabt und trägt Handschuhe, wo immer er geht und steht. Die Crewmitglieder behaupten, er habe Angst, sich eine Krankheit zuzuziehen, und der Schiffsklatsch sagt, dass er aus einer sehr armen Familie stammt, in der die Kinder ihre Unterwäsche tragen mussten, bis sie ihnen in Fetzen vom Leib fiel – auch wenn das wahrscheinlich nicht stimmt. Wenn es aber zutrifft, muss man den armen Mann bemitleiden. Lavinia wird die Gerüchte sicher auch gehört haben, aber sie ist durch seinen Reichtum geblendet. Über sie wird nämlich erzählt, dass sie zwar viel geerbt hat, aber trotzdem fast ruiniert ist. Sie wirft das Geld zum Fenster hinaus, und auch wenn Theodore mit Geschenken an seine Gefährtinnen sehr großzügig ist, so geht er doch mit seinem Geld sehr vorsichtig um. Lavinia folgt ihm überallhin. In dieser Woche hat er sich in seine Kabine zurückgezogen und kommt überhaupt nicht mehr heraus. Er ist nicht krank, also geht er ihr aus dem Weg. Ich habe Eleanor von Theodore erzählt, und sie war so glücklich, dass sie mir die ganze Welt geschenkt hätte. Ich hätte diesen Anhänger nicht annehmen dürfen – vielleicht sollte ich ihn ihr zurückgeben!«

»Nein, das solltest du nicht. Ich erzähle allen, dass du Geld annimmst.«

Tara seufzte. »Maureen, in diesen schlechten Zeiten hat niemand Geld übrig!«

»Die Passagiere aus der ersten Klasse könnten es sich leisten. Du hättest auf dieser Reise ein Vermögen machen können!«

»Aber ich bleibe dabei, Maureen – ich nehme kein Geld für etwas, das ich nicht tue.«

Ihrer Kabinengenossin seufzte auf. »Wir wissen doch beide, dass du eine besondere Gabe hast, Tara, egal wie du es nennst oder wie heftig du es abstreitest. Denk zum Beispiel an Sarah Finlay. Du hast ihr gesagt, sie solle auf den Treppen vorsichtig sein, und prompt rutschte sie aus und brach sich beinahe den Knöchel. Das war natürlich alles reiner Zufall, nicht wahr?«

»Nein, Maureen. Ein Betrunkener auf einem vom Hurrikan gebeutelten Schiff könnte nicht unsicherer auf den Beinen sein als Sarah Finlay. Ich hoffe nur, dass der Arzt herausfindet, was ihr fehlt, bevor sie sich wirklich ernsthaft verletzt. Es würde mich nicht überraschen, wenn mit ihrem Gleichgewichtsorgan irgendetwas nicht stimmt.« Tara starrte nachdenklich vor sich hin, bis sie Maureens eindringlichen Blick auf sich ruhen spürte. Abwehrend fügte sie hinzu: »Das war wirklich nur eine Vermutung!«

Ihr Gegenüber sah sie noch immer an. »Jedenfalls war sie so beeindruckt von deiner offensichtlichen Begabung, dass sie jedem rät, dich zu konsultieren. Es gibt da übrigens auch eine junge Frau, die sich wünscht, ein gewisses Crewmitglied namens James O'Brien möge sich in sie verlieben – und du sollst ihr mit einem Zauberspruch dabei helfen. Ich hatte nicht das Herz, ihr zu sagen, dass James ziemlich heftig in dich verliebt zu sein scheint!«

»Das ist er nicht, Maureen!«, wehrte Tara energisch ab. »Und ich kann auch nicht zaubern. Wenn sie anfangen, auf dem Sonnendeck Scheiterhaufen zu errichten und mich Johanna von Orléans zu nennen, musst du auf alle Fälle etwas unternehmen!« Tara war trotz ihrer allzu eifrigen Beteuerungen die Röte in die Wangen gestiegen.

Maureens blaue Augen glitzerten vor Übermut. »Was sagtest du vorhin über die Sprache des Körpers? Dein Erröten nehme ich als klaren Beweis für deine Schuld!«

Tara musste an die glühenden Blicke denken, die zwischen ihr und James hin und her gegangen waren, und die Farbe auf ihren Wangen vertiefte sich noch. »Schuld? Das Ganze ist doch purer Unsinn – Zaubersprüche, also wirklich!«

Maureen wurde immer vergnügter. »Wir wissen doch beide, dass James dir überallhin folgt, Tara«, sagte sie. »Er steht ganz offensichtlich in deinem Bann. Dieser Mann ist so verliebt, wie ich es selten bei jemandem gesehen habe. Er bekommt ständig Schwierigkeiten, weil er sich irgendwo herumtreibt, wo er nicht sein sollte, nur um in deiner Nähe zu sein. Warum machst du nicht das Beste daraus, bevor wir in Adelaide an Land gehen?«

Tara sah die Freundin lächelnd an. »Ach, Maureen, du bist hoffnungslos romantisch! Ich habe wirklich kein Interesse an einem Flirt mit einem Besatzungsmitglied – und auch mit keinem anderen, um genau zu sein.« Sie senkte den Kopf.

Maureen begriff, dass sich Tara noch immer als verheiratete Frau fühlte. Ihr Mann hatte sie zwar freigegeben, doch sie fühlte sich noch nicht so. Den Gedanken, dass man Garvie tatsächlich gehängt hatte, konnte sie einfach nicht ertragen.

Maureen hatte ihr zugeredet, die Vergangenheit und ihre Ehe hinter sich zu lassen und neu anzufangen. Jetzt fragte sie mit aufforderndem Lächeln: »Was ist denn gegen eine kleine Schiffsromanze einzuwenden?«

Tara musste ebenfalls lächeln. »Du solltest dich schämen!«

»Es ist aber doch besser, sich im Leben ein bisschen Spaß zu gönnen, als sich zu Tode zu langweilen und tugendhaft zu sterben, oder?«

»Wie sollte ich mich langweilen, bei diesen Menschenmassen, die täglich zu mir kommen, nur weil du ihnen erzählt hast, ich könnte in die Zukunft blicken? Ich komme mir vor wie eine Betrügerin! Niemand an Bord weiß, was nach der Ankunft geschehen wird. Dann ist einfach alles möglich!« Ihre so genannte Gabe, die sie mittlerweile mehr als Fluch betrachtete, war ihr immer noch unverständlich. Jedes Mal wenn Tara sich fragte, woher sie diese Fähigkeit haben mochte, musste sie an Eloisa, die von der Sippe verstoßene Zigeunerin, denken und an deren Worte. Sie konnte nicht glauben, dass in ihren Adern tatsächlich Zigeunerblut fließen sollte. Ihre Mutter hatte das fahrenden Volk so sehr gehasst, dass dieses in ihrer Gegenwart nicht einmal hatte erwähnt werden dürfen.

Maureen war wieder ernst geworden. »Ich weiß, Tara, und die anderen wissen es wahrscheinlich auch. Aber wir haben so viel Spaß damit gehabt!«

Tara blickte in Maureens etwas derbes, aber gütiges Gesicht, und fühlte warme Zuneigung in sich aufsteigen. Die Kabinengenossin war ihr eine sehr liebe Freundin geworden, und sie schätzte sie über alle Maße. Auch Maureens Mann Michael war ein netter Mensch. Nicht im klassischen Sinne gut aussehend, sondern rothaarig und von eher kleiner Statur, mit eher unauffälligen Zügen. Doch auch er besaß eine innere Güte, die sehr anziehend wirkte. Tara hatte noch niemals zwei Menschen gesehen, die sich so innig liebten wie Maureen und Michael, und sie war fast ein wenig neidisch auf dieses feste Band, das unzerstörbar schien.

Auch ihre beiden Kinder Jack und Hannah waren ganz reizend. Jack steckte voller lustiger Einfälle, ein richtiger Lausbub, der seine Mutter mit seinem schelmischen Lächeln um den Finger wickeln konnte. Hannah war ein bildhübsches kleines Mädchen mit blonden Locken und einem süßen Engelsgesicht. Ohne die O'Sullivans hätte Tara sich auf dem Schiff sehr einsam gefühlt. Maureen war die ideale Kabinengenossin, fröhlich und hilfsbereit, und sie versicherte immer wieder, dass sie mit Tara so viel

Spaß hatte wie noch nie zuvor in ihrem Leben. In den zwei Monaten hatte sie so viele Menschen kennen gelernt!

Viele der Passagiere kamen aus Irland, doch das Schiff hatte in Southampton einen Zwischenstopp eingelegt und noch sehr viel mehr Reisende an Bord genommen. Es war eine bunte Mischung aus Menschen aller Schichten, angefangen bei den einfachen Passagieren im Zwischendeck bis hin zu den wohlhabenden in der ersten Klasse. Erstaunlicherweise hatten Menschen aus allen Schichten Tara aufgesucht und bewunderten sie für ihr ›Talent‹. Wenn sie an all die Jahre in Irland dachte, in denen man ihr als ›Zigeunerin‹ nur Verachtung entgegengebracht hatte, schien ihr das alles immer noch unglaublich. Jetzt sah sie ihrer Zukunft mit neuem Mut entgegen, den sie bei ihrer Abreise aus Irland noch nicht gespürt hatte.

Um neun Uhr an diesem Abend kam heftiger Wind auf, der das Schiff herumwarf und Regen auf die Decks peitschte. Der Kapitän teilte über die Lautsprecheranlage allen Passagieren mit, dass dies ein für die Saison untypisches Unwetter sei, die letzten Ausläufer eines Wirbelsturmes, der an der Westküste wüte. Der Wind türmte die See zu riesigen Wogen auf und warf die *Emerald Star* wie ein Papierschiffchen von einem Wellenkamm zum anderen. Der Sturm kam so plötzlich, dass man keine Sicherheitsvorkehrungen mehr treffen konnte, und war von solcher Heftigkeit, dass drei Automobile sich im Laderaum von ihren Ketten losrissen und durch ein Schott in die Mannschaftsquartiere brachen. An der Steuerbordseite des Schiffes bildeten sich sofort Risse, durch die Wasser in den Schiffsrumpf eindrang. Die Besatzung eilte an die Pumpen; den Passagieren wurde versichert, alles sei unter Kontrolle, doch dann leckten auch andere Schotts, und Wasser sickerte immer schneller durch die steuerbord gelegene Schiffswand. Zum Glück war der Sturm bereits nach ein paar Stunden vorüber, doch der Schaden blieb. Kapitän Mallory gab Order, wie geplant den Zielhafen anzusteuern, was sich im Nachhinein als großer Fehler herausstellen sollte. Er ließ das Schiff auf Höchstgeschwindigkeit beschleunigen. Überzeugt, dass sie sicher ankommen würden, legte er sich kurz nach Mitternacht schlafen, ohne einen SOS-Ruf gesendet zu haben, und gab Befehl, ihn nur im Fall einer weiteren Katastrophe zu wecken.

Um drei Uhr fünfundzwanzig in dieser Nacht fiel dem Diensthabenden im Maschinenraum ein seltsamer Geruch auf.

»Das kommt aus dem Belüftungssystem«, informierte der dritte Hilfsingenieur den Chefingenieur – und es handelte sich zweifellos um Rauch!

»Schicken Sie einen Feuerwehrmann los – er soll sich gründlich umsehen«, befahl der Chefingenieur. »Ich alarmiere die Brücke.« Er wurde von dunklen Vorahnungen gepeinigt, doch er verdrängte seine Ängste. Im Stillen betete er jedoch, seine Befürchtung mögen sich als unbegründet herausstellen.

Schweißgebadet schreckte Tara aus tiefem Schlummer hoch. Sie hatte von einem Brand in einem der Packräume geträumt, und der Traum war so beklemmend real gewesen, dass sie kerzengerade in ihrer Koje saß und versuchte, den Albtraum zu verscheuchen. Nach einer Weile hatte sie sich wieder so weit beruhigt, dass sie hätte weiterschlafen können – doch jetzt nahm sie tatsächlich leichten Brandgeruch wahr. Einen Augenblick lang glaubte sie, vielleicht noch immer zu träumen – doch der Geruch wurde immer stärker.

Tara erhob sich, stieß die Tür ihrer Kabine auf und ging in den schmalen Korridor hinaus. Hier war alles ruhig, die Passagiere schliefen – doch es roch eindeutig immer noch nach Rauch. Tara ließ die Kabinentür angelehnt und ging mit klopfendem Herzen weiter. Dabei befühlte sie jede Tür, an der sie vorüberkam. Plötzlich fielen ihr wieder Einzelheiten ihres Traumes ein: Das Feuer war in einem Raum ausgebrochen, in dessen Nummer die Zahlen Eins, Null und Sechs vorkamen – doch die Zahlen veränderten vor ihrem geistigen Auge ständig ihre Reihenfolge.

Raum Nummer 610 befand sich auf gleicher Ebene mit ihrer

Kabine, und sie ging weiter, bis sie ihn gefunden hatte. Es handelte sich um einen Packraum genau wie in ihrem Traum, und ihre Angst wuchs. Vorsichtig legte sie eine Hand auf die Tür und zog sie gleich darauf erschrocken zurück: Die Tür war glühend heiß! Tara starrte einen Augenblick ratlos auf die Tür. Dann berührt Sie sie noch einmal, um ganz sicher zu sein.

Dann eilte sie zurück zu ihrer Kabine, weckte Maureen und sagte ihr, sie solle Michael holen, der mit Jack in der Kabine gegenüber schlief, und die Kinder an Deck bringen. Als Maureen aus ihrer Koje sprang, sagte Tara: »Passt gut aufeinander auf, Maureen – ich habe das Gefühl, dir oder Michael und den Kindern könnte etwas sehr Schlimmes zustoßen. Lass sie nicht aus den Augen!«

Entsetzt starrte Maureen sie an. Sie nahm Taras Worte absolut ernst und wurde weiß wie ein Laken. Ohne ein weiteres Wort zu verlieren verließ sie die Kabine, um ihren Mann zu wecken.

Tara zog eilig einen Bademantel über, dann rannte sie an Deck und suchte verzweifelt nach einem Mitglied der Besatzung. Im Salon auf dem Oberdeck stieß sie auf James O'Brien und bemerkte, dass er errötete, als er sie in ihrem Nachtgewand sah. Doch Tara war in zu großer Panik, um dieser Tatsache jetzt Beachtung zu schenken. Atemlos erzählte sie ihm von dem Feuer in Raum 610.

Er bat sie, an Deck zu bleiben. »Ich gehe hinunter, um es mir anzusehen, und löse dann den Alarm aus.«

»Bitte seien Sie vorsichtig!«, rief sie hinter ihm her.

Als James O'Brien die Treppen hinunterlief, traf er zwei Feuerwehrmänner, die der Chefingenieur losgeschickt hatte. Sie hatten die Rauchquelle ermitteln sollen – doch sie waren erfolglos umgekehrt.

»Eine Passagierin behauptet, es gebe ein Feuer in Kabine 610!«, informierte sie James. Sie wussten nicht, dass ein Besatzungsmitglied das Licht hatte brennen lassen, als er an diesem Morgen in dem Raum irgendetwas gesucht hatte. Die nackte Glühlampe hing knapp über einer auf alten Stühlen und Paneelen liegenden Matratze. Irgendwann hatte sie angefangen zu schmoren, und war schließlich in Brand geraten war. Als James die Tür aufstieß, schlugen ihm helle Flammen entgegen. Die anderen beiden Männer sprangen geistesgegenwärtig zurück, doch James trug Verbrennungen an der Hand davon, mit der er sein Gesicht schützte.

»Allmächtiger Gott!«, rief er. »Wir müssen den Alarm auslösen!«

Es war Tara wie eine Ewigkeit vorgekommen, aber in Wirklichkeit dauerte es nur ein paar Minuten, bis Maureen, Michael und die Kinder bei ihr an Deck waren. Nachdem endlich der Alarm ausgelöst wurde und die Maschinen gedrosselt wurden, brach förmlich die Hölle los: Verschlafene Passagiere stolperten an Deck, die meisten noch halb überzeugt, dass es sich bei dem Alarm um eine Übung handelte. Erst, als der Rauch aus dem Schiffsrumpf zu quellen begann und die Schreckensschreie der Menschen in den unteren Decks lauter wurden, begriffen sie, dass ihr Leben in ernster Gefahr war.

Im Bereich des Mittel- und Unterdecks herrschte ein heilloses Durcheinander. James und die beiden Feuerwehrmänner schlugen mit den Fäusten an die Kabinentüren, um die Passagiere zu wecken. Der Chefingenieur wurde verständigt und rannte seinerseits davon, um Kapitän Mallory zu wecken. Dessen erster Gedanke galt seinem bisher makellosen Unfallbericht auf See, mit dem er in diesem Monat in den Ruhestand hatte gehen wollen. Also wurden zwei weitere Feuerwehrmänner, ausgerüstet mit Sandeimern und Schläuchen, zum Unterdeck kommandiert, während die Evakuierung der Passagiere aus diesem Bereich weiterging. Es stellte sich jedoch heraus, dass sich der Brand inzwischen so weit ausgebreitet hatte, dass ihm mit Löschmitteln nicht mehr beizukommen war.

Auf dem Promenadendeck verteilte die Besatzung die Passagiere auf die verschiedenen Rettungsboote. Menschen drängten in Panik nach vorn, um sich selbst und ihren Lieben einen Platz zu sichern. Sie vergaßen alle Rücksicht und auch das, was während des Probealarms oft geübt worden war. Die Passagiere der ersten Klasse verlangten auch hier bevorzugte Behandlung, und Tara stellte fest, dass die Angst, mit dem Schiff zu sinken, in einigen die schlimmsten Charakterzüge zutage förderte.

Plötzlich begann die *Emerald Star* auf die Seite zu kippen. Der Regen hatte zwar aufgehört, doch die Planken waren glitschig. Angsterfüllte Schreie schallten über Deck, und die Passagiere rannten und schlitterten in alle Richtungen durcheinander, um ihre Freunde und Verwandten zu suchen. In der allgemeinen Panik fielen einige von ihnen über Bord.

Tara und die O'Sullivans befanden sich auf der Backbordseite des Schiffes. Das Durcheinander vor den Rettungsbooten wurden immer schlimmer, und irgendwann fand Tara sich ohne ihre Freunde in einer anderen Schlange wieder.

»Was um Himmels willen passiert da unten?« Sie musste schreien, um das Krachen und Wummern zu übertönen, das tief aus dem Inneren des Schiffes zu ihnen heraufdrang.

»Das Schiff hat seit dem Sturm Wasser gezogen«, schrie Michael zurück. »Die Besatzung meinte, es sei nichts Ernstes, aber das Feuer wird sich durch die restlichen Schotts fressen und das Problem verschlimmern. Dieses laute Krachen bedeutet, dass die Ladung verrutscht.«

Jack wandte ein: »Aber vielleicht löscht das Meerwasser ja auch den Brand, Papa!«

Michael wusste nicht, welche Vorstellung er schlimmer fand: zu ertrinken oder zu verbrennen, er wusste nur: Vor beidem musste er seine Familie unbedingt bewahren. »Du und deine Schwester, ihr werdet in einem Rettungsboot in Sicherheit gebracht«, sagte er mühsam lächelnd, bemüht die Angst zu unterdrücken, die immer mehr von ihm Besitz ergriff.

»Wir gehen nicht ohne dich und Mama!«, rief Jack.

»Hör mir zu, mein Sohn: Wenn wir können, bleiben wir zusammen – aber es kann sein, dass wir getrennt werden und uns in verschiedenen Booten wieder finden. Dann musst du auf deine Schwester Acht geben, und ich tue dasselbe mit deiner Mutter. Bitte, tu, was ich dir sage! Du musst stark sein – und falls doch etwas passiert, versprich mir, dass du immer auf Hannah aufpasst!«

Michael war sich bewusst, dass er von seinem zehnjährigen Sohn viel verlangte, aber er hatte keine andere Wahl. Jack blickte zu Hannah hinüber, deren blonde Locken der Wind zerzauste und deren Gesicht nass von Tränen war. Seine eigenen Züge nahmen einen so ernsten Ausdruck an, dass es seinem Vater fast das Herz brach. Dann legte er einen Arm um seine Schwester und nickte stumm.

Die Besatzung gab Schwimmwesten an diejenigen aus, die vor den Booten warteten, und erteilte ihnen hastig letzte Instruktionen. Die Westen brachten vielen Passagieren erst richtig zu Bewusstsein, wie groß die Gefahr wirklich war, sich bald im Wasser wieder zu finden, und Tara spürte eine nie gekannte Panik in sich aufsteigen, die ihr den Atem nahm. Wie die meisten an Bord konnte sie nicht schwimmen und hatte große Angst vor tiefem Wasser. Sie riskierte einen verstohlenen Blick über die Reling: Die Wellen schienen so weit entfernt, das Meer so unendlich und dunkel, absolut furchteinflößend. Der Gedanke an Haie ließ sie beinahe in Ohnmacht fallen, und sie kämpfte verzweifelt gegen das Bedürfnis an, laut zu schreien. Welche böse Macht des Schicksals hatte sie hierher geführt?

Tara spürte, wie ihre Beine unter ihr nachzugeben drohten. Sie wandte sich zitternd um und fand sich plötzlich einer älteren Frau gegenüber, die sie aus tränenfeuchten blauen Augen mitfühlend musterte. Die Dame wirkte ruhig, und ihre Haltung angesichts der drohenden Katastrophe ließ Tara sogleich ihre Panik vergessen. Ihr Gegenüber trug ein dünnes Nachthemd, und einzelne Strähnen ihrer weißen Haare wehten wie leichte Federn im Wind. Sie hielt eine Fotografie an sich gepresst, als sei es ihr kostbarster Besitz auf Erden. Tara bemerkte die raue Haut ihrer Hände, ihre wunderschönen Ringe, ihre noble Ausstrahlung ... Sicher war sie in der ersten Klasse gereist, denn Tara hatte sie unter den Passagieren noch nie bemerkt. Doch am erstaunlichsten schien der Jüngeren ihre Ruhe angesichts des Durcheinanders um sie herum. Sie schien dem fast sicheren Tod still und gefasst entgegenzusehen.

Tara blickte in ihre weisen Augen, und sie meinte fast die Gedanken der Älteren lesen zu können. Die Frau hatte ein erfülltes, langes Leben hinter sich, und ihre Angst und ihr Mitgefühl galten Tara und den O'Sullivans, besonders aber den Kindern, die erst am Anfang ihres Leben standen – denn sie hatte begriffen, dass für einige an Bord die Lebensreise an dieser Stelle zu Ende gehen würde.

Beim Anblick dieser schmalen, im Angesicht des Todes so mutigen kleinen Frau wurde Tara ganz ruhig, und ihre eigene Angst verschwand. Sie war noch nicht bereit zu sterben, und sie würde auch nicht zulassen, dass Jack und Hannah etwas geschah. Plötzlich war sie entschlossen, für sich und die Menschen um sich herum zu kämpfen.

Sie reichte ihre Schwimmweste an die alte Frau weiter. »Ziehen Sie sie bitte an«, sagte sie und fügte mit überzeugendem Lächeln hinzu: »Wir schaffen es schon – Sie werden sehen!«

Die alte Dame nickte in ruhiger Ergebenheit vor dem, was kommen mochte.

Die O'Sullivans saßen schon zusammen in einem Rettungsboot, das bereit war, zu Wasser gelassen zu werden, als die Besatzung feststellte, dass die Taue kürzlich gestrichen worden waren und nicht durch die Winden laufen würden. Die Passagiere mussten wieder aussteigen. In diesem Moment stellten die Besatzungsmitglieder bei Taras Boot fest, dass sie noch Platz für zwei Kinder und einen Erwachsenen hätten. Sie müssten aber sofort einsteigen. Michael und Maureen trafen gleichzeitig eine endgültige Entscheidung: Keiner wollte den anderen verlassen, aber beide bestanden darauf, dass die Kinder diese vielleicht letzte Chance auf Rettung bekommen sollten. Das überraschte Tara nicht im Mindesten, doch all ihre Befürchtungen waren mit einem Mal wieder da. Sie spürte mit überwältigender Klarheit, dass sie die beiden nie wiedersehen würde.

Natürlich protestierten Jack und Hannah heftig dagegen, ihre Eltern zu verlassen, als sie eilig ins Rettungsboot gesetzt wurden, aber Tara versicherte ihnen, dass sie sich um sie kümmern würde.

»Bitte, Maureen, komm doch mit uns!«, bat sie, als die Crew begann, das Boot Nummer dreizehn hinabzulassen.

Maureen schüttelte den Kopf und sah ihren Mann mit einem Blick an, in dem ihre ganze Liebe stand. Er drängte sie zu gehen, doch sie weigerte sich.

»Dann nimm du meinen Platz, Michael – ich warte auf ein anders Boot!«, rief Tara und stand auf.

»Nein«, gab Michael fest zurück. »Mach dir keine Sorgen – wir sehen uns bald!« Die Crew befahl Tara, sich wieder hinzusetzen.

»Passt auf euch auf!«, rief Maureen, die sich über die Reling lehnte und ihren Kindern Küsschen zuwarf, während ihr Boot sich weiter und weiter von ihnen entfernte. »Ich liebe euch!«

»Wir warten an Land auf euch!«, rief Tara scheinbar zuversichtlich zurück, während eine kalte Hand nach ihrem Herzen griff.

»Bei Tara seid ihr in guten Händen!«, redete Michael seinen Kindern gut zu, deren unschuldige Gesichter ihr Entsetzen über das Schlimmste spiegelten, was sie sich vorstellen konnten: von ihren Eltern getrennt zu werden.

Michaels flehender Blick suchte Taras Augen, als sie sich immer weiter von ihm entfernten, und sie verstand auch ohne Worte: Er vertraute ihr seine Kinder an und baute darauf, dass sie sie in Sicherheit brachte. Falls er und Maureen es nicht schaffen würden, übergab er sie ihrer Obhut. Tara wurde die Kehle eng, und sie war unfähig, etwas zu sagen. Dies war ein Moment, der vielleicht ihr ganzes Leben verändern würde – doch zum Nachdenken blieb jetzt keine Zeit.

Was die hilflosen Passagiere nicht ahnten: Das Feuer breitete sich so rasend schnell auf dem Schiff aus, dass der Funker keine Möglichkeit mehr hatte, einen Hilferuf abzusetzen. Verzweifelt gab der Kapitän Befehl, SOS zu morsen, doch die Matrosen mussten die Brücke schon nach ein wenigen Minuten wegen der starken Hitzeentwicklung verlassen. Signalraketen wurden abgefeuert, und der Kapitän gab Befehl, drei Ballasttanks leer zu pumpen wodurch das Schiff nun noch mehr Schlagseite bekam.

An Land war der Feuerschein des brennenden Schiffes gesehen worden, und man schickte Boote zur Rettung der Passagiere und der Besatzung der *Emerald Star* aus. Ein Handelsschiff, die *Octavia*, hatte den roten Schein am Himmel ebenfalls bemerkt, und das Schiff lief auf vollen Touren der Unglücksstelle entgegen.

Es schien eine Ewigkeit bis zur Wasseroberfläche. Tara war dankbar, in dem Boot zu sitzen, das sie und die Kinder in Sicherheit bringen würde. Einige Passagiere sprangen bereits einfach von dem brennenden Schiff ins Wasser, zu sehr in Panik, um auf einen Platz in einem der Boote zu warten. Man hörte wütende Schreie, weil diejenigen in den Warteschlangen fürchteten, es gebe nicht genügend Plätze. An Deck mussten sich erschreckende Szenen abspielen.

Hannah klammerte sich schluchzend an Tara, unfähig, das entsetzliche Geschehen zu begreifen. Jack bemühte sich sichtlich um Tapferkeit, doch war ihm deutlich anzumerken, dass er sich große Sorgen um seine Eltern machte, die nun außer Sicht waren.

Immer mehr Passagiere sprangen über Bord, ungeachtet der Warnrufe der Besatzung, es könnten Haie im Wasser sein.

Kurz bevor das Boot das Wasser erreichte, stieß es gegen die inzwischen stark geneigte Bordswand des Schiffes. Die Frauen und Kinder schrien entsetzt auf, aus Furcht, in die aufgewühlten Fluten geschleudert zu werden. Als sie endlich auf dem Wasser waren und die Taue gekappt wurden, drang Wasser durch die bei der Kollision mit dem Schiffsrumpf beschädigte Stelle ein. Einer der wenigen Männer im Boot zog sein Pyjamaoberteil und sein

Hemd aus, stopfte sie in das Leck und setzte sich dann darauf, um es abzudichten.

Als das Boot sich langsam vom Schiff fort bewegte, mussten sie feststellen, dass keines der Besatzungsmitglieder bei ihnen war und das Kommando hätte übernehmen können. Ein hünenhafter Ire und seine kräftige Frau erklärten sich zwar bereit, die Ruder zu übernehmen. Doch da ein Ruder fehlte trieb das Boot langsam davon. Andere Überlebende versuchten, sich aus dem Wasser ins Boot zu ziehen, wobei sie es fast zum Kentern brachten. Die Bootsinsassen gerieten in Streit, ob sie den Menschen im Wasser helfen sollten oder nicht. Tara sah, wie die Ladeklappe an der Steuerbordseite des Schiffes geöffnet wurde und die Besatzung hastig die Ladung ins Wasser warf, um das endgültige Sinken der *Emerald Star* hinauszuzögern. Doch ihre Bemühungen schienen vergebens. Bevor das Schiff sank, würde das Feuer alles verzehrt haben. Tara betete im Stillen, dass bis dahin alle Passagiere von Bord waren. Sie konnte nur ahnen, was mit ihnen geschehen wäre, hätte sie nicht von dem Brand im Packraum Nummer 610 geträumt. Dieser Traum musste eine göttliche Fügung gewesen sein – mit mystischen Kräften konnte er nichts zu tun haben.

Alles schien plötzlich seltsam unwirklich. Das kleine Boot hatte sich bereits ein großes Stück von der *Emerald Star* entfernt, als plötzlich eine gewaltige Explosion deren Rumpf erschütterte. Hoch in den Nachthimmel emporschießende Flammen erhellten das Meer in weitem Umkreis. Brennende Trümmer regneten wie ein Feuerwerk herab, und dann legte sich die *Emerald Star* knackend und ächzend langsam auf die linke Seite. Die Luft strömte gurgelnd aus dem Rumpf des Schiffes, bevor es in der Tiefe verschwand.

Die Menschen im Wasser und den Rettungsbooten in der Nähe beobachteten entsetzt, wie es versank – danach wurde alles dunkel. Das sinkende Schiff war ein schrecklicher Anblick gewesen, doch es war nichts im Vergleich mit dem, was nun folgte. Tara hatte sich gewünscht, dass die furchtbaren Schreie endlich verstummen sollten, aber die tiefe Stille danach war grausam.

Von dem sieben Jahre alten Schiff war nichts geblieben als verstreute Trümmer und im Wasser treibende Menschen. Hannah war nicht bewusst, was der Untergang des Schiffes bedeutete, doch Jack liefen die Tränen über die schmutzigen Wangen, während er fassungslos auf den leeren Horizont starrte.

»Sie sind ganz bestimmt in einem der Boote!«, sagte Tara leise und legte einen Arm um die Schultern der in sich zusammengesunkenen kleinen Gestalt. Doch in Wirklichkeit wusste sie, dass sie die erste Freundin, die sie jemals gehabt hatte, nicht lebend wiedersehen würde. Wie gern hätte sie geglaubt, dass Maureen und Michel noch lebten – doch in ihrem Herzen ahnte sie die Wahrheit.

Ihre Trauer wurde jedoch rasch von einem anderen Problem verdrängt, das keinen Aufschub duldete: Das Wasser begann jetzt mit alarmierender Geschwindigkeit ins Boot einzudringen, zu schnell, um es mit Schuhen, Hüten oder andern Hilfsmitteln, wieder hinauszuschöpfen. Schon sah man die Lichter von Booten, die auf sie zuhielten. Doch diese waren noch zu weit weg, um Hilfe zu bringen.

»Warum mussten wir ausgerechnet in Nummer dreizehn landen?«, beklagte sich einer der älteren Männer bei seiner Frau.

»Immerhin sind wir überhaupt in einem Boot«, gab sie müde zurück.

»Aber wie lange noch?«, beharrte er bitter. »Falls du es noch nicht bemerkt haben solltest, wir sinken!«

Obwohl Tara die große Angst des Mannes bemerkte, machte er sie wütend. Zu gern hätte sie ihn an all diejenigen erinnert, die es nicht geschafft hatten, doch wie konnte sie das, während Jack und Hannah zuhörten? Jack war schon unruhig genug, und Hannah vermisste schmerzhaft ihre Mutter.

In der seltsam stillen Dunkelheit, die sich über den Unglücksort gelegt hatte, hörte man die Boote vom Hafen her näher kommen. Als man auf den Booten begann, das Wasser mit Scheinwerfern nach Überlebenden abzusuchen, riefen diejenigen, die noch dazu fähig waren, laut um Hilfe.

Die Rettungsboote Nummer siebzehn und fünfundzwanzig befanden sich ganz in der Nähe, waren jedoch gefährlich überladen und hielten sorgfältig Abstand von den im Meer Treibenden.

Bevor ihnen jemand zu Hilfe kommen konnte, lief Rettungsboot Nummer dreizehn voll Wasser. Entsetzt spürte Tara, wie das Boot buchstäblich unter ihnen verschwand. Während sie Hannah mit der einen Hand festhielt, langte sie mit der anderen nach einem Stück Treibgut. Sie umklammerte den treibenden Balken mit aller Kraft. Um nicht voneinander getrennt zu werden, brachte sie die Kinder, die beide Schwimmwesten trugen, dazu, es ihr nachzutun.

Innerlich war sie von nie gekanntem Entsetzen erfüllt, doch sie sprach ununterbrochen beruhigend auf die Kinder ein. Jack bemühte sich sehr, tapfer zu sein, doch Hannah wimmerte vor Angst und klammerte sich mit ihrem ganzen Gewicht an Tara fest. Sekunden erschienen ihnen wie Stunden, während sie auf die rettenden Boote warteten. Langsam verließen Tara die Kräfte. Ihre Arme fühlten sich an wie Bleigewichte, die sie in die Tiefe zu ziehen drohten. Wenn die Kinder nicht gewesen wären, wäre sie sicher untergegangen. Als sie gerade glaubte, nicht länger mehr durchhalten zu können, kam eines der Boote heran, und man zog sie in Sicherheit.

Ihre Retter waren Matrosen des Schoners *Bella Mia*, der in Port Adelaide vor Anker gelegen hatte. Die Männer sprachen mit einem seltsamen Akzent freundlich und beruhigend auf sie ein. Erleichtert stellte Tara fest, dass die ältere Dame, mit der sie auf dem Schiff gesprochen hatte, ebenfalls an Bord war. Sie hatten gerade noch genug Kraft, um einen kurzen Blick zu tauschen.

Während sie auf den Hafen zuhielten, starrte Tara aufs Meer hinaus, wo die Boote zwischen den Trümmern ihre Suche nach Überlebenden fortsetzten. Es war ein trauriger Anblick, und sie konnte sich nicht von der Vorstellung freimachen, dass Michael und Maureen unter den reglosen Körpern waren, die aus dem Wasser gezogen wurden. Ein furchtbarer Gedanke, doch sie fühlte sich zu benommen, als dass sie hätte weinen können. Wann würde sich daran etwas ändern?

Vor Tagesanbruch waren alle Überlebenden an Land und wurden zu einer Halle im äußeren Hafenbereich gebracht. Tara hatte in jedem ankommenden Boot vergeblich nach Maureen und Michael Ausschau gehalten. Als auch das letzte Boot ohne die Freunde einlief, begann sie zu schreien, es müsse im Wasser noch mehr Überlebende geben. James O'Brien gelang es als Einzigem, sie zu beruhigen, er hielt sie im Arm, während sie endlich hemmungslos weinen konnte. Sie hatte es zwar geahnt, aber nicht wirklich daran glauben wollen, dass sie tot waren, und fragte ihn immer wieder, warum sie in keinem der Boote gesessen hatten. Doch weder James noch sonst irgendjemand konnte ihr darauf eine Antwort geben.

Die Halle war ein großer, zugiger Raum auf freiem Gelände. Die Verletzten wurden dort von Ärzten versorgt, bevor man sie mit einem Zug nach Port Adelaide brachte, das nur ein paar Meilen von der Küste entfernt war. Wer keine medizinische Hilfe benötigte, bekam ein Hotelzimmer im ›Exchange‹, im ›The Royal Arms‹ oder im ›The Britannia‹ zugewiesen, wo sie sich ein wenig erholen konnten.

Mit der einsetzenden Morgendämmerung fielen sie in ihre Betten, zu erschöpft und zu erschüttert, um ihrer Umgebung auch nur die geringste Aufmerksamkeit zu schenken. Die Vorhänge waren zum Schutz gegen die Außenwelt zugezogen, und Hannah fiel trotz des surrenden Deckenventilators augenblicklich in einen unruhigen Schlaf. Jack lag ganz still und stellte sich vor, wie er ihr hinterher erzählte, wie seine Eltern im Schiffsrumpf unter Wasser gefangen waren und vergeblich versuchten, an die Oberfläche zu gelangen.

Tara konnte ebenso wenig schlafen. Sie betrachtete die Kinder, ohne dass ihr etwas einfallen wollte, womit sie sie hätte trösten können. Irgendwann am Nachmittag brachte man ihnen eine Mahlzeit aus kaltem Lammfleisch und Salat, in dem sie ohne Appetit herumstocherten, auf das Zimmer, bevor sie sich wieder hinlegten. Sie schlossen die Augen und bemühten sich vergeblich, die Katastrophe aus ihren Gedanken zu verbannen.

Früh am folgenden Morgen brachte man alle Überlebenden des Schiffsuntergangs ins Zollamt an der Kreuzung von Commercial Road und North Parade im Stadtzentrum von Port Adelaide. Auf dem Bürgersteig vor dem Gebäude drängten sich Schaulustige, die vom Schicksal der *Emerald Star* gehört hatten. In den Lokalzeitungen waren bereits Berichte darüber erschienen, und Journalisten waren hier in der Hoffnung erschienen, Augenzeugen der Tragödie befragen zu können.

Den Verunglückten war dieses allgemeine Interesse allerdings sehr unangenehm. Sie standen alle noch unter Schock und schämten sich außerdem ihrer dürftigen Bekleidung. Im Vergleich zu den braun gebrannten Schaulustigen, die wegen der brennenden Sonne breitkrempige Hüte trugen, wirkten sie wie bleiche Gespenster. Einige Australier hatten sogar fast so dunkle Haut wie die Einheimischen, die ›Aborigines‹ genannt wurden. Eine kleine Gruppe dieser Aborigines hatte sich ebenfalls versammelt und betrachtete die Ankömmlinge mit undurchdringlichen Mienen. Die Passagiere ihrerseits, die noch niemals zuvor Eingeborenen begegnet waren, starrten sie neugierig an, fasziniert von ihrem krausen Haar und den breiten Nasen.

Während die Vertreter der Schifffahrtsgesellschaft über die Gründe für die Katastrophe spekulierten, saß Tara mit Sorrel Windspear, der netten alten Dame vom Schiff, im hinteren Teil des großen Raumes. Sie war die Liste der Überlebenden in den Krankenhäusern durchgegangen – aber die Namen von Michael und Maureen hatte sie nicht gefunden. Jack schien sich mit dem Tod seiner Eltern ruhig abgefunden zu haben. Tara wünschte sich allerdings, dass er ein wenig mehr Gefühle zeigen würde. Seine innere Zurückgezogenheit war beunruhigend, und sie wartete ständig auf einen unausweichlich scheinenden Ausbruch. Hannah begriff noch gar nichts, sondern weinte fast ununterbrochen und fragte ständig nach ihrer Mama.

Schließlich wurden beide Kinder von Müdigkeit überwältigt. Hannah schlief quer über Taras Schoß liegend, während Jack sich neben sie auf die Bank legte. Tara strich mit einer Hand sanft über Hannahs weiche, goldene Locken, während sie mit der anderen Jacks Rücken streichelte. Er hatte rotes Haar, wie sein Vater, und auf seiner Haut hatte die intensivere Sonneneinstrahlung im Lauf der letzten Wochen braune Sommersprossen erscheinen lassen.

Die ganze Nacht hindurch hatte Tara versucht, die Kinder zu trösten, doch natürlich konnte sie ihnen die Eltern, die sie verloren hatten, nicht ersetzen.

Die Abgesandten der Schifffahrtsgesellschaft sprachen lange und ausführlich über das Unglück und seine Ursachen. Angeblich sei das Schiff, mit über zweihundert Tonnen Ladung an Bord vollkommen überladen gewesen und ihnen war völlig unverständlich, warum kein SOS-Signal gefunkt worden war. Weiterhin stellten sie fest, dass durch die Öffnung der Ladeklappe Wasser ins Schiff eingedrungen sei, was den Untergang des Schiffes beschleunigt hätte. Warum konnten sie denn nicht begreifen, dass die Mannschaft die Ladung hatte hinausschaffen wollen, um genau das Gegenteil zu erreichen. Die Ursache des Brandes war nicht bekannt, doch die Besatzungsmitglieder hatten ausgesagt, es habe nicht genügend Sandsäcke gegeben, und der Wasserdruck auf den Schläuchen sei zu schwach gewesen. Hätte nicht einer der Passagiere das Feuer frühzeitig entdeckt, wären noch viel mehr Menschen ums Leben gekommen.

Tara und Sorrel lauschten wie alle anderen den vielen Worten, Erklärungen und Entschuldigungen, bis sie irgendwann genug gehört hatten. Tara fand, dass es keinen Sinn hatte, dem ebenfalls verunglückten Kapitän alle Schuld zu geben. Die fünfzig toten Passagiere und Besatzungsmitglieder würden dadurch nicht wieder lebendig werden. Zwar hatten seine Fehlentscheidungen sicher zum Untergang des Schiffes beigetragen, doch diese Erkenntnis brachte die Eltern der beiden Kinder nicht zurück.

»Das Unglück wird auf jeden Fall gründlich untersucht«, erklärte ein Sprecher der Reederei, »doch es scheint festzustehen, dass der eigentliche Grund für das Unglück menschliches Versagen ist.«

Zu sehr hatte man sich auf die moderne Schiffstechnik verlassen und zu wenig auf altbewährte Seemannsregeln geachtet.

Während die Redner sich ausführlich darüber ausließen, wie den überlebenden Passagieren seitens der Reederei geholfen werden würde, ohne dabei jedoch wirklich konkret zu werden, unterhielt sich Tara mit Sorrel. Die alte Dame hatte einen sehr scharfen Verstand, wie Tara rasch feststellte. Ihr lebhafter Blick zeugte nicht von viel Geduld im Umgang mit dümmeren, unbedachten Menschen. Sie war im Leben immer ihren eigenen Weg gegangen, und das gedachte sie auch weiterhin zu tun. Tara hatte ihre Reaktion beobachtet, als ein Crewmitglied ihr aufgrund ihres Alters Hilfe angeboten hatte. Sie hatte ihm grob zu verstehen gegeben, dass sie weder lahm noch senil sei und er besser jemandem helfen sollte, der es wirklich nötig hatte. Offensichtlich sprach sie grundsätzlich aus, was sie dachte, ohne groß um die Dinge herumzureden. Ihre nächsten Worte bestätigten Taras Eindruck.

»Sind Sie nicht diese Wahrsagerin, von der auf dem Schiff alle sprachen?«

Tara lächelte schwach. »Ich bin keine Wahrsagerin. Ich sage nur offen, was ich denke und fühle, ganz ähnlich wie Sie.«

Sorrel bemerkte, dass Tara ihre Gabe eher unangenehm war. »Wenn Sie wirklich in die Zukunft sehen können, ist das wie ein Geschenk. In Irland müssten Sie eigentlich als Seherin berühmt sein, denn nur Auserwählte haben diese Fähigkeit!«

Tara begann unruhig zu werden. »Ich kann Ihnen versichern, dass ich diese Gabe nicht besitze. Ich habe nur ein bisschen Spaß gemacht, mir die Zeit vertrieben, und das hat sicher niemand ernst genommen!«

»In der ersten Klasse haben alle über Sie gesprochen«, gab Sorrel zurück. »Schade, dass Sie nicht wirklich in die Zukunft blicken können. Der Brand ist sicher durch menschliche Unachtsamkeit entstanden. Aber für den Sturm, der allein schon genügend Schaden angerichtet hat, um das Schiff zum Sinken zu bringen, können wir nur Mutter Natur verantwortlich machen. Und vielleicht wäre der ja vorauszusagen gewesen!«

Erst jetzt begriff Tara mit einem Mal schlagartig, was auf dem Schiff geschehen war. Sie wurde weiß wie ein Laken. Die Ältere stutzte.

»Was ist los, Liebes? Haben Sie gewusst, dass das Schiff untergehen würde?«

»Nein – aber ich habe tatsächlich von dem Brand geträumt und sogar die Zahlen gesehen, aus denen sich die Nummer der Kabine zusammensetzte, in der das Feuer ausgebrochen ist. Der Raum war nicht weit von meiner Kabine entfernt im Unterdeck. Ich habe schon öfter solche Träume gehabt, aber niemals in dieser Deutlichkeit. Es wirkte so real, dass ich davon aufgewacht bin; und dann habe ich den Brandgeruch bemerkt. Aber das alles kann nur ein Zufall gewesen sein ...« Sie schüttelte den Kopf, wie um dadurch Klarheit in ihre Gedanken zu bringen. »Aber wenn ich nicht aufgewacht wäre, wären sehr viel mehr Menschen aus dem Unterdeck umgekommen, mich selbst eingeschlossen.«

»Dann verdienen Sie eine öffentliche Belobigung!«

Tara lächelte unglücklich. »Leider denken nicht viele so. Vor dem Unglück war ich vielleicht sehr beliebt, doch das hat sich gründlich geändert. Viele dieser Passagiere schauen mich an wie eine Betrügerin, als ob sie mir vorwerfen, dass ich die Katastrophe nicht vorhergesagt habe!«

»Nehmen Sie das bloß nicht persönlich, meine Liebe – sie suchen nur nach jemandem, dem sie die Schuld für den Verlust ihrer Lieben geben können!«

Tara war Sorrel dankbar für diese Worte, aber sie fühlte sich nicht viel besser. »Haben Sie auch jemanden verloren?«, fragte sie.

»Nein, Liebes, ich bin allein gereist. Mein Mann ist vor vier Monaten in unserem Haus in Kensington gestorben, nachdem er lange krank gewesen war.«

»Oh, das tut mir Leid! Ich glaube, ich könnte es nur sehr schwer ertragen, jemanden, den ich liebe, so langsam dahinschwinden zu sehen.« Tara hatte noch nie ein Familienmitglied verloren. Obwohl sie schon so lange von ihrer Familie getrennt war und Garvie vielleicht niemals wiedersehen würde, kam ihr ein solches Schicksal ungleich schlimmer vor. Maureen und Michael zu verlieren war schon schrecklich genug, vor allem weil sie sich nicht erlauben durfte, vor den Kindern ihre Trauer zu zeigen.

»Es ist kein solcher Schock, wie ihn die meisten dieser armen Leute hier durchleben mussten«, erwiderte Sorrel. »Eine Krankheit, vor allem eine so langwierige, gibt einem wenigstens die Möglichkeit, sich an den Gedanken zu gewöhnen, dass man diesen Menschen verlieren wird – aber es war trotzdem sehr schwer. Robert litt an Muskelschwund, und es war furchtbar, mit ansehen zu müssen, wie er immer weniger wurde. Lange bevor er starb habe ich zu Gott gebetet, dass er ihn heimholen möge, damit sein Leiden endlich ein Ende hätte. Früher war er ein Mitglied der Garde am Buckinghampalast, ein kräftiger, gut aussehender Mann. Als er starb, war er nur noch ein Schatten seiner selbst. Ich habe ihn so sehr geliebt, aber es war sehr grausam.«

»Ist er im Krankenhaus gestorben?«, wollte Tara wissen.

»Um Gottes willen, nein! Ich habe ihn bis zum Ende allein gepflegt – er konnte die entwürdigende Vorstellung nicht ertragen, dass ein völlig Fremder, eine Krankenschwester ...« Sie verstummte.

»Haben Sie denn noch Verwandte?«, fragte Tara leise.

»Nur einen Sohn, Marcus Robert John Windspear.«

Tara hörte den Stolz aus Sorrels Stimme heraus.

»Er lebt schon seit einigen Jahren in Australien, und seit dem Tod seines Vaters drängt er mich, meine letzten Lebensjahre mit ihm und seiner Familie zu verbringen. Sie wohnen in einer Stadt namens Alice, irgendwo in der Mitte dieses gottverlassenen Landes. Wissen Sie, er hat in England Rechtswissenschaft studiert, und jetzt führt er zusammen mit seiner Frau ein Hotel! Für mich ist es schwer zu verstehen, aber ihnen scheint es Spaß zu machen, eine Meute ständig betrunkener, ungehobelter Landbesitzer zu bedienen, die sie Buschmänner nennen. Offensichtlich mögen sie das Leben in einer Kleinstadt auf dem Land; nur Gott weiß, was mich dort erwartet. Ich wollte mein Zuhause eigentlich nicht verlassen, aber ich konnte Marcus' Bitte einfach nicht zurückweisen.« Während sie sprach, verscheuchte Sorrel ununterbrochen Fliegen, die schon seit Tagesanbruch eine einzige Plage waren, und fuhr fort: »Er sagt, im Busch sind diese Biester besonders schlimm. Wenn es noch mehr gibt als hier, weiß ich nicht, ob ich damit fertig werde.«

Tara war sicher, dass Sorrel mit fast allem fertig werden würde. Sie beneidete sie um ihre innere Stärke, die ihr half, nicht die Beherrschung zu verlieren wie so viele andere während der Katastrophe. Tara selbst dankte im Stillen Gott dafür, dass sie nicht hysterisch geworden war. Denn was wäre dann aus Jack und Hannah geworden?

»Ich muss Ihnen etwas sagen«, gestand sie. »Sie haben mir mit ihrer Tapferkeit an Bord das Leben gerettet. Ich war kurz davor, den Verstand zu verlieren, und wenn Sie nicht gewesen wären, wäre ich vielleicht über Bord gesprungen oder hätte etwas ähnlich Dummes getan!«

Sorrel wirkte überrascht. »Bis Sie mir versicherten, dass wir es schaffen würden, war ich felsenfest davon überzeugt, ich müsste sterben. Sie schienen so sicher zu sein, dass Sie mir wieder Hoffnung gegeben haben!«

Die beiden Frauen lächelten einander verwundert an. Sorrel nahm Taras Hand, die diese ihr ohne Zögern überließ. Erst, als sie den warmen Druck von Sorrels Hand spürte, die die ihre mit sanftem Druck umschloss, fiel Tara wieder ein, wie rau ihre Haut war und in welchem Zustand sich ihre Fingernägel befanden.

Als Sorrel plötzlich ernst wurde, schaute Tara sie besorgt an. »Was ist los?«

»Ach«, gab die Ältere zurück, »Marcus und Irene wollten mich hier abholen, aber ich habe ihnen gesagt, sie sollen sich nicht bemühen. Es ist so weit, und sie haben die Kinder und das Hotel, um das sie sich kümmern müssen. Gott sei Dank sind sie nicht gekommen, unsere Landung war ja nun wirklich alles andere als ein viel versprechender Anfang – einfach katastrophal!« Sie fuhr mit den Fingern durch ihr Haar und bemühte sich vergeblich, ihre Frisur zu richten. Dann schüttelte sie den Kopf, und in ihren Augen glänzten Tränen. Tara konnte sich an viele verregnete und windige Tage erinnern, an denen sie mit dem Planwagen unterwegs gewesen war und furchtbar ausgesehen hatte. Doch Sorrel war offensichtlich noch niemals in einem solchen Zustand gewesen, und ihr ungepflegtes Äußeres verletzte ihren Stolz.

Jetzt blickte sie auf das Foto, das sie noch immer festhielt, und Tara tat dasselbe. Robert und Sorrel mussten damals etwa zwanzig Jahre alt gewesen sein und sahen sehr verliebt aus. Er war tatsächlich ein sehr beeindruckender Mann gewesen, groß, kräftig, stark und gut aussehend – und so wollte Sorrel ihn wohl auch im Gedächtnis behalten.

»Ich habe großes Glück gehabt«, meinte sie, »aber ich hätte gern mein Leben gegeben, wenn ich dadurch eines der Kinder auf dem Schiff hätte retten können.« Sie schluchzte leise auf, und Tara drückte ihr sanft die Hand. Was sie zusammen durchgemacht hatten, hatte zwischen ihnen eine Vertrautheit geschaffen, als würden sie sich schon Jahre kennen. Innerhalb weniger Stunden hatten sie einander Gefühle gezeigt, die man sonst nur mit den liebsten Menschen teilte, und beide spürten, dass sie am Anfang einer höchst ungewöhnlichen Freundschaft standen.

Sorrel blickte auf, sichtlich um ihre Fassung bemüht.

»Vielleicht sollten Sie Ihren Sohn benachrichtigen«, schlug

Tara vor. »Falls er in der Zeitung etwas über den Untergang der *Emerald Star* liest, wird er das Schlimmste befürchten!«

»Die Reederei hat mir schon angeboten, ihn zu informieren.« Sorrel hob eine Augenbraue. »Und dabei so getan, als sei das schrecklich großzügig von ihnen! Haben Sie jemanden, den Sie benachrichtigen müssten?«

»Nein. Ich habe eine Tante hier, jedenfalls so weit ich weiß. Wir haben uns aber seit Jahren nicht mehr gesehen, und ich wollte sie überraschen ...« Plötzlich fiel Tara ihr Koffer mit dem Gemälde aus der Harcourt Gallery ein. Sie bezweifelte, dass er gefunden werden würde. »Wenn ich nicht gerettet worden wäre, hätte sie es nie erfahren ...«

»Aber Sie sind in Sicherheit, und vielleicht wäre sie froh, sie zu sehen!« Sorrel betrachtete nachdenklich die schlafenden Kinder. »Und was wird aus den beiden?«, fragte sie leise.

Tara runzelte die Stirn. »Ich weiß es nicht.« Nach einer Weile fuhr sie flüsternd fort: »Ich fühle mich für sie verantwortlich, aber ich weiß absolut nicht, was ich tun soll. Ich habe ihrem Vater versprochen, mich um sie zu kümmern, aber ich habe ...« Das Wort ›Angst‹ lag ihr auf der Zunge, doch sie fühlte sich nicht mutig genug, es zuzugeben, nicht einmal vor sich selbst.

»Es ist eine wahnsinnig große Verantwortung«, meinte Sorrel und drückte damit exakt das aus, was Tara fühlte.

»Ich weiß nicht einmal, ob es rechtlich erlaubt ist, wenn ich sie zu mir nehme«, erklärte sie.

Während sie noch miteinander sprachen, wurden sie Zeugen einer Szene, die sich seitlich von ihnen, im hinteren Teil des großen Raumes, abspielte. Eine junge, gut gekleidete Frau hielt ein Kind an sich gepresst, während eine ältere Rotkreuzschwester versuchte, ihr den Säugling wegzunehmen. Die Frau, die das Kind hielt, war offensichtlich nicht gewillt, es herzugeben.

»Vielleicht haben sie noch Verwandte in Irland?«, meinte Sorrel auf Jack und Hannah bezogen, während sie zu den beiden Frauen hinüberstarrte.

Tara nickte, ihr fielen die Gespräche ein, die sie mit Maureen geführt hatte. »Sie haben eine Tante, Moyna ... nein, Moyna Conway. Sie lebt irgendwo in Derry, und Maureen hat oft von ihr erzählt, aber ohne Wärme. Anscheinend sind die Schwestern nicht gut miteinander ausgekommen. Maureen sagte, Moyna habe fünf Töchter, darunter ein Zwillingspärchen, und zwei Söhne. Sie meinte, ihre Schwester behandle die Mädchen wie Sklaven und zwinge sie, die ganze Arbeit auf der Farm zu tun, während sie selbst den Tag auf dem Sofa verbringt. Wenn ihr Mann nicht zu Hause war, hat sie die Mädchen nicht einmal zur Schule gehen lassen. Sobald die älteren Kinder von ihnen alt genug waren, sind sie weggegangen, und nun mussten die Jüngeren bis zur Erschöpfung arbeiten. Maureen nannte ihre Schwester ein ›faules Stück‹ und gebrauchte Ausdrücke, die ich lieber nicht wiedergeben möchte.« Traurig fuhr Tara fort: »Maureen war genau das Gegenteil. Sie hätte alles für ihre Familie getan. Ich bin sicher, sie wäre dagegen, dass die Kinder zu Moyna kommen, aber welche anderen Möglichkeiten gäbe es dann? Ein Waisenhaus?« Schaudernd schüttelte sie den Kopf. »Das könnte ich nicht – ich habe sie mittlerweile sehr ins Herz geschlossen.«

Sorrel hatte schon bemerkt, dass Tara die Kinder wirklich gern hatte. Warum sie wohl keine eigenen Kinder hatte? Sorrel sah den schmalen, blassen Streifen an ihrem Ringfinger, wo sie wahrscheinlich einen Ehering getragen hatte. Es gab eine ganze Menge möglicher Erklärungen dafür, dass er jetzt nicht mehr da war, doch Tara hatte bisher nie von einem Ehemann gesprochen. Die raue Haut ihrer Hände sprach nicht eben dafür, dass sie das Leben einer Lady gelebt hatte, und Sorrel begann, sich darüber Gedanken zu machen. Sie war von Natur aus neugierig, versuchte jedoch, keine vorschnellen Urteile zu fällen.

Plötzlich wurden sie und Tara durch laute Worte der beiden Frauen abgelenkt, die sie beobachtet hatten, und auch viele der Umsitzenden blickten in deren Richtung.

»Miss Honeywell, ich sage es jetzt zum letzten Mal: Sie sind nicht mit Thomas verwandt. Ich muss ihn mit mir nehmen!« Die Frau in der Uniform des Roten Kreuzes verlor langsam die Geduld, doch ›Miss Honeywell‹ schien noch immer nicht bereit, das Kind herauszugeben.

»Und ich habe Ihnen gesagt, ich bin sein Kindermädchen. Wir waren noch nie voneinander getrennt, seit er geboren wurde, und er kennt hier niemanden außer mir. Haben Sie denn überhaupt kein Herz?« Die junge Frau begann zu schluchzen. Tara begriff, dass die Eltern des kleinen Thomas Passagiere der ersten Klasse gewesen sein mussten und Miss Honeywell bei ihnen angestellt gewesen war. Es hatten sich einige wohlhabende Familien an Bord befunden, die mit Kindermädchen gereist waren. Plötzlich fielen ihr Eleanor Craddock und Lavinia Bliss ein. Hatten sie überlebt, und wo mochten sie sein?

»Thomas hat so viel durchgemacht, und jetzt ist er ein Waisenkind. Ich bin doch alles, was er noch hat!« Miss Honeywell flehte und argumentierte, und Tara beobachtete sie nachdenklich. Baby Thomas, ein kräftiges Kind von etwa acht Monaten, klammerte sich an die junge Frau und schrie sich fast die Lunge aus dem Leib.

»Wenn Sie kein gesetzlicher Vormund oder eine leibliche Verwandte sind, können wir ihn nicht in ihrer Obhut lassen«, lautete die Antwort.

»Wie könnten Fremde sich besser um ihn kümmern als ich? Ich bringe ihn ja zurück nach England, zu seiner Familie, das verspreche ich. Aber bitte, nehmen sie ihn mir nicht weg!«

Sorrel und Tara wechselten einen Blick, und beide fühlten mit der armen Miss Honeywell. Ohne Zweifel hatte sie dem Kind das Leben gerettet, und nun nahmen es ihr die Behörden rücksichtslos fort. Mitleid spielte in dieser Angelegenheit jedenfalls keine Rolle.

Sorrel sah Tara eindringlich an. Es war eher unwahrscheinlich, dass man ihr erlauben würde, die Kinder zu behalten. Tara fühlte Furcht in sich aufsteigen und warf einen Blick auf Jack und Hannah. Dann sah sie, wie Frauen in Uniformen der fast hysterischen Miss Honeywell das Kind entrissen. Sie versprachen, dass man sich mit dessen Verwandten in England in Verbindung setzen würde. Diese herzzerreißende Szene ließ Sorrel und Tara die Tränen in die Augen steigen, und sie führte Tara den Ernst der Lage vor Augen. Sie musste sich zusammennehmen und etwas tun, bevor es zu spät war – nur was?

Während sie schweigend dasaßen, sahen die beiden Frauen einen Vertreter der Schiffseigner Kennard und Rainer gemeinsam mit Beamten der Einreisebehörde im Raum umhergehen. Tara lächelte erleichtert, als sie ihn mit Eleanor und Roddy Craddock sprechen sah. Eleanor trug einen Arm in einer Schlinge, aber ansonsten schien das Paar unverletzt. Ihr Sohn stand in der Nähe und unterhielt sich mit einem anderen Jungen.

»Hat Sie schon irgendjemand wegen der Kinder angesprochen?«, fragte Sorrel leise, und in ihrer Stimme schwangen noch immer tief empfundene Gefühle mit.

»Nein, aber ich bin sicher, es wird nicht mehr lange dauern. Sie haben eine Namensliste und kommen nacheinander zu jedem von uns. Ich muss rasch handeln – aber was soll ich nur tun?«

»Wo genau lebt Ihre Tante?«

»In Tambora Station, in der Nähe von Wombat Creek. Ich glaube, das liegt viele Meilen nordwärts von Adelaide.«

Sorrels Augen begannen zu leuchten. »Ich bin sicher, dass der Zug, mit dem ich fahre, auf dem Weg nach Alice auch durch Wombat Creek kommt. Ich habe eine Karte ...« Sie unterbrach sich, als ihr bewusst wurde, dass sie nichts mehr besaß. Sie hatte nichts mehr außer dem Nachthemd, dass sie getragen hatte, als das Schiff sank, und einem abgetragenen Morgenmantel, den die Hoteliersfrau im Britannia-Hotel ihr freundlicherweise gegeben hatte. Fast alle Überlebenden trugen nichts als ihre Nachthemden und Schlafanzüge, denn zum Anziehen war ihnen keine Zeit geblieben. Das Rote Kreuz gab an jeden der Passagiere Pakete mit gespendeter Kleidung aus, doch zu Tara und Sorrel war noch niemand gekommen.

»Ich hatte eine Karte«, fuhr Sorrel fort. »Und auf dem Schiff habe ich sie mir oft angesehen.« Sie hatte viele Stunden allein in ihrer geräumigen, aber allzu stillen Kabine verbracht und wenig anderes zu tun gehabt. »Ich bin mir ziemlich sicher, dass der Zug dort entlangfährt. Mein Sohn hat schon eine Fahrkarte für mich bestellt, die ich mir in einem Reisebüro in Adelaide abholen soll. Sie könnten sich dort auch eine kaufen. Falls Sie kein Geld haben, ich habe genug. Bevor mein Mann krank wurde, sind wir viel zusammen gereist, und damals habe ich mir angewöhnt, mein Geld immer bei mir zu tragen.«

»Das tue ich ebenfalls«, gab Tara zurück, ohne zu sagen, dass alle Zigeuner ihr Geld immer an ihrem Körper trugen. »Trotzdem vielen Dank für Ihr freundliches Angebot. Ich würde sagen, im Vergleich zu den meisten hier können wir uns glücklich schätzen. Wir haben zwar unser Gepäck verloren, aber wir sind wenigstens nicht mittellos.« Tara stieß einen tiefen Seufzer aus und blickte auf die schlafenden Kinder hinab.

»Tambora klingt, als sei es ein guter Ort für Kinder«, meinte Sorrel mit einem bedeutsamen Blick in ihre Richtung.

»Ich gehe ins Ungewisse, ohne die geringste Vorstellung davon, was mich erwartet. Ich bin nicht sicher, ob es richtig wäre, sie mitzunehmen, aber ich kann den Gedanken nicht ertragen, sie hier zurückzulassen.«

Genau in diesem Moment setzte Jack sich auf. »Du lässt uns doch nicht im Stich, oder?«, fragte er, und blanke Furcht stand im Blick seiner braunen Augen. Offensichtlich hatte er zumindest das Ende ihrer Unterhaltung mitgehört. Tara fragte sich, ob er wohl auch die Szene zwischen Miss Honeywell und der Vertreterin des Roten Kreuzes mitbekommen hatte.

»Ich glaube nicht, ... dass man uns zusammenbleiben lässt. Wir sind nicht miteinander verwandt.«

»Was meinst du?«

»Ich gehöre nicht zu eurer Familie!«

Jack sah sie ernst an. »Ich habe meinem Papa versprochen, mich um Hannah zu kümmern, und ich werde mein Versprechen halten. Papa wollte, dass du dich um uns kümmerst – das tust du doch, stimmt's?« Tara sah, wie schwer es dem Jungen gefallen war, seinen Stolz zu überwinden und sie um Hilfe zu bitten. Und das machte seine Worte noch schmerzlicher.

»Natürlich tue ich das, Jack. Ich will nicht, dass man uns trennt. Ich habe dich und deine Schwester sehr gern, aber was soll ich machen? Sie werden nur eurer Familie erlauben, euch zu sich zu nehmen.«

»Familie? Etwa Tante Moyna?«

Tara nickte zögernd.

»Ich will aber nicht zu Tante Moyna! Lieber wäre ich mit Mama und Papa zusammen ertrunken!« Jacks Unterlippe begann zu zittern, und er starrte krampfhaft auf seine Hände. Tara brach es fast das Herz. Das Kind war vom Schicksal wirklich schwer geschlagen. Sie warf Sorrel einen Blick zu, der einem stummen Hilfeschrei glich.

»Sie können nichts tun«, meinte die Freundin leise. Dann beugte sie sich vor und sah Jack freundlich an. »Tara ist nun einmal nicht deine Mutter oder deine Tante, mein Junge. Wenn sie es wäre, wäre alles anders. Ich weiß, dass sie eurem Vater versprochen hat, bei euch zu bleiben, aber man wird ihr die Entscheidung aus der Hand nehmen.«

»Könnten wir nicht einfach von hier weggehen?«, beharrte Jack, der das Problem kindlich einfach sah.

»Dann würde die Polizei hinter euch herkommen«, erklärte Sorrel.

»Ich laufe mit Hannah davon, bevor ich mich zu Tante Moyna bringen lasse!«, sagte Jack entschlossen.

»Vielleicht ist das gar nicht nötig – wenn wir die Behörden davon überzeugen, dass ich eure Mutter bin«, erwiderte Tara, und im Blick ihrer grünen Augen schimmerte wieder etwas von ihrer alten Entschlossenheit auf.

Jetzt kam ein Mitarbeiter des Roten Kreuzes mit einigen kleinen Paketen und einer Namensliste auf sie zu.

»Weißt du, wie man sich verstellt, Jack?«, flüsterte Tara dem Jungen ins Ohr.

Er wirkte einigermaßen ratlos.

»Hast du dich schon einmal als Pirat oder als Prinz verkleidet?«

Jetzt nickte Jack.

»Könntest du so tun, als sei ich deine Mutter, wenn diese Frau dort zu uns kommt und uns Fragen stellt?«

Der Junge wirkte unsicher. »Wenn du es schaffst, dürfen wir vielleicht zusammenbleiben. Im Moment fällt mir keine andere Lösung ein.«

Zögernd nickte der Junge. Tara wusste, dass er an seine echte Mutter dachte, und ihr ging es nicht anders. Er klammerte sich an Taras Arm. »Meinst du nicht, dass sie es merkt?«, fragte er flüsternd. »Du siehst nicht wie Mama aus!«

»Wenn sie die Wahrheit herausfinden, sind wir schon weit weg«, erwiderte Tara. Sie war plötzlich viel zuversichtlicher, dass der Plan tatsächlich funktionieren konnte.

»Wie geht es Ihnen?«, fragte die lächelnde Frau in der rot-weißen Uniform Sorrel, während sie ihren Blick schon über Tara und die Kinder wandern ließ.

»Oh, ich bin am Leben, also geht es mir besser als vielen anderen«, gab Sorrel trocken zurück.

Die Frau stutzte, und ihr liebenswürdiges Lächeln erstarrte für einen Moment. »So ist es gut, meine Liebe«, sagte sie dann. »Zuversicht und positives Denken helfen, die Lebensgeister wieder zu wecken.«

Tara sah förmlich, wie diese herablassenden, aber gut gemeinten Worte Sorrel aufbrachten.

»Ich heiße Ruby Ashton«, fuhr die Frau fort und stellte die Pakete mit der Kleidung vor sich auf dem Boden ab. Nach einem Blick auf die Kinder wandte sie sich ihrer Liste zu, und als sie den Kopf hob, war es Jack, den sie ansah.

»Wie heißt du, junger Mann?«

»Jack O'Sullivan«, gab er zurück und wurde plötzlich blass.

»Ich würde sagen, du musst ungefähr neun oder zehn Jahre alt sein, ist das richtig?«

»Ja, Madam – ich bin zehn.«

Tara drückte seine Hand, um ihm zu verstehen zu geben, dass er seine Sache sehr gut machte. Ruby Ashton schaute wieder in ihre Liste. »Und diese kleine Schlafmütze ist dann sicher Hannah, deine Schwester, nicht wahr?«

Jack nickte. »Sie ist drei.«

Tara war erleichtert, dass Hannah schlief – denn wäre sie wach gewesen, hätte sie vielleicht nach ihrer richtigen Mutter gerufen.

Ruby nahm zwei der Pakete von dem Stapel vor ihnen und prüfte durch einen raschen Blick auf die Aufschriften, ob der Inhalt zum Alter der Kinder passte. Die Pakete enthielten Kleidung und einige Dinge des täglichen Gebrauchs, Seife, Kämme, Unterwäsche und so weiter.

»Ich fürchte, es sind keine Spielsachen dabei«, meinte sie, während sie sich Tara zuwandte. »Sind Sie die Mutter der Kinder?«

Tara warf Jack einen eindringlichen Blick zu und zwang sich zu einem schwachen Lächeln. Sie bemühte sich, wie Sorrel sehr gerade zu sitzen und deren vornehme Haltung nachzuahmen. »Ja«, erwiderte sie ein wenig zaghaft. »Ich bin ... Maureen O'Sullivan.«

»Ist Ihr Mann unter den Überlebenden?«

Tara schüttelte den Kopf und kämpfte gegen echte Tränen an. Sie sah, wie Jack hastig zu Boden blickte.

Ruby Ashton wirkte plötzlich verlegen. »Es tut mir Leid, aber ich ... ich muss das fragen. Ich fürchte, Sie müssen ...« Sie blickte auf Jack, bevor sie leise fortfuhr: »Hat Sie schon jemand hinter das Gerichtsgebäude begleitet?«

Tara wusste, dass sie von dem improvisierten Leichenschauhaus sprach, wo Verwandte und Freunde die Toten identifizieren mussten. Ihr Herz begann wie wild zu schlagen, und auf ihrer Stirn bildete sich ein feiner Schweißfilm.

»Nein – aber ich kann es jetzt tun, wenn Sie möchten.« Ihr grauste zwar vor dieser Aufgabe, aber wenn sie die Kinder behalten wollte, gab es keinen Weg daran vorbei. Wieder sah sie Jack eindringlich an und tätschelte ihm ermutigend die Hand. »Bleib bei deiner Schwester, mein Sohn!«

Er nickte nur stumm.

Als Tara sich Sorrel zuwandte, spürte die alte Frau deutlich ihre Nervosität.

»Ich passe schon auf Ihre Kinder auf, Mrs. O'Sullivan«, erklärte sie ruhig. »Tun Sie, was Sie tun müssen – wir kommen hier so lange gut zurecht!«

»Danke, Mrs. Windspear!«

Während Tara mit Ruby Ashton davonging, sagte sie beiläufig: »Die Frau, mit der ich meine Kabine geteilt habe, ist auch unter den Toten. Soll ich sie identifizieren? Sie hat niemand anderen hier.«

»Das wäre sehr freundlich von Ihnen«, erwiderte Ruby. »Ich weiß, es ist nicht leicht, aber irgendjemand muss es schließlich tun. Nur bei den Wohlhabenderen gibt es zahnärztliche Röntgenbilder oder Berichte, bei den anderen müssten wir auf Verwandte aus Irland oder England warten oder persönliche Gegenstände zu identifizieren versuchen, wie zum Beispiel Ringe. Aber da es mitten in der Nacht war ...« Sie zuckte mit den Schultern.

Tara warf einen Blick zurück. Jack sah ihr nach, und seine Miene spiegelte dieselbe Mischung verwirrender Gefühlen, die auch sie selbst erfüllte.

Als man Tara etwas später an langen Reihen von Toten entlangführte, von denen einige nur noch schwer als menschliche Leichname zu erkennen waren, wäre sie beinahe ohnmächtig geworden. Die Toten lagen unter freiem Himmel, die Hitze war nahezu unerträglich und der Leichengeruch bereits unbeschreiblich. Sie war sicher, dass sie diese Minuten niemals in ihrem Leben würde vergessen können, und begriff, wie unvorbereitet sie auf das war, was vor ihr lag.

Ein Gerichtsmediziner und ein Pathologe sorgten für den Abtransport der schon identifizierten Leichen zum städtischen Leichenschauhaus, wo eine Autopsie vorgenommen wurde. Allerdings war in den meisten Fällen die Todesursache auf schreckliche Weise deutlich sichtbar. Mitglieder der Besatzung der *Emerald Star* kümmerten sich um trauernde Verwandte und Freunde, und Tara musste trotz ihres Kummers anerkennen, wie wunderbar die Mannschaft sich verhalten hatte. Auch diese Menschen hatten viele Kollegen verloren, und trotzdem waren sie hilfsbereit und freundlich. Besondere Dankbarkeit empfand Tara für James O'Brien, der am Tag zuvor in der Ankunftshalle so nett zu ihr gewesen war, obwohl seine verbrannte Hand ihm schlimme Schmerzen verursacht haben musste.

Schließlich fand Tara Maureen und Michael, die nebeneinander lagen. So sehr der Anblick ihrer toten Freunde sie auch aufwühlte, war sie doch erleichtert, nun nicht mehr weitersuchen zu müssen. Sie konnte den Anblick der Leichen nicht länger ertragen, denn in einigen erkannte sie auch Menschen, denen sie auf dem Schiff die Karten gelegt hatte. Besonders furchtbar war es, die Kinder hier liegen zu sehen.

Verglichen mit den letzten schrecklichen Stunden auf dem Schiff wirkten Maureen und Michael seltsam friedlich, und zum Glück waren sie nicht lange im Wasser gewesen. »Gott sei Dank sind sie nicht verbrannt!«, flüsterte Tara, die plötzlich erkannte, dass das ihre größte Angst gewesen war.

»Man hat sie ineinander verschlungen gefunden.« Tara fuhr erschrocken zusammen und wandte sich um, doch es war nur James O'Brien, der mit respektvoller Trauer auf die Toten blickte. »So haben sie es sich bestimmt gewünscht!«

Tara fand plötzlich, dass die beiden zusammen beerdigt werden sollten. Es gehörte sich einfach so, und sie schämte sich auf einmal für das, was sie im Begriff gewesen war zu tun. Wie konnte sie sich für Maureen ausgeben und die Freundin um die ewige Ruhe an der Seite ihres Mannes bringen, den diese so sehr geliebt hatte?

Während sie Maureens reglosen Körper betrachtete, dachte sie daran, was für eine gute Freundin und wunderbare Mutter diese gewesen war. Es war eine doppelte Tragödie, dass ihre Kinder in einem Waisenhaus landen sollten, vielleicht sogar voneinander getrennt werden würden. Maureen wäre diese Vorstellung sicher unerträglich gewesen – wie jeder Mutter. Nein, Maureen hätte gewollt, dass die Kinder bei jemandem blieben, der sie wirklich gern hatte, bei jemandem, der ihnen gemeinsam ein Zuhause bot. Dass Tara selber noch kein Zuhause hatte, erschien ihr momentan wie ein eher unwichtiges Detail.

Tara blickte auf Michael hinab und rief sich ins Gedächtnis, wie er sie in den Momenten kurz vor der endgültigen Trennung angesehen hatte. Er hatte gewollt, dass sie sich um Jack und Hannah kümmerte. Wenn sie ihr stummes Versprechen halten wollte, musste sie bei dem bleiben, was sie beschlossen hatte – einen anderen Weg gab es nicht. Ein Rechtsstreit konnte Jahre dauern, und gegen einen Verwandten hatte sie wenig Aussichten, zu gewinnen. Wenn sie das australische Gesetz jedoch umgehen wollte, musste sie James in ihren Plan einweihen. Er war damit beschäftigt, schon identifizierte Tote in eine Liste einzutragen. Sie wusste nicht, ob er ihr helfen würde oder nicht, doch es gab nur einen Weg, um das herauszufinden.

Als sie zu Sorrel und den Kindern zurückkehrte, war Tara kreidebleich. »Wir können gehen«, erklärte sie und umarmte erst Jack und dann Hannah, die gerade aufgewacht war. Sorrel wirkte erleichtert. James hatte sich nicht leicht überreden lassen, schließlich aber doch zugestimmt. Anscheinend hatte er sechs Jahre im Havilah-Waisenhaus in Sydney verbracht, wo er keinerlei Bildung erhalten hatte, von morgens bis abends Toiletten geschrubbt und sein erstes Paar Schuhe im Alter von dreizehn Jahren bekommen hatte.

Sobald er alt genug gewesen war, war er fortgegangen, um zur See zu fahren. Er liebte Kinder und wusste, dass Tara sich liebevoll um die beiden O'Sullivan-Waisen kümmern würde, was ihm sehr viel besser schien als das Waisenhaus. Außerdem hatte er gesehen, wie nah sich Maureen und Tara gewesen waren. Also willigte er ein, ihnen zu helfen, und Tara versprach ihm, sich so oft wie möglich zu melden und ihn wissen zu lassen, wie es den Kindern ging. Sie hatte insgeheim den Verdacht, dass es ihm auch darum ging, auf diese Weise mit ihr in Kontakt zu bleiben, aber das störte sie nicht.

»Die meisten Leute hier werden erst einmal in Gästehäusern der Heilsarmee untergebracht, aber ich würde gern so schnell wie möglich abreisen«, meinte sie, an Sorrel gewandt.

»Mir geht es genauso«, gab diese zurück.

Während Tara beide Kinder im Arm hielt, erkannte sie plötzlich, wie groß die Aufgabe war, die sie übernommen hatte, und diese Erkenntnis überwältigte sie. So viele Jahren lang hatte sie flehentlich um ein Kind gebetet, und nun hatte sie plötzlich gleich zwei; wovon sollte sie sie ernähren, und was für Probleme mochten auf sie zukommen? Wenn die Behörden herausfanden, was sie getan hatte, würde man sie verfolgen. Und was würden die Kinder tun, wenn sie sich vom ersten Schock erholt hatten und begriffen, dass sie ihre Eltern niemals wiedersehen würden?

Jack löste sich aus ihrer Umarmung und blickte sie an. Auf seinem kleinen Kindergesicht malte sich große Sorge. Man sah ihm an, dass er daran dachte, was nun mit seiner Eltern geschehen würde. Tara selbst war zu erschüttert gewesen, um danach zu fragen.

»Mrs. O'Sullivan?«, rief Ruby Ashton.

Sorrel versetzte Tara einen Stoß. »Mrs. O'Sullivan, Mrs. Ashton ruft nach Ihnen!«

Tara wandte sich hastig um. »Ja?«, erwiderte sie, während ihr

Herz bei dem Gedanken zu rasen begann, dass man sie vielleicht schon durchschaut hatte.

»Es tut mir Leid, wenn ich Sie schon wieder stören muss, aber – könnten wir über die Beerdigungsformalitäten für Ihren Mann sprechen?«

Tara seufzte vor Erleichterung tief auf. »Natürlich!«

6

Port Adelaide war eine blühende Grenzstadt, mit vielen eindrucksvollen Gebäuden verschiedener Stilrichtungen und dem wichtigsten Hafen der Kolonie. Tara und Sorrel stellten erleichtert fest, dass die Stadt nicht so kulturlos wirkte, wie sie insgeheim befürchtet hatten. Während sie durch die breiten Straßen schlenderten, die von Läden gesäumt waren, erkannten sie von weitem, dass der Hafen eine riesige Baustelle war. Einige der alten Docks wurden modernisiert, und Flussbett und Hafenbecken wurden ausgebaggert, um größeren Schiffen die Einfahrt zu ermöglichen.

Unzählige Schiffe lagen vor Anker, darunter einige Ketsche, die von bulligen Hafenarbeitern entladen wurden. Tara stellte fest, dass es in der Stadt sehr viel mehr Industrie gab, als sie gedacht hatte. Man erzählte ihnen, dass die ersten Siedler vor mehr als hundert Jahren an diesen Ort gekommen waren.

»Ein Mannschaftsmitglied auf dem Schiff hat mir erzählt, die Gegend wäre früher ein einziger Sumpf gewesen«, sagte sie zu Sorrel, als sie eine breite, befahrene Straße überquerten.

»Das glaube ich gern«, erwiderte Sorrel. »Die Fliegen und Moskitos sind nämlich immer noch hier.«

Sie standen an der Black Diamond Corner, einer verkehrsreichen Kreuzung, und alles um sie herum wirkte sehr fremd, sogar die Gerüche. Die beiden Frauen vermissten das irische Essen mehr, als sie jemals gedacht hätten. Die Mahlzeiten auf dem Schiff waren einfach und langweilig gewesen, und der Appetit auf Porridge war ihnen beiden für lange Zeit vergangen.

Am nötigsten war den beiden Frauen nach einem Blick in ihre Kleiderpakete ein Einkaufsbummel erschienen. Sorrel hatte ein ärmelloses Kostüm erhalten, das sie abscheulich fand. Es war aus muffig riechendem Baumwollstoff, mit großen, pinkfarbenen Blüten auf schreiend grünem Grund. Abgesehen davon, dass es zu eng war und über ihrem üppigen Busen spannte, gleichzeitig auch so kurz, dass sie sich unwohl fühlte, war es das hässlichste Kleidungsstück, das sie jemals gesehen hatte.

Tara mochte kräftige Farben und war dadurch vielleicht etwas flexibler, wenn es um Kleidung ging. Doch auch sie fand ihr Kostüm abscheulich. Es war aus einem roten Stoff, bedruckt mit blauen Punkten. Das Oberteil war zu groß und, hing wie ein formloser Sack an ihr herunter. Der Faltenrock ließ sie zudem sehr matronenhaft wirken. Sie hätte mit Sorrel tauschen können, doch als die Ältere den Ausschnitt von Taras Kostüm gesehen hatte, war sie erschrocken zurückgefahren.

Tara und Sorrel betraten den Sinclair Draper and Clothing Store, wo sie für sich und die Kinder neue Schuhe und ein paar persönliche Dinge kauften wie eine Handtasche für jede, Taschentücher, Lippenstifte und Rouge, und natürlich Unterwäsche. Tara richtete sich in allem, was sie kaufte, nach Sorrels Geschmack, weil sie keine Ahnung hatte, wie sich eine respektable Dame zu kleiden hatte.

Der Geschmack der Zigeuner war jedenfalls ganz anders, musste sie feststellen. Der Geschäftsinhaber und seine Frau hatten bald erkannt, dass sie Überlebende der *Emerald Star* vor sich hatten, und waren reizend um sie bemüht. Cyril Peters redete ununterbrochen, während Ella, seine Frau, die beiden Kundinnen bediente und ihnen beim Auswählen eine große Hilfe war.

Sorrel hatte schnell ein beiges Tageskleid gefunden, in dem sie sehr distinguiert aussah und das genau ihrem konservativen Geschmack entsprach. Tara gefielen eher die kräftigen Farben wie lebhafte Rottöne und leuchtendes Blau, doch sie merkte, wie Sorrel zurückschrak, als sie ein solch buntes Kleid vom Ständer nahm. Wenn es Sorrel nicht gefiel, würde es vermutlich auch ihrer Tante nicht gefallen, und sie wollte bei ihrer Ankunft in Tambora gern geschmackvoll gekleidet sein. Schließlich kaufte sie ein hübsches Kostüm in Blassblau und Weiß, das Sorrel sehr schön fand, ein hübsches, hellgelbes Mädchenkleid für Hannah und zwei neue Hemden für Jack.

Als sie fertig waren, schlug Sorrel vor, einen Ort zum Umziehen zu suchen, um die, wie sie sich ausdrückte, gotthässlichen Sachen loszuwerden, die sie trugen.

»Ich muss baden und irgendetwas mit meinen Haaren machen«, fügte sie hinzu. Keiner von ihnen verspürte das Bedürfnis, ins Zollamt zurückzukehren.

Tara machte sich Sorgen um Sorrel, deren Gesicht in der Hitze ungefähr dieselbe tiefrosa Farbe angenommen hatte wie die Blumen auf ihrem Kleid. Die beiden Frauen mieteten für ein paar Stunden ein Zimmer in einem Hotel. Die Kinder schliefen bald wieder ein, während Tara und Sorrel sich wuschen und umzogen. Kurz darauf fühlten sie sich wieder gesellschaftsfähig. Tara fiel auf, dass Sorrel ihre neue Unterwäsche und sogar Seidenstrümpfe trug. Tara selbst hätte bei dieser Hitze weder Strümpfe noch Unterröcke tragen können. Ihr war aufgefallen, dass viele Frauen auf der Straße es ebenso wenig taten – es war einfach zu heiß. Wie Sorrel damit zurechtkommen würde, wusste die Jüngere nicht – doch mit der Freundin war, seit sie sich umgezogen hatte, eine erstaunliche Veränderung vor sich gegangen. Mit stolz erhobenem Kopf und in sehr gerader Haltung posierte sie vor dem in die Tür des Kleiderschranks eingelassenen Spiegel. Ihre Haare waren zu einem ordentlichen Knoten gebunden, und sie wirkte fast wie ein neuer Mensch.

Auch Tara hatte ihre Haare hochgesteckt. Im Moment trug man zwar eher Kurzhaarfrisuren, doch sie konnte sich nicht dazu durchringen, ihre rote Lockenpracht abschneiden zu lassen.

»Fühlen Sie sich besser?«, fragte sie die alte Dame lächelnd.

»Unendlich! Und Sie?«

Tara runzelte die Stirn. »Um ehrlich zu sein ... ich mache mir Sorgen. Wir sollten Adelaide so schnell wie möglich verlassen.«

Sorrel verstand, dass Tara fort sein wollte, bevor wohlmöglich die Wahrheit über ihre Identität ans Licht kam.

»Wir können aber nicht fort, bevor nicht die ...«, Sorrel verstummte und warf einen Blick zu den Kindern hinüber, die aufgewacht waren und nun von einem der Balkone des Hotels auf die Stadt hinunterblickten, »Opfer beerdigt sind.«

Tara seufzte. »Ich glaube nicht, dass ich es ertragen würde, dabei zu sein«, sagte sie. »Und für die Kinder wäre es auch nicht gut.«

Sorrel war jedoch skeptisch. »Aber wie wollen Sie es vermeiden, teilzunehmen?«

»Es werden so viele am selben Tag beerdigt, dass man unser Fehlen vielleicht gar nicht bemerken würde!«

»Das wäre eine Möglichkeit«, gab die Ältere zu. »bestimmt wäre es für die Kinder nicht gut, aber ich bin nicht sicher, ob es klug wäre, Verdacht zu erregen, indem man einfach wegbleibt. Die Behörden glauben immerhin, dass Michael Ihr Mann gewesen ist – wie würde es da aussehen, wenn Sie nicht an seinem Begräbnis teilnehmen?«

»Nicht sehr gut«, gestand Tara ein. »Aber es wäre mehr, als ich ertragen könnte, wenn ich zusehen müsste, wie Maureen an meiner Stelle beerdigt wird. Sie war eine der besten Freundinnen, die ich je hatte, und außerdem befürchte ich, dass Hannah vor allen dort nach ihrer Mutter weinen wird.« Sie wandte sich ab, plötzlich überwältigt von der Verantwortung, die sie auf sich genommen hatte. »Oh, Sorrel! Habe ich wirklich das Richtige getan? Ich habe überhaupt keine Erfahrung als Mutter, kein festes Einkommen. Ich weiß nicht einmal, ob meine Tante noch auf der Farm ist. Was, wenn sie nicht mehr dort wohnt? Und wenn nun die Kinder sich weigern, bei mir zu bleiben – was mache ich dann? Ich kann sie nicht einfach bei den Behörden abliefern und zugeben, dass ich gelogen habe – das könnte ich den Kindern nicht antun. Falls sie dann irgendwann adoptiert werden, würde man sie vielleicht voneinander trennen, und das würde ihnen das Herz brechen.«

Sorrel ging zu Tara hinüber, drückte sie sanft auf das Bett und legte ihr beide Hände auf die Schultern. »Beruhigen Sie sich, Tara! Lassen Sie die Kinder nicht sehen, wie besorgt Sie sind. Es ist nur natürlich, dass Sie sich Gedanken darüber machen, wie es weitergehen soll, aber es wird ganz sicher alles gut gehen!«

»Woher wollen Sie das wissen, Sorrel? Ich jedenfalls bin plötzlich so unsicher, und ich weiß überhaupt nicht mehr, was um alles in der Welt mich dazu bewogen hat, in meiner Lage auch noch die Verantwortung für zwei Kinder zu übernehmen.«

Sorrel erkannte, dass Tara kurz davor stand, die Nerven zu verlieren. In ihren Augen stand derselbe Ausdruck wie in dem Moment auf dem Schiff, als sie geglaubt hatte, sterben zu müssen.

»Jetzt holen Sie erst einmal tief Luft«, kommandierte die Ältere energisch.

Tara blickte auf, sah die Ruhe, die aus Sorrels Blick strahlte, tat einen tiefen Atemzug und noch einen und fühlte schließlich, wie die Spannung in ihrem Innern sich löste.

»Erstens«, fuhr Sorrel fort, »können Sie, falls Ihre Tante nicht mehr auf der Farm sein sollte und Sie nicht wissen, wohin, jederzeit zu mir nach Alice kommen.«

Taras Augen füllten sich mit Tränen. »Oh, Sorrel!«

Der Blick der alten Dame wurde sanfter. »Aber ich bin sicher, dass sie noch dort ist und dass alles gut wird. Aber wenn nicht, sind Sie nicht allein, bitte denken Sie immer daran. Zweitens braucht es einfach etwas Zeit, bis Sie und die Kinder sich aneinander und an die neue Situation gewöhnt haben. Das wird für alle drei nicht leicht sein – aber die Kinder mögen Sie, und Sie haben sie gern, deshalb wird es schon klappen. Erwarten Sie nicht, dass alles reibungslos abläuft, denn das tut es nirgendwo – aber sehen Sie auch nicht in jedem kleinen Hindernis gleich einen Berg.«

Tara ließ den Kopf sinken, doch Sorrel strich ihr sanft über die

Wange. »Ich weiß, die Verantwortung ist wirklich sehr groß. Aber allein die Tatsache, dass Sie bereit sind, diese Kinder zu sich zu nehmen, sagt mir, dass Sie ein ganz besonderer Mensch sind. Wir kennen uns zwar noch nicht lange, aber ich glaube, Sie besitzen eine innere Stärke, wie sie nicht vielen Menschen eigen ist.«

Von neuer Hoffnung erfüllt blickte Tara zu Sorrel auf. »Meinen Sie wirklich?«

»Ja, das tue ich – und ich sage solche Dinge nicht einfach so dahin!«

Das glaubte Tara ihr sofort, und ein leichtes Lächeln huschte über ihre schönen Züge.

»Sie werden eine gute Ersatzmutter, glauben Sie mir!«

Tara seufzte. »Normalerweise bin ich auch gar nicht so pessimistisch – ich habe nur ...«

»Angst? Das ist doch auch ganz normal unter diesen Umständen, nach allem, was wir in den letzten Tagen durchgemacht haben. Wir hatten ja noch gar keine Zeit, den Schrecken zu verarbeiten ...«

Das stimmte, und Tara hatte noch gar nicht richtig um Maureen und Michael trauern können – ebenso wenig wie die Kinder. Jack verdrängte seine Gefühle, während Hannah völlig verwirrt und verloren schien.

Tara fürchtete zudem, die Behörden könnten doch noch die Wahrheit herausfinden. Entschlossen schlug sie vor: »Lassen Sie uns am Bahnhof fragen, wann der Zug abfährt. Je früher wir Adelaide verlassen, desto besser.«

An der Bahnstation am Hafen bekamen sie die Auskunft, dass der ›Ghan-Train‹, der früher ›Afghanischer Express‹ geheißen hatte, Adelaide einmal in der Woche verließ, und zwar am folgenden Tag. An dem Tag sollten auch die toten Passagiere und Besatzungsmitglieder auf dem Cheltenham-Friedhof beigesetzt werden.

»Wenn wir diesen Zug nicht nehmen, müssen wir noch eine

ganze Woche in Adelaide bleiben, und das würde den Behörden viel Zeit geben, um die Wahrheit herauszufinden.«, meinte Tara zu Sorrel, als sie sich vom Schalter entfernten.

»Sie haben Recht«, erwiderte die Ältere. »Es sieht wirklich so aus, als könnten Sie nicht zur Beerdigung gehen.« Sie warf einen Blick zu den Kindern hinüber. »Sie werden es Jack erklären müssen – er wird traurig sein, am Begräbnis seiner Eltern nicht teilnehmen zu können. Vielleicht würde es ihm leichter fallen, sich mit dem Verlust abzufinden, wenn er dabei sein würde. Andererseits ist er aber noch so jung, dass es ihn vielleicht überfordern würde ...« Sie betrachtete den Jungen sorgenvoll. »Ich weiß nicht, was ich Ihnen raten soll, Tara. Er hat bisher kaum ein Wort gesagt, deshalb wissen wir nicht, was er wirklich denkt. Es sieht so aus, als ob Sie jetzt Ihre erste wichtige Entscheidung als Vormund der Kinder treffen müssten.«

Tara fühlte das ganze Gewicht der Verantwortung, das auf ihren Schultern lastete. Auch sie blickte zu Jack hinüber. Er stand ein Stück entfernt und starrte verloren vor sich hin. Obwohl er immer in Hannahs Nähe war, hatte er bisher kaum ein Wort zu ihr gesagt.

Tara wollte das tun, was für Jack am besten war – wenn sie nur gewusst hätte, was es war! Sie wandte sich wieder an Sorrel. »Würden Sie mit Hannah zur Toilette gehen, während ich Jack mit mir nehme?«

»Natürlich«, gab die Freundin zurück.

»Wenn er wirklich am Begräbnis seiner Eltern teilnehmen möchte, darf ich es ihm nicht abschlagen – auch wenn ich dadurch in Schwierigkeiten geraten könnte.«

Sorrel sagte nichts, doch ihre besorgte Miene sprach für sich.

Später bat Tara Jack, sich mit ihr auf die Bank im Warteraum zu setzen, und erklärte ihm so behutsam wie möglich die Situation. Einen Augenblick lang blieb der Junge stumm. Tara wartete still, bis er in Ruhe über alles nachgedacht hatte. In den vergangenen Tagen hatte er für seine zehn Jahre viel zu viel erlebt und war entsprechend durcheinander. Doch Tara wollte ihm zeigen, dass seine Gefühle und seine Meinung ihr sehr wichtig waren.

»Wir werden tun, was du entscheidest, Jack«, sagte sie leise.

»Ich sollte zu Mamas und Papas Beerdigung gehen«, stieß er halb schluchzend hervor. Tara nickte beklommen, und eine Weile schwiegen sie beide. »Mama und Papa wollten, dass wir in Sicherheit sind«, meinte Jack schließlich. »Wenn wir dafür morgen mit dem Zug fahren müssen, sollten wir das tun.«

Tara legte ihm einen Arm um die schmalen Schultern. »Ich bin einverstanden – aber nur, wenn du es wirklich willst. Bist du dir ganz sicher?«

Er senkte den Kopf und sprach ruhig weiter, doch das leichte Zittern seiner Stimme verriet Tara, dass er mit den Tränen kämpfte. »Ja, aber ich möchte gern eines Tages zurückkommen und Mamas und Papas ... Gräber sehen. Vielleicht wenn Hannah auch älter ist und alles besser verstehen kann.«

»Natürlich!« Tara nahm sich fest vor, irgendwann Maureens richtigen Namen auf ihren Grabstein schreiben zu lassen. Sie wusste noch nicht, wie sie das anstellen würde, doch irgendwie würde es ihr sicher gelingen. Der Junge blickte auf, sah sie direkt an, und in seinem Blick stand tiefe Besorgnis. »Versprichst du mir, dass wir nie zu Tante Moyna müssen? Für mich wäre es noch nicht mal so schlimm, aber für Hannah ganz schrecklich. Tante Moyna ist so gemein zu ihren Mädchen – ich glaube nicht, dass sie sie auch nur ein kleines bisschen lieb gehabt hat!«

Tara schluckte schwer an dem Kloß in ihrer Kehle. »Eure Mutter hat mir alles über Tante Moyna erzählt, und ich verspreche dir, ich lasse nicht zu, dass du oder Hannah zu ihr musst. Ich weiß noch nicht, was auf uns zukommt, aber ich werde versuchen, die Zukunft für dich und Hannah schön zu machen. Ich verstehe, dass es euch nach dem, was passiert ist, schwer fällt, jemandem zu vertrauen oder an etwas zu glauben. Aber ich werde für dich und deine Schwester mein Bestes tun. Weißt du, ich wollte immer eigene Kinder haben, aber ...« Ihre Stimme schwankte, und sie räusperte sich. »Ich glaube, Gott hatte andere Pläne mit mir. Er wollte, dass ich mich um dich und Hannah kümmere.«

Jack runzelte die Stirn. »Warum hat Gott uns unsere Eltern überhaupt weggenommen?«

Ratlos schwieg Tara einen Moment, bevor sie zugab: »Das weiß ich leider nicht, Jack.« Wie hätte sie es auch erklären sollen? Michael und Maureen waren wirklich gute Menschen gewesen; warum hatten sie sterben müssen? Und mit ihnen all die anderen, besonders die Kinder ... dafür gab es keine Erklärungen.

Jack forschte in ihren grünen Augen nach einer Antwort, bevor er den Blick wieder senkte. Tara fühlte seine Enttäuschung darüber, dass auch sie keinen Grund wusste, und in ihren Augen brannten Tränen. Er hatte sein Vertrauen in die Welt verloren, und sie verstand ihn nur zu gut. Auf dem Schiff war er so ein glücklicher Junge gewesen, immer zu einem Spaß aufgelegt und voller Leben. Tara bezweifelte, dass er jemals wieder so sein würde wie vorher – wie sollte er auch?

»In unserem Leben geschehen manchmal schlimme Dinge, die uns sehr weh tun, und es gibt dafür einfach keine Erklärung«, sagte sie. »Aber wenn dich das trösten kann, Jack, irgendwann passiert das bei jedem.« Ihre Gedanken waren zu ihrem achtzehnten Geburtstag zurückgewandert ...

»Ist dir denn auch schon einmal so etwas Schlimmes passiert?«, fragte er mit ungewöhnlich ernstem Blick. »Sind deine Eltern tot?«

»Nein, aber ich habe etwas ziemlich Schreckliches erlebt. Ich bin darüber hinweggekommen, und das wirst du auch tun, auch wenn es jetzt schwer zu glauben ist. Mit der Zeit tut es weniger weh. Du wirst deine Eltern natürlich nicht vergessen, und das sollst du auch nicht, aber die Wunde in deinem Herzen wird heilen. Denk nur immer daran, dass deine Eltern immer über dich wachen werden. Nicht jeder glaubt daran, aber ich denke, deine Mama und dein Papa sind jetzt bei den Engeln im Himmel.«

»Mama hat mir vom Himmel erzählt«, meinte Jack. »Sie hat gesagt, Großmutter und Großvater sind im Himmel und passen auf uns auf.«

»Ich glaube, deine Eltern schauen auch auf dich und Hannah herunter, und sie werden immer, immer bei euch sein.«

Dieser Gedanke schien Jack ein leiser Trost zu sein.

Der Zug fuhr durch die äußeren Stadtbezirke von Adelaide und hielt auf die Innenstadt zu. Es war heißer, als sie sich jemals hätten vorstellen können. Tara bemitleidete Sorrel insgeheim, deren Unterwäsche ihr zweifellos schon wie eine feuchte zweite Haut am Körper klebte. Zum Glück standen wenigstens die Türen offen, sodass die Luft durch die Waggons wehen konnte. Der Wind war zu heiß, um echte Abkühlung zu bringen, doch er half immerhin, ihren Schweiß zu trocknen.

Sorrel und Tara fanden die kleinen Häuschen mit den winzigen Fenstern und den Veranden an der Vorderfront so ganz anders als die Häuser in England und Irland. Der europäische Einfluss war zwar zu erkennen, doch die überdachten Veranden gaben dem Ganzen ein seltsames Aussehen. Den größten Unterschied zu Irland bildete die Farbe der Landschaft: Irland war überall grün, was Tara bisher immer als selbstverständlich hingenommen hatte. Die offenen Weiden, an denen sie jetzt vorüberkamen, lagen braun und verdorrt unter der sengenden Sonne. Der Rasen in den Gärten war gelb, und die Zweige und Blätter der Bäume wirkten welk.

Sorrel dachte an Alice Springs. Wie würde es dort sein? Das Bild einer staubigen, von heißem Wind durchwehten Kleinstadt, in der es vor Fliegen nur so wimmelte, erschien vor ihrem geistigen Auge, und sie erschauderte. Obwohl sie sich sehr auf Marcus freute, sehnte sie sich schon jetzt mit jeder Faser nach England zurück.

Am Bahnhof in der Innenstadt von Adelaide kaufte Tara sich und den Kindern Fahrkarten für den ›Ghan-Train‹, während Sorrel ihr hinterlegtes Ticket abholte. Der Zug würde am folgenden

Nachmittag um drei Uhr abfahren, und der Schalterbeamte schärfte ihnen ein, spätestens um zwei Uhr da zu sein. Sie nahmen sich Zimmer im ›Grosvenor-Hotel‹, direkt gegenüber dem Bahnhof.

Während Sorrel sich auf ihrem Bett ausstreckte, um unter einem Ventilator ein wenig auszuruhen, erkundete Tara mit den Kindern die Stadt. Sie aßen Eis und spazierten am Fluss entlang, dann die Hauptstraße und die ›King-William-Street‹ hinunter. Sie bummelten durch die Geschäfte, und Tara kaufte für jedes Kind ein kleines Spielzeug. Es machte sie traurig, mitansehen zu müssen, wie rasch deren Freude über das Spielzeug wieder erlosch – der Schmerz über den Verlust der Eltern war immer noch zu groß.

Am nächsten Tag gingen sie um zwei Uhr nachmittags zum Bahnhof hinüber und stiegen in den Zug ein, der in mehrere Klassen geteilt war, wie Tara nicht eben erfreut feststellte. Es gab verschiedene Wagen für Transportgüter, frische Lebensmittel und die Post, außerdem Schlafwagen der ersten und zweiten Klasse sowie einen eigenen für die Eingeborenen, in den einige Aborigines und ein paar ernste, offensichtlich aus Afghanistan stammende Männer mit Turbanen auf dem Kopf einstiegen.

Während der ersten halben Stunde der Reise fuhren sie an den Hinterhöfen der weit verstreut liegenden nördlichen Vororte vorbei. Danach durchquerte der Zug die ›Adelaide Plains‹, eine flache Ebene mit eintöniger Landschaft, in der Siedler Getreide angepflanzt hatten. Am späten Nachmittag passierten sie die Küstenstadt Port Germein. Dort erstreckte sich ein fast eine Meile langer hölzerner Pier ins Meer.

»Port Germein war als Umschlaghafen für Getreide angelegt«, erklärte ihnen der für ihren Wagen zuständige Schaffner Virgil Walcott, als er den Nachmittagstee servierte. Er redete ununterbrochen, seit sie eingestiegen waren. Offensichtlich hielt er sich für so etwas wie einen inoffiziellen Führer oder Vertreter seines Landes, der den Reisenden gern alles über den Zug und die Orte erzählte, an denen sie vorüberkamen.

»Der Ort wurde ausgewählt, weil er nahe an einem Pass über die Flinders-Berge liegt, sodass man von hier aus das Getreide und die Wolle von den Farmen jenseits der Berge, wo man fruchtbaren Boden vermutete, gut verschiffen konnte. Doch das Meer erwies sich dann als zu flach. Die Schiffe konnten nicht nahe genug an die Küste herankommen, und deshalb musste der lange Pier bis zu den Schiffen hinausreichen.«

Die Landschaft war meist braun und sehr, sehr trocken. »Dürreperioden«, erklärte Virgil ihnen, »sind in Südaustralien keine vorübergehende Erscheinung, sondern das ganz normale Klima. Wenn die Regenzeit kommt, ist das Land fruchtbar und ergiebig, aber wenn sie ausbleibt, bringt es Kummer über seine Bewohner und lässt ihre Träume zerplatzen.«

Die Ruinen ehemaliger Farmhäuser waren ein deutlicher Beleg für Virgils Worte. Er hatte den Reisenden auch erklärt, dass die europäische Art der Landwirtschaft den empfindlichen Boden nachhaltig schädigte, indem die oberste Schicht zu Staub zerstampft und dann entweder vom Wind weggetragen oder von einem der seltenen, aber heftigen Gewitterstürme fortgeschwemmt wurde. Die weich gepolsterten Tatzen der Kängurus und Wallabys schadeten der Erde nicht, doch die Hufe von Schafen und Rindern machten sie hart, sodass das Getreide nicht wuchs und die Wüste sich ausbreitete.

Während des Abendessens passierte der Zug Port Augusta, hinter dem, wie der Schaffner berichtete, die endlose Steppenlandschaft des ›Outback‹ begann. Der Hafen wurde von Schiffen aus aller Welt wegen seiner sicheren Ankerplätze geschätzt. Der Anleger ging vom Scheitelpunkt einer tief ins Land hineinreichenden Bucht aus, in der die Gezeiten nur noch minimal spürbar waren. Als Folge davon war das Wasser extrem salzhaltig.

»Seeleute, die betrunken von den Schiffen fielen, glaubten deshalb, sie würden nicht ertrinken«, berichtete der Schaffner augenzwinkernd.

»Und – hatten sie Recht?«, fragte Tara.

»Sie sind auf dem Friedhof der Stadt beerdigt«, erwiderte Virgil, »also kann ich mit Gewissheit sagen, dass ihre Theorie sich als falsch erwiesen hat.«

Tara war fasziniert vom so genannten ›Salzbusch‹. Virgil erklärte ihr, es sei ein sehr ausdauernder Strauch, der in der Nacht Flüssigkeit aufnehme und sogar an Stellen, wo keine andere Pflanze gedeihen konnte, als Futter für die Schafe dienen würde.

Der Zug fuhr weiter nach Norden, ließ Port Augusta, Port Germein, die Salzbüsche und damit auch das Gebiet der Schaffarmen hinter sich. Als Jack enttäuscht feststellte, dass man vom Zugfenster aus überhaupt keine Tiere sah, erklärte Virgil dem Jungen, dass die meisten Tiere Australiens Nachttiere seien. Sie würden in der Kühle der Wüstennacht hervorkommen und sich Futter und Feuchtigkeit suchen, um den nächsten Tag in der glühenden Hitze zu überstehen. Jack freute sich, als er einen Trupp Wildesel sah, die unter Bäumen Schatten suchten. Als es dunkel wurde, tauchten Kängurus und Emus wie aus dem Nichts auf. Auch Hannah war von den Tieren begeistert.

Während die Passagiere des ›Ghan-Train‹ schliefen, fuhr der Zug über den ›Pichi-Pichi-Pass‹ in den Flinders-Bergen, dann durch Hawker, Leigh-Creek und weiter nach Marree. Als Sorrel nach der Ankunftszeit in Alice gefragt hatte, hatte man ihr geantwortet, die Fahrtzeit sei eher eine Frage der Hoffnung, als dass man sichere Angaben machen könne. Anscheinend verschworen sich die Elemente des Öfteren gegen den Zug, und dann war nicht nur die Ankunftszeit unbestimmt, sondern der Tag und manchmal sogar die Woche. Auf alle Fälle galt der Weg nach Alice und zurück als Abenteuer, und Virgils nächste Worte konnten das nur bestätigen.

»Einmal sind wir mit sechs Wochen Verspätung angekommen.«

Tara und Sorrel hatten sich befremdet angesehen.

»Damals hatten heftige Überschwemmungen Schienenstränge und Brücken fortgespült«, hatte der Schaffner ihnen erklärt.

»Überschwemmungen? Heute Nachmittag haben Sie uns doch gesagt, dass in Südaustralien meistens Dürre herrscht!«

»Das schon. Aber manchmal gibt es auch heftige Unwetter und Überschwemmungen. Einmal haben wir zwei Wochen lang am Ufer eines Flusses festgesessen. Uns ging das Essen aus, und der Zugführer musste wilde Ziegen schießen, um die Passagiere zu ernähren.«

»Ziegen!«, stieß Sorrel entsetzt hervor.

Tara hatte schon die verschiedensten Tiere gegessen – zum Beispiel Dachse, Igel und Brachvögel – und war deshalb wenig beeindruckt.

»Das hier ist trockenes, wildes Land, meine Damen, und zwar sowohl für Menschen wie für Maschinen. Es gibt so gut wie kein Wasser an der Erdoberfläche, aber wie Sie vielleicht bemerkt haben, ist die Landschaft von ausgetrockneten Flussbetten durchzogen, die sich innerhalb von Stunden in gewaltige Ströme verwandeln können.«

Als der Schaffner davongeeilt war, hatten Tara und Sorrel verwunderte Blicke gewechselt.

»Am Himmel ist keine einzige Wolke zu sehen«, hatte Tara gemeint. »Ich glaube, vor Überschwemmungen brauchen wir im Augenblick keine Angst zu haben.«

»Trotzdem ist es gut, dass wir die Reise nicht im Winter machen«, hatte Sorrel erwidert. »Ich habe das Gefühl, das ›Outback‹ hält sehr viel mehr Überraschungen bereit, als wir uns vorstellen können.«

Wie um Sorrels Worte zu bestätigen, stand der Zug still, als sie am folgenden Morgen erwachten. In der Erwartung, sich in einem Bahnhof zu befinden, zogen sie die Vorhänge am Abteilfenster zurück und stellten fest, dass sie mitten im Niemandsland standen.

Virgil eilte gerade auf dem Gang vorbei, als Tara ihre Kabinentür aufstieß. »Warum haben wir angehalten?«, fragte sie.

»Die Schienen haben sich durch die Hitze verzogen. Der Ingenieur kann nichts tun, aber das Gleis muss repariert werden, bevor wir weiterfahren können. Glücklicherweise ist Marree ganz in der Nähe.«

»Ich sehe aber keine Stadt – da draußen ist gar nichts, absolut nichts!«, stieß Tara ungeduldig hervor.

»Sie können die Stadt von hier aus auch nicht sehen. Sie ist noch zwei Meilen entfernt.«

»Zwei Meilen?«, wiederholte Sorrel unbehaglich. »Wir sollen also zwei Meilen zu Fuß gehen?«

»Genau. In Marree gibt es Bahnarbeiter, die die Strecke reparieren können – und außerdem Geschäfte und ein Hotel ...« Virgil lächelte, als er sah, wie die besorgten Mienen der beiden Frauen sich langsam entspannten.

Als den Reisenden beim Aussteigen geholfen wurde, war es mit der eben noch empfundenen Erleichterung rasch vorbei. Die Landschaft rundum war eintönig und vollkommen eben. Sie konnten nicht unterscheiden, wo der Horizont endete und der Himmel begann, denn alles sah irgendwie gleich aus.

Es war noch früh am Morgen, aber über der roten Erde und den grauen Büschen hing schon ein Dunstschleier als Vorzeichen der alles versengenden Hitze, die sie während des Tages erwartete – einer Hitze, vor der es kein Entkommen gab.

7

Wie weit müssen wir noch laufen?«, fragte Jack ungeduldig, während er mit Hannah auf den Armen weitertaumelte. Es war immer noch früh, aber die Hitze des Wüstensandes brannte sich bereits durch die Sohlen ihrer Schuhe. Bis zum Mittag würde die Temperatur unerträglich werden, und sie waren jetzt froh über die auf Cyril Peters Rat hin gekauften breitkrempigen Hüte. Die Sonne brannte zwar noch immer erbarmungslos auf sie nieder, aber zumindest waren ihre Gesichter geschützt.

Tara trug ihren gemeinsamen Koffer, der nicht schwer, aber sperrig war. Jack tat ihr Leid. »Lass Hannah doch ein bisschen laufen«, schlug sie behutsam vor. Als Jack zögerte, fragte sie: »Das schaffst du doch, Hannah, oder?«

Die Kleine starrte sie aus traurigen Augen an und wandte dann den Kopf ab, wobei sie sich weiter an den Bruder klammerte. Virgil Walcott kümmerte sich um Sorrel und eine andere ältere Dame, die sehr unter der Hitze litt. Der Schaffner, selber auch nicht mehr der Jüngste, schlug taktvoll vor, die Damen sollten sich doch etwas von ihrer hinderlichen Unterkleidung entledigen. Aber seine Empfehlung stieß auf Empörung und taube Ohren.

»Wir müssen so schnell wie möglich in den Schatten«, sagte er und versuchte vergeblich, zur Eile zu drängen. »Wir wollen doch nicht an einem Hitzschlag sterben!«

»Es wird meinem Sohn gar nicht gefallen, wenn er hört, dass ich laufen musste, nachdem er mir eine Fahrkarte für die Erste Klasse gekauft hat«, murmelte Sorrel mit finsterer Miene.

Die meisten der Passagiere europäischer Herkunft, fünfzehn Erwachsene und sieben Kinder, waren weit vor ihnen, doch Tara musste Rücksicht auf die Kinder und Sorrel nehmen und kam nur langsam voran. Ihr fiel auf, dass die Aborigines und die Afghanen irgendwo in der flachen konturlosen Landschaft verschwunden waren. Wenn sie die Kraft dazu gehabt hätte, hätte sie sich bei Virgil erkundigt, wohin sie gegangen waren. Doch die Hitze raubte ihr auch ihre letzten Energiereserven.

Virgil zauberte einen Schirm hervor, um die beiden älteren Damen vor der brennenden Sonne zu schützen, doch Sorrel sah trotzdem aus, als würde sie jeden Augenblick zusammenbrechen. Immer wieder hörte Tara, wie der Schaffner die beiden beschwor, aus dem Wasserbehälter zu trinken, den er bei sich trug.

»Wenn Sie austrocknen, bringt Sie das genauso sicher um wie ein Schlangenbiss«, sagte er.

»Schlangen?«, rief Sorrel entgeistert. Von nun an achteten beide Frauen bei jedem Schritt genau darauf, wohin sie traten.

Tara seufzte innerlich auf, als sie Virgil sagen hörte, dass in Australien einige der gefährlichsten Schlangen der Welt lebten.

»Der Biss einer normal großen ›Eastern Brown‹ bringt einen Menschen in weniger als einer Stunde um. Die ›Todesnatter‹ ist eine sehr schwerfällige Schlange, aber eine zwei Meter lange Mulga kann ein Kind töten ...«

»Danke für diese interessanten Informationen, Virgil!«, rief Tara ihm zu. »Aber können wir jetzt vielleicht von etwas Erfreulicherem sprechen – vielleicht vom Regen?«

»Davon haben wir im Moment etwas zu wenig, um darüber zu sprechen«, gab er trocken zurück. »Wenn Sie sich hier draußen verirren, glauben Sie mir, dann wäre ein Schlangenbiss dem Verdursten eindeutig vorzuziehen – zumindest ginge es bedeutend schneller!« Nachdem sie eine halbe Stunde vor sich hingetrottet waren, in der Virgil fast ständig über den Zustand der Gleise geschimpft hatte, blieb er schließlich stehen.

»Von hier aus können Sie das Hotel schon sehen«, meinte er.

Nach und nach hielten alle an, beschirmten ihre Augen mit den Handflächen und starrten in die flimmernde Helligkeit.

»Ich glaube, ich sehe wirklich etwas«, stellte Tara müde fest. Doch die flirrende Hitze schien das Bild vor ihren Augen zu verzerren. Sie hatte schon einige Male geglaubt, Wasserflächen und bewegte Formen am Horizont zu erkennen, nur um diese Momente später wieder verschwinden zu sehen. Jack setzte Hannah ab, doch sie begann sofort zu weinen, und so hob Tara sie hoch und setzte sie auf ihren Rücken.

»Ich sehe überhaupt nichts!«, beklagte sich der Junge, während er Tara den Koffer abnahm und sie mit dem Zurechtrücken ihres Huts und dem Kind auf ihrem Rücken beschäftigt war.

»Ich glaube, ich sehe genau ein Gebäude«, erwiderte sie. »Aber die Stadt besteht doch sicher aus mehreren Häusern, oder?« Ein zweifelnder Blick traf Virgil.

»Natürlich!«, beeilte er sich zu versichern. Er trug schwer an den Koffern der beiden älteren Damen. Sorrels Köfferchen war zum Glück recht leicht, doch die andere Frau hatte nicht zu den Passagieren der *Emerald Star* gehört und besaß dementsprechend mehr Gepäck. Virgil bedauerte vor allem Tara, die Hannah auf dem Rücken trug. »Das Hotel ist zweistöckig gebaut, deshalb ist es das einzige Haus, das man sehen kann!«

Als die Gruppe schließlich in Marree ankam, völlig erschöpft von der immer noch zunehmenden Hitze und so ausgetrocknet wie das Land um sie herum, waren sie abgestoßen von der Hässlichkeit der Stadt. Sie wirkte heruntergekommen und stand, wie alles hier draußen im Busch, in ständigem Kampf gegen den allgegenwärtigen Staub und die Sonne, die kein Erbarmen kannte.

Die einzige sichtbare Vegetation bildeten die Salzbüsche in der steinigen Wüste, die langsam von der Stadt Besitz zu ergreifen schien und ein oder zwei Athol-Bäume. Tara hatte den Eindruck, dass die Stadt nach dem nächsten oder übernächsten Sturm unter pudrigem, rotem Staub verschwunden sein würde, alles außer dem ›Great Northern Hotel‹, das sich wie ein absurdes Monument über die eintönigen Ebenen um Marree erhob.

Im Hotel war es zum Glück angenehm kühl, denn die dicken Steinwände isolierten es sehr gut gegen die Hitze. Nach einem Glas Brunnenwasser, das einen seltsamen Beigeschmack hatte, und ein paar recht trockenen Sandwiches begannen sich die Reisenden zu langweilen, und die Kinder wurden unruhig. Also beschloss man, die ›Stadt‹ zu erkunden.

Im Schatten des Hotels duckte sich ein winziges Postamt; ein Stück zurückgesetzt von der Bahnstrecke standen einige rötliche Arbeiterhäuschen, die unbewohnt wirkten. Nur eine Wäscheleine mit einem verblichenen, staubigen Handtuch daran deutete auf die Anwesenheit von Menschen hin. Neben den Häusern lagerte Altmetall in großen, ungeordneten Haufen, und alles hatte die gleiche rostrote Farbe wie die Wüste, die es umgab.

Die Reisenden schlenderten auf einem breiten, ungeteerten Weg durch den Ort, der sich ›Hauptstraße‹ nannte und nur von einem verrückten Pferd, ein paar Kamelen und einer Herde Ziegen benutzt wurde. Wo die Straße begann, war nicht so genau auszumachen, doch sie endete eindeutig am Bahnhof. Die Gruppe wanderte weiter zu den ›Einkaufsmärkten‹, wie sich die drei unglaublich heruntergekommenen kleinen Läden nannten. Die Wüste schien langsam aber sicher in die Stadt vorzudringen und allem entlang der Straße ihren roten Stempel aufzudrücken. Kaum ein Grashalm durchbrach die Eintönigkeit des Bildes. Es herrschte eine unglaubliche Stille, in der die wenigen Geräusche umso deutlicher zu hören waren: Das Sirren der Buschfliegen und die gelegentlichen Rufe eines Kakadus ... Da es keine Bäume für den Nesterbau gab, wurde Marree sogar von den Vögeln gemieden.

Vor den Geschäften stand eine hölzerne Bank, auf der einige Aborigines in der Sonne saßen und in die Wüste hinausstarrten. Die Blicke ihrer dunklen Augen suchten den Horizont ab, auf der Suche nach etwas, das die Europäer nicht kannten, und auf Geräusche lauschend, die nur sie allein hören konnten. Sogar durch das Herannahen der Fremden ließen sie sich nicht stören.

Tara, Sorrel und die Kinder betraten eines der drei Geschäfte und stellten fest, dass es von einem arabisch wirkenden Händler geführt wurde. Er stellte sich als ›Mohomet Basheer‹ vor. Seine bescheidene Blechhütte war innen überraschend geräumig. Dadurch, dass sowohl die vordere als auch die hintere Tür offen stand, wehte ein stetiger Luftzug durch die Hütte, und so war es nicht so glühend heiß, wie man hätte vermuten können.

Auf langen Ständern reihten sich Kleider aneinander, meist formlose Hänger in großen Größen. Tara starrte überrascht auf die lebhaften Farben.

Unter den wenigen Kleidern in ihrer Größe fand Tara drei, die ihr gefielen und nicht zu bunt waren. Sie fragte Mohomet, wo sie sie anprobieren könne, denn die Aborigines waren ihnen in das Geschäft gefolgt und hatten ihnen interessiert bei ihren Einkäufen zugeschaut.

Mohomet führte Tara in einen kleinen Raum, der seitlich an die Hütte grenzte. Obwohl ziemlich eindeutig zu erkennen war, dass es sein Zimmer war, bestand er darauf, dass sie es nutzte. Tara konnte ihn nebenan mit Sorrel reden hören und jedes Wort verstehen, während sie verschiedene Sachen anprobierte – darunter auch einen Badeanzug. Die Reisenden im Zug hatten von zwei großen Seen weiter im Norden gesprochen, Lake Eyre und Lake Eyre South. Die Hitze machte die Aussicht auf ein Bad sehr verlockend. Insgeheim hoffte sie sogar darauf, vielleicht doch noch schwimmen zu lernen.

»Hat Alice Springs mehr Einwohner als Marree?«, erkundigte sich Sorrel nebenan.

Tara lächelte, weil es so hoffnungsvoll klang, und fürchtete gleichzeitig, die Antwort werde all ihre geheimen Befürchtungen wieder aufleben lassen.

»Oh ja, viel größer, Madam. Zu viel Gedränge für mich. Ich ziehe die Ruhe hier in Marree vor.«

Tara hörte Sorrels erleichterten Seufzer, doch ihre eigenen Ängste waren nicht so leicht aus der Welt zu schaffen. Sie dachte sehr ungern darüber nach, wie Mohomets Vorstellungen von einer ›größeren Stadt‹ aussehen mochten. Ein paar Geschäfte und zwanzig Häuser mehr, eine richtige Polizeistation? Sie fragte sich, was Menschen dazu bewegen mochte, ins Herz Australiens zu ziehen. Sie selbst empfand ganz sicher keinerlei Begeisterung für dieses entmutigend staubige, rote, unfruchtbare Land, und sie wusste, dass es Sorrel ebenso ging.

Sorrel war gleich aufgefallen, dass Mohomet sehr teuren Schmuck trug. Um seinen Hals hingen einige goldene Ketten mit edelsteinbesetzten Medaillons daran, und an seinen Handgelenken sah sie dicke goldene Armbänder.

»Warum bleiben Sie hier?«, fragte sie zu ihrer eigenen Überraschung.

Mohomet starrte sie verblüfft an.

»Entschuldigen Sie, dass ich es einfach ausspreche, aber Sie scheinen recht wohlhabend zu sein.« Sorrel neigte normalerweise nicht dazu, so persönliche Dinge anzusprechen. Anscheinend trübte die Hitze ihren Verstand – oder, um genau zu sein, fühlte sich Sorrel insgesamt reichlich seltsam.

»Ich brauche kein Geld, Madam«, erwiderte Mohomet schließlich. »Ich lebe ausschließlich dafür, meine Kunden zufrieden zu stellen.« Es klang absolut aufrichtig, und das verwirrte Sorrel noch mehr. »Aber warum ausgerechnet hier?«, beharrte sie. »Wo es nichts gibt als Staub und ... Fliegen?« Tara hörte den Ekel, der in ihren Worten mitschwang.

Mohomet lächelte und antwortete sanft: »Ich liebe das Wüstenklima, Madam. Es ist genauso wie in meiner Heimat, im Libanon, und was die Fliegen angeht, so haben sie, wie alles, ihren Sinn.«

Sorrel schüttelte den Kopf, und Mohomet musste erkennen, dass es wohl keine Erklärung gab, die sie zufrieden gestellt hätte. Sie würde wohl sehr lange brauchen, bevor sie verstehen konnte, wie die Menschen hier im Outback glücklich sein konnten.

»Früher habe ich meine Waren als fliegender Händler überall zwischen Marree und Oodnadatta verkauft und bin noch bis zu den abgelegenen Farmen gefahren«, fuhr er fort, während er die Sachen auf den Kleiderstangen ordnete. »Aber jetzt bin ich zu alt, um weit zu reisen. Das hier«, er machte eine alles umfassende Geste, »ist mein Ruhestand.«

Sorrel starrte ihn verständnislos an. Wie konnte er einen solch trostlosen Ort lieben?

»Ich sehe, dass Sie skeptisch sind, Madam«, fuhr er fort. »Aber ich habe weite, offene Räume gern. Es gibt nichts Schöneres, als meilenweit über das Land zu blicken und keine Menschenseele zu sehen.« In seinem Blick stand tief empfundene Freude, so als sei das Nomadenleben seines Volkes für ihn eine angeborene Leidenschaft. Sein Enthusiasmus rührte Sorrel. Vielleicht musste sie ihren ersten Eindruck von diesem ›gottverdammten Land‹ noch einmal überdenken.

Mehr als eine Woche verging, und die Bahnlinie war noch immer nicht repariert. Nicht nur, dass die Gleise sich durch die große Hitze verzogen hatten, nun fanden die Bahnarbeiter auch noch heraus, dass die Schwellen von Termiten angefressen worden waren. Die Strecke musste auf vielen Meilen untersucht werden, um ein Entgleisen des Zuges zu verhindern. Einen Tag nach dem unfreiwilligen Halt wurden die verderblichen Güter, unter anderem zwanzig Kisten mit Orangen und fünfzehn Kisten voller Grapefruit aus dem Riverland, außerdem eine Auswahl verschiedener Gemüsesorten, auf Kamele geladen und so zusammen mit der Post nach Alice transportiert. Jack, der an diesem Morgen sehr früh wach gewesen war, hatte die Kamele durch den Ort ziehen sehen und fasziniert zugeschaut, wie die lange Karawane der seltsamen Tiere ihre Last in die Wüste hinaustrug, während die aufgehende Sonne ihren Weg beleuchtete. Diesen Anblick sollte der Junge niemals vergessen.

Die Ungewissheit, wann sie Marree endlich verlassen würden, beunruhigte Sorrel, Tara und die anderen Reisenden. Die Kinder hatten sich mit den einheimischen Aborigines-Kindern angefreundet und spielten mit ihnen – nur Jack blieb für sich. Er sagte kaum ein Wort, und wenn, dann beklagte er sich über die Stadt. Oft saß er allein auf den Treppen vor dem Hoteleingang oder auf sonst irgendeiner Stufe im Schatten, wo sich manchmal Hannah zu ihm gesellte. Es brach Tara fast das Herz, ihn trauern zu sehen und Hannah immer wieder nach ihrer Mutter weinen zu hören – aber sie konnte nichts tun.

Die Tage vergingen, und die Kleine weigerte sich immer noch, irgendetwas vom Hotelessen anzurühren. Tara begann, sich große Sorgen zu machen.

»Sie ist so zart«, sagte sie zu Sorrel, »und sie hat den ganzen Tag noch nichts gegessen! Ich finde einfach nichts, was ihr schmeckt – sie mag nicht einmal Milch!«

»Und – kannst du ihr das verdenken?«, erwiderte Sorrel. »Das Kind ist eben keine Ziegenmilch gewöhnt, und das Essen ist wirklich schrecklich. Wir haben alle abgenommen, bis auf die Australier. Die scheinen einfach alles zu essen.«

»Wir dürfen uns nicht beklagen«, meinte Tara. »Wir sind mitten im Busch, und es gibt überall Engpässe.«

»Ich weiß. Aber du wirst etwas finden müssen, was Hannah mag, sonst wird sie noch krank!«

Am folgenden Nachmittag entdeckte Tara Hannah im Spiel mit einem kleinen Aborigines-Mädchen. Sie kaute zufrieden auf etwas herum, das ihren Mund und ihre Zähne schwarz färbte. Da Tara wusste, dass die Einheimischen auch Würmer und Schlangen aßen, untersuchte sie das Essen sehr genau. Sie stellte fest, dass es eine Art Brot war, das die Einheimischen ›Damper‹ nannten. Es wurde aus Pflanzen und Wasser zusammengerührt, und dann in der heißen Asche ihres Lagerfeuers ausgebacken. Tara war so unglaublich erleichtert, als sie Hannah wieder essen sah, dass sie fast geweint hätte.

Im Lauf der Zeit stellte sie fest, dass die meisten, wenn nicht sogar alle Einwohner von Marree einen Mann regelrecht verehrten, der Ethan Hunter hieß. Wenn alles stimmte, was über ihn erzählt wurde, war er im australischen Hinterland fast so etwas wie eine lebende Legende – ein Kamelreiter afghanisch-englischer Abstammung, der das Landesinnere bis hin zu entlegenen Orten bereiste, zu denen sich kein anderer traute. Sie hörte Geschichten über seine unglaubliche Tapferkeit, seine großen Erfolge bei der Jagd und sein nahezu unerschöpfliches Wissen über die Natur. Jeder in der Stadt wusste eine Geschichte zu erzählen über den Mann, der furchtlos in das unwirtliche, unberührte Land hinauszog und sich dort ein gutes Leben und ein anständiges Einkommen erarbeitet hatte.

Tara sprach gerade mit Sorrel und einer anderen Reisenden aus dem Zug darüber, wie sie mit den Kindern von Wombat Creek nach Tambora gelangen sollte, als der Wirt im ›Great Northern Hotel‹ anfing, in den höchsten Tönen Ethan Hunters Lob zu singen.

»Er kennt das Innere Australiens besser als jeder andere Mensch«, erklärte der Wirt. »Und er würde sogar im Sandsturm blind seinen Weg finden. Er wäre genau der Richtige, um Sie und die Kinder nach Tambora zu bringen!«

Tara begann, Hoffnung zu schöpfen. »Wo kann ich ihn finden?«, fragte sie.

»Ach, er kommt und geht. Niemand weiß genau, wann und wo er als Nächstes auftaucht, aber er ist meistens genau dort, wo er gebraucht wird.«

»Das hilft mir leider nicht viel weiter – ich muss wissen, wie und wann ich ihn finden kann!«

»Hier richtete sich niemand nach einem bestimmten Zeitplan«, erwiderte der Wirt. »Dafür sind die Elemente viel zu unberechenbar. Aber Sie können Ihr Leben drauf wetten, dass er irgendwann in der Stadt auftaucht – wenn ich mich nicht irre, bringt er im Augenblick gerade die verderblichen Waren aus dem Zug nach Alice.«

Tara fiel wieder ein, dass Jack ihr von einer Kamelkarawane erzählt hatte. Sie hatte ihm nicht recht geglaubt, und das tat ihr plötzlich sehr Leid. Jedenfalls begann sie langsam zu begreifen, dass Pläne im Outback wirklich absolut keine Rolle spielten. Eine seltsame Art, zu leben!

»Ich würde mit meinem Leben hier draußen auf gar nichts wetten, schon gar nicht auf ein Phantom«, murmelte sie.

»Was ist ein Phantom?«, wollte der Wirt wissen.

Tara verdrehte entnervt die Augen. »Etwas, das man nicht fassen kann ... ach, schon gut. Haben Sie denn nicht irgendeine Ahnung, wann er wiederkommt? Noch in dieser Woche, oder erst in der nächsten?« Der Gedanke daran, so lange in Marree oder Wombat Creek zu bleiben, war ihr äußerst unangenehm, doch was blieb ihr anderes übrig?

»Er ist wie ein Wind«, schaltete sich ein verschwitzter Bahnarbeiter vom anderen Ende der Theke her ein. »Irgendwann kommt er plötzlich wieder hereingefegt.«

Tara schüttelte den Kopf und stieß einen tiefen Seufzer aus. »Warum nicht gleich ein Geist?«

Der Wirt und der Bahnarbeiter sahen sie mit einem seltsamen Blick an, so als habe sie durch Zufall an etwas gerührt. Ihre eigenartigen Blicke ließen Unsicherheit darüber in ihr aufsteigen, ob sie wirklich das Bedürfnis verspürte, Ethan Hunter kennen zu lernen. Ihr Problem war jedoch noch nicht gelöst. Sie musste irgendwie von Wombat Creek nach Tambora gelangen, eine Strecke von dreißig Meilen durch trockenes Buschland. Und wie es schien, war Ethan Hunter genau der Mann, der sie dorthin bringen konnte. Aber wie sollte sie ihn finden? Obwohl er für diese Aufgabe mehr als geeignet zu sein schien, spürte sie auch, dass es über ihn noch mehr zu erfahren gab, und ihr Gefühl sagte ihr, dass ihr nicht alles daran gefallen würde.

Am folgenden Morgen rollte zur großen Erleichterung der Passagiere der Zug in den Bahnhof von Marree. Sie stiegen ein, und einige der Einwohner, unter ihnen auch Aborigines, winkten ihnen zum Abschied zu. Auch Mohomet war da und gab beiden

Frauen ein sorgfältig eingepacktes Geschenk. Tara sah, dass ihm der Abschied von Sorrel schwer fiel, und die Sachen, die er trug, waren farblich etwas zurückhaltender als gewöhnlich, wie sie lächelnd bemerkte.

Im Lauf des Vormittags fuhren sie den Oodnadatta-Track entlang am ›Lake Eyre South‹ vorüber. Er schimmerte wie eine riesige Wasserfläche, doch in Wirklichkeit war der so genannte See nichts als eine trockene Salzfläche, und das Wasser nur eine Illusion. Tara verzog das Gesicht, als sie an ihren neu erworbenen Badeanzug dachte und daran, dass sie gehofft hatte, Schwimmen zu lernen. Eines war sicher: Sie brauchte nicht zu fürchten, in diesem ›See‹ zu ertrinken. Weiter nördlich passierten sie den ›Lake Eyre North‹, eine noch viel größere Salzfläche, die sich über endlose Meilen erstreckte. Während der Zug weiter und weiter durch die Wüste fuhr und in eine unendliche Leere vorzudringen schien, fühlte Tara, wie ein Gefühl tiefer Mutlosigkeit sie überkam.

Mittags fuhr der Zug in Wombat Creek ein, und Tara und die Kinder stiegen aus. Der Abschied von Sorrel war ihr schwer gefallen, aber die Freundin hatte versprochen, zu schreiben und Tara wissen zu lassen, wie sie in Alice zurechtkam. Die Hoffnung, in Kontakt zu bleiben, machte die Trennung leichter, und Tara versprach ihrerseits, Sorrel so oft wie möglich in Alice zu besuchen.

Der Zug fuhr davon, und Tara und die Kinder standen allein in der seltsamen Stille. Vom staubigen Wind umweht beobachteten sie, wie die Wagenschlange in der Ferne kleiner und kleiner wurde. Als der Zug nicht mehr zu sehen war, drehten sie sich um und betrachteten die ›Stadt‹.

Wombat Creek bestand aus einem kleinen, einstöckigen Hotel, dessen ganze Vorderfront mit Moskitonetzen verkleidet war, einem Geschäft und einigen winzigen Wohnhäusern, die ein Stück abseits standen. Sonst gab es absolut nichts. Außer einem einsamen Baum neben dem Hotel sah man keinerlei Vegetation im roten Sand ringsum, und nicht einmal das leiseste Anzeichen für eine Straße. Das ständige Surren der Buschfliegen durchbrach als einziges Geräusch die fast betäubende Stille, die sie umgab. Kein Vogel war zu sehen, keine einzige lebende Kreatur, und schon gar kein menschliches Wesen.

Tara hatte das Gefühl, als lege sich eine Decke tiefer Enttäuschung über sie, unter der sie kaum mehr atmen konnte, und Tränen stiegen ihr in die Augen. Wie konnte ihre Tante nur an einem solch langweiligen Ort leben, Schafe und Rinder züchten? Wie konnte irgendeine lebende Seele, egal ob Mensch oder Tier, in dieser Trostlosigkeit existieren? Es kam ihr vor, als hätte sie das Ende der Welt erreicht.

Weinend sank sie langsam zu Boden. Die Kinder beobachteten in hilflosem Schrecken, wie sie schluchzend zusammenbrach, unfähig zu sprechen oder eine Entscheidung zu treffen.

In diesem Augenblick schien alles, was in den vergangenen Monaten geschehen war, über ihr zusammenzubrechen und sie in die Knie zu zwingen. Garvies Verhaftung und seine ungewisse Zukunft, der Ausstoß aus der Gemeinschaft der Zigeuner, der Verlust des Wohnwagens, des einzigen Heims, das sie lange Jahre über gekannt hatte; der Tod ihrer lieben Freunde, die die Eltern der Kinder gewesen waren ...

Obwohl sie beschlossen hatte, sich um die Kinder zu kümmern, war sie doch nur ein schwacher Ersatz für deren Mutter und Vater. Und um alles noch schlimmer zu machen, fand sie sich jetzt an diesem Flecken wieder, der noch schlimmer war als Marree, etwas, das sie nicht für möglich gehalten hätte. Nachdem sie Wombat Creek gesehen hatte, mochte sie sich Tambora gar nicht mehr vorstellen!

Das alles war zu viel für sie. Tara wünschte sich nach Irland zurück, zu den Wiesen voller Heideblüten, dem frischen Wind auf den Hügeln, den idyllischen Dörfern und dem kühlen, erfrischenden Regen. Was hätte sie in diesem Moment für den Anblick von richtigem, satten Grün gegeben. Für das Gefühl von Regen auf ihrer Haut hätte sie ihre Seele verkauft. Mit geschlossenen Augen versuchte sie sich Regentropfen vorzustellen und das erfrischende Prickeln der Morgenluft auf ihren Wangen. Doch es war unmöglich in der trockenen Hitze, die ihre Haut verbrannte.

Tara öffnete die Augen wieder und starrte benommen auf die ausgedörrte Landschaft, über der die Luft flimmerte, während die Kinder stumm neben ihr standen. Trugbilder ließen sie schwindelig werden, durch den wirbelnden Staub meinte sie, die Umrisse von Gestalten zu sehen. Sie blinzelte: Die Gestalten schienen näher zu kommen. Rasch schloss sie die Augen wieder und betete insgeheim, alles um sie herum möge verschwinden.

»Sind Sie verletzt, Madam? Brauchen Sie Hilfe?«, hörte sie eine tiefe, männliche Stimme fragen. Tara blickte auf und starrte geblendet ins helle Sonnenlicht. Ihre Augen brannten vor Tränen, und die erbarmungslosen Strahlen der Sonne verursachten ihr Kopfschmerzen. Blinzelnd meinte sie die Umrisse eines Mannes auf einem seltsamen Tier zu erkennen. Da sie jedoch niemanden hatte kommen hören, war sie sich ganz sicher, dass die Sonne und die Hitze ihr den Verstand vernebelten und ihr Dinge vorgaukelten, die nicht da waren. Das Gesicht in den Händen verborgen, murmelte sie: »Wenn ich jetzt die Augen wieder zumache, verschwindet vielleicht dieser schreckliche Ort, und alles ist wieder gut.« Ihr ganzes Selbstmitleid brach sich plötzlich Bahn.

Das Trugbild legte den Kopf schief und blickte aus schmalen Augen auf sie hinunter. »Sie sehen ganz gesund aus, und die Kinder auch – aber das wird sich sehr schnell ändern, wenn Sie weiter hier in der Sonne sitzen und sich selbst bemitleiden. Wir haben mindestens fünfundvierzig Grad im Schatten. Hat man Sie aus dem Zug geworfen, weil Sie nicht bezahlt hatten?«

Tara fuhr sofort empört auf. »Natürlich nicht!«

»Warum sitzen Sie dann hier wie ein Kind weinend im Staub? Sie und die Kinder werden noch einen Hitzschlag bekommen!«

Sogar in ihrem aufgelösten Zustand bemerkte sie, dass in seiner Stimme nicht eine Spur Sympathie mitschwang.

»Ich ... Ich bin ...«

»Ja?«, fragte der Fremde ungeduldig nach.

»Das würden Sie sowieso nicht verstehen«, murmelte sie ausweichend und versuchte, ihn anzusehen, konnte jedoch ihre Augen wegen der Helligkeit nur ganz kurz aufmachen. »Wer sind Sie überhaupt? Und was geht es Sie an, ob mir zum Weinen zumute ist oder ob ich in diesem gottverdammten Nest einen Hitzschlag bekomme?« Sie deutete mit einer kurzen Handbewegung auf die sonnenverbrannte Ödnis ringsum.

»Sollte Ihnen in diesem gottverdammten Nest etwas zustoßen, wäre ich der Erste – und wahrscheinlich auch der Einzige –, der Ihnen zu Hilfe kommen würde. Ich verbringe die Hälfte meiner Zeit damit, Menschen vor ihrer eigenen Dummheit zu retten. Und ehrlich gesagt, hätte ich Besseres zu tun!«

Tara fühlte, wie sie zornig wurde. Wer zum Teufel glaubte dieser Mensch, zu sein? Sie schuldete ihm keine Erklärung! »Kümmern Sie sich um Ihre eigenen Angelegenheiten – ich brauche Ihre Hilfe nicht!«

»Aber Ihre Kinder vielleicht schon. Sie sind so in ihrem Selbstmitleid versunken, dass Sie gar nicht an die beiden denken. Ich schlage vor, Sie gehen so schnell wie möglich hinüber in den Schatten des Hotels. Es ist unverantwortlich von Ihnen, sie mit ihrer empfindlichen Haut hier draußen in der Sonne stehen zu lassen!«

Tara tupfte sich mit einem Taschentuch die Tränen ab, putzte sich die Nase und versuchte dann noch einmal, den Mann anzusehen. Die Kinder trugen ihre Hüte, doch das schien dem Fremden offensichtlich nicht zu genügen, der so ungebeten in ihr Leben spaziert war.

Plötzlich hörte sie ein tiefes, gutturales Gebrüll und fuhr erschrocken zusammen. Hannah schrie auf und warf sich in Taras Arme, wobei sie sie fast umstieß.

»Ist schon in Ordnung, Kleine«, meinte der Mann beruhigend. »Hannibal tut dir nichts – er macht nur gern laute Geräusche. Das ist seine Art, sich zu beschweren.« Er stieg ab und kam auf sie zu.

Tara legte eine Hand über die Augen und sah, dass Hannibal ein riesiges Kamel war. Sabber troff von seinen weichen Lippen, und große, verfilzte Fellbüschel hingen an seinem Körper herunter. Er war das hässlichste Geschöpf, das sie jemals gesehen hatte, und der Gestank, der von ihm ausging, wurde durch die Hitze nur noch schlimmer.

»Bringen Sie dieses schreckliche Tier hier weg«, sagte Tara und zog Hannah beschützend an sich. »Sehen Sie denn nicht, dass es den Kindern Angst macht?«

Noch immer die Augen mit der Hand gegen die Sonne beschirmend, sah sie zu dem Mann auf, der vor ihr stand. Er starrte sie an, als habe sie soeben seine Mutter beleidigt.

»Hannibal ist ein wertvolles Tier, Madam, und ich glaube, niemand würde mir darin widersprechen, dass er eine freundlichere Art hat als Sie.«

Tara stieß empört den Atem aus. »Vergleichen Sie mich etwa mit dieser ... dieser Kreatur?«

»Ja«, erwiderte der Fremde schlicht. »Und im Moment geht der Vergleich zu seinen Gunsten aus.«

Tara war außer sich vor Zorn. »Er sieht aus wie eine alte Hundedecke.« Noch immer blinzelnd sah sie den Mann an, sah seinen schweißgetränkten, federgeschmückten Hut, die verschwitzte Kleidung – und plötzlich dämmerte ihr, wer hier vor ihr stand: Ethan Hunter, die lebende Legende! All die Geschichten, die sie in Marree über ihn gehört hatte, fielen ihr wieder ein. Verächtlich dachte sie, dass die Menschen im Outback wirklich dringend Helden brauchen mussten, wenn dieser Mann alles war, womit sie aufwarten konnten.

Da sie sich auf dem Boden eindeutig im Nachteil fühlte, stand sie auf, stellte jedoch fest, dass sie immer noch zu ihm aufblicken musste, da er mindestens dreißig Zentimeter größer war als sie. Ihr erster Eindruck war der eines kräftigen Mannes, der sie mit einem eindringlichen Blick aus dunklen Augen musterte.

»Sie müssen das Phantom sein«, sagte sie ohne nachzudenken;

sein direkter Blick verwirrte sie. Seine Haut war tief braun, und sein Bart seit mehreren Tagen nicht mehr geschnitten. Seine dunklen Haare wurden an den Schläfen bereits grau, ein Zeichen dafür, dass er trotz seiner blendenden Form kein junger Mann mehr war. Er trug eine dünne Lederhose, die an den Hüften so eng anlag, dass sich die kräftigen Muskeln an seinen Oberschenkeln deutlich abzeichneten. Seine Stiefel waren alt und staubig; sein Hemd, das wie eine zweite Haut an seinem muskulösen Brustkorb anlag, stand zwei Knöpfe weit offen und gab den Blick auf dichte, dunkle Haare frei.

»Das Phantom?«, fragte er mit skeptisch gerunzelter Stirn.

Tara riss ihren Blick von seiner Brust los und erklärte ungeduldig: »Ethan Hunter!«

»Das ist richtig. Woher haben Sie das gewusst?« Noch immer starrte er sie misstrauisch an.

Tara fühlte sich hin und her gerissen. Eigentlich hätte sie hoch erfreut darüber sein müssen, so unverhofft auf Ethan Hunter zu stoßen – oder doch wenigstens erleichtert. Doch er schien ihr furchtbar unfreundlich, unhöflich und dazu noch schlechter Laune zu sein. Außerdem schien er nicht das geringste Verständnis dafür aufzubringen, dass jemand diese Umgebung nicht eben einladend fand. Jetzt wartete er ungeduldig auf ihre Erklärung.

»Sie entsprechen genau der Beschreibung der ›lebenden Legende‹, über die ich so viel gehört habe«, sagte sie, verärgert darüber, dass er sie behandelte wie ein Schuldmädchen.

Sein Mund verzog sich in der Andeutung eines Lächelns. Tara fand, dass es eher selbstzufrieden als amüsiert wirkte, und beschloss, das zu ändern.

»Anscheinend haben die Leute in Marree aber vergessen, mir zu sagen, dass Sie außerdem ein mürrischer, streitsüchtiger, rücksichtsloser Mann sind«, fügte sie hinzu.

Sein Mund wurde schmal. Tara wurde langsam nervös. Dann sagte er: »Vielleicht hätte man mich vor einer verwöhnten, tollkühnen Irin warnen sollen, die rücksichtslos zwei unschuldige

Kinder durch die Wüste zerrt, ohne einen einzigen Gedanken an deren Sicherheit oder ihre eigene. Wenn einer von uns gewarnt gewesen wäre, hätten wir es vielleicht fertig gebracht, uns erfolgreich aus dem Weg zu gehen.«

Verärgert fühlte Tara, wie ihr wieder Tränen in die Augen stiegen, und wandte sich ab. Er sollte nicht sehen, wie sehr er sie getroffen hatte. Wäre sie nicht voller Enttäuschung über das Leben im Allgemeinen und Wombat Creek im Besonderen gewesen, hätte sie ihm vielleicht eine passende Antwort gegeben. Doch im Moment fühlte sie sich zu niedergeschlagen und kraftlos.

Ethan, dem es Leid tat, vor den Kindern die Beherrschung verloren zu haben und der es nicht ertragen konnte, Frauen weinen zu sehen, versuchte es jetzt auf eine etwas sanftere Art. Wieder legte er den Kopf leicht schief, während er Taras Züge mit nahezu aufreibender Gründlichkeit studierte. »Was tun Sie hier eigentlich in Wombat Creek?«

Tara hätte ihm gern noch einmal gesagt, er solle sich um seine eigenen Angelegenheiten kümmern, doch ihr war bewusst, dass sie seine Hilfe brauchte, um nach Tambora zu gelangen. »Meine Tante lebt irgendwo hier draußen«, sagte sie deshalb und bekam dann einen Schluckauf, der sie erst recht verlegen machte.

Ethan hätte beinahe gelächelt – sie bot wirklich einen Mitleid erregenden Anblick. Obwohl er ärgerlich auf sie war, rührte ihre Hilflosigkeit die weichere Seite seines Herzens. Er hatte niemals einem Lebewesen in Not den Rücken kehren können.

»Mir fällt eigentlich niemand ein, der streitsüchtig genug wäre, um sich mit Ihnen einzulassen«, sagte er leicht amüsiert. »Obwohl, warten Sie: Da wäre die alte Sadie Jennings, die angriffslustig werden kann wie eine braune Schlange, wenn man sie reizt. Dann ist da Nonie Jacob, die bei Vollmond etwas seltsam wird, aber ich glaube nicht, dass sie irgendwelche Verwandte hat ...«

»Wenn Sie die Güte hätten, damit aufzuhören«, unterbrach ihn Tara. »Ich kann mir wirklich nicht vorstellen, dass meine sanfte Tante etwas an Leuten wie Ihnen finden würde!«

»Da bin ich mir aber ganz sicher – und zwar eine ganze Menge!« Es war nicht ernst gemeint gewesen, doch Tara hatte für den trockenen Outback-Humor im Augenblick kein Verständnis.

»Sie, Sir, sind ein selbstgefälliger, gefühlloser Mensch, und das werde ich ganz sicher auch meiner Tante Victoria sagen, wenn ich sie sehe.«

»Sie sprechen doch nicht etwa von Victoria Millburn?«, fragte er erstaunt.

»Doch, genau das tue ich.«

»Dann sind Sie bestimmt ... Tara?«

»Richtig. Woher wussten Sie ...?«

»Weil sie mir erzählt hat, sie habe eine Nichte mit einem Temperament wie ein altes Krokodil.«

»Das hätte meine Tante niemals über mich gesagt!«, gab Tara empört zurück.

Er lachte. »Sie sollten sich wirklich etwas entspannen. Ein bisschen Humor hilft einem hier sehr.«

Statt einer Antwort schickte Tara ihm lediglich einen wütenden Blick zu.

Ethan ignorierte ihren Zorn und ließ seinen eigenen Blick langsam über die runden Formen ihrer Brüste und dann weiter abwärts wandern. Doch ihr Körper war verhüllt von einem weiten, beigen Kleid, sehr züchtig im Vergleich zu dem Bild, das ihm plötzlich durch den Kopf schoss. »Sie haben wenig Ähnlichkeit mit der Frau, an die ich mich erinnere«, murmelte er.

»Ich bin sicher, dass wir uns noch nie zuvor begegnet sind. Einen solchen ...«, Sie hielt abrupt inne, bevor ihr in Gegenwart der Kinder etwas sehr Unhöfliches entschlüpfen konnte.

»Oh, ich danke Ihnen. Man hat mir schon häufiger gesagt, dass ich Eindruck hinterlasse.«

»Hat man Ihnen auch gesagt, welche Art von Eindruck?«

Er lächelte leicht, ging aber nicht auf ihre Frage ein. Stattdessen erklärte er: »Ich habe vor einigen Jahren ein Porträt von Ihnen gesehen.«

Das war es also! »Dann müssen Sie ein sehr gutes Gedächtnis haben!« Tara klopfte sich mit heftigen Bewegungen den Staub vom Kleid. »Soweit ich weiß, hat meine Tante es vor mehr als sieben Jahren nach Irland geschickt.«

Wieder streifte sie ein kurzer Blick. Er hatte sie zwar nicht sogleich erkannt, aber ihr Porträt würde er niemals vergessen. »Es war wohl besonders einprägsam«, meinte er anzüglich.

Tara spürte, wie ihre von der Hitze schon geröteten Wangen förmlich zu glühen begannen. »Ist meine Tante noch in Tambora?«

»Und ob sie das ist. Wir sind gute Freunde.«

»Es fällt mir schwer, das zu glauben. Meine Tante war immer sehr anspruchsvoll, was die Wahl ihrer Freunde anging.« Tara wunderte sich wirklich, wie ihre Tante eine persönliche oder berufliche Beziehung zu einem solch arroganten und ungehobelten Menschen unterhalten konnte. War sie vielleicht selbst durch das Leben in diesem unwirtlichen Land härter geworden? Tara hoffte inständig, Victoria nicht allzu verändert vorzufinden, denn sie glaubte nicht, dass sie mit noch einer Enttäuschung fertig werden würde.

Ethan fand es zunehmend schwieriger, für die eigensinnige junge Frau Verständnis aufzubringen. Es überraschte ihn nicht, dass sie allem Anschein nach allein stehend war – wahrscheinlich hatte ihr Mann sie verlassen. Ethan konnte es ihm nicht verdenken, aber die Kinder taten ihm Leid. Er holte tief Luft, blickte Tara einen Moment scharf an und kämpfte den Drang nieder, ihr eine unhöfliche Antwort zu geben. Wenn sie wirklich Victoria Millburns Nichte war, würde er ihre Unfreundlichkeit erst einmal hinnehmen – Victoria würde ihm nie verzeihen, wenn er zuließ, dass sie sich in Gefahr brachte.

Tara bemerkte seinen Blick zu den Kindern hinüber und meinte zu wissen, was er dachte: Victoria hatte sicher niemals von Kindern gesprochen.

Jack und Hannah schienen verwirrt und verstanden nicht, warum die Erwachsenen so unfreundlich zueinander waren, obwohl sie sich gar nicht kannten. Eine Weile lang standen die beiden nur da und starrten sich gegenseitig an, während die Kinder ihnen erschöpft zusahen. Schließlich beschloss Tara, auch wenn es ihr schwer fallen würde, höflicher zu ihm zu sein. Immerhin wollte sie, dass er sie zur Farm brachte. Sie schickte sich gerade an, etwas zu sagen, als er sich abwandte, wie um zu gehen.

»Warten Sie, Mr. Hunter«, meinte sie hastig, »ich glaube, unser Zusammentreffen war einfach etwas unglücklich. Wenn Sie wirklich ein Bekannter meiner Tante sind, dann sollten wir ...«

Er wandte sich mit ernster Miene um. »Ich habe Ihnen doch gesagt, Ihre Tante und ich sind sehr gut befreundet – auch wenn das für Sie anscheinend schwer zu glauben ist. Seien Sie beruhigt – diese Freundschaft muss nicht unbedingt auf unser Verhältnis abfärben –, mir wäre im Gegenteil sehr recht, wenn es bei einer flüchtigen Bekanntschaft bliebe. Meinetwegen müsste auch das nicht sein, es ist reine Rücksicht auf Victoria.«

Tara war ehrlich verblüfft. Er war wirklich der egoistischste, arroganteste Mensch, dem sie je begegnet war. Sie hätte ihm zu gerne ins Gesicht geschlagen, doch sie unterdrückte diesen Wunsch. Wenn es doch nur noch irgendjemand anderen geben würde, der sie zur Farm hätte begleiten können! Aber es gab nun einmal niemanden. Sie musste also liebenswürdig sein und war dabei wieder einmal auf ihre schauspielerischen Qualitäten angewiesen.

Verzweifelt sah sie, dass er sich wieder umwandte. Mühsam schluckte sie Stolz und Wut hinunter und murmelte: »Bitte entschuldigen Sie, ich war ein wenig ... barsch. Ich hatte einen ziemlich anstrengenden Tag ...«

Langsam drehte er sich um, und seine dunklen Augen wurden schmal, als er sie ansah. Er erkannte sofort, dass ihre Entschuldigung nicht ehrlich gemeint war. »Sie wollen, dass ich Sie zur Farm hinausbringe, nicht wahr?« Er war durchaus dazu bereit, wollte jedoch sehen, ob sie sich nicht wenigstens auf ein Mindestmaß an Höflichkeit besann. »Nein«, gab sie rasch zurück.

Ethan sah sie voller Zweifel an, wobei er den Kopf wieder schief legte. Seine ausgeprägten Züge verhärteten sich. Tara fühlte, dass es nicht klug gewesen wäre, ihn noch mehr zu verärgern, obwohl ihr gerade das große Befriedigung verschafft hätte. Doch unter seinem prüfenden Blick war es ihr unmöglich, zu lügen. »Also ... doch, schon.«

»Warum sagen Sie das nicht gleich, anstatt so zu tun, als täte Ihnen ihr unverschämtes Benehmen Leid?«

»*Mein* unverschämtes Benehmen?!« Tara entschied, dass es unmöglich war, nett zu ihm zu sein. »Sind Sie immer so ... gehässig?«

»Nur, wenn jemand versucht, mich zum Narren zu halten«, gab er zurück.

»Nur, damit Sie es wissen – ich brauche Sie nicht. Den Weg nach Tambora finde ich auch allein. Wie weit ist es eigentlich?«

»Fast dreißig Meilen. Aber ich bezweifle sogar, dass Sie allein den Weg von hier zum Hotel finden würden, deshalb bringe ich Sie nach Tambora. Bevor Sie mir danken, seien Sie versichert, dass ich es nur der Kinder wegen tue, und weil ich Ihre Tante sehr schätze.«

»Ich hatte nicht die Absicht, Ihnen zu danken, aber meine Tante wird Ihnen sicher dankbar sein.« Tara war ernsthaft versucht, sein Angebot abzulehnen, aber sie wusste, dass sie den Weg allein nicht finden würde, und sie durfte nicht riskieren, sich mit den Kindern zu verirren. Nur deshalb willigte sie ein – und wenn sie einmal in Tambora angekommen waren, hoffte sie, Ethan Hunter niemals wiederzusehen.

Dieser wandte sich ab und überlegte, auf welche Weise er sie am besten zur Farm bringen konnte. »Können Sie reiten?«

»Natürlich.«

Sie sah die Erleichterung auf seinen Zügen und fuhr fort: »Ich reite jedes Pferd, das Sie haben.« Garvie hatte sie gelehrt, wie die Zigeuner zu reiten, und sie war stolz auf ihr Können. Wenigstens etwas, das sie beherrschte und das ihr hier nützlich sein konnte!

»Pferd?« Ethan gab ein Geräusch von sich, das nach unterdrücktem Gelächter klang. Er spürte die schüchternen Blicke der Kinder auf sich gerichtet. »Ich ... ein Pferd habe ich leider nicht.«

»Aber irgendjemand in diesem gottverdammten ...« Sie hielt inne und holte tief Luft, denn auch ihr fielen auf einmal die Kinder wieder ein. Dann fuhr sie ruhiger fort: »Irgendjemand in dieser ... Stadt wird doch ein Pferd besitzen!«

»In Wombat Creek braucht niemand ein Pferd«, erwiderte Ethan. »Erstens läuft die Bahnlinie praktisch an den Türschwellen entlang, und außerdem gibt es, wie Sie sehen, nicht allzu viel Futter hier.«

Tara erschrak. »Sie erwarten doch wohl nicht, dass ich ein Kamel reite, oder?«

»Sie haben die Wahl: Ein Kamel reiten oder laufen, und ich kann mir nicht vorstellen, dass Sie auch nur zwei Meilen zu Fuß gehen, ganz zu schweigen von dreißig.«

Tara hörte in seinem Ton nicht das mindeste Verständnis für ihre Lage heraus. Sie begann zu glauben, dass er absolut herzlos war. Wenn sie seine Hilfe nur nicht so nötig gebraucht hätte ...

Sie sah Hannibal an, ein riesiges, sandfarbenes Buckeltier, dass sogar kniend größer war als sie. Aus seinem Maul troff immer noch schleimiger Speichel, während er auf etwas Unsichtbarem herumkaute. Er sah sie aus großen braunen Augen an, die von Wimpern beschattet wurden, auf die jede Frau neidisch sein musste. Ein tiefer, heiserer Schrei ließ sie zusammenfahren, und sie spürte den Atem des Tieres, von dem sie sicher war, dass er Blumen zum Welken bringen konnte.

Tara blickte auf die Kinder hinab: Hannah war entsetzt, doch Jack freute sich offensichtlich über die Aussicht auf einen Kamelritt. In einiger Entfernung standen noch andere Kamele nicht weit vom Hotel in der Sonne, bewacht von einem Turban tragenden Mann, der im Schatten des einzigen Baums nahe bei einem Wassertrog hockte.

Tara war klar, dass sie keine Wahl hatte. Wenn sie nach Tambora wollten, mussten sie mit Ethan Hunter reisen – und das bedeutete, entweder auf einem Kamel zu reiten oder zu laufen. Letzteres war nicht gerade reizvoll, doch das Erste schien ihr ebenfalls eine erschreckende Aussicht.

Sie bemühte sich, tapfer zu erscheinen, doch in Wirklichkeit waren ihr die Knie plötzlich weich geworden.

8

Ethan holte den Postsack, den Virgil Walcott an einem Pfosten neben den Schienen aufgehängt hatte. »Ich bin der Aushilfsbriefträger, solange Rex Crawley krank ist«, erklärte er, als er Taras Blick bemerkte.

»Gibt es hier draußen wirklich einen Briefträger?« Sie konnte es kaum glauben. Die Farmen lagen sicher sehr weit auseinander in verschiedenen Richtungen.

»Wir wohnen vielleicht ein bisschen abgelegen, aber ein paar Errungenschaften der Zivilisation haben wir schon«, gab Ethan zurück.

Tara hörte den Anflug von Gekränktheit in seiner Stimme, doch sie beschloss, das zu ignorieren, und blickte sich jetzt aufmerksamer um. In der Nähe des Hotels gab es nichts, das einer Fuß- oder Fahrspur auch nur im Geringsten geähnelt hätte, kein Zeichen dafür, dass jemand angekommen oder irgendwo hingegangen war.

»Ich glaube Ihnen ja – aber Ihre einzige Verbindung zur Zivilisation scheint diese einsame Bahnlinie zu sein. Wie oft wird die Post eigentlich ausgeliefert? Einmal im Vierteljahr oder eher jährlich?«

Ethan zog die dunklen Brauen zusammen. »Rex liefert alle vierzehn Tage aus. Wenn ich mit den Kamelen unterwegs bin, brauche ich einen Monat für dieselbe Entfernung.« Er bemerkte ihren angewiderten Blick zu den Kamelen und grinste, wobei in der gebräunten Haut um seine Augen herum kleine Fältchen entstanden. »Rex und ich stehen sozusagen in ständigem freundlichen Wettbewerb.«

»Also sind Pferde schneller als Kamele?«

»Ich habe Ihnen doch gesagt, dass es in der Stadt keine Pferde gibt. Rex fährt einen Packard, einen amerikanischen Geländewagen, und ...«

Tara unterbrach ihn verblüfft. »Ein Automobil, und das hier draußen?« Der Gedanke daran trug entscheidend dazu bei, ihre Lebensgeister zu heben. Vielleicht war dieses Land doch nicht ganz so primitiv, wie sie gedacht hatte?

Ethan nickte. »Es ist hart wie Stahl, und, wie ich gerade sagen wollte, viel schneller als Kamele, aber nicht annähernd so zuverlässig. Ein Kamel bleibt nicht im Sand stecken, und es geht auch nicht in jeder Wasserlache unter.«

Ethans letzte Worte gingen an Tara vorbei, der die Fahrt in Riordan Magees Automobil wieder eingefallen war. Sie hatte sie, trotz der seltsamen Umstände, sehr genossen. Plötzlich kam ihr eine glänzende Idee. »Vielleicht könnte Mr. Crawley uns nach Tambora fahren?«

Jetzt war es Ethan, der verblüfft wirkte.

Tara glaubte, ihn getroffen zu haben, und fühlte Genugtuung in sich aufsteigen, denn er war unerträglich unhöflich gewesen. Sie blickte zu den Kindern hinüber und begegnete Jacks fragendem Blick, und ihr fiel auf, dass sie wohl kein gutes Vorbild abgab.

»Ich bin Ihnen sehr dankbar, dass Sie uns nach Tambora bringen wollen«, zwang sie sich zu sagen. »Aber in einem Automobil wäre die Reise bequemer und, wie Sie selbst sagen, auch schneller. Ist Mr. Crawleys Wagen kaputt? Liefern Sie deshalb die Post für ihn aus?«

Ethans einer Mundwinkel zuckte. Er war offensichtlich belustigt, ohne dass Tara einen Grund dafür erkennen konnte. Vor seinem geistigen Auge sah er Rex, wie dieser in seinem Packard über die Dünen holperte und dabei wie ein Verrückter lachte. Irgendwie passten Tara und die Kinder nicht in das Bild. Obwohl er fand, dass es ihr ganz recht geschähe, mit Rex zu reisen, und sei es auch nur für eine kurze Strecke. Er selbst war in der Wüste schon in Wirbelstürme geraten und hatte mehr Sandstürme mitgemacht, als er zählen konnte, doch seine Fahrt mit Rex nach Leigh Creek war und blieb die schrecklichste Reise seines Lebens. Lieber hätte er das wildeste unter den wilden Kamelen geritten, als hundert Meter in Rex' Packard zu fahren.

»Rex leidet unter einem Anfall von Schwarzwasserfieber«, erklärte er. Rex tat ihm Leid, doch er genoss den Gedanken, dass der Postbote so reizbar wie ein Wombat sein würde, der in einem Ameisenhaufen grub, nur weil er wusste, dass Ethan jetzt die Post mit seinen zuverlässigen Kamelen auslieferte. Und natürlich würde Ethan es ihn immer wieder spüren lassen.

»Er wird noch einige Wochen außer Gefecht sein. Und bevor Sie fragen, ich kann kein Automobil fahren, und es gibt hier auch sonst niemanden, der es kann.« Rex hatte Ethan zwar angeboten, es ihm beizubringen, aber dieser hatte vehement abgewehrt und erklärt, er fühle sich sicherer, wenn er mit den Krokodilen im Daly-Fluss um die Wette schwimme. »Außerdem ist das Benzin sowieso gerade rationiert«, fügte er jetzt fast heiter hinzu.

Taras Miene spiegelte deutlich ihre Enttäuschung. Sie starrte in die rot schimmernde Wüste hinaus, die in der Ferne mit dem Horizont zu verschmelzen schien. »Wie viele Menschen leben hier draußen?«

»Im Umkreis von fünfhundert Meilen gibt es ungefähr fünfzig weiße Siedler und doppelt so viele Angestellte, die meisten davon Wanderarbeiter und Viehhirten. In dieser Zahl sind allerdings die Schafscherer und die umherziehenden Stämme nicht enthalten.«

»Wilde?«

Ethan runzelte die Stirn. »Sie sind nur reizbar, wenn man ihnen unfreundlich begegnet. Der hiesige Clan gehört zum Arabana-Volk, aber es gibt auch andere, die nur durchziehen, die Kujani und die Kokata. Einige weiße Siedler haben Probleme mit ihnen gehabt, aber sie hatten meist selbst Schuld. Die Siedler, die am längsten hier sind, haben am wenigsten Ärger. Sie haben gelernt, nicht gegen die Stammesgesetze zu handeln und die heiligen Orte der Stämme nicht zu entweihen.«

Zum ersten Mal bemerkte Tara jetzt mehrere Kartons mit Waren und eine seltsame Ansammlung von Vorräten neben den Gleisen, darunter einen Drahtkäfig mit einem halben Dutzend Hühnerküken. An dem Käfig hing ein Schild, auf das jemand C. PRESTON gekritzelt hatte. Die Tiere hatten ihre Schnäbel weit aufgerissen, und die Sonne brannte unbarmherzig auf sie herab. Ethan griff nach dem Käfig.

»Ich gebe die hier schnell im Laden ab, dann bringe ich Sie und die Kinder ins Hotel. Sie brauchen doch sicher alle etwas zu trinken – mir geht es zumindest so.«

»Gibt es im Hotel ein Bad?«, fragte Tara. »Für ein Bad würde ich fast alles geben. Ich hatte gehofft, halbwegs vorzeigbar zu sein, wenn ich meiner Tante gegenübertrete, aber alles scheint sich gegen mich verschworen zu haben.«

Ein heißer Windstoß wirbelte den Staub um sie herum auf, und Taras Hut wäre beinahe davongeflogen. Sie hielt ihn mit einer Hand fest, mit der anderen bedeckte sie Nase und Mund und musste husten.

Ethan schaute zu den Kindern hinüber, und sie erkannte ihren Fehler. Als Mutter hätten die beiden für sie an erster Stelle hätten stehen müssen.

»Die Kinder brauchen natürlich auch ein Bad, aber sie scheint es nicht so zu stören, wenn sie schmutzig sind.« Beschützend legte sie die Arme um die schmalen Schultern und lächelte gezwungen.

»Das hier ist Jack, und das ist Hannah.«

Ethan nickte, und um seine Lippen spielte ein kleines Lächeln.

»Sagt Mr. Hunter guten Tag, Kinder!«

Doch beide blieben stumm. Jack musterte Ethan neugierig von oben bis unten, doch seine Lippen blieben fest zusammengepresst. Hannah barg ihr Gesicht im Stoff von Taras Kleid. Es war ein unangenehmer Augenblick, doch sie warf den Kindern ihre

Zurückhaltung nicht vor. Wie hätten sie sich auch ganz normal verhalten können, nach allem, was sie durchgemacht hatten? Als ihre Mutter hätte sie sie zu mehr Höflichkeit anhalten sollen, doch ihre Beziehung zu den Kindern war noch zu zerbrechlich. Das Einzige, was sie tun konnte, war, eine plausible Entschuldigung zu finden.

»Die beiden sind müde – die Reise war lang, und alles ist so fremd ...«

Ethan spürte, dass irgendetwas nicht stimmte, doch er war nicht sicher, was es war. Tara erschien ihm übermäßig angespannt, und er fragte sich, warum sie sich für die Kinder entschuldigte. Er warf ihr einen forschenden Blick zu, während sie wieder hustete.

»Es dauert eine Weile, bis man sich an Wombat Creek gewöhnt hat«, sagte er freundlich.

Tara sah ihn aus tränennassen Augen an und verzog das Gesicht. »Ich bezweifle, dass ich mich jemals daran gewöhne.« Sie hasste das Outback und war fast sicher, dass sich daran nie etwas ändern würde. Schreckliche schwarze Fliegen schwirrten ihr um den Kopf. Sie verscheuchte sie mit einer Handbewegung, doch sie kehrten sofort zurück und trieben sie zur Verzweiflung. »Ich kann einfach nicht glauben, dass meine Tante hierher gekommen und geblieben ist, besonders nachdem Tom gestorben war!« Ihre Augen füllten sich wieder mit Tränen.

Ethan Hunters Züge wurden weicher. »Ich kenne Victoria, seit sie zum ersten Mal nach Tambora gekommen ist. Das Haus war noch nicht einmal gebaut, sie haben in einem offenen Unterstand geschlafen. Damals hat sie sich geschworen, niemals engstirnig zu werden, das muss man ihr lassen – sie ist sich treu geblieben. Mit der Zeit hat sie trotz ständiger Schwierigkeiten die Schönheit dieses Landes schätzen gelernt.«

Tara verstand das alles nicht. Schönheit? Sie sah nichts davon, und ebenso wenig konnte sie begreifen, dass jemand es erstrebenswert fand, ständig gegen Schwierigkeiten anzukämpfen.

Ethan bemerkte ihre Verwirrung und schien ihre Gedanken zu

lesen. »Ich weiß, dass Victoria sich am Anfang oft genauso verloren fühlte, wie Sie es jetzt tun. Aber sie ist eine sehr mutige Frau.« Seine Bewunderung für ihre Tante war offensichtlich. »Alle, die für sie arbeiten, Viehhirten, Schafscherer, Arbeiter, das Hauspersonal, alle respektieren sie. Glauben Sie nicht, dass es einfach war – sie hat sich diesen Respekt erkämpfen müssen. Hier draußen in einem Land, das von unbeugsamen Männern urbar gemacht wurde und noch immer von ihnen beherrscht wird, ist das eine große Leistung!«

Die ehrliche Zuneigung, die aus seinen Worten sprach, rührte Tara.

Wegen des grellen Lichts blinzelnd, starrte Ethan hinaus über die schimmernde, leere Ebene, und Tara fragte sich, was er dort sehen mochte. Sie selbst sah absolut nichts.

»Vielleicht hätten Sie nicht allein kommen sollen«, meinte er.

Tara blickte zuerst ihn an und dann die Kinder. »Ich bin nicht allein.«

»Ich meinte, ohne Ihren Mann.«

In dem Wissen, dass Sie wahrscheinlich sogar die Wahrheit sagte, erwiderte Tara mit nicht ganz sicherer Stimme: »Ich bin Witwe, Mr. Hunter.«

Jetzt war er verblüfft. »Das ist wirklich schlimm. Es wird nicht einfach sein, die Kinder allein großzuziehen.«

»Das ist mir vollkommen klar – aber ich schaffe es schon irgendwie.«

Gegen seinen Willen musste er ihre Entschlossenheit bewundern; doch gleichzeitig stellte er fest, wie naiv sie war. Das Outback schien ihm einer der härtesten Orte dafür zu sein, etwas ›irgendwie zu schaffen‹. Alles, was er tun konnte, war, ihr Mut zuzusprechen. »An einem Ort wie diesem entdeckt man ungeahnte Fähigkeiten an sich selbst. Wenn Sie eine Weile durchhalten, werden Sie wissen, was ich damit meine.«

Tara blickte ihn unsicher an, und sein Blick wurde sanfter. »Versuchen Sie einfach, Ihre Erwartungen nicht zu hoch zu stecken, und nehmen Sie jeden Tag, wie er kommt.«

Seine Worte ließen Angst in ihr aufsteigen. Trotz ihrer geringen Erwartungen hatte sie das Gefühl, als warteten große Enttäuschungen auf sie.

Jack starrte Hannibal schon eine ganze Weile lang mit großen Augen an. Jetzt gab ihm Ethan einfach die Zügel in die Hand und deutete zu den anderen Tieren hinüber. Ehrfurchtsvoll führte der Junge das riesige Kamel zum Hotel hinüber. Bevor sie hineingingen, blieb Ethan stehen und stellte Tara seinen Mitarbeiter vor, der rauchend bei den anderen Kamelen gewartet hatte. In ihrem jetzigen Gemütszustand wünschte Tara sich, er hätte es nicht getan.

Saladin war ein reinblütiger Afghane. Über weiten Pumphosen trug er einen Kaftan aus leichtem Stoff, und sein Kopf war mit einem beigen Turban umwickelt. Seine schmalen Augen waren schwarz, seine Haut sehr dunkel, und ein dichter Bart verdeckte die untere Hälfte seines Gesichts. Ein sehr starker, würziger Geruch wehte von ihm zu Tara herüber. Sie sah, dass er den Kindern argwöhnische Blicke zuwarf.

»Saladin begleitet mich schon seit vier Jahren«, erklärte Ethan. »Seit er von Peschawar nach Australien gekommen ist.«

Tara nickte, ohne ihren Blick von dem Kamelpfleger zu lassen. Etwas an ihm machte ihr Angst. Von ihm schien eine Welle der Feindseligkeit auszugehen.

Ethan wandte sich an Saladin, um ihm zu erklären, dass er Tara und die Kinder nach Tambora mitnehmen würde. Saladin antwortete in seiner Muttersprache, wobei er erneut finstere Blicke in ihre Richtung warf. Dann folgte ein kurzer Wortwechsel auf Afghanisch.

Tara verstand nur, dass Saladin alles andere als begeistert war – und ihr war klar, dass auch Ethan es nur ihrer Tante zuliebe tat. Nach einer Weile beendete er das hitzige Gespräch durch ein Machtwort; Saladin warf resigniert die Arme in die Luft und ging davon, um an die Hotelwand gelehnt vor sich hin zu brüten.

»Meine Anwesenheit gefällt ihm nicht«, stellte Tara unbehaglich fest.

»Nehmen Sie es nicht persönlich – die meisten Afghanen sind Moslems, und ihre Sitten unterscheiden sich sehr von den unseren.«

Tara verstand zwar nicht, was das mir ihr zu tun haben sollte, doch das würde sich wahrscheinlich bald herausstellen. »Man hat mir erzählt, Sie seien ebenfalls zur Hälfte Afghane«, meinte sie. »Leben Sie nicht nach dem muslimischen Glauben?«

»Nein. Mein Großvater war zur Hälfte Afghane, aber mein Vater ist in England aufgewachsen, und meine Mutter war Engländerin. Ich verstehe die Afghanen und kann gut mit ihnen arbeiten, aber ich richte mich nicht nach ihren Gebräuchen. Saladin wohnt in einer so genannten ›Ghan‹-Stadt, wo die afghanischen Familien abseits von den europäischen Gemeinschaften leben. Teilweise tun sie das freiwillig, aber meist zwingen die Weißen sie dazu.«

»Begleitet Saladin Sie denn auf jeder Reise?«

Ethan entging der Unterton in ihrer Stimme nicht. Obwohl er es nicht verstand, hatte er sich mittlerweile daran gewöhnt, dass die Leute sich in Gegenwart seines Mitarbeiters unbehaglich fühlten. »Auf den meisten. Victoria überlässt mir auf der Farm ein Stück Land, wo ich Kamele züchten kann. Ich verbringe einige Zeit dort, meistens ungefähr eine Woche im Monat, und während dieser Zeit geht Saladin zu seiner Familie.«

Taras stille Hoffnung war, Saladin werde das auch tun, wenn Ethan sie zur Farm hinausbrachte. Aber sie wagte nicht, es laut vorzuschlagen, um Ethan nicht wieder gegen sich aufzubringen. Es widerstrebte zwar ihrem Unabhängigkeitsdrang, doch sie brauchte ihn für diese Reise. In Zukunft würde sie ihren Weg in die Stadt allein finden, genau, wie es ihre Tante ohne Zweifel auch tat.

»Spricht Saladin Englisch?«

»Nur ein paar Wörter. Aber verstehen tut er es sehr gut.«

Ein Blick zu Saladin hinüber sagte ihr, dass er ihre Frage tatsächlich verstanden hatte. Sie nahm sich vor, in Zukunft mehr darauf aufzupassen, was sie sagte.

»Warum ist dieses Kamel größer als die anderen?«, fragte Jack. Es war das erste Mal seit Stunden, dass er sprach, und das erste Mal seit dem Untergang des Schiffes, das er echtes Interesse an irgendetwas zeigte. Tara war sehr froh darüber.

»Hannibal ist das einzige männliche Tier«, erklärte Ethan.

»Sind die Hengste stärker als die Stuten?«, wollte Jack weiter wissen.

»Ein bisschen, aber die Stuten sind auch gute Lastenträger. Wenn ich mehr als einen Hengst halten würde, würden sie um die Stuten kämpfen. Diese Stuten hier sind Hannibals Harem, und wie ein Scheich hat auch er seine Lieblingsfrau.«

Tara schritt an der Linie der aufgereihten Kamele entlang, die als Kette bezeichnet wurde. Sie hörte Jack fragen, was ein Scheich sei, und sein Lachen, als Ethan antwortete: »Ein sehr glücklicher Mann.« Ihr fiel auf, dass Ethan mit dem Kind viel freundlicher umging als mit ihr. Dann schaute sie zu Saladin hinüber, der ihr einen weiteren feindseligen Blick zuwarf, bevor er sich noch weiter zurückzog.

»Das hier ist Layla«, erklärte Ethan dem Jungen. »Sie ist Hannibals Liebling, und meiner auch.« Er sah Tara an, als er fortfuhr: »Deine Mutter kann mit deiner Schwester auf ihr reiten.«

Tara fing Jacks Blick auf, in dem plötzlich wieder der Schmerz aufschien, und ihr Herz zog sich vor Mitgefühl zusammen. Ethans Worte hatten ihn an seine richtige Mutter erinnert und die Trauer zurückgebracht, die er für ein paar Augenblicke vergessen hatte.

Ethan hielt Jacks ernste Miene für Besorgnis und meinte beruhigend: »Deine Mutter und deine Schwester sind auf Laylas Rücken ganz sicher.«

Tara war in Gedanken gewesen und hatte den Sinn von Ethans Worten zuerst nicht ganz erfasst. Doch als sie schließlich begriff, wehrte sie angstvoll ab: »Oh nein, wir werden nicht auf ihr reiten!« Der Gedanke versetzte sie regelrecht in Panik, die sie nicht länger zu verbergen vermochte. Hannah, die alles begriffen zu haben schien, klammerte sich mit vor Angst geweiteten Augen an Taras Beine. Tara fuhr fort: »Mir ist es egal, ob wir laufen müssen – wir steigen jedenfalls nicht auf dieses Kamel, und auch auf kein anderes.«

Ethan blickte sie verständnislos an, und Jack wirkte sehr enttäuscht.

»Es gibt doch sicher irgendjemanden in der Stadt, der uns ein Pferd oder einen Esel leihen kann?«

Ethan schüttelte energisch den Kopf. »Auf den Farmen gibt es natürlich Pferde, aber ich habe Ihnen doch schon gesagt, hier in der Stadt werden sie nicht gebraucht. Die beiden Minenarbeiter aus Wombat Creek verladen ihre Pferde auf den Zug nach Alice, um dann von dort aus zu den Minen zu reiten. Aber einen Esel habe ich hier schon jahrelang nicht mehr zu Gesicht bekommen.«

Tara meinte, eine Anspielung auf ihre irische Herkunft aus seinen Worten klingen zu hören. »Auf einem Kamel reite ich jedenfalls nicht. Ich warte einfach, bis jemand von Tambora in die Stadt kommt.«

»Da müssen Sie vielleicht lange warten.«

Obwohl die Aussicht, in Wombat Creek festzusitzen, ziemlich unerträglich war, blieb Tara dabei. Auf ihren Zügen malte sich Entschlossenheit. »Haben Sie nicht gesagt, dass die Farmer aus dem Busch hierher kommen, um Vorräte zu kaufen, wenn Sie sie nicht beliefern?«

»Ja, aber nicht unbedingt von Tambora. Es hängt auch davon ab, womit sie auf den Farmen gerade beschäftigt sind. Wenn sie gerade die Herden zusammentreiben und ihr Vieh zählen, sehen wir sie hier manchmal wochenlang nicht. Wenn sie in der Schafschur sind, kann es auch Wochen dauern. Aber wie auch immer, sie bringen jedenfalls keine Ersatzpferde mit.« Ethan wurde es langsam müde. Tara war wirklich eine eigensinnige Frau! »Ich habe einen zweirädrigen Buggy hinter dem Hotel stehen, den die

Kamele ziehen können«, sagte er. »Wenn der Zug nicht durchkommt, benutze ich ihn manchmal, um Passagiere zu transportieren. Er muss ein bisschen instand gesetzt werden und ist reichlich groß für drei Personen, aber wenn Sie Layla wirklich nicht reiten wollen ...«

»Ich möchte aber nicht in einem Wagen gefahren werden«, meinte Jack missmutig. »Das ist was für kleine Mädchen!«

Tara spürte, wie gekränkt er war. »Ich bin noch nie auf einem Kamel geritten, Jack«, meinte sie leise. »Ich habe Angst, dass Hannah herunterfällt ...« Sie warb um sein Verständnis, doch Jack wandte sich mit finsterer Miene ab.

Ethan nickte, doch etwas in seiner Art ließ erkennen, dass er ihre Ängste für grundlos hielt. Er begann, dem Jungen die Namen der anderen Kamele zu nennen, aber Tara sah, dass Jack sehr enttäuscht war, und fühlte sich schrecklich. Trotzdem, und obwohl sie normalerweise sehr mutig war, konnte sie den Gedanken daran, auf ein Kamel zu steigen, nicht ertragen.

»Das hier sind Udo, Mosi, Lilit, Maat, und die Jüngste heißt Oma. Sie ist zweieinhalb Jahre alt und eine Tochter von Hannibal und Maat.«

Jack vergaß seinen Kummer und war augenblicklich begeistert von der jüngsten der sieben Stuten.

»Vielleicht würdest du gern Maat reiten?«, schlug Ethan vor. »Oma bleibt immer nah bei ihrer Mutter.«

Jack nickte selig, und seine Miene hellte sich sichtlich auf.

Ethan stellte den Postsack und die Küken in den Schatten des kleinen Ladens, bevor er Tara und die Kinder ins Wombat-Creek-Hotel mitnahm, das sie durch die Hintertür betraten.

»Ferris scheint gerade draußen zu sein, um seine Fallen zu kontrollieren«, meinte er, als sie den Hauptflur entlanggingen, von dem aus man in leere Räume sehen konnte.

»Fallen?« Tara stellte sich vor, wie der Hotelbesitzer wilden Tieren nachstellte, und auch Jack wirkte einigermaßen erschrocken.

»Er stellte Kaninchenfallen auf. Kaninchen sind hier eine große

Plage, denn sie fressen nicht nur das bisschen Grünfutter ab, das es gibt; die Rinder treten im Dunklen auch noch in ihre Löcher, verletzten sich und sind so eine leichte Beute für die Dingos. Ferris verkauft die Felle, die ihm ein zusätzliches Einkommen bringen, und das Fleisch ist wegen der Lebensmittelknappheit sehr beliebt. Kaninchengulasch steht immer auf der Speisekarte des Hotels, und seit Beginn der Wirtschaftskrise ist es oft das einzige Gericht, das angeboten wird. Manchmal bringen Farmer ein paar Schafe mit, dann gibt es gegrillte Hammelkoteletts. Eine Zeit lang hat Ferris öfter Wombatfleisch gekocht, aber das ist nicht nach jedermanns Geschmack.«

»Wer kümmert sich um das Hotel, wenn der Besitzer unterwegs ist?«

Ethan sah sie verwirrt an. »Niemand. Vor dem Wochenende, wenn die Farmer mit ihren Familien in die Stadt kommen, erwartet er keine Gäste. Wenn Schafscherer oder Viehtreiber kommen, weiß er immer davon. Percy Everett, der Besitzer des Ladens nebenan, sortiert die Post, und Ferris hört den Funk ab. Die beiden sind über alles informiert, was sich im Umkreis von ein paar hundert Meilen tut, und es überrascht mich, dass er nichts von Ihrer Ankunft mit dem Zug wusste. Normalerweise begrüßt er alle Besucher persönlich.«

»Ich hätte schon vor über einer Woche ankommen sollen. Wir hatten keine Ahnung, wann die Gleise wieder repariert sein würden, und ich bezweifle, dass irgendjemand anderer es gewusst hat. Die Bahnarbeiter in Marree scheinen ihren eigenen Arbeitsplan zu haben.«

Tara folgte Ethan den langen Flur entlang.

»Das hier ist die Küche«, meinte er und stieß eine Tür an der linken Seite auf. Man sah einen großen Raum, in dem riesige Holzöfen standen. Auf einem der Ofen stand ein Topf, in dem etwas vor sich hin köchelte.

»Überraschung! Es gib Kaninchengulasch!«, sagte Ethan, der den Essensduft einsog. Tara lächelte in sich hinein. Kaninchengulasch war auch bei den Zigeunern ein wesentlicher Bestandteil des Essens gewesen, besonders wenn sie über Land gefahren waren. Sie musste zugeben, dass dieses Gulasch sehr gut roch, vor allem nach dem schrecklichen Essen im ›Great Northern Hotel‹ in Marree, aber die Fliegen, die überall auf dem Küchentisch herumkrabbelten, stießen sie ab.

Tara hatte Mühe sich vorzustellen, wofür das Hotel so riesige Herde benötigte, wenn es kaum Gäste und noch weniger Bäume gab, die Holz zum Kochen geliefert hätten. Dann fiel ihr ein, dass zwei der Kamele mit Holz beladen gewesen waren. Sie fragte sich, aus welcher Entfernung es wohl herangeschafft worden war und ob die Herde in der Hoffnung gebaut worden waren, dass die Stadt sich zu einem blühenden Zentrum entwickeln würde.

Aus einer Kanne auf dem Tisch goss Ethan ihnen allen ein Glas Wasser ein, bevor es mit der Besichtigung weiterging. »Es gibt sechs Gästezimmer und zwei Bäder. Eines liegt draußen gleich neben der Hintertür, es ist klein und sowohl tagsüber als auch nachts verdammt heiß, weil es darin kein Fenster gibt. Ich ziehe das große vor, genau wie die Scherer und die Viehtreiber, wenn sie in die Stadt kommen.«

»Können wir die Bäder sehen?«, fragte Tara in Hochstimmung.

Sie folgten Ethan wieder hinaus ins Freie, wo ein kleines Bad an die hintere Wand angebaut worden war. Er stieß die aus Holzleisten zusammengenagelte Tür auf, in der einige Lücken klafften, und trat zurück. Tara starrte in die Dunkelheit und sah eine große Zinkwanne, neben der eine kleine Bank stand. Davon abgesehen war der Raum absolut leer. Heerscharen von Fliegen tummelten sich in der Mitte des Raumes, und auf dem Boden krabbelten undefinierbare Insekten herum. Wie Ethan gesagt hatte, gab es kein Fenster. Die Lücken in der Tür ließen etwas Licht durch, und das niedrige Blechdach verwandelte das Bad in einen wahren Glutofen. Trotzdem war für Tara jede Art von Bad ein Luxus, den sie viele Jahre lang entbehrt hatte.

Der andere Waschraum hatte verrostete Eisenwände, das Dach

war offen, und der Boden bestand aus Erde. Die Badewanne wirkte riesig und wie alles andere sehr staubig.

»Wir werden das kleinere Bad benutzen«, beschloss Tara.

Ethan sah sie überrascht an. »Wie Sie meinen. Dann hole ich jetzt Saladin, damit er ihnen Wasser aus dem Brunnen hochpumpt. Sie werden es miteinander teilen müssen.«

»Natürlich tun wir das. Aber bitte bemühen Sie Ihren Mitarbeiter nicht – ich kann das Wasser selbst holen.«

»Das ist keine Mühe.« Bevor Tara ihn zurückhalten konnte, rief er Saladin Anweisungen zu, der das Holz von den Kamelen ablud und an einer der Seitenwände des Hotels stapelte.

Der Gedanke an ein Bad ließ Vorfreude in Tara aufsteigen. Sie verfluchte den heißen Wind, der den Staub aufwirbelte, sodass dieser an ihrem schweißbedeckten Körper kleben blieb. Als Ethan wieder hereinkam, sagte sie: »Sie ahnen gar nicht, wie dankbar ich für ein Bad bin, bevor wir uns auf den Weg nach Tambora machen.«

Er sah sie an, und der Ausdruck seiner dunklen Augen wurde sanfter. Tara fand sein Äußeres sehr interessant, diese Mischung von europäischem Blut und einem kleinen asiatischen Einschlag. Plötzlich spürte sie, wie sein intensiver Blick irgendetwas in ihr anrührte, ohne dass sie begriff, warum – denn sie fand ihn nicht besonders attraktiv.

»Ich weiß genau, wie Sie sich fühlen«, sagte er. »Ich bin oft Tage zwischen zwei Wasserlöchern und Wochen zwischen zwei Städten unterwegs.«

»Oh, Sie sind es doch sicher daran gewöhnt, schmutzig ...« Sie verstummte, als sie sah, dass sie ihn gekränkt hatte. Plötzlich tat es ihr Leid, und sie verwünschte ihre vorschnelle Zunge. Sie wusste nicht, warum, aber irgendwie brachte Ethan Hunter ihre schlechten Seiten in ihr zum Vorschein. Mehrere Tage in der Hitze ohne ein Bad mussten wirklich schrecklich sein, aber sie brachte es nicht über sich, sich schon wieder bei ihm zu entschuldigen.

»Wenn wir in Tambora ankommen, werden Sie sich wieder

nach einem Bad sehnen«, meinte er leichthin. »Fast dreißig Meilen in einem Wagen, durch die Wüste und über staubbedeckte Ebenen, das wird nicht leicht werden.«

Tara sank der Mut. Während Saladin Wasser in die Wanne goss, folgte Tara Ethan durch das Gebäude.

»Ob Sie es glauben oder nicht, das Hotel ist im Outback eine richtige Attraktion geworden«, erklärte er.

»Das spricht nicht gerade für das Outback«, erwiderte Tara. Sie konnte sich nicht vorstellen, warum jemand den Wunsch haben sollte, ausgerechnet eine kleine Stadt in der Wüste zu besuchen. Für sie waren Marree und Wombat Creek nichts als kleine Zughaltepunkte auf dem Weg nach Alice Springs. In ihren Augen gab es hier nichts, das Besucher hätte anziehen können, nur Staub und Fliegen, unerträgliche Hitze und noch mehr Fliegen.

Sie sah, dass Jack wieder hinausging, um die Kamele anzusehen, und Hannah folgte ihm. Tara ging hinter ihnen her und rief ihnen zu, sie sollten Acht geben und Abstand halten, falls eines der Tiere nach ihnen beißen oder treten wollte. Saladin holte ganz in der Nähe Wasser aus dem Brunnen, doch sie wollte ihn nicht bitten, ein Auge auf die Kinder zu haben. Er hatte anscheinend beschlossen, sie konsequent zu übersehen.

»Uns passiert schon nichts!«, sagte Jack ungeduldig. Er konnte es nicht leiden, wenn Tara sich um ihn sorgte, seiner Mutter hatte er das allerdings nie übel genommen hatte. Seit ihrem sehr vertraulichen Gespräch auf dem Bahnhof von Port Adelaide hatte er sich nicht wieder von ihr trösten oder in den Arm nehmen lassen, sondern hielt sie immer ein Stück auf Abstand. Da Saladin in Hörweite war, erwiderte sie nichts auf Jacks Bemerkung.

Ethan streckte den Kopf aus der Tür, um seinem Mitarbeiter in einer fremden Sprache weitere Anweisungen zu geben. Saladin hörte ihm aufmerksam zu, doch nicht ohne Tara einen weiteren finsteren Blick zuzuwerfen.

»Seien Sie unbesorgt«, meinte Ethan, als sie wieder hineingingen, »er gibt gut auf sie Acht.«

Seine Versicherungen trugen zwar nicht unbedingt dazu bei, ihre Ängste zu beschwichtigen, doch sie schwieg. Sie ahnte, dass Saladin sich herzlich wenig daraus machte, was aus ihnen wurde. Außerdem war er jetzt dabei, die Badewanne mit Wasser zu füllen.

Als Tara den Schankraum betrat, der normalerweise eine reine Männerbastion war, konnte sie ihre Überraschung nur schwer verbergen. Der ganze Raum war voller Erinnerungsstücke, die Reisende hier zurückgelassen hatten: Hüte, Stiefel, Fotografien von Menschen auf den umliegenden Farmen, Scherer, Viehtreiber, Aborigines, und sogar Kleidungsstücke. Die Wände waren großflächig bemalt. Tara dachte an die Gasthäuser in Irland, die ebenfalls warm und einladend wirkten, doch nicht annähernd so persönlich. Die Bar war lang, die Hocker mit den Sitzflächen nach unten darauf gestellt, und auf dem schmutzigen Boden krabbelten Käfer herum. An einer Seite der Bar war für die Damen eine kleine Ecke vom übrigen Raum abgetrennt worden, die sich ›Ladies Lounge‹ nannte. Darin standen ein altes Sofa, einige wackelige Stühle und ein kleiner Tisch. Das Ganze wirkte nicht eben einladend.

»Einige der besten Künstler kommen aus dem Busch«, erklärte Ethan mit Stolz in der Stimme, während er auf die Wandgemälde wies. Er deutete auf ein Foto an einem mit zerfledderten Zetteln bedeckten Notizbord, das einen einheimischen Viehtreiber zeigt. »Das ist Nugget, ein Arbeiter auf Tambora. Er hat die meisten dieser Bilder gemalt.«

Nugget war um die fünfzig Jahre alt, und trotz seines Lächelns wirkte er auf dem Bild sehr schüchtern, so als habe die Kamera ihn verlegen gemacht. Tara stellte ihn sich als stillen, bescheidenen Menschen vor.

»Er ist sehr begabt«, stimmte sie Ethans Worten zu. Die Arbeiten waren wirklich sehr gut, doch die Bilder erinnerten sie an Garvie, und einen Augenblick lang überkam Tara tiefe Traurigkeit. Wenn er doch seine Begabung nur ernster genommen hätte! Als

Künstler hätte er sehr erfolgreich sein können, und ihr gemeinsames Leben wäre sicher ganz anders verlaufen. Dann hätte er es nicht nötig gehabt, auf fremdem Besitz zu wildern, und er hätte sich auch nicht so oft im Gefängnis wieder gefunden und sie ohne Mittel zurückgelassen. Doch sie schob diese traurigen Gedanken rasch von sich, denn die Vergangenheit war nicht mehr zu ändern, und sie war entschlossen, diese hinter sich zu lassen. Sie musste an die Zukunft denken und ihr Leben mit den Kindern planen.

Während Tara sich die restlichen Bilder ansah, schweiften ihre Gedanken in die jüngste Vergangenheit, in die Harcourt Gallery und zu Riordan Magee. Sie war sicher, dass auch er die Wandbilder gut und die Künstler talentiert finden würde. Obwohl sie absolut nichts von Kunst verstand, gefielen ihr einige der Wandgemälde besser als manche der Kunstwerke in der Galerie. Während ihr noch verschiedene andere Gedanken durch den Kopf gingen, spürte sie, dass Ethan sie beobachtete – etwas, das er öfter zu tun pflegte, wenn er glaubte, sie würde es nicht merken. Sie hatte das Gefühl, dass ihm nur sehr wenig entging.

»Sie sind wirklich sehr gut«, erklärte sie, um seine Aufmerksamkeit von sich abzulenken. »Ich behaupte zwar nicht, viel davon zu verstehen, aber ich hatte die Möglichkeit, Werke zu studieren, die als gut angesehen werden.«

Er nickte, und sie konnte sehen, dass ihre Worte ihn freuten.

Jedes der Bilder spiegelte auf seine Weise das Leben im Herzen Australiens. Ethan gab ihr von sich aus keine Erklärungen, und so stellte sie ihm ab und zu Fragen. Seine Antworten waren kurz, doch sie hörte den Stolz aus seiner Stimme heraus. An einer Wand waren Viehtreiber dargestellt, die am Lagerfeuer in einem Kessel Tee aufbrühten. Ein anderes Gemälde zeigte den Sonnenuntergang über dem Ayers Rock, einem riesigen Steinblock in der Wüste südlich von Alice Springs, der die Farben der Erde und der Sonne wunderschön in sich aufnahm und wieder ausstrahlte. Ethan erzählte, wenn das Licht sich ändere, wandele auch der Felsen seine Farbe.

Taras Blick fiel auf eine einsame, schindelgedeckte Hütte mit einer durchhängenden Holzveranda. Wüstensand hatte sich an den Außenwänden der Hütte aufgetürmt und gab ihr einen vernachlässigten, windschiefen Anschein. Der Anblick entsprach genau Taras schlimmsten Befürchtungen darüber, wie Tambora wohl aussehen mochte, und obwohl sie heftig dagegen ankämpfte, stieg tiefe Mutlosigkeit in ihr auf.

Wieder schien Ethan ihre Gedanken zu lesen. »Fürchten Sie sich vor dem, was Sie in Tambora erwartet?«, wollte er plötzlich wissen.

»Ich freue mich darauf, meine Tante wiederzusehen«, erwiderte sie ausweichend, um ihre bösen Ahnungen zu verbergen. Er sagte nichts, das ihre Befürchtungen zerstreut hätte, und sie traute sich nicht zu fragen, wie es auf der Farm aussah. Selbst, wenn es ihre schlimmsten Erwartungen übertraf, musste sie eine Weile dort bleiben, schon allein wegen der Kinder, und um ihrer Tante zu helfen. Sie wandte ihre Aufmerksamkeit einer anderen Wand zu, auf der Kängurus und rosa-weiße Kakadus in Kautschukbäumen abgebildet waren, außerdem Aborigines auf der Jagd mit Speeren und Bumerangs sowie eine Emuhenne mit ihren Küken.

Auf langen Regalen über der Bar stand eine sehr ungewöhnliche Sammlung verschiedener Flaschen. Ethan behauptete, sie stammten von Orten aus der ganzen Welt. Außerdem gab es Hunderte von Bierdeckeln. Über der Tür hing ein Paar riesiger Hörner, und als Tara danach fragte, erklärte Ethan, sie hätten einem wütenden Büffel gehört, der einen voll beladenen, von Kamelen gezogenen Wagen angegriffen und umgeworfen habe, bevor er ihn erschossen hatte.

Auf einem anderen Regal lagen mehrere bemalte Emu-Eier, einige Speere und Bumerangs und sogar die Kiefer eines riesigen Krokodils.

»Und woher stammt das?«, fragte Tara und deutete auf die Kieferknochen mit tödlich spitzen Zähnen.

»Ich würde sagen, dieser alte Genosse hier ist mit einer Flutwelle den Cooper-Fluss hinuntergespült worden, das geschieht zwar sehr selten, aber man hat schon davon gehört.«

»Wer hat ihn getötet?«

Ethan schwieg einen Augenblick, bevor er schlicht antwortete: »Das war ich.«

»Aber warum? Nur aus Spaß?«

Er sah sie an, als sei er enttäuscht darüber, dass sie ihm so etwas zutraute. »Es hat ein Eingeborenenkind angegriffen, bevor ich ihm die Kehle durchgeschnitten habe, einen vierjährigen Jungen. Das er noch lebt, ist nur guter Buschmedizin und reinem Glück zu verdanken. Seinem Hund ist es nicht so gut ergangen.«

Tara erschrak zutiefst bei dem Gedanken an die schrecklichen Verletzungen, die das Kind durch die scharfen Zähne in diesem riesigen Kiefer erlitten haben musste. Sie selbst war sicher, vor Angst zu sterben, wenn sie plötzlich einer solch Furcht erregenden Kreatur gegenüberstünde. Ihre Frage tat ihr auf einmal sehr Leid.

»Krokodile handeln aus reinem Instinkt«, meinte Ethan, ohne sie anzusehen. »Es hat den Jungen und den Hund als Futter angesehen.«

Seine Sicht der Dinge verwirrte Tara. Offensichtlich machte er dem Krokodil keinerlei Vorwurf.

»Ich kann gar nicht glauben, dass Sie ein so riesiges Monster nur mit einem Messer getötet haben!«, meinte sie.

»Ich konnte doch nicht riskieren zu schießen, während es den Jungen hatte. Das Krokodil wollte gerade untertauchen, und ich musste buchstäblich mit ihm ringen.«

Tara musste zugeben, dass sie sich in Ethan geirrt hatte. Er war ganz sicher kein Angeber, wie sie zuerst vermutet hatte.

»Sie haben sehr mutig gehandelt«, erklärte sie.

Ethan warf ihr einen prüfenden Blick zu, um festzustellen, ob sie im Ernst gesprochen hatte. Dann erwiderte er bescheiden: »Das hätte jeder andere auch getan.«

Tara bezweifelte, dass allzu viele Menschen wirklich den Mut gehabt hätten, es mit so einem riesigen Krokodil aufzunehmen, doch sie sprach es nicht aus. Dafür begann sie langsam zu verstehen, warum Ethan im gesamten Outback so sehr geschätzt wurde und wie er zu seinem Ruf gekommen war.

Während Tara noch mit der Betrachtung all der seltsamen Dinge beschäftigt war – besonders die Krokodilkiefer faszinierten sie –, ertönte plötzlich eine dröhnende Stimme. »Wo bist du gewesen, du hässlicher alter Bastard?«

Tara zuckte erschrocken zusammen, sie wusste diese Begrüßungsworte nicht zu deuten, doch Ethan lachte laut heraus.

»Habe unten beim Erdloch ein Schläfchen gehalten, wo es nicht so verflucht heiß ist!« Tara stand mit dem Rücken zu dem Eintretenden. Sie spürte, wie sie errötete.

Als Ferris Dunmore sie sah, räusperte er sich verlegen. »Himmel, Ethan, warum hast du mir nicht gesagt, dass wir weiblichen Besuch haben?«

Weiblichen Besuch? Tara runzelte die Stirn. Diese Bezeichnung vermittelte ihr eher das Gefühl, ein exotisches Tier zu sein, als eine Frau.

»Damit du den Gentleman hättest spielen können? Glaub mir, sie hätte dich bald durchschaut.«

Tief gekränkt gab der untersetzte Ire zurück: »Im Gegensatz zu dir weiß ich genau, wie man Weiber behandelt, Ethan Hunter. Du hast zu lange bei deinen verfluchten Kamelen gehockt. Ich dagegen hab's hier ständig mit Menschen zu tun!«

Tara schüttelte den Kopf. Sie verspürte wenig Lust auf ein Zusammentreffen mit dem Vertreter dieser merkwürdigen Ausführungen. »Anscheinend sind darunter nicht allzu viele Damen«, murmelte sie.

Als sie seine Schritte auf sich zukommen hörte, spürte sie verärgert, wie sie noch mehr errötete.

Es war nicht so, dass Tara nie zuvor grobe Ausdrücke gehört hätte – die Zigeuner waren nicht gerade zurückhaltend in diesen Dingen und sie hatte selbst schon häufig recht unfeine Wörter benutzt. Doch irgendetwas an dem lauten Iren und dem berühmten Kamelreiter machte sie verlegen – ja, genau das war es: Sie fühlte sich mehr als je zuvor in ihrem Leben als Frau irgendwie hilflos und unsicher und nicht in ihrem Element. Ihre Herkunft war ihr hier im Weg, die Tatsache, dass sie für ein Leben in der Oberschicht, für ein Dasein mit vielen Bediensteten erzogen worden war. Das Schicksal hatte etwas anderes mit ihr vorgehabt, und sie war damit bisher ganz gut zurechtgekommen. Doch jetzt fühlte sie sich hilflos und unbedarft, genau wie am Anfang in der Gemeinschaft der Zigeuner. Die Dinge schienen sich zu wiederholen, denn sie hatte nicht die mindeste Ahnung, wie sie mit der Hitze zurechtkommen würde, mit dem Staub oder mit den Fliegen ... ganz zu schweigen von einer Rinder- und Schaffarm, Kindern und einer alternden Tante. Ihr kam plötzlich in den Sinn, dass sie vielleicht ein besonderes Talent dafür besaß, sich in Situationen zu bringen, die sie überforderten.

»Wenn es Sie nicht stört, würde ich gern zuerst baden, bevor wir uns begrüßen«, erklärte sie und eilte mit gesenktem Kopf an Ferris vorüber. »Ich fühle mich ... einfach schrecklich!«

Die Männer sahen ihr verblüfft nach.

»Lag es an irgendetwas, das ich gesagt habe?«, fragte Ferris lachend.

»Du fluchst zu viel!«, hörte Tara Ethan sagen, als sie den Flur hinunter auf das Bad zuhastete. Ob er seine eigene grobe Ausdrucksweise gar nicht bemerkte?

»Ich hab doch gar nicht geflucht. Ich habe nur festgestellt, dass du zu lange bei deinen verfluchten Kamelen gesteckt hast!«

Als sie die Tür des Baderaums hinter sich schloss, musste Tara lächeln. Ferris Dunmore hatte eindeutig zu lange in der Einsamkeit gelebt.

Es dauerte einen Moment, bis Taras Augen sich an das Dämmerlicht gewöhnt hatten. Als sie gerade dabei war, ihre Toilettensachen, die Handtücher und frische Kleidung für Hannah und sich selbst bereitzulegen, bemerkte sie plötzlich ein Reptil auf dem Boden mitten im Raum. Sie wunderte sich, dass sie nicht daraufgetreten war.

Erschrocken presste sie sich gegen die Wand, als es zu zischen begann und ihr eine lange, blaue Zunge entgegenstreckte. Bevor sie schreien konnte, huschte es unter die Zinkwanne.

Ihr erster Gedanke war der, dass Saladin ihr den Leguan ins Bad gesetzt haben musste. Sie war sicher, dass das Tier Minuten vorher, als Ethan die Tür geöffnet hatte, noch nicht da gewesen war. Sie dachte über weitere Möglichkeiten nach, doch je länger sie grübelte, desto überzeugter war sie davon, dass Saladin sie in seiner Gehässigkeit hatte erschrecken wollen. Doch diese Genugtuung würde sie ihm nicht bereiten!

Sie rief Hannah herein, ohne ihr etwas von der Eidechse zu sagen, wusch sie und zog ihr ein dünnes Nachthemd an. Dann bat sie Jack, im Hotelzimmer auf seine Schwester Acht zu geben, während sie badete.

Sie blieb so lange in der Wanne, bis sie unruhig wurde, wusch sich die Haare und genoss das kühle Nass, während sie immer wieder zu den Spalten in der Tür hinüber blickte, um sicher zu sein, dass ihr niemand von draußen zusah. Ein gelegentlicher Blick auf den Boden sagte ihr, dass die Eidechse nicht aus ihrem Versteck hervorgekommen war, und das beruhigte sie. Das kalte Wasser tat sehr gut nach der Hitze des Tages, doch im Baderaum war es so warm und stickig wie in einer Räucherkammer. Nachdem sie sich angezogen hatte, rief Tara Jack und erzählte ihm von dem Leguan. Sie beschrieb ihn als kleine, harmlose Kreatur, die vor der Sonnenglut geflohen war – und nicht als ein großes Reptil mit blauer Zunge. Sie forderte den Jungen auf, schnell zu baden und dann gleich wieder herauszukommen.

In der Zwischenzeit nahm sie die Kleine mit in den abgetrennten Teil der Bar, der für Damen reserviert war. Sie hoffte, Hannah würde dort vor der rüden Ausdrucksweise der Männer nicht so viel mitbekommen. Sie selbst trug eines der neuen Kleider, die sie in Mohomets Laden gekauft hatte, und hatte ihre nassen Haare hochgesteckt, um nicht gleich wieder zu schwitzen. Draußen war es noch immer schrecklich warm, doch zum Glück hatte sich wenigstens der heiße Wind gelegt.

Ferris brachte ihnen beiden etwas zu trinken. Er blieb verwundert stehen und schnupperte. Sorrel hatte Tara als Erinnerung an zu Hause eine kleine Flasche Parfum geschenkt, und sie hatte sich nach dem Baden etwas davon hinter die Ohren getupft. Nun fühlte sie sich zum ersten Mal seit Tagen erfrischt und sauber.

Sie spürte, wie er sie schüchtern musterte, und ihm schien zu gefallen, was er sah. Tara bemühte sich, nicht allzu geschmeichelt zu sein, denn ohne Zweifel hätte er auch eine gut gebaute Kamelstute ebenso gemustert. Er stellte ihre Getränke auf einem niedrigen Tisch ab.

Etwas später kam Ethan herein und sagte, dass Jack eine blauzüngige Eidechse gefunden habe. Als er Tara ansah, verstummte er mitten im Wort und musterte sie mit einem seltsamen Blick, bevor er sich Ferris zuwandte.

»Sagten Sie, Jack habe eine Eidechse gefunden?« Ich hätte wissen müssen, dass er danach suchen würde, dachte sie.

»Ja, im Bad«, erwiderte Ethan. »Was für ein Glück, dass Sie das Tier nicht gesehen haben – Ihr Geschrei hätte man sicher bis nach Alice gehört!«

»Vielleicht bin ich gar nicht so hysterisch, wie Sie zu glauben scheinen«, gab Tara mit hochgezogenen Brauen zurück.

Ethan musterte sie skeptisch. »Sie haben aber heute Mittag bewiesen, dass Sie durchaus hysterisch werden können.«

»Das war keine Hysterie«, begehrte Tara auf. »Und normalerweise bin ich auch nicht so empfindlich.«

Ethan war offensichtlich nicht überzeugt – und Tara, die schon daran gedacht hatte, ihm ihren Verdacht mitzuteilen, dass Saladin die Eidechse ins Bad gesetzt habe, besann sich eines Besseren. Ethan hätte ihr niemals geglaubt, sondern lediglich seine Vermutung bestätigt gesehen, sie neige zur Hysterie.

Jetzt stellte er sie offiziell Ferris Dunmore vor, der das Wombat-Creek-Hotel seit fünf Jahren führte. Er war etwas größer als Ethan, aber sehr kräftig, mit einer volltönenden Stimme, die gut zu seiner stämmigen, etwas bärenhaft wirkenden Figur passte. Seine Kleidung war für Tara dagegen eher ein wenig abstoßend: Er trug ein schmutziges, ausgeleiertes Unterhemd, das im Ausschnitt dunkle Brustbehaarung sehen ließ, und kein Hemd darüber. Die Beine seiner faltigen Hosen waren bis zu den Knien aufgerollt, und seine riesigen nackten Füße hatten die Farbe des Wüstensands angenommen. Tara wusste vor Verlegenheit nicht, wo sie hinschauen sollte.

»Sollten Sie sich nicht vielleicht anziehen, Mr. Dunmore?«, fragte sie. »Ich weiß, dass Sie geschlafen haben, aber jetzt ist es schon später Nachmittag.«

Ethan versuchte ohne großen Erfolg, seine Belustigung zu verbergen, und erklärte, er werde jetzt baden gehen.

Ferris starrte verwirrt auf seine spärliche Kleidung hinunter und lächelte dann etwas befangen. »Ich bin angezogen«, meinte er, während er sich auf der Armlehne ihres Sessels niederließ, »und ich heiße Ferris. Wir sind hier draußen nicht so förmlich, Mädchen.«

Tara fand, dass er roch, als habe er selbst ein Bad bitter nötig, und wünschte, er würde sich einen anderen Sessel suchen.

»Woher kommen Sie?«, fragte er plötzlich. »Ich kann Ihren Akzent nicht ganz einordnen. Zuerst dachte ich, es sei Dublin, aber jetzt bin ich mir nicht mehr so sicher.«

»Ach, ich habe schon überall in Irland gewohnt, aber meine Familie stammt aus Edenderry in der Grafschaft Offaly.« Tara verstummte und wartete angespannt auf die nächste Frage, die auch prompt kam.

»Wie ist denn Ihr Mädchenname?«

Tara zögerte, so persönliche Dinge preiszugeben, denn in Irland verbreiteten sich Gerüchte noch schneller als ansteckende Krankheiten, und das bedeutete, dass sogar er vielleicht ihre Geschichte kannte. Sie wusste nicht, was sie erwidern sollte, falls er ihr ›Davonrennen‹ mit den Zigeunern erwähnte. Sie sehnte sich nach einem neuen Anfang, und nun würde die Vergangenheit sie wohlmöglich sogar hier wieder einholen! Das Schicksal konnte so grausam sein. Zwar fand sie noch immer, dass ihr Leben mit den Zigeunern nichts war, dessen sie sich schämen musste, doch sie wusste aus Erfahrung, dass alle Sesshaften sich durch das fahrende Volk bedroht fühlten – und deshalb gehörten Zigeuner auf der ganzen Welt zu den Ausgestoßenen.

Doch sie hatte keine Wahl. »Killain«, erwiderte sie und hielt den Atem an. Wenn er ihre Vergangenheit kannte, konnte sie ihn entweder bitten, darüber zu schweigen, oder so tun, als müsse er sich irren. Noch wusste sie nicht, welche der beiden Möglichkeiten sie wählen würde.

»Killain ...«, murmelte Ferris nachdenklich, »ja, der Name kommt mir bekannt vor. Ist Ninian Killain Ihr Vater?«

Tara fühlte, wie ihr Kopf ganz leer wurde. »Ja«, murmelte sie fast tonlos, »kennen Sie ihn?«

»Nicht persönlich. Aber jetzt, wo ich darüber nachdenke ... Ihre Tante hat wohl einmal erwähnt, dass ihr Bruder ein sehr erfolgreicher Schafzüchter ist. Daher hat sie wahrscheinlich auch ihren starken Willen und ihre guten Instinkte. Ihre Entschlossenheit ist hier draußen wahrhaftig auf eine harte Probe gestellt worden. In den fünf Jahren, die ich hier bin, haben viele aufgegeben und ihr verdorrtes Land verlassen – aber nicht Victoria. Sie hat die harten Zeiten mit eisernem Willen überstanden und in den guten Jahren viel Gewinn gemacht – nur, um noch mehr schwere Zeiten zu erleben. Es gibt hier sonst niemanden wie sie, auch unter den Männern nicht.« Taras Blick zeigte ihm die Liebe, die sie für ihre Tante empfand. »Standen Sie sich früher nahe?«

Tara entspannte sich ein wenig. Die Gefahr war erst einmal vorüber, und sie wollte gern mehr über ihre Tante erfahren. »Ja, wir haben uns gut verstanden. Kommt sie oft nach Wombat Creek?«

»Früher kam sie alle zwei Wochen, wie die meisten anderen Farmer auch. Aber in diesem Jahr ist sie selten hier gewesen. Ihr

Verwalter Tadd Sweeney kommt und holt die Post, wenn Ethan oder Rex sie nicht ausliefern, und er kauft Vorräte ein. Beim letzten Mal, als er da war, sagte er, es ginge ihr nicht so gut. Ich habe gehört, dass sie Probleme mit den Augen haben soll.«

Alarmiert horchte Tara auf: »Sie wird doch nicht etwa blind?«

»Nun regen Sie sich nur nicht gleich auf«, erwiderte Ferris beruhigend. »Tadd hat sich zwar etwas ungenau ausgedrückt, aber ich glaube nicht, dass es so ernst ist. Im Büro steht ein Funkgerät. Warum rufen Sie sie nicht einfach an? Das wäre doch eine schöne Überraschung!«

Tara erschrak. »Nein, ... vielen Dank. Ich überrasche sie lieber persönlich.« Sie wollte unter vier Augen mit ihrer Tante sprechen und ihr erzählen, was sie in den vergangenen elf Jahren getan hatte. Sie musste ihr sagen, wie sie wirklich zu den Zigeunern gekommen war und warum sie die Verantwortung für die Kinder übernommen hatte.

Ethan kam in einem frischen Hemd und einer sauberen Hose zurück und duftete nach Seife. Seine Haare waren noch feucht, seine Wangen glatt rasiert. Tara fielen seine scharf geschnittenen Züge und der schön geformte Mund auf, und sie fragte sich, ob er jemals verheiratet gewesen war; doch danach zu fragen traute sie sich nicht.

»Ist Charity zu ihren Leuten gegangen?«, fragte er Ferris. »Ich habe sie nirgends gesehen, und normalerweise besteht sie darauf, mir den Rücken zu schrubben.

»Sie ist vor ein paar Wochen in die Simpson-Wüste gegangen. Ich erwarte sie jeden Tag zurück, und wenn sie kommt, ist es keinen Augenblick zu früh – sie stellt mir sonst immer die Fallen auf, und außerdem wartet ein wahrer Berg Wäsche auf sie.«

Tara fragte sich, wer diese Charity sein mochte – seine Dienerin oder eine überarbeitete Angestellte. Ethan bemerkte ihre Verwirrung und sah sich genötigt, eine Erklärung abzugeben. »Ferris ist mit einem Aborigines-Mädchen verheiratet«, erklärte er.

»Verheiratet?!« Der Wirt hatte so von seiner Frau gesprochen?

Tara fühlte sogleich Mitleid mit dem armen Mädchen in sich aufsteigen, das wie eine Sklavin behandelt wurde. Hier im Busch schien wirklich vieles anders zu sein – wenn von dieser Charity sogar erwartete wurde, dass sie den Besuchern den Rücken schrubbte!

»Sie geht alle paar Monate auf Wanderschaft«, erklärte Ethan.

»Wanderschaft?« Tara war verwirrt.

»Die Aborigines sind Wanderer – Nomaden«, meinte Ferris. »Wenn es sie überkommt, verschwinden sie einfach.

»Oh ...« Wie die Zigeuner, dachte Tara. Vielleicht dachten die Menschen im australischen Outback doch großzügiger über Zigeuner als die Stadtbewohner. »Charity ist ein sehr ungewöhnlicher Name«, stellte sie fest, und hätte beinahe ›komisch‹ gesagt.

»Es ist auch nicht der Name, den ihr Stamm ihr gegeben hat. Den kann ich nicht aussprechen. Charity bedeutet Wohltätigkeit, und ich habe sie so genannt, weil ich es sehr wohltätig von ihr fand, dass sie einen alten Bas...« Er verstummte jäh, doch Tara wusste, was er hatte sagen wollen, und unterdrückte ein Lächeln. Dann warf sie einen viel sagenden Blick zu Hannah hinüber, die in kleinen Schlucken ihr Wasser trank, um Ferris daran zu erinnern, dass ein Kind anwesend war.

Ferris' Blick folgte dem ihren, und er biss sich schuldbewusst auf die Unterlippe. »Dass sie einen so alten und hässlichen Menschen wie mich geheiratet hat«, vollendete er seinen Satz und zwinkerte Hannah zu, die scheu zurücklächelte.

»Ich hoffe sehr, dass sie das Baby bekommt, während sie bei ihrem Stamm ist.«

»Feigling!«, sagte Ethan.

»Ich wüsste doch gar nicht, was ich tun sollte, wenn bei ihr plötzlich die Wehen einsetzten«, verteidigte sich Ferris. Sein aufgedunsenes, unrasiertes Gesicht wurde bei diesem Gedanken aschfahl. »Was weiß ich schon darüber, wie man ein Kind auf die Welt bringt?«

»Das ist doch keine große Sache«, meinte Ethan verächtlich,

und seine Arroganz ließ in Tara schon wieder die Wut aufstiegen.

»Ich habe schon einmal gesehen, wie eine Hündin ihre Jungen bekam – wahrscheinlich ist es so ähnlich«, erklärte Ferris.

Tara konnte sich nur noch mit Mühe beherrschen.

»Und ich habe schon unzählige Male den Kamelstuten beim Kalben geholfen«, erklärte Ethan, als sei das genau dasselbe.

»Das ist etwas ganz anderes, Mr. Hunter«, unterbrach ihn Tara, außer sich vor Empörung.

Ethan und Ferris wechselten einen Blick und lachten herzlich. »Warum verwandeln sich Frauen nur immer gleich in bissige Krokodile, wenn Männer über Geburten reden?«, fragte Ferris.

Tara erkannte, dass die beiden sie auf den Arm genommen hatten – und sie war gründlich darauf hereingefallen. »Wenn die Männer die Kinder bekommen müssten, würden die Bevölkerungszahlen sofort dramatisch zurückgehen«, wandte sie sich an Ethan, der sah, dass sie über den kleinen Scherz nicht lachen konnte. »Wann brechen wir nach Tambora auf?«

Er musterte sie forschend und musste feststellten, dass sie noch immer wütend war. Aus schmalen Augen sah sie ihn an und wiederholte ihre Frage, wobei sie die letzten beiden Worte betonte: »Wann, Mr. Hunter?«

Da sie über Geschäftliches sprach, war es ihm ganz recht, dass sie seines Nachnamen gebrauchte. »Das hängt davon ab, ob Sie eine Nacht oder zwei Nächte im Freien verbringen wollen.«

Tara war jetzt auf der Hut. »Ist das wieder eine von ihren ironischen Fragen?«

»Nein«, erwiderte er trocken. »Die Antwort hängt davon ab, wie bequem Sie es wünschen. Wenn wir jetzt aufbrechen, schlafen wir heute und morgen Nacht im Freien. Wenn wir morgen sehr früh aufbrechen, wenn es noch kühl ist, schlafen wir morgen Nacht im Busch und sind, wenn alles gut geht, übermorgen am späten Nachmittag auf der Farm.«

Tara dachte ernsthaft über seine Worte nach. In Irland hatte sie die letzten elf Jahre mehr oder weniger in offener Landschaft geschlafen, sodass ihr diesen Vorstellung nicht viel ausmachte – abgesehen vielleicht von Schlangen, Eidechsen, Ameisen und Moskitos. Dann fiel ihr ein, dass Mohomet ihr und Sorrel zum Abschied je ein Moskitonetz und einen Fliegenschleier geschenkt hatte. Das Netz konnte sie zwar mit den Kindern teilen, aber sie war nicht sicher, wie die beiden damit zurechtkommen würden. Jack würde es sicher aufregend finden, aber Hannah war noch so jung.

»Ich überlasse die Entscheidung Ihnen, Mr. Hunter«, sagte sie schließlich und wirkte ein wenig entspannter. »Es ist sehr freundlich von Ihnen, dass Sie uns dorthin bringen.«

Ethan unterdrückte ein Grinsen. Er wusste, dass er für sie nur zweite Wahl war und dass sein Angebot wenig mit Freundlich keit zu tun hatte. »Es ist wirklich keine Mühe«, erwiderte mit einer Spur Ironie in der Stimme. »Ich habe noch einige Vorräte hier, die Victoria in Alice Springs bestellt hatte. Ich dachte eigentlich nicht, dass ich so bald nach Alice kommen würde, deshalb wird sie überrascht und bestimmt auch erfreut sein, mich zu sehen.«

Tara warf ihm einen kühlen Blick zu, sagte aber nichts.

»Bleibt doch über Nacht!«, bat Ferris. »Dann lernen wir uns noch ein bisschen besser kennen. Percy von nebenan kann Geige spielen, und vielleicht könnten wir sogar tanzen, Tara? Ich habe schon ewig keinen irischen Jig mehr getanzt!«

Der Gedanke, mit einem so großen und unbeholfenen Menschen wie Ferris zu tanzen, erschien Tara nicht eben verheißungsvoll. Er würde ungefähr so leichtfüßig sein wie ein Braunbär, mit dem er auch sonst viel Ähnlichkeit besaß. Sie war sich außerdem sicher, dass sogar Ethans Kamele besser rochen. »Es tut mir sehr Leid, Mr. Dunmore ... Ferris, aber ich bin wirklich zu müde, um zu tanzen. Vielleicht ein anderes Mal.«

Ethan entschied, dass es besser war, die Nacht in Wombat Creek zu verbringen und am folgenden Morgen sehr früh aufzubrechen. Tara und die Kinder sollten sich gründlich ausschlafen, bevor sie sich auf die anstrengende Reise nach Tambora begaben.

Ferris tischte an diesem Abend seine Spezialität auf; Kanincheneintopf. Obwohl das Gericht nur ein paar kleine, weiche Kartoffeln und einige Zwiebeln enthielt, da Gemüse nur schwer zu bekommen war, schmeckte es im Vergleich mit dem, was ihnen im Great Northern Hotel vorgesetzt worden war, ausgezeichnet. Als Tara Ferris von dem Essen in Marree erzählte, lachte er laut auf.

»Ihnen würde auf der Stelle schlecht werden, wenn ich Ihnen erzählen würde, was der alte Harpie alles in seine Töpfe wirft«, erwiderte er und fügte, als er den verwirrten Ausdruck auf Taras Gesicht sah, hinzu: »Harpie ist Jed Harper, der Koch. Haben Sie ihn nicht kennen gelernt?«

»Ich ... ich glaube nicht.« Was eigentlich merkwürdig war, denn sie hatte den Eindruck gehabt, fast jeden in Marree zu kennen.

»Das überrascht mich nicht. Er hält sich von den meisten Leuten fern; ich weiß, ich sollte das nicht sagen, aber er ist irgendwie seltsam.«

»Seltsam?«

»Ja, nicht ganz richtig im Kopf. Er ist eine Zeit lang mit den Leuten vom Aranda-Volk durch die Wüste gezogen und mag das Essen der Aborigines.«

»Ich war der Meinung, dass wir Känguru oder Wombat gegessen haben«, sagte Tara, stolz darauf, nicht angeekelt zu erscheinen.

Ferris schüttelte den Kopf, und in seinen Augen glitzerte Mutwillen. »Gegen Wombatfleisch und Känguru ist nichts einzuwenden. Ich meinte etwas, das wir Weißen eigenartig finden.«

Tara starrte ihn an und wurde blass.

»Das Grünzeug und die Wurzeln sind noch nicht einmal so übel, aber er mag auch Termiten und Ameisen, Maden und Eidechsen ... Der Himmel weiß, was er Ihnen vorgesetzt hat.«

»Ich glaube nicht, dass ich das wirklich wissen möchte«, sagte Tara leise und eilte nach draußen, wo Jack wieder dabei war, Oma zu bürsten.

»Jack, dein Essen wird kalt«, rief sie, doch er nahm keine Notiz von ihr.

»Was hast du mit der Eidechse gemacht?«, fragte sie etwas sanfter.

»Ethan hat gesagt, ich soll sie freilassen«, gab der Junge zurück. Tara fiel auf, dass er Ethans Vornamen benutzt hatte, und fühlte einen leisen Stich. Ihr hatte Ethan noch nicht angeboten, ihn so zu nennen. Doch sie war erleichtert, dass Jack die Eidechse freigelassen hatte, auch wenn er sehr enttäuscht wirkte.

»Sie hätte dich beißen können«, gab sie ihm zu bedenken.

»Eidechsen haben keine Zähne wie Hunde!«, stieß er hervor und verdrehte die Augen, als ärgere er sich über Taras Unwissenheit.

»Trotzdem bin ich sicher, dass sie ziemlich schmerzhaft beißen können!«

»Ganz recht!«, sagte Ethan hinter ihr. »Wenn man sie nicht richtig am Nacken packt, schnappen sie nach den Fingern, als bekämen sie hinterher nie wieder etwas zu fressen. Du hast Glück gehabt, mein Junge, dass diese Eidechse gerade guter Laune war.«

Tara erwartete, dass Jack eine trotzige Miene aufsetzten würde, doch stattdessen starrte er Ethan ehrfurchtsvoll an, was sie fast ein wenig eifersüchtig werden ließ. Sie fragte sich, ob er sie selbst jemals ebenso ansehen würde.

»Erzählst du mir noch etwas über andere Eidechsen?«, bat Jack.

»Warte nur, bis du einen Goanna siehst!«, sagte er, während er die Gurte des Buggys überprüfte. Jack folgte ihm auf Schritt und Tritt. »Einige von ihnen sind so groß wie Hunde.«

»Ehrlich? Gibt es hier welche davon?«

»Wir schauen uns morgen nach ihnen um, Jack – ich bin sicher, dass wir welche sehen.«

Jack musste Hunger haben, doch Essen schien im Moment das Letzte zu sein, was ihn interessierte.

Eine Stunde später brachte Tara Hannah ins Bett. Ethan fütterte seine Kamele, während Jack ihm nicht von der Seite wich. Einen Teller Kanincheneintopf in der Hand, beobachtete er alles ganz genau, was Ethan tat. Tara hörte, dass Ethan dem Jungen geduldig erklärte, was immer dieser wissen wollte, und war ihm dankbar, dass er sich so viel Zeit nahm. Weil sie die beiden nicht stören wollte, machte sie sich auf die Suche nach Ferris und fand ihn in der Küche.

»Pünktlich, um mir beim Abwasch zu helfen«, sagte er fröhlich. Ich ziehe es von Ihrer Rechnung ab.«

Tara nahm an, dass es ihm ernst war.

»Ich hätte längst gespült, aber ich habe Rex Crawley noch einen Teller Eintopf und etwas zu trinken gebracht.«

»Wie geht es ihm?«

»Ach, er ist reizbar wie immer. Er weiß, dass Ethan hier ist, und dann sinkt seine Stimmung immer auf den Nullpunkt.«

»Arbeitet Ethan denn absichtlich gegen ihn?«

»Nein – sie sind sogar gute Freunde. Aber Rex hasst es, wenn Ethan die Post ausliefert. Er kann es gar nicht abwarten, wieder an die Arbeit zu gehen, aber der Doktor hat es ihm streng verboten. Er soll noch ein paar Wochen im Bett bleiben. Wahrscheinlich würde er das Verbot einfach ignorieren, aber dazu geht es ihm zu schlecht. Der arme Kerl ist fast verrückt geworden, so ganz allein in seinem Haus, ohne etwas zu tun, und deshalb habe ich ihm das Funkgerät rübergebracht, damit er wenigstens mit den Farmern reden kann. Jetzt hört er zu, wenn die Frauen sich den neusten Klatsch erzählen, und hat endlich eine Beschäftigung.«

»Warum geben Sie ihm nicht die Post zum Sortieren?«, wollte Tara wissen. »Dann hätte er das Gefühl, er tut wenigstens einen Teil seiner Arbeit.«

»Das haben wir schon versucht, Mädchen.«

»Und – war er nicht froh darüber?«

»Doch, aber er hat die Briefe gehortet. Ich habe einen Sack davon unter seinem Bett gefunden.«

»Meinen Sie damit, dass er sie gestohlen hat?«, fragte Tara verwundert.

»Nein, eigentlich nicht. Er wollte sie behalten, bis es ihm gut genug geht, um sie selbst auszuliefern. Aber die Farmer und ihre Angestellten wären nicht gerade froh gewesen, wenn sie ihre Post erst mit monatelanger Verspätung bekommen hätten.«

Während Ferris abwusch und Tara abtrocknete, erzählte er ihr seine Geschichte. Angeblich hatte er einmal in der Grafschaft Tipperary eine Gastwirtschaft besessen, bevor er nach Australien gekommen war, um beim Goldwaschen im Timber-Creek-Fluss sein Glück zu machen.

Dann habe ich mein ganzes Geld beim Spielen verloren«, sagte er schulterzuckend. »Irgendwann hat mir ein Eingeborener in meiner Hütte das Bein mit seinem Speer durchbohrt.« Er stellte einen seiner schmutzigen Füße auf den Tisch und zeigte ihr eine gezackte Narbe und eine tiefe Einbuchtung an der Außenseite seines Schienbeins. Es musste eine schreckliche Wunde gewesen sein. »Ich habe Glück gehabt, dass sie nicht brandig geworden ist«, meinte er leichthin.

Tara schauderte. »Warum hat der Eingeborene Sie denn angegriffen?«

Ferris wirkte wieder sehr verlegen, was gar nicht zu einem so hünenhaften Mann passen wollte. Er stellte den Fuß wieder auf den Boden, ohne zu registrieren, dass Tara eifrig den Tisch sauber scheuerte.

»Ich hatte ein Auge auf seine Frau geworfen. Anscheinend ist es dort so Sitte, dass der betrogene Ehemann den Rivalen durchbohren darf. Er hat drei Schüsse, aber einer hat mir gereicht. Keine Frau ist es wert, sich dreimal verwunden zu lassen, also habe ich mein Gewehr genommen, und er ist geflohen. Als ich endlich gesund war, bin ich wieder auf die Goldsuche gegangen und habe mir ein neues Vermögen verdient. Ich beschloss, das Wombat-Creek-Hotel zu kaufen, bevor ich alles wieder verspielen würde. Bei ›Two Up‹ werde ich schwach – ich kann einfach keinem Spiel widerstehen.« Plötzlich begannen seine Augen zu leuchten. »Möchten Sie es nicht vielleicht lernen?«

Ein Blick in seine fiebrig glänzenden Augen sagte ihr, dass er wirklich ein Problem mit den Karten hatte. »Nein, danke«, erwiderte sie. »Ich verliere nicht gern Geld.«

Er antwortete mit einem weiteren Schulterzucken: »Ihre Klugheit übersteigt Ihre Jahre, Mädchen!«

Wenn das nur wahr wäre, dachte Tara.

Sie brachten den Abwasch zu Ende und gingen in die Bar, wo Ferris sich selbst ein Bier zapfte und ihr ein Glas von einem Wein eingoss, den er selbst gekeltert haben musste, wie Tara vermutete. Sie mochte nicht daran denken, woraus er ihn gemacht hatte, jedenfalls war er sehr stark und etwas bitter, aber trinkbar.

»Finden Sie ihr Leben hier draußen nicht sehr einsam?« Tara fühlte sich schon von der Welt abgeschnitten, seit sie Adelaide verlassen hatten. Sie war sicher, dass sie sich niemals an das Leben in der Abgeschiedenheit des Outback gewöhnen würde. Es war vor allem das Gefühl der Isolierung, zu wissen, dass die Zivilisation Tausende von Meilen entfernt war – und das Meer ebenfalls.

»Es braucht seine Zeit, aber man gewöhnt sich daran«, sagte Ferris und lehnte sich an die Bar. »Ich könnte nie mehr in einer Stadt leben. Vor fünfzehn Monaten habe ich Charity geheiratet, und wenn das Baby erst da ist, werde ich wohl nie mehr einsam sein.«

Ein Mann war unbemerkt in die Bar gekommen und hatte das letzte Stück ihrer Unterhaltung mitgehört. »Du alter Lügner! Lottie hat immer dafür gesorgt, dass du nicht einsam warst, auch wenn es doch den einen oder anderen Schilling gekostet hat!«

Tara wandte sich erschrocken um: Ein schmaler, schlanker, etwa sechzigjähriger Mann blieb wie angewurzelt stehen, als er sie sah.

»Tara, das ist Percy Everett, der Besitzer des Geschäfts gleich nebenan«, erklärte Ferris ärgerlich. »Und nebenbei ein dreckiger Lügner.«

»Wo um Himmels willen kommen Sie denn her?«, fragte Percy Tara sichtlich überrascht.

»Ich bin heute aus Marree angekommen«, gab sie kühl zurück. »Und wer ist Lottie?«

»Sie ist ... eine Frau, die irgendwo dort drüben wohnt ... Wie sind Sie hierher gekommen?« Er fuhr sich mit den Fingern durch seine dünnen, ergrauenden Haare, zutiefst verwundert, dass er nichts von ihrer Ankunft gewusst hatte.

»Mit dem Zug. Wo ist denn ›irgendwo dort drüben‹?«

»Na, ungefähr da hinten.« Er deutete vage in nordwestliche Richtung, und Tara war nicht sicher, ob es in der Nähe war oder eine Meile weit entfernt.

»Wenn es in der Stadt noch eine andere Frau gibt, würde ich sie gern kennen lernen.« Tara kletterte von ihrem Barhocker herunter. Sie dachte, die Männer würden vielleicht gern unter sich sein, und suchte eine Entschuldigung, um sie allein zu lassen. Außerdem hatte sie Lust auf einen kleinen Spaziergang, jetzt, wo die Sonne tief am Himmel stand, und die Aussicht auf ein Gespräch mit einer Frau erschien ihr ebenfalls sehr verlockend.

»Das ... können Sie nicht ...«

»Warum denn nicht? Ich bin sicher, sie freut sich über meinen Besuch.«

Die Männer wechselten einen verblüfften Blick. »An Besuchern fehlt es Lottie nun wirklich nicht«, erklärte Percy hastig.

Bevor die beiden noch etwas sagen konnten, eilte Tara hinaus ins Freie.

Jack war noch immer bei Ethan und half ihm, die Kamele zu füttern und zu bürsten. Sie fragte sich, warum Percy ihn nicht gesehen hatte.

»Du solltest bald ins Bett gehen, Jack«, meinte sie. »Wir haben morgen einen harten Tag.«

»Ich bin aber nicht müde«, erwiderte er trotzig.

»Wir sind hier in einer oder zwei Minuten fertig«, sagte Ethan. »Jack war mir eine große Hilfe.«

Tara sah, dass der Junge mit stolzem Lächeln zu ihm aufblickte. Er liebte die Arbeit mit den Kamelen und hatte großen Respekt vor Ethan Hunter.

»Welches ist Lotties Haus?«, erkundigte sich Tara bei Ethan.

Der Sonnenuntergange färbte den Himmel in einem wundervollen Rot, und Tara konnte den Blick nicht davon abwenden. Es war ein atemberaubender Anblick, der die Umgebung der Stadt allerdings noch trostloser wirken ließ. Ein paar hundert Meter entfernt in Richtung Nordwesten sah Tara die Umrisse von drei Häusern, die sich aus dem sandigen Boden erhoben. Das einzeln stehende Haus ganz in der Nähe des Hotels musste Rex Crawley gehören.

Da sie sich umgesehen hatte, war Tara der erstaunte Ausdruck auf Ethans Gesicht bis zu diesem Augenblick völlig entgangen. »Lottie wohnt in dem von hier aus gesehen letzten Haus«, erklärte er. »Warum wollen Sie das wissen?«

Das Gebäude wirkte größer als die anderen in der Stadt, und sogar aus dieser Entfernung sah man, dass es nicht ganz so reparaturbedürftig war.

»Ich möchte ihr einen kleinen Besuch abstatten. Es wäre sicher nett, eine Freundin in Wombat Creek zu haben, und sie muss sich doch einsam fühlen, wenn sie ganz allein lebt.«

Ethans Augen weiteten sich, und er unterdrückte ein Lächeln. »Lottie – Charlotte Preston lebt nicht allein – sie teilt sich das Haus mit Madeline und Corabella.«

»Hat Percy vielleicht das gemeint, als er sagte, Lottie fehle es nicht an Gesellschaft? Sind Madeline und Corabella ihre Kinder, oder sonst irgendwie mit ihr verwandt?«

Ethan schwieg einen Moment, dann sagte er: »Nein, weder noch. Aber ich bin nicht sicher, ob Sie wirklich dorthin gehen sollten, Tara.«

»Aber warum denn nicht? Sie sind doch sicher nett, oder?«

»Ja, sehr nett sogar. Aber ...«

»Da gibt es kein Aber, Mr. Hunter. Ich fange langsam an, die

Männer in dieser Stadt seltsam zu finden. Da wohnt nicht nur eine, sondern es leben gleich drei Frauen in einem Haus nur einen Steinwurf vom Hotel entfernt, aber keiner von Ihnen scheint auch nur das Geringste mit ihnen zu tun haben zu wollen.«

Ethan schüttelte den Kopf und wandte den Blick ab. »Nein, so ist es nicht. Die Männer ... gehen schon hin, aber ...«

»An dem Käfig mit den Hühnern hing eine Karte, auf der C. Preston stand. Ich nehme ihn mit hinüber, wenn es Ihnen recht ist«, erklärte Tara forsch. »Percy hat sich nicht die Mühe gemacht, und ich bin sicher, die Tiere haben genug davon, in diesem Ding eingesperrt zu sein.« Bevor Ethan noch ein Wort sagen konnte, war Tara fort.

Er beobachtete, wie sie den Käfig von der Schwelle des Ladens nahm und sich auf den Weg zu Lotties Haus machte. Er hatte Charlotte Preston immer gemocht, denn sie war offen, ehrlich, stand mit beiden Beinen fest auf dem Boden und war dazu eine sehr erfolgreiche Geschäftsfrau. Lottie war vielen der Frauen, die aus dem einen oder anderen Grund ohne Geld und Perspektiven im ›toten Herzen des roten Kontinents‹ landeten, eine Freundin gewesen, aber sie selbst hatte in der großen Gemeinschaft des Outback noch keine wirklich enge Freundin gefunden.

Ethan wusste nicht recht, was er von Tara halten sollte. Sie sprach aus, was sie dachte, ohne etwas zurückzuhalten, und hatte als Witwe und Mutter im Leben sicher zu kämpfen. Sie war mit Sicherheit eine ungewöhnliche Frau, trotzdem war er sehr gespannt, wie sie auf Charlotte Preston reagieren würde.

9

Tara hatte gedacht, Charlotte Preston sei eine unverheiratete Frau. Doch als sie sich dem Haus jetzt näherte, war sie sich dessen plötzlich nicht mehr so sicher. Es wirkte nicht nur sehr gepflegt, sondern befand sich auch in einem viel besseren Zustand als die beiden Häuschen, an denen sie auf dem Weg vorübergekommen war und die den Goldsuchern gehören mussten, von denen Ethan gesprochen hatte. Auf dem Dach sah sie keine fehlenden Ziegel, kein fehlendes Brett im Boden der Veranda. Die Farbe der Außenwände war zwar zu einem undefinierbaren Braunton geworden, schlug jedoch nirgendwo Blasen und blätterte auch nicht ab. Die beiden Fenster zur Vorderseite waren sauber und mit Spitzenvorhängen versehen, und die Veranda war offensichtlich erst vor kurzem gefegt worden. An ihrem einen Ende stand ein Schaukelstuhl, und zu beiden Seiten der Tür fast leere Blumenkübel, die vertrocknete Pflanzenreste enthielten und Charlottes Kampf gegen Hitze und Wind dokumentierten.

Tara klopfte an und hörte eine Frau »Herein« rufen. Die Stimme klang einladend und erfreulich nett. Bis zu diesem Augenblick hatte sie noch niemand in der Stadt in dieser Hinsicht überrascht.

Tara fragte sich, ob sie beim Herankommen beobachtet worden war oder ob Charlotte vielleicht jemand anderen erwartet hatte. Sie rief sich die Worte der Männer im Hotel in Erinnerung, als sie ihnen gesagt hatte, sie wolle Charlotte besuchen gehen. Sie hatten nichts Bestimmtes gesagt, aber ihre Reaktionen waren ein wenig seltsam gewesen.

Tara stellte den Käfig mit den Hühnern auf der relativ kühlen, nach Osten hin gelegenen Terrasse ab und trat ein. Sie hatte erwartet, von Charlotte begrüßt zu werden, doch stattdessen fand sie sich zu ihrer Verwunderung allein in einem mit Plüschmöbeln eingerichteten Wohnzimmer wieder. Besonders überraschte sie, dass Charlotte offenbar wohlhabend war. Das hatte ihr niemand gesagt, und sie hatte in Wombat Creek auch niemanden zu finden erwartet, der nicht aus wirtschaftlichen oder familiären Gründen zum Bleiben gezwungen war.

Das Sofa und die Sessel waren in einem auffälligen Rotton gehalten, beige Spitzendeckchen schmückten die Armlehnen und Rücken. Einige dicke, bestickte Kissen lagen auf den Sesseln und dem Sofa, und ein rot-blauer Orientteppich bedeckte den Boden in der Mitte des Raumes. Auch das war eine Überraschung für Tara, denn er sah zu wertvoll aus, als dass man gewagt hätte, seinen Fuß darauf zu setzen. Eine Messinglampe mit Stoffschirm und königsblauen Fransen stand in einer Ecke neben einem wohl sortierten Bücherregal.

Mitten auf dem Teppich prangte ein polierter Kaffeetisch mit einem Zigarettenspender aus Messing und einem glänzenden Feuerzeug.

Tara hob den Blick, um das Bild an der Wand zu betrachten, und stieß überrascht den Atem aus. Es stellte eine Tänzerin dar, die Tara zuerst für eine Spanierin hielt, die jedoch ganz sicher eine Zigeunerin war. Sie trug große, runde Ohrringe, eine kurze Bluse und einen roten Rock, und ihre Kleidung ließ die vollen, kaffeefarbenen Brüste ebenso sehen wie die gebräunten, wohl geformten Oberschenkel.

Es war ein wunderschönes, verführerisches Kunstwerk, doch Tara hatte das Gefühl, als sei es eher als schmückendes Beiwerk für die übrige Einrichtung gekauft worden. In einer Ecke stand ein kleiner Teewagen mit Likörflaschen darauf. In der ansonsten überaus gemütlichen Atmosphäre des Raumes fiel die Abwesenheit von Familienfotos oder anderen Erinnerungsstücken auf.

Insgesamt war es ein sehr schönes Zimmer, und das Fehlen von persönlichen Dingen machte Tara nur umso neugieriger auf Charlotte Preston. Es war umso merkwürdiger, weil zum Beispiel das Hotel vollgestopft war mit Dingen, die auf die Persönlichkeit der talentierten oder auch ein wenig eigenwilligen Bewohner der Gegend hindeuteten.

»Hallo?«, rief Tara in die Stille hinein.

Jetzt tauchte an der Wohnzimmertür eine Frau auf, deren Miene Überraschung spiegelte und die sich damit abmühte, die Lockenwickler aus ihrem goldblonden Haar zu ziehen. Wenn Tara ihr hätte schmeicheln wollen, hätte sie sie auf ungefähr fünfzig bis fünfundfünfzig Jahre geschätzt, und diese Jahre waren nicht gerade freundlich mit ihrem Gegenüber umgegangen.

Die Züge der Frau waren faltig, sie wirkte müde, und alles wurde noch verschlimmert durch die dicke Schicht Make-up, die fast ein wenig theatralisch wirkte, besonders der tiefrote Lippenstift und die sorgfältig nachgezeichneten Brauen.

Sie trug ein dünnes Nachthemd in blassem Rosa, das den größten Teil ihres breiten Gesäßes entblößte. Außerdem passte die Farbe des Nachthemds so überhaupt nicht zu der Farbe des Lippenstifts. Ein spitzenbesetzter Morgenrock in dunklerem Rosa hing ihr über die Schulter, und der schwere, durchdringende Duft ihres Parfums schien den ganzen Raum zu erfüllen.

»Oh, hallo!«, stammelte sie und warf sich hastig den Morgenrock über.

»Es tut mir Leid, wenn ich störe«, meinte Tara. »Ich habe Ihnen Ihre Küken mitgebracht.« Sie deutete vage in Richtung der Veranda.

»Küken?«, wiederholte die Frau, und Tara überlegte, ob sie vielleicht gerade erst aufgewacht war.

»Ja – sie stehen seit heute Morgen im Laden, und es ist so heiß ... Ich glaube, sie könnten etwas Wasser gebrauchen. Percy hat sich nicht um sie gekümmert ...«

Als die Frau sie noch immer verständnislos anstarrte, begann

Tara zu glauben, die Tiere seien vielleicht gar nicht für Charlotte bestimmt. Vielleicht hatte es eine Verwechslung gegeben. »Es stand C. Preston auf einem Schild, das am Käfig befestigt war. Ich habe angenommen, sie gehörten Ihnen.«

Charlottes Züge entspannten sich, und in ihren Augen leuchtete es auf. »Natürlich, die Küken, die ich in Adelaide bestellt hatte! Es tut mir Leid, Sie müssen mich für völlig zerstreut halten, aber es ist einfach schon Wochen her. Ich hatte die Hoffnung schon fast aufgegeben, sie noch zu bekommen, bei all den Engpässen ... Vielen Dank, dass Sie sie mir gebracht haben!« Verlegen strich sie sich eine lose Haarsträhne aus dem Gesicht. »Ich hatte sie als Ersatz bestellt. Die Schlangen haben alle Eier und Küken gestohlen, und die verdammten Dingos hatten es auf die Hühner abgesehen. Es waren gute Legehennen, und ich mag frische Eier sehr gern. Jetzt hat mir einer der Farmarbeiter einen umzäunten Auslauf gebaut, sodass die Dingos sie hoffentlich nicht mehr holen können. Von den Schlangen habe ich so viele geschossen, wie ich konnte, und sonst gibt es nicht viel, was man tun kann.«

Taras Lächeln erstarb, und sie schauderte bei der Vorstellung, wie Charlotte die Schlangen erschoss, von denen Virgil erzählt hatte. Wenn sie selbst eine davon sah, würde sie so schnell wie möglich weglaufen. »Sie stehen vor der Tür. Soll ich sie holen?«

»Nein ..., meine Liebe. Ich bringe sie gleich hinter das Haus.«

Einen Augenblick lang starrten sie sich ratlos an, beide unsicher, was sie als Nächstes sagen sollten. Lottie fand zuerst die Sprache wieder. »Woher ... ähm, wussten Sie ...«

Tara unterbrach sie: »Es tut mir Leid, Sie müssen sich längst fragen, wer ich bin. Ich heiße Tara Flynn und bin heute mit dem Zug hier angekommen.« Sie machte einen Schritt auf Charlotte zu und streckte ihr die Hand hin, die diese ohne zu zögern ergriff. Dabei registrierten ihre aufmerksamen Blicke Taras jugendlich straffe Haut, die noch nicht durch die brennende Sonne faltig und fleckig geworden war. Taras Haut war weich und glatt wie Rosenblätter, und ihre mandelförmigen Augen strahlten in einem wunderschönen Smaragdgrün. Charlotte fand Tara aufregend schön und fühlte Wehmut und Trauer um ihre eigene vergangene Jugend und Schönheit in sich aufstiegen. »Ich bin Charlotte Preston. Die Leute hier nennen mich Lottie.«

Tara fielen die großen, auffälligen Ringe auf, die Lotties Finger schmückten. Die Steine – Amethyste, Opale, Türkise und Perlen – schienen echt zu sein. »Ich hoffe, es stört Sie nicht, dass ich einfach so hereingeplatzt bin, aber die Küken waren sozusagen ein Anlass, um Sie kennen zu lernen. Es ist so ... abgeschieden hier draußen ...«

Lottie hörte aus Taras Worten ehrliche Freundlichkeit heraus, etwas, das ihr seit langer, langer Zeit bei keinem Fremden mehr so gegangen war. »Aber ich bitte Sie, es stört mich überhaupt nicht, meine Liebe. Entschuldigen Sie meine fehlenden Manieren. Bitte, setzen Sie sich doch!« Sie wies auf einen Lehnstuhl. »Ich habe einen ganz guten Weißwein – würden Sie mir bei einem Gläschen Gesellschaft leisten?« Sie wirkte plötzlich verlegen, fast schüchtern. »Wenn nicht, ist es natürlich ...«

»Doch, das wäre wunderbar, wenn es Ihnen wirklich keine Mühe macht!«

Einen flüchtigen Augenblick lang wirkte die Ältere regelrecht überwältigt. Tara hatte den Eindruck, als würde Charlotte nicht allzu viele Freunde besitzen. Vielleicht war sie auch nur selten unter Menschen, was ganz verständlich war, wenn man an die Umstände dachte, unter denen sie lebte. Tara musste wieder an die Haltung der Männer denken und fragte sich, warum sie diese Frau wie eine Ausgestoßene zu behandeln schienen.

»Darauf habe ich jetzt wirklich Lust«, erklärte Lottie. »Ich trinke eigentlich immer abends noch etwas und schaue mir den Sonnenuntergang an.

Tara stellte sich vor, wie sie allein in dem Schaukelstuhl auf ihrer Terrasse saß, umgeben von einem unfruchtbaren Ödland voll wirbelnden Staubes und heißer Winde. Es kam ihr vor wie eine albtraumhafte Vorausschau auf ihre eigene Zukunft, und der Gedanke an so viel Einsamkeit und Trostlosigkeit erfüllte sie mit tiefem Schrecken.

Im Haus war es vollkommen still. Von Corabelle oder Madeline war nichts zu hören und zu sehen. Wahrscheinlich hatte Ethan sich geirrt, dachte Tara, als er sagte, sie wohnten bei Charlotte. Die Tatsache, dass auf der Veranda nur ein Stuhl stand, sprach auch für diese Theorie. Schließlich jedoch fiel ihr ein, dass Corabelle und Madeline vielleicht gar keine Menschen waren.

»Ferris hat mir heute Abend etwas eingeflößt, das er Weißwein nannte. Es hatte die Farbe von Hühnerfedern und schmeckte wie eine Mischung aus verfaultem Pastinak und gekochten Schweinsfüßen.«

Lottie lachte hell auf. »Sie müssen eine Kennerin gastronomischer Höhepunkte sein!«

»Eher der Tiefpunkte! Ich empfehle Ihnen, nie irgendetwas zu sich zu nehmen, was ich gekocht habe!«

»Aber Ihre Beschreibung von Ferris' Wein war erstaunlich passend! Seine Frau sucht ihm irgendwelche Wurzeln, und er macht dieses Getränk daraus.«

»Wahrscheinlich ist Wein wegen der Wirtschaftskrise im Augenblick schwer zu bekommen, nicht wahr?«, meinte Tara ernster als vorher.

»Ja. Ich habe allerdings das Glück, einen wohl sortierten Keller zu besitzen. Ich habe gute Beziehungen in Adelaide, einen ... Kunden, der im Barossatal Wein anbaut. Ferris habe ich auch schon angeboten, ihn zu verkaufen, aber er will ihn nicht ...« Sie verstummte.

»Ich hätte gedacht, dass die Leute in einer so kleinen Stadt wie Wombat Creek enger zusammenrücken und sich gegenseitig helfen. Aber wahrscheinlich entstehen durch die Nähe wieder andere Probleme, wie Meinungsverschiedenheiten, Tratsch und gegenseitige Einmischungen ...« Tara kannte diese Dinge aus dem Zigeunerlager. Die Zigeuner waren leidenschaftliche, temperamentvolle Menschen, doch zum Glück hatten sie ihre eigenen Methoden, um nach einem Streit den Frieden wiederherzustellen.

Charlotte wirkte für einen Moment etwas befremdet. »Ja, das ... das passiert in kleinen Städten«, meinte sie vage.

»Sie erwähnten vorhin einen Kunden – was machen Sie denn beruflich?«

Jetzt wurde Charlottes Miene vollkommen ausdruckslos. Tara fragte sich, ob sie etwas Falsches gesagt hatte.

»Trinken Sie lieber Rotwein oder Weißwein? Ich habe beides«, stieß die Ältere fast tonlos hervor.

Tara merkte, dass Charlotte das Thema wechseln wollte. »Was immer Sie vorziehen, ist mir recht – es ist ganz sicher besser als das, was Ferris ausschenkt. Sie können sich glücklich schätzen, einen Keller zu haben!«

»Ach, es handelt sich eigentlich eher um ein tiefes Loch, aber dort unten ist es immer kühl, und deshalb bewahre ich meinen Weinvorrat und ein paar Vorräte dort auf. Trotzdem schmilzt die Butter, wenn wir welche bekommen, immer noch. Es ist übrigens ein Wunder, dass Sie von Ferris' Gebräu keine Kopfschmerzen bekommen haben!«

»Um ehrlich zu sein, ich habe ihn nicht ausgetrunken.«

»Das war sehr klug von Ihnen!«

Während Charlotte aus einer geschmackvollen Karaffe auf dem Teewagen zwei Gläser Wein einschenkte, machte Tara es sich in dem Lehnstuhl bequem und überlegte, was sie gesagt haben könnte, das die Ältere so verunsichert hatte. Als Charlotte sich ihr wieder zuwandte, wirkte sie noch immer leicht unbehaglich.

»Sind Sie ganz sicher, dass ich nicht ungelegen komme?«, vergewisserte Tara sich und nahm eines der edlen Gläser an. »Sie schienen jemanden zu erwarten, und ich habe Sie beim Anziehen gestört.«

»Nein, meine Liebe, ich war nicht ...« Sie hüstelte, um die unbedachten Worte zu kaschieren, die sie hatte sagen wollen.

»Sind Sie sicher?« Tara hätte gern gefragt, warum Charlotte denn dann so viel Make-up aufgelegt hatte.

»Ganz sicher«, erklärte Charlotte. »Es tut mir Leid, dass ich nicht passend angezogen bin – aber es ist gerade am Nachmittag so heiß, dass ich immer nur das Nötigste trage.«

Es war wirklich heiß, und obwohl Charlottes Haus sehr gemütlich wirkte, fand Tara es furchtbar stickig. Sie spürte den Schweiß zwischen ihren Brüsten und am Hals – ihr war noch nie so heiß gewesen, und sie beschloss, vor dem Schlafengehen noch ein Bad zu nehmen.

Als hätte sie Taras Gedanken gelesen, ging Charlotte zu einem der Fenster hinüber und öffnete es. Eine leichte Brise wehte herein, die den dünnen Vorhang bewegte und Tara wie ein Geschenk des Himmels erschien.

»Ich wüsste gern, wie Sie erfahren haben, dass ich hier wohne«, meinte Charlotte, die noch immer am Fenster stand.

»Von Percy Everett«, erklärte Tara und betupfte ihren Hals mit einem Parfum getränkten Taschentuch. Der Duft erinnerte sie an Sorrel, und sie fragte sich, was die Freundin jetzt wohl in Alice gerade tat. Dann wandte sie sich wieder Charlotte zu und sah etwas wie Traurigkeit im Blick der blauen Augen.

»Was hat er Ihnen über mich erzählt?«, fragte sie, und ihre Stimme zitterte leicht. Tara sah, dass sie sich vor der Antwort fast ein wenig zu fürchten schien, und beschloss, sehr behutsam zu sein.

»Also, ich habe mich im Hotel mit Ferris unterhalten, als Percy hereinkam. Ich sagte gerade, dass das Leben hier draußen sehr einsam sein muss – ich bin kaum ein paar Stunden hier und fühle mich schon von allem isoliert. Ferris hat mir von seiner Hochzeit mit Charity und der bevorstehenden Geburt ihres Kindes erzählt und meinte, dass er nun nie mehr einsam sein würde. Percy hatte seine Worte gehört und sagte, Ferris sei nie einsam gewesen, weil er ...«

»Weil er mit mir zusammen war!«, beendete Charlotte Taras Satz.

»Ja, das stimmt.«

Lotties Haut hatte die Farbe von Mohnblumen angenommen, doch Tara war in Gedanken und bemerkte es nicht. Sie versuchte sich Ferris Dunmore in seinem ausgeleierten Unterhemd und mit aufgerollten Hosenbeinen auf Charlottes Veranda vorzustellen. Das Bild von Ferris' riesigen, schmutzigen Füßen auf dem schönen Orientteppich stieß sie regelrecht ab. Sie fand es fast unmöglich, sich ihn in diesem eleganten Wohnzimmer vorzustellen, und ihre Fantasie sträubte sich, als sie sich bemühte, Charlotte und ihn im Geist dort beisammen zu sehen.

»Als ich hörte, dass es in der Stadt noch eine Frau gibt, wollte ich Sie kennen lernen«, meinte Tara. »Percy hat mir nur ganz vage den Weg erklärte, also habe ich Ethan gefragt.« Jetzt sah sie Besorgnis in der Miene der Älteren und begriff, dass irgendetwas absolut nicht stimmte. Als Charlotte auch weiterhin schwieg, fuhr sie fort: »Ethan hat sich zwar nicht sehr deutlich ausgedrückt, aber er hat mir zu verstehen gegeben, dass ich nicht herkommen sollte.«

Charlotte, die sich mittlerweile gesetzt hatte, sah jetzt sehr betroffen aus, und Tara bereute, ihr von Ethans Reaktion erzählt zu haben.

»Vielleicht hätte ich auf ihn hören sollen. Ich war wie meistens zu impulsiv und habe nicht daran gedacht, dass Sie vielleicht keine Besucher wollen und ich Sie stören könnte. Wenn das so ist, verzeihen Sie mir bitte!«

Charlotte richtete sich auf, senkte dann jedoch den Blick. »Ethan hatte Recht – Sie wären besser nicht hergekommen. Es ist nicht so, dass ich keine Besuchter mag, im Gegenteil, ich habe gern Gesellschaft. Aber es stimmt, Sie sollten nicht hier sein.«

»Darf ich fragen, warum nicht?«

»Sie wissen es wirklich nicht, oder?«, meinte Charlotte leise.

Tara schüttelte den Kopf. Sie fühlte sich plötzlich sehr einfältig. Was mochte sie übersehen haben? »Ich habe Ethan keine Gelegenheit gegeben, etwas zu erklären. Aber wie ich die Dinge sehe, braucht es auch keine Erklärungen. Sie sind eine Frau, die an einem einsamen Ort lebt, und ich wollte Sie kennen lernen. Alles andere ist völlig unwichtig.«

Charlotte sah sie an, als wünschte sie, alles sei so einfach. »Ich glaube, ich sage Ihnen lieber, was ich tue, Tara – dann werden Sie alles verstehen.«

Tara war verblüfft, doch sie blieb schweigend sitzen und wartete gespannt auf Charlottes Erklärung.

Diese mied den Blick aus Taras grünen Augen, indem sie in ihr Glas starrte. »Dieses Haus ist ein ... Bordell.«

Tara riss die Augen auf. Hatte sie richtig gehört? Das konnte doch nicht sein!

Die Ältere hob den Kopf, blickte sie direkt an und erkannte Taras innere Weigerung, das Gehörte zu glauben. »Ein Hurenhaus«, fügte sie hart hinzu. Ihre Miene war verschattet, und in den blauen Augen malte sich Schmerz. »Ich bin ... eine Prostituierte.«

Plötzlich passte alles zusammen, was die Männer gesagt hatten. ›Charlotte war nie allein – die Männer haben sie oft besucht ...‹ Tara blickte sich im Raum um und begriff, dass die plüschbeladene Gemütlichkeit ihren ganz bestimmten Sinn hatte. Das Zimmer war alles andere als das Wohnzimmer einer Familie – wie hatte sie nur so blind sein können! Es hatte genug Hinweise gegeben: Charlottes übertriebenes Make-up, die Tatsache, dass sie am frühen Abend schon ein Nachthemd trug, das Fehlen jeglicher Familienfotos und Erinnerungsstücke ... Tara dachte an die Freudenhäuser, die sie in Irland gesehen hatte, schmutzige, von Ratten nur so wimmelnde Hütten voller verlauster, kranker Prostituierten. Charlotte war in dieser Hinsicht wirklich eine Überraschung, besonders hier im Outback.

Trotzdem ärgerte sich Tara über sich selbst. Normalerweise war sie sehr aufmerksam, ihr entging nicht viel, doch dieses Mal war ihr nicht einmal der allergeringste Verdacht gekommen. Sie schüttelte den Kopf, wütend auf sich selbst, weil sie Charlotte praktisch gezwungen hatte, ihre Situation zu erklären, und noch wütender darüber, dass die Männer ihr nichts gesagt hatten. Hier im Outback schien ihr gesunder Menschenverstand nicht zu funktionieren, was sie als Zeichen dafür wertete, dass sie nicht für das Leben im Busch bestimmt war.

Charlotte jedoch hielt Taras Ärger für Ekel. Sie stand auf und meinte mit gesenktem Kopf: »Danke, dass Sie mir die Küken gebracht haben, Tara.« Sie wirkte jetzt sehr kühl. Diese Haltung diente ihr als Schutzwall gegen den Schmerz, der sich jedes Mal einstellte, wenn sie als ›Abschaum‹ entlarvt wurde.

»Ich ... ich bin nicht hier, um über Sie zu urteilen, Charlotte«, stammelte Tara.

»Sie müssen nicht höflich sein«, erwiderte die Ältere, den Blick noch immer gesenkt. »Ich verstehe Sie schon.«

»Ich versichere Ihnen, dass ich nicht nur höflich sein will«, beharrte Tara, um dann zögernd hinzuzufügen: »Ich weiß selbst, wie es ist, wenn man ständig Vorurteilen und Verachtung ausgesetzt ist.«

Charlotte wagte einen vorsichtigen zweifelnden Blick in Taras Gesicht. Sie hätte nichts lieber getan, als den Worten der Jüngeren Glauben zu schenken. Aber sie fürchtete sich davor, wieder verletzt zu werden. »Aber doch sicher nicht aus den gleichen Gründen, nicht wahr?«

»Nicht ganz genau ...«

Charlotte wandte sich ab und blickte aus dem Fenster nach draußen, wo die Sonne gerade als glühender Feuerball hinter dem Horizont verschwand. Das leuchtende Rot des Himmels war wie der Vorbote für die Hitze des folgenden Tages.

Charlotte war erleichtert, dass eine so sympathische junge Frau nicht gezwungen gewesen war, ihren Körper für Geld zu verkaufen. Sie selbst wusste nur zu gut, was für ein entwürdigendes Leben das war. Durchreisende Mädchen hatten ihr von einigen der grausamen Bordellbesitzerinnen in Städten wie Darwin, Katherine und Cooper Peedy erzählt und davon, wie schlecht sie dort behandelt worden waren. Sie hatte vielen von ihnen geholfen, ein besseres Leben anzufangen, nur für ihr eigenes war es zu spät gewesen. Wie konnte Tara verstehen, was es bedeutete, verdammt und ausgestoßen zu sein?

»Die Gründe hätten genauso gut dieselben sein können«, meinte Tara jetzt.

Charlotte wandte sich ihr zu. Sie wirkte traurig und sehr müde. »Sie sind eine schöne Frau«, sagte sie und dachte insgeheim, dass Tara als Prostituierte sicher sehr erfolgreich gewesen wäre – sie besaß etwas, das Männer anzog. »Ein Blinder könnte sehen, dass Sie aus einer guten Familie stammen. Weshalb sollte man Sie verachten?«

Tara überlegte einen Moment. Sie wollte Charlotte gegenüber gern offen sein, doch war Vorsicht geboten. Sie hatte einmal den Fehler gemacht, sich Riordan Magee anzuvertrauen. Eine demütigende Erfahrung, nach der sie sich wie eine Lügnerin und reichlich dumm gefühlt hatte. Damals hatte sie geschworen, nicht noch einmal den gleichen Fehler zu machen. Während sie noch überlegte, ob sie ihr Geheimnis für sich behalten oder es mit Charlotte teilen sollte, begegnete sie deren Blick und sah die die Qual in den blauen Augen. Obwohl sie ihren Instinkten nicht recht traute, spürte sie, dass sie sich der Älteren ruhig anvertrauen konnte, und vielleicht würde sie es irgendwann tun. Doch jetzt musste sie schweigen, mehr ihrer Tante und der Kinder wegen als um ihrer selbst willen. Nur – wie sollte sie ehrlich zu Charlotte sein, ohne ihr alles zu erzählen?

»Charlotte, ich habe ein Leben gelebt, das für die Gesellschaftsschicht, in die ich hineingeboren wurde, nicht akzeptabel war. Verkauft habe ich mich nicht ...« Ihre Stimme zitterte, als ihre Gefühle sie zu überwältigen drohten, wie jedes Mal, wenn sie an Stanton Jackson und ihren Vater dachte, an dessen Verrat und die Folgen. »Ich bin neu in Wombat Creek und möchte meine Vergangenheit hinter mir lassen ...«

»Ich verstehe«, erwiderte Charlotte. »Sie brauchen nichts zu erklären.«

»Ich hoffe, Sie können mich verstehen. Ich versuche, so ehrlich zu sein, wie ich kann. Jedenfalls habe ich absolut kein Recht, über Sie zu richten, und werde es auch ganz sicher nicht tun.«

Charlotte wirkte trotzdem noch immer elend, so als änderten Taras Worte nicht viel. Tara dachte, dass die andere ihr vielleicht nicht glaubte, doch Charlotte hatte ihre durchstochenen Ohrläppchen, ihre abgebrochenen Nägel und ihre raue Haut an den Händen durchaus bemerkt und daraus geschlossen, dass sie während der vergangenen Jahre nicht das Leben einer verwöhnten Frau aus reichem Haus geführt hatte.

»Ich kann nicht erwarten, dass Sie mir glauben, schließlich haben wir uns gerade erst kennen gelernt. Aber wenn Sie wollen, wäre ich ehrlich froh, wenn wir Freundinnen sein könnten.«

Charlotte ließ sich ganz langsam auf einen Stuhl sinken, sichtlich erschrocken, als glaube sie, nicht richtig gehört zu haben. »Aber warum? Warum sollten Sie ausgerechnet mich zur Freundin haben wollen?«

Tara lächelte leicht. »Freunde kann man nie genug haben ...« Ernster fügte sie hinzu: »Ich sage es nicht gern, aber ich habe nicht viele davon. Außerdem ist es hier so abgelegen und einsam, und es gibt nicht viele Frauen – es wäre sicher schön, eine Freundin in der Stadt zu haben!«

Charlotte fuhr sich mit einer Hand über das Gesicht. »Es ... es tut mir Leid. Ich bin es inzwischen so gewohnt, als Abschaum behandelt zu werden, dass ich nie darauf gekommen wäre, Sie könnten in mir eine ... Freundin sehen!« In ihren blauen Augen schimmerten Tränen. »Das ist seit langer, langer Zeit das Netteste, das jemand zu mir gesagt hat!«

»Es ist mir absolut ernst damit, Charlotte!«

Lottie tupfte sich eine Träne aus dem Augenwinkel. »Das sehe ich. Aber Sie ahnen nicht, was eine Freundschaft mit mir für Sie für Folgen haben würde. Obwohl die Farmen viele Meilen voneinander entfernt sind, verbreiten sich Gerüchte zum Beispiel über Funk sehr schnell – und wie grausam sie manchmal sind ...« Sie unterbrach sich, und Tara sah die noch immer schmerzende Kränkung in ihrem Blick. »Wäre es Ihnen egal, wenn die Leute über Sie reden?«

»Um ehrlich zu sein, ich bin es gewohnt.« Tara hatte nicht vor, ewig hier draußen in der Einsamkeit zu bleiben, was sollte es sie da stören, wenn die Leute über sie redeten? Charlotte war ein guter Mensch, und sie sehnte sich ebenso sehr nach Zuneigung und einer Freundin wie Tara selbst. Tara verstand sie nur zu gut. »In so einer kleinen Gemeinschaft ist es nur eine Frage der Zeit, bis meine Vergangenheit mich wieder einholt, also werden sie sowieso über mich reden. Aber ich weiß aus Erfahrung, dass sie dessen irgendwann müde werden und sich ein anderes Opfer suchen.« Das war zwar nicht notwendigerweise so, aber Tara wollte nicht, dass Lottie sich ihretwegen Gedanken machte. Als Zigeunerin war sie immer ein willkommenes Opfer gewesen, und das hatte auch niemals aufgehört.

»Sie sind nie müde geworden, sich über mich die Mäuler zu zerreißen«, murmelte Charlotte, während sie sich resigniert in den Plüschsessel zurücksinken ließ. »In einer kleinen Stadt wie dieser gibt es nicht allzu viele andere Themen, auf die sie sich stürzen könnten. Aber es wäre wirklich schön, eine richtige Freundin zu haben – und dann noch eine so feine Dame!« Sie sprach, als sei diese Vorstellung für sie nichts als ein schöner Traum.

Tara lachte leise auf. »Wenn du mich eine Dame nennst, hast du mich noch nicht fluchen gehört!«

Die Ältere verzog den Mund zu einem leichten Lächeln, und auf ihren faltigen Zügen malten sich zugleich Trauer und Verwunderung. »Die wenigen Freunde, die ich habe, nennen mich Lottie«, sagte sie. »Aber du musst bitte verstehen, dass wir unsere Freundschaft nicht offen zeigen können.«

»Aber warum denn nicht?«, fragte Tara kampfeslustig, die den Grund schon ahnte.

Doch statt darauf einzugehen, erkundigte sich Lottie: »Wirst du auf einer der Farmen hier in der Nähe wohnen?«

»Ja – Gott helfe mir! In Tambora.«

Lotties Züge entspannten sich, und Tara dachte, dass sie nicht im Mindesten überrascht wirkte. »Bist du mit Victoria verwandt?«

»Ja – sie ist meine Tante. Sind Sie ... seid ihr befreundet?«

Lotties leichtes Lächeln wich einem ernsten Ausdruck, und der Glanz in ihren Augen erlosch. »Himmel, nein. Victoria ist wie du eine echte Lady. Wir könnten niemals Freundinnen sein.« Denn richtige Freundinnen, so glaubte sie, müssten Gleichgestellte sein. »Deine Tante ist einer der nettesten Menschen hier, eine der wenigen, die mich nicht ...« Sie ließ den Satz unvollendet und sagte stattdessen: »Ich bewundere und schätze sie sehr.«

»Ich habe meine Tante seit Jahren nicht gesehen«, meinte Tara, »aber sie war nie jemand, der andere verachtete. Sie hatte immer viele Freunde aus allen Schichten, und ich bin sicher, dass sie dich nie abgelehnt hätte, weil andere schlecht über dich denken!«

»Ja, dazu ist sie viel zu nett«, stimmte Lottie ihr zu. »Und auch sehr großzügig. Aber ich wollte nicht, dass sie meinetwegen in Schwierigkeiten geriet – und genau das möchte ich dir auch ersparen, Tara. Bitte, versteh mich und respektiere meinen Wunsch!«

Tara sah sie an und nickte leicht. »Das tue ich, Lottie.«

Charlotte füllte noch einmal ihre Gläser wieder auf. »Kommst du mit hinüber in das andere Zimmer? Ich fühle mich wohler dort.«

Überrascht erhob sich Tara und ging hinter ihr her in einen anderen, etwas größeren Raum, in dem Lottie offensichtlich den größten Teil ihrer Zeit verbrachte. Was in dem kleinen Wohnzimmer an Wandschmuck und persönlichen Kleinigkeiten fehlte, war hier mehr als reichlich vorhanden. Auf Regalen, Geschirrschränken und einem alten Kleiderschrank, der wie ein Familienerbstück aussah, standen Krüge, Keramiktöpfe und Zierrat jeder Art. Außerdem gab es ein durchgesessenes, aber bequem wirkendes altes Sofa, über das eine blau-rosafarbene Häkeldecke gebreitet war. Daneben stand ein großes Funkgerät. Auf einem Tisch an der Wand sah Tara einen Strickkorb, und in einer Ecke stand eine alte Nähmaschine. Über dem Küchentisch hingen unzählige Pfannen, Töpfe und anderes Küchengerät, und mitten auf dem Tisch stand ein sehr hübsches, rosenbemaltes Teeservice mit Kanne.

Das war genau die Art von Atmosphäre, die Tara beim Betreten des Hauses vorzufinden erwartet hatte. Der Raum sah aus wie die Küche von irgendjemandes Großmutter, einladend und urgemütlich. Tara stellte fest, dass sie lächelte, und spürte Lotties Blick auf sich.

»Es tut mir Leid«, meinte sie, »aber ich habe die ganze Zeit über versucht, mir Ferris Dunmore in deinem eleganten Wohnzimmer vorzustellen, aber ich fand es fast unmöglich. Und sogar hier, inmitten deines zerbrechlichen Porzellans, fällt es mir sehr schwer.«

Lottie nickte seufzend. »Er ist schrecklich ungeschickt. Jedes Mal, wenn er sich umdrehte, hat er irgendetwas zerbrochen, und leider meistens etwas, an dem ich hing. Zum Glück sehe ich ihn, seit er verheiratet ist, ... na ja, nicht mehr allzu oft.«

Tara musste lachen. »Heute Abend hat er mir die Narbe auf seinem Bein gezeigt – und dazu tatsächlich seinen schmutzigen Fuß auf den Tisch gestellt! Ich war ziemlich schockiert.«

Lottie verzog das Gesicht. »Ich habe immer darauf bestanden, dass er sich in seinem eigenen Bad waschen sollte, bevor er zu mir kam, aber an der Hintertür habe ich ihn dann noch einmal die Füße waschen lassen, damit er mir den Teppich nicht schmutzig machte. Ich ertrage es nicht, wenn ein Mann nach Schweiß riecht. Normalerweise lasse ich die Männer mein Bad benutzen, aber diesen Fehler habe ich bei Ferris nur einmal gemacht. Du kannst dir nicht vorstellen, wie es hinterher aussah! Wenn man hundert Schafe darin gebadet hätte, wäre es sicher sauberer gewesen!«

Tara lachte wieder. »Seinem Gestank nach zu urteilen, hat er sich nicht mehr gewaschen, seit er zum letzten Mal hier war, obwohl er zwei Bäder hat. Wenn seine Frau wiederkommt, wird sie ihn hoffentlich von der Nützlichkeit klaren Wassers und einer guten Seife überzeugen.«

»Ich fürchte, Charity hat andere Prioritäten. Sie ist ein nettes Mädchen, aber um solche Dinge macht sie sich keine Gedanken.«

Tara machte es sich auf dem Sofa bequem, und Lottie ließ sich neben ihr nieder. Sie wirkte in dieser Umgebung viel entspannter.

Während die beiden Frauen noch ein Glas Wein tranken, nahm Lottie ihre Nagelfeile, griff nach Taras Hand und begann, deren Nägel zu feilen. Das geschah so natürlich, dass Tara keine Einwände erhob. Lotties eigene Nägel waren sorgfältig manikürt und rosa lackiert.

»Wie bist du dazu gekommen, eine ...«

»Prostituierte zu werden?«, beendete Lottie Taras Satz.

»Ich habe kein Recht, dich danach zu fragen. Ich selbst bin ja auch nicht offen zu dir gewesen ...« Trotzdem musste sie zugeben, dass es sie sehr interessiert hätte. Befangen fuhr sie fort: »Ich wollte fragen wie es dich nach Wombat Creek verschlagen hat. Wenn du mich fragst, ich finde, es ist ein schrecklicher Ort. Und ganz sicher gibt es doch hier nicht viele Leute, die dir ... Geld einbringen.«

Lottie lachte. »Du müsstest am Wochenende hier sein. Dann ist die Stadt voller Menschen von den umliegenden Farmen, und außerdem ziehen immer wieder Viehtreiber und Schafscherer durch. Während der Woche ist es dafür meist sehr ruhig, aber daran gewöhnt man sich.«

»Das hat Ethan auch gesagt, aber ich kann mir beim besten Willen nicht vorstellen, mich jemals daran zu gewöhnen. Wie bist du hierher gekommen?«

Wieder erlosch Charlottes Lächeln, und Tara bereute fast, überhaupt gefragt zu haben. »Ich bin in Katherine, nördlich von hier, von meinem Mann sitzen gelassen worden.«

»Das tut mir Leid – es muss sehr schwer für dich gewesen sein.«

»Das Leben mit ihm war schwierig. Allein zu sein hat da keinen großen Unterschied mehr gemacht. Mir geht es jetzt besser – ich genieße zwar vielleicht keinen Respekt hier, aber ich kann tun, was ich will und wann es mir gefällt. Ich habe genug Geld und ein Maß an Freiheit, wie ich es während meiner Ehe nicht kannte.«

Charlottes Geschichte verblüffte Tara, weil sie in mancher Hinsicht ihrer eigenen ähnelte. Es war nicht einfach für sie gewesen, nach den Gesetzen der Zigeuner zu leben, während ihr Mann im Gefängnis gewesen war, doch wie Charlotte hatte sie keine andere Wahl gehabt. Zwar hatte sie ihren Körper nicht verkauft, doch oft war es ihr vorgekommen, als habe sie ihre Seele verloren. Ihre alten Freunde wollten nichts mehr mit ihr zu tun haben, und ihre Brüder hegten einen heftigen Groll gegen sie, dem sie sich nicht auszusetzen gewagt hatte.

»Mein Mann war Goldschürfer«, erklärte Lottie. »Er hat hart gearbeitet und hatte große Träume. Ich dachte immer, dass diese Träume auch mich mit einschließen würden, bis er auf einmal ein reicher Mann war. Er hatte immer davon gesprochen, dass er die Welt sehen wollte – und mit den Taschen voller Geld wurde dieser Traum Wirklichkeit. Leider hat er sich ausgerechnet, dass das Geld länger reichen würde, wenn er mich zurückließ.«

»Was für ein egoistischer Mistkerl«, stieß Tara empört hervor.

Lottie zuckte mit den Schultern. »In Katherine geht es ziemlich rau zu. Die Stadt ist voll von verzweifelten Männern, Dieben, Mördern und denen, die einfach nur gierig sind. Ich beschloss, wegzugehen, und tat es ironischerweise gerade weil ich nicht in einem der vielen Bordelle der Stadt enden wollte. Ich reiste Richtung Süden, weg von der Hitze und den Problemen. Aber ich hatte nicht viel Geld und kam nur bis hier. Das Hotel gab es zwar schon, aber ich konnte mir kein Zimmer leisten, also habe ich hier draußen im Busch mein Zelt aufgeschlagen.« Ein Blick auf Tara sagte Lottie, dass diese zu gern erfahren würde, wie sie dann doch Prostituierte geworden war. »Viehtreiber und Schafscherer, die durchkamen, boten mir Essen und manchmal auch Geld an. Sie waren einsam, und freundlich ... Ich weiß, dass es komisch klingt aber ich fühlte mich besser, wenn ich ihnen auch etwas gab. Es ist mir immer schwer gefallen, Geschenke anzunehmen.«

Tara hörte die Resignation in ihrer Stimme. Charlotte war also Prostituierte geworden, weil sie zu viel Stolz besessen hatte – es schien alles so ungerecht!

Es schien alles so ungerecht! Tara blickte sich um. »Dein Haus ist sehr gemütlich – und du hast es sehr schön eingerichtet!«

Charlottes Augen leuchteten vor Stolz. Sie war mit Taras einer Hand fertig, und diese streckte ihr die andere hin. »Vielen Dank. Ich bin nicht gerade ungeschickt, und wenn man ohne Mann lebt, entdeckt man plötzlich an sich selbst viele verborgene Talente.«

Tara musste an ihre Tante denken und an die Anstrengungen, die es erfordern musste, eine solch große Farm allein zu bewirtschaften. Dann dachte sie an sich selbst und ihre ehrgeizigen Pläne, ohne Ehemann zwei Kinder großzuziehen. Um das zu schaffen, würde sie sehr viele verborgene Talente zutage fördern müssen! Zum Glück hatte sie Übung darin, allein zurechtzukommen, weil Garvie so oft im Gefängnis gewesen war.

»Manchmal bitte ich einen der Männer hier aus der Stadt um Hilfe«, fuhr Charlotte fort, und ihre Worte brachten Tara wieder in die Wirklichkeit zurück.

»Von einem Zelt zu einem so hübschen Haus, das ist schon eine Leistung für eine allein stehende Frau«, meinte sie.

»Jemand mit sehr viel Mut hat mir das Geld für den Hausbau geliehen«, erklärte Charlotte. »Ich habe das Darlehen längst zurückgezahlt, aber ich werden demjenigen seine Freundlichkeit nie vergessen!«

Tara fragte sich, ob Lottie von jemandem aus der Gegend sprach, doch bestimmt war sie ihm noch nie begegnet.

Bei einem weiteren Glas Wein berichtete Tara Lottie über das Schiffsunglück und davon, wie sie dazu gekommen war, sich um die Kinder zu kümmern. Lottie stellte keine Fragen nach der Rechtmäßigkeit ihres Tuns, und Tara ging nicht ins Detail. Lottie zeigte viel Interesse an den Kindern, besonders an Jack, und erzählte Tara, dass sie einen Sohn gehabt hatte.

»Johnny würde im nächsten Monat dreißig Jahre alt«, sagte sie und nahm ein Foto von einem der Regale. »Aber der arme kleine Kerl ist drei Tage vor seinem fünften Geburtstag in meinen Armen an Tuberkulose gestorben.«

Auf den Regalen standen noch andere Aufnahmen, verschiedene davon zeigten auch Kinder, doch Tara scheute sich zu fragen, um wen es sich handelte. Sie schaute auf den kleinen blonden Jungen, der mit einer langstieligen Schaufel in der Hand neben einem großen schwarzen Pferd stand. »Er hat seinem Vater unten in der Mine geholfen«, erklärte Lottie. »Ich wollte noch ein Kind, hatte aber zwei Fehlgeburten. Die Zeit verging, aber ich bin nie wieder schwanger geworden. Wahrscheinlich lag es einfach daran, dass ich schon zu alt war. Jack und ich waren allein, bis er mich schließlich verließ. Ich frage mich oft, ob er auch gegangen wäre, wenn wir noch ein Kind bekommen hätten.« Sie blickte Tara traurig an. »Siehst du? Nur ein paar Gläser Wein, und ich erzähle lauter traurige Geschichten!«

In diesem Moment hörten die beiden Frauen ein Geräusch von der Tür her, die zu einem der Schlafräume führen musste, und wandten sich um. Dort stand eine andere Frau, die ebenfalls ein fast durchsichtiges Nachthemd, jedoch keinen Hausmantel trug. Tara erkannte deutlich die schlanke Form ihres Körpers.

»Entschuldigt, wenn ich euch störe«, sagte sie zu Lottie, während sie Tara von oben bis unten musterte. Sie sprach mit walisischem Akzent und schien nicht im Mindesten verlegen wegen ihrer leichten Bekleidung. »Ich dachte, du sprichst mit Maddy!« Sie sah aus, als sei sie gerade erst aufgewacht. Ihre braunen, glatten Haare waren in Unordnung, und auf ihrem Gesicht waren Abdrücke des Kissens zu erkennen. Sie war jünger als Lottie, etwa Ende dreißig oder Anfang vierzig, und eine von den Frauen, die nichts Besonderes an sich hatten, jedoch auch nicht unattraktiv waren. Ihre Haut war glatt, doch ohne Schimmer, ihre Augen weder braun noch grau. Ihre Nase sah aus wie viele andere auch, war weder hübsch noch hässlich. Ein Mann hätte bei ihr nicht zweimal hingeschaut.

Tara blickte verwirrt von der Jüngeren zu Lottie, die ahnte, was sie dachte.

»Wir haben seltsame Zeiten, nicht wahr?«, sagte sie erklärend, und Tara sah, dass sie errötete. Tara verstand, dass die Mädchen bis spät in die Nacht mit ›Kunden‹ beschäftigt gewesen sein mussten.

»Tara, das ist Belle. Belle, ich möchte dir Tara Flynn vorstellen.«

»Hallo«, sagte Belle ruhig, griff hinter sich an einen Haken an ihrer Zimmertür und warf sich einen leichten Hausmantel über, als sei ihr erst jetzt aufgefallen, wie leicht sie bekleidet war. Tara meinte die Gedanken erraten zu können, die ihr durch den Kopf gingen. Belle fragte sich, ob sie vielleicht gerade so etwas wie ein Vorstellungsgespräch führten.

»Ah, dann bist du Corabelle!«, stieß Tara lächelnd hervor und sah Lottie an. »Ich habe gehört, Lottie, du lebtest mit einer Corabella und einer Madeline zusammen, und sie seien weder deine Kinder noch andere Verwandte. Ich dachte schon, sie wären Katzen!«

»Das könnten sie auch sein – sie schnurren, wenn sie zufrieden sind, und verschlafen den ganzen Tag«, erwiderte Lottie mit leicht verlegenem Lachen. Auch Tara und Belle stimmten ein, und davon wachte Madeline auf.

»Was ist denn hier los?«, fragte sie mürrisch, als sie in die Wohnküche gestolpert kam. Sie hatte die Tür zu ihrem Schlafzimmer einen Spalt offen stehen gelassen, und von ihrem Platz aus konnte Tara ein Stück von dem Zimmer sehen, das eher wie ein Boudoir wirkte. Sie blickte auf ein schwarz-rot bezogenes Himmelbett und eine Frisierkommode, auf der in wirrem Durcheinander eine ganze Sammlung von Puderdosen, Pinseln und schön geformten Parfümflaschen stand.

»Es ist doch erst halb acht!«, murmelte Madeline nach einem Blick auf die Kuckucksuhr an der Wand. Dann stutzte sie plötzlich, denn jetzt erst war ihr aufgefallen, dass Lottie Besuch hatte.

Madeline war eher klein, mit runden Hüften, einer schmalen Taille und vollen Brüsten. Tara schätzte sie auf Ende zwanzig oder Anfang dreißig. Ihre schwarzen Haare waren sehr lang, fast so lang wie Taras, ihre Haut hell und glatt. Allerdings fielen Tara einige rote Schwellungen auf, die zu jucken schienen, da sie daran kratzte. Tara vermutete, dass es sich um Mückenstiche handeln würde, denn auch auf ihrer eigenen Hand ließ sich jetzt ein solches Insekt nieder, das sie rasch erschlug. Madelines Augen waren von einem warmen Hellbraun, und ihr Blick war offen und intelligent. Die dunklen Ringe unter ihren Augen sprachen dafür, dass sie in der Hitze des Tages wohl nicht allzu gut schlief. Sie trug ein hellblaues, sehr kurzes Nachthemd, das ihre wohlgeformten Beine entblößte.

»Maddy, das hier ist Tara Flynn, Victoria Millburns Nichte.«

»Hallo!«, sagte Maddy, deren Stimme noch müde klang. Sie warf Lottie einen Blick zu. »Ich muss geträumt haben – ich dachte, ich hätte ein Huhn gackern gehört.«

»Ach ja, die Küken! Wenn Schlangen draußen sind, werden sie sie schnell entdecken.« Lottie wandte sich an Corabella. »Belle, würdest du sie bitte in den Auslauf setzen und ihnen Wasser geben? Sie stehen auf der vorderen Veranda. Tara war so nett, sie vom Laden herüberzubringen.«

»Klar«, gab Belle zurück. »Bitte stellt schon mal den Kessel für mich auf«, rief sie noch über die Schulter zurück, während sie hinausging, um die unglücklichen Küken aus ihrer misslichen Lage zu befreien.

Lottie wandte sich wieder Maddy zu, die sie verständnislos anblickte. »Erinnerst du dich nicht? Ich habe sie schon vor Wochen bestellt. Sie sind heute Morgen mit dem Zug angekommen.«

Maddy nickte. »Wir hätten sie wahrscheinlich gar nicht bekommen, wenn Tara es Percy Everett überlassen hätte, sie herüberzubringen«, meinte sie noch immer etwas schläfrig. »Er hätte sie sicher Ferris gegeben, ohne uns etwas davon zu sagen, damit der zur Abwechslung Hühnereintopf auf der Speisekarte gehabt hätte.«

»Ethan hätte sie uns bestimmt gebracht«, sagte Lottie, stellte den Kessel auf den Herd und machte Feuer an.

Maddys Augen leuchteten auf, und ihre Müdigkeit schien plötzlich wie weggeblasen. »Ist Ethan etwa in der Stadt?«

»Anscheinend ja. Er hat Tara erklärt, wo sie uns findet.«

Wieder musterte Maddy Tara von Kopf bis Fuß, und ihr Blick verweilte besonders lange auf Taras Gesicht. Ihre braunen Augen wurden dunkel vor Eifersucht.

»Bringt Ethan euch nach Tambora?«, fragte Lottie, als hätte sie Maddys Gedanken gelesen.

»Ja, aber nur sehr ungern, da bin ich sicher.«

»Warum glaubst du das?«

»Weil man sagen könnte, dass unsere Bekanntschaft etwas unglücklich begonnen hat. Ich finde, er ist ein sehr schwieriger Mensch – arrogant wäre vielleicht ein besserer Ausdruck.«

Lottie lachte leise auf. »Er wählt seine Worte nicht gerade vorsichtig, und dadurch fühlen sich manche Leute schnell verletzt – aber er hat ein Herz aus Gold!«

»Ja, genauso hart und kalt«, meinte Tara trocken.

Lottie lächelte. »Frag doch Maddie, wie er wirklich ist – sie kennt ihn besser als wir alle zusammen!«

Der Hintersinn der letzten Worte war Tara nicht entgangen, und sie musterte Maddy mit dem gleichen durchdringenden Blick, mit dem diese sie kurz zuvor bedacht hatte. Maddy sah sie noch immer an, doch sie wirkte jetzt friedfertiger, so als sei sie zu dem Schluss gekommen, Tara sei doch keine so große Konkurrenz wie zuvor angenommen.

Tara fand, Maddy habe nicht den leisesten Grund zur Sorge, denn Ethan war der letzte Mann, den sie attraktiv gefunden hätte.

»Ich mache mich besser zurecht, für den Fall, dass Ethan noch kommt«, sagte Maddy, ging zurück in ihr Zimmer und schloss die Tür hinter sich.

»Sie mag ihn sehr«, flüsterte Lottie augenzwinkernd.

»Das merkt man«, gab Tara zurück und fügte, plötzlich neugierig geworden, hinzu: »Kommt er oft her?«

»Nicht oft, aber ab und zu; Maddy lebt nur für seine Besuche.«

»Das habe ich gehört«, meinte Maddy, die mit einer Haarbürste in einer Hand aus ihrem Zimmer kam.

»Es ist doch wahr«, verteidigte sich Lottie.

»Ich streite es ja auch gar nicht ab. Er ist ein toller Mann! Wenn Ethan Hunter einer Frau sein Brandzeichen aufdrückt, ist sie für jeden anderen verloren!«

Tara riss die Augen auf. Maddy konnte doch unmöglich über denselben Ethan Hunter sprechen! Er war wohl kaum das, was man eine gute Partie nennen konnte, und ganz sicher kein Charmeur. Sie selbst fand ihn ungefähr so charmant wie den Kamelhengst Hannibal.

Lottie sah sie nachdenklich an. »Hier draußen gibt es nicht viel Konkurrenz, aber Maddy ist der Meinung, Lawrence von Arabien sei gar nichts gegen ihn.«

»Er erinnert mich an Lawrence von Arabien«, murmelte Maddy verträumt. »Wenn er so auf seinem Kamel sitzt, sein scharfes Profil bei Vollmond vor den weißen Salzseen ...«

Lottie lachte. »Sie liest zu viele Romane«, flüsterte sie Tara zu, die sich vorzustellen versuchte, wie Maddy und Ethan zusammen Mondscheinritte unternahmen.

»Er kann mich in sein Zelt holen, wann immer er will«, meinte Maddy augenzwinkernd, »ich würde niemals auch nur einen Penny von ihm nehmen.« Sie hob ihr Nachthemd und tänzelte durch den Raum.

»Dummes Mädchen – ich war dir keine gute Lehrerin«, sagte Lottie. »Nichts im Leben ist umsonst!«

»Ich weiß, ich weiß – wir sitzen auf einer Goldmine. Aber

Ethan würde ich all seine Wünsche um der Liebe willen erfüllen.«

»Maddy!«, tadelte Lottie sie. »Bitte denk daran, dass wir Damenbesuch haben!«

»Schon gut«, meinte Tara, die daran dachte, wie die Zigeunerfrauen manchmal über ihre Männer gesprochen hatten. Maddys Worte waren noch zahm dagegen. »Ich denke, ich sollte zum Hotel zurückgehen und nachsehen, ob die Kinder schlafen«, sagte sie und stand auf. »Wir haben morgen einen anstrengenden Tag.«

Belle kam zurück und fragte scheu: »Würden Sie Percy etwas von mir geben?«

Tara war überrascht. »Natürlich.«

Belle verschwand und kam etwas später mit einer Männerarmbanduhr zurück. »Ich glaube, er weiß nicht, dass er sie hier verloren hat. Es ist ... schon eine Weile her.«

Tara nahm die Uhr und ließ sie in eine Tasche ihres Kleides gleiten. Sie fragte sich, warum Belle sie nicht selbst zurückbrachte. »Ich habe mich sehr gefreut, euch kennen zu lernen. Darf ich wiederkommen?«

Lottie wirkte unbehaglich.

»Ach ja, bitte tun Sie das«, meinte Belle. »Es ist immer nett, jemand Neues zu treffen, noch dazu, wenn es eine Frau ist!«

Tara atmete auf. »Danke. Ich weiß noch nicht, was mich auf der Farm erwartet und wie oft ich in die Stadt komme, aber wenn ich hier bin, melde ich mich auf alle Fälle.«

Lottie spürte, dass Tara sich vor dem fürchtete, was sie auf der Farm vorfinden würde, und das mit gutem Grund. »Es ist kein einfaches Leben«, sagte sie leise. »Aber ich bin sicher, dass du zurechtkommst, schließlich bist du Victorias Nichte.«

Ihre Worte klangen, als wisse sie genau, wovon sie sprach, und Tara fiel ein, dass Lotties ›Kunden‹ wahrscheinlich sehr viel erzählten. Wahrscheinlich wusste sie besser darüber Bescheid, was auf den einzelnen Farmen vor sich ging, als deren Besitzer.

»Ich werde es schon schaffen«, erwiderte Tara zuversichtlicher, als ihr zumute war.

Lottie brachte sie zur Tür und schien sich plötzlich unbehaglich zu fühlen. Tara fühlte wieder Zorn auf Percy, Ferris und Ethan in sich aufsteigen, weil sie ihr nicht die Wahrheit über die Frauen gesagt hatten. Ihr Schweigen hatte Lottie in eine peinliche Lage gebracht, und Tara beschloss, den Männern eine Lektion zu erteilen.

»Danke für den Wein, Lottie. Ich habe ihn sehr genossen, ebenso wie unser Gespräch.«

»Ich auch.«

»Ich wünschte, ich hätte offener zu dir sein können, was mein Leben betrifft.«

»Du brauchst dich nicht zu entschuldigen, Tara – ich verstehe das. Jeder hat seine ganz privaten Geheimnisse, vor allem, was diese Dinge angeht. Ich hoffe nur, dass dein Geheimnis auch eines bleibt.«

Tara lächelte leicht. »Wenn nicht, dann hoffe ich, dass man mir hier eine Chance gibt und mich so akzeptiert, wie ich bin. Aber falls nicht, komme ich damit auch zurecht.«

»Es gibt keinen Grund, warum sie es jemals erfahren sollten – besonders jetzt, wo du so schöne Nägel hast!«, gab Lottie zurück. Tara sah sich ihre Hände an und stellte fest, dass sie so gut aussahen wie seit Jahren nicht. »Danke«, sagte sie warm.

»Es war wirklich nett, dich kennen zu lernen – aber denk bitte an das, was ich dir gesagt habe: Wir können nicht offen Freundinnen sein. Wenn du wiederkommst, sei bitte diskret!«

Tara nickte und ihre grünen Augen leuchteten warm. »Gut, wenn du es willst. Ich persönlich wäre stolz, dich zur Freundin zu haben.« Damit wandte sie sich um und ging davon, während Lottie ihr nachstarrte.

Auf dem Weg zurück zum Hotel musste Tara an Maddy und Ethan denken. Es war ziemlich offensichtlich, dass Maddy bis über beide Ohren in den Kamelreiter verliebt war. Ihre Bemerkung darüber, dass sein ›Brandzeichen‹ eine Frau für jeden anderen verdarb, war eine Überraschung gewesen. Das konnte nur bedeuten, dass er ein guter Liebhaber war – etwas, das Tara sich nur schwer vorstellen konnte. Sie konnte einfach nicht glauben, dass er noch für etwas anderes als Kamele und das Outback eine Leidenschaft entwickeln konnte. Andererseits hatte Madeline natürlich einige Erfahrungen auf diesem Gebiet und musste eigentlich in der Lage sein, gute von schlechten Liebhabern zu unterscheiden. Trotzdem konnte Tara sich nicht vorstellen, wie Ethan sich in Leidenschaft verlor. Sie errötete schon bei dem Gedanken, denn sie selbst kannte solch heiße Liebesspiele nur aus den Gesprächen der Zigeunerfrauen. Und nun überraschte sie sich selbst bei der Vorstellung von Ethan und Maddy in leidenschaftlicher Umarmung!

Als sie fast beim Hotel angekommen war, sah Tara Saladin an der Hinterseite mit dem Buggy, den Ethan repariert hatte, und sofort waren alle Gedanken an diesen und Maddy vergessen. Eine brennende Lampe stand neben dem Afghanen, denn es war schon ziemlich dunkel geworden. Um die Lampe herum schwirrten Tausende von fliegenden Insekten, kleinere und größere. Tara hörte das Klatschen ihrer harten Körper, als sie gegen die Laterne flogen.

Als Tara an Saladin vorbeiging, bemühte sie sich, ihn nicht anzusehen, doch sie spürte seinen Blick auf sich ruhen, diesen Blick aus dunklen, glänzenden Augen in einem Gesicht, das wenig verriet. Plötzlich war sie ganz sicher, dass er die Eidechse ins Bad gesetzt hatte, und versuchte, das Gefühl niederzukämpfen, etwas Abstoßendes krabble über ihre Haut. Doch es gelang ihr nicht, und sie warf ihm einen eisigen Blick zu. Er schien den Sitz des offenen Buggys zu säubern. Seine Bewegungen waren kurz und kraftvoll, und aus jeder seiner Gesten sprach Feindseligkeit. Sie wünschte nichts mehr, als dass er nicht mit ihnen nach Tambora kommen möge, und schwor sich insgeheim, sich vor ihm in Acht zu nehmen.

Als Tara die Bar betrat, saßen die Männer vor vollen Gläsern und unterhielten sich. Sie war sich sicher, dass sich das Gespräch um ihren Besuch bei Lottie drehte, denn als sie Tara kommen hörten, verstummten sie.

Genau wie draußen brannte auch hier eine Lampe, die von Tausenden blind umherschwirrender Motten belagert wurde. Tara sah kleine Eidechsen auf ihren saugnapfartigen Füßen die Wände hoch laufen und stellte zum ersten Mal fest, dass es in der Bar einen Kamin gab. Als sie sich fragte, was er wohl für eine Funktion haben mochte, fiel ihr wieder ein, dass die Temperaturen im Winter hier bis auf Null Grad fallen konnten.

»Guten Abend«, rief sie fröhlich, und der Anblick von Ethan brachte das Bild von ihm und Maddy in enger Umarmung zurück. Nur mit großer Mühe gelang es ihr, es aus ihren Gedanken zu verbannen. Die drei Männer blickten ihr forschend entgegen. Tara spürte ihre Spannung und beschloss, sie zu enttäuschen. »Schlafen die Kinder schon?«, fragte sie.

»Ja«, erwiderte Ethan.

»Dann werde ich auch schlafen gehen, denke ich. Wir haben morgen einen langen Weg vor uns. Gute Nacht allerseits.« Sie wandte sich zum Gehen, erwartete jedoch, dass sie nicht weit kommen würde, bevor sich irgendeiner von den Männern nach ihrem Besuch erkundigte; und sie behielt Recht.

»Wie geht es Charlotte?«, fragte Ethan.

Tara wandte sich um. »Sehr gut. Sie ist wirklich nett. Ich bin froh, dass ich sie besuchen gegangen bin.«

Sie sah, dass die Männer verwunderte Blicke tauschten.

»Maddy und Belle habe ich auch kennen gelernt.« Jetzt blickte Tara Ethan direkt an. »Ich hatte den Eindruck, dass Maddy heute Abend noch auf Ihren Besuch hofft, Ethan.«

Wie erwartet wirkte er einigermaßen verunsichert. Und wieder fragte sich Tara, was Maddy an ihm finden konnte. Er war so rau und ungehobelt, als gehöre er nicht in ein Haus, sondern an ein Lagerfeuer. Allerdings hatte Garvie auch Jahre an einem Lagerfeuer zugebracht, und doch war er so anders als Ethan! Abends hatte er mit seinen magischen Händen Gitarre gespielt, und das und seine fast poetische Sprache hatten ihn kultiviert erscheinen lassen. Seine Worte waren immer sanft und tröstend gewesen, und obwohl er im Gefängnis gesessen hatte und ein Dieb war, hatte er doch auch Charme besessen. Er hatte ehrlich daran geglaubt, dass das, was er den Landbesitzern nahm, allen gehörte. »Wenn ein Fasan doch fliegen kann, wie kann er dann einem Einzelnen gehören?«, hatte er immer gesagt, wenn er mit einer Beute für ihre Abendessen zurückgekehrt war.

Im Vergleich dazu schien ihr Ethan wie ein ungeschliffener Diamant. Er gehörte in die Wüste.

»Tatsächlich? Ich meine, hat Maddy das gesagt?«

»Ja. Ich habe den Eindruck gewonnen, dass Sie sehr eng befreundet sind. Jedenfalls scheint sie Sie sehr zu schätzen.« Tara genoss diesen Auftritt sehr und weidete sich an der Verlegenheit der Männer. Wenn sie nicht irrte, war Ethan rot geworden. Sie versuchte, ihr Grinsen zu verbergen, und wandte sich wieder zum Gehen.

»Waren die Frauen ... ich meine, waren sie allein?«, wollte Ferris wissen.

Tara blieb stehen und drehte sich halb um. »Das ist eine seltsame Frage. Es ist doch niemand da, der sie besuchen könnte, außer Ihnen dreien. Und Sie sind alle hier in der Bar. Wen haben Sie denn dort vermutet?«

Ferris senkte den Kopf und tat, als reibe er die Theke sauber. »Ich habe kürzlich dort draußen Schüsse gehört, und da dachte ich ...« murmelte er und verstummte dann.

»Schüsse? Das muss Charlotte gewesen sein, die Schlangen geschossen hat. Aber wenn Sie deswegen beunruhigt waren, warum sind Sie dann nicht hingegangen, um nach dem Rechten zu sehen?«

»Seine Frau ist eine von der eifersüchtigen Sorte«, meinte Percy schadenfroh, und Ferris versetzte ihm einen kräftigen Rippenstoß.

»Und Sie, Percy? Gibt es eine *Mrs.* Everett?«, fragte Tara zuckersüß.

»Nein!«, gab der Ladenbesitzer unwirsch zurück.

»Fühlen Sie sich nicht ab und zu einsam?«

Die Rollen waren jetzt vertauscht, und nun war es an Ferris, schadenfroh zu grinsen.

»Nicht so einsam«, erwiderte Percy ärgerlich.

Tara spürte, wie ihre Wut neu aufloderte. »Dann besuchen Sie die Frauen also nie?«

»Nein!« Percy starrte sie an, die Lippen fest aufeinander gepresst, der Blick seiner grauen Augen war hart und herausfordernd. Und doch merkte man ihm die Furcht an, die Wahrheit könne ans Licht kommen.

Tara beschloss, ihm die Uhr später zu geben, denn es war offensichtlich, dass die anderen Männer von seinem Besuch bei Belle nichts ahnten. Ihr war nicht ganz klar, ob er sich schämte, weil er einsam war, oder ob es ihn verlegen machte, mit den Frauen in Verbindung gebracht zu werden.

Tara beachtete Percy nicht weiter, sondern fuhr damit fort, die Männer aufzuziehen. »Wombat Creek scheint einer der einsamsten Orte der Welt zu sein. Warum veranstalten Sie nicht alle einmal ein gemeinsames Essen, oder einen Tanzabend? Ich begreife nicht, warum die Frauen sich hier niedergelassen haben. Es gibt hier ja wirklich keinerlei Zerstreuung. Aber für Sie, Percy, und Sie, Ferris, sind doch wenige Einwohner besser als gar keine, nicht wahr?«

Ferris und Percy tauschten noch einen verwunderten Blick. Ethan beobachtete Tara genau und versuchte herauszufinden, was sie beabsichtigte. Tara hatte beschlossen, allen etwas zum Nachdenken zu geben. »Ich habe die Frauen übrigens nach Tambora zum Tee eingeladen und freue mich schon sehr darauf«, sagte sie angelegentlich.

Um Ethans schön geformten Mund spielte ein kleines Lächeln, doch Ferris und Percy sahen sich konsterniert an.

»Das können Sie nicht tun«, meinte Percy.

»Ich habe es aber getan«, erwiderte Tara sehr zufrieden.

Ethan hatte seine gebräunten, muskulösen Arme ineinander verschränkt und beobachtete sie amüsiert. Jetzt wusste er, was sie wollte. Doch ihn interessierte immer mehr, was sie wirklich über Lottie, Maddy und Belle dachte. Wie es schien, mochte sie Lottie genug, um sie oder ihr Recht auf eine faire Behandlung zu verteidigen, und das freute ihn ebenso, wie es ihn überraschte.

»Ihre Tante wird über den Besuch von Lottie und ihren Mädchen nicht gerade begeistert sein«, meinte Ferris.

»Ich kenne meine Tante gut, Mr. Dunmore«, gab Tara ruhig zurück, »und ich bitte Sie, Ihnen widersprechen zu dürfen. Aber vielleicht möchten Sie mir sagen, aus welchem Grund Sie glauben, dass sie nicht begeistert sein wird?«

»Sie sind ... ich meine ... sie sollten nicht mit anständigen Frauen zusammen sein.«

Ausgerechnet Sie maßen sich ein solches Urteil an, dachte Tara, und ihr Zorn kehrte zurück. Doch sie verbarg ihre Gefühle und fragte: »Warum denn nicht? Ich fand sie alle sehr nett!«

»Aber Sie haben doch sicher bemerkt, dass sie ... Prostituierte sind, nicht wahr?«, meinte Percy.

Tara zog die Augenbrauen hoch. »Ist das etwas, das Sie vorhin zu erwähnen vergaßen?«

Percy presste die Lippen wieder fest aufeinander und senkte den Blick.

»Haben Sie plötzlich die Sprache verloren, Mr. Everett? Und was ist mit Ihnen, Ferris? Hatten Sie es vielleicht auch vergessen?«

Ferris starrte in sein Glas, die Lippen ebenfalls zusammengebissenen.

»Ich muss sagen, ich finde es schlimm, wie Sie diese Frauen behandeln«, erklärte Tara ehrlich empört. »Wenn es um Prostituierte geht, können Männer furchtbar scheinheilig sein. Gute Nacht, meine Herren.«

Damit wandte sie sich um und verließ die Bar, in der es seltsam still geworden war.

10

Die Sonne stand noch nicht einmal zu einem Viertel über dem Horizont, als Tara am folgenden Morgen bereits wieder die überwältigende Hitze zu spüren begann. Sie stand auf, weckte die Kinder und eilte zum Bad hinüber, in der Hoffnung auf eine letzte Erfrischung vor der zweitägigen Reise. Doch sie erlebte prompt eine Enttäuschung, denn der kleine Raum war trotz der frühen Stunde heiß wie ein Backofen und voller Fliegen und Moskitos.

Als die drei später aus dem Hotel traten, brannte die sengende Sonne schon mit aller Macht vom Himmel. Wenn die Luft unbewegt war, stürzten sich die Fliegen wie eine schwarze Wolke auf sie. Wenn jedoch der Wind den erstickenden Staub aufwirbelte, vertrieb er auch die Fliegen, doch nichts von beidem war allzu angenehm.

Tara spürte sofort, dass etwas nicht stimmte. Der Buggy war noch nicht hinter eines der Kamele gespannt, und Ferris, Percy und Ethan standen untätig herum. Saladin war ganz in der Nähe damit beschäftigt, den ungeduldigen Hannibal zu beruhigen, der seine Unzufriedenheit in lautem Gebrüll zum Ausdruck brachte.

»Ist alles in Ordnung?«, fragte Tara, während sie mit den Kindern zu den Männern hinüberging. Percy und Ferris wandten sich ab. Ethan wirkte sehr ärgerlich und warf einen wütenden Blick auf den Buggy. Jetzt sah Tara, dass alle vier Reifen des Wagens vollkommen zerfetzt waren.

»Um Himmels willen!«, stieß sie hervor. »Wie ist denn das passiert?«

Ethan bedachte sie mit einem eisigen Blick. »Ich hatte gehofft, Sie könnten mir dazu etwas sagen.«

»Ich? Ich habe nicht die geringste Ahnung!«, gab sie empört zurück, verwirrt darüber, dass seine Unterstellung sie zutiefst verletzte.

Ethan presste die Kiefer aufeinander. Tara wusste, dass er Stunden damit zugebracht hatte, den Buggy für die Fahrt nach Tambora herzurichten, und deswegen jedes Recht hatte, wütend zu sein. Doch sie verstand nicht, warum sich sein Zorn gegen sie richtete.

»Sie glauben doch nicht, dass ich das getan habe, oder?« Sie konnte nicht fassen, dass er sie verdächtigte, etwas so Dummes zu tun. Ethan starrte sie nachdenklich an; seine Miene unter der breiten Krempe seines Huts schien unergründlich.

»Mr. Hunter, ich will so schnell wie möglich aus dieser ...« Sie unterbrach sich, weil ihr plötzlich wieder einfiel, dass die anderen sie beobachteten und zuhörten. Sie wollte Percy und Ferris nicht dadurch beleidigen, dass sie ihre Stadt mit unschönen Worten bedachte. Stattdessen fuhr sie fort: »Ich dachte, ich hätte deutlich genug gesagt, dass ich es eilig habe, meine Tante zu sehen?«

Ethan nickte und wandte sich halb ab. Er war offensichtlich verwirrt. Tara blickte auf sein Profil, während er geistesabwesend einen Stein im Kreis herumkickte. An ihrer Ehrlichkeit schien er nicht zu zweifeln, und er beherrschte sich meisterhaft. Sie hatte ihn für einen Mann der Tat gehalten, temperamentvoll und zupackend. Warum unterzog er nicht einfach alle infrage kommenden Verdächtigen einem Kreuzverhör? In einer so kleinen Stadt konnte es doch nicht mehr als zwei oder drei mögliche Kandidaten geben!

Tara blickte ihn weiter erwartungsvoll an, doch er blieb ärgerlich und stumm. Sie ging zu dem Buggy hinüber und sah sich die zerfetzten Reifen an. Wer immer sie zerschnitten hatte, schien leidenschaftlich daran interessiert gewesen zu sein, ihr einziges Transportmittel für die Reise nach Tambora unbrauchbar zu machen. Und in Wombat Creek gab es nur einen Menschen, der sie so hasste!

Saladin stand nur ein paar Schritte entfernt und beobachtete sie mit verschlagenem Blick. »Jack, bitte geh mit Hannah noch für ein paar Minuten hinein«, sagte sie.

Etwas in ihrem Ton veranlasste den Jungen, ihr ohne Widerrede zu gehorchen. Er blickte enttäuscht zu Ethan hinüber, verwundert, dass dieser ihn überhaupt nicht beachtet hatte; dann nahm er seine Schwester an die Hand und führte sie ins Hotel zurück. Percy und Ferris folgten den beiden taktvoll.

Tara wandte sich Saladin zu. »Sie haben das getan!«, stieß sie zornig hervor.

Der afghanische Kamelpfleger starrte sie mit leerem Blick an, doch sie war sicher, dass er ihre Worte verstanden hatte. Es war diese kalte, unergründliche Haltung, die sie so aus dem Gleichgewicht brachte. So ähnlich musste es sein, in die Augen einer Schlange zu starren!

»Erzählen Sie keinen solchen Unsinn«, verteidigte Ethan seinen Gehilfen. »Warum sollte Saladin so etwas tun?«

Tara rang nach Worten. Sie hatte tatsächlich keine vernünftige Erklärung für ihren Verdacht. »Ich kann es nicht ... Ich weiß nicht«, gab sie zu.

»Sie verstehen nur die Afghanen nicht. Saladin ist zurückhaltend, aber ganz bestimmt nicht boshaft.«

»Aber ich habe das sichere Gefühl, dass er mich von Anfang an nicht leiden konnte, und ich glaube, er hasst es, mich nach Tambora bringen zu müssen.«

Ethan winkte ab. »Ich kann Ihnen versichern, dass das kein Problem für ihn ist – er wird nämlich nicht mit uns reisen.«

Tara kam sich ziemlich dumm vor. »Wann ist denn das entschieden worden?«

»Gestern Abend. Ich habe nur die paar Vorräte für die Farm zu transportieren und komme mit den Kamelen allein zurecht, also braucht er den Weg nicht zu machen.«

»Aber wer hat dann die Reifen aufgeschlitzt?«, fragte Tara mit vor der Brust verschränkten Armen.

Ethan war sichtlich unbehaglich zumute. »Ich glaube, dass Jack es getan hat«, meinte er leise.

»Jack? Das ist doch absurd!«

»Er war sehr wütend, als Sie sich geweigert haben, ein Kamel zu reiten.«

»Ja, das stimmt, aber das hatte er schon vergessen, als Sie ihm gesagt haben, dass er Maat reiten kann.«

»Ich glaube, er hatte es nicht vergessen – und er ist voller Kummer. Weil er erst vor so kurzer Zeit seinen Vater verloren hat, lasse ich es ihm durchgehen, aber ich werde ihn von jetzt an aufmerksam beobachten. Ich kann es mir nicht leisten, dass jemand mein Eigentum zerstört.«

Tara hatte das Bedürfnis, Jack zu verteidigen, und es gefiel ihr nicht, dass Ethan nichts zu entgehen schien. »Ich weiß«, sagte sie trotzdem mit aufrichtigem Bedauern wegen des kaputten Buggys. »Aber allein die Tatsache, dass sie einige Zeit mit ... meinem Sohn verbracht haben, macht sie noch nicht zu einem Experten, was seinen Charakter und seine Probleme angeht, Mr. Hunter. Es wird noch lange dauern, bis er über den Verlust seines Vaters hinwegkommt, aber sein Kummer allein ist noch kein Grund, etwas kaputt zu machen.« Ein leiser Zweifel schlich sich allerdings doch in ihre Gedanken, denn immerhin hatte Jack beide Elternteile verloren, und es bestand die wenn auch entfernte Möglichkeit, dass seine Trauer ihn zu solchen Handlungen trieb. Trotzdem fuhr sie fort, Gegenargumente aufzuzählen. »Außerdem hat Jack kein Messer.«

»Doch – ich habe ihm gestern eins geschenkt.«

Tara erschrak. »Sie haben was?«

»Mir ist klar, dass ich Sie hätte fragen müssen – das war ein Fehler. Aber er hat es so bewundert.«

»Ich halte es nicht für richtig, einem Zehnjährigen ein Messer in die Hand zu geben!«

Ruhig erklärte Ethan: »Sie müssen aber verstehen, dass man hier draußen ein Messer braucht. Er könnte in eine Situation geraten, wo es ihm das Leben rettet ...«

Daran wollte Tara jetzt lieber nicht denken. Außerdem fand sie die Tatsache, dass Jack ein Messer besaß, nicht ausreichend, um Jacks Schuld zu beweisen. »Vielleicht«, räumte sie deshalb ein. »Aber jedenfalls schlief der Junge fest, als ich gestern Abend in unser Zimmer kam, und Saladin arbeitete noch an dem Buggy. Percy und Ferris hätten durch so eine sinnlose Tat nichts gewonnen, und ebenso wenig die Frauen. Damit bleibt nur einer übrig: Saladin.« Sie blickte zu dem afghanischen Kamelpfleger hinüber, doch dieser wirkte völlig unbewegt. Er hatte wirklich etwas an sich, das ihr Unbehagen verursachte. Ethan schüttelte den Kopf und schaute leise fluchend zum Himmel hinauf. »In dieser Sache werden wir uns nicht einig, aber Tatsache ist, dass wir den Buggy nicht benutzen können.« Er rief Saladin in dessen Sprache einige Anordnungen zu.

Sofort wurde Tara misstrauisch. »Was tun Sie da?«

»Ich lasse für Sie und Hannah ein Kamel satteln – oder wollen Sie etwa in Wombat Creek bleiben?«

Tara öffnete den Mund, um zu antworten, schloss ihn dann jedoch wieder. Sie wusste, dass sie keine Chance hatte, aber sie fühlte Panik in sich aufsteigen.

»Wenn Sie wirklich so gut reiten, wie Sie gestern behauptet haben, dann werden Sie mit dem Kamel keine Schwierigkeiten haben«, sagte Ethan. Das war eine eindeutige Herausforderung, die auch aus der leicht schräg geneigten Haltung seines Kopfes und dem mutwilligen Aufblitzen in seinen dunklen Augen sprach. Tara erwiderte seinen Blick, doch in ihren eigenen grünen Augen spiegelte sich eine ganze Skala widersprüchlichster Gefühle, die von Stolz bis zu nackter Angst reichte.

Ethan spürte, was sie bewegte. »Auf einem Kamel zu reiten ist kaum schwieriger als auf einem Pferd«, sagte er sanft. »Auf dem Kamelrücken wird man etwas mehr durchgeschüttelt, weil sie einen anderen Gang haben, und die Zügel sind etwas länger, aber sonst dürfte es keine Probleme geben.«

Tara war noch immer nicht vollkommen überzeugt, denn ihrer Meinung nach waren Kamele und Pferde sich ungefähr so ähnlich wie ein Dinosaurier und ein Shetland-Pony.

»Victoria wollte auf Hannibal das Kamelrennen von Alice Springs mitreiten, aber dann hatte Tom diesen Unfall ...«

Tara blieb vor Verblüffung der Mund offen stehen. »Ich glaube Ihnen kein Wort!«

»Ich schwöre, dass es wahr ist!«

Tara fiel ein, dass ihre Tante nie gern auf Pferden geritten war und oft Scherze darüber gemacht hatte. Ninian hatte ihr immer eine Kutsche mit Fahrer bereitgestellt. Wenn also Victoria ein Kamel reiten konnte, dann gab es für sie selbst wirklich keine Entschuldigung.

Sie wandte sich der jetzt gesattelten Layla zu, die geduldig und ganz still auf dem Boden kniete, und fand, dass die Stute wirklich nicht allzu bösartig aussah. Vielleicht war es tatsächlich kein so großer Unterschied, ob man ein Kamel oder ein Pferd ritt? Außerdem konnte ihre Bereitschaft, es wenigstens zu versuchen, sie vielleicht Jack wieder ein Stück näher bringen.

»Wir machen uns besser auf den Weg«, sagte sie entschlossen. »Ich rufe die Kinder.«

»Ich muss Sie warnen – es wird eine anstrengende Reise, und ich werde sehr schnell reiten, damit wir es in möglichst kurzer Zeit schaffen – haben Sie mich verstanden?«

Tara spürte wieder leise Furcht in sich aufsteigen, doch sie nickte nur stumm.

Weniger als eine halbe Stunde später waren sie auf dem Weg nach Tambora. Ethan führte auf Hannibal die Gruppe von sieben Kamelen an, und Hannibal ging stolz wie ein Scheich, der seinem Harem voranschritt. Dann folgte Jack auf Maat, der Oma nicht von der Seite wich, dahinter Tara und Hannah auf Layla und schließlich Udo, Mosi und Lilith, die die Vorräte trugen. Tara war aufgefallen, dass Ethan sehr bedachtsam alles eingepackt hatte, was sie brauchten, von Wasserschläuchen über eine Erste-Hilfe-Ausrüstung bis hin zu einem Serum gegen Schlangenbisse. Seine Umsicht stärkte ihr Vertrauen in ihn, und sie musste zugeben, dass sie mit niemandem anders so beruhigt in die Wüste geritten wäre.

Während sie als majestätische Prozession durch die fremdartig wirkende Ebene zogen, wandte sich Jack um und lächelte seiner Schwester zu. Tara überlegte für einen Moment, ob er dazu fähig gewesen wäre, die Reifen des Buggys aufzuschlitzen, tat jedoch den Gedanken gleich darauf als lächerlich ab. Obwohl er seine Gefühle nicht sehr offen zeigte, war seine kindliche Freude an der Reise deutlich zu spüren.

Mit dem Reiten ging es besser, als sie befürchtet hatte, und der Blick vom Sattel aus, mehrere Meter über dem Boden, war sehr aufregend. Tara zeigte Hannah allerlei Interessantes, zum Beispiel einen Adler, ein rotes Känguruh, einen einsamen Dingo, einen stachelbewehrten Leguan und einen Emu. Ansonsten waren weit und breit nur verdorrtes Gestrüpp und roter Sand zu sehen, und ab und zu einmal eine Akazie. Die Reise hätte recht angenehm sein können, wären da nicht die Fliegen gewesen, die zu Tausenden um die Kamele herumzuschwirren schienen.

Tara starrte auf Ethans breiten Rücken, während dieser vor ihr her ritt, und bewunderte die Leichtigkeit, mit der er Hannibal im Zaum hielt. Der Kamelhengst war stark und eigensinnig, und auf der ersten halben Meile bedurfte es einer harten Hand, um ihn zu zügeln. Ethan erklärte Tara, Hannibal spüre, dass Lilith bald bereit zur Paarung sei. Das folgende Gespräch über die Liebesgewohnheiten der Kamele ließ in Tara die Frage aufsteigen, ob Ethan am vergangenen Abend noch bei Maddy gewesen war. Ihre lebhafte Neugier diesbezüglich überraschte sie selbst, und sie verbrachte die nächste halbe Stunde damit, darüber nachzudenken, wie sie das Thema unverfänglich ansprechen könnte. Schließlich beschloss sie, sich vorsichtig heranzutasten. »Liefern Sie auch

Vorräte an Lottie und die Mädchen aus?«, fragte sie angelegentlich.

»Ich beliefere so ziemlich jeden zwischen Marree und Alice Springs«, erwiderte er trocken.

»Lottie befürchtete, dass die Leute anfangen könnten zu reden, wenn ich sie zu Hause besuche.«

»Das wäre sicher unausweichlich«, gab Ethan zurück. »Die Farmersfrauen sind oft allein, weil ihre Männer tage- oder wochenlang unterwegs sein müssen, um Schafe oder Rinder zusammenzutreiben und zu zählen. Der Funk ist ihre einzige Verbindung zu anderen Farmen, und es wird viel getratscht. Sie müssen sich entscheiden, ob Sie Ihr Leben damit verbringen wollen, sich darüber Gedanken zu machen, was andere Leute denken, oder ob Sie tun wollen, was Ihnen gefällt.«

»Ich mag Lottie und die Mädchen«, erwiderte sie.

Diesmal antwortete er nicht, doch sie spürte, dass er froh darüber war.

»Lottie hat mir erzählt, dass ihr Halunke von einem Mann sie verlassen hat«, fuhr sie fort. »Wissen Sie, ob Belle oder Maddy jemals verheiratet waren?«

Ethan lächelte leicht. »Ich kann nicht glauben, dass Sie so viel Zeit dort verbracht haben, ohne es selbst herauszufinden, Tara. Das sähe einer Frau wie Ihnen absolut nicht ähnlich.«

Tara fühlte, wie ihr die Röte in die Wangen stieg.

»Was Sie wirklich interessiert ist, ob ich gestern Abend noch bei Maddy war.«

Einigermaßen verlegen gab Tara zurück: »Das sieht Ihnen ähnlich, Mr. Hunter, sich einzubilden, ich hätte ein solches Interesse an Ihrem Privatleben.« Sie wandte sich ab und tat, als sei sie völlig in den Anblick der Landschaft versunken. Neben sich glaubte sie, Ethan leise lachen zu hören.

Sie aßen und tranken im Sattel. Am späten Nachmittag war Tara und den Kindern die Erschöpfung anzusehen, doch Ethan bestand darauf, dass sie noch weiterritten. Hannah klagte schon seit einiger Zeit über Schmerzen und rutschte unruhig hin und her. Aber erst als die Sonne langsam unterging, beschloss Ethan, ein Lager aufzuschlagen.

Während er den Kamelen ihre Last abnahm, sammelten Tara und die Kinder Holz, und sie zündete ein Feuer an. Ethan knetete einen Teig für das Pflanzenbrot, das die Eingeborenen Damper nannten, und backte es in einem provisorischen Ofen, den er mit sich führte. Als es fertig war, bestrichen sie es mit Marmelade. Ethan erklärte, für sich und Saladin brate er normalerweise eine Eidechse oder eine Schlange, doch er habe sich gedacht, sie hielten vielleicht nicht viel von solcher Buschkost. Jack beteuerte, dass er zumindest davon probiert hätte. Tara war sich da nicht so sicher.

Die Kinder schliefen gleich nach dem Essen ein, während Tara noch einen letzten Becher Tee trank, bevor sie sich ebenfalls hinlegte. Ethan saß auf der anderen Seite des Feuers und lauschte dem Gezirp der Zikaden.

Obwohl sie sehr müde war, starrte Tara voller Staunen zum dunklen Himmel hinauf: Noch niemals zuvor hatte sie so viele Sterne gesehen.

»Der Himmel bei uns ist fast immer bewölkt«, meinte sie, als sie sah, dass Ethan sie beobachtete. »In Irland regnet oder nieselt es jeden Tag irgendwo, und es war immer ein Problem, die Wäsche trocken zu bekommen.«

»Hier haben wir eher ein Problem mit der Wasserversorgung«, erwiderte Ethan. »Aber die Kleider sind schon ein paar Minuten nach dem Waschen wieder trocken. Ich kann mich gar nicht mehr daran erinnern, wann es zum letzten Mal richtig geregnet hat. Das war entweder gegen Ende des letzten oder des vorletzten Jahres ...«

Tara erschrak. »So lange ist es her? Ich hätte nie gedacht, dass ich das einmal sagen würde, aber ich vermisse den Regen richtig.« Obwohl die Sonne inzwischen untergegangen war, war es immer noch sehr heiß. Sie sehnte sich nach einem Bad, dass die Müdigkeit aus ihren schmerzenden Muskeln vertrieb.

Ethan trank seinen Becher leer und schlug nach einer Mücke, die sich auf seinen Handrücken gesetzt hatte. »Wo haben Sie in Irland gewohnt?«

Seine Frage überraschte sie, und sie zögerte mit der Antwort. »Meine Familie stammt aus Edenderry in der Grafschaft Offaly«, sagte sie dann.

»Haben Sie dort auch mit Ihrem Mann und den Kindern gewohnt?«

»Nein, wir sind ziemlich viel herumgezogen.«

»Wie hat ihre Mann sein Geld verdient?«

Tara dachte an Garvie, den Musiker und Gelegenheitsdieb. Er hatte auf Farmen, Fischerbooten und Pferdemärkten gearbeitet, und es hatte wenig gegeben, was er nicht ausprobiert hätte, doch er war niemals bei irgendetwas geblieben. Sogar seine Malerei hatte unter seinen häufigen Gefängnisaufenthalten gelitten. Der richtige Vater der Kinder war ein solider Mann gewesen, ein Handwerker.

»Michael war Kutschenbauer. Er hat bei der Islingtoner Eisenbahngesellschaft gearbeitet. Hat Jack Ihnen erzählt, dass das Schiff direkt vor der Küste gesunken ist?«

»Ja.«

Tara fragte sich, was Jack noch alles erzählt haben mochte.

»Das muss schrecklich gewesen sein. Ist es auf ein Riff gelaufen?«

»Nein, es gab einen Sturm, und dann ist ein Feuer ausgebrochen ...« Tara spürte, wie die Erinnerungen sie zu überwältigen drohten. Sie wollte nicht über den Untergang des Schiffes reden. Das war nicht nur schmerzhaft, sondern sie fürchtete auch, Ethan könnte die Wahrheit über die Kinder erraten.

»Sie schichten Feuer auf wie ein Viehtreiber«, sagte er plötzlich.

Tara spürte, wie sie errötete.

»Und Sie kochen Billy-Tee, als hätten Sie ihr Leben lang nichts anderes getan. Aber das scheint mir sehr unwahrscheinlich, und deshalb habe ich gefragt, wo sie gewohnt haben. Ich denke, Sie hatten ein Heim, aber Sie sitzen so selbstverständlich an diesem Lagerfeuer wie eine ... Zigeunerin.«

Tara starrte ihn aus weit aufgerissenen Augen an. Für einen Moment war sie sprachlos. Doch schließlich fasste sie sich und erklärte: »Ich habe mir von den Zigeunern etwas abgeschaut. Sie ... sie lagerten oft auf dem Land meines Vaters, und ich fand ihre Gewohnheiten ... faszinierend.« Sie hoffte, ihre etwas fadenscheinige Erklärung werde ihn zufriedenstellen.

Er bemerkte ihr Erröten und ahnte, dass sie log – doch die Kinder waren eindeutig bürgerlicher Herkunft, und in ihren Adern floss kein Zigeunerblut.

Seine nächsten Worte schockierten Tara noch mehr. »Sie sind nicht die richtige Mutter dieser Kinder, oder?« Ihm war aufgefallen, dass es kein wirklich enges Band zwischen Tara und den beiden gab. Sie hatte sie gern und fühlte den Drang, sie zu beschützen, doch Hannah und Jack reagierten anders darauf, als wenn sie ihre eigenen Kinder gewesen wären. Er hatte noch nie gehört, dass Jack sie ›Mutter‹ genannt hätte, Hannah dagegen hatte schon öfter in ihrer Gegenwart nach ihrer Mutter geweint. Außerdem hatte Ethan an Taras Ringfinger einen weißen Streifen bemerkt, wo sie einen Ehering getragen haben musste. Wenn ihr Mann eben erst gestorben war, hätte sie den Ring sicher nicht schon so bald abgenommen.

Tara wusste nicht, wie sie ihm antworten sollte, und starrte stumm vor sich hin.

»Sind beide Eltern bei dem Schiffsunglück ertrunken?«

Sie konnte nicht anders, als es zuzugeben. Ethan war ein aufmerksamer Beobachter, und es hatte keinen Sinn, ihn zu belügen. Außerdem war es nur eine Frage der Zeit, bevor Jack sich verriet. »Ja, das sind sie.«

Ethan nickte stumm, ohne ihr Vorwürfe zu machen. Tara war zutiefst erleichtert.

Ethan musste sich eingestehen, dass er sich in Tara geirrt hatte.

Nur ein selbstloser Mensch würde die Verantwortung für die Kinder eines anderen übernehmen. Und doch hatte er das Gefühl, dass das nicht ihre ganze Geschichte war.

»Im Rettungsboot war kein Platz mehr für sie«, begann Tara fast flüsternd wieder zu sprechen, und diese wenigen Worte ließen alles wieder lebendig werden. Sie blickte hinaus in die Dunkelheit, während ihre Gedanken zu der schicksalhaften Nacht zurückgingen. Die sie umgebende Schwärze erinnerte sie an die kalte, dunkle See, und sie schlang schaudernd die Arme um ihren Körper. »Maureen und ich haben uns eine Kabine geteilt. Sie war so fröhlich ...« Tara kämpfte mit den Tränen. »Als das Schiff zu sinken begann, hat Michael die Kinder zu mir ins Boot gesetzt, für den Fall, dass in den anderen Rettungsbooten nicht genug Platz sein würde. An Deck herrschte ein furchtbares Durcheinander, alle drängten und schoben ... Maureen hätte noch mit uns kommen können, aber sie wollte ihren Mann nicht allein lassen. Ich habe Michael meinen Platz angeboten, aber er mochte nichts davon hören ... Ich hätte ihn überreden müssen!«

»Sie brauchen kein schlechtes Gewissen zu haben, Tara«, sagte Ethan überraschend verständnisvoll. »Die Situation war sicher für alle schrecklich – stellen Sie sich nur vor, wie Michael oder Maureen sich gefühlt hätten, wenn Sie umgekommen wären!«

»Nicht elender als ich. Was, wenn die Kinder mir eines Tages Vorwürfe machen?«

»Das werden sie nicht tun!«

»Ich werde nie vergessen, wie Michael mich angeschaut hat, als das Rettungsboot heruntergelassen wurde – niemals.« Ihre schönen Augen füllten sich mit Tränen. »Er beschwor mich, auf die Kinder Acht zu geben, falls ihm irgendetwas zustoßen sollte. Egal was geschieht – ich halte mein Versprechen.« Voller Zuneigung betrachtete sie die schlafenden Kinder, die rührend unschuldig wirkten. »Das ist übrigens kein Opfer für mich – ich habe Jack und Hannah wirklich gern.« Sie sah Ethan an. »Bin ich eine so schlechte Mutter, dass Sie es gleich gemerkt haben?«

»Sie sind in einer außergewöhnlichen und sehr schwierigen Lage. Geben Sie sich etwas Zeit!«

Tara verstand nicht, warum sich seine Haltung ihr gegenüber plötzlich so gewandelt hatte. Er hätte ihr zustimmen können, dass sie ihre Sache nicht gut machte, doch er schien tatsächlich mitfühlend zu sein.

»Das ist wirklich die schwierigste Situation, in der ich jemals gewesen bin«, meinte sie. Ethan nickte schweigend und verzichtete darauf, ihr zu sagen, dass sehr viel schwierigere Probleme noch vor ihr lagen.

»Ich möchte Jack und Hannah eine richtige Mutter werden«, hörte sie sich zu ihrem eigenen Erstaunen sagen.

»Alle Eltern machen Fehler, Tara. Seien Sie nicht zu hart zu sich selbst!«

Tara seufzte. »Ich gebe es nicht gern zu, aber ich beneide Sie um Ihre natürliche Art Jack gegenüber.«

Ethan lächelte. »Ich war zwar ein Einzelkind, aber ich hatte viele jüngere Cousins und war oft bei ihnen zu Hause. Haben Sie keine Geschwister?«

»Ich habe noch Brüder, aber wir sind fast ausschließlich von Kindermädchen erzogen worden.«

»Dann stammen Sie also aus wohlhabenden Verhältnissen.«

Tara verzichtete auf eine Antwort. Nach kurzem, leicht unbehaglichem Schweigen sagte sie: »Ich danke Ihnen, dass Sie sich so viel Zeit für Jack nehmen. Er hat sich sehr zurückgezogen.«

»Das ist unter diesen Umständen völlig normal.«

Tara spürte, dass er noch immer glaubte, Jack habe die Reifen des Buggys zerschnitten, doch sie selbst hielt nach wie vor Saladin für den Schuldigen. Die Zeit würde ihr Recht geben, davon war sie überzeugt.

»Jack scheint die Kamele wirklich zu mögen.« Tara war sich nicht bewusst, wie verwundert ihre Worte geklungen hatten, bis sie sah, dass Ethan amüsiert lächelte. »Fast so sehr, wie Sie sie verabscheuen«, sagte er und bemühte sich sichtlich, ernst zu bleiben.

Halb lächelnd räumte Tara ein: »Eigentlich sind sie gar nicht so übel.«

Ethan zog die Augenbrauen hoch, und Tara fügte hastig hinzu: »Ich finde immer noch, dass sie stinken.« Sie roch an ihren Sachen und rümpfte die Nase. »Und sie geben schreckliche Geräusche von sich – aber ich glaube, ich kann mich an sie gewöhnen.«

»Das ist doch schon ein Fortschritt.« Ethans Miene erhellte sich sichtlich. Dann starrte er in die Glut des niedergebrannten Feuers, in dem das Holz knackend zerfiel, und versank in Gedanken.

Der nächste Tag verlief wie der vorangegangene. Ethan erklärte ihnen, sie würden auf eine hohe Felskante zureiten, die meilenweit entfernt eben noch zu erkennen war. Die rote Wüste nahm kein Ende, und unendlich schien auch die Zahl der Fliegen, die sie umschwirrten und von denen einige schmerzhaft bissen.

»Hat es im See jemals Wasser gegeben?«, wollte Tara wissen, die von einer riesigen kühlen Wasserfläche träumte.

Ethan wandte sich im Sattel um. »Der Lake Eyre?« Er wirkte erstaunt.

»Ja. Sie werden es nicht glauben, aber ich habe mir eigens einen Badeanzug gekauft, in der Hoffnung, vielleicht endlich einmal Schwimmen zu lernen.«

Lachend erwiderte Ethan: »Wenn Sie genügend Geduld aufbringen, könnten Sie vielleicht Glück haben. Aber seit der europäischen Besiedlung ist er nur ein einziges Mal voll gewesen, als es in Queensland heftige Überschwemmungen gab und das Wasser durch den Warburton-Fluss und den Cooper Creek in den Lake Eyre abgeflossen ist. Ich habe gehört, dass es Wochen dauerte, bis er voll war, und dass es für die paar Bewohner der Gegend sehr aufregend war.« Er schwieg einen Moment, um dann fortzufahren: »Ich war damals nicht hier, aber einige von den alten Goldschürfern erzählen noch davon. Anscheinend hat sich damals sehr schnell eine bemerkenswerte Tierwelt dort angesiedelt: Alle möglichen Arten von Wasservögeln und Fischen, und außerdem eine

Vielzahl verschiedener Wildblumen. Natürlich haben sich auch Schlangen und Dingos sprunghaft vermehrt, weil es mehr Beute wie Springmäuse und Langhaarratten gab. Ich hoffe, dass ich noch lebe, wenn es das nächste Mal passiert. Es wäre sicher ein einmaliger Anblick. Aber das Innere Australiens ist nicht der ideale Ort, um Schwimmen zu lernen. Weiter im Norden gibt es ein paar natürliche Quellen. Wo haben Sie denn den Badeanzug erstanden?«

»In Marree.«

»Lassen Sie mich raten – in Mohomet Basheers Geschäft?«

»Genau.«

Ethan lachte herzlich.

Es dämmerte bereits, als die erschöpfte Karawane Ethans kleine Hütte erreichte. Tara bat ihn, anzuhalten und ein Lager aufzuschlagen. Er hatte sie den ganzen Tag über unablässig angetrieben, doch jetzt war sie zu müde, um auch nur das kleinste Stück weiterzureiten, und den Kindern ging es ebenso. »Wie weit ist es noch bis zur Farm?«, fragte sie, enttäuscht darüber, dass sie es nicht geschafft hatten.

»In der Luftlinie wäre es weniger als eine halbe Meile«, entgegnete Ethan. »Das Problem ist, dass man einen Umweg von knapp einer Meile machen muss, um an den Fuß der Klippe zu gelangen.« Er gab den Kamelen das Kommando, in die Knie zu gehen, und Tara und die Kinder stiegen ab.

»Sie können das Haus von hier aus sehen«, fuhr Ethan fort.

Obwohl sie sich insgeheim davor fürchtete, welchen Anblick Tambora bieten mochte, eilte Tara mit Hannah auf dem Arm zum Rand der Klippe und schaute mit klopfendem Herzen hinunter. Unten erkannte sie ein halb verfallenes Gebäude, gegen das Ethans Hütte wie ein Palast wirkte. Tara fühlte einen dicken Kloß im Hals. Der Anblick war viel schlimmer, als sie jemals befürchtet hatte, doch sie besaß nicht einmal mehr genug Energie, um zu weinen. Wäre Hannah auf ihrem Arm nicht gewesen, hätte sie sich vielleicht in den Abgrund gestürzt.

Dann tauchte Ethan auf und stellte sich neben sie. Er bemerkte ihre entsetzte Miene, folgte ihrem Blick und begriff ihren Irrtum. »Sehen Sie, dort drüben ist es.« Er deutete in die Richtung einiger großer, dicht belaubter Bäume, zwischen denen Tara in der zunehmenden Dämmerung ein riesiges weißes Haus erkennen konnte.

Sie stieß überrascht den Atem aus. »Ist das Tambora?« Es sah einfach großartig aus.

Ethan nickte. »Tom hat es genauso bauen lassen wie ihr Haus in Indien. Es hat mehr als ein Jahr gedauert, bis der Rohbau stand, und nach jedem Bauabschnitt haben sie einen Stier geschlachtet, ein großes Fest veranstaltet und alle Leute eingeladen. Viele hier haben ihnen geholfen, aber für die schwierigeren Arbeiten haben sie Handwerker aus Adelaide und Melbourne geholt.«

Das Haus war zweistöckig, und Balkone mit verzierten Geländern liefen um beide Etagen herum. Es sah einfach großartig aus. In einem der oberen Räume, vermutlich dem ihrer Tante, brannte Licht, der Rest des Hauses lag im Dunkeln. Es gab einige Nebengebäude und Hütten, eine davon mit erhellten Fenstern, und verschiedene umzäunte Flächen. Auf einigen Koppeln standen Pferde, und alle waren von Schatten spendenden Bäumen eingerahmt.

Es gab keine Rasenflächen oder Blumenbeete, was angesichts der Trockenheit nur zu verständlich war, doch Tara erkannte auf den Verandas einige Palmen in großen Blumentöpfen.

Ihre Miene hellte sich auf, sie lächelte strahlend, und dann fing sie an zu lachen, bis ihr die Tränen über die staubigen Wangen rannen.

»Seht mal, Kinder«, stieß sie hervor, »das ist euer neues Zuhause.«

Jacks Miene drückte mäßige Neugier und Zurückhaltung aus, während Hannah zu müde war, um irgendeine Reaktion zu zeigen.

»Was hatten Sie denn erwartet?«, fragte Ethan und sah sie scharf an – doch er glaubte es bereits zu wissen.

»Das Schlimmste«, flüsterte sie mit einem Blick auf das verfallene Häuschen unterhalb von ihnen. Dann schaute sie wieder nach Tambora hinüber und fügte hinzu: »Das ist die schönste Überraschung, die ich hatte, seit ich in Australien gelandet bin.« Nur schade, dass es mitten im Busch liegt, dachte sie.

Auch Ethan blickte auf Tambora und meinte leise: »Denken Sie an meinen Rat: Erwarten Sie nicht zu viel, dann werden Sie nicht enttäuscht.«

Zuerst glaubte Tara, er spräche von den niedrigen Erwartungen, die sie gehabt hatte, und der freudigen Überraschung, die sie jetzt empfand. Aber als sie seine besorgte Miene sah, kamen ihr Bedenken.

Wieder sah sie zu dem großen, weißen Haus hinüber, und ihre Freude begann zu schwinden. Es wirkte großartig, doch wenn sie es recht bedachte, wie konnte ihre Tante inmitten einer so feindlichen Umgebung ein so unbeschwertes Leben führen? Das war schlicht unmöglich. Die Trockenheit hatte der Gegend schwer zugesetzt – das hatte sie selbst gesehen. Ganz sicher war das nicht ohne Auswirkungen auf den Viehbestand ihrer Tante und damit auf deren Leben geblieben – und außerdem war da noch die Wirtschaftskrise ...

11

Bevor er die Schlafgelegenheiten herrichtete, lud Ethan die Kamele ab, um sie dann mit Jacks Hilfe zu füttern und zu tränken. Tara fand einige Konservendosen im Innern der Hütte und stellte daraus eine einfache Mahlzeit zusammen. Dann machte sie ein Feuer an, und während die gebackenen Bohnen und das Corned Beef in einem Topf über den Flammen langsam warm wurden, pumpte sie Wasser zum Waschen aus dem Brunnen hoch und füllte den Teekessel.

Wie erwartet war Jack mehr an den Kamelen als am Essen oder Baden interessiert. Ethan hielt seine Zuchttiere auf einer umzäunten Weide nicht weit von der Hütte entfernt. Einige der Stuten hatten gerade Junge, von denen zwei erst wenige Wochen alt waren. Mit ihren weichen, lockigen Fellen und den unschuldig blickenden braunen Augen waren sie fast niedlich, und Jack verliebte sich sofort in sie. Während Ethan sich die Tiere sorgfältig ansah, erzählte er Jack, er verkaufe die Tiere vor allem an andere Karawanenführer, die das Innere des riesigen Kontinents bereisten. Aber manchmal brauchte er sie auch selbst, um große Ladungen Vorräte zu Minengesellschaften zu transportieren.

Nachdem sie sich mit dem erfrischend kühlen Wasser gewaschen hatte, fühlte sich Tara fast wieder wie ein Mensch. Als es dunkel wurde, aßen sie am Lagerfeuer. Tara fiel auf, dass Hannah nur in ihrem Essen herumstocherte und sehr lethargisch wirkte. Tara fragte sich, ob die Kleine vielleicht krank war oder einen Hitzschlag hatte. Dann sah sie, dass Ethan Hannah ebenfalls beobachtete. »Ich glaube, sie ist nur erschöpft«, meinte er. »Die letzten Tage waren sehr hart für ein so kleines Mädchen.« Er hob den Blick und sah Tara direkt an. »Sie haben sich alle drei sehr gut gehalten.«

Tara spürte, dass er es ehrlich meinte. »Ich bin enttäuscht, dass wir nicht bis zur Farm gekommen sind«, gab sie zu. »Wir haben Sie aufgehalten, nicht wahr?«

Ethan schüttelte den Kopf. »Wenn man bedenkt, dass Sie alle noch nie eine solche Entfernung in diesem Klima und auf dem Kamel zurückgelegt haben, sollte es Sie stolz machen, überhaupt bis hierher gekommen zu sein.«

Tara war ihm dankbar für diese Worte. Sie war noch nie so müde gewesen, und ihr tat buchstäblich jeder Knochen weh. Auch für Hannah war die Reise hart gewesen, doch Jack hatte sich erstaunlich gut gehalten. »Ich bringe Hannah ins Bett«, sagte sie und trug die Kleine in die Hütte.

Als sie wieder herauskam, war Ethan dabei, Hannibal zu striegeln, was sie sehr komisch fand, nachdem sie ihn am Tag zuvor mit einer alten Decke verglichen hatte. Aber trotz aller Anstrengungen sah Hannibal dann auch hinterher nicht anders aus als vorher. Jack stand neben Ethan und bürstete Oma.

In Taras Augen war Ethan ein sehr vielschichtiger Mann. Offensichtlich war er sehr anspruchslos in Bezug auf persönliche Besitztümer, und er brauchte keine Gesellschaft. Er reiste mit leichtem Gepäck und lebte sehr einfach, was vielleicht auch seine ›Freundschaft‹ mit Maddy erklärte. Bei ihr konnte er seine körperlichen Bedürfnisse ohne zu große, verpflichtende Gefühle befriedigen. Tara beneidete ihn fast in wenig um sein unkompliziertes Dasein und wusste doch, dass sie selbst nicht für ein Leben in der Einsamkeit geschaffen war. Sie brauchte Menschen um sich herum und sehnte sich nach Liebe und Leidenschaft. Aber vor allem hatte sie immer von einer eigenen Familie geträumt.

Wahrscheinlich war das auch der Grund, dass sie die Verantwortung für die Kinder übernommen hatte. Eigenes Mutterglück war ihr verwehrt geblieben, wofür die Zigeuner ihr die Schuld gegeben hatten. Garvie dagegen war immer der Meinung gewesen, es liege an ihm. Ihr Leben mit dem fahrenden Volk hatte sie um vieles gebracht, um Freundschaften außerhalb der Sippe und die Achtung der Gesellschaft. Erst jetzt, nach so vielen Jahren, begriff sie, dass die Anerkennung ihre Familie und eine eigene Familie ihr sehr wichtig waren. Außerdem wünschte sie sich einen Mann, der ihr erlaubte, sie selbst zu sein, jemanden, bei dem sie sich sicher und beschützt fühlen konnte. Obwohl Garvie viel guten Willen besessen hatte, war er unfähig gewesen, ihr diese Dinge zu geben.

Während Ethan und Jack die Kamele für die Nacht in den umzäunten Hof führten, wusch Tara das Geschirr ab und räumte ein wenig auf. Sie war Ethan sehr dankbar dafür, dass er sich so um den Jungen kümmerte. Wenn er wieder losritt, würde sie selbst lernen müssen, mit Jack umzugehen, und sie ahnte, dass das nicht leicht werden würde.

Bevor sie sich schlafen legte, zog es Tara noch einmal zu der Felskante, um für diesen Tag einen letzten Blick auf Tambora zu werfen. Es war schon spät, und das Haus lag in tiefer Dunkelheit. Der Vollmond warf sein blasses Licht über die Landschaft und ließ die Eukalyptusbäume, die das Haus umgaben, wie überirdische Schemen wirken, die über das Anwesen wachten.

Dessen weiße Mauern schimmerten im Glanz des Mondes, und die Säulenbögen der Veranden warfen düstere Schatten auf dem hellen Boden. Wieder staunte Tara über die Pracht des Hauses, doch im Mondlicht schien es von einer Aura umgeben, die ihm etwas Geheimnisvolles verlieh. Tara konnte noch immer nicht glauben, dass ihre Tante in diesem eindrucksvollen Haus wohnte, umgeben von staubtrockener Wüstenlandschaft. Ihr Elternhaus, immerhin ein Herrensitz auf dem Land, war dagegen bescheiden gewesen.

Die Aussicht, ihre Tante zum ersten Mal seit sieben Jahren wiederzusehen, erfüllte Tara mit großer Vorfreude, wenn auch gemischt mit ein wenig Sorge. Sie hoffte, dass Victoria ebenso froh sein würde, sie zu sehen, doch sie wollte ihr keine Last sein, vor allem, weil sie auch noch die Kinder mitbrachte.

Tara ging zum Feuer zurück und goss sich einen Becher Tee ein. Gleich darauf kam auch Ethan. »Jack ist auch endlich schlafen gegangen«, sagte er. »Er war so müde, dass er beinahe im Stehen eingeschlafen wäre, aber er hat darauf bestanden, mir zu helfen.«

»Er ist gern mit Ihnen zusammen«, erwiderte Tara und reichte ihm einen Becher Tee.

»Ich glaube, er mag vor allem die Kamele. Es gibt nicht viele Menschen, die diese Tiere so gern haben.«

Tara sah die Freude auf seinen Zügen und bemerkte das leichte Lächeln um seinen Mund. Sie schwieg einen Augenblick, während Ethan sie aufmerksam beobachtete.

»Wie sieht der Alltag auf einer Farm eigentlich aus?«, fragte sie dann unvermittelt.

»Ein immerwährender, anstrengender Kampf, nichts als harte Arbeit, tagein, tagaus, über viele lange Jahre. Es kann auch sehr lohnend sein. Manchmal gibt es sehr ertragreiche Zeiten, aber oft dauern die Trockenperioden ewig, und die guten Zeiten sind selten und kurz.«

Tara schüttelte den Kopf. Sie konnte nicht verstehen, wie ihre Tante damit fertig wurde. »Ich werde natürlich helfen, wo ich kann – aber meine Tante hat doch sicher auch Angestellte, nicht wahr? Sie erwähnten einen Verwalter ...«

Ethan nahm ihre Frage als Bestätigung dafür, dass er Recht gehabt hatte. Tara glaubte offensichtlich, mit einem so großartigen Haus verbinde sich ein ebenso großartiger Lebensstil – und genau deshalb hatte er ihr nichts über Tambora erzählt, bevor sie es mit eigenen Augen gesehen hatte. »Früher gab es sehr viele Angestellte, besonders als Tom noch lebte«, erwiderte er. »Aber die letzten

Jahre waren hart, und jetzt sind nur noch wenige geblieben. Es gibt etwas, das Sie über Ihre Tante wissen sollten, Tara: Sie war immer eine sehr tatkräftige Frau und hat sich nie nur als Vorgesetzte gefühlt, die die Anweisungen gab. Sie war immer draußen und hat selbst mit Hand angelegt, soweit es ging. Jetzt scheint Tadd Sweeney die Dinge für sie zu regeln, doch Victoria würde sich nirgendwo anders wohl fühlen als in Tambora.«

»Bringt die Farm ihr denn überhaupt Gewinn ein?«, fragte Tara plötzlich.

Ethan schien ihre Direktheit ein wenig zu befremden, und sie erklärte leicht verlegen: »Ich weiß, dass das eine sehr indiskrete Frage ist. Ich möchte nur wissen, ob meine Tante in finanziellen Schwierigkeiten steckt. Die Wirtschaftskrise trifft jeden, und ich habe lange gezögert, bevor ich hergekommen bin, weil ich befürchtete, ihr zur Last zu fallen.«

Ethan erkannte, dass ihre Sorge echt war. Ruhig gab er zurück: »Das weiß ich wirklich nicht. Seit Victorias Augen schlechter geworden sind, führt Tadd Sweeney die Bücher, und da sie niemals irgendwelche Anzeichen von Besorgnis erkennen lässt, scheint er ihr nur gute Berichte über die Farm abzuliefern.«

»Wie ist er?«

Ethan hörte das leise Misstrauen in ihrer Stimme. »Victoria vertraut ihm, und sie kennt ihn besser als irgendjemand sonst.«

»Ferris hat auch von ihrem schwindenden Augenlicht gesprochen. Glauben Sie, es handelt sich um ein ernsteres Problem?«

»Da bin ich mir nicht sicher. Um ehrlich zu sein, habe ich sie selbst länger nicht gesehen, sondern immer nur mit Tadd oder Nerida gesprochen, wenn ich da war. Während der vergangenen Monate bin ich meist nur sehr kurz zu Hause gewesen, was sonst ungewöhnlich ist.«

»Wo war meine Tante, wenn Sie sie besuchen wollten?«

»Tadd meinte, sie schliefe. Sie legt sich meist nachmittags ein wenig hin.«

Tara fragte sich, warum Victoria ihre Augen nicht hatte untersuchen lassen. Vielleicht brauchte sie auch nur eine Brille! Plötzlich fühlte sie, wie eine schreckliche Ahnung in ihr aufstieg, dass irgendetwas nicht stimmte, und ihre Ungeduld wuchs.

»Was ist das?«, fragte Tara am nächsten Morgen und deutete nach Westen. Es war noch früh, und sie ritten auf Tambora zu, als plötzlich vor dem Horizont eine rote Staubwolke aufstieg und sich auf sie zu zu bewegen schien. Tara hielt es für ein Unwetter und machte sich der Kinder wegen Sorgen.

»Aus dieser Entfernung ist es schwer zu entscheiden, ob es Rinder oder Schafe sind, aber es ist jedenfalls ziemlich sicher eine Herde in Bewegung«, gab Ethan zurück.

Tara stieß überrascht den Atem aus. »Ist das alles?«

»Für was haben Sie es denn gehalten?«

»Ich ... ich hatte keine Ahnung – vielleicht für einen Tornado?«

»Sie meinen einen ›Willy-willy!‹«

»Was in aller Welt ist das?«

»Ein Wirbelwind, der den Staub in riesigen Säulen über das Land treibt. Manchmal sind sie mehr als fünfzig Meter hoch. Sie tragen wertvolle Bodenkrume ab, aber sonst verursachen sie meist wenig Schaden an Menschen und Gebäuden.«

Tara erinnerte sich, eine weniger beeindruckende Erscheinung dieser Art aus dem Zugfenster heraus beobachtet zu haben, und außerdem hatte sie in der Nähe von Lotties Haus einen solchen Luftwirbel gesehen.

Eine Stunde später trafen sie kaum eine halbe Meile von Tambora entfernt auf die Herde, und Tara lernte Nugget kennen, einen eingeborenen Viehtreiber, der für ihre Tante arbeitete. Ethan und Nugget begrüßten sich sehr herzlich und tauschten dann Neuigkeiten über die Kamele aus. Aus ihrer kurzen Unterhaltung schloss Tara, dass Nugget sich während Ethans Abwesenheit um die Kamele kümmerte.

Ihr fiel ein, dass sie im Wombat-Creek-Hotel ein Foto von

Nugget gesehen hatte. Er wirkte auf sie wie ein bescheidener, umgänglicher Mensch mit einer sehr praktischen Lebenseinstellung. In seiner abgewetzten Lederhose, seinem weiten Hemd mit aufgerollten Ärmeln, staubigen Stiefeln und einem Hut mit aufgenähten Krokodilzähnen auf der breiten Krempe, die seine Augen teilweise verbarg, schien er genau in diese unwirtliche Landschaft zu passen. Tara versuchte, aus dem Wenigen, was sie von ihm sah, sein Alter zu erraten, sah den mehrere Tage nicht rasierten, schon von grauen Strähnen durchzogenen Bart, die glatten Wangen und die tiefen Falten um die lachenden Augen und schätzte ihn auf etwa fünfzig Jahre. Er saß im Sattel, als habe er sein ganzes Leben darin zugebracht.

»Nugget«, sagte Ethan, »das hier ist Victorias Nichte Tara.«

Nugget legte grüßend eine Hand an den Hut. »Sehr erfreut, Missus. Das wird aber eine große Überraschung!« Sein breites Lächeln ließ im Oberkiefer eine Zahnlücke sichtbar werden, wo ihm zwei Schneidezähne fehlten. Das erklärte auch sein leichtes Lispeln. Tara mochte ihn sofort.

»Ich habe einige Ihrer Bilder gesehen – sie sind sehr gut. Wo haben Sie malen gelernt?«

Nuggets Augen leuchteten vor Stolz. »Mein Vater war einer der Besten, Missus. Er hat es mir gezeigt, als ich noch ganz klein war.«

»Das hier sind Hannah und Jack«, erklärte Tara und deutete auf die Kinder.

Nugget grinste sie freundlich an. »Viel Spaß hier für euch Winzlinge«, meinte er. »Vielleicht kann ich euch beibringen, wie man einen Bumerang wirft – na, Junge, ist das was?«

»Was ist denn ein Bumerang?«, fragte Jack unsicher.

»Eine Waffe, die die Aborigines zum Jagen verwenden«, sagte Ethan.

»Kann den Kopf von so einem Känguru abschlagen«, ergänzte Nugget noch immer grinsend. Als er Jacks Stirnrunzeln sah, beeilte er sich hinzuzufügen: »Ein Bumerang ist ein flaches, gebogenes Holzstück. Du wirfst es von dir weg, und es kommt zu dir zurück.«

Jacks Miene hellte sich auf. »Das würde ich gern sehen – aber nicht, wie einem Känguru der Kopf abgeschlagen wird.«

Nugget lachte. »Die geben aber schöne Pelze, Junge.«

»Wo ist Tadd Sweeney?«, fragte Ethan den Viehtreiber, denn er konnte den Verwalter bei der Herde nirgends entdecken.

»Irgendwo beim Haus«, gab Nugget ausdruckslos zurück. »Sitzt bestimmt im Schatten.« Ethan hatte schon oft den Eindruck gehabt, Tadd sei faul. Er spielte gern den Boss und gab Anweisungen, ohne selbst etwas zu tun.

»Gehe besser wieder an die Arbeit«, meinte Nugget. »Muss die Schafe auf die Weide am Haus treiben. Drüben im Westen kein Futter – die verdammten Heuschrecken haben alles abgefressen. Sie kommen hier herüber – wird eine Menge mehr Schafe zu versorgen geben, bevor die Woche zu Ende ist!«

»Heuschrecken?«, meinte Tara verständnislos.

»Im Westen hat es Regen gegeben«, erklärte Ethan. »Beste Bedingungen für Heuschrecken. Sie fressen alle jungen Triebe ab und lassen nichts für die Rinder und Schafe übrig. Immerhin können sich die Schlangen und Eidechsen auf eine gute Heuschreckenmahlzeit freuen.«

Als sie in weitem Bogen um die Herde herumritten, um der erstickenden Staubwolke auszuweichen, sah Tara, dass noch mindestens drei andere Viehtreiber die Schafe mit der Hilfe von vier Hunden zusammenhielten. Zwei der Hunde waren vom selben rötlichen Braun wie die Wüste, die anderen schwarz-weiße Collies, die ihre Aufgabe souverän meisterten.

»Die rotbraunen sind Kelpies, man benutzt sie vor allem für Rinder«, erklärte Ethan. »Einige der allerersten Einwanderer haben Schottische Collies mitgebracht, die mit Dingos gekreuzt wurden. Die anderen kennen Sie vielleicht als ›Border-Collies‹, sie kommen ursprünglich aus dem Grenzgebiet zwischen England und Schottland. Fergus, der größere der beiden, ist ein preisgekrönter Zuchtrüde, und fast alle Collies im Umkreis von ein paar hundert Meilen stammen von ihm ab. Ihn bei der Arbeit mit Schafen zu beobachten, ist ein wahrer Genuss!«

Nachdem sie die Herde und die Staubwolken hinter sich gelassen hatten, erkundigte Tara sich bei Ethan, was denn mit der Schafwolle geschehe. Er erklärte ihr, die Wollballen würden meist auf Kamelen nach Wombat Creek transportiert, wo sie in den Zug nach Port Adelaide umgeladen und dann exportiert wurden. Doch durch die Wirtschaftskrise war Wolle fast nichts mehr wert, und es lohnte kaum noch, sie irgendwohin zu transportieren.

Als die Kamele zwischen den Bäumen in der Nähe des Hauses in die Knie gingen, fühlte Tara, wie die Aufregung sie fast überwältigte.

»Ich gehe nachsehen, ob ich Nerida, das Hausmädchen, finde«, sagte Ethan, dem ihre Nervosität nicht entgangen war. Doch er hatte es kaum ausgesprochen, da erschien auf der vorderen Veranda ein Mädchen mit einem Staubwedel in der Hand. Nerida war eine blutjunge Aborigine, wahrscheinlich nicht älter als sechzehn Jahre. Als Ethan Tara und die Kinder zu der schattigen Terrasse führte, deren Boden mit Mosaiken ausgelegt war, konnte Tara erkennen, dass Nerida den ein wenig ungelenken Körper eines pubertierenden Teenagers hatte. Ein weites Baumwollkleid bedeckte ihren Körper bis auf die langen, dünnen Beine. Ihre nackten Füße waren ungewöhnlich groß. Ein bunter Schal hielt ihre dunkle, wilde Haarmähne zusammen, und ihre Augen blickten klar und offen in die Welt, ein auffälliger Kontrast zu ihrem sonst eher ein wenig schüchternen und zurückhaltenden Benehmen.

»Nerida«, erklärte Ethan, »das hier ist Victorias Nichte, Tara Flynn.«

Neridas ohnehin schon große Augen wurden noch größer, und sie wischte sich verlegen den Schweiß von der Stirn. Zu Taras Überraschung machte sie einen altmodischen Knicks. »Willkommen in Tambora, Missus Flynn«, sagte sie leise.

»Bitte nenn mich Tara, Nerida – und vielen Dank! Du brauchst nicht zu knicksen – schließlich bin ich nicht die Königin!« Kaum hatte sie es ausgesprochen, als ihr Elisas Worte einfielen: »Du hast edles Zigeunerblut in dir ...« Sie erschauderte leicht, als sei ihr kalt.

Nerida wirkte höchst verlegen. »Ja, Missus.« Sie senkte den Kopf. Entweder war sie extrem schüchtern, oder es kamen sehr wenige Besucher nach Tambora.

»Ich bin sehr glücklich, hier zu sein«, fuhr Tara fort. »Ich hoffe nur, dass meine Tante sich freut, mich so überraschend hier zu sehen.«

»Sie sehr gut überrascht«, gab Nerida zurück. »Missus Victoria hatte lange nicht mehr Besucher.«

Tara war darüber sehr verwundert und bemitleidete ihre Tante gleichzeitig. Victoria musste furchtbar einsam sein, wenn sie keinen Besuch bekam und nicht in die Stadt ritt. Auch wenn dort nicht viele Leute wohnten, Ferris hatte gesagt, an den Wochenenden sei es immer sehr voll.

»Wo steckt Victoria?«, fragte Ethan und führte sie in die gelbgrün gestrichene Eingangshalle, in der es nach der blendenden Sonnenglut draußen angenehm kühl war. Sie wurden vom durchdringenden Ruf eines weißen Kakadus begrüßt, der auf einer Stange saß und dessen Krächzen den Kindern einen furchtbaren Schrecken einjagte.

»Still, Zac – du verrückter Vogel!«, sagte Nerida, und das Tier stellte kampflustig seinen gelben Federkamm auf. »Still, Zac!«, rief der Papagei zurück.

»Missus Victoria noch oben«, erklärte Nerida. »Zieht sich an.«

»Ich würde gern hinaufgehen«, meinte Tara.

»Dann bleibe ich mit den Kindern hier unten«, schlug Ethan vor. »Nerida, das hier sind Jack und Hannah. Kannst du ihnen etwas zu trinken besorgen? Ich bin sicher, sie haben schrecklichen Durst.«

»Bei Sanja in der Küche«, antwortete sie mit hochgezogenen

Augenbrauen, und auch Ethan runzelte die Stirn; Sanja musste wohl ein schwieriger Mensch sein. »Wir gehen hin«, erklärte Nerida tapfer.

Tara nahm den leichten Geruch fremdartiger Speisen wahr. Im Alkoven unter dem Treppenaufgang schlug eine wunderschöne Pendeluhr zehn Mal. Tara blickte sich in dem großen Treppenhaus um und entdeckte auf der Höhe des ersten Absatzes ein rundes Fenster aus buntem Glas, das in Grün- und Gelbtönen gehalten war und das Himmelsblau dahinter völlig anders erscheinen ließ. Tambora musste wirklich einmal ein großartiger Wohnsitz gewesen sein. Tara wünschte sich, sie hätte es noch zu Toms Lebzeiten gesehen.

»Die erste Tür rechts, Missus Tara«, rief Nerida, die vergessen hatte, dass sie die ›Missus‹ eigentlich hatte begleiten sollen.

Tara blieb einen Augenblick still stehen, ließ ihren Blick schweifen und nahm die Atmosphäre des Hauses in sich auf. Das Innere mit seinen hohen Decken wirkte kühl und geräumig, jedoch ein wenig ungepflegt. Überall standen Palmen in großen Übertöpfen, und wenn nicht auch sie ein wenig vernachlässigt ausgesehen hätten – ein anständiger Schnitt und ausgiebiges Wässern hätte schon einiges bewirken können –, wären sie Tara vorgekommen wie eine tiefgrüne Oase nach einer Reise durch die Wüste. Die Fliesen in der Eingangshalle mussten dringend gewischt werden. In einigen anderen Räumen sah Tara gebohnerte Dielenböden, Tapeten mit Blumenmustern und unzählige schöne alte Möbel, die ebenfalls dringend abgestaubt werden mussten.

Überall gab es Verzierungen und Nippes, sogar ein Grammofon entdeckte Tara bei einem Blick durch eine offen stehende Tür. Teppiche mit exotischen Fransen bedeckten die Böden. Das Treppenhaus war ganz aus poliertem Holz, und mitten im Flur lag ein riesiger Teppich. Tara fragte sich, wie oft Nerida wohl dieses riesige Haus putzte, und ob ihr dabei irgendjemand zur Hand ging – denn eine Hilfe brauchte sie ganz sicher.

Tara blieb ganz still stehen und schloss die Augen. Sie fühlte, wie freudige Erregung sie zu durchströmen begann. In ihren kühnsten Träumen hatte sie sich Tambora nie so wunderschön vorgestellt – denn das war es, trotz seines vernachlässigten Zustands.

Sie hatte ein heruntergekommenes Holzhäuschen mit zwei kleinen Fenstern erwartet und sich davor gefürchtet, jeden Morgen beim Öffnen der Tür vom Anblick der Wüste begrüßt zu werden, diesem glühenden, unfruchtbaren Ödland. Obwohl die Farm tatsächlich von Wüste umgeben war, hatten ihre Tante und deren Mann versucht, hier eine Oase zu schaffen. Tara stellte sich vor, einfach die Haustür hinter sich schließen und die staubigen Ebenen jenseits der Bäume dadurch vergessen machen zu können.

Als Nerida Ethan und die Kinder einen langen Flur hinunter zur Küche geleitete, ging Tara die Treppe hinauf. Auf dem Absatz blieb sie stehen, um aus dem Fenster zu schauen. Von hier aus blickte man auf die Flächen hinter dem Haus und die Nebengebäude. Sie sah Ställe und eine große Holzhütte, die wahrscheinlich als Schlafplatz für die Arbeiter diente und ebenfalls von Schatten spendenden Bäumen umstanden war.

Dahinter lag ein verkrauteter Gemüsegarten. Der Mais hatte sich selbst ausgesät, und die übrigen Pflanzen sahen aus wie genügsame Gräser, denen die Trockenheit nichts anhaben konnte.

In einiger Entfernung sah Tara Unterstände für die Schafschur und etwas, das aussah wie ein Küchenhaus, dem hohen Kamin nach zu urteilen, der daraus hervorragte.

Weiter rechts erkannte sie Hundezwinger, in denen einige Welpen herumliefen. Sie lächelte, als sie sich vorstellte, wie glücklich die Kinder sein würden, wenn sie die jungen Hunde sahen.

Während Tara noch die Welpen beobachtete, näherte sich ein Mann den Zwingern. Ihr Lächeln erlosch, als sie sah, wie er den Tieren mit einer Hand drohte, weil sie am Draht hochsprangen. Sie duckten sich, als er das Tor öffnete und etwas Futter in den Zwinger warf – es waren große Stücke rohen, tiefroten Fleisches. Die Hunde hatten ihren Wassernapf umgeworfen, doch der

Mann füllte ihn nicht wieder auf. Sogar von ihrem Platz am Fenster aus konnte Tara erkennen, dass die Zwinger dringend gesäubert werden mussten. Der Mann war nicht groß und wirkte hager und drahtig. Tara nahm sich vor, dem Verwalter von seinem Verhalten zu berichten, der seinem Namen nach ein Landsmann von ihr sein musste. Wenn er es mit Victoria wirklich so gut meinte, wie Ethan sagte, dann würden sie sich vielleicht gut verstehen.

Tara stieg weiter die Stufen hinauf und fand die erste Tür auf der rechten Seite, die nur leicht angelehnt war. Langsam ging Tara darauf zu, und ihr Herz pochte so rasend schnell gegen ihre Rippen, dass sie glaubte, ohnmächtig zu werden. Durch den Türspalt sah sie eine Frisierkommode und ein Stück von einem Teppich auf dem gebohnerten Holzboden.

Sie tat einen tiefen Atemzug und klopfte leise, bevor sie die Tür etwas weiter aufstieß. Jetzt sah sie eine auf dem Bett sitzende Frau, deren Profil ihr vertraut vorkam. Doch die Haare der Frau waren von grauen Strähnen durchzogen und im Nacken zu einem unordentlichen Knoten gewunden. Sie starrte durch eine offene Balkontür hinaus und schien über etwas nachzudenken – oder vielleicht träumte sie auch nur vor sich hin.

»Tante Victoria?«, sagte Tara so zaghaft, dass sie ihre eigene Stimme kaum hörte. Das Wort ›Tante‹ war kaum zu verstehen gewesen. Gerade wollte sie ihre Anrede wiederholen, als ihre Tante sich umwandte.

»Bist du das, Nerida?«

Tara fühlte einen schmerzhaften Stich. Victorias Stimme war dieselbe geblieben, doch es erschreckte sie zu sehen, wie sehr ihre Tante gealtert war. Tara hatte ausgerechnet, dass sie jetzt ungefähr Ende fünfzig sein musste, und war gänzlich unvorbereitet darauf, sie so zerbrechlich zu sehen. Victorias Haut war faltig und wettergegerbt, und sogar aus dieser Entfernung erkannte Tara, dass das Leuchten, das immer in ihrem Blick gestanden hatte, erloschen war. »Sie sind nicht Nerida.« Victoria wirkte durcheinander. »Wer sind Sie?«

Tara fühlte, wie ihr die Tränen in die Augen stiegen. Ihre Tante erkannte sie nicht! »Ich bin es, Tante Victoria«, stieß sie mit einem unterdrückten Schluchzen hervor.

Victoria runzelte die Stirn. »Kommen Sie bitte näher«, sagte sie mit zitternder Stimme.

Tara trat näher an sie heran, die Hände wie um etwas ringend ineinander verschränkt. Ihre Knie drohten unter ihr nachzugeben. Seit Monaten hatte sie auf diesen Augenblick hin gelebt, ohne sich je Gedanken darüber zu machen, wie aufgeregt sie sein würde. Und nun erkannte ihre Tante sie nicht einmal! Sie war völlig niedergeschlagen, bemühte sich jedoch um eine tapfere Miene.

»Ich bin es, Tara – du kannst mich doch nicht vergessen haben, Tante Victoria!« Obwohl sie dagegen ankämpfte, begannen sie zu weinen, und sie fühlte sich, als habe man ihr den Boden unter den Füßen weggezogen.

Langsam stand Victoria auf und kam auf sie zu. Sie trug ein bunt bedrucktes, zerknittertes Baumwollkleid, das nicht mehr ganz sauber war, und ausgetretene Halbschuhe. Tara starrte darauf, als Victoria vorsichtig einen Fuß vor den anderen setzte. Durch einen Tränenschleier hindurch meinte sie zu bemerken, dass die Füße ihrer Tante an den Gelenken geschwollen waren. Die ersten Schritte waren sehr unsicher, doch dann wurde es besser.

Victorias Haltung war immer noch stolz und aufrecht, wenigstens daran hatte sich nichts geändert. Tara ging ihr entgegen, und als sie ganz nah voreinander standen, legte Victoria ihr beide Hände auf die Schultern und sah sie genau an – ihre Haare, ihre Augen ... Ihre Miene hellte sich auf, und ein Strahlen erschien in ihrem Blick. Mit vor Rührung zitternder Unterlippe sagte sie leise, wie ungläubig: »Tara – bist du es wirklich?«

Tara hörte die Hoffnung in ihrer Stimme; also hatte sie sie doch nicht vergessen! »Ja, Tante. Du ahnst nicht, wie glücklich ich bin, dich zu ... sehen!« Ein Schluchzen hinderte sie am Weitersprechen.

Victoria schloss ihre Nichte in die Arme und weinte Tränen der Freude. »Tara, Tara! Ich kann noch gar nicht glauben, dass du es wirklich bist! Ich habe so darum gebetet, dass du eines Tages kommen würdest – ganz verzweifelt habe ich darum gebetet, und jetzt hat Gott mich erhört!«

»Ich hatte schon gedacht, du erkennst mich nicht mehr ...«

»Es tut mir Leid. Es war so ein Schock, jemand anderen als Nerida dort an der Tür stehen zu sehen – ich hatte sehr lange keinen Besucher mehr, und außerdem sehe ich nicht mehr so gut. Ich dachte, ich bilde mir etwas ein ... Aber wie sollte ich dich jemals vergessen? Woher kommst du jetzt eigentlich, und wie bist du hierher gelangt?«

»Das ist eine lange Geschichte. Ich habe dir viel zu erzählen. Aber zuerst möchte ich wissen, ob meine Anwesenheit hier für dich eine Belastung darstellt.«

»Eine Belastung?« Victoria runzelte die Stirn. »Wie kommst du denn darauf?«

»Die Wirtschaftskrise hat das Leben für jeden schwieriger gemacht, und das Leben hier draußen muss sowieso schon hart genug sein. Ich möchte dir nicht noch zusätzlich zur Last fallen.«

Victoria schüttelte den Kopf. »Was für ein Unsinn, Kind.«

Tara war erleichtert, das zu hören, doch ein leiser Zweifel blieb. Sie war nicht sicher, ob ihre Tante es überhaupt zugegeben hätte, wenn sie ihr tatsächlich zur Last fiel.

»Ich weiß, dass viele sehr unter der Depression leisen – aber für uns bedeutet sie nicht mehr als eine kleine Unannehmlichkeit. Tambora geht es nicht prächtig, wir haben schon bessere Jahre gehabt, aber wir sind absolut nicht in Schwierigkeiten. Ich habe hier ausgezeichnete Helfer an meiner Seite.«

Tara war verwirrt. Nach dem, was sie bisher gesehen und Ethan ihr erzählt hatte, konnte es Tambora nicht gut gehen. Sie war ihrer Tante dankbar für die herzliche Großzügigkeit, die so typisch für sie war. Doch noch wusste sie nicht alles, nämlich, dass ihre Nichte auch noch zwei Kinder bei sich hatte, zwei hungrige Mäuler mehr. »Tante Victoria, ich habe dir wirklich unendlich viel zu erzählen«, sagte sie deshalb ein wenig unbehaglich.

»Aber du musst doch müde sein, Tara – willst du dich nicht vielleicht ein bisschen hinlegen?«

»Nein – ich bin viel zu aufgeregt, um jetzt zu schlafen.«

Victoria lächelte. »In diesem Fall lasse ich uns einen Tee bringen, und dann können wir uns in aller Ruhe unterhalten.« Sie zog an einer Schnur neben ihrem großen Bett, über dem ein Mückennetz hing, und führte Tara dann hinaus auf den Balkon. Der Blick war überraschend schön, der Balkon selbst angenehm schattig und kühl, obwohl der leichte Wind viel Wärme mitbrachte. Die Zweige der Bäume berührten fast das Haus und erweckten den Eindruck, man säße inmitten eines saftig grünen Blätterdachs.

Von den höchsten Ästen ertönte der Ruf der Kakadus, die die dünneren Zweige abfraßen, und der Vogel in der Eingangshalle krächzte eine Antwort. Von einem etwas weiter entfernten Baum hörte man den Schrei einer Krähe.

»Es ist unglaublich schön hier, Tante«, stellte Tara fest, doch ihrem aufmerksamen Blick entgingen weder die Spinnweben unter den Dachbalken noch die Hinterlassenschaften kleiner Tiere auf den Fensterbänken.

»Wenn es einen nicht stört, dass eine ganze Opossum-Familie das Haus heimsucht und nachts über einen hinwegklettert. Sie sind in dieser Gegend gar nicht heimisch, aber Tom hat vor Jahren ein Pärchen mitgebracht, und die Familie ist enorm schnell gewachsen. Manchmal richten sie sogar wirklich Schaden an.«

»Opossums?«, meinte Tara ungläubig.

»Ja – das sind Nachttiere und furchtbar niedlich, aber leider nicht stubenrein.«

Tara rückte ein Stück von der Fensterbank ab. »Können sie beißen?«

»Sie können schon. Aber mittlerweile sind sie recht zahm geworden. Nerida würde sie am liebsten in den Kochtopf werfen, aber ich lasse es nicht zu.«

»Opossumgulasch sehr gut«, sagte Nerida, die in diesem Moment mit einem Tablett herauskam.

»Kannst du uns etwas Tee bringen?«, bat Victoria gerade, als das Mädchen das Tablett auf einem niedrigen Tisch abstellte. »Oh, du kannst Gedanken lesen.

Tara musste erkennen, dass das Augenlicht ihrer Tante sehr viel schlechter war, als man ihr gesagt hatte. Anscheinend hatte sie das Tablett in Neridas Händen nicht gesehen, sondern nur das Klappern des Porzellans gehört.

»Wie du siehst, werde ich gut gepflegt, Tara«, sagte sie und fügte, an das Hausmädchen gewandt, hinzu: »Hast du meine Nichte schon kennen gelernt, Nerida?«

»Ja, Missus. Sie überrascht?«

»Oh ja, das war ich. Wir werden uns jetzt ganz in Ruhe unterhalten, um die verlorene Zeit wieder einzuholen. Bitte sagen Sie Tadd, er soll uns nicht stören. Er wollte heute Morgen mit mir über den Verkauf einiger Schafe sprechen, aber ich möchte für die nächste Stunde nichts von Geschäften hören.«

Tara beobachtete ihre Tante, während diese sprach, und entdeckte dabei eine Art, sich zu geben, die sie nicht an ihr kannte. Ethan hatte sie eher als tatkräftige Farmersfrau beschrieben, aber sie beherrschte die Rolle der ›Dame des Hauses‹ ebenfalls ausgezeichnet. Wahrscheinlich ein Überbleibsel aus ihrer Zeit in Indien, während der Kolonialherrschaft. Lag es an diesem Haus und an den Dienern, dass sie die Wirklichkeit um sich her gar nicht wahrzunehmen schien, die Fliegen, den Staub, die Hitze und die Trockenheit, den Kampf der Farmer, um über die Runden zu kommen? Oder war es ihr Geisteszustand? Tara wusste es nicht. Sie hätte sich vielleicht von der scheinbar sorglosen Art ihrer Tante täuschen lassen, wenn Ethan ihr nicht erklärt hätte, wie schwierig das Leben hier draußen war. Oder spielte Victoria ihr nur etwas vor, um ihre Sorgen zu zerstreuen?

Als sie entspannt inmitten der Kübelpflanzen auf dem schattigen Balkon saßen, fühlte sich Tara stark genug, von ihrer Vergangenheit zu berichten. Es war, als werfe sie eine schwere Last ab. Victoria hörte ihr zu, stellte ab und zu eine Frage, doch sie wirkte unvoreingenommen. Es fiel Tara nicht so schwer wie erwartet, über Stanton Jackson und die Vergewaltigung zu sprechen, und Victoria zweifelte nicht eine Sekunde an ihrer Unschuld.

»Mein eigener Vater hat mir nicht geglaubt. Er hat lieber einem Angestellten vertraut, und das hat mir das Herz gebrochen. Ich musste mit den Zigeunern gehen – zu Hause bleiben konnte ich nicht.«

Victoria schüttelte betroffen den Kopf. »Meine Liebe, dein Vater ist mein Bruder, und ich liebe ihn sehr – aber sein einziger Fehler ist sein mangelndes Gespür für Menschen. Er kann auf fünfzig Meter Entfernung ein preisgekröntes Zuchtschaf von einem gewöhnlichen unterscheiden und hat ein außergewöhnlich gutes Auge für Vollblutpferde, aber was Menschen angeht, ist er sehr unsensibel.«

Tara wusste, dass ihre Tante auch auf ihre Mutter anspielte, deren Fehler ihr Vater niemals hatte sehen wollen.

»Tante Victoria, ich bin nicht entführt worden, auch wenn mein Vater dir das gesagt hat. Die Zigeuner waren sehr freundlich zu mir, das musst du mir glauben.«

Ihre Tante drückte ihre Hand. »Ich war mir nicht sicher, Tara. Der Brief, den du mir geschickt hattest, klang so vage, und dein Vater wollte glauben, dass sie dich entführt hatten. Das war einfacher für ihn und deine Mutter.« Victoria wirkte plötzlich sehr traurig. »Er hat dir Unrecht getan und dich dadurch verloren. Er war ein Narr, aber ich bin sicher, dass kein Tag vergeht, an dem er es nicht bereut.« Sie blickte nachdenklich über das ausgedörrte Land. »Trotzdem vermisse ich meinen Bruder – wir hatten sehr schöne Zeiten zusammen.«

»Wie geht es ihm?«, hörte Tara sich selbst leise fragen.

»Das wollte ich dich auch gerade fragen.«

»Ich weiß es nicht, Tante Victoria, aber ich dachte, ihr wärt in Kontakt geblieben.«

Die Ältere schüttelte den Kopf. »Ich habe nichts mehr von ihm gehört, seit ich in Tambora bin. Am Anfang habe ich ihm sehr oft geschrieben, aber er hat meine Briefe nie beantwortet.«

Tara schwieg eine Weile, während Victoria ihren Tee trank. Obwohl sie ihrem Vater seine Handlungsweise niemals würde vergeben können, machte sie sich doch Sorgen um ihn – schließlich war er immer noch ihr Vater.

»Woher hast du gewusst, wo du mich finden würdest?«, wollte Victoria wissen. »Hat Riordan Magee sich bei dir gemeldet?«

»Wir sind uns unter etwas seltsamen Umständen begegnet«, erklärte Tara und berichtete, wie sie in die Galerie gegangen war, um ihr Bild zu verkaufen, und dort ihr eigenes Porträt gefunden hatte.

»Ich war verkleidet, deshalb hat Riordan mich nicht sofort erkannt.«

»Warum wolltest du nicht erkannt werden?«, fragte ihre Tante verwundert.

»Eine Zigeunerin kann nicht so einfach in die berühmte Harcourt Gallery spazieren und ein Bild verkaufen, Tante. Ich wäre sehr unsanft hinausgeworfen worden!«

Victoria unterdrückte ein Lächeln. Sie hatte sich ihre schöne Nichte nie so recht als Zigeunerin vorstellen können. »Natürlich, ich vergaß ...«

»Als Riordan schließlich begriff, wer ich war, sagte er mir, du habest versucht, mich zu finden.«

»Ich erinnere mich an einen Brief, in dem er schrieb, er wisse, wo du seist – und dass er sicher sei, bald gute Nachrichten für mich zu haben. Ich war so aufgeregt! Doch dann kam ein Brief, in dem nur stand, er habe sich geirrt und werde weitersuchen. Danach hat er mir nur noch einmal geschrieben und das Thema ganz offensichtlich vermieden. Ich wusste nicht, was ich denken sollte, und schließlich habe ich angenommen, er hätte das Interesse verloren oder einfach zu viel Arbeit gehabt. Ich wollte ihn nicht drängen. Allerdings hatte er mir versprochen, das Bild zurückzuschicken, aber ich habe es nie bekommen.«

»Er wollte es dir tatsächlich schicken; es war schon eingepackt und adressiert, aber ich habe es aus der Galerie mitgenommen. Daher wusste ich auch, wo du bist.«

Ihre Tante lachte. »Na, das Original ist mir natürlich noch lieber.«

Tara lächelte, wurde jedoch gleich wieder ernst, als ihr einfiel, dass das Porträt mit der *Emerald Star* untergegangen war. »Den besagten Brief, in dem stand, dass er bald gute Neuigkeiten haben würde, muss Riordan geschrieben haben, kurz bevor er die Zigeuner fand, bei denen ich lebte.«

Victoria starrte sie verwundert an.

»Bevor er ein Wort mit mir wechseln konnte, haben ihn die Männer im Lager erwischt. Sie sind sehr eifersüchtig, was ihre Frauen betrifft, und er kam gar nicht dazu, ihnen zu erklären, wer er war oder was er wollte.«

»Was geschah?«

»Ich fürchte, sie haben ihn erbarmungslos zusammengeschlagen.«

Victoria war entsetzt, und Tara wusste, dass sie sich Vorwürfe machte. Obwohl Tara es eigentlich hatte für sich behalten wollen, beschloss sie, Victoria von Riordans Liebe zu einer Frau zu erzählen, die nur in seiner Fantasie existierte. »Ich hatte Zeit genug, darüber nachzudenken, Tante, und ich glaube, dass dich und mich daran keine Schuld trifft. Aus dem, was Riordan mir selbst erzählt hat, ging hervor, dass er fast besessen war von einer Leidenschaft für ›Tara, die Zigeunerin‹. Er hielt sich selbst für den Ritter in der schimmernden Rüstung, der zu ihrer Rettung herbeigeeilt kam. Als er mich für die Männer tanzen sah und begriff, dass ich keine Gefangene war, hat ihn das so getroffen, dass er unvorsichtig wurde. Und das hat ihn leider beinahe das Leben gekostet. Das schreckliche Erlebnis scheint ihn verbittert zu haben.

Als ich versuchte, ihm zu erklären, wie es wirklich war, hat er sehr zynisch reagiert. Ich habe ihm erzählt, wie ich zu den Zigeunern gekommen bin, aber er wollte meine Geschichte nicht akzeptieren.«

»Es tut mir sehr Leid, das zu hören«, meinte Victoria. »Ich habe Riordan immer für einen mitfühlenden Menschen gehalten. Vielleicht gibt es etwas in seinem Leben, von dem wir nichts wissen und das ihn so bitter gemacht hat.«

Tara war erleichtert, dass ihre Tante in seiner Leidenschaft für ›Tara, die Zigeunerin‹ nicht den Grund für seine Bitterkeit sah. Sie wollte nicht glauben, dass sie selbst oder vielmehr eine Fantasiegestalt, deren Ursprung sie war, die Macht besaß, das Leben eines Mannes fast zu zerstören. Diese Verantwortung wäre eine zu schwere Last gewesen.

Sie erzählte weiter und berichtete von ihrer Freundschaft mit Maureen und Michael und dem Untergang der *Emerald Star.* »Meine Freunde sind ertrunken«, schloss sie leise.

»Das ist wirklich furchtbar tragisch, Liebes. Ich danke Gott, dass du überlebt hast! Was ist denn aus den Kindern geworden? Sag mir nur nicht, dass sie auch tot sind!«

Tara zögerte mit der Antwort, plötzlich voller Hemmungen. »Nein.«

»Gott sei Dank!«

Tara holte tief Luft. »Ich habe sie bei mir, Tante Victoria. Ich konnte nicht zulassen, dass man sie in ein Waisenhaus steckte und sie vielleicht voneinander getrennt würden!« Sie beobachtete ihre Tante ganz genau, und diese schien zwar erschrocken, aber absolut nicht ungehalten.

»Natürlich nicht«, sagte sie. »Du bist ein wunderbares Mädchen – schon immer warst du sehr großzügig!«

»Es stört dich also nicht?«

»Stören? Im Gegenteil – ich freue mich sehr!«

Erleichterung durchströmte Tara – doch sie musste ihrer Tante auch noch sagen, welche Ängste und Befürchtungen sie quälten, seit sie Jack und Hannah zu sich genommen hatte. »Ich weiß, dass die Verantwortung sehr groß ist, und ich habe selbst kaum eigenes Geld, um für sie zu sorgen. Ich bin absolut nicht sicher, ob es die richtige Entscheidung war.«

Genau in diesem Augenblick stand Jack vor der Schlafzimmertür und hörte Taras Worte. Sein Herz setzte einen Schlag aus. Er war im Haus auf Erkundung gegangen und hatte zum ersten Mal seit dem Tod seiner Eltern von einer glücklichen Zukunft in einem schönen Heim zu träumen gewagt. Nerida war nett zu ihm gewesen, und Sanja, auch wenn er etwas seltsam zu sein schien, hatte Kinder offensichtlich gern. Vor allem aber mochte er Ethan. Er hatte geglaubt, Tara habe ihn und Hannah gern bei sich, doch es schien, als bereue sie schon, ihn und seine Schwester zu sich genommen zu haben. Er wandte sich um und floh die Treppe hinunter und zur Vordertür hinaus.

»Tara, worüber um Himmels willen machst du dir Sorgen?«, meinte Victoria. »Tambora ist dein Zuhause, und du kannst die Kinder hier großziehen. Du wirst ihnen eine wundervolle Mutter sein, und alles wird gut, glaub mir.«

Wieder stiegen Tara die Tränen in die Augen, und sie wusste vor Rührung und Erleichterung nicht mehr, was sie sagen sollte. »Wenn du sagst, dass alles gut wird, glaube ich plötzlich selbst daran – du bist so gütig, Tante Victoria!«

Doch ihre Tante winkte ab. »Mit Güte hat das alles überhaupt nichts zu tun. Du machst dir keine Vorstellung, wie froh ich bin, euch hier zu haben!«

Tara spürte die Zuneigung, die ihre Tante ihr entgegenbrachte. Wie hätte sie ihr in diesem Moment sagen können, dass sie nicht wusste, ob das Leben im Outback das war, was sie wirklich wollte – besonders, da sie keine anderen Möglichkeiten hatte? Sie wollte tun, was für die Kinder am besten war, und heimatlos zu sein erschien ihr nicht eben erstrebenswert, vor allem, wo sie sich ohnehin schon auf der Flucht vor den Gesetzen befanden. »Die Kinder sind mir mittlerweile sehr ans Herz gewachsen.«

»Das weiß ich – man hört es in deiner Stimme, wenn du von ihnen sprichst. Du gehörst zur Familie, Tara, und dadurch tun sie es automatisch auch. Ich bin sicher, dass ich sie ins Herz schließen werde!«

Tara sah, wie ein Schatten über die Züge der Älteren flog, und fühlte, wie Panik in ihr aufstieg. »Was ist, Tante Victoria?«

»Ich musste gerade an Tadd denken«, gab die Ältere zurück. »Er hat mir seit Toms Tod ein bisschen die Familie ersetzt. Aber jetzt bin ich erst einmal froh, dich und die Kinder hier zu haben. Ich kann es gar nicht erwarten, sie kennen zu lernen!«

»Soll ich sie herholen?«

»Nein, Liebes. Wir trinken unseren Tee aus und gehen dann nach unten.«

Tara sah das Frühstückstablett auf dem Nachttisch neben dem Bett ihrer Tante und fragte sich, ob diese wohl sonst den größten Teil des Tages in ihrem Zimmer verbrachte. »Ich bin sicher, dass Jack auch sehr neugierig auf dich sein wird. Die arme Hannah ist noch sehr klein; sie begreift kaum, was vor sich geht.«

»Sie gewöhnen sich bestimmt schnell ein – und es wird schön sein, Kinder im Haus zu haben!«

Tara blieb eine Weile still. Victoria schien sich zu fragen, warum ihre Nichte keine eigenen Kinder hatte. Sie hatte auch noch nicht von ihrem Mann erzählt.

»Ich habe mir immer eine Familie gewünscht«, sagte Tara, als habe sie ihre Gedanken gelesen. »Ich bin nur nie schwanger geworden. Die Zigeuner haben mir alle möglichen Tränke und Kräuter verabreicht, und ich habe alle Tricks ausprobiert, die sie kannten, aber es hat nie geklappt.«

»Dafür kann es alle möglichen Gründe geben, Tara. Manchmal braucht es einfach etwas Zeit. Ich habe zu spät damit angefangen, aber für dich ist es noch früh genug.«

Taras Augen begannen verdächtig zu glänzen. »Ich habe aber keinen Ehemann, Tante Victoria. Wir sind auseinander gegangen, als ich Irland verließ.«

»Oh – das muss sehr schwer für dich gewesen sein. Aber um ehrlich zu sein, tut es mir nicht sehr Leid. Ich habe nie geglaubt, dass das Leben mit den Zigeunern das Richtige für dich war.«

Tara lächelte. »Du hast Recht, das war es auch nicht. Und Garvie war auch nicht der richtige Mann für mich.« Sie erzählte ihrer Tante zwar, dass er im Gefängnis saß, ging aber sonst nicht näher darauf ein. Sie tranken schweigend ihren Tee zu Ende, und Tara dachte, dass ihre Tante sich ganz wundervoll verhalten hatte. Sie hatte sehr wenige Fragen nach Garvie gestellt, und Tara war ihr dankbar dafür.

»Ich hoffe, hier draußen ein neues Leben anzufangen«, sagte sie. »Ich möchte meine Vergangenheit bei den Zigeunern hinter mir lassen.«

»Natürlich, Liebes. Für die anderen wirst du eine Witwe mit zwei Kindern sein, und alles Übrige ist deine Sache.«

Tara runzelte die Stirn. »Ethan hat nicht lange gebraucht, um herauszufinden, dass ich nicht Jacks und Hannahs richtige Mutter bin – also werden auch andere zu demselben Schluss kommen.«

Victoria dachte einen Augenblick nach. »Dann sagen wir, du hättest sie nach dem Tod ihrer Eltern adoptiert – das kommt der Wahrheit sehr nahe. Hat Ethan auch einen Verdacht, was dein etwas ungewöhnliches Vorleben angeht?«

»Er ahnt, dass ich unter Zigeunern gelebt habe, aber ich habe nichts dazu gesagt.«

»Er wird auch nichts verraten – Ethan ist absolut diskret.«

»Das hoffe ich. Ich habe nämlich schon fast vergessen, wie es ist, wenn man die Achtung seiner Mitmenschen genießt!« Tara seufzte leicht. Es gefiel ihr nicht, ihr Geheimnis in die Hände eines Ethan Hunter legen zu müssen, doch sie hatte keine andere Möglichkeit.

»Warte nur ab, bis die allein stehenden Männer aus der Umgebung von dir erfahren«, sagte Victoria lächelnd. »Wir werden sie gewaltsam von der Türschwelle vertreiben müssen.«

Doch Tara schüttelte den Kopf. »Für die nächste Zeit werde ich genug anderes im Kopf haben.«

Victoria spürte, dass es noch zu früh war, aber eines Tages würde Tara ihre Meinung ändern.

Als die beiden Frauen etwas später die Treppe hinuntergingen, äußerte Tara sich bewundernd über die Schönheit des Hauses.

»Ja, es ist wirklich so außergewöhnlich wie ein weißer Elefant«, stimmte Victoria ihr zu, die ihre Schritte vorsichtig setzte. »Tom hat es nach dem Vorbild unseres Hauses in Delhi am Jumnafluss bauen lassen. Aber abgesehen davon, dass es schön kühl ist, erscheint es mir sehr unpraktisch. Man könnte ständig nur putzen, denn hier draußen ist die Luft immer sehr staubig. Die arme Nerida weiß vor Arbeit nicht, wohin, und ich bin ihr im Moment keine große Hilfe. Aber sie ist einfach wunderbar. Ihre Mutter hat schon für mich gearbeitet, und Nerida selbst hilft mir, seit sie zwölf ist.«

»Was ist mit ihrer Mutter passiert?«

»Cissie ist durch einen Schlangenbiss gestorben. Sie wollte Mellie helfen, als die noch sehr jung war, und das verdammte Biest buchstäblich Jagd auf sie gemacht hat. Mellie ist einer unserer besten Hütehunde und hat erst vor kurzem wieder geworfen.«

Tara dachte daran, dass die Kinder draußen spielten, und bekam einen Schrecken, doch ihre Tante schien es nicht zu bemerken.

»Du hast keine Ahnung, wie schwierig es ist, die Aborigines-Frauen für den Haushalt anzulernen. Sie leben im Busch so anders als wir. So etwas wie Abstauben finden sie natürlich vollkommen sinnlos, und das Gießen der Palmen kommt ihnen auch seltsam vor. Das Leben in Indien war viel einfacher. Dort brauchten wir so viel Platz, um alle unsere Angestellten unterzubringen. Dieses Haus hier war natürlich von Anfang an viel zu groß für Tom und mich allein. Nerida und Sanja haben zwar unten ihre Zimmer, aber die anderen Angestellten wie Jackaroos, Viehtreiber und Scherer wohnen draußen. Tadd lebt im Verwalterhaus. Ich glaube, Tom hat auch von einer großen Familie geträumt. Einmal liefen hier fast zehn Aborigines-Kinder herum. Er hat sie sozusagen adoptiert.«

»Und wo sind sie jetzt?«

»Die australische Regierung verfolgt die Politik, sie ihren Eltern fortzunehmen und sie in weißen Familien aufziehen zu lassen.«

»Aber wozu denn das?«, fragte Tara verständnislos.

Ihre Tante seufzte. »Ich denke, sie wollen die Aborigines als Volk auslöschen – es ist wirklich tragisch. Zum Schluss gibt es jede Menge trauernder Aborigines-Frauen und Kinder, die ihre eigenen Verwandten nicht kennen. Die Frauen mit Kleinkindern versuchen, immer in Bewegung zu bleiben, damit die Regierung sie nicht findet, und wenn irgendwelche Beamten von den Behörden hierher geschickt werden, lüge ich sie an.« Victoria verschwieg, dass Tadd die Kinder nicht gern gesehen hatte und mit der Politik der Regierung durchaus einverstanden gewesen war.

Tara fühlte erneut Panik in sich aufsteigen. Was würde passieren, wenn nun Abgesandte der Regierung kamen und Fragen nach ihrer und der Herkunft der Kinder stellten? Sie musste ihrer Tante alles erklären, und das sehr bald.

Victoria bemerkte Taras besorgte Stimmung und wechselte das Thema. »Du hast sicher noch nicht viele von den Farmhäusern hier draußen gesehen, aber die ersten Siedler haben Häuser wie in Europa gebaut, statt sich Heime zu schaffen, die sie vor der Hitze schützten. Fast alle sind einstöckig gebaut, aber immerhin besaßen einige Farmer Verstand genug, Veranden vor den Eingang zu bauen.«

»Ich habe im Wombat-Creek-Hotel Bilder von einigen Häusern gesehen – aber das hier ist mit großem Abstand am schönsten.«

Victoria lachte. »Tom hätte dich gemocht!«

»Es tut mir so Leid, dass du deinen Mann so früh verloren hast,

Tante Victoria«, meinte Tara ernst. »Du hast so lange auf ihn gewartet!«

Wieder lachte Victoria leise auf. »Das klingt, als sei ich damals eine alte Jungfer gewesen!«

»So habe ich es nicht gemeint!«, protestierte Tara errötend.

»Das weiß ich doch! Du bist noch genauso ehrlich wie früher.«

Als sie unten ankamen, trat Ethan auf sie zu, und er und Victoria begrüßten einander mit großer Herzlichkeit. Tara glaubte zu bemerken, dass Ethan bei Victorias Anblick ein wenig erschrak. Sie erinnerte sich an seine Bemerkung, Victoria seit einigen Monaten nicht mehr gesehen zu haben.

»Du siehst sehr ... glücklich aus«, sagte er. »Der Besuch deiner Nichte scheint dir gut zu tun.«

»Es ist ganz einfach wunderbar, sie zu sehen«, erklärte Victoria. »Vielen Dank, dass du sie hergebracht hast. Ich habe Tara gar nicht gefragt, wie und wo ihr beiden euch kennen gelernt habt!«

Ethan sah Tara an, und in seinen Augen glitzerte Mutwillen. Sie wirkte dagegen ein wenig unbehaglich. »Sie war gerade in Wombat Creek aus dem Zug gestiegen und vollkommen überwältigt von ... der herben Schönheit des Landes«, sagte er grinsend.

Tara blitzte ihn warnend an. Er sollte es nur wagen zu erzählen, dass er sie schluchzend vor dem Hotel im Staub gefunden hatte!

Victoria lachte leise. »Ich erinnere mich noch gut an meine eigene Ankunft hier. Ich war auch vollkommen überwältigt, aber das hatte absolut nichts mit der herben Schönheit des Landes zu tun. Ich hasste das Outback, und es war fast unmöglich, meine Gefühle vor Tom zu verbergen. Ich habe mich wochenlang in den Schlaf geweint.«

Tara starrte sie überrascht an. »Aber du bist noch hier«, stellte sie verwundert fest. Victoria legte ihr einen Arm um die Schultern. »Wir Killains sind eben sehr zäh«, sagte sie.

Jetzt kam Hannah mit Nerida den Flur entlang. »Sehen Sie, Missy Victoria!«, rief Nerida. Sie war offensichtlich begeistert von der Kleinen, besonders von deren goldenen Locken, die sie immer wieder berührte. Tara musste wieder an die Kinder der Aborigines denken, die ihren Eltern fortgenommen wurden – was für ein Wahnsinn!

Als Hannah nah genug herangekommen war, dass Victoria sie sehen konnte, sagte diese: »Oh Tara, sie ist einfach entzückend!«

Das kleine Mädchen schien ein wenig verwirrt durch die vielen neuen Gesichter.

»Wo ist Jack?«, wollte Tara wissen und versuchte, sich die Angst nicht anmerken zu lassen, die sie beim Gedanken an die Schlangen wieder überkommen hatte.

»Er muss draußen sein«, meinte Ethan. »Ich habe gesehen, wie er auf Erkundungsreise gegangen ist.«

Tara starrte ihn entsetzt an. »Ich gehe ihn suchen«, meinte sie und eilte hinaus.

Victoria begab sich in den großen Salon und setzte sich in ihren Lieblingssessel. Sie rief Hannah zu sich, aber die Kleine war noch zu scheu und kam erst heran, als Victoria einige Süßigkeiten von einem Tablett neben ihrem Sessel nahm. »Was gibt es Neues in der Gegend?«, fragte sie Ethan, der mit hereingekommen war. »Was hat Sadie Jenkins vor, und wie geht es Ferris und Percy? Das Funkgerät spielt verrückt, und ich habe seit Wochen mit keiner Menschenseele mehr gesprochen.«

Ethan erschrak bei dem Gedanken, dass Victoria vom Rest der Welt völlig abgeschnitten sein sollte, vor allem jetzt, wo Tara und die Kinder bei ihr waren. Er nahm sich vor, nach dem Gerät zu sehen und es wenn möglich zu reparieren, bevor er wieder abreiste.

Tara fand Jack bei den Hundezwingern. Ihr Herz schlug rasch vor Erleichterung, als sie auf ihn zuging. »Ich habe dich gesucht«, stieß sie atemlos hervor und prüfte mit einem hastigen Blick in die Runde, ob irgendwo Schlangen zu sehen waren. Als sie sich schließlich Jack zuwandte, sah sie, dass er wegen irgendetwas besorgt war.

»Meine Tante würde dich gern kennen lernen«, sagte sie.

Jack tat, als habe er sie nicht gehört. Er hatte seine Finger durch den Draht gesteckt, und die Welpen leckten daran. Die Hündin blieb abwartend weiter hinten im Zwinger und beobachtete sie. Sie war ein Border-Collie und wirkte sehr schmal und scheu. Tara bemerkte ein Namensschild an der Käfigtür, auf dem ›Mellie‹ stand, und ihr fiel wieder ein, dass Neridas Mutter Mellie zu Hilfe hatte kommen wollen, als die Schlange sie gebissen hatte. Tara fand, dass die Hündin und ihre Jungen in dem Zwinger sehr gefährlich lebten, denn die Schlangen konnten ungehindert zu ihnen hineinkriechen.

»Warum sind diese Hunde in Käfigen?«, fragte Jack, ohne sie anzusehen.

»Ich weiß es nicht«, erwiderte sie. »Ich finde es auch nicht gut, aber es sind Hütehunde, und vielleicht dient es ihrem eigenen Schutz.« Tara suchte den Boden nach etwas ab, das sich bewegte. Ihr Blick blieb lange auf einem Gegenstand in der Nähe haften, der aussah wie ein trockener Zweig.

»Wie soll es denn gut für sie sein? Sie hassen es, eingesperrt zu sein!«

Tara hörte den Zorn in seiner Stimme, und war verwirrt. Sein Ärger schien nicht nur der misslichen Lage der Hunde zu gelten, und dabei hatte sie gedacht, Jack sei froh über sein schönes neues Zuhause.

»Ich weiß nicht, Jack. Ich habe auch noch nie auf einer Farm gewohnt. Wir haben sehr viel zu lernen, und es wird lange dauern, bis wir uns zurechtfinden.« Sie sah ihn an, doch er gab seine Gefühl nicht preis. Er schien sich in sein Schneckenhaus zurückgezogen zu haben, wahrscheinlich dachte er an seine Eltern. Tara musste sich eingestehen, dass ein schönes Heim den schrecklichen Verlust, den er erlitten hatte, niemals würde ersetzen können.

»Wie findest du unser neues Zuhause?«, fragte sie dennoch.

Er zuckte mit den Schultern.

»Du weißt doch, dass du mit mir über alles reden kannst, Jack! Ich kann dir deine Mutter nicht ersetzten, aber ich möchte gern wissen, wie es dir geht und was du fühlst.«

Er sah sie kalt an. »Warum tust du so, als ob es dich interessiert?«, fragte er, und bevor Tara antworten konnte, war er schon zur Vorderseite des Hauses gelaufen und verschwunden. Einen Augenblick blieb Tara bewegungslos stehen, wie im Schock. Was mochte seinen plötzlichen Stimmungswandel bewirkt haben? Verschiedene Möglichkeiten gingen ihr durch den Kopf, doch nichts schien einen Sinn zu ergeben. Nach einer Weile spürte sie, dass sie beobachtet wurde, und wandte ihre Aufmerksamkeit Mellie zu, die im hinteren Teil des schmutzigen Zwingers hockte und sie ansah.

»Na komm, Mädchen«, rief Tara sie. Die Hündin zögerte, wedelte aber immerhin mit dem Schwanz. »Komm, ich tu dir schon nichts!« Die Welpen kratzten eifrig am Drahtgeflecht herum – sie hofften, herausgelassen zu werden. Langsam kam auch ihre Mutter zum Tor, allerdings sehr schüchtern, den Schwanz zwischen den Hinterbeinen, den schönen Kopf mit den sanft blickenden braunen Augen gesenkt. Als Tara ihre Hand durch eine der Öffnungen im Draht schob, kauerte sie sich sofort wieder zusammen, doch nach ein paar beruhigenden, ermutigenden Worten hob sie den Kopf, um sich streicheln zu lassen, fast ungläubig darüber, dass jemand freundlich zu ihr war. Ihre drei Welpen nutzten die Gelegenheit und begannen zu saugen, wobei sie ihren ohnehin schon mageren Körper noch weiter auslaugten. Tara fand es höchste Zeit, dass die Kleinen selbst zu fressen begannen, damit Mellie sich wieder erholen konnte. Das rohe Fleisch auf dem Boden schien sie nicht sonderlich zu reizen, vielleicht auch wegen all der Fliegen, die darauf herumkrabbelten. Wahrscheinlich würde es bald von Maden nur so wimmeln. Tara konnte es kaum erwarten, mit Tadd Sweeney zu sprechen. Vielleicht wusste er nicht einmal, wie die Hunde behandelt wurden, weil er zu sehr mit der Verwaltung der Farm beschäftigt war.

Zurück im Haus fand sie ihre Tante im Wohnzimmer, mit Hannah an ihrer Seite, die zufrieden Süßigkeiten aß. Die Wände des Raums waren mit einer Tapete im Rosenmuster beklebt, was in Tara für einen Augenblick tiefes Heimweh nach dem Haus ihrer Familie in Edenderry aufsteigen ließ. Als sie sich umwandte, starrte sie erschrocken auf einen Glasschrank voller Gewehre, der sie wieder daran erinnerte, wo sie sich befand: im australischen Outback, einem unzivilisierten Stückchen Erde.

Victoria hatte eine Metallkiste mit alten Fotografien auf dem Schoß, die sie Ethan und der Kleinen zeigte – Jack war nirgends zu sehen.

»Haben Sie Jack gefunden?«, fragte Ethan sofort.

»Ja – er war bei den Hundezwingern, aber jetzt ist er weitergelaufen, um ... noch ein bisschen die Umgebung zu erkunden.« Sie bemühte sich, ihre Worte leicht klingen zu lassen, schon um ihre Tante nicht zu beunruhigen.

»Lass ihn ruhig alles erkunden«, meinte Victoria. Sie konnte Taras Besorgnis nicht sehen, Ethan aber schon.

»Er wird bei den Kamelen sein. Ich muss ihnen sowieso etwas zu Trinken geben und schaue dabei nach ihm«, meinte er.

»Danke«, murmelte Tara. Wieder einmal war sie Ethan dankbar für das Interesse, das er an Jack nahm.

»Tara, schau dir das an«, meinte Victoria und hielt ein Bild hoch. »Bin ich das in einem gelben Kleid und mit einem großen Sonnenhut?«

Tara nahm die alte Fotografie und begriff, dass ihre Tante die Details auf dem Bild nicht erkennen konnte. »Ja, das bist du. Du sitzt in einem Liegestuhl in einem Unterstand.«

»Ist der Unterstand nach drei Seiten hin offen?«

»Genau. Du prostest dem Fotografen mit einem Glas in der Hand zu. Man sieht seinen langen Schatten auf dem Boden, wahrscheinlich war es am späten Nachmittag, und an einer Seite stehen ein Stück entfernt zwei Mutterziegen.« Tara dachte, dass Victoria auf dem Bild viel jünger und vitaler aussah. Was von ihren Haaren unter dem Sonnenhut hervorschaute, war noch braun, und das Gesicht war voll und strahlte Gesundheit aus.

»Tom hat das Bild aufgenommen«, meinte Victoria lächelnd. »Er hat ständig fotografiert, aber er hasste es, selbst abgelichtet zu werden. Kannst du dir vorstellen, dass dieser Unterstand fast ein Jahr lang mein Heim gewesen ist?« Wir sind von Sandstürmen fast weggeweht worden, beinahe weggeschwommen, nachdem es drei Tage hintereinander ununterbrochen geregnet hatte, und wir haben unser Zuhause mit Pferden, Ameisen, Fliegen, Schlangen, Eidechsen und sogar Termiten geteilt.«

Tara war zutiefst erschrocken. Wie hatte ihre Tante ein solches Leben nur ausgehalten?

»Das war mein Empfang im Outback«, fügte Victoria hinzu.

Tara musste zugeben, dass ihr eigener Beginn im Outback dadurch weit in den Schatten gestellt wurde. Immerhin hatte sie im Wombat-Creek-Hotel übernachten können!

»Tom meinte, wenn ich das aushielte, könnte ich alles überstehen.« Tiefe Wehmut schwang in Victorias Stimme mit, als sie fortfuhr: »Mit ihm wäre ich auch auf den Mars gegangen!« Sie lächelte traurig. »Jetzt im Nachhinein kann ich darüber lachen, aber damals war es schon ziemlich hart. Seitdem können mich weder Dürre noch der Verlust von Vieh richtig erschrecken.« Victoria hielt sich das Bild nah vor die Augen und blinzelte angestrengt, während sie es untersuchte. »Diesen Unterstand gibt es noch – er wird jetzt zur Lagerung von Futter verwendet, wenn es welches zu lagern gibt. Das Haus war noch lange nicht fertig, als wir eingezogen sind. Die Dielen waren noch nicht gelegt, es gab noch keine Fenster – aber ich konnte gar nicht schnell genug aus diesem Verschlag hinaus. Ich erinnere mich noch, wie ich Tom bat, mich im Haus schlafen zu lassen, lange, bevor es fertig war. Er hat mir immer nachgegeben, konnte mir nichts verwehren. Deshalb habe ich es auch nicht fertig gebracht, ihm zu widersprechen, als er hier in die Einsamkeit ziehen wollte – auch wenn ich sehr große Bedenken hatte.« Sie seufzte leise auf. »Er hatte mich noch nie um etwas gebeten, und es war offensichtlich, dass er dieses Land liebte. Es gab damals nichts hier draußen, absolut nichts, außer einer Handvoll europäischer Siedler, die mir alle vorkamen, als seien sie durch die viele Sonne irgendwie seltsam geworden. Aber Tom wollte mir etwas beweisen.« Victoria blickte sich in dem großen Wohnraum um. Zwar konnte sie die Gegenstände aus dieser Entfernung nur noch als Schatten wahrnehmen, doch sie fühlte all ihre wertvollen Besitztümer um sich herum, an denen so viele glückliche Erinnerungen hingen. Da waren geschnitzte Elefanten und Holzstatuetten, Tabletts mit eingelegten Webarbeiten unter Glas, Schüsseln und Schalen, Messingverzierungen, unzählige Regale voller Bücher, das Grammofon und viele gerahmte Fotografien aus ihrer Zeit in Indien.

»Ich habe diesen Ort sehr schnell genauso geliebt wie er«, fuhr Victoria fort, »aber ich bin sicher, du hältst mich jetzt für verrückt.«

Tara wusste nicht so recht, wie sie ihrer Tante höflich antworten und trotzdem die Wahrheit sagen sollte, doch Victoria erriet ihre Gedanken. »Versuche, unvoreingenommen zu bleiben, Liebes. Mit der Zeit wirst du ein Gefühl für dieses Land entwickeln. Das hier ist ein sehr spiritueller Ort; die Aborigines haben mich das gelehrt, genau wie sie es vor Jahren Tom gelehrt hatten.«

Tara konnte sich trotzdem nicht vorstellen, jemals dieselbe tiefe Zuneigung zu dem weiten Land um sie herum zu empfinden.

Ein paar Minuten später kam ein Mann herein. Tara blickte von dem Stapel Fotos in ihrem Schoß auf und erschrak: Es war derselbe Mann, den sie von dem Rundfenster auf dem Treppenabsatz aus beobachtet hatte.

Einen Augenblick lang schien er ebenso erschrocken, sie zu sehen, doch dann lächelte er, und seine Miene wurde freundlicher. Er nahm seinen schweißgetränkten Hut ab, unter dem dünne, graue Haare zum Vorschein kamen. Seine Hände waren rau, seine Gesichtsfarbe rötlich. Er hatte blaue Augen unter buschigen

Brauen, war groß und stämmig, und die Unterschenkel waren leicht nach innen gebogen. Tara schätzte ihn auf Mitte fünfzig bis sechzig.

»Ich wusste gar nicht, dass du Besuch hast, Victoria!«, meinte er erstaunt.

»Das hier ist meine schöne Nichte Tara – sie ist den ganzen Weg von Irland herübergekommen!«, erwiderte Victoria stolz.

Der Mann legte ihr eine Hand auf die Schulter, und diese vertraute Geste überraschte Tara.

»Tara, das hier ist Tadd Sweeney, mein Verwalter.«

Tara wollte aufstehen, doch im letzten Moment fiel ihr ein, dass dann die Fotos herunterfallen würden. Tadd hielt sie mit einer Handbewegung zurück.

»Es freut mich, Sie kennen zu lernen, Mr. Sweeney«, sagte sie, bemüht, sich ihr Erschrecken nicht anmerken zu lassen. »Ich ... habe schon viel von Ihnen gehört.«

»Nur Gutes, wie ich hoffe«, gab er lächelnd zurück.

Victoria lachte herzlich.

Tara zögerte einen Moment. »Natürlich, Mr. Sweeney.« Sie fühlte sich sehr eigenartig und fand es kaum glaublich, dass dieser Mann derselbe sein sollte wie der, den sie bei den Hundezwingern beobachtet hatte. Wenn Tadd Sweeney keinen Zwillingsbruder besaß, musste er zwei verschiedene Menschen in sich vereinen, von denen einer finster und gefühllos, der andere freundlich und zu Scherzen aufgelegt war.

»Bitte nennen Sie mich doch Tadd. Hier im Outback sind wir nicht so förmlich. Sie wollen sicher ihre Ferien hier verbringen, nicht wahr, Tara?«

Sie hörte das Zögern in seinem Ton, fast so, als fürchte er sich vor ihrer Antwort.

»Sie bleibt für immer hier, zumindest, wenn es nach mir geht«, erklärte Victoria. »Tara ist gekommen, um hier bei uns zu leben, und sie hat zwei Kinder. Dieser kleine Liebling hier heißt Hannah.«

Tara hatte Tadd beobachtet, während ihre Tante sprach, und meinte, in seinen Augen zuerst Überraschung gesehen zu haben, und dann ein kurzes verärgertes Aufblitzen. Doch danach hatte er sich wieder in der Gewalt und lächelte ihr freundlich zu. »Aber das ist ja wundervoll«, meinte er begeistert. »Ich hoffe nur, Sie mögen die Fliegen, die Hitze und den Staub!« Er versuchte, es wie einen Scherz klingen zu lassen, doch in seiner Stimme schwang ein seltsamer Unterton mit.

»Nicht besonders – aber ich bin sicher, dass ich damit zurechtkomme«, erwiderte Tara. Zwar war sie alles andere als überzeugt davon, dass sie im Outback leben konnte oder es auch nur wollte, aber sie brachte es nicht über sich, das vor ihrer Tante auszusprechen. Es war so großzügig von ihr gewesen, sie alle ohne Umstände bei sich aufzunehmen.

»Für die Kinder gibt es hier draußen allerdings nicht viel Abwechslung«, wandte Tadd ein.

»Unsinn«, sagte Victoria entschieden. »Das Leben auf einer Farm ist für Kinder eine wunderbare Erfahrung, besonders für Jungen. Denk doch nur einmal daran, was du dem kleinen Jack alles beibringen kannst! Ich wünschte, ich wäre etwas beweglicher ...« Plötzlich wirkte sie wieder so zerbrechlich, dass es Tara einen schmerzhaften Stich gab, und so bemerkte sie Tadds leicht verärgerte Miene nicht.

Jetzt wandte Victoria sich an Tara. »Ein Lehrer von der presbyterianischen Mission in Beltana besucht die Farmen, auf denen Kinder erleben, und gibt ihnen Hausaufgaben. Vielleicht könnte Ethan sich mit Reverend Guthrie in Verbindung setzen und ihn wissen lassen, dass Jack und Hannah hier sind. Wenn unser Funkgerät nicht wieder kaputt wäre, könnten wir ihn selbst informieren.«

»Nein«, erwiderte Tara scharf. Sie wollte nicht, dass irgendjemand etwas von den Kindern erfuhr, bevor sie nicht sicher war, dass die Behörden nicht nach ihnen suchten.

Victoria sah sie verwundert an, und Tara merkte, dass auch

Tadd sie beobachtete. »Wir wollen Ethan keine Umstände machen«, fügte sie rasch hinzu. »Ich gebe den Kindern zuerst selbst Unterricht. Später können wir dann immer noch entscheiden, ob sie Stunden bei einem Lehrer nehmen.«

Bevor Victoria etwas sagen konnte, kam Ethan mit Jack herein, der den Blick gesenkt hielt. »Hier ist er«, meinte Ethan. »Victoria, das hier ist Jack, der beste Kamelpflegerlehrling, den ein Mann haben kann!«

»Wie wunderbar!«, erwiderte Victoria. »Dann kann sich Nugget ja jetzt vielleicht wieder mehr dem Vieh widmen«, sagte Tadd. Ethan starrte den Verwalter erstaunt an, doch Victoria überging dessen Kommentar. »Komm her, junger Mann, und iss etwas Süßes, bevor deine Schwester alles vertilgt hat«, meinte sie lachend, denn Hannas Gesicht war mittlerweile ganz klebrig und wies einige rosafarbene Flecken auf. Zögernd ging Jack zu den beiden hinüber und nahm ein Bonbon an.

»Jack mag Hunde sehr gern«, meinte Tara, an Tadd gewandt. »Die Zwinger hinter dem Haus hat er auch schon entdeckt.«

»Die Hunde sind Arbeitstiere, keine Haustiere.« Tara bemerkte in Tadds Blick wieder jene Härte, die ihr bereits draußen bei den Zwingern an ihm aufgefallen war. »Wenn Sie mich jetzt entschuldigen würden, ich habe vor dem Essen noch einiges zu tun«, erklärte er und verließ den Raum, nachdem er sich mit einem weiteren Schulterklopfen von Victoria verabschiedet hatte.

Als er hinausging, blickte Tara zu Ethan hinüber, der dem Verwalter mit leicht gerunzelter Stirn nachschaute.

»Die Kinder können doch mit den Welpen spielen, nicht wahr, Tante?«, fragte sie.

»Natürlich können sie! Die Hunde haben es im Blut, Schafe und Rinder zusammenzutreiben, und daran ändert sich nichts, wenn man sie ein bisschen verwöhnt. Tadd sieht das anders. Er züchtet die Hunde, trainiert sie und verkauft sie dann. Das ist ein guter Nebenverdienst für die Farm. Unsere Zwinger sind im ganzen südlichen Outback bekannt, und Mellie wirft die besten Welpen im Land – fast alle werden prämiert. Tadd fährt zu allen Ausstellungen für Hütehunde, und Tom hat dasselbe mit Mellies Mutter getan. Bis zu seinem Tod hat er jedes Jahr einen Preis gewonnen.«

Tara hegte den Verdacht, dass Tadd die arme Mellie auf diese Weise zu Tode züchtete, sagte aber nichts.

Kurz darauf kam Nerida mit einem Tablett voller kalter Getränke und einigen Reiskuchen zum zweiten Frühstück herein. Im Hintergrund hörte man lautes Töpfeklappern von der Küche her.

»Sanja ist sehr aufgeregt«, sagte Nerida zu Ethan. »Er hat Vorräte ausgepackt und sagt, Sie haben den falschen Kurkuma mitgebracht und seine Lorbeerblätter vergessen.«

Ethan hob die Brauen und unterdrückte nur mühsam einen Fluch. »Du kannst Sanja sagen, dass ich ein Lorbeerblatt nicht von einem Akazienblatt unterscheiden kann, und Kurkuma ist Kurkuma – was zum Teufel soll es da für einen Unterschied geben?«

»Still, Ethan – es sind Kinder anwesend«, unterbrach ihn Victoria. »Am besten ist es, wenn du Sanjas Wutanfälle einfach ignorierst – ich möchte ihn nicht verlieren!«

»Das weiß er genau und treibt Spielchen mit dir, die du dir einfach gefallen lässt!«

»Nein, selbstverständlich nicht – aber niemand kocht Rindervindaloo so gut wie er!«

»Was für ein Gericht?«, fragte Tara verständnislos.

»Ein furchtbar scharfes Fleischgericht mit Curry«, erklärte Ethan. »Und wenn ich den Duft richtig deute, ist er gerade dabei, für heute Mittag eines zu machen.«

»Aber ich esse keinen Curry!«, stieß Tara entsetzt hervor.

Ethan lachte leise. »Dann werden Sie hier verhungern müssen – Sanja streut Curry in jedes Gericht, und das meine ich wörtlich.«

Tara blickte zu den Kindern hinüber. Wenn sie nicht alle hungern wollten, tat sie gut daran, ihre Kochkenntnisse aufzufrischen! Doch plötzlich kam ihr ein alarmierender Gedanke: Sie hatte doch überhaupt keine Kochkenntnisse!!

12

Kurz vor Mittag betrat Riordan Magee mit der Morgenzeitung unter dem Arm die Galerie, um sich sogleich in sein Büro zurückzuziehen. Kelvin Kendrick, der gerade mit einem Kunden beschäftigt war und nur einen kurzen Blick auf seinen Arbeitgeber werfen konnte, fühlte, wie er vor Scham errötete. Er dankte dem Himmel, dass der Kunde mit dem Rücken zu Riordan stand, denn dieser sah mit seinen ungekämmten Haaren und dem verschlissenen, abgetragenen Regenmantel eher wie ein Herumtreiber aus denn wie der Besitzer der renommierten Harcourt Gallery.

Es war ein trostloser Tag, bitterkalt, regnerisch und windig, und das alles passte ausgezeichnet zu Riordans niedergeschlagener Stimmung. Er ignorierte den Stapel Papiere und die Post auf seinem Schreibtisch und ließ sich in seinen Sessel fallen. Dann holte er eine halb volle Flasche Rum aus dem obersten Fach des Schreibtisches und nahm einen kräftigen Schluck, bevor er sich umwandte und nachdenklich zusah, wie der Regen in wahren Sturzbächen an der Fensterscheibe hinunterlief.

Als Kelvin ein paar Minuten später hereinkam, schien das Riordan in seiner Versunkenheit kaum zu stören. »Wir haben gerade die ›Cherubs auf dem Eis‹ verkauft«, teilte ihm der Geschäftsführer mit. Damit war ein ausgezeichnetes Gemälde von Stuart MacDowel gemeint, und Kelvin glühte vor Stolz. Doch in seine Freude mischten sich sogleich Enttäuschung und Sorge, als er bemerkte, in welchem Zustand sich sein Arbeitgeber befand. Es schien jeden Tag schlimmer zu werden.

»Wer hat das Bild gekauft?«, erkundigte sich Riordan, nur mäßig interessiert.

Noch ein paar Monate zuvor hätte er sicher vorgeschlagen, den Verkauf bei einem guten Essen und einem seiner Lieblingsweine aus seinem eigenen Keller zu feiern. Doch jetzt schien er sich kaum zu irgendeiner Reaktion bewegen zu können.

»Ronald Cavan hat es für Lord Richard Grantland von Sussex in England gekauft. Er hat nicht einmal versucht zu handeln!« Kelvin beobachtete Riordan genau, doch wieder kam kaum eine Reaktion. »Der Verkauf mit so viel Gewinn bedeutet, dass wir in diesem Monat unsere Pforten noch nicht werden schließen müssen«, fuhr Kelvin fort. Er verzweifelte langsam an Riordans Gleichgültigkeit in Bezug auf ihre finanziell äußerst missliche Lage, die alle Sorge allein dem Geschäftsführer aufbürdete.

Trotz seiner Abwesendheit bemerkte Riordan die Bitterkeit in Kelvins Ton und begriff, dass er sich auch um seine Stellung sorgte.

»Falls nötig, Kelvin, werde ich die Galerie mit meinem eigenen Kapital unterstützen«, meinte er ruhig. »Sie können ganz beruhigt sein – so schnell werden Sie sich nicht in die Schlange der Arbeitslosen einreihen müssen!«

Kelvin hörte deutlich die Ironie in seinem Ton und fühlte eine Mischung aus Kummer und Verzweiflung in sich aufsteigen. Wie lange sollte das noch so weitergehen?

Die Galerie hatte schon einige Monate lang Verluste gemacht, eine Tatsache, die Riordan in seinem augenblicklichen Geisteszustand noch nicht recht wahrgenommen hatte. Schon seit einiger Zeit hatte Kelvin heimlich die Post, besonders die Briefe von der Bank, durchgeschaut und war besser über die finanzielle Situation der Galerie informiert als Riordan. Doch er konnte nichts sagen, ohne zuzugeben, dass er unerlaubt die Post geöffnet hatte. Der Rückgang der Verkäufe hatte zur Folge, dass Riordans privates Vermögen ebenfalls dahinschwand, auch wenn er selber allem Anschein nach der Meinung war, es sei unerschöpflich. Was Kelvin aber wirklich zornig machte war die Tatsache, dass Riordan nichts von den Opfern wusste, die er persönlich schon gebracht hatte, um die Galerie, Riordans guten Ruf und seine eigene Stellung zu retten. Sein Einsatz in dieser Hinsicht war viel größer, als Riordan es jemals auch nur ahnen konnte.

Ronald Cavan verfügte über beste Kontakte in der irischen Geschäftswelt. Er hatte für die einflussreicheren unter den englischen und irischen Adligen als ›Vermittler‹ gearbeitet, doch obwohl für seine Arbeit sehr geschätzt, erfuhr er auch Ablehnung durch diejenigen, die in seinem Verhalten etwas ›Unnormales‹ entdeckt zu haben glaubten. Andere wiederum hatten sich bereitwillig an ihn gewandt und ihn gebeten, in aller Diskretion einem speziellen Kreis von Bekannten, die man nur als exzentrisch bezeichnen konnte, Sexpartner zu vermitteln. An Kelvin hatte Ronald Cavan Wesenszüge entdeckt, die ihn zum perfekten Opfer machten: Habgier, ein starkes sexuelles Verlangen und dazu eine höchst ungesunde Portion Ehrgeiz. Als Gegenleistung für Kelvins ›Kooperation‹ hatte Cavan diesem angeboten, der Galerie vermögende Kunden zuzuführen.

Schon seit einigen Wochen nahm Kelvin an geheimen Treffen teil, die Cavan arrangiert hatte, und als er jetzt Riordans finstere Miene ansah und wie er sich in Selbstmitleid erging, stieg heißer Zorn in ihm auf. Riordan hatte ja keine Ahnung davon, wie pervers die so genannte Elite sein konnte, noch wusste er etwas von den abscheulichen Dingen, die man Kelvin zu tun genötigt hatte. Doch Riordan war sich durchaus bewusst, dass Kelvin keineswegs ein Märtyrer war. Wenn er von dessen Opfern erfahren hätte, hätte er allen Grund gehabt, sich wegen Kelvins Ehrgeiz und hoch gesteckten Zielen Gedanken zu machen. Denn Kelvin sah seine Belohnung am Ende darin, der neue Eigentümer der vornehmen Harcourt Gallery zu werden.

Riordan seufzte tief auf, und Kelvins Euphorie über das gelungene Geschäft war schlagartig verflogen. Riordan interessierte das alles offensichtlich nicht im Mindesten, und Kelvin hatte mittlerweile genug von dem melancholischen Selbstmitleid seines Arbeitgebers. Neben seinen irregulären »Aktivitäten« hatte er auch noch die ganze Arbeit in der Galerie allein zu bewältigen, als sei Riordan überhaupt nicht anwesend. Eigentlich lief es auf dasselbe hinaus, denn Riordan trug kaum noch etwas zum Ablauf der Geschäfte bei und war kaum mehr in der Galerie anzutreffen. Auch die Tatsache, dass er unrasiert war und sein Hemd aussah, als habe er darin geschlafen, sprach sehr dafür, dass sein Geisteszustand sich weiter verschlechterte. Für die Galerie wurde er mehr und mehr zu einer Belastung. Kelvin war versucht, ihn zu fragen, ob er die Nacht am Spieltisch verbracht hatte, doch er wusste, dass dem nicht so war. Riordan hatte sogar jedes Interesse für die Karten verloren, etwas, das Kelvin immer für unmöglich gehalten hatte. Die Zigeunerin war der Grund dafür, dass Riordan keine Kraft und keinen Ehrgeiz mehr besaß, genauso wie damals, als er auf die Suche nach ihr gegangen war. Vielleicht, so fand Kelvin, wäre es besser gewesen, er hätte sie gefunden. Vielleicht hätte er sie dann ein für allemal aus seinen Gedanken verbannten können!

Während der Geschäftsführer jetzt vor seinem Arbeitgeber stand und ihn beobachtete, dachte er an den Brief, den er in der Tasche hatte. Es war fast eine Ironie des Schicksals, aber vielleicht würde dieses Schreiben der Schlüssel zu Riordans Problem sein. Er zog den Umschlag, den er ursprünglich hatte verschwinden lassen wollen, aus der Tasche und schob ihn unauffällig zwischen die übrige Post.

»Heute ist eine Todesanzeige in der Zeitung, die Sie interessieren könnte«, sagte er in halb resigniert, halb sarkastisch und verließ dann eilig das Büro.

Eine Weile fuhr Riordan fort, aus dem Fenster zu starren. Eine Todesanzeige? Was mochte Kelvin damit gemeint haben? Dass er sich dafür interessieren würde? Als Erstes fiel ihm seine Familie ein. Doch er verwarf den Gedanken rasch wieder, dass einer seiner Verwandten gestorben sein könnte. In einem solchen Fall hätte man ihn sicher benachrichtigt, und sei es nur, um ihm mitzuteilen, dass er enterbt worden war. Er wusste, dass Kelvin Klatsch liebte, und folgerte daraus, dass der Verstorbene ein Mitglied der Oberschicht gewesen sein musste. Ohne Zweifel kannte Kelvin die Familiengeschichte in allen Einzelheiten und wusste, wer wen beerbte und wer leer ausgehen würde. Manchmal schien er förmlich in anderer Leute Unglück zu baden. Riordan hatte ihn immer für einen sehr neidischen Menschen gehalten, was wahrscheinlich an den einfachen Verhältnissen lag, aus denen Kelvin stammte.

Ein paar Minuten später schlug Riordan dann doch eher aus Gewohnheit die Zeitung auf in der stillen Hoffnung, der Verstorbene habe vielleicht einige wertvolle Kunstwerke besessen, die er selbst zu einem guten Preis erwerben konnte. Er las die Anzeigen und stieß überrascht den Atem aus, als er bei dem Namen ›Killain‹ angelangt war.

Ninian Killain war zehn Tage zuvor in seinem Haus in Edenderry gestorben. Er war nur zweiundfünfzig Jahre alt geworden. Riordan arbeitete sich durch die Namen der trauernden Hinterbliebenen, wobei er vor allem nach einem ganz bestimmten suchte, und fand tatsächlich Tara und ihre Brüder Daniel und Liam ebenso erwähnt wie Ninians Frau Elsa – nur Victorias Namen sah er nicht.

Es war auch unwahrscheinlich, dass Victoria schon vom Tod ihres Bruders wusste – es würde Monate dauern, bis die Nachricht sie erreichte. Auch wenn es mittlerweile eine Telegrafenlinie durch Australien gab, führte diese sicher nicht durch den kleinen Ort Wombat Creek.

Riordan spürte, dass er sich mit Victoria in Verbindung setzten musste, hatte es eigentlich schon gewusst, seit Tara einige Monate zuvor in der Galerie aufgetaucht war. Er hatte nur keine Ahnung gehabt, was er ihr über ihre Nichte hätte sagen sollen oder wie er ihr hätte beibringen können, dass Tara keineswegs eine Gefangene war und er keine Ahnung hatte, wo sie sich jetzt aufhielt. Während er darüber nachgrübelte, arbeitete er sich durch den Stapel mit der Post, als plötzlich ein Umschlag mit einer auffallenden Schrift seine Aufmerksamkeit erregte. Er drehte ihn um und erkannte, dass er durch ein seltsames Spiel des Schicksals einen Brief von Elsa Killain in der Hand hielt.

Kelvin schaute von seinen Papieren auf, als Riordan eilig die Galerie verließ. Der Geschäftsführer hegte keinen Zweifel daran, dass die Eile seines Arbeitgebers etwas mit Elsa Killain zu tun haben musste. In seinen Unmut mischte sich Erleichterung darüber, dass Riordan endlich einmal etwas anderes tat, als nur still brütend in seinem Büro zu sitzen und seinen gesamten Verstand zu vertrinken.

Riordan blieb kaum Zeit, sich zu Hause zu rasieren und umzuziehen, bevor er sich im Teesalon des ›Great Acorn Hotel‹ mit Elsa traf. Seit er ihren kurzen Brief gelesen hatte, fragte er sich, warum sie ein so abgelegenes Hotel als Treffpunkt gewählt hatte. Knapp vor ihr traf er dort ein.

Riordan und Elsa Killain waren sich nur ein einziges Mal begegnet, als er vor Jahren ein wertvolles Gemälde in ihr Haus in Edenderry gebracht hatte. Zu jenem Zeitpunkt waren seine Geschäfte sehr schlecht gegangen, und Ninian Killain war ihm als ein viel versprechender neuer Kunde erschienen. Bei diesem Besuch hatte Riordan Tara nicht kennen gelernt, sondern nur aus einem Nebensatz entnommen, dass Elsa und Ninian eine Tochter hatten. Sie hatten kurz erwähnt, dass sie eine Tante besuche, und dann hatte Ninian sehr ausführlich von seinen Söhnen erzählt. Kurz darauf war Tara verschwunden, und ungefähr um dieselbe Zeit hatte ihr Vater, wie Riordan jetzt auffiel, sein Interesse an wertvoller Kunst verloren.

Riordans bisher einzige kurze Begegnung mit Elsa hatte ihm den Eindruck einer arroganten, oberflächlichen Frau vermittelt, deren größte Sorge ihren vielen Besitztümern galt und die sich nichts aus Gerede machte. Als sie jetzt den Speisesaal betrat, gekleidet in ein schlichtes schwarzes Kleid und einen schweren Mantel, um den Hals eine edle, einreihige Perlenkette, wirkte sie gänzlich anders. Die Frau, die mit einem höflichen Lächeln auf den blassen Lippen auf ihn zukam und in deren schmalem Gesicht deutlich Spuren der Anspannung zu sehen waren, war nur noch ein Schatten ihrer selbst. Nichts war geblieben von der Selbstsicherheit und der vornehmen Zurückhaltung, die er vor Jahren an ihr beobachtet hatte. Er fühlte ehrliches Bedauern angesichts ihres Verlusts, denn seiner Meinung nach war Ninian Killain ein echter Gentleman unter den Landbesitzern gewesen.

»Guten Tag, Mrs. Killain.« Riordan nahm ihre ausgestreckte Hand und erwiderte ihren Blick. Er sah den verdächtigen Glanz in ihren grünen Augen und die dunklen Ringe darunter, die auf viele schlaflose Nächte schließen ließen. Ihm fiel sofort auf, dass Ihre Haare einen etwas blasseren Rotton hatten als die ihrer Tochter. Die Strähnen, die unter ihrem Hut hervorlugten, waren von einem hellen Rotbraun, während Taras Haare einen satten Kupferton besaßen. Elsas Haut wirkte wie mit bläulichem Staub gepudert, Taras dagegen war von honigfarbenem Gold, ihre Wangen glatt und rosig.

»Mein tief empfundenes Beileid – ich habe erst heute Morgen aus der Zeitung von ihrem Verlust erfahren.«

»Danke, Mr. Magee«, erwiderte Elsa, während Riordan ihr einen Stuhl zurechtrückte. Nachdem sie sich gesetzt hatte, brauchte sie eine Weile, bis es ihr gelungen war, ihre Handschuhe auszuziehen, und Riordan überlegte schon, ob die Trauer ihr wohlmöglich so zugesetzt hatte. Doch als sie dann zu sprechen begann, verlor sich dieser Eindruck. Ihre anfangs noch ein wenig unsicher klingende Stimme wurde rasch fest. »Ich bin Ihnen sehr dankbar, dass Sie sich nur auf diese kurze Nachricht hin hier eingefunden haben!«

Riordan neigte den Kopf. »Die Post ist wirklich seit einiger Zeit sehr langsam geworden – Ihr Brief hat mich erst heute Morgen erreicht.«

»Seltsam«, meinte Elsa. »Ich habe ihn schon vor mehr als einer Woche abgeschickt. Dann muss ich Ihnen erst recht dankbar sein, und ich bedaure, wenn ich Ihnen Unannehmlichkeiten bereitet habe!«

Riordans Meinung über Elsa hatte sich mittlerweile vollkommen gewandelt. Ihr Ton war sehr warm und freundlich, nicht im Mindesten arrogant, und ihr einfaches Auftreten sowie das Fehlen von auffälligem Schmuck ließen keinen Zweifel daran, dass sie nicht auffallen wollte. Obwohl sie sehr zerbrechlich aussah, hatte Riordan den Eindruck, dass das Gespräch mit ihr sehr offen und interessant werden würde.

»In Ihrem Brief sprachen Sie von Ihrem Wunsch, einige Kunstwerke zu verkaufen?«, fragte er behutsam.

Elsa seufzte. »Ja – ich fürchte, das wird nicht zu umgehen sein. Bitte verzeihen Sie meine Heimlichtuerei, aber ich wollte nicht durch einen Besuch in der Galerie den vielen Gerüchten neue Nahrung geben. Wir haben lange genug darunter gelitten, und es gibt sogar jetzt Spekulationen über Ninians plötzlichen Tod.«

»Ich verstehe«, murmelte Riordan wie in einem Reflex, doch in Wirklichkeit verstand er nicht das Geringste. Er nahm an, dass es immer noch wegen Tara Gerede gegeben hatte, doch er konnte sich nicht vorstellen, warum es um Ninians Tod Gerüchte geben sollte.

»Ich weiß, dass dieses Hotel ein wenig abgelegen ist und ...«, sie blickte sich um, »... auch ein bisschen heruntergekommen. Aber man bekommt nachmittags anständigen Tee und Gebäck. Ich hoffe, es macht Ihnen nichts aus, mich hier zu treffen?«

Riordan wurde immer neugieriger. Elsa wirkte höchst verlegen, weil sie ihm gegenüber angedeutet hatte, auf ihr Geld achten zu müssen. Konnte es wirklich so schlecht stehen, dass sie Gemälde verkaufen und billige Hotels suchen musste, um dort den Tee einzunehmen? »Absolut nicht, Mrs. Killain«, antwortete er.

»Bitte, nennen Sie mich doch Elsa – wenn ich Sie auch bei ihrem Vornamen nennen darf – es war Riordan, nicht wahr?«

»Ja – selbstverständlich.« Riordan bestellte für sie beide einen Devonshire-Tee.

Sie sprachen über verschiedene Bilder, die Elsa besaß, und offensichtlich war sie unentschlossen, welche davon sie verkaufen sollte. Alles wäre einfacher gewesen, wenn die Gemälde als Geldanlage erworben worden wären, doch das war nicht so. Ninian war ein echter Kunstliebhaber gewesen, und Riordan hatte den Eindruck, als fürchte Elsa, ein Sakrileg zu begehen, wenn sie die Werke jetzt aus der Hand gab. Deshalb versuchte Riordan ihr die Entscheidung so einfach wie möglich zu machen. Er erklärte ihr sanft, welche der Bilder einen guten Preis erzielen würden. Leider handelte es sich dabei um ihre bestgehüteten Schätze, die Ninian überall in Europa erstanden hatte.

Elsa nahm sich zusammen, denn sie wusste, was getan werden musste. Sie wünschte einen schnellen und möglichst diskreten Verkauf, bei dem die Bilder am besten nach Übersee gehen sollten, um weiteres Gerede zu vermeiden. Riordan wandte ein, dass wahrscheinlich nur die europäischen Adligen sich die Gemälde würden leisten können, und schlug eine Versteigerung bei Nickleby's, Sotherby's oder sogar Wolf's vor.

»Ich glaube, ich muss Ihnen meine unglücklich Lage erklären, Riordan«, meinte Elsa unsicher.

»Das ist nicht nötig«, erwiderte er. »Sie haben soeben Ihren Mann verloren ...«

»Ich habe ihn schon vor Jahren verloren«, gab Elsa trocken zurück.

Ein seltsames Schweigen folgte, denn Riordan verstand zwar ihre Bemerkung nicht, wollte sie aber auch nicht drängen, ihn über die Hintergründe aufzuklären.

»Vor elf Jahren haben wir unsere einzige Tochter zum letzten Mal gesehen«, fuhr sie schließlich fort.

»Tara ...«, murmelte Riordan versonnen.

Es überraschte Elsa Killain offensichtlich nicht mehr, dass alle Welt über die Schande ihrer Familie informiert war. »Richtig«, sagte sie nur. »Und ich denke, damals schon haben wir auch Ninian verloren. Sie haben sicher irgendwelche Gerüchte gehört, aber damit Sie es genau wissen: Sie ist mit einer Gruppe von ... Zigeunern fortgelaufen.« Man sah ihr an, dass es ihr fast das Herz zerriss, diese Worte auszusprechen. Riordan blieb weiter still. Es wäre nicht richtig gewesen, Elsa von der seltsamen Geschichte zu berichten, die Tara ihm erzählt hatte, oder von Taras Bitterkeit ihren Eltern gegenüber, die ihrer eigenen Tochter nicht geglaubt hatten, von einem Farmangestellten vergewaltigt worden zu sein.

»Ninian hat unseren Freunden gesagt, die Zigeuner hätten sie geraubt – er konnte sich die Schande nicht eingestehen. Nein, wenn ich ehrlich bin, er hätte es schon gekonnt. Aber er wusste, dass ich es nicht ertragen hätte. Von diesem Zeitpunkt an hat er keinerlei Interesse mehr an unserem Besitz und unseren Tieren gehabt. Die Jungen haben sich sehr bemüht, aber sie waren zu unerfahren, und keiner von ihnen hat Ninians Geschäftssinn geerbt. Nach einigen Jahren der Unentschlossenheit ist Liam zur See gegangen; Daniel hat eine Engländerin geheiratet und lebt in Cornwall. Ich glaube, er arbeitet ... in einer Zinnmine.« Ein kummervoller Ausdruck huschte über ihr Gesicht. »Beide hatten sie das Gefühl, mich im Stich zu lassen, aber ich wollte nicht, dass sie noch länger unter Ninians fortwährender Melancholie litten.«

Riordan starrte auf seine Teetasse – er verstand all das nur zu gut. Ob Tara sich wohl darüber im Klaren war, wie sehr ihre Familie wegen ihres impulsiven Handelns gelitten hatte?

»Ninian ist einen langen und langsamen Tod gestorben – er litt an gebrochenem Herzen«, fuhr Elsa fort. »Er hat nie einsehen wollen, dass Taras Flucht seine Schuld war.«

Riordan hob ruckartig den Kopf und runzelte die Stirn. »Seine Schuld?«

Elsas Züge wirkten schmerzverzerrt. »Er hat sich große Vorwürfe gemacht.« Als sie sah, wie verblüfft Riordan war, blickte sie unbehaglich zu Boden. »Wissen Sie, Ninian und Tara waren einander immer sehr nahe, viel näher als sie und ich. Sie war das Kind ihres Vaters ...«

Riordan fühlte, wie das Blut aus seinem Gesicht wich. »Aber warum hätte er sich die Schuld daran geben sollen, dass sie fortgelaufen ist? Was hatte er damit zu tun?«

Elsa blickte in ihre Tasse, als suche sie die Antwort in den Teeblättern. Sie nahm an, dass Riordan aufgebauschte Sensationsgeschichten und Halbwahrheiten gehört hatte. »Am Abend ihres achtzehnten Geburtstages ist Tara etwas sehr Schlimmes geschehen. Es ist sehr schwer, darüber zu sprechen ...« Sie schaute sich in dem stillen Teesalon mit dem schlichten Tischschmuck aus blau-weißen Tischdecken um. Ihr Blick wanderte über das alte Besteck mit den vergilbten elfenbeinernen Griffen, und allmählich beruhigte sie sich wieder.

Riordans Gedanken überschlugen sich. Er ahnte, was sie als Nächstes sagen würde, doch er verstand nicht, warum. Vor Jahren hatten sie Taras Geschichte nicht geglaubt – was mochte sich inzwischen geändert haben?

»Unser damaliger Verwalter ... hat Tara an jenem Abend ... überfallen. Niemand kannte die Wahrheit, außer unserer Tochter – und ich schäme mich, es zu sagen, aber wir haben ihr nicht geglaubt.«

Riordan sah, dass in Elsas Augen Tränen schimmerten, und fühlte sich unglaublich elend.

»Ich dachte, sie wolle dadurch nur eine Liebesaffäre mit einem Zigeuner vertuschen. Ihr Vater glaubte ihr kein Wort, weil sie in einer kompromittierenden Situation mit einem sehr ... unstandesgemäßen Mann angetroffen wurde. Ich könnte jetzt alles auf den Schock schieben, den wir erlitten haben, aber in Wirklichkeit gibt es dafür keine Entschuldigung.«

»Aber es kann Ihnen doch niemand übel nehmen, dass Sie ihre Geschichte anzweifelten«, meinte Riordan im Brustton der Überzeugung. Als er Elsas Stirnrunzeln sah, fügte er hastig hinzu: »Ich meine, sicher haben Sie diesem Angestellten vertraut ...«

Elsa senkte den Kopf. »Um ehrlich zu sein, war Ninian gerade im Begriff, ihn wegen Trunkenheit zu entlassen. Das macht unseren Fehler noch unverzeihlicher. Es ist tragisch, dass Tara fortlief, bevor Ninian herausfand, dass sie die Wahrheit gesagt hatte. Wir hätten unserer Tochter vertrauen müssen, Riordan! Ninians Seelennot wurde aus dem Wissen gespeist, dass Tara nicht wegen des gemeinen Überfalls oder wegen der Schande fortgegangen ist, sondern weil sie sich von ihm verraten fühlte. Er hatte das Wort eines Angestellten über ihres gestellt, und das konnte er sich niemals verzeihen. Ich selbst schäme mich zu sagen, dass mein erster Gedanke ihrem guten Ruf galt – und damit auch unserem.«

Riordan fühlte, wie ein eiserner Ring sich um sein Herz zu legen schien. Elsa hatte Recht – das war der Grund, warum Tara fortgelaufen war: Ihr Vater hatte das enge Band zwischen ihnen zerrissen. Und er selbst hatte ihr auch nicht geglaubt!

»Wie hat er ... die Wahrheit herausgefunden?«

»Dieser Mann, Stanton Jackson, ist von einem der Zigeuner umgebracht worden. Die Polizei hat herausgefunden, wer dieser Zigeuner war, und ihn jahrelang gesucht. Durch Zufall stellten sie fest, dass er Anfang des Jahres wegen einer anderen Geschichte im Gefängnis war, und nun werden sie ihn wohl aufhängen.«

Riordan stieß erschrocken den Atem aus. Von dem Mord hatte er nichts gewusst – doch sicher war der Täter nicht Taras Mann gewesen!

Elsa fuhr fort: »Wir nahmen an, dass Stanton den Verletzungen erlegen war, die man ihm mit einer Forke an Kopf und Körper beigebracht hatte. Doch im Autopsiebericht stand, dass sein Rücken und die Rückseiten seiner Arme von Bisswunden übersät waren, die genau zu den Zähnen unseres Hundes passten.«

Riordan versuchte, sich Taras Worte in Erinnerung zu rufen. Sie hatte erwähnt, dass der Hund ihr zu Hilfe gekommen sei, und gesagt, möglicherweise habe das Tier ihr das Leben gerettet.

»Als er in einem der Ställe gefunden wurde, lag er auf dem Rücken. Die Männer, die ihn hinausschafften, nahmen an, dass das Blut auf seinem Rücken von den Stichen mit einer Forke stammten, die ganz in der Nähe stand. Ninian wusste genau, dass der Hund Stanton niemals angegriffen hätte – es sei denn, er hätte Tara etwas getan. Mein Mann war vollkommen erschüttert, als er die Wahrheit erfuhr. Er hat sich auf die Suche nach Tara gemacht, ist aber nie sehr nah an die Zigeunerlager herangekommen. Dann hat er einige Zigeuner bezahlt, damit sie ihm Informationen beschafften, doch ich glaube, sie nahmen sein Geld und ignorierten seine Bitten. Er hoffte und betete, dass sie wieder nach Hause kommen würde, und an jedem Tag, an dem sie nicht kam, ist ein kleines Stück von ihm gestorben. Ich habe immer gebetet, dass sie zurückkehren möge, bevor es zu spät war, aber meine Bitten sind nicht erhört worden. Jetzt zweifle ich daran, dass sie jemals zurückkommt.« Sie kämpfte verzweifelt mit den Tränen. »Aber es ist inzwischen auch sehr wahrscheinlich, dass es bald kein Zuhause mehr geben wird, zu dem sie zurückkehren könnte. Ich fürchte, ich werde die Farm verkaufen müssen, aber nur Gott weiß, wer im Moment die Mittel besitzt, Land zu erwerben, und sei es zu einem Schleuderpreis!«

Ein paar Minuten lang tranken sie schweigend ihren Tee. Riordan war von vielen widerstreitenden Gefühlen erfüllt. Auch er hatte Tara falsch beurteilt. Sie hatte die Wahrheit gesagt, und er hatte ihr nicht glauben wollen – aus Furcht, dieselbe schreckliche Enttäuschung zu erleben wie in jener Nacht im Zigeunerlager. Während der letzten Monate, seit er sie zuletzt gesehen hatte, hatte er geahnt, dass ihre Geschichte der Wahrheit entsprach, und es war ihm sehr schwer gefallen, dieses Wissen zu ignorieren.

»Vor ein paar Monaten war Tara in der Galerie, um ein Bild zu verkaufen«, sagte er ruhig.

Überrascht sah Elsa ihn an, als glaubte sie, sich verhört zu haben. »Was haben Sie ... Sagten Sie, Sie hätten Tara gesehen? Meine Tara? Wie können Sie so sicher sein, dass sie es war? Sie sind ihr doch noch nie begegnet, nicht wahr?«

»Ich hatte sie nur einmal kurz gesehen, aber ich besaß ein Porträt von ihr.«

Elsa war verwirrt.

»Ich sollte wohl von vorn anfangen«, meinte Riordan seufzend. »Vor vielen Jahren bat mich Victoria, Tara für sie ausfindig zu machen.«

»Victoria? Das Letzte, was ich von ihr hörte, ist, dass sie in irgend so einem ... unzivilisierten Land lebt, wo es wilde Eingeborene gibt und keinen Nachbarn im Umkreis von Hunderten von Meilen.«

»In Australien.«

»Richtig.«

»Haben Sie noch Verbindung zu ihr?«

Elsa schüttelte den Kopf. »Wir haben schon jahrelang nichts mehr voneinander gehört. Sie hat Ninian aus Australien geschrieben, aber er hat ihre Briefe nie beantwortet. Er liebte seine Schwester, aber er war einfach nicht in der Verfassung, mit ihr oder irgendjemand anderem Kontakt zu pflegen. Ich wusste, dass sie immer viel gereist ist, und habe gedacht, dass sie weitergezogen sein wird. Darum habe ich selbst ihr nie geschrieben.« Elsa starrte auf ihre Hände hinab und fuhr fast flüsternd fort: »Außerdem hatte Victoria Tara sehr gern. Ich wusste nicht, was ich ihr sagen sollte.« Sie wandte den Blick ab, sichtlich bewegt. »Wissen Sie, wo Victoria sich jetzt aufhält? Ich sollte ihr schreiben, dass Ninian gestorben ist.«

Riordan nickte. »Ich habe zumindest eine Adresse.«

Sie nickte. »Bitte, sagen Sie mir, was Sie über Tara wissen, und meinen Sie nicht, mir irgendetwas ersparen zu müssen.«

Riordan spürte, dass Elsa das Schlimmste befürchtete, und konnte sie gut verstehen.

»Als Victoria das letzte Mal zu Besuch hier war«, begann er, »hatte Tara ihr ein Porträt von sich geschickt. Victoria sandte es an mich weiter, damit ich sie erkennen konnte, wenn ich ihr begegnete.« Er beobachtete, wie Elsa diese neue Information aufnahm. Unbehaglich fuhr er fort: »Das Bild war von Taras Ehemann gemalt worden, einem Zigeuner, und Victoria hielt es für möglich, dass er versuchen würde, der Galerie weitere seiner Werke zu verkaufen.«

»Ehemann? Dann ist sie also verheiratet?« Elsas Augen füllten sich mit Tränen. »Hat sie auch ... Kinder?«

»Nein.« Riordan wollte Elsa nicht erzählen, dass es wahrscheinlich Taras Mann war, der wegen Mordes an Stanton Jackson im Gefängnis saß. »Sie sagte, sie wolle die Zigeuner und ihren Mann verlassen.«

Elsa war überrascht, doch auch erleichtert. »Wissen Sie, wo sie jetzt ist?«

Riordan schüttelte den Kopf. »Nein. Aber sie sprach davon, ein Häuschen am Meer zu kaufen.«

»Oh – das klingt doch sehr gut, nicht wahr?« Elsas Miene hellte sich auf, und sie wirkte um Jahre jünger. »Ich muss sie finden, Riordan. Würden Sie mir dabei helfen?«

Er sah die Hoffnung in ihrem Blick und wusste in diesem Augenblick, dass er alles tun würde, um Tara zu finden. Er konnte nur hoffen, dass sie ihm seine Zweifel an ihr verzeihen würde.

»Ja – natürlich tue ich das«, erwiderte er.

»Oh, Riordan – Sie ahnen nicht, was es für mich bedeuten wird, meine Tochter wiederzuhaben!« Sie hoffte, dass es nicht zu sehr danach klang, als fürchte sie sich vor allem vor einem Leben allein – obwohl auch das ein Grund war. Die vergangenen zehn Tage waren die einsamsten ihres Lebens gewesen.

»Ich glaube, ich weiß es doch«, gab Riordan leise zurück. Aber insgeheim hegte er leise Zweifel, ob Tara ihrer Mutter verzeihen würde. Immerhin hatte sie mehr als deutlich gesagt, dass sie ihrem Vater niemals vergeben würde.

Elsa blickte Riordan aufmerksam an. Sie spürte, dass ihre Tochter bei ihm einen tiefen Endruck hinterlassen hatte. Das gefiel ihr, denn so würde er nichts unversucht lassen, um sie zu finden. Elsa verspürte leises Bedauern darüber, dass Tara nicht jemanden wie ihn geheiratet hatte. Ihrer Meinung nach hätten die beiden sehr gut zusammengepasst. Er war gut aussehend und erfolgreich, und obwohl Tara manchmal ihren eigenen Kopf gehabt hatte, so war sie doch andererseits gelassen und vor allem sehr schön gewesen. Elsa schauderte es, wenn sie daran dachte, was wohl die Jahre bei den grauenhaften Zigeunern aus Tara gemacht hatten. Sie stand auf. »Wir sollten sofort mit der Suche beginnen, Riordan!«

Während der folgenden Wochen durchkämmte Riordan jedes Dorf an der irischen Ostküste. Er engagierte zwei Helfer, einen pensionierten Polizeibeamten mit einem etwas zweifelhaften Ruf, und einen fast blinden, aber sehr begabten Detektiv, der sich wiederum von einem jungen Assistenten helfen ließ. Sie suchten die gesamte Nordwest- und dann die Südküste ab, ohne eine einzige Spur zu finden.

»Elsa«, berichtete Riordan beim nächsten Mal, als sie sich im Green-Acorn-Hotel trafen, »ich habe leider nicht das Geringste herausgefunden. Es ist, als habe Tara sich in Luft aufgelöst!«

»Das kann nicht sein«, erwiderte Elsa verzweifelt. »Sie glauben doch nicht, dass sie wieder zu den Zigeunern zurückgegangen ist, oder?« Dieser Gedanke schien ihr absolut zuwider.

»Nein«, versuchte Riordan sie zu beruhigen. »Einer der Männer, die mir suchen helfen, hat eine Verbindung zu jemandem bei den Zigeunern, und dieser Jemand sagt, sie sei nicht dort.«

»Ist denn diese Quelle zuverlässig?«, fragte Elsa zweifelnd. »Die Zigeuner sind sehr verschlossen. Ninian hat dort gar nichts herausgefunden.«

Riordan nickte. Er wusste ziemlich gut, wie die Zigeuner waren. »Ich glaube, dieser Informant ist sehr verlässlich.« Er dachte an den horrenden Betrag, den er für diese Information bezahlt hatte, und wünsche sich nur, er hätte diese Quelle schon gehabt, als er das letzte Mal nach Tara gesucht hatte. Denn dann wären ihm viele Schmerzen und Leid erspart geblieben.

»Was kann denn nur geschehen sein?«

Riordan wirkte plötzlich sehr nachdenklich.

»Haben Sie einen Einfall?«, fragte Elsa, die spürte, dass er zögerte. »Auch wenn es sich nur um ein Gefühl handelt – das ist immerhin besser als nichts!«

»Es klingt weit hergeholt, aber ich werde versuchen herauszufinden, ob sie Irland vielleicht verlassen hat.« Riordan sah sie an, um zu sehen, welche Wirkung seine Worte auf sie hatten. Elsa war buchstäblich der Mund offen stehen geblieben.

»Glauben Sie, dass sie zu Victoria nach ... Australien gegangen ist?«

»Ich denke, es wäre zumindest eine Möglichkeit«, räumte Riordan ein. »Ich bin gerade unterwegs zum Büro der Schifffahrtsgesellschaft. Hätten Sie nicht Lust, mich zu begleiten?«

Elsa nickte. »Aber woher sollte Tara wissen, wo sie Victoria findet?«

»Erinnern Sie sich noch, dass ich ihnen erzählt habe, wie sie in mein Büro gekommen ist?«

Wieder nickte Elsa.

»An eben jenem Tag hatte ich meinen Geschäftsführer gebeten, das Bild, das Victoria mir überlassen hatte, einzupacken und es ihr zurückzuschicken. Da ich aber von Victoria nichts gehört habe, könnte es durchaus sein, dass Tara es mitgenommen hat – Victorias Name und Adresse standen darauf.«

»Vielleicht ist meine Schwägerin längst nicht mehr dort«, meinte Elsa mutlos. Sie konnte nicht glauben, dass Tara ganz allein nach Australien gereist war.

»Ich glaube, dass Victoria noch immer auf der Farm ist«, erwiderte Riordan. »Zumindest habe ich keinen Grund, etwas anderes anzunehmen. Wenn sie nach Irland zurückgekommen wäre, hätte sie sicher versucht, mit Ninian Kontakt aufzunehmen. Ihren Briefen war zu entnehmen, dass sie gern auf der Farm lebte und entschlossen war, dort zu bleiben. Nachdem ihr Mann gestorben war, schrieb sie sogar, sie wünsche sich, dass Tara bei ihr leben und ihr helfen solle.«

Jetzt war Elsa über alle Maßen erstaunt. Sie konnte sich die schöne, vornehme Victoria beim besten Willen nicht im Staub zwischen Rindern und Schafen vorstellen, dazu in einem so riesigen, leeren Land.

»Soviel ich weiß, war Victorias Ehemann sehr wohlhabend, und die beiden haben sich ein außergewöhnlich imposantes Haus gebaut, das Tara eines Tages erben soll.«

Elsa war sehr angenehm überrascht. Diese Neuigkeit ließ alles in einem neuen Licht erscheinen.

»Mein Geschäftsführer behauptet zwar, Tara habe die Adresse auf dem Paket nicht gesehen, aber er ist, was Zigeuner anbelangt, etwas ... intolerant, und Tara war ihm gegenüber nicht sehr freundlich – was sein Wort in dieser Sache nicht eben verlässlich erscheinen lässt.« Riordan war sich inzwischen sicher, dass Kelvin in dieser Angelegenheit absichtlich die Unwahrheit sagte, um ihre Suche zu behindern. Er selbst hielt es für sehr wahrscheinlich, dass Tara die Adresse auf dem Paket gesehen hatte. »Ich weiß, dass es nur eine geringe Chance ist, aber wir haben keine andere Spur.«

Am späten Abend wussten Riordan und Elsa endlich, was sie wissen wollten, doch bis dahin hatten sie einige ereignisreiche Stunden hinter sich. In den Zeiten der Depression drehte sich kein Rad, ohne dass es geschmiert wurde, und sie hatten viele bürokratische Hemmnisse zu überwinden, bis sie an die gewünschte Information gelangten. Dann sagte man ihnen im Schifffahrtsbüro, dass Tara Irland am sechsten Oktober mit dem Ziel Australien verlassen hatte.

Sie wurden innerlich von den verschiedensten Gefühlen hin und her gerissen, als sie erfuhren, dass die *Emerald Star* vor der Küste Südaustraliens gesunken war und das Unglück viele Todesopfer gefordert hatte. Es dauerte zwei endlose Stunden, bis feststand, dass eine Kopie der Liste der Opfer nicht aufzufinden war. Sie sprachen mit einem ehemaligen Besatzungsmitglied der *Emerald Star*, das jetzt im Büro der Schifffahrtsgesellschaft arbeitete.

Der Mann meinte, Taras Namen auf der Liste der Todesopfer gesehen zu haben, doch als Elsa schluchzend ein Bild ihrer Tochter hervorholte, war er sich ziemlich sicher, dass sie unter den Überlebenden gewesen war.

Als sie das Büro verlassen hatten und in Riordans Ford ›Modell T‹ einstiegen, fasste Elsa einen Entschluss.

»Riordan, ich glaube, dass meine Tochter noch lebt. Ich möchte zu ihr – würden Sie mich begleiten?«

Vollkommen verblüfft erwiderte Riordan: »Ich ... ich habe die Galerie, Elsa – ich kann nicht einfach so nach Australien reisen.« Doch wenn er ehrlich war, musste er zugeben, dass ihm selbst schon der gleiche Gedanke gekommen war. Er hatte ihn jedoch als unvernünftig abgetan.

»Aber in der Galerie ist doch im Augenblick sicher nicht viel zu tun, Riordan. Könnte sich nicht ihr Geschäftsführer ein paar Monate lang allein darum kümmern?«

Riordan sagte ihr nicht, dass Kelvin genau das sowieso schon seit einiger Zeit tat. Wenn er noch einen Assistenten einstellte, konnte sich Kelvin ganz auf das Geschäft konzentrieren. Riordan hatte in den vergangenen Wochen seine Umgebung wieder sehr viel klarer wahrgenommen und hatte sich eingestehen müssen, dass Kelvin ohne ihn wahrscheinlich sogar besser zurechtkommen würde – zumindest, bis er selbst wieder mit vollem Herzen bei der Arbeit sein konnte. Im Augenblick lag sein Herz in einem fernen Land in den Händen einer schönen Zigeunerin ...

13

Tara und die Kinder sprangen erschrocken auf, als Nerida im Esszimmer einen riesigen Gong anschlug, dessen Klang im ganzen Haus nachzuhallen schien.

»Das Essen ist fertig«, erklärte Victoria und stand auf. »Ich hoffe, du bleibst, Ethan?«

»So sehr ich deine Gesellschaft schätze, Victoria, aber du weißt, dass ich Curry nicht gerade liebe«, gab er vorsichtig zurück.

»Aber du magst doch Dhal und Fladenbrot. Ich habe Sanja eigens für dich etwas backen lassen!«

Tara sah, dass Ethan lieber zu seinen Kamelen zurückgekehrt wäre, doch eine so großzügige Einladung konnte er nicht ablehnen. Sie folgten Victoria ins Esszimmer, wo ein riesiger gedeckter Tisch, mit feinem Geschirr auf Platzsets aus Bambusgeflecht auf sie wartete. Die erstickende Hitze hing trotz der weit geöffneten Türen und Fenster im Raum, und ein heißes Mittagessen war so ziemlich das Letzte, wonach Tara jetzt zumute war. Sie spürte einen unwahrscheinlichen Durst, hatte jedoch absolut keinen Appetit.

In der Mitte des Tisches standen verschiedene Platten mit dampfenden Gerichten, die Tara vollkommen fremd waren. Als sie gerade im Begriff waren, sich zu setzen, tauchte zu ihrer Überraschung Tadd Sweeney von irgendwoher auf, und sie beobachtete verblüfft, wie er Victoria den Stuhl zurechtrückte und dann wie selbstverständlich neben ihr Platz nahm.

Der Koch hatte sich offensichtlich viel Mühe gemacht. In der Mitte stand eine silberne Schüssel mit dunklem, stark gewürztem

Fleisch – das ›Rinder-Vindaloo‹. Sogar der aufsteigende Dampf schien scharf zu sein, soweit man das feststellen konnte. Eine andere Schüssel enthielt gedämpften Reis, außerdem gab es eine Platte mit flachem, indischem Fladenbrot und kleinere Schüsseln mit Zutaten für das Currygericht. Außerdem gab es noch einen grünlichen Brei, den Nerida auf die Teller der Kinder löffelte.

»Was ist denn das für ein grünes Zeug?«, fragte Jack und rümpfte die Nase.

Tara hob die Hand, um das Mädchen daran zu hindern, ihm zu viel aufzutun, denn sie fürchtete, er werde es nicht essen. In diesen schweren Zeiten kam die Verschwendung von Essen fast einem Verbrechen gleich. Und hier im Haus ihrer Tante war es Tara noch unangenehmer als anderswo, so sorglos Victoria auch immer tun mochte.

»Jack, bitte achte auf deine Manieren«, ermahnte sie den Jungen und fühlte, wie ihr aus Verlegenheit die Röte in die Wangen stieg. Der Junge senkte den Kopf und setzte eine trotzige Miene auf, die Tara sich nicht recht erklären konnte.

Zum Glück bemerkte Victoria Jacks Verstimmung nicht und lachte nur. »Das ist Dhal, mein Junge. Es wird aus Linsen und Gewürzen zubereitet und schmeckt wirklich gut.«

»Es sieht eher aus wie das Futter in Hannibals Maul«, murmelte er, und Tara warf ihm einen warnenden Blick zu. Dann jedoch unterdrückte sie ihren Ärger, bemüht, das sehr lebhafte Bild zu verdrängen, das Jacks Worte in ihr hervorgerufen hatten, und wandte sich Hannah zu. Während sie noch überlegte, was sie der Kleinen außer Brot anbieten sollte, starrte sie fassungslos auf das Durcheinander, das Hannah gerade anrichtete, indem sie das Dhal und den Reis von ihrem Teller auf Tisch und Boden verteilte. Tara nahm ihr den Löffel ab und warf Nerida einen Hilfe suchenden Blick zu, während sie eine Serviette ergriff.

»Hannah, das ist ungezogen«, sagte sie leise, während Nerida aus der Schublade des Sideboards noch mehr Servietten zum Vorschein brachte. Die Augen der Kleinen füllten sich mit Tränen. Tara fürchtete einen neuen Ausbruch und gab ihr ein Stück Brot, um sie zu beschäftigen, während sie selbst Nerida half, alles wieder wegzuwischen. Sie hockte noch auf Knien unter dem Tisch, als plötzlich etwas zwischen den Tischbeinen hervorschoss. Beinahe hätte sie laut aufgeschrieen.

»Nur eine Maus«, flüsterte Nerida. »Sie sind hier eine Plage!«

Kurz darauf hörte man hinter dem Sideboard das Geräusch einer zuschnappenden Falle, und Nerida erklärte mit breitem Lächeln: »Gefangen!«

Als Tara sich einigermaßen gefasst hatte und wieder auf ihrem Platz saß, stellte sie entsetzt fest, dass Hannah das Brot in kleine Stückchen gerissen hatte und den Reis mit den Fingern aß. Allerdings fiel mehr davon auf ihr Kleid und den Stuhl, als sie tatsächlich zum Mund führte.

»Vielleicht sollten Sie sie füttern«, meinte Ethan leise.

Tara errötete. Sie hatte noch gar nicht darüber nachgedacht, dass das kleine Mädchen vielleicht nicht gewohnt war, bei Tisch selbstständig zu essen. Auf der Reise hatte Hannah bis dahin kaum etwas zu sich genommen und meist einfach von etwas abgebissen, das sie in der Hand mit sich herumtrug.

Victoria schien von dem, was vorgefallen war, nichts mitbekommen zu haben. Tara ertappte sich bei dem Gedanken, dass die Kurzsichtigkeit ihrer Tante in diesem Fall fast ein Segen war. Jetzt stand Victoria auf, beugte sich über den Tisch und erklärte Tara einige der Gerichte, während sie sich eine große Portion Reis und Rinder-Vindaloo nahm. Dann fügte sie von jeder der Soßen einen kleinen Löffel hinzu.

»Das hier ist scharfer Sambal. Diese Sauce wird aus Tomaten, Knoblauch, Tamarindensaft, Chilis und Kokosmilch gemacht. Sanja nimmt natürlich Kokospulver und getrocknete Tomaten. Einige der Gewürze bestellen wir in Darwin auf dem Markt – von dort aus werden sie nach Alice Springs geschickt, was manchmal Monate dauern kann. Ethan holt sie entweder in Alice ab, oder sie werden mit dem Zug nach Wombat Creek geschafft, wo er sie dann für uns abholt.« Sie sah Ethan an, während Nerida ihr etwas Chutney auf den Teller füllte. »Dein Auftauchen heute war wie ein Gottesgeschenk, Ethan – wir hatten kaum noch etwas von diesen Dingen im Haus!«

Tara nahm sich von jedem der Gerichte so wenig, wie es die Höflichkeit gerade noch zuließ. »Wie kommt es überhaupt, Tante Victoria, dass du einen indischen Koch hast?«, fragte sie. »Sehnst du dich nicht manchmal nach der irischen Küche zurück?« Es gelang ihr nur schwer, ihre eigene Sehnsucht nach einem guten irischen Eintopf und einem dunklen Bier zu verbergen.

»Himmel, nein. Ich liebe indisches Essen. Sanja hat schon in Delhi für uns gearbeitet, und als wir hier einigermaßen etabliert waren, hat Tom ihm geschrieben und ihn gefragt, ob er zu uns kommen wollte. Wir haben beide die indischen Gerichte sehr vermisst. Weißt du, auf den Farmen werden normalerweise nur Hammelkeulen serviert – gegrillt, gebraten, als Eintopf und in allen möglichen Variationen, die du dir vorstellen kannst. Nach einer Weile fängt man an, selbst wie eine Hammelkeule auszusehen!«

»Und die Kühe? Isst man die nicht?«

»Doch, schon. Aber wenn wir eine Kuh schlachten, teilen wir sie mit den Nachbarn, weil man das viele Fleisch gar nicht so schnell essen kann, wie es verdirbt. Jedenfalls hatten wir das Glück, dass Sanja gerade arbeitslos war, als Tom ihm schrieb, und dass er kein Hindu ist.«

»Warum ist das ein Glück?«

»Weil Hindus kein Rindfleisch essen«, erklärte Tadd herablassend. »Stellen Sie sich vor, sie wohnten auf einer Rinderfarm und dürften das Fleisch nicht essen!«

»Kühe sind für die Hindus heilige Tiere«, fügte Victoria geduldig hinzu. »Sanja ist auch kein Moslem, aber selbst wenn, würde das auch nichts ausmachen, weil wir keine Schweine halten. Jedenfalls ist er gern hier herausgekommen.«

Tadd lachte spöttisch. »So gern nun auch wieder nicht. Am Anfang hielt er Tambora für einen schrecklichen Ort und hat fast jeden Tag mindestens einmal die Fassung verloren. Ich hätte ihn sofort wieder zurückgeschickt.«

»Das Haus war noch nicht fertig, und an die Trockenheit muss man sich erst gewöhnen«, meinte Victoria. »Aber am meisten hat ihn die Abgeschiedenheit gestört. Er war enttäuscht, weil er die Zutaten für seine Küche nicht selber einkaufen konnte, was er in Delhi immer getan hat. Die Märkte dort bieten ein überwältigendes Angebot, aber es werden auch einige sehr seltsame Dinge verkauft.«

»Was für Dinge denn?«, wollte Jack wissen, der sein Essen unmutig auf dem Teller hin und her schob, jedoch noch keinen Bissen zu sich genommen hatte.

Einen Augenblick lang war Victoria um Worte verlegen. »Also ...« begann sie, wurde jedoch von Tadd unterbrochen. »Ziegenaugen, Tigerkuddeln und Schafsinnereien zum Beispiel«, erklärte er schonungslos.

»Ach, Tadd, hör bitte sofort damit auf, dem Kind solchen Unsinn zu erzählen – du warst doch noch nie in Indien!«, mahnte Victoria und wandte sich dann wieder Jack zu. »Sie essen dort sehr exotische Sachen, auch solche, die für uns sehr gewöhnungsbedürftig sind.«

»Das tun sie hier auch, Tante Victoria«, wandte Tara ein. »Ferris hat mir von einigen Gerichten erzählt, die Jed Harper, der Koch des Great Northern Hotel, auftischt – zum Beispiel Termiten, Ameisen, Wurzeln und Eidechsen!«

»Das kein seltsames Essen«, sagte Nerida, die dabei war, die Wassergläser neu zu füllen. »Meine Leute nennen guten Braten!«

»Aber wir finden es komisch, Mädchen«, meinte Tadd.

Es war nicht das erste Mal, dass Tara in Neridas Blick Unwillen aufkommen sah, wenn Tadd etwas sagte. Sie selbst jedoch hatte Nerida nicht kränken wollen. »Ich denke, jedes Volk isst Dinge, die anderen Kulturen seltsam erscheinen. Wenn man zum Beispiel an die Engländer und ihren Hotdog, den so genannten ›heißen Hund‹, denkt ...«

Nerida begann zu kichern. »Ich wusste gar nicht, dass sie Hunde essen! Nicht sehr lecker ...«

»Es ist auch gar kein richtiger Hund, Nerida, sondern ein Würstchen, das in Teig eingebacken wird«, erklärte Victoria.

»Und ein ›schwarzer Pudding‹ ist kein Pudding, sondern eine Blutwurst!«, ergänzte Tara. »Dann gibt es noch ›Tripe‹, ein Stück vom Magen einer Kuh, und ›Chitterlings‹, Schweineinnereien.«

Nerida wirkte einigermaßen irritiert, und Jack starrte noch misstrauischer auf sein Fleisch.

Um ihn zu ermutigen, nahm Tara selbst einen Bissen von ihrem Vindaloo. Gleich darauf schien ihre Miene zu versteinern: Ihr Mund fühlte sich an, als würde er brennen. Sie kaute und schluckte hastig alles hinunter, um dann ihr Glas Wasser fast in einem Zug hinunterzustürzen. Ihr Gesicht war über und über rot angelaufen. Jack sah sie an und schob seine kleine Portion Fleisch an den Rand seines Tellers.

»Oh Tante Victoria, dieser Curry ist wirklich furchtbar scharf«, meinte Tara nach Luft ringend. Tränen traten ihr in die Augen, während auf ihrer Stirn und dem Nasenrücken Schweißperlen erschienen. Jack würde das Gericht nicht essen können, Hannah hatte zum Glück nichts davon auf ihrem Teller.

»Man gewöhnt sich daran, Tara! Ich erinnere mich noch an mein erstes Currygericht – ich dachte, ich könnte nie wieder so etwas essen, aber mittlerweile mag ich es sehr gern, und Tadd ebenfalls. Iss am besten etwas von dem Fladenbrot dazu, das nimmt dem Fleisch die Schärfe.«

Tara nahm sich vor, Sanja darum zu bitten, in Zukunft mit den Gewürzen etwas zurückhaltender zu sein.

»Sanja ist es gelungen, ein paar von den Gewürzen, die er benutzt, selbst zu ziehen«, sagte Victoria. »Seine Chili-Sträucher zum Beispiel sind ein voller Erfolg. Sie brauchen wenig Wasser und bringen mit ihren roten, grünen und gelben Schoten viel Farbe in den Garten!«

Tara konnte sich nicht entsinnen, im Garten Chilis gesehen zu haben – schon gar keine grünen und gesunden Büsche. Aber wahrscheinlich waren sie vom Flurfenster aus einfach nicht zu sehen gewesen.

»Ich finde jedenfalls, dass er viel zu viel Chili in dieses Gericht getan hat«, sagte sie, nachdem sie ihr Glas restlos geleert hatte, das Nerida sogleich wieder nachfüllte. Doch so viel sie auch trank, ihr Mund hörte nicht auf zu brennen.

Victoria probierte einen Bissen Fleisch und wandte sich dann an Nerida. »Das ist ja Lamm«, stellte sie erstaunt fest.

Das Mädchen war plötzlich verlegen. »Es war kein Rindfleisch mehr im Kühlhaus, deshalb musste Sanja Lamm nehmen«, erklärte es.

»Warum ist denn kein Rindfleisch mehr im Kühlhaus, Tadd?«, fragte Victoria, an ihren Verwalter gewandt.

Dieser wirkte leicht unbehaglich. »Charlie hat noch keine Zeit gehabt, einen Stier zu schlachten«, erwiderte er knapp.

Victoria war noch immer irritiert, doch sie schwieg.

»Meine Tante hat mir erzählt, dass Sie schon einige Jahre hier in Tambora sind, Mr. Sweeney«, sagte Tara, als sie wieder zu Atem gekommen war. Der Curry brannte jetzt hinten in ihrer Kehle, und sogar ihre Stimme schien ihr leicht verändert zu klingen.

Er blickte lächelnd auf und erklärte zwischen zwei Bissen: »Richtig – ich gehöre sozusagen zur Familie.«

»Tom hat das Land von Tadds Vater gekauft«, sagte Victoria. »Und seitdem ist er immer hier bei uns gewesen!«

Tara sah, wie Tadd ihre Tante mit einem warmen Blick bedachte und Victoria die Hand tätschelte. Das diente sicher dazu, seine Position zu festigen – Tara fand die Geste jedoch zu vertraut für einen Angestellten.

»Ich weiß nicht, was ich nach Toms Tod ohne ihn getan hätte«, sagte Victoria und erschien ihr plötzlich sehr verletzlich.

»Du hättest es sicher auch so geschafft«, meinte Tadd, der gönnerhafte Unterton in seiner Stimme war Tara nicht entgangen.

»Nein, jetzt nicht mehr«, gab Victoria leise zurück. »Du leitest die Farm ja praktisch ganz allein!«

Tara nahm den Schmerz in dem Auge ihrer Tante wahr. Die Traurigkeit, die aus Victorias Stimme klang, schnitt ihr ins Herz. Es war nicht schwer zu sehen, wie sehr ihre Tante darunter litt, nicht mehr selbst die Zügel in der Hand zu halten. Tara warf Tadd einen Blick zu und überlegte, ob er Victoria vielleicht absichtlich von sich abhängig gemacht haben konnte. Als sie zu Ethan hinüberschaute, stellte sie fest, dass dieser Tadd und Victoria ebenfalls aufmerksam beobachtete. Ob er dasselbe dachte wie sie? Ihre Tante war nicht mehr die Frau, die sie einmal gewesen war, die unabhängige, willensstarke Persönlichkeit, die sich im Umkreis von einigen Hundert Meilen den Respekt der Nachbarn erarbeitet hatte.

»Ich bin sicher, dass du es auch so geschafft hättest, Tante Victoria«, sagte sie lächelnd in der Hoffnung, das angeschlagene Selbstbewusstsein der Älteren wieder ein wenig aufzurichten. »Jeder hier spricht in höchsten Tönen von deinen Fähigkeiten. Ahnst du wirklich nicht, wie sehr man dich für die Leitung dieser große Farm bewundert?«

Victoria wirkte sehr überrascht. »Du übertreibst bestimmt maßlos«, gab sie zurück, doch Tara sah, dass ihre Worte sie gefreut hatten.

»Niemand könnte das ganz allein bewerkstelligen, Tara«, wandte Tadd ein, und Victorias schwaches Lächeln erlosch.

»Das sehe ich ein«, erwiderte Tara vieldeutig.

»Man braucht fähige Angestellte – und ich habe mit meinen Glück gehabt«, meinte Victoria.

»Ganz sicher«, stimmte ihre Nichte ihr zu. »Aber Führungsqualitäten sind auch sehr wichtig.«

Wieder strahlte Victoria vor Freude. »Ich bin nicht gerade das, was man eine Führungsperson nennt – ich war immer gern draußen bei den Schafen und Rindern.«

»Mein Gott, Tante Victoria, du hast dich wirklich sehr verändert seit der Zeit, als du nur die gehobene Gesellschaft und ihre Partys im Kopf hattest!«, stellte Tara lachend fest.

Victoria stimmte ein wenig verlegen in das Lachen mit ein. »Ich weiß, dass ich nicht mehr dieselbe bin. Ich habe mich gehen lassen. Aber man darf sich auch keine Gedanken über sein Aussehen machen, wenn man ständig staubbedeckt im Schafsdung herumläuft, sonst wird man verrückt. Die Arbeit hier draußen hat mir so viel Befriedigung verschafft – viel mehr als all diese Partys mit ihrem leeren Geschwätz! Hier habe ich das Gefühl gehabt, etwas sehr Lohnendes zu tun, und nach einem Tag im Sattel habe ich immer wunderbar geschlafen. Wenn nur meine Augen mich nicht im Stich lassen würden ...« Sie starrte wehmütig vor sich hin, offensichtlich die alten Zeiten zurückwünschend. Tadd jedoch zuckte nur mit den Schultern, als sei all das völlig unwichtig.

»Wir werden alle nicht jünger, stimmt's?«, meinte er mit gezwungener Fröhlichkeit. »Zum Glück habe ich noch ein paar Jahre mehr Zeit, aber bei mir wird auch der Tag kommen, an dem ich nicht mehr so arbeiten kann, wie ich es gewohnt war. Irgendwann fangen die alten Knochen an zu knacken, oder, wie in deinem Fall, Victoria, es lassen einen die Augen im Stich.«

»Meine Tante ist nicht blind, Mr. Sweeney«, sagte Tara.

»Nein, natürlich nicht ... Ich meine ...«

Ohne ihn weiter zu beachten, wandte sich Tara Victoria zu. »Wann bist du das letzte Mal geritten?«, fragte sie sanft.

»Das ist jetzt fast ein Jahr her.«

»Meinst du, dass du es noch kannst?«

»Das verlernt man nie. Aber meine Augen ...«

»Tara könnte doch mit dir ausreiten«, schlug Ethan vor. »Deine treue alte Stute würde dich sicher nicht auf Abwege führen!«

Victoria begann zu strahlen. »Würdest du das tun, Tara? Tadd hat keine Zeit, Kindermädchen für mich zu spielen, aber ich würde so gern einen Ritt um die Farm machen.«

»Natürlich – sogar sehr gern!« Ein Blick in Tadd Sweeneys Richtung sagte Tara, dass dieser alles andere als glücklich war. Doch ihr war nicht ganz klar, ob er sich um Victorias Sicherheit sorgte oder ob es ihm nicht recht war, dass sie nun wieder beweglicher wurde. Misstrauisch geworden überlegte Tara, ob er vielleicht etwas zu verbergen hatte.

»Ethan hat mich heute Morgen mit Nugget bekannt gemacht«, wandte sie sich wieder an ihre Tante. »Er war dabei, Schafe zu treiben, und sagte irgendetwas von einer Heuschreckenplage.«

»Nugget ist ein guter Arbeiter«, meinte Victoria lächelnd. »Wenn die Heuschrecken wirklich unterwegs sind, dann werden wir sie bald eimerweise aus dem Haus fegen können!«

Taras Augen wurden bei dieser Vorstellung vor Schrecken ganz groß.

»Man muss ihn ständig antreiben«, ließ sich jetzt Tadd zum Thema Nugget vernehmen. »Diese Eingeborenen sind manchmal verdammt faul!«

Tara blickte zu Nerida hinüber, sah wie sich Schmerz auf ihren Zügen widerspiegelten und fühlte Wut über Tadds mangelnde Sensibilität in sich aufsteigen. Sie dachte daran, wie Ethan sich bei Nugget nach Tadd erkundigt und dieser geantwortet hatte, wahrscheinlich sitze der Verwalter zu Hause im Schatten. Das würde dann bedeuten, dass Tadd in Wirklichkeit der Faulpelz war.

»Wie viele Angestellte hast du, Tante Victoria?«, fragte Tara, um das Gespräch in Gang zu halten und weitere gefährliche Themen zu vermeiden.

Victoria warf Tadd einen kurzen Blick zu, der Curry und Reis in sich hineinschaufelte, bevor sie antwortete: »Normalerweise ungefähr zehn Viehtreiber und ihre Gehilfen, die Roustabouts, aber wenn wir scheren oder zählen ...«

Tadd blickte von seinem nahezu leeren Teller auf und nahm sich sein drittes Stück Fladenbrot, um die Soße damit aufzunehmen. Er räusperte sich und unterbrach Victoria. »Wir haben in der letzten Zeit nicht so viele Männer gebraucht, Victoria. Im Moment sind es nur Nugget, Bluey, Charlie und dessen Sohn Karl.« Jetzt sah er Tara direkt an. »Scherer stellen wir nur vorübergehend auf Vertragsbasis ein.«

Victoria schien verlegen, weil Tadd sie berichtigt hatte. »Du hast Howie Dunn gar nicht erwähnt«, stellte sie fest.

»Natürlich nicht«, gab Tadd zurück.

»Aber warum denn nicht?«

»Weil ich ihn schon vor ein paar Monaten entlassen habe.«

Victoria schien sehr erstaunt.

»Weißt du nicht mehr? Ich habe es dir doch gesagt!«

»Nein, das hast du nicht. Ich würde mich sicher daran erinnern, wenn du unseren besten Viehtreiber entlässt. Vielleicht sind meine Augen schlechter geworden, aber mein Gedächtnis funktioniert noch einwandfrei!«

Tadd sah Ethan und Tara an und bedachte dann Victoria mit einem nachsichtigen Blick, der Tara wieder ärgerlich werden ließ. »Wir haben über seine Entlassung gesprochen, Victoria. Weißt du nicht mehr? Ich habe dir erzählt, dass er auf dem Weg zu den Märkten im Süden vierundzwanzig Rinder verloren hat.«

»Himmel, Tadd, wir haben während der Dürre schon zweitausend Rinder auf einmal verloren! Vierundzwanzig sind doch gar nichts. Du hättest ihn deshalb nicht entlassen müssen, und du hättest ... es mit mir besprechen können ...«

Victoria schaute Ethan und Tara an. Sie wirkte ebenso verwirrt wie verärgert, als fürchte sie, die Kontrolle über die Farm zu verlieren oder, was noch schlimmer wog, als zweifle sie an ihrem Gedächtnis. Tara fragte sich, ob es wirklich am Erinnerungsvermögen ihrer Tante lag, oder ob Tadd ihr mit Absicht die Dinge aus der Hand nahm – was viel wahrscheinlicher war.

»Wenn ihr mich entschuldigen würdet – ich habe noch viel Arbeit vor mir.« Tadd stand auf, schob seinen Stuhl zurecht und wandte sich zum Gehen.

»Bevor du gehst, Tadd, sorge bitte dafür, dass Ethan das Geld für die Vorräte bekommt, die er mitgebracht hat«, sagte Victoria.

Tadd blieb wie angewurzelt stehen, und seine Miene war völlig ausdruckslos, als er sagte: »Sie sind doch sicher noch eine Weile hier, Ethan, nicht wahr?«

»Ja – es hat keine Eile, Victoria«, meinte Ethan. Er stand ebenfalls auf und trat an ihre Seite. »Ich werde noch ein paar Tage hier sein. Jetzt muss ich die Kamele zur Hütte bringen – sie haben sich eine anständige Pause redlich verdient. Danke für das Essen!«

»Du kommst doch morgen wieder herüber, nicht wahr, Ethan?«, fragte Victoria und drückte seine Hand.

Er sah Tara und die Kinder an. »Natürlich.«

Jack sprang hastig auf. »Kann ich mit dir kommen, Ethan?«

Ethan warf Tara einen Blick zu, und Jack tat dasselbe. Sein junges Gesicht wirkte sehr angespannt. »Ich denke, du solltest dich hier erst einmal ein wenig eingewöhnen«, meinte Ethan schließlich.

Tara war ihm dankbar für seine Unterstützung. Sie wollte mit Jack reden, um herauszufinden, was seine Stimmung so völlig verändert hatte. Seinen Kummer konnte sie verstehen, doch sie hatte keine Erklärung dafür, warum er sich ihr gegenüber so feindselig verhielt.

»Ich sage dir etwas, Jack: Warum reitest du nicht morgen nach dem Frühstück zu der verlassenen Hütte an der Mine unterhalb der Feldkante? Bring ein zweites Pferd mit, dann treffen wir uns dort, und ich zeige dir einen kleinen Pfad, der nach oben führt – die Abkürzung, sozusagen.«

Jacks Enttäuschung ließ sichtlich nach. Nun wusste er wenigstens, dass er am folgenden Morgen bei den Kamelen sein würde. Nach einem letzten wütenden Blick in Taras Richtung lief der Junge aus dem Esszimmer. Ethan sah Tara an, als wolle er sagen, sie solle Jack Zeit geben, sich einzuleben. »Wir sehen uns morgen«, meinte er und fügte, an Victoria gewandt, hinzu: »Ich schaue mir noch das Funkgerät an, bevor ich gehe.«

»Danke, Ethan. Tadd scheint einfach zu viel zu tun zu haben.«

Insgeheim dachte Ethan, dass Tadd Sweeney sich diese Zeit hätte nehmen müssen. Es war ihre einzige Verbindung mit der Außenwelt, und im Fall einer Buschfeuerwarnung oder eines Unglücks auf der Farm war es unverzichtbar.

»Es tut mir Leid, dass ich so wütend geworden bin, Tara«, sagte Victoria, als Ethan fort war. »Vielleicht wird mein Gedächtnis ja wirklich schlechter!«

»Das bezweifle ich, Tante Victoria. Vielleicht war ja alles nur ein Missverständnis. Hier auf der Farm ist sicher immer sehr viel zu tun ...« Tara bemerkte, dass Nerida noch immer ärgerlich wirkte, als sie jetzt den Tisch abräumte. Sie hatte die Lippen fest zusammengepresst, und ihre Bewegungen waren hektisch.

»Ich sollte mich trotzdem bei Tadd entschuldigen«, meinte Victoria. »Er trägt die Verantwortung für die Farm fast allein, und ich möchte nicht undankbar erscheinen – aber ich bin oft so unzufrieden, weil ich nichts tun kann!«

»Das verstehe ich«, erwiderte Tara. »Vielleicht fühlst du dich nach dem Ritt über die Farm besser!«

Victoria nickte. »Ich kann einfach nicht glauben, dass Howie fort ist und ich nicht einmal etwas davon wusste!«

»Vielleicht hatte Tadd wirklich vergessen, es dir zu erzählen«, meinte Tara. »Ich bin sicher, dass sein Gedächtnis auch nicht perfekt ist!« Wieder klapperte Nerida auffällig laut mit dem Geschirr. Das junge Mädchen mochte Tadd Sweeney nicht, das konnte Tara deutlich spüren. Doch ob Nerida ihr offen sagen würde, aus welchem Grund?

»Er war seiner Sache so sicher!«, murmelte Victoria.

Tara fragte sich, wie oft solche Dinge wohl schon geschehen waren. Victoria drückte ihrer Nichte fest die Hand. »Bist du nicht müde, Tara? Ihr habt eine lange Reise hinter euch.«

»Ja, schon ein bisschen«, musste Tara zugeben.

»Ich denke, wir sollten uns alle etwas hinlegen. Ich mache inzwischen immer einen Mittagsschlaf. Die Hitze kann wirklich anstrengend sein – es sind sicher schon wieder fast vierzig Grad im Schatten.«

»Wenn du nichts dagegen hast, möchte ich zuerst noch zu Sanja gehen und mich mit ihm bekannt machen«, meinte Tara.

»Oh, natürlich. Soll ich dich begleiten?«

»Das wird nicht nötig sein. Geh nur schon hinauf und ruh dich aus!«

»Bist du sicher?«

»Natürlich, Tante Victoria. Warum bist du so besorgt? Muss ich mich auf so etwas wie Quasimodo gefasst machen?«

Victoria lachte, doch sie wurde rasch wieder ernst. »Nein, Liebes. Es ist nur ... Ach, schon gut. Komm auch hinauf, wenn du so weit bist.« Mit Nerida an ihrer Seite, die Tara über die Schulter hinweg einen besorgten Blick zuwarf, ging Victoria auf die Treppe zu.

»Möchtest du vielleicht etwas Milch, Hannah?«, fragte Tara die Kleine, doch diese schüttelte nur den Kopf mit den goldenen Locken.

»Bist du müde?«

Hannah rieb sich die Augen, schüttelte aber wieder den Kopf. Tara verstand sie nicht recht. Sie rief Nerida und bat sie, Hannah mit nach oben zu nehmen, damit diese sich ebenfalls hinlegen konnte.

Tara war auf dem Weg in die Küche, als ihr im Flur Tadd Sweeney begegnete. Sie wollte nicht mit ihm sprechen und trat beiseite, um ihn vorbei zu lassen, doch er blieb stehen.

»Es muss schwer für Sie sein, Ihre Tante so verändert zu sehen«, sagte er.

Tara fühlte, wie neuer Ärger in ihr aufstieg. »Ich finde nicht, dass sie so sehr verändert ist«, sagte sie abwehrend.

Tadds Züge wurden weicher, als verstehe er, warum sie es so sah. »Sie erinnert sich oft nicht an Dinge, die ich ihr erzähle. Sie lebt sehr in der Vergangenheit.«

Tara hatte dasselbe gedacht, als sie sich auf dem Balkon mit Victoria unterhalten hatte. Doch sie wollte Tadd ein für alle Mal klar machen, dass er sich keine Freiheiten herausnehmen durfte.

»Auch wenn es ihr im Moment gesundheitlich nicht so gut geht, kränkt es sie, wenn sie bei Entscheidungen, die die Farm betreffen, nicht zurate gezogen wird. Sie hat dann das Gefühl, die Dinge nicht mehr unter Kontrolle zu haben.«

»Ich beteilige sie schon an den Entscheidungen, Mädchen – aber sie ist sehr oft unentschlossen, wenn etwas dringend entschieden werden müsste. Heute Morgen zum Beispiel wollte ich mit ihr über den Verkauf einiger Schafe sprechen, aber sie hat mich vertröstet. Was soll ich tun? Manches muss einfach erledigt werden!«

Tara erinnerte sich daran, dass ihre Tante etwas von dem Gespräch über die Schafe erwähnt hatte, und fragte sich, ob sie Tadd am Ende wirklich Unrecht tat. Konnte es wahr sein, was er sagte?

»Ich werde später mit ihr darüber sprechen«, sagte sie.

»Ich bezweifle zwar, dass es etwas hilft, aber trotzdem vielen Dank, Mädchen!« Tadd drückte ihr mit komplizenhafter Geste den Arm, was Tara sehr unangenehm fand. Sie wollte ihm nicht das Gefühl vermitteln, mit ihm gemeinsame Sache gegen ihre Tante zu machen.

Tadd wollte weitergehen, doch Tara hielt ihn zurück. »Darf ich Sie noch etwas fragen, Mr. Sweeney?«

»Natürlich – und ich heiße Tadd, okay?«

Tara hatte nicht die Absicht, ihn beim Vornamen zu nennen. Zwar verstand sie selbst nicht recht, woher ihre Abneigung und ihr Misstrauen rührten, doch sie konnte nichts dagegen tun. »Ich weiß, dass ich gerade erst angekommen bin – aber in der kurzen Zeit, die ich hier bin, hat meine Tante mir den Eindruck vermittelt, die Farm stehe sehr gut da. In dieser Dürre und der allgemeinen Wirtschaftslage finde ich das schwer zu glauben.«

Tadds Augen wurden schmal. »Niemand steht sehr gut da«, sagte er.

Tara hatte den Eindruck, dass seine Worte abwehrend klangen.

»Ich spreche Sie nur darauf an, weil ich mir Sorgen mache, ob die Kinder und ich für meine Tante eine Last bedeuten. Ich glaube nämlich, dass sie mir aus reiner Rücksichtnahme nicht die Wahrheit sagt.«

Tadds Züge entspannten sich. »Die Dinge stehen tatsächlich nicht so gut, aber Ihre Tante ist ein sehr großzügiger Mensch. Sie würde niemals jemanden fortschicken, und schon gar keinen Verwandten.«

»Also hat meine Tante mich belogen, und wir sind tatsächlich eine Belastung für sie?«

Tadd senkte den Blick. »Nun, sie hat sie nicht unbedingt belogen ...«

»Wie meinen Sie das?«

»Ich habe ihr nicht die Wahrheit gesagt – oder zumindest nicht die ganze Wahrheit.«

Tara hatte also Recht gehabt – doch sie war zutiefst überrascht, dass er es zugab. »Und warum haben Sie das getan?«

Tadd seufzte. »Victoria würde es das Herz brechen, wenn sie wüsste, wie ernst die Lage wirklich ist. Ich wollte sie nur schützen. Es hat doch keinen Sinn, wenn sie sich um etwas sorgt, das nicht zu ändern ist.«

Tara sah ihn ernst an. »Sie halten ihre Handlungsweise sicher für richtig, aber ich bin nicht der Meinung, dass es für meine Tante das Beste ist, ihr die Wahrheit vorzuenthalten, Mr. Sweeney. Sie hat jahrelang hart gearbeitet, um die Farm aufzubauen, und sie hat vielen Menschen Brot gegeben. Sie jetzt anzulügen erscheint mir wie eine ... Missachtung ihrer jahrelangen Mühen.«

»Sie haben sicherlich Recht. Aber ich schätze Victoria sehr, und ich weiß nicht, wie sie die Wahrheit aufnehmen würde, Mädchen. Sie ist schon eine ganze Zeit lang nicht mehr ihr früheres Selbst. Ich dachte, alles würde besser, wenn die Dürre zu Ende geht, aber das ist leider noch nicht geschehen und wird wahrscheinlich auch in naher Zukunft nichts werden. Ich habe getan, was ich konnte, aber ich bin auch kein Zauberer ...«

Tara war einigermaßen entsetzt. Tadd schien tatsächlich nur aus dem Wunsch heraus gehandelt zu haben, Victoria Aufregungen zu ersparen. Sie selbst sorgte sich dafür jetzt umso mehr darum, was wohl passieren würde, wenn ihre Tante eines Tages die Wahrheit herausfand – und das war unvermeidlich.

»Es wäre am besten, wenn Victoria die Farm verkauft«, sagte Tadd. »Sie würde zwar nicht viel dafür bekommen, aber wenn sie noch länger wartet, ist das Land völlig wertlos. Vielleicht könnten Sie sie dazu überreden, von hier fortzuziehen. Ich würde sie vermissen, aber ich denke, es wäre das Beste, wenn sie mit Ihnen nach Irland zurückkehrte.«

Tara war sprachlos. Zugegeben, ursprünglich hatte auch sie daran gedacht, aber sie hatte ihre Meinung geändert, seit sie erkannt hatte, wie sehr ihre Tante ihr Zuhause liebte. »Ich bezweifle, dass sie das jemals tun würde, Mr. Sweeney. Sie liebt Tambora über alles.«

»Es hat doch keinen Sinn, sentimental zu werden, Mädchen«, meinte Tadd ungeduldig. »So macht man keine Geschäfte! Die Farm muss sich selbst tragen; Victoria ist nicht mehr in der Lage, so schwer zu arbeiten wie früher, und das bricht ihr das Herz.«

»Ich bin in der Absicht hergekommen, schwer zu arbeiten, Mr. Sweeney!«, erwiderte Tara.

»Diese Absicht ehrt Sie, Mädchen, aber ich fürchte, Sie kommen zu spät.«

»Steht es wirklich so schlecht?«

»Nun, es steht nicht gerade gut. Wegen der Wirtschaftskrise sind die Schafe und ihre Wolle so gut wie wertlos geworden, und wir haben nur noch sehr wenige Rinder. Ihre Tante ist eine fabelhafte Frau, eine der Besten, und ich würde auch ohne Bezahlung arbeiten – aber die Männer müssen ihr Geld bekommen ... Wenn die Farm mir gehören würde, würde ich verkaufen. Ich weiß, dass es hart ist, aber manchmal bleibt einem keine andere Möglichkeit.« Wieder wandte er sich zum Gehen.

Tara dachte blitzschnell nach. Wo sie jetzt schon einmal die

Möglichkeit hatte, gab es noch etwas anderes, das sie Tadd Sweeney sagen wollte. »Mr. Sweeney, ich würde gern noch über etwas anderes mit Ihnen sprechen.«

Er blieb stehen und wandte sich um. Obwohl er schon leicht unmutig wirkte, zwang er sich sichtlich, freundlich zu bleiben. »Ja, Mädchen?«

»Ist Ihnen eigentlich schon aufgefallen, wie sehr es Nerida trifft, wenn Sie abfällige Bemerkungen über Aborigines machen?«

Tadd starrte sie an, als hätte sie soeben behauptet, der Mond bestehe aus Butterkäse.

»Nein, Mädchen«, stieß er hervor, und nun gelang es ihm nur noch schwer, seinen Unmut zu zügeln. »Das ist mir nicht aufgefallen, aber ich würde ihren ... Launen nicht zu viel Bedeutung beimessen.«

»Ich brauche Ihnen doch sicher nicht zu sagen, dass zum Beispiel wir Iren stolz auf unsere Kultur sind, nicht wahr?«, fuhr Tara unbeirrt fort.

»Ja, das sind wir.«

»Ich denke, es wäre angebracht, Neridas Kultur gegenüber ein wenig einfühlsamer zu sein. Es ist nie sehr klug, Dinge zu verallgemeinern, wenn man über Menschen spricht.« Tara erinnerte sich an all die abfälligen Bemerkungen, die die Zigeuner von den Siedlern hatten hinnehmen müssen, und sie wusste, was es hieß, am unteren Ende der Skala zu stehen.

Tadds Augen wurden schmal. »Sie wollen doch wohl nicht die Iren mit den Aborigines vergleichen, oder?« Er war vollkommen fassungslos, und das ärgerte Tara maßlos. »Abos haben keine Kultur«, fügte er noch hinzu.

»Wie können Sie so etwas sagen?«

»Weil es wahr ist.«

»Wo immer ein Mensch geboren und aufgewachsen ist, er sollte als Individuum gesehen und nicht mit allen anderen über einen Kamm geschoren werden!«, beharrte Tara.

»Schauen Sie, Tara, Sie sind gerade erst hier angekommen und wissen noch nicht viel über die Abos und die Art, wie Dinge hier im Outback geregelt werden. Man muss streng mit ihnen sein und ihnen zeigen, wo ihr Platz ist. Manchmal gehen sie einfach fort und tun, was sie wollten.«

»Man hat mir erzählt, sie seien Nomaden.«

Tadds Blick wurde hart. »Wenn wir sie anstellen, sollten sie schon hier bleiben. Ich werde ganz sicher nicht anfangen, auf alles zu achten, was ich sage, nur um sie nicht zu beleidigen. Wenn Sie mich jetzt bitte entschuldigen würden, ich muss wieder an die Arbeit.«

Tara war wie vor den Kopf geschlagen. Sie hatte gehofft, mit Tadd Sweeney zurechtzukommen, aber er war so furchtbar engstirnig. Sie hatte das sichere Gefühl, dass sie in Zukunft noch öfter aneinander geraten würden – spätestens wenn sie die Zustände im Hundezwinger ansprach.

Tara nahm sich einen Augenblick Zeit, um sich zu beruhigen und sich für ihre Begegnung mit Sanja zu wappnen. Sie hoffte – im Interesse der Kinder genauso wie in ihrem eigenen –, dass sie sich mit dem Koch einigen konnte, aber wenn er auch nur ein bisschen so war wie Tadd Sweeney ...

Als sie die Küche betrat, stand Sanja mit dem Rücken zu ihr am Spülstein. Er hörte sie hereinkommen und nahm an, es sei Nerida. »Sieh mal, all das schöne Essen kommt zurück«, rief er. »Missy Victorias Familie isst wie die Spatzen! Verschwendung ist schlecht – sie bekommen dasselbe heute Abend noch einmal!« Stirnrunzelnd wandte er sich um und blieb erschrocken stehen.

»Hallo«, sagte Tara furchtlos. »Ich bin Victorias Nichte.«

Sanjas Stimmung hellte sich sichtlich auf. »Ah, Missy Tara!«

Tara lächelte.

Der Anfang war nicht schlecht, denn der Koch schien sich zu freuen, sie kennen zu lernen.

Sanja hatte dünnes, ordentlich gekämmtes schwarzes Haar und ein nettes, rundes Gesicht. Am meisten verwundert war sie jedoch darüber, wie klein er war. Tara hatte sich den Mann, der Nerida Angst machte und seine Untergebene mit Drohungen und Wutanfällen traktierte, viel größer vorgestellt. Als sie auf ihn zu ging, sah sie, dass seine Augen von einem warmen, sherryfarbenen Braun waren. Seine Haut hatte einen etwas helleren Ton derselben Farbe.

»Sie nicht sehr viel gegessen, Missy Tara«, sagte er plötzlich, während er seine Hände an einem Küchentuch trocken wischte. »Sie noch müde von langer Reise?«

»Deshalb komme ich zu Ihnen, Sanja«, erwiderte sie und merkte nicht eben erfreut, dass sie ein wenig verlegen war. Sie schenkte ihm ihr strahlendstes Lächeln und hoffte, in so großzügig zu stimmen. »Ihre Currygerichte sehen so köstlich aus, aber wir haben nur noch niemals scharf gewürzte Speisen gegessen.«

»Ah, Curry ist sehr, sehr gut für Sie«, sagte er, ohne ihre Anspielung zu verstehen. »Aber Sie müssen mehr essen, um stark zu bleiben!«

Tara seufzte innerlich auf. »Nein, ich fürchte, das werden wir nicht. Wissen Sie, Sanja, wir können diese Dinge nicht essen.«

Verständnislos starrte der Koch sie an.

»Sie sind einfach zu scharf für uns«, erklärte Tara.

Einen Augenblick lang fuhr Sanja fort, sie anzustarren, dann rief er wütend: »Zu scharf?!«

»Ich fürchte, ja. Meinen Sie, wir könnten etwas weniger stark gewürztes Essen bekommen? Irish Stew werden Sie ja wahrscheinlich nicht kochen ...« Die Wörter waren ihr kaum entschlüpft, da stellte sie auch schon fest, dass Sanja ihren kleinen Scherz völlig missverstanden hatte. Er nahm eine Pfanne, die er gerade abgespült hatte, und ließ sie mit so viel Schwung auf den Spülstein krachen, dass Tara erschrocken zusammenzuckte. »Sanja Naidoo kocht kein ›Irish Stew‹«, sagte er mit einem funkelndem Blick.

»Das ist auch gut«, erwiderte Tara, die sich verzweifelt bemühte, ruhig zu bleiben. »Ich kann es selbst machen.«

Jetzt war er vollkommen entsetzt. »Missy will in Sanjas Küche kochen?«

Tara blickte sich um und stellte fest, dass die Küche im Gegensatz zum Rest des Hauses makellos sauber und aufgeräumt war. Sogar Sanjas Schürze war makellos. Tara war einen Augenblick lang versucht, ihn daran zu erinnern dass es sich um das Haus und somit auch um die Küche ihrer Tante handeln würde, aber sie wollte an ihrem ersten Tag in Tambora keinen Streit anfangen. Außerdem befürchtete sie, letztlich den Kürzeren zu ziehen, wenn ihre Tante zwischen ihrer Anwesenheit und Sanjas ›Rinder-Vindaloo‹ zu wählen hätte. Sie hatte noch viel Zeit, ihm ihre Standpunkte zu erklären. »Wenn es Sie nicht stört?«, sagte sie deshalb höflich.

»Sanja stört es.« Er deutete zur Tür. »Sie kochen draußen, im Arbeiterhaus.«

Tara spürte, wie Wut in ihr aufzusteigen begann, doch sie beherrschte sich. »In Ordnung. Eine Küche ist so gut wie die andere.«

Er schüttelte den Kopf und nahmen ihr so jeden Zweifel daran, dass die Küche im Quartier der Scherer absolut nicht mit seiner zu vergleichen war. »Kinder essen Sanjas Gerichte«, erklärte er jetzt, wie um sie herauszufordern.

»Nein, Mr. Naidoo! Sie mögen sie nicht.«

»Sie essen«, beharrte Sanja und verschränkte beide Arme vor der Brust. Dann legte er den Kopf in den Nacken und streckte ihr seinen Zeigefinger entgegen. »Sie gute Köchin, Missy?«

Empört über sein Benehmen log Tara ihm ins Gesicht. »Natürlich!«

Wenn sie sich nicht irrte, klang sein Schnauben ziemlich höhnisch.

»Dann kochen Sie für Männer im Mustercamp?« Das war mehr eine Feststellung als eine Frage.

»Ich?«

Er lachte, als habe er ihr damit etwas bewiesen, um dann wieder die Arme über seiner Brust zu verschränken. Da es nun nicht mehr viel zu sagen gab, wandte Tara sich zum Gehen. Sie fragte sich, wo all die Köche geblieben waren, die servierten, was man ihnen verlangte, und versuchte sich vorzustellen, was ihre Mutter wohl unter diesen Umständen getan hätte. Zum ersten Mal empfand Tara Respekt für die selbstverständliche Autorität, mit der ihre Mutter das Personal gelenkt hatte, und wünschte sich insgeheim, sie hätte mehr auf sie geachtet.

An der Tür drehte Tara sich noch einmal um und bedachte Sanja mit einem Blick, der deutlich ausdrückte, dass sie sich bei ihrer Tante über seine Weigerung, ihr entgegenzukommen, beschweren würde. Er erwiderte ihren Blick selbstbewusst und ließ keinen Zweifel daran aufkommen, dass sie nur ihre Zeit verschwendete.

14

Ein lautes Kreischen weckte Tara unsanft aus unruhigem Schlaf. Schweißgebadet setzte sie sich auf, und ihr Herz pochte rasend vor Schreck. Einen Augenblick lang wusste sie nicht, wo sie war; sie hatte vom Mountjoy-Gefängnis und von den Galgen geträumt. Im Halbschlaf hatte sich das Kreischen mit dem leisen Quietschen des schwingenden Seils vermischt, an dem ein gesichtsloser, schwerer Körper hing. Sie schüttelte den Kopf und holte tief Luft, um die schrecklichen Bilder zu verscheuchen.

Ungewöhnlich aufgewühlt blickte sie durch das leichte Moskitonetz hindurch auf den Balkon, über dem sie den Himmel sehen konnte. Er war vom leuchtendsten Rot, das sie jemals gesehen hatte, und es nahm ihr buchstäblich den Atem. Die Wolken sahen aus wie flaumige Feuerbälle. In ihrer Verwirrung hätte Tara nicht einmal sagen können, ob es die Morgen- oder die Abenddämmerung war, doch eines war ihr jetzt ganz klar: Irland und das Mountjoy-Gefängnis waren weit, weit fort.

Wieder durchbrach das Kreischen die Stille, dieses Mal aus größerer Entfernung. Als Tara sich rührte, um aus dem Bett zu steigen, stellte sie fest, dass Hannah tief schlafend neben ihr lag, vollkommen entspannt, die Arme weit ausgebreitet, die weichen Locken feucht von Schweiß. Das Bett mit seinen riesigen Ausmaßen bot Platz genug für zwei, doch Tara konnte sich nicht daran erinnern, dass die Kleine schon dort gelegen hatte, als sie schlafen gegangen war.

Draußen auf dem Rundbalkon stellte Tara fest, dass es die weißen Kakadus in den Eukalyptusbäumen waren, die dieses ohrenbetäubende Kreischkonzert veranstalteten. Ihr Gewicht ließ die Zweige tanzen, doch die Blätter der Bäume wurden nur von einer ganz leichten Brise bewegt.

»Sie werden dich an jedem Nachmittag und jeden Morgen vor Sonnenaufgang wecken«, sagte Victoria dicht hinter ihr.

Tara stöhnte leise auf. »Warum um Himmels willen machen sie denn solch ein Geschrei?«

»Im Moment streiten sie sich um einen Ruheplatz auf dem Ast. Warum sie morgens so schreien, weiß ich nicht – vielleicht ist das auch nur ihre Art, den Tag zu begrüßen –, und die Kleinen sind dann einfach hungrig. Jedenfalls brauchst du hier keinen Wecker.«

»Ein Gewehr wäre sehr praktisch«, meinte Tara grimmig, doch dann lächelte sie, als sie Victorias erschrockenen Blick bemerkte. »Nur um sie fortzujagen, natürlich!«

Jetzt lachte auch Victoria. »Tom hat immer genau dasselbe gesagt, aber seine Absichten waren sehr viel finsterer. Du wirst dich an sie gewöhnen – nach einer Weile nimmst du sie gar nicht mehr wahr. Aber vielleicht solltest du die Balkontür lieber zumachen, wenn du nachts nicht von den Opossums geweckt werden möchtest. Habe ich dir gesagt, dass sie Nachttiere sind?«

»Ja, aber es ist zu heiß, um die Tür zu schließen, Tante Victoria. Ob heute Abend etwas mehr Wind sein wird?« Sie tupfte sich mit einem Taschentuch den Nacken ab und betete im Stillen um Regen.

»An den meisten Abenden haben wir etwas Wind«, erwiderte die Ältere.

»Ich würde ja nackt schlafen, aber Hannah scheint nicht in ihrem eigenen Bett bleiben zu wollen.«

»Sie ist sicher daran gewöhnt, immer nah bei ihrer Mutter zu sein, das arme Kind. Gib ihr etwas Zeit!«

Tara nahm Essensgeruch wahr und wusste sofort, dass es wieder ein Currygericht war. Dann fiel ihr ein, dass Sanja gesagt hatte, sie würden abends die Reste bekommen, und sie war dankbar, nicht hungrig zu sein. Die Hitze hatte ihr jeden Appetit genommen, doch das wollte es ihrer Tante gegenüber auf keinen Fall zugeben.

»Normalerweise essen wir ungefähr um sieben«, sagte Victoria jetzt. »Sanja hat seinen eigenen Zeitplan, aber du wirst den Gong hören. Ich gehe jetzt nach unten, Liebes. Kommt einfach nach, wenn ihr fertig seid.«

Tara ließ Hannah schlafen und beschloss, einen kleinen Spaziergang über das Gelände zu machen, bevor sie zu ihrer Tante in den Salon ging. Der feurige Ball der Sonne war im Westen fast hinter dem Horizont verschwunden, und die Luft wurde angenehm kühl. Nach einer Weile fand Tara sich in der Nähe der Hundezwinger wieder. Die Hunde hatten das rohe Fleisch, das Tadd Sweeney ihnen vorgeworfen hatte, nicht angerührt. Es stank furchtbar und die Hunde hatten noch immer kein Wasser bekommen. In zwei anderen Zwingern gab es noch vier weitere Tiere, die Kelpies und die Border-Collies, die sie vorher bei ihrer Arbeit mit den Schafen gesehen hatte und die jetzt allem Anschein nach sehr müde waren.

Entsetzt über den Zustand des Zwingers der Hündin und ihrer Jungen öffnete Tara die Tür und ließ die Tiere hinaus. Obwohl sich ihr der Magen dabei umdrehen wollte, rollte sie die Ärmel hoch und beseitigte den Unrat. Nachdem sie eine halbe Stunde mit einer Bürste und einem Eimer Wasser gearbeitet hatte, war der Zwinger sauber, die Wasserbehälter gefüllt und das verwesende Fleisch in der Erde vergraben. Sie legte noch einen großen Stein in die Mitte der Wassernäpfe, um zu verhindern, dass diese wieder umgestoßen wurden. »Ich werde sehen, ob ich nicht etwas Besseres zu Fressen für euch finde«, sagte sie zu Mellie, die diese kurze Zeit der Freiheit sehr zu genießen schien. Tara stellte fest, dass die Hunde keine Unterlage hatten, auf der Mellie und ihre Jungen sich hätten ausstrecken können.

Nur ungern sperrte Tara die Tiere wieder in ihren Zwinger

und machte sich auf den Rückweg zum Haus. Als sie von irgendwoher den Duft von gebratenem Fleisch wahrnahm, blieb sie stehen. Sie blickte zu den Quartieren der Scherer hinüber, sah Rauch aus dem Schornstein quellen und beschloss nachzusehen, ob Nugget vielleicht ein paar Reste für die Hunde übrig hatte.

Als sie auf der Türschwelle stand und hineinblickte, stellte sie fest, dass die Hütte leer war, doch sie hörte Stimmen, die nicht weit entfernt sein konnten. Als sie um das Gebäude herumging, fand sie an dessen Rückseite Nugget mit zwei anderen Männern und einem halbwüchsigen Jungen. Sie saßen um ein Lagerfeuer, unterhielten sich, rauchten und hatten die Füße hochgelegt.

»Hallo, Missus«, stieß Nugget überrascht hervor, als er sie sah.

»Ich hoffe, ich störe Sie nicht«, sagte Tara und warf einen raschen Blick auf das Fleisch, das in einer Pfanne über dem Feuer briet. Sie war erstaunt über die plötzliche Wehmut, die sie erfüllte, und stellte verwundert fest, dass sie sich trotz ihres angeschlagenen Magens hungrig fühlte. »Haben Sie vielleicht zufällig ein paar Fleischreste für die Hunde übrig?«, fragte sie.

»Wir werden gleich ein paar Brocken Fett und ein paar Knochen haben, Missus, aber Tadd Sweeney mag nicht, wenn wir Hunde füttern. Er sagt, wir verwöhnen ...«

»Zur Hölle mit ihm, Nugget – ich habe noch nie solchen Blödsinn gehört. Man kann doch nicht von ihnen erwarten, dass sie verdorbenes Fleisch fressen!«

»Ganz recht, Missus«, stimmte einer der anderen Männer ihr zu. »Sie mögen sowieso keine Beuteltiere, aber er will ihnen nichts anderes geben.«

Tara erschauderte, denn nun war ihr klar, warum es so streng gerochen hatte: Es war Kängurufleisch gewesen! »Ich bin Victorias Nichte, Tara Flynn«, sagte sie.

»Ich bin Charlie, und das hier ist mein Sohn, der kleine Karl.« Der Junge nickte ihr zu, um dann rasch den Blick zu senken.

Charlie schien Aborigines-Blut in den Adern zu haben, während man seinen Sohn durchaus für einen Weißen halten konnte.

»Und ich bin Kevin O'Donnel, aber meine Freunde nennen mich Bluey«, sagte der andere Mann. »Nett, Sie kennen zu lernen, Missus. Bleiben Sie lang hier draußen?« Bluey oder Kevin O'Donnel hatte rotbraunes Haar und Sommersprossen im Gesicht, doch seine breite Nase und die dunklen Augen ließen auch bei ihm auf Aborigines-Einfluss schließen.

»Ich weiß noch nicht, wie lange ich bleiben werde«, erklärte Tara wahrheitsgemäß.

»Mögen Sie Hammelkotelett, Missus, oder essen Sie lieber dieses Zeug mit Curry, das Sanja jeden Tag serviert?« Nugget schien es peinlich zu sein, ihr von seinem einfachen Essen etwas anzubieten.

Tara musste zugeben, dass das gebratende Fleisch ausgezeichnet roch, und sagte lächelnd: »Ich würde gern etwas probieren, wenn Sie ausreichend haben. Aber wirklich nur, wenn ich keinem etwas wegnehme!«

In Nuggets Augen leuchtete es auf. »Mehr als genug da, Missus.«

»Wenn Sie sicher sind, Nugget ... Ich vertrage scharfes Essen nicht gut, und Sanja weigert sich, etwas anderes zu kochen. Ich habe ihm gesagt, ich würde selbst etwas zubereiten, aber er meinte, dazu müsste ich dann die Küche hier im Schererhaus benutzen.«

»Tun Sie das ruhig, Missus. Ich weiß, dass Sanja niemanden in seiner Küche haben will. Er ist manchmal schon ziemlich seltsam. Weiß nicht, wie die Missus mit ihm zurechtkommt!«

Tara nickte zustimmend. Der alte schwarze Ofen im Schererhaus allerdings verursachte ihr Unbehagen, denn sie hatte noch niemals versucht, auf einem solchen Ungetüm zu kochen, und fürchtete, das Gebäude in Brand zu setzen. »Um ehrlich zu sein, Nugget, wäre es mir lieber, wenn ich hier draußen einen Topf über das Feuer hängen könnte – wenn es Sie nicht stört.«

Erstaunt erwiderte Nugget: »Sie werden doch nicht im Ernst hier draußen Feuer machen wollen, Missus! Der Herd drinnen ist viel sauberer und besser für Sie!«

Tara fühlte sich beklommen, doch sie beschloss, das Thema erst einmal fallen zu lassen. »Ich habe Sanja gebeten, ein ›Irish Stew‹ zu kochen, aber er weigert sich. Meine Kinder können seine scharfen Gerichte nicht essen, aber er behauptet, dass sie es tun werden.«

»Hier gibt es immer genug Hammelkoteletts, Missus, aber nicht viel anderes.«

Tara blickte in die Runde der anderen Männer. »Hatten Sie einen anstrengenden Tag?«

»Nicht anders als sonst auch. Heiß, staubig und genug Fliegen für ein ganzes Leben. Wie kommen Sie mit der Hitze zurecht?«, fragte Bluey.

»Sie macht müde, aber ich denke, ich werde mich daran gewöhnen. Aber ich bezweifle, ob ich mich jemals an diese dummen Fliegen gewöhnen werde!« Mit einer Handbewegung verscheuchte sie einige von ihrem Gesicht. »Und an den Staub ...«

»Hier fliegen sogar die Krähen rückwärts, um den Staub nicht in die Augen zu bekommen, Missus«, meinte Charlie, und Tara lachte.

»Bisschen anders hier als in Irland, stimmt's?«, ergänzte Bluey. »Nicht so viele Fliegen dort.«

»Mit einem Namen wie O'Donnell dürften Sie auch Ire sein, nicht wahr?«

»Ich nicht, Missus. Ich bin Australier. Mein Vater war ein irischer Goldsucher, aber meine Mutter ist eine Aborigine vom Volk der Kujani. Ich bin hier in der Mulga-Wüste geboren und nie woanders gewesen. Charlie war dagegen schon überall in Australien und hat außerdem fast die ganze Welt gesehen. Der kleine Karl ist in Südafrika geboren.«

»In Kapstadt«, erklärte Karl mit einem leichten südafrikanischen Akzent.

»Wirklich?«, fragte Tara erstaunt. »Und wie lange bist du schon hier draußen?«

»Seit ich sieben war.«

»Fast acht Jahre«, meinte Charlie. »Seine Mutter ist für ein Paar Schuhe ermordet worden. Nachdem wir sie begraben hatten, sind wir ein bisschen herumgereist und schließlich hierher gekommen. Das Klima ist ähnlich, das Leben aber trotz allem besser.«

»Ich bin sicher, dass mein ... Sohn dich gern kennen lernen würde«, sagte Tara, an Karl gewandt. Sie fand es immer noch seltsam und irgendwie nicht richtig, von Jack und Hannah als von ihren Kindern zu sprechen, aber sie hoffte, dass sich das mit der Zeit geben würde.

»Wenn es nicht zu aufdringlich ist, wüsste ich gern, wo ihr Mann ist, Missus«, sagte Bluey.

Erneut fühlte sich Tara wie eine Betrügerin. »Auf der Überfahrt von Irland her hat es ein Unglück gegeben. Das Schiff ist untergegangen, und er ... ist ertrunken«, erwiderte sie.

»Das ist schrecklich für Sie, Missus! Sie sind zu hübsch, um allein zu sein.«

Verlegen wandte sich Tara wieder an Karl. »Ich glaube, Jack wird sehr froh sein, wenn er erfährt, dass es noch einen anderen Jungen auf der Farm gibt. Er ist zwar jünger als du, aber er scheint das Leben im Freien sehr zu genießen, und er liebt Ethan Hunters Kamele.«

»Ich hasse Kamele«, gab Karl zurück. »Sie stinken, beißen, spucken und treten. Ich gehe nie in ihre Nähe.«

»Oh, ich verstehe. Na, vielleicht könntest du Jack dann zeigen, wie man Schafe zusammentreibt?«

Karl stöhnte leise auf. »Ich mag auch keine Schafe!«

Charlie hob die Brauen und sah seinen Sohn missbilligend an. »Er würde gern in der Stadt leben, aber er ist noch zu jung, um allein zurechtzukommen.«

»Ich möchte wieder nach Kapstadt zurück«, sagte Karl. »Dann

würde ich zumindest für meine Arbeit bezahlt!« Er stand auf und ging in die Hütte. Tara starrte Charlie verwundert an.

»Im Moment ist es hier draußen sehr schwer«, meinte der. »Ich sage ihm immer, dass alle Opfer bringen, und schließlich ist es nicht die Schuld der Missus, dass sie uns nicht bezahlen kann.«

Tara erschrak. Tadd Sweeney hatte nichts davon gesagt, dass die Männer nicht bezahlt worden waren. »Wann haben Sie zum letzten Mal Geld bekommen, Charlie?«

»Vor ein paar Monaten. Allerdings auch nicht den vollen Lohn. Das ist aber nicht so schlimm. Nugget hat schon viel länger kein Geld mehr gesehen. Tadd Sweeney behauptet, wir würden alles bekommen, wenn das nächste Mal Schafe verkauft werden, aber darauf würde ich nicht wetten. Selbst, wenn er welche verkaufen kann, wird er nicht viel dafür bekommen. Niemand kann sie durchfüttern, und niemand hat das Geld, das Fleisch zu kaufen. Bald ist sowieso alles egal, denn Tadd Sweeney sagt, die Missus will die Farm verkaufen. Ich hätte nie gedacht, dass ich diesen Tag erlebe ...«

Tara war über die Maßen schockiert. Tadd Sweeney hatte ihr nicht gesagt, dass die Dinge so schlecht standen, und er hatte auch kein Recht, den Männern zu sagen, dass Victoria verkaufen würde.

»Ich glaube nicht, dass sie das tun wird, Charlie. Meine Tante liebt Tambora. Jedenfalls ist es sehr ehrenhaft von euch, hier zu bleiben und zu arbeiten, obwohl ihr kein Geld bekommt.« Tara bewunderte die Loyalität der Männer, besonders Nuggets Treue. Sie sah ihn an, und er hob die breiten Schultern.

»Wir haben Arbeit, einen Platz zum Schlafen und unser Essen. Missus Victoria ist ein guter Boss«, sagte er schlicht.

»Trotzdem glaube ich nicht, dass viele Angestellte unter solchen Bedingungen bleiben würden«, meinte Tara. Sie fühlte sich schrecklich bei dem Gedanken, dass Victoria vermutlich von all dem überhaupt nichts ahnte. Es musste etwas geschehen!

»Ich bin schon lange hier, Missus«, sagte Nugget. »Dieses Land meine Heimat. Aber vielleicht Tadd schickt mich irgendwann fort.«

Tara fragte sich, ob Tadd Sweeney Nugget wohl gedroht hatte, doch sie wollte ihn nicht direkt danach fragen.

Nugget legte zwei riesige Koteletts für sie auf einen Teller und schien zu vermuten, sie würde sie mitnehmen. Freudig überrascht sah er zu, wie sie sich auf ein umgestülptes Ölfass setzte, um mit den Männern zu essen. »Meine Tante wird sich fragen, wo ich bin«, sagte sie und leckte sich voller Vorfreude die Lippen.

»Sie müssen nicht bleiben, Missus«, meinte Nugget verlegen. »Sie essen vielleicht lieber bequem ...«

»Natürlich bleibe ich, wenn Sie nichts dagegen haben. Ich sitze bequem genug!«

Er lächelte, wobei er die Lücke in seinem Mund sehen ließ, wo die Vorderzähne hätten sein sollen. Das Leuchten seiner Augen war sogar im schwindenden Licht noch gut zu erkennen. »Ich hole Ihnen einen Stuhl aus der Hütte, Missus.«

»Danke, so geht es sehr gut, Nugget.«

»Gleich hören Sie diesen scheußlichen Dinnergong«, meinte Charlie, und sie lachte herzlich.

Tara fühlte sich wohler, als Nugget und die anderen Männer jemals würden ahnen können. In dem stilvollen Esszimmer ihrer Tante war ihr angesichts der Kandelaber und des Silberbestecks sehr unbehaglich zumute gewesen. Es würde wohl noch eine Weile dauern, bis sie sich wieder daran gewöhnte, in so feierlichem Rahmen zu essen.

Nugget zauberte etwas Damperbrot aus einem Topf mit Deckel hervor und brach es auseinander. Dann warf er eine Hand voll Mehl in die Pfanne, gab etwas Wasser dazu und rührte alles zu einer Soße. Die Männer nahmen sich je ein Stück von dem dampfenden Damper und bissen hinein. Sie aßen das Fleisch mit den Händen, gaben Tara jedoch ein Besteck. Sie sah, dass sie das

Fleisch mit Salz bestreuten und die Soße mit dem Brot aufwischten. Es war eine einfache Mahlzeit, doch sie genoss sie sehr. Das Fleisch schmeckte etwas streng, aber trotzdem gut. Später sammelte sie die übrig gebliebenen Knochen, die Knorpel und das Fett ein und brachte alles den Hunden, die es gierig verschlangen und nach mehr Ausschau hielten. Tara fragte sich, ob sie wohl auch Sanja um Fleischreste bitten konnte.

Als sie mit dem Teller zu den Männern zurückkam, erkundigte sie sich, wer den Gemüsegarten pflegte. Nugget zuckte unbestimmt mit den Schultern, doch Bluey antwortete: »Keine Zeit, Missus. Vor ein paar Jahren anders. Der Boss hat vielen Männern Arbeit gegeben, und hier viele Mädchen, um der Missus zu helfen. Jetzt alle fort.«

»Ich dachte, Sanja kümmert sich vielleicht um den Garten – er braucht die Pflanzen schließlich für seine Küche.«

Die Männer lachten. »Wagen Sie es bloß nicht, ihm das zu sagen, Missus!«, warnte Nugget.

»Meine Tante erzählte mir, dass Sanja Chili-Büsche angepflanzt hat. Wo stehen die?«, wollte Tara weiter wissen.

»Missus hat schlechte Augen – sie nicht sehen, keine Chili-Büsche mehr.« Bluey und Charlie wechselten einen schadenfrohen Blick. Sie wollten Tara nicht sagen, dass sie auf Sanjas Chili-Büsche uriniert hatten, bis er sie einmal dabei erwischte. Es hatte einen furchtbaren Skandal gegeben, und danach hatte Sanja die Büsche vertrocknen lassen.

Der Gong ertönte und rief zum Dinner. Sein lautes Dröhnen ließ die Kakadus in den Eukalyptusbäumen erschreckt aufflattern.

»Ich gehe wohl besser und sage meiner Tante, dass ich schon gegessen habe«, meinte Tara und reichte Nugget den leeren Teller.

Er gab ihr einen anderen aus Zinn, auf dem mehrere Koteletts lagen. »Für die Kleinen«, sagte er. »Bringen Sie sie ruhig jederzeit mit, Missus.«

»Danke, Nugget. Es war nett, mit Ihnen zu essen. Wahrscheinlich sehen wir uns morgen früh.« Sie wandte sich an Charlie. »Bitte sagen Sie Karl von mir gute Nacht.«

»Gute Nacht, Missus«, erwiderten Charlie und Bluey gleichzeitig.

Als Tara fort war, meinte Nugget: »Die neue Missus ist in Ordnung. Sie hat nicht die Nase in der Luft, wie Tadd meinte.«

»Wette, sie ist eine gute Gesellschaft für Missus Victoria«, fügte Bluey hinzu.

Mit Victorias Erlaubnis aßen die Kinder ihre Hammelkoteletts auf der Veranda. Hier waren die Insekten, vor allem die Moskitos, zwar eine Plage, aber es war etwas kühler und außerdem machte es nicht so viel aus, wenn Hannah etwas herunterfiel. Jack aß schweigend, schien sich aber zu freuen, als Tara ihm sagte, er könne die Reste den Hunden bringen. Sie erzählte ihm, dass sie die Zwinger gesäubert hatte und wie froh die Hunde über die Essensreste gewesen waren, die sie ihnen vorhin gebracht hatte.

Sie standen bei den Zwingern, als Tara aus den Augenwinkeln eine Bewegung wahrnahm und befürchtete, es sei eine Schlange. Aber es war nur Tadd Sweeney, der auf sie zu geeilt kam, und sie stöhnte innerlich auf, weil sie ahnte, was nun kam.

»Was glauben Sie, was Sie hier tun?«, donnerte er.

»Wir füttern die Hunde«, gab Tara ruhig zurück. »Und es scheint ihnen zu gefallen.«

Sie sah das Erstaunen in seinem Gesicht, als er bemerkte, dass die Käfige sauber waren, doch er sagte nichts dazu.

»Ich habe sie heute schon gefüttert. Man darf Hütehunde nicht überfüttern.«

Tara fand diese Bemerkung äußerst unpassend, denn Mellie bestand buchstäblich nur noch aus Haut und Knochen. »Wenn Sie das verfaulte Fleisch meinen, das habe ich vergraben«, erklärte sie.

»Sie haben was?«

»Sie konnten doch nicht im Ernst erwarten, dass sie es fressen würden! Es stank zum Himmel und war ohne Zweifel voller Würmer.«

»Ich habe das Känguru heute Morgen eigenhändig geschossen.«

»Verkaufen Sie mich nicht für dumm, Mr. Sweeney. Das Fleisch stank und war mindestens ein paar Tage alt!«

Er bedachte sie mit einem abfälligen Blick. »Das liegt an der Hitze. Hier bleibt nichts lange frisch.«

Tara war sich dennoch sicher, dass er log. »Sie hatten es nicht angerührt, und es sah nicht so aus, als würden sie das jemals tun.«

»Wenn sie hungrig genug gewesen wären, hätten sie es auch gefressen. Hier draußen dürfen Sie kein Fleisch verschwenden!«

»Sie hatten nicht einmal Wasser, Mr. Sweeney. Das ist in dieser Hitze wirklich gefährlich.«

Er hob die Schultern. »Es ist nicht meine Schuld, wenn sie es umwerfen.«

Tara wurde immer wütender. »Haben Sie nicht irgendwo einen schwereren Napf? Sie halten es nicht lange ohne Wasser aus. Und die Zwinger waren mehr als schmutzig. Wer ist für ihre Sauberkeit verantwortlich?«

Tadd wirkte sehr aufgebracht. »Wer immer gerade Zeit hat. Es gibt hier so viel zu tun, und nicht genug Hände, um alles zu erledigen!«

»Nun, jetzt gibt es noch ein paar Hände mehr, und wir beabsichtigen, uns nicht nur durchfüttern zu lassen. Wir kümmern uns um die Zwinger und füttern die Hunde, nicht wahr, Jack?«

Der Junge sah sie erstaunt an, doch er nickte.

»Aber unter einer Bedingung«, fügte Tara hinzu.

Tadd starrte sie misstrauisch an, als frage er sich, für wen sie sich hielt, dass sie es wagte, die Bedingungen zu stellen. »Und unter welcher?«

»Die Hunde werden mehrere Stunden am Tag aus dem Zwinger gelassen, und zwar nicht nur zum Training.«

Er runzelte die Stirn. »Ich habe Ihnen doch schon gesagt, es sind keine Schoßtiere!«

Tara sah, dass Jack und Hannah sich auf die Aussicht freuten, mit den Hunden herumzutollen, und fuhr deshalb friedlicher fort: »Das weiß ich, aber sie brauchen Bewegung, und Sie sind zu beschäftigt. Ich versuche nur, Ihnen mehr Zeit für wichtige Dinge zu verschaffen.«

Tadd schien ernsthaft über ihren Vorschlag nachzudenken. Er fühlte sich unter Druck gesetzt, brauchte jedoch wirklich mehr Zeit für andere Dinge.

»Nun gut«, erwiderte er. »Aber nur, wenn sie dadurch nicht verweichlicht werden. Die Welpen sollen in ein paar Wochen verkauft werden.«

»Wir werden auch nach den anderen Haustieren sehen«, meinte Tara. »Hannah kann die Hühner füttern und die Eier sammeln, und ich zeige Jack, wie man eine Kuh melkt.«

»Aber Sie können Nerida nicht einfach Arbeit abnehmen! Dann wird sie genauso faul wie die anderen!«

Tara musste sich sehr bemühen, nicht die Beherrschung zu verlieren. »Es ist ziemlich offensichtlich, dass schon die Arbeit im Haus für sie allein zu viel ist. Der Gemüsegarten ist ebenfalls völlig vernachlässigt, also werde ich mich darum kümmern. Die Kinder können mir helfen.« Tara wusste so gut wie gar nichts über Gemüseanbau und konnte Unkraut nicht von einer Kartoffelpflanze unterscheiden – doch das brauchte Tadd Sweeney vorerst nicht zu wissen.

Tadd nickte, obwohl er nicht eben überzeugt wirkte. Tara merkte, dass er daran gewöhnt war, die Dinge selbst in die Hand zu nehmen, und es fiel ihm schwer, Verantwortung abzugeben. Sie ahnte nicht, dass er ihr beim Umgraben des Gemüsegartens in dieser Hitze keine fünf Minuten gab, bevor sie zusammenbrach.

Während die Kinder durch den Draht des Zwingers hindurch eifrig die Welpen fütterten, winkte Tara Tadd einige Schritte zur Seite und sagte leise: »Ich werde heute Abend mit meiner Tante sprechen, Mr. Sweeney. Ich denke, es ist Zeit, dass sie die Wahrheit über die finanzielle Situation der Farm erfährt.«

Tadd starrte sie finster an.

»Warum haben Sie mir nicht gesagt, dass die Männer schon seit Monaten keinen Lohn bekommen haben?«, fragte sie.

Tadd sah sie überrascht an, doch dann senkte er den Blick. »Wir mussten alle Opfer bringen. Solange sie ihre Tabakration, ein bisschen Fleisch, Tee und Mehl haben, sind sie zufrieden.«

»Aber sie haben Anspruch auf Lohn, Mr. Sweeney. Sie sind keine Sklaven!«

Tadd starrte sie schockiert an. Tara vermutete, dass der Grund dafür allein die Tatsache war, dass sie die Männer überhaupt in Schutz nahm.

»Ich kann ihnen nicht geben, was ich nicht habe«, stieß er ärgerlich hervor.

Tara verstand, dass er sich in einer schwierigen Lage befand und wirklich sehr viel Verantwortung auf seinen Schultern lastete. »Haben Sie denn Ihr Geld bekommen?«, fragte sie und bereute schon, ihm immer das Schlimmste zu unterstellen. Es war sicher nicht leicht, die Farm durch eine Wirtschaftskrise und eine scheinbar endlose Dürreperiode zu manövrieren.

»Ich würde wohl kaum selbst Geld nehmen, wenn ich meine Männer nicht bezahlen kann«, gab er finster zurück.

Sie bemühte sich um einen verständnisvolleren Ton. »Natürlich nicht – es tut mir Leid. Aber meine Tante sollte nicht länger im Unklaren gelassen werden, das sehen Sie doch sicher ein?«

Er wirkte noch immer skeptisch. Wieder stieg das Misstrauen in Tara auf, und sie fragte sich, ob er ihrer Tante wegen besorgt war oder um seine Position fürchtete. Sie hasste sich dafür, konnte aber einfach nichts dagegen tun.

»Ich werde es ihr schonend beibringen«, sagte sie. »Aber Victoria muss die Wahrheit erfahren.«

»Meinen Sie, Sie könnten sie davon überzeugen, die Farm zu verkaufen?«

Das war nicht Taras Absicht gewesen, und wieder meldete sich ein ungutes Gefühl. »Wenn sie über alles Bescheid weiß, wird sie sicher eine Entscheidung treffen. Sie sind nicht verpflichtet, zu bleiben, Mr. Sweeney, denn obwohl Sie ihr eine große Hilfe gewesen sind, würde sie bestimmt nicht wollen, dass Sie sich ... gebunden fühlen!«

Mit angespannter Miene erwiderte er: »Ich werde Victoria niemals im Stich lassen. Was immer Sie von mir zu denken scheinen, ich habe loyal zu ihr gestanden.«

Er wirkte ehrlich gekränkt und Tara fragte sich wieder, ob sie ihn vielleicht doch falsch einschätzte. »Ich weiß, und ich wollte auch nicht undankbar sein. Aber Sie scheinen sie zu drängen, die Farm zu verkaufen, und das würde ihr das Herz brechen.«

»Meines ebenso, Mädchen«, gab er zurück. »Ich bin auch schon sehr lange hier.« Er umfasste alles um sich herum mit einem langen Blick und wandte sich dann zum Gehen. Tara überlegte, dass Tambora auch für ihn schon seit vielen Jahren ein Zuhause war. Ihr fiel wieder ein, dass ihre Tante gesagt hatte, das Land habe früher Tadds Vater gehört. Sogleich bereute sie ihre harte Haltung.

»Vielleicht fällt uns ja irgendetwas ein, um die Farm zu retten, Mr. Sweeney. Meine Tante hat in der Vergangenheit sehr oft schwere Zeiten überstanden – wer weiß, ob es nicht dieses Mal genauso sein wird!«

Tadd schüttelte den Kopf. Er hatte offensichtlich jede Hoffnung aufgegeben, und das erschreckte Tara zutiefst. »Ich würde gern morgen früh die Rechnungsbücher sehen«, sagte sie.

»Wozu soll das gut sein?«, erwiderte er mit offensichtlichem Erstaunen.

»Damit ich meiner Tante alles besser erklären kann. Ich bin sicher, sie möchte genau wissen, wo wir stehen, besonders weil sie, wie ich hörte, früher die Bücher immer selbst geführt hat.«

»Das hat sie – und ich fürchte, ich habe die Buchführung ein wenig vernachlässigt. Wir hatten so wenig Männer ...«

»Ich weiß – aber ich würde sie trotzdem gern sehen.«

Er nickte und ging mit hängenden Schultern auf sein kleines Häuschen zu. Tara blieb verwirrter denn je zurück. Sie wusste beim besten Willen nicht, was sie von Tadd Sweeney halten sollte.

15

Nach einem Bad machte sich Tara auf die Suche nach ihrer Tante. Sie fand sie in einem dünnen Baumwollnachthemd und abgetragenen Pantoffeln auf dem Balkon vor ihrem Schlafzimmer in einem Sessel sitzend. Sie wirkte so ruhig und zufrieden, dass Tara sie einige Augenblicke lang nicht zu stören wagte, sondern nur dastand und Victoria anschaute, ohne dass diese sie ihrerseits bemerkte. Das Gespräch, das sie miteinander führen würden, würde Victorias kurzen Moment des Friedens gründlich zerstören. Tara war deswegen fast versucht, es zu verschieben.

Als sie auf den Balkon hinaustrat, wandte Victoria sich lächelnd um. »Schlafen die Kinder schon? Sie hatten heute wirklich einen ereignisreichen Tag!«

Tara hörte die Müdigkeit in Victorias Stimme und zögerte wieder, ihrer Tante neue Sorgen aufzubürden. Hannah war in demselben Augenblick eingeschlafen, als ihr Kopf das Kissen berührte, aber als ich nach Jack gesehen habe, lag er noch wach. Sie verschwieg, dass er sich ihr gegenüber verschlossen, fast feindselig verhielt. Als sie freundlich versucht hatte, den Grund für sein Benehmen anzusprechen, hatte er ihr den Rücken zugewandt und sich schlicht geweigert, ihr zu antworten. Obwohl seine offene Ablehnung sie verletzten, hatte Tara beschlossen, ihm ein wenig Zeit zu geben, bevor sie das Thema wieder ansprach. Wenn er mit ihr nicht reden wollte, dann hoffte sie, dass Ethan den Jungen dazu bringen konnte – denn alles war besser, als wenn er seinen Kummer weiter in sich hineinfraß.

»Du klingst selbst auch etwas müde, Tante Victoria«, meinte

Tara. »Ich hoffe, du bist nicht extra meinetwegen aufgeblieben? Ich habe beim Baden völlig die Zeit vergessen. Und ich muss gestehen, dass ich ein sehr schlechtes Gewissen dabei habe, das Wasser dafür zu verschwenden, wo es hier doch so wenig davon gibt!«

»Unsinn, Tara! Ich weiß doch, dass es dein erstes richtiges Bad seit Tagen war!«

»Die Kinder haben das Wasser zuerst benutzt, das tröstet mich etwas.« Das war nicht ganz richtig, denn Jack hatte sich strikt geweigert zu baden, und kein gutes Zureden hatte ihn dazu bringen können, seine Meinung zu ändern. Tara war einigermaßen ratlos, wie sie mit ihm umgehen sollte.

Victoria blickte zum Himmel hinauf. »Ich sitze gern hier und genieße die Abende. Es ist so friedlich hier! Aber jetzt bin ich wirklich müde – heute Nachmittag war ich so aufgeregt, dass ich nicht mehr als ein paar Minuten geschlafen habe.«

»Es war für uns alle ein sehr langer Tag.« Tara blickte über das weite Land um sie herum. Ein leichter Wind strich durch die Blätter der Bäume, und die Sterne leuchteten wie Millionen Glühwürmchen. Der Mond war voll und schien so nah, als brauche sie nur die Hand auszustrecken, um ihn zu berühren. Er tauchte die Umgebung des Hauses und den ausgedörrten Boden in ein Licht, das allem einen Hauch von Frieden verlieh.

Mit etwas Fantasie konnte man die Schatten der Bäume im Staub für wassergefüllte Teiche halten – doch es war kein Wasser; es blieb Staub.

Tara konnte jetzt sogar das Summen der Insekten hören, während es am Tag sehr still gewesen war. Sie verstand nicht recht, wie sich ihre Tante an einem solchen Ort zu Hause fühlen konnte.

»Vermisst du Irland eigentlich nicht, Tante Victoria? Ich habe manchmal großes Heimweh und würde in den unmöglichsten Augenblicken plötzlich alles dafür geben, den Loch-Derg-See wiederzusehen oder die Silbermine-Berge, oder eine Landstraße in Edenderry, die von Wiesen voller Heideblüten und wilden Gräsern gesäumt wird. Ich vermisse sogar den Regen!«

Victoria hörte die Sehnsucht in Taras Stimme, und längst vergessene Erinnerungen stiegen in ihr auf.

»Als ich damals herkam, habe ich mein Zuhause schrecklich vermisst. Aber dann habe ich mich damit getröstet, wie sehr ich die Winter gehasst habe, die langwierigen Krankheiten, unter denen ich dann immer litt, den Schnee und die Hagelkörner und die Frostbeulen ... Jetzt kann ich mir nicht mehr vorstellen, irgendwo anders als in Tambora zu leben.«

»Aber du hast doch diese Winterplagen nur gegen Moskitos, Schlangen, Fliegen und Staub eingetauscht.«

Victoria lachte. »So ist es wohl, aber ich liebe das Lachen der Kookaburras in den Bäumen, und wenn es regnet, finde ich das Geräusch der Tropfen auf dem Dach so tröstlich. Dann wird das Gras fast über Nacht grün, und es gibt plötzlich ganz viele Vögel. Nichts ist so aufregend, wie die Geburt eines Lamms oder eines Kalbes mitzuerleben. Wusstest du, dass Australien zu zwei Dritteln aus Wüsten besteht und dass diese Gegend früher ein riesiger Binnensee war?«

Tara nahm es überrascht zur Kenntnis, doch in diesem Augenblick erregte eine Bewegung unter den Bäumen ihre Aufmerksamkeit. »Tante, ich glaube, ich habe dort unten eine Frau gesehen, eine Aborigine«, sagte sie. »Ich bin sicher, dass es nicht Nerida war.«

»Du hast sicher Recht. Die Aborigines kommen und gehen, und man kann sie nicht aufhalten. Seit deiner Ankunft haben sie sich sehr rar gemacht. Sie befürchten wahrscheinlich, du bist eine Regierungsbeamtin und gekommen, um ihnen die Kinder fortzunehmen. Nugget, Bluey oder Charlie werden ihnen zwar inzwischen gesagt haben, dass es nicht stimmt, aber sie sind erst einmal vorsichtig. Wenn sie nicht auf Wanderschaft gehen, lagern sie oft nicht weit von hier. Kannst du den Rauch dort über den Bäumen sehen? Dort haben sie ihre Feuer gemacht.«

Tara konnte mit Mühe den grauen Rauch ausmachen, der vor dem Hintergrund des tiefschwarzen Himmels über den Bäumen aufstieg. Er war ihr vorher nicht aufgefallen. Gerochen hatte sie ihn zwar, doch sie hatte geglaubt, es sei der Rauch des Lagerfeuers der Viehtreiber hinter dem Schererhaus.

»Die Frau, die du gesehen hast, hat vielleicht Nugget besucht, oder auch Bluey. Ich verstehe ihre Familienstruktur noch immer nicht ganz, aber wundere dich nicht darüber, wenn plötzlich Kinder auftauchen, sobald sie wissen, dass von dir nichts zu befürchten ist.«

»Ihre Kinder?«, fragte Tara und meinte Nugget und Bluey.

»Vielleicht – wer weiß ... Die Frauen scheinen ständig schwanger zu sein. Die Kinder gehen Tadd zwar aus dem Weg, aber sie kommen trotzdem. Ich glaube, Nerida gibt ihnen zu essen und kleidet sie ein. Ab und zu vermisse ich etwas von meinen Sachen, meist alte Kleidungsstücke, die ich sowieso nicht mehr anziehen würde. Normalerweise tue ich so, als ob ich es nicht bemerke.« Sie lachte. »Einmal sah ich eine ältere Aborigines-Frau in einem meiner besten Abendkleider. Tom hatte es mir für eine Silvesterfeier in New York geschenkt. Es war aus Silberlamee und hinten und vorn sehr weit ausgeschnitten. Sie sah so komisch darin aus, mit ihren bis zur Taille hängenden Brüsten und ihrem verfilzten Haar mit den weißen Strähnen darin, dass ich laut zu lachen begann und nicht mehr damit aufhören konnte. Ich war außer mir, fast hysterisch, und die Tränen strömten mir über das Gesicht. Die arme Frau lief schreiend davon, und ich habe sie nie mehr wiedergesehen.«

»Hast du denn dein Kleid wiederbekommen?«

»Nein, aber das war auch nicht so schlimm. Es war sowieso dumm von mir, es mitzubringen. Ich kann es nur damit erklären, dass ich nicht wusste, was hier auf mich zukam. Ich habe genug Kleider mitgebracht, dass es für einen eigenen Laden gereicht hätte, und sie waren alle denkbar unpraktisch für das Leben hier draußen. Ethan zieht mich oft damit auf, dass er zusätzliche Kamele mitnehmen musste, nur um meine vielen Koffer zu transportieren.«

Tara suchte mit ihren Blicken weiterhin nach der Frau, doch diese war verschwunden. Tara erkannte erfreut die Silhouetten von Kängurus und die anderer Tiere, die sich in der Nähe der Bäume bewegten, sah jedoch mit einigem Unbehagen auch rattenähnliche Wesen dort herumhuschen. Ein Rascheln in den Bäumen ließ sie zusammenzucken.

»Das sind die Opossums«, sagte ihre Tante. »Gib Acht, dass du nicht in ihre Hinterlassenschaften trittst!«

Tara trat vorsichtig einen Schritt zurück, als sie ein Blick aus großen, runden Augen von einem Ast oberhalb des Balkons traf.

»Hat dir dein erster Tag hier gefallen?«, wollte Victoria wissen.

»Er war ... einfach wundervoll, Tante Victoria.« Tara seufzte tief auf. Ihre Gefühle waren eine seltsame Mischung aus Glück einerseits und großer Sorge um das, was die Zukunft bringen würde. »Aber morgen fangen wir an, uns nützlich zu machen!«

»Oh – und was wollt ihr tun?«

»Ich werde mich um den Gemüsegarten kümmern.«

Victoria wirkte ehrlich überrascht. »Ich wusste gar nicht, dass du irgendetwas von Pflanzenzucht verstehst, Liebes!«

»Das tue ich auch nicht, Tante Victoria, aber es kann nicht allzu schwierig sein!«

Die Ältere lächelte. »Seltsamerweise hat man hier nicht unbedingt Problem damit, einen Gemüsegarten anzupflanzen – auch wenn das schon wegen des furchtbaren Bodens und der Wasserknappheit fast unmöglich ist. Die eigentliche Herausforderung besteht darin, die Kängurus, Rinder und Schafe davon abzuhalten, das, was du anpflanzt, zu fressen.«

»Dann werde ich die Männer einen Zaun bauen lassen.«

»Das haben wir schon versucht, Tara. Ich glaube, die Reste sieht man noch immer um den Garten herum. Die Kaninchen und Wombats graben sich unter dem Zaun durch, Rinder und Schafe stoßen ihn einfach um und die Kängurus springen darüber.«

»Dann müssen wir den Zaun eben stabil und hoch bauen.«

Victoria bewunderte den Optimismus ihrer Nichte und fragte sich gleichzeitig, wie diese den vielfältigen Belastungen standhalten würde. »Wir haben jedenfalls genügend Samen, die du nehmen kannst, und die Tüten sind alle gekennzeichnet.«

Tara war zutiefst erleichtert, denn so würde sie zumindest wissen, was was war. »Hannah kann die Hühner füttern und die Eier einsammeln«, erklärte sie. »Ach, übrigens, wie viele Legehennen haben wir eigentlich?«

Victoria überlegte. »Da bin ich nicht ganz sicher«, sagte sie. »Die Dingos holen sie, wann immer sie können.«

»Dann sollten wir uns Gänse anschaffen. Es wäre sehr dumm von einem Dingo, sich mit einer Schar Gänsen anzulegen, und ihre Eier schmecken einfach wunderbar.«

»Woher weißt du so viel über solche Dinge, Tara?«, wollte Victoria wissen.

»Du wärst überrascht, wie viel ich von den Zigeunern gelernt habe. Nicht unbedingt praktische Dinge wie Kochen«, fügte sie lachend hinzu, »aber nützliche Tricks, um zu überleben und dem Land das Beste abzugewinnen. Einiges davon müsste ich hier auch anwenden können. Ach ja, ich habe übrigens entdeckt, dass die Hundezwinger verwahrlost aussahen, und deshalb übernehmen Jack und ich es ab jetzt, nach den Hunden zu sehen. Ich habe schon mit Tadd darüber gesprochen, und er gibt zu, dass er bei all seinen anderen Pflichten nicht die nötige Zeit dafür erübrigen kann. Er hat sogar zugestimmt, dass Mellie und ihre Welpen ein paar Stunden am Tag frei herumlaufen dürfen. Jack und Hannah freuen sich sehr darauf.«

»Das ist ja wunderbar! Ich frage am besten gar nicht, wie du Tadd dazu gebracht hast, seine Meinung zu ändern. Ich dachte immer, er wäre ein typischer Ire, so eigensinnig und dickköpfig.«

»Soweit es den Eigensinn betrifft, stehe ich ihm um nichts nach«, erwiderte Tara lächelnd.

»Offensichtlich nicht. Ich fühle mich ohnehin immer besser, wenn Mellie frei ist. Sie ist die beste Schlangenfängerin, die wir auf der Farm je hatten – sie wittert eine King Brown auf hundert Meter und tötet sie innerhalb von Sekunden.«

Tara erschrak. »Und wenn sie gebissen wird? Ich habe gehört, die King Browns seien sehr giftig.«

»Das sind sie auch, aber Mellie ist zu schnell für sie. Ich habe aufgehört zu zählen, wie viele sie schon getötet hat. Sie beißt ihnen einfach den Kopf ab. Jedenfalls hoffe ich, dass all die Arbeit, die du dir vorgenommen hast, nicht zu viel für dich ist, Tara – du bist diese Hitze schließlich nicht gewöhnt!«

»Ach, ich werde es schon schaffen, Tante Victoria.« Allerdings ließ allein der Gedanke an Schlangen sie erschaudern. »Ich habe nicht vor, untätig herumzusitzen. Ich bin gekommen, um dir zu helfen, wo ich kann. Auch den Kindern wird es gut tun, ihren Beitrag zu leisten. Es vermittelt ihnen ein Zugehörigkeitsgefühl, und das brauchen sie dringend. Wenn es nötig ist, werde ich den Männern sogar helfen, Schafe und Rinder zusammenzutreiben. Du wirst staunen, wie gut ich mittlerweile reite – noch etwas, das mein Zigeunerehemann mir beigebracht hat.«

Victoria hätte gern mehr über Taras Leben mit dem fahrenden Volk erfahren, doch sie wusste, ihre Nichte würde ihr irgendwann von selbst davon erzählen. »Viehtrieb ist eine anstrengende, staubige Schinderei, Liebes«, sagte sie deshalb nur. »Aber ich habe es immer geliebt.«

»Stimmt es eigentlich, dass du Ethans Kamele geritten hast?«

Victoria lachte über Taras ungläubige Miene. »Ja, und ich war auch noch ziemlich gut. Ich habe zwei Rennen auf Hannibal gewonnen, und auf Layla bin ich Zweite geworden. Ich wollte auch noch beim Alice-Springs-Kamelrennen mitmachen, aber dann hatte Tom seinen Unfall ... Das Preisgeld ist meist sehr hoch.«

»Ich wusste nicht, ob ich Ethan glauben sollte, als er es mir erzählt hat. Zuerst dachte ich, es sei ein Trick, um mich auf ein Kamel zu bekommen – besonders als mir wieder einfiel, wie du dich immer vor Pferden gefürchtet hast.«

»Gefürchtet? Ich geriet regelrecht in Panik. Tom konnte mich nie dazu bewegen, auch nur in die Nähe eines Pferdes zu gehen – aber Ethan hat so eine Art, einem Sicherheit zu geben, sodass man sich alles zutraut. Er hat früher seinen Lebensunterhalt damit verdient, Pferde zuzureiten. Er nimmt übrigens immer noch an Rodeos teil. Er kann ein Tier dazu bringen, alles für ihn zu tun. Sie scheinen ihm instinktiv zu vertrauen.« Victoria seufzte. »Als wir erst ein paar Wochen hier waren, musste Tom fort, um sich einige Tiere anzusehen. Ethan muss gespürt haben, dass ich mich einsam fühlte, und bot mir an, mir das Reiten beizubringen. Ich hätte nie gedacht, dass ich es schaffen würde. Aber ich hatte auch keine Angst zu versagen, weil Tom nicht da war und es nicht sah. Als ich mit den Pferden zurechtkam, traute ich mir alles zu, und Ethan schlug vor, ich solle auf den Kamelen reiten. Tom war so verblüfft, als er mich das erste Mal auf Hannibal sah! Ethan ist ein wundervoller Lehrer, so geduldig – und das wird er auch für Jack und Hannah sein.«

»Du bewunderst ihn sehr, nicht wahr?«

»Ja, sehr. Er ist ein außergewöhnlicher Mensch. Wenn du dir die Zeit nimmst, genau hinzuschauen, sieht er unter dieser rauen Fassade recht gut aus, und er hat irgendetwas Magisches an sich, das einen anzieht. Hast du gemerkt, wie aufmerksam er ist?«

Tara runzelte die Stirn. »Das kann ich nicht unbedingt behaupten.«

Victoria starrte sie aus großen Augen an, als sie Taras kühlen Ton bemerkte. »Aber du ... magst du Ethan etwa nicht?«

Victoria schien vollkommen fassungslos, und Tara stöhnte innerlich auf. Gab es überhaupt irgendjemanden, der Ethan Hunter nicht für einen Helden hielt? »Um ganz ehrlich zu sein, er hat sich sehr liebevoll um Jack gekümmert, aber unsere erste Begegnung ist nicht gerade glücklich verlaufen. Ich fand ihn arrogant und rücksichtslos. Weißt du, nachdem ich in Marree so viel über ihn gehört hatte, habe ich so etwas wie einen Märchenprinzen erwartet – aber er war alles andere als das!«

»Er hat seine eigene Art von Charme, das gebe ich gern zu, aber er ist sehr attraktiv.«

»Seinen seltsamen Humor würde ich zwar nicht unbedingt Charme nennen, aber ich muss zugeben, dass ich keinerlei Bedenken hatte, mit ihm in die Wüste zu reiten.«

Victoria nickte zufrieden. »Ihr hättet nicht sicherer reisen können.«

»Er wirkt sehr ... fähig. Ich habe übrigens in Wombat Creek jemanden getroffen, der deine Bewunderung für seinen rauen Charme teilt.«

»Ach, und wen?«

»Ich habe Lottie und die Mädchen besucht.«

»Oh, dann sprichst du sicher von Maddie. Sie liebt Ethan, und das weiß jeder zwischen Darwin und Adelaide.«

»Werden ihre Gefühle erwidert?«, fragte Tara gespannt.

»Ich weiß es nicht. Ethan ist nicht der Typ Mann, der darüber spricht. In all der Zeit, die wir uns jetzt kennen, hat er nie über seine Gefühle für eine Frau geredet.«

»Aber es hat doch sicher irgendwann eine Beziehung ... eine Frau in seinem Leben gegeben, nicht wahr?«

Victoria deutete Taras offensichtliche Neugier als Zeichen dafür, dass Ethan sie faszinierte, trotz ihrer gegenteiligen Beteuerungen. »Ich bin sicher, dass es so war, aber er hat niemals jemand Bestimmtes erwähnt.«

Tara schwieg einen Moment, dann sagte sie: »Ich schätze, er könnte auch von keiner Frau erwarten, dass sie zu Hause sitzt und auf ihn wartet. Nach dem, was er mir erzählt hat, würde sie ihn höchstens eine Woche im Monat sehen!«

»Das ist aber hier ganz normal, Tara«, gab Victoria zu bedenken. »Scherer, Viehtreiber, Farmer, sie alle verbringen einen großen Teil ihrer Zeit irgendwo unterwegs. In den Monaten, in denen Tom Schafe oder Rinder zu den Märkten treiben musste, hatte ich Glück, wenn ich ihn in vier Wochen zwei Tage sah. Einmal war er sogar acht Wochen lang fort, als er Rinder zum Bahnhof von Port Augusta bringen musste. Eigentlich hätte es nur vier Wochen dauern sollen, aber Unwetter und Überschwemmungen hinderten ihn am Heimkommen. Ich hatte keine Ahnung, was aus ihm geworden war. Zum Glück ist Ethan durchgekommen und hat mir eine Nachricht geschickt, dass Tom noch am Leben war. Damals habe ich vor Sorge fast den Verstand verloren.«

Tara hatte ihrer Tante mit wachsendem Erstaunen zugehört. Sie selbst hatte immerhin gewusst, wo – das heißt in welchem Gefängnis – Garvie sich gerade befand, wenn er nicht bei ihr gewesen war. Sie hatte sich nie Gedanken darüber machen müssen, ob er noch lebte oder ob ihm etwas zugestoßen war.

»Ich war Ethan so dankbar«, fuhr Victoria fort. »Im Lauf der Jahre hat er so viel für uns getan ...«

Tara war zutiefst erstaunt über die Bewunderung ihrer Tante für Ethan Hunter, die nicht nur allein mit der Dankbarkeit für das zu erklären war, was Ethan für Victoria getan hatte.

»Tante Victoria, Ethan ist so ... unzivilisiert, sogar nach den Maßstäben der Zigeuner! Er wirkt wie ein ungehobelter Einsiedler, kein Vergleich zu dem Bild, das ich mir von Tom mache!« Sie stellte sich Tom wie einen echten Gentleman vor, wie ihren Vater.

»Du hast schon Recht. Tom war Ethan in nichts ähnlich«, meinte Victoria versonnen. »Sie waren nicht nur im Aussehen völlig verschieden, sondern auch sonst in fast allem. Tom war immer sanft und bestand selbst bei dieser Hitze darauf, sich zum Essen umzuziehen. Er liebte sein Land und die Tiere, konnte aber selbst keines umbringen, Gott segne ihn – nicht einmal eine Schlange. Ich habe Tom sehr geliebt und hätte ihn um nichts in der Welt anders haben wollen – aber er hatte nichts Aufregendes an sich, so wie Ethan. Ethan besitzt eine sehr ... männliche Ausstrahlung, wenn du verstehst, was ich meine. Vielleicht ist er rau, aber diese breiten Schultern und der kräftige Brustkorb, und seine muskulösen Oberschenkel ...«

Ungläubig stieß Tara hervor: »Du versuchst mir doch nicht etwa zu sagen, dass Ethan so etwas wie ... Sex-Appeal besitzt?«

Victorias Augen leuchteten im Mondlicht. »Genau das. Erzähl mir nicht, dass du es nicht spürst!«

»Ganz sicher nicht«, stieß Tara empört hervor. »Du klingst ja, als seist du in ihn verliebt!« Ihre Tante klang außerdem genau wie Maddie!

»Ich liebe ihn, ja. Aber nicht so, wie du denkst. Wenn ich allerdings ein paar Jahre jünger wäre, sähe die Sache anders aus.«

»Ich kann nicht glauben, was ich höre, Tante Victoria.«

Ihre Tante lachte ungekränkt. »Wie du siehst, ist doch noch ein bisschen Leben in mir altem Mädchen. Ich habe übrigens Sanja gebeten, seine Gerichte etwas weniger scharf zu würzen, damit du und die Kinder sie auch essen können.«

»Oh, und – war er sehr aufgebracht?«

»Er ist mein Angestellter, Tara, auch wenn du vielleicht den Eindruck gewonnen hast, er hätte uns in der Hand.«

»Ich war nach dem Essen bei ihm, Tante, erinnerst du dich?«

»Oh, natürlich.« Victoria lächelte hintergründig. »Nun, er hat nicht eigentlich zugestimmt, aber ich hoffe, er wird tun, um was ich ihn bitte. Er war vollkommen außer sich, weil ihr nicht zum Abendessen erschienen seid. Und als er dann noch herausfand, dass du und die Kinder Nuggets Hammelkoteletts gegessen habt, ist er fast explodiert. Ich habe ihm erklärt, dass ihr Chili nicht gewöhnt seid und dass ihr die Currygerichte nur essen könnt, wenn er weniger Chili hineintut. Schließlich könnt ihr nicht ewig von diesen grässlichen Hammelkoteletts leben!«

»Den Kindern haben sie gut geschmeckt – und mir auch, wie ich zugeben muss«, gestand Tara. »Mir hat besonders gefallen, mit den Männern am Lagerfeuer zu essen – es war wie in alten Zeiten.« Dieses Mal war sie es, die über die entsetzte Miene ihrer

Tante lachte. »Auf diese Weise hatte ich Gelegenheit, sie besser kennen zu lernen«, fügte sie noch hinzu.

»Sie sind gute Männer. Ich habe dir ja schon beim Mittagessen erzählt, wie schwer es ist, treue Angestellte zu finden – und in dieser Hinsicht habe ich wirklich großes Glück.«

Tara konnte ihr nur aus vollem Herzen zustimmen. Sie dachte, dass man sicher selten Männer fand, die so lange ohne Bezahlung arbeiteten, besonders wenn sie von einem Tadd Sweeney ständig angetrieben wurden. Wenn sie Familie gehabt hätten, die auf ihren regelmäßigen Lohn angewiesen waren, wäre das gar nicht möglich gewesen. Dieser Gedanke ließ neue Fragen in Tara aufsteigen. »Sind Bluey und Nugget eigentlich nie verheiratet gewesen?«

»Nugget hatte einmal eine Aborigines-Frau, aber sie ist schon vor vielen Jahren gestorben. Die Sterblichkeitsrate unter den Einheimischen ist leider sehr hoch. Bluey hat mit verschiedenen Frauen zusammengelebt, die meisten waren Aborigines. Eine von ihnen habe ich heute Abend noch hier gesehen, eine Mischlingsfrau wie viele hier draußen auf den Farmen.«

»Der kleine Karl sieht europäisch aus. War seine Mutter Südafrikanerin?«

Victoria seufzte. »Ja, eine Burin. Für Karl und Charlie war ihr Tod eine schreckliche Tragödie. Charlie spricht nicht darüber, aber ich glaube, sie ist aus rassistischen Gründen ermordet worden.«

Tara sah ihre Tante verwirrt an.

»Charlie ist halb weiß, halb Aborigine. Einige der Weißen in Südafrika sind sehr intolerant, was Verbindungen zwischen den einzelnen Rassen betrifft. Deshalb ist er auch hier herausgekommen, denn die Australier gehen bis auf einige Ausnahmen sehr viel toleranter mit dem Thema um, besonders hier draußen im Busch.«

»Dann gehört Tadd Sweeney wahrscheinlich zu den Ausnahmen. Es macht ganz den Eindruck, als sei er den Aborigines gegenüber sehr voreingenommen.«

»Tadd? Ach, du solltest seinen Worten nicht so viel Gewicht beimessen, Tara. Er wirkt manchmal hart, aber in Wirklichkeit ist er weich wie Butter.«

Tara dachte, dass Nugget und die Jungen sicher anderer Meinung waren, doch sie sprach es nicht aus.

Tara überlegte, wie sie das Gespräch auf die finanzielle Situation bringen könnte, und plötzlich kam ihr eine Idee. »Tante Victoria«, begann sie, »ich habe Tadd gefragt, ob ich mir morgen die Bücher ansehen kann. Ich weiß, dass er keine Zeit findet, sie zu führen, also könnte ich diese Aufgabe doch vielleicht übernehmen, wenn du nichts dagegen hast, nicht wahr?«

Victoria sah sie überrascht an. »Natürlich habe ich nichts dagegen, Liebes. Ich wollte dich sowieso bitten, es zu tun. Ich würde unsere finanzielle Lage gern genauer kennen, denn Tadd drückt sich immer sehr ... vage aus!«

»Er hat mir gesagt, die Eintragungen seien nicht auf dem neuesten Stand, aber ich hoffe trotzdem, dass ich daraus ersehen kann, wo wir genau stehen.«

»Ich wollte, ich könnte es doch selber tun!« Victoria wirkte für einen Moment sehr unglücklich. Tara vermutete, dass sie sich nutzlos vorkam, und das musste für sie umso schwerer zu ertragen sein, da sie früher eine so aktive Rolle auf der Farm eingenommen hatte. Je schneller Victoria wieder im Sattel saß, desto besser!

»Du wirst mir helfen müssen, Tante Victoria«, meinte Tara. »Ich habe keinerlei Erfahrung darin, wie man Bücher führt!«

Victoria nickte, doch sie schien in Gedanken meilenweit entfernt.

Tara holte tief Luft. »Heute Nachmittag hatte ich eine Unterredung mit Tadd. Er sagte mir, dass es absolut nicht gut aussieht.«

Victoria starrte sie verwirrt an. »Das hat Tadd dir gesagt? Aber warum?«

»Weil ... weil es wahr ist. Es tut mir so Leid, Tante Victoria!«

Die Ältere senkte den Kopf und verharrte ungefähr eine Minute lang in Schweigen. Tara bemerkte, dass sie zutiefst erschrocken war.

»Ist alles in Ordnung? Wir müssen jetzt nicht darüber sprechen, wenn du zu müde bist!«

»Du musst mich für eine törichte Frau halten, nicht wahr?«, meinte Victoria plötzlich.

»Natürlich nicht, Tante Victoria. Warum sagst du so etwas?«

»Weil ich offensichtlich nicht einmal die finanzielle Lage meines Besitzes kenne.«

Tara kniete sich neben sie. »Das ist doch nicht dein Fehler, Tante!«, sagte sie sanft. »Tadd hat dir nicht die ganze Wahrheit gesagt. Wahrscheinlich hat er mich auch nicht vollständig aufgeklärt, aber ich werde sehen, was ich herausfinde.«

Victoria runzelte die Stirn. »Du vermutest, dass wir sehr schlecht dastehen, nicht wahr?«

»Das ist zumindest wahrscheinlich. Aber wenn wir es genau wissen, können wir versuchen, etwas dagegen zu unternehmen!«

»Was weißt du, Tara? Bitte sag mir die Wahrheit!«

»Natürlich, Tante Victoria. Wie ich schon sagte, weiß ich noch nicht alles, aber es sind nicht mehr viele Rinder übrig, und die Männer haben schon einige Zeit keinen Lohn mehr bekommen.«

Victoria stöhnte entsetzt auf und schlug eine Hand vor den Mund. »Oh nein! Das ist wirklich schlimm.« Mit einem Blick umfasste sie die im Dunkeln liegende Farm. »Ich verstehe nicht, warum Tadd das vor mir geheim gehalten hat.«

»Er sagte, er wollte dir die Sorgen ersparen.«

»Und ich habe die ganze Zeit über geglaubt, es ginge uns gut! Er hätte es mir sagen müssen!«

»Da stimme ich dir zu – aber er hat wohl geglaubt, es sei das Beste für dich«, sagte Tara, doch Victoria schien ihr gar nicht zuzuhören.

»Ich habe früher auch schon schwere Zeiten überstanden. In

einem schlimmen Jahr verloren wir über zweitausend Schafe, und nur zweihundert haben die Dürre überstanden. Fast alle Landbesitzer im Umkreis von Hunderten von Meilen haben ihren Besitz aufgegeben, aber ich nicht. Das war im Jahr nach Toms Tod, und glaub mir, es war eine große Versuchung, alles hinzuwerfen. Tadd weiß das alles – er hat damals auch schon für mich gearbeitet.« Sie schüttelte den Kopf. »Ich will Tambora nicht verlieren, Tara! Ich habe so hart gearbeitet, um es zu behalten ... Wenn meine Augen nicht so schlecht wären, würde ich alles tun, um diesen Besitz zu retten.«

Tara fühlte, wie ihre Wut auf Tadd wieder aufflammte. Ihrer Meinung nach hatte er Victoria mehr geschadet als genutzt, indem er ihr die Wahrheit vorenthalten hatte. »Ich werde dir helfen, wo immer ich kann, Tante Victoria, das weißt du.«

In den Augen der Älteren schimmerten Tränen. »Dich hat der Himmel geschickt, Tara!«, meinte sie leise. Dann runzelte sie plötzlich die Stirn. »Ob Ethan wohl das Geld für all die Vorräte bekommen hat, die er uns bringt?«

»Ich weiß es nicht. Wenn ja, gibt es vielleicht einen Eintrag in den Büchern.«

»Wenn nicht, werde ich ihn von dem Wenigen auszahlen, das ich beiseite gelegt habe. Ich kann den Gedanken nicht ertragen, ihm etwas schuldig zu sein. Er muss die Waren, die er abholt, bar bezahlen, und deshalb wäre es nicht recht, wenn er sein Geld nicht bekommt.« Sie seufzte tief auf. »Ich sollte vielleicht nicht so hart mit Tadd ins Gericht gehen – schließlich hat er oft versucht, mit mir zu sprechen, aber ...«

»Aber was?«

»Er will ständig Schafe oder Rinder verkaufen, aber das ist nicht immer der richtige Weg. Früher haben wir in schweren Zeiten oft Möglichkeiten entdeckt, Dinge anders zu tun und neue Wege zu gehen. Mit der Zeit haben wir mit verschiedenen Getreidesorten und sogar mit Dattelpalmen experimentiert. Wir haben Ziegen gezüchtet und sogar Kaninchen geschossen, um über die Runden zu kommen. Tom hielt die Kamelzucht für eine ausgezeichnete Idee, denn Australien hat die einzigen seuchenfreien Kamele auf der Welt. So kam Ethan dazu, auf unserem Land Kamele zu züchten – sie wollten das Geschäft als Partner betreiben. Tadd ist ein guter Mann, aber von neuen Ideen will er nie etwas wissen.«

Taras Ansicht nach war Tadd sehr erpicht darauf, dass Victoria die Farm verkaufte – so sehr, dass es schon auffällig war. Sie fragte sich, was für einen Grund er haben mochte. »Gibt es eine Möglichkeit, die Farm zu retten, Tante Victoria?«, fragte sie.

Die Ältere schwieg einen Augenblick. Dann fragte sie: »Hat Tadd dir gesagt, wie viele Schafe wir noch haben?«

»Nein – aber die Männer haben heute Morgen eine ansehnliche Herde vor sich her getrieben. Warum fragst du?«

Leise sagte Victoria: »Tadd weiß nichts davon, aber ich habe vor einiger Zeit, als meine Augen noch nicht ganz so schlecht waren, an einen alten Freund in Indien geschrieben, mit dem ich ab und zu korrespondiere. Er hat einen Betrieb, in dem Teppiche hergestellt werden. Er hatte mir geschrieben, er wolle bald mit der Produktion von Schafwollteppichen beginnen, und regte an, meine Wolle nach Indien zu exportieren, aber das war um die Zeit, als Tom starb, und ich fühlte mich zu deprimiert, um ernsthaft darüber nachzudenken. Doch im vergangenen Jahr habe ich einige diskrete Erkundigungen eingezogen. Wie du wahrscheinlich weißt, ist Wolle hier inzwischen fast wertlos geworden, aber in Indien sieht die Lage etwas anders aus. Außerdem ist Arbeitskraft dort spottbillig, ist es immer gewesen. Ich schrieb also meinem alten Freund, dass ich es für machbar halte, und erkundigte mich, ob er noch interessiert sei. Ungefähr vor zwei Monaten habe ich seine Antwort erhalten, aber wegen meiner schlechten Augen und Williams furchtbarer Handschrift konnte ich den Brief nicht lesen. Tadd konnte ich schlecht bitten, ihn mir vorzulesen, denn ich wollte ihm nicht das Gefühl vermitteln, ich traute ihm nicht zu, meine Geschäfte zu führen. Er ist manchmal recht empfindlich in solchen Dingen. Ich hätte Nerida gefragt, aber sie kann nicht lesen, und Sanja kann kein Englisch lesen. Ethan hätte es sicher getan, aber bis heute habe ich ihn monatelang nicht mehr gesehen.«

Tara fühlte, wie Erregung in ihr aufstieg. »Wo ist der Brief, Tante Victoria? Ich lese ihn dir vor!«

»In der obersten Schublade im Schreibtisch neben meinem Bett. Der Name meines Freundes steht hinten auf dem Umschlag – er heißt William Crombie.«

Tara fing an zu suchen, während Victoria weitersprach. »William hat diesen Teppichbetrieb vor ungefähr zehn Jahren gekauft, als Geldanlage. Er war nie knapp an Rupien. Als Tom und ich noch drüben lebten, besaß er mehrere Hotels. Anscheinend war die Teppichherstellung so etwas wie eine Goldmine – William trat immer als eine Art Krösus auf. Als ich das letzte Mal von ihm hörte, hatte er fast zweihundert Angestellte und exportierte die Teppiche in die ganze Welt.« Victoria hörte Papier rascheln. »Was ist los, Tara – kannst du ihn nicht finden?«

»Nein. Bist du sicher, dass du ihn in diese Schublade gelegt hast?«

»Ja, ich bin mir ganz sicher.« Victoria stand auf und folgte Tara ins Schlafzimmer.

»Kann er noch irgendwo anders sein?«, wollte Tara wissen.

»Nein. Meine Korrespondenz bewahre ich nur dort auf.«

Tara suchte weiter, aber der Brief war nicht zu finden. »Dann können wir jetzt nur noch eines tun, Tante Victoria: Ich muss einen neuen Brief schreiben.«

»Es würde aber Monate dauern, bis wir eine Antwort erhalten, und die Zeit haben wir nicht.«

»Ich weiß – aber was gibt es für eine Alternative? In der Zwischenzeit können wir weiter nach dem Antwortschreiben suchen. Vielleicht hat Nerida es beim Aufräumen irgendwo anders hingelegt.«

»Das glaube ich nicht«, meinte Victoria sichtlich verwirrt. »Sie rührt meine persönlichen Papiere normalerweise nicht an.«

»Keine Angst – wir werden den Brief schon finden!«

Plötzlich hellte sich Victorias Miene auf. »Wir könnten doch ein Telegramm schicken?«

»Aber von wo aus? Es gibt hier doch keine Telegrafenlinie, oder?«

»Oh doch – sie führt genau durch Wombat Creek. Percys Laden ist gleichzeitig das Postamt – er kann ein Telegramm für uns abschicken.«

»Das ist eine gute Nachricht, Tante Victoria. Entweder bitten wir Ethan, dass er eine Nachricht mit nach Wombat Creek nimmt, wenn er das nächste Mal hinreitet, oder ich mache mich selbst auf den Weg.«

»Ich bin sicher, Ethan wird das für uns erledigen!«

»Dann fragen wir ihn gleich morgen früh. William Crombie könnte ein Antworttelegramm nach Wombat Creek schicken, und wir hätten seine Nachricht innerhalb kürzester Zeit.« Tara umschloss die Hand ihrer Tante mit ihrer eigenen. »Ich möchte nicht, dass du dir zu große Sorgen machst, Tante Victoria. Gemeinsam werden wir die Farm retten, ganz egal was wir dafür tun müssen, das verspreche ich dir!« Sie hatte zwar im Augenblick keine Ahnung, wie sie das Unmögliche möglich machen sollte, aber sie konnte den Schmerz in den Augen ihrer Tante nicht ertragen. Insgeheim betete sie, William Crombie möge ihnen zu Hilfe eilen.

»In meinem Abendgebet werde ich dem lieben Gott speziell dafür danken, dass er dich hergeschickt hat«, meinte Victoria.

Tara lächelte schwach. »Ich muss mich beim lieben Gott dafür bedanken, dass ich eine so großzügige Tante habe, die mich und die Kinder bei sich aufnimmt. Aber wenn du ohnehin mit ihm sprichst, dann frag ihn bitte, ob er nicht ein Wunder für uns übrig hat! Gute Nacht, Tante Victoria – und mach dir nicht zu viele Gedanken.«

Nachdem Tara in ihr Zimmer gegangen war, setzte sich Victoria noch einmal auf den Balkon und starrte hinaus über das Land, das sie so leidenschaftlich liebte.

»Ich werde Tambora nicht verlieren«, flüsterte sie. »Jedenfalls nicht, solange noch Leben in mir ist!« Tränen strömten ihr über die Wangen, und sie wischte sie ungeduldig fort. »Jetzt ist es nicht mehr nur mein Zuhause, sondern auch Taras Heimat und die der Kinder. Wir dürfen die Farm nicht verlieren – wir dürfen einfach nicht!«

16

Die Schreie der Papageien weckten Tara kurz vor Tagesanbruch. Sie hatte insgesamt kaum mehr als ein paar Minuten geschlafen, weil die Opossums den Weg in ihr Schlafzimmer gefunden hatten, kurz nachdem sie sich hingelegt hatte. Sie waren über ihre Frisierkommode gehüpft und hatten Gegenstände umgeworfen, hatten die Bettpfosten und die Stangen, an denen das Moskitonetz aufgehängt war, als Klettergerüst missbraucht und waren sogar unter ihr Bett gekrochen. Zum Glück waren sie wenigstens nicht auch noch unter die Decke geschlüpft, aber als sie die Lampe entzündete, um die Tiere zu verjagen, stellte sie verärgert fest, dass diese ihre Hinterlassenschaften im ganzen Raum verteilt hatten. Als sie wieder in die Bäume zurückgekehrt waren und Tara gedacht hatte, sie könne jetzt endlich in Ruhe schlafen, war Hannah zu ihr ins Bett gekrochen und hatte sich den Rest der Nacht über unruhig herumgeworfen.

Tara war nicht in der Stimmung, das lebhafte Farbspiel am heller werdenden Himmel zu bewundern, als sie später, ausgerüstet mit Harke und Spaten, zum von Unkraut überwucherten Gemüsegarten hinüberging. Sie verscheuchte die lästigen Fliegen und fluchte leise auf die laut kreischenden Vögel, während sie durch das kniehohe Gras stapfte. Dann fielen ihr plötzlich die Schlangen ein, und sie beschloss, Mellie und die Welpen aus dem Zwinger zu lassen.

Die Colliehündin freute sich sehr über ihre Freiheit. Sie untersuchte die Umgebung des Gemüsegartens mit der Nase am Boden und dem Schwanz in der Luft, während die Welpen Tara ständig vor den Füßen herumliefen. Gleich darauf blieb Mellie ungefähr zehn Meter entfernt im Gras stehen und begann laut zu bellen. Tara rief sie zu sich, doch Mellie hörte nicht. Hilfe war nirgendwo in Sicht.

Entsetzt kam ihr der Gedanken, die Hündin habe vielleicht eine Schlange gefunden und könnte gebissen werden. Zögernd ging Tara so nah wie möglich heran, hielt jedoch genügend Abstand, um im Notfall rasch flüchten zu können. Sie erschrak fürchterlich, als sie den Leguan sah, der etwa die Größe eines kleinen Krokodils hatte. Eingekreist von der bellenden Mellie und ihren neugierigen Welpen und konfrontiert mit einer nervösen Frau, die mit einem Spaten vor ihm herumfuchtelte, zog sich der Leguan unbeholfen zurück. Dieses Mal hörte Mellie, als sie gerufen wurde, doch zwei ihrer ungestümen Jungen verfolgten die Eidechse.

»Guten Morgen, Missus«, sagte Nugget plötzlich hinter ihr, und Tara fuhr zusammen. Unbemerkt war er durch das hohe Gras und die trockenen Blätter herangekommen, aber Tara war zu nervös, um sich zu fragen, wie.

»Haben Sie diese Eidechse gesehen, Nugget?«, fragte sie atemlos. »Sie war einfach riesig. Ich habe Angst, dass sie die Welpen fressen könnte.«

Nugget starrte sie an, als fürchte er, sie habe einen Sonnenstich, und aus seinen dunklen Augen sprach das Wissen vieler Generationen. »Nur eine Goanna, Missus – gibt guten Braten!«

»Eine ... Goanna? Soll das heißen, diese Kreatur ist vollkommen harmlos, trotz ihrer Größe?«

»Ja, Missus. Unsere Frauen und Kinder fangen sie, um sie zu rösten.«

Frauen und Kinder ... Tara kam sich reichlich töricht vor und bückte sich, um die Blätter einer Pflanze zu untersuchen, die sie für ein Unkraut hielt. Nugget sollte ihre Verlegenheit nicht bemerken.

»Sie früh auf heute Morgen, Missus«, stellte er fest.

»Ich habe kaum geschlafen, Nugget.« Sie wischte sich den Schweiß von der Stirn und wünschte sich nichts sehnlicher, als sich auszuziehen und in ein kühles Bad zu steigen.

Nugget sah ihr an, das sie müde war. »Zu heiß für Sie, Missus?«

»Ja, aber heute Nacht lag es vor allem an den Opossums, die in meinem Zimmer herumgetobt sind und mich nicht schlafen ließen.«

Er grinste, und sie sah seine Zunge dort, wo seine Schneidezähne hätten sein sollen. »Opossum-Eintopf schmeckt auch sehr gut, Missus!«

Es schien, als sehe Nugget in allem eine mögliche Mahlzeit. »Das sagt Nerida auch«, erwiderte Tara amüsiert. »Und nach der letzten Nacht bin ich wirklich versucht, dich zu bitten, sie zu kochen – aber meine Tante hat sie gern, also lassen wir sie besser in Ruhe.«

»Kennen Sie sich aus, Missus?« Er deutete auf den überwucherten Flecken Erde, der kaum noch Spuren seiner kurzen Geschichte als Nutzgarten aufwies.

»Um ehrlich zu sein, ich habe keine Ahnung.«

Nugget hob die Brauen.

»Es würde mir schon sehr helfen, wenn Sie mir sagen, welche dieser Pflanzen Unkräuter sind«, fuhr Tara fort. »Ich möchte die Gemüsepflanzen nicht ausreißen.«

»Pflanzen nicht dieselben, wo Sie herkommen, Missus?«

»Nein, Nugget.« Tara war sehr erleichtert, eine Entschuldigung für ihr Unwissens zu haben. »Nichts sieht vertraut aus, nur die Maispflanzen. Sogar die Bäume sind anders. Bei uns zu Hause wachsen Eschen, Eichen und Ulmen, aber hier scheint es so etwas nicht zu geben.«

Nugget blickte zu den Eukalyptusbäumen mit ihren biegsamen Stämmen und langen Ästen hinüber, die um das Haus herum standen. Er schien nicht ganz zu verstehen, ging dann aber trotzdem mit Tara herum und zeigte ihr verschiedene Pflanzen. Er erklärte ihr, dass einige davon essbar, einige dornig, andere Heilpflanzen und wieder andere giftig waren. Natürlich wirkten die Unkräuter inmitten der übrigen Vegetation am gesündesten und widerstandsfähigsten, während alles andere vertrocknet und leblos aussah.

»Missus sollte hier draußen nicht so hart arbeiten«, sagte Nugget.

»Wir brauchen aber frisches Gemüse ...«

»Heuschrecken kommen. Sie essen alles auf.«

»Wann, Nugget?«

Er zuckte mit den Schultern, den Blick in die Ferne gerichtet, als lausche er auf irgendetwas. Tara zog die Harke über den Boden und blieb an einem großen Stein hängen.

»Ich sollte zumindest den Boden zum Säen vorbereiten. Das Erste, was ich tun muss, ist, diese Steine wegzuräumen.«

»Tut mir Leid, dass ich nicht helfen kann, Missus. Viele Schafe auszusondern, bevor die Sonne untergeht.«

Tara sah die gesattelten Pferde vor dem Schererhaus. »Das ist schon in Ordnung, Nugget. Jack kann mir später helfen. Ich wollte ihn heute Morgen ausschlafen lassen.«

»Junge schläft nicht – er hat zwei Pferde gesattelt, Missus.«

Tara erschrak. »Ich dachte, er ... wäre noch in seinem Zimmer.«

»Er war wach, lange bevor Sonne kam. Hat mit uns Damper gegessen und Tee getrunken und ist fort.«

Tara war sehr verwundert, denn Jack hatte Ethan eigentlich erst nach dem Frühstück treffen sollen. Sie hoffte nur, dass er nicht versuchen würde, die Klippe hinaufzuklettern, bevor Ethan ihm den Weg zeigte.

»Reitet Tadd heute Morgen mit Ihnen?«, fragte sie.

»Nein, Missus.«

»Was tut er dann, Nugget?«

Er zuckte mit den Schultern. »Weiß nicht, Missus. Das weiß nur Gott der weißen Männer.«

Tara lachte, sie spürte allerdings, dass Nugget noch mehr auf der Zunge lag. Entweder hatte er Angst, oder er wollte Tadd

Sweeney nicht anschwärzen. »Sie mögen ihn nicht, stimmt's, Nugget?«

Nugget hob wieder die Schultern. »Er kein einfacher Mann, Missus. Bleibt für sich und verbringt viel Zeit mit Missus Victoria.«

Tara spürte, dass Nugget Tadd Sweeney nicht traute, und ihr ging es ebenso, auch wenn sie nicht wusste, warum. Zum ersten Mal kam ihr der Gedanke, dass er in ihre Tante verliebt sein könnte – und sie war sich nicht sicher, wie sie damit umgehen sollte, wenn es tatsächlich so war.

Tara plagte sich eine Stunde lang in der brennenden Sonne. Danach zeugte nur ein kleines Häufchen Steine von ihren Bemühungen. Der Boden war an der Oberfläche sandig, doch darunter hart wie Eisen. Als der Frühstücksgong ertönte, hatte sie schon Blasen an den Händen, und ihr Rücken schmerzte. Beschämt stellte sie fest, dass ihre Entschlossenheit im selben Maß schwand, in dem die Temperatur anstieg, und ihr steter Kampf gegen die Fliegen trieb sie fast in den Wahnsinn.

Bald nachdem sie angefangen hatte zu arbeiten, kam Nerida aus dem Haus, um einige Kleidungsstücke in einem Bottich durchzuwaschen, und Hannah gesellte sich zu Tara. Nerida berichtete, die Kleine habe die Eier aus dem Hühnerstall geholt und dabei vier zerbrochen, die Sanja nun zum Frühstück braten würde. Tara zeigte Hannah ein Spiel, bei dem sie Steine zu einem Haufen aufschichten sollte, doch Hannah wurde dessen rasch müde und spielte stattdessen mit den Welpen. Mellie bewachte sie alle zusammen.

Tadd und Victoria saßen schon am Tisch, als Tara und Hannah ins Esszimmer kamen. Sanja servierte Fladenbrot und bedachte sie mit einem verächtlichen Blick, bevor er trotzig eine Schüssel mit etwas auf den Tisch stellte, das aussah wie Rührei. Tara stellte ärgerlich fest, dass er Curry hineingestreut hatte.

»Haben wir vielleicht etwas Marmelade, Tante Victoria?«, fragte sie munter und mit gespielter Fröhlichkeit.

»Ja, ich glaube, wir haben noch ein Glas voll. Sanja holt es dir, Liebes.«

Der Koch schickte ihr einen hochmütigen Blick, bevor er in die Küche ging und sie zufrieden über ihren kleinen Sieg zurückließ.

»Du hast sehr früh im Garten angefangen, Tara«, meinte Victoria. »Ich konnte es kaum glauben, als Nerida sagte, dass du schon draußen arbeitest, und ich war noch nicht einmal aufgestanden! Wie geht es voran?«

Tara war versucht zu sagen, es sei verdammt harte Arbeit, und sie hasse es, zwang sich aber zu einer eher gemäßigten Aussage. »Ich habe angefangen, alles zum Säen vorzubereiten, aber Nugget meint, ich soll damit warten, bis die Heuschrecken wieder fort sind. Er sagt, die Heuschrecken fressen alles ab, auch das Unkraut, und das kann mir vielleicht einiges an Arbeit ersparen.«

»Wer weiß, ob sie überhaupt hier durchkommen?«, meinte Tadd verächtlich.

»Was führt Sie zu der Annahme, dass sie es nicht tun?«, fragte Tara neugierig. »Sie sind doch sicher durch nichts aufzuhalten!«

»Sie sind unberechenbar. Sie ändern plötzlich ohne erkennbaren Grund die Richtung, oder der Wind bläst sie fort. Sie können mit Ihrem Gemüsegarten noch Wochen warten, nur um dann festzustellen, dass sie gar nicht auftauchen.«

»Nugget war sich sehr sicher, dass sie herkommen. Er treibt Hunderte von Schafen in eine andere Gegend, wo es mehr Futter gibt.«

Tadd legte den Kopf ein wenig schief und sah sie grinsend an. Tara ahnte, dass er wieder eine abfällige Bemerkung über die Aborigines machen würde.

»Hier draußen ist nichts so, wie es scheint, Tara. Oft sieht es zum Beispiel so aus, als würde es regnen, aber es bleibt trocken. Wir müssen die Tiere ständig anderswohin treiben, weil es ohne Regen nirgends viel Futter gibt. Ich will überhaupt nichts gegen die Abos sagen, aber wenn Sie einmal in Ruhe nachdenken, was macht Nugget eigentlich zu einem Experten für das Verhalten von Grashüpfern?«

Tara sah, wie Nerida leicht die Lippen aufeinander presste, als wolle sie verhindern, dass ihr ein unbedachtes Wort entschlüpfte, als sie Tara das Glas Marmelade reichte und sich dann über Hannah beugte.

»Ich ... ich weiß nicht, aber es scheint mir, dass er gerade in solchen Dingen als Aborigine viel Erfahrung besitzt.«

Tadd lachte. »Nugget ist in einer Missionsstation aufgewachsen, die von Presbyterianern geführt wurde. Er ist daran gewöhnt, dass ihm sein Essen vorgesetzt wird, genau wie Sie und ich.«

Tara war überrascht. »Er scheint so ziemlich alles, was ihm begegnet, als mögliche Mahlzeit anzusehen, Dinge, bei denen ich nicht im Traum daran denken würde.«

»Das vielleicht schon. Aber er isst jeden Tag Schaffleisch. Nur die Tatsache, dass er schwarz ist, macht ihn noch nicht zu einem Experten darin, wie man von diesem Land leben kann.«

»Das ist nicht ganz richtig, Tadd«, meldete sich jetzt Victoria zu Wort. »Nugget ist ein guter Jäger, ein besserer als alle weißen Männer, die ich kenne, Ethan vielleicht ausgenommen. Bitte nimm es mir nicht übel, Tadd, aber ich würde darauf wetten, dass er es besser als du versteht, in der Wüste zu überleben.«

Victoria wandte sich an Tara. »Es ist wahr, dass Nugget als Junge auf einer Missionsstation im Norden gewohnt hat. Sein Vater war ein Aborigine, seine Mutter nur teilweise. Die Missionare hatten sie zum presbyterianischen Glauben bekehrt. Tadd weiß auch, dass Nugget den größten Teil seiner Jugend, eine wichtige Zeit der Einführung in die Stammesriten und der Initiation, beim Arabana-Volk verbracht hat, nachdem seine Eltern gestorben waren. Dort hat er auch seine Frau geheiratet, die später wohl an einer Blinddarmentzündung gestorben ist.«

»Nun gut, vielleicht habe ich etwas übertrieben, um etwas

deutlich zu machen, Victoria«, gab Tadd zu, »Aber wenn die Abos wissen, dass Tara ihnen jedes Wort glaubt, werden sie das schamlos ausnutzen. Ich möchte nur nicht, dass sie glaubt, was immer sie sagen, sei auch so!«

»Würden Sie ihr denn raten, den Gemüsegarten jetzt schon anzulegen?«

Tadd nickte. »Ich würde es ruhig wagen.«

Tara wusste nicht, wem sie glauben sollte. Allerdings würde es sowieso einige Tage dauern, das Gartenstück zum Pflanzen vorzubereiten. Wenn bis dahin die Heuschrecken nicht aufgetaucht waren, würde sie ihre Samen aussäen, denn sie hatte das Bedürfnis, sich irgendwie nützlich zu machen.

»Was werden Sie heute tun, Mr. Sweeney?«, fragte sie. Sie war gespannt darauf, was er wohl antworten würde, besonders, wo er selbst so viel zu dem zu sagen hatte, was andere taten oder dachten.

»Ich werde die verirrten Tiere einfangen, die den Männern entwischen ...«

Er wurde von Victoria unterbrochen. »Das werden nicht viele sein – die Hunde sind einfach zu gut!«

Tadd schien verärgert. »Außerdem sind noch Viehzäune zu reparieren, und wenn ich noch Zeit habe, schaue ich nach den Brunnen. Ich glaube nicht, dass ich zum Mittagessen zurück bin. Sanja packt mir etwas zum Mitnehmen ein.«

»Wo ist eigentlich Jack?«, fragte Victoria, an Tara gewandt.

»Er ist früher aufgestanden als ich, und ich nehme an, dass er schon losgeritten ist, um Ethan zu treffen. Er scheint von den Kamelen vollkommen begeistert zu sein.«

»Vielleicht könnte Ethan ihn zum Kamelpfleger ausbilden«, meinte Victoria.

»Sagtest du nicht, der Junge sollte besser hier auf der Farm mitarbeiten?«, meinte Tadd stirnrunzelnd.

»Das tut er auch – aber ich möchte ihn heute oder morgen noch nicht in die Pflicht nehmen.«

»Es gibt aber viel zu tun, das nicht warten kann«, beharrte Tadd.

»Der Umzug hierher war eine ziemliche Umstellung für ihn.«

Wieder runzelte Tadd die Stirn.

»Der Junge muss erst einmal wieder zu sich selbst finden«, sagte Victoria bestimmt. »Besonders nach dem ... der langen Reise. Gib ihm doch eine Woche, um erst einmal anzukommen!«, fügte sie hinzu und beobachtete den Verwalter dabei scharf.

Tara erkannte, dass ihre Tante Tadd nichts über ihre Situation erzählt hatte, dass dieser sich aber seine eigenen Gedanken machte. Außerdem schien er zu denken, dass sie und ihre Tante zu nachsichtig seien mit Jack. Um zu vermeiden, dass er den Jungen selbst ansprach, beschloss sie, ihm von Jacks Kummer zu erzählen.

Ein Blick zu Hannah hinüber sagte ihr, dass die Kleine unruhig und müde war. Meist begann sie dann, nach ihrer Mutter zu rufen, und Tara wollte verhindern, dass irgendjemand außer ihrer Tante und Ethan erfuhr, dass sie nicht die leibliche Mutter der Kinder war.

»Nerida, würdest du Hannah hinaufbringen und versuchen, sie schlafen zu legen?«, bat sie.

»Ja, Missus.«

Tara küsste die Kleine, und Nerida nahm sie mit sich fort. Tara war dem Aborigines-Mädchen sehr dankbar dafür, dass es sich anscheinend gern um Hannah kümmerte, und es war deutlich zu sehen, dass Nerida Hannah in der kurzen Zeit seit ihrer Ankunft schon sehr lieb gewonnen hatte.

Als die beiden den Raum verlassen hatten, meinte Tara: »Es gibt einen Grund dafür, warum ich so nachsichtig mit Jack bin, Mr. Sweeney. Er hat vor kurzem seinen ... Vater verloren.«

Der Verwalter war sichtlich betroffen.

Tara wechselte einen raschen Blick mit ihrer Tante, bevor sie sich wieder Tadd Sweeney zuwandte. »Das Schiff, mit dem wir gekommen sind, ist vor der Küste gesunken – und Jacks Vater ist ertrunken. Wie Sie sich sicher vorstellen können, war das für die Kinder sehr schlimm, besonders für Jack. Deshalb sehe ich im Moment darüber hinweg, wenn er sich anders benimmt als ... normal wäre. Sie haben sicher auch bemerkt, dass er sogar mir gegenüber sehr verschlossen ist.«

Tadd hatte sich schon Gedanken darüber gemacht, wo der Vater des Jungen sein mochte, jedoch noch keine Gelegenheit gehabt, Victoria danach zu fragen. Und ihm war auch aufgefallen, dass Jack sich Tara gegenüber seltsam verhielt. »Das tut mir Leid, Mädchen«, sagte er. »Ich hatte keine Ahnung, dass Sie Witwe sind. Es ist wirklich eine Tragödie.«

Seine Worte stachen Tara ins Herz. Michael und Maureen zu verlieren, war schlimm genug gewesen, aber der Gedanke an Garvie, der wahrscheinlich hingerichtet worden war, war ihr unerträglich. Mühsam kämpfte sie gegen die Tränen an, die ihr in den Augen brannten. »Ich möchte nicht, dass es allgemein bekannt wird – alles, was ich will, ist, mich mit den Kindern so gut wie möglich weiter durchzuschlagen.«

Tadd nickte. Er bewunderte Tara für ihren Mut und ihren Entschluss, mit so kleinen Kindern ganz von vorn anzufangen.

Nach dem Frühstück ließ Tadd Victoria und Tara für ein paar Minuten allein, um sich in der Küche ein Lunchpaket abzuholen.

»Hättest du Lust, auszureiten, bevor es zu heiß ist, Tante Victoria?«

»Ja – aber wolltest du nicht im Garten arbeiten?«

»Damit kann ich später weitermachen, vielleicht kurz vor Sonnenuntergang, wenn es etwas kühler wird«, erwiderte Tara.

Tadd kam herein, um sich zu verabschieden. Sein Lunchpaket sah aus, als würden davon auch drei Männer problemlos satt werden.

»Meine Tante und ich reite heute Morgen aus, Mr. Sweeney – wenn Sie mir zeigen würden, wo die Sattelkammer ist, würde ich für uns zwei Pferde satteln.«

»Himmel, Tara, bitte nennen Sie mich doch Tadd! Dieses ständige ›Mr. Sweeney‹ klingt wie die Anrede für einen Banker, und Sie wissen doch, wie beliebt die im Augenblick sind!« Sein Ton war freundlicher als jemals zuvor, und er zwinkerte ihr vertraulich zu.

Tara konnte nicht anders, als auf seine Bitte einzugehen. »Also gut, dann eben Tadd.«

»Kommen Sie – ich zeige Ihnen Lori, Victorias Stute.«

»Ach, ist das schön«, meinte Victoria, die hoch aufgerichtet im Sattel saß, als sie im von Sonnenstrahlen durchbrochenen Schatten der Eukalyptusbäume um das Haus und die angrenzenden Gebäude herumritten. »Ich kann gar nicht glauben, dass ich so lange nicht mehr auf einem Pferd gesessen habe.«

Tara fühlte sich auf dem Pferderücken sehr viel wohler als auf dem Kamel. »Wann warst du zum letzten Mal in der Stadt, Tante Victoria? Und wie lange ist es her, dass du Besucher hier gehabt hast?«

»In Wombat Creek bin ich schon mehr als ein Jahr nicht mehr gewesen, und ich habe monatelang keinen Besuch mehr gehabt. Bis das Funkgerät kaputtging, habe ich mich damit wenigstens auf dem Laufenden gehalten.«

»Du musst dich sehr einsam gefühlt haben, nicht wahr?«

»Ja, das muss ich zugeben. Ich liebe zwar die Ruhe und den Frieden hier draußen, aber es tut immer gut, mit anderen Menschen zu sprechen und zu erfahren, was auf der Welt passiert.«

»Wombat Creek ist zwar nicht gerade der Nabel der Welt, aber ich werde trotzdem in der kommenden Woche hinreiten«, meinte Tara. Ferris behauptet, das Hotel sei am Wochenende manchmal regelrecht überfüllt; ich bin nicht sicher, ob ich ihm glauben soll, und habe beschlossen, es mir selbst anzusehen. Sie lachte. »Du hättest Ferris' und Percys Gesichter sehen sollen, als ich ihnen vorschlug, am Wochenende doch einmal mit Lottie und den Mädchen ein Fest zu feiern.«

Auch Victoria musste lachen. »Du hattest immer schon so verrückte Einfälle, Tara!«

»Es ist schlimm, wie die Männer sie behandeln, und so scheinheilig! Ethan geht ab und zu hin, Ferris war regelmäßig dort, bevor er Charity geheiratet hat, und ich vermute, dass Percy die Mädchen auch ab und zu besucht, weil Belle mir eine Uhr gegeben hat, die ich ihm wiedergeben sollte.«

Victoria war erstaunt. »Wie falsch er ist! Seinem Benehmen nach müsste man ihn für einen Ausbund an Tugend halten!«

»Sie wussten alle drei, dass ich die Frauen besuchen wollte, aber keiner von ihnen hatte den Mut, mir zu sagen, dass sie Prostituierte sind. Für mich hätte es keinen Unterschied gemacht, ich wäre trotzdem hingegangen – aber dass ich es nicht wusste, hat Lottie in die peinliche Lage gebracht, es mir selbst erzählen zu müssen. Ich war so wütend, weil es demütigend für sie war, und deshalb habe ich mir nach meiner Rückkehr ins Hotel einen kleinen Scherz mit den Männern erlaubt.«

»Und wie?«

»Ich habe ihnen erzählt, ich hätte die Frauen hierher zum Tee eingeladen. Ich glaube, Ethan hat meine Absicht durchschaut, aber du hättest Ferris' und Percys Gesichter sehen sollen – einfach unbezahlbar!«

»Das kann ich mir vorstellen – aber auch wenn Lottie wirklich eine bemerkenswerte Frau ist und ein Herz aus Gold hat, wirst du die Haltung der Männer nicht ändern können.«

»Ich habe die Frauen gefragt, ob ihr befreundet seid, aber sie haben Nein gesagt.«

Victoria seufzte. »Das war Lotties Entscheidung, Tara. Ich mag sie und bewundere ihren Mut. Für mich ist sie ein Mensch wie jeder andere auch, und ganz bestimmt ehrlicher als Percy Everett. Sie bietet bestimmte ... Dienstleistungen an, aber wie sie ihr Geld verdient, interessiert mich nicht. Als sie herkam, hat sie in einem winzigen Zelt hinter dem Hotel campiert.«

»Das hat sie mir erzählt – es muss schrecklich gewesen sein.«

»Unglücklicherweise hatten wir in jenem Jahr auch noch ganz außergewöhnlich viel Regen. Sie tat mir so Leid, dass ich ihr angeboten habe, hier zu wohnen, aber sie wollte nichts davon hören. Sie ist so eine stolze Frau – aber im umgekehrten Fall hätte sie mich sicher gegen ihren Willen in ihre Haus gezerrt!«

»Sie erzählte, jemand habe ihr das Geld für den Hausbau geliehen.«

Victoria nickte. »Hat sie auch gesagt, wer es war?«

»Nein.« Plötzlich kam Tara ein Gedanke, der sich durch Victorias nächste Worten bestätigte.

»Das waren Tom und ich, aber niemand wusste davon. Wir hatten gerade unser Haus gebaut, als sie in Wombat Creek ankam, und es schien so prunkvoll im Vergleich zu den furchtbaren Verhältnissen, in denen sie lebte. Und trotz ihrer Situation hat Ferris ihr nicht geholfen. Er hat ihr sogar noch Geld für die Benutzung seines Bades und für Trinkwasser abgenommen, und wenn sie kein Geld hatte, musste sie irgendwie ohne zurechtkommen.« Victoria seufzte in Erinnerung daran, wie wütend sie damals gewesen war. »Wir hatten große Mühe, sie zu überreden, das Geld für ihr Haus anzunehmen, vor allem, weil wir es nicht zurückhaben wollten. Als sie schließlich einwilligte, tat sie es nur unter der Bedingung, dass es ein Darlehen war und sie es mit Zinsen zurückzahlen würde. Nach einigem Hin und Her haben wir uns darauf geeinigt.«

»Ich hatte nicht angenommen, dass Percy oder Ferris ihr das Geld geliehen haben, aber von Ethan hätte ich es mir vorstellen können ... Auch, wenn er nicht den Eindruck macht, als ob er wohlhabend wäre – ich habe gehört, dass er als Kamelführer schon viel Geld verdient hat.«

»Das hat er – aber im Moment geht es ihm sicher so schlecht wie allen anderen auch. Ich habe immer vermutet, dass er der Hauptgeldgeber der Missionsstation war und auch anderswo geholfen hat, wenn er konnte. Er hätte Lottie sicher gern unter die Arme gegriffen, wenn Tom und ich es nicht getan hätten. Aber

Percy und Ferris ... nein, niemals. Trotzdem, obwohl sie nach außen vorgeben, sie nicht zu kennen, wissen sie nur zu gut, dass ihr Gewerbe eine Menge Leute nach Wombat Creek zieht – natürlich meist Männer, aber die nehmen im Hotel ihre Drinks und kaufen im Laden ein. Ich bezweifle, dass die Stadt ohne Lottie und die Mädchen überhaupt noch existieren würde.«

»Hast du dich über Funk mit ihnen unterhalten, als das Gerät noch funktionierte?«

»Manchmal, aber immer unter irgendeinem banalen Vorwand. Es kann dabei jeder zuhören, und man muss deshalb vorsichtig sein mit dem, was man sagt. Mich betrifft es zwar nicht so, aber Lottie wird es hier sehr schwer gemacht, besonders von den eifersüchtigen Ehefrauen.«

»Welchen Weg sollen wir nehmen?«, fragte Tara, als sie die Bäume hinter sich gelassen hatten.

»Zum großen Felsenriff«, erwiderte Victoria. »Der Weg liegt um diese Tageszeit teilweise im Schatten, und wenn ich sie wiederfinde, zeige ich dir ein paar Felszeichnungen, die Tausende von Jahren alt sein sollen.«

Zum Mittagessen waren sie zurück in Tambora. Es gab kaltes Lamm, das Sanja aus Rache mit scharfer Paprikapaste bestrichen hatte, sodass Tara es nicht essen konnte, und indisches ›Roti‹-Brot. Als sie fertig waren, vertieften sich Tara und Victoria in die Rechnungsbücher. Aus den Monaten zuvor gab es nicht viele Eintragungen, aber allem Anschein nach war Ethan tatsächlich seit geraumer Zeit nicht mehr für seine Einkäufe bezahlt worden. Der letzte Eintrag, der Nuggets Lohn betraf, lag fast ein Jahr zurück, und die anderen Männer waren ebenfalls schon einige Monate nicht mehr bezahlt worden. Zu Tadds Ehre stellten die Frauen fest, dass er schon fast ebenso lange kein Geld mehr bekommen hatte wie Nugget.

»Hat Howie Dunn eine Abfindung bekommen?«, fragte Victoria.

»Nur einen Wochenlohn.«

»Und Nerida?«

»Hier ist für Nerida seit einem Jahr nichts mehr eingetragen.«

Victoria war vollkommen entsetzt. Sie ging zu der Schublade hinüber, in der die Kiste mit dem Bargeld aufbewahrt wurde, und fand diese leer.

Tara fürchtete einen Moment, ihre Tante würde ohnmächtig werden, doch Victoria nahm sich eisern zusammen. »Ich habe noch ein bisschen Geld oben in meinem Zimmer«, sagte sie. »Tom hat immer darauf geachtet, dass ich für Notfälle gerüstet bin – und das hier muss man wohl so nennen.« Jetzt gewannen die lange zurückgehaltenen Tränen doch die Oberhand.

Tara nahm sie tröstend in die Arme. »Wir schaffen es schon, Tante Victoria, das verspreche ich dir. Denk immer daran, dass wir Killains sind – wir verstehen es, zu kämpfen!«

»Du hast Recht.« Victoria schniefte und gewann langsam ihre Fassung wieder. »Ich habe schon Schlimmeres überlebt, und du genauso. Aber jetzt müssen wir an die Kinder denken – sie brauchen ein Heim und etwas zu essen auf dem Tisch.«

»Wir werden schon nicht verhungern, und wenn wir es wie die Aborigines machen ... Ich will nur Tambora nicht verlieren.«

»Zum Glück schulden wir der Bank kein Geld und verfügen über Rücklagen. Damit müssten wir uns über Wasser halten können, bis wir wieder auf die Beine kommen.«

Die beiden Frauen gingen nach oben, wo Victoria Tara eine kleine Seidentasche holen ließ, die sie zwischen ihrer Wäsche im Schrank versteckt hatte und die, wie sie sagte, ihre Notreserve enthielt. Tara fand die Tasche und gab sie ihrer Tante. Victoria nahm sie mit hinüber zum Bett und leerte ihren Inhalt auf der Decke aus.

»Wie viel ist es?«, fragte sie Tara.

Tara zählte das Geld. »Siebenundzwanzig Pfund und ein paar Münzen.«

Victoria erschrak. »Das kann nicht stimmen. Es müssten fast dreihundert Pfund sein!«

»Bist du sicher?«

»Natürlich bin ich sicher. Ich habe das Geld seit ... seit zwei Jahren nicht mehr angerührt. Wir hatten eine schlechte Saison, und ich musste hundert Pfund herausnehmen, um Nahrungsmittel zu kaufen – aber ich habe sie wieder hineingetan, als wir einige Rinder verkaufen konnten.« Victoria ließ sich auf das Bett sinken.

»Aber es wird doch niemand gestohlen haben, nicht wahr?«

»Nein. Tadd muss das Geld genommen haben, ohne mir etwas davon zu sagen.«

»Würde er denn so etwas tun?«

Victoria seufzte. »Es gab eine Zeit, da hätte ich es nicht für möglich gehalten. Aber ich denke, er konnte mich nicht um Geld bitten, ohne mir zu sagen, wofür er es brauchte. Er wusste, dass ich es hatte, und auch ungefähr, wo. Er hat mich bisher auch nie fragen müssen, weil die Bargelddose unten immer um die zweitausend Pfund enthielt, plus noch einmal mehrere Tausend im Tresor. Es kostet viel Geld, einen so großen Betrieb zu führen!« Mit einem Seitenblick auf das Häufchen aus Scheinen und Münzen fügte sie hinzu: »Ich bezweifle, dass siebenundzwanzig Pfund und ein paar Münzen genügen werden!«

Nerida kam herein. »Kleine Miss schläft«, berichtete sie Tara, um dann nach einem besorgten Blick auf Victoria hinzuzufügen: »Ethan ist unten, Missus.«

»Danke, Nerida. Dann muss ich hinuntergehen und mit ihm reden. Es ... es tut mir furchtbar Leid, dass du so lange keinen Lohn bekommen hast, Nerida. Ich hatte keine Ahnung ...«

»Nicht wichtig, Missus. Ich bin gern hier bei Ihnen.«

»Gott segne, dich, Mädchen«, meinte Victoria, den Tränen nahe. »Aber sobald es mir wieder möglich ist, gebe ich dir alles, was ich dir schulde – das verspreche ich dir!« Sie holte tief Luft und nahm das kleine Häufchen Pfundnoten vom Bett.

»Wie viel schulden wir Ethan, Tara?«

»Fast zwanzig Pfund, die Lieferung von gestern noch nicht eingerechnet.«

»Dann könnte es reichen, um ihn zu bezahlen.«

Tara nickte entschlossen.

Victoria bemühte sich um eine heitere Miene, als sie mit Tara die Treppe hinunterging. Jack wirkte ungewöhnlich entspannt, doch als er Tara sah, änderte sich das schlagartig. Er drehte sich um und verließ das Haus, noch ehe sie ihn fragen konnte, wie ihm der morgendliche Ausflug gefallen hatte.

»Ethan, komm mit und setz dich«, sagte Victoria »Ich würde gern unsere Schulden bei dir bezahlen.«

Verwundert folgte Ethan ihr in den Salon. Tara bemerkte, dass er unrasiert war und nach Tieren roch. Als ihr Blick seinen kräftigen Brustkorb und die muskulösen Oberschenkel streifte, fiel ihr wieder ein, was ihre Tante über die sexuelle Anziehung gesagt hatte, die von ihm ausging. Das mochte vielleicht so sein, wenn man für wilde Männer schwärmte, die sich allein durchschlugen – aber attraktiv? Na ja ...

»Ich habe dir doch gestern schon gesagt, das es damit keine Eile hat!«, erklärte Ethan, an Victoria gewandt.

Diese erwiderte ernst: »Und ich habe gesagt, ich möchte dir geben, was dir zusteht.«

Ethan runzelte die Stirn. »Warum ausgerechnet jetzt?«

»Warum nicht, Ethan? Tara hat sich der Bücher angenommen, und wir sind dabei, sie auf den neusten Stand zu bringen. Wie viel schulden wir dir?«

Ethan starrte sie einen Moment stumm an. Dann blickte er zu Tara hinüber, die seinem Blick eine Weile standhielt. Doch schließlich senkte sie den Kopf, und er wusste, dass irgendetwas ganz und gar nicht in Ordnung war. »Ich weiß es jetzt wirklich nicht so aus dem Kopf, wie viel ich ausgelegt habe. Da müsste ich zuerst in meinen eigenen Büchern nachsehen.«

»Du weichst mir doch nur aus, Ethan«, erwiderte Victoria. »Du bist immer ein sehr guter Geschäftsmann gewesen, also behaupte nur nicht, du wüsstest es nicht.«

»Was soll das alles, Victoria? Und ich möchte die Wahrheit hören!«

»Ich habe dir doch gesagt, wir bringen die Bücher auf den neusten Stand.«

Ethan sah, dass Victoria den Tränen nahe war. »Ist irgendetwas geschehen?«, fragte er sanft.

Tara blickte besorgt auf ihre Tante, die jetzt leicht zu schwanken schien.

»Entschuldigt – ich glaube, ich muss mir etwas zu trinken holen«, meinte Victoria.

»Nein, ich hole es dir schon, Tante Victoria!«, erwiderte Tara.

»Nein!«, stieß ihre Tante lauter hervor, als sie beabsichtigt hatte. Dann verließ sie hoch aufgerichtet den Raum und rief über die Schulter zurück: »Möchtet ihr auch etwas?«

»Nein, danke«, antworteten Ethan und Tara gleichzeitig.

Als Victoria außer Hörweite war, wandte sich Ethan an Tara. »Was geht hier eigentlich vor? Sagen Sie mir bitte die Wahrheit – ich habe Victoria noch nie so außer sich erlebt.«

»Tadd hat ihr einige Dinge verheimlicht. Er hat ihr unter anderem verschwiegen, dass die Farm Verluste macht. Anscheinend ist das schon seit einiger Zeit so, und sie hatte bis heute keine Ahnung, wie schlecht es wirklich steht. Die Männer haben seit Monaten kein Geld bekommen, und die Geldbüchse war leer. Victoria hat zwar eine Notreserve, aber Tadd scheint auch die geplündert zu haben, sodass jetzt nicht mehr viel davon übrig ist.«

Ethan stieß einen unterdrückten Fluch aus. »Wie konnte er das tun?« Er hatte lange darüber nachgedacht, warum die Drähte des Funkgeräts herausgerissen worden waren – nun hatte er seine Antwort.

»Ich denke, er hat es gut gemeint«, sagte Tara. »Jedenfalls möchte meine Tante Sie jetzt gern bezahlen – es ist ihr sehr wichtig, also nehmen Sie bitte das Geld. Lassen Sie ihr ihren Stolz!«

»Von Stolz allein wird niemand satt, Tara«, gab er zu bedenken.

In diesem Moment kam Victoria mit einem Glas Wasser in der Hand zurück. Sie schien sich wieder ganz in der Gewalt zu haben.

Ethan ging unruhig vor dem Kamin auf und ab.

»Ich habe Ethan die Situation erklärt, Tante Victoria«, sagte Tara.

»Glaub nicht, dass du die Einzige bist, der es so geht, Victoria«, meinte Ethan. »Alle haben zu leiden, und manche sind noch sehr viel schlimmer betroffen als du.«

»Das bezweifle ich; aber wir sind schon öfter wieder auf die Beine gekommen, und wir werden es wieder schaffen. Ich gebe nicht auf!«

»Ich weiß, dass du schon viel schlimmere Zeiten überstanden hast, Victoria, und wenn irgendjemand es kann, dann bist du es. Mach dir bitte keine Sorgen, was deine Schulden bei mir betrifft – ich dachte, wir seien Freunde, und Freunde helfen sich gegenseitig aus!«

»Ja, aber sie nutzen sich nicht aus – und das tun wir im Moment mit dir. Ich möchte die Dinge zwischen uns in Ordnung bringen. Das Geld habe ich hier.«

»Himmel, Victoria, im Moment ist jeder knapp an Bargeld. Ich habe für meine Dienste schon Hühner, eine Violine, Konserven und alte Radioteile bekommen. Einmal hatte ich sogar eine japanische Fliegerbombe aus Darwin, von der Wally Macintosh behauptete, dass ich sie sicher brauchen könnte. Glücklicherweise hat die Regierung sie für ein Museum beschlagnahmt, bevor ich mich damit in die Luft sprengen konnte. Ich habe dafür Essensrationen bekommen, aber kein Bargeld. Das sollte dir genug sagen. Vielleicht wollte Tadd dir wirklich die Wahrheit ersparen – ich nehme an, dass er die Drähte des Funkgeräts herausgerissen hat, damit du von anderen keine schlechten Neuigkeiten hören kannst. Aber jetzt wäre es gut, wenn du mit den anderen Farmern sprechen würdest. Ruf Jock Wilson und Sadie an und frag sie, wie es ihnen ergangen ist. Sie haben sicher auch seit Monaten keinen Cent mehr gesehen!«

»Kennen Sie jemanden, der Gänse hat und sie nicht mehr will?«, fragte Tara plötzlich.

Er sah sie einen Augenblick verwundert an. Dann sagte er: »Ja, Lester Eaton in Emu Creek hat ein paar Gänse, die er loswerden möchte. Aber es überrascht mich, dass Sie sich dafür interessieren. Gänse können ziemlich schwierig sein.«

»Das stimmt, aber ihre Eier sind viel größer als Hühnereier, und in Irland halten sie die Füchse auf Abstand, und ich hoffe, dass sie hier dasselbe mir den Dingos tun. Könnten wir irgendetwas für sie eintauschen?«

»Da bin ich ganz sicher – Lester hat sein ganzes Leben lang Tauschgeschäfte gemacht.«

»Und was sind hier draußen die begehrtesten Tauschobjekte?«

»Interessanterweise stehen Damenstrümpfe hoch im Kurs ...«

»Wie gut – ich habe in Port Adelaide zwei Paar gekauft, die ich in dieser Hitze wohl kaum tragen werde.«

»Sie werden sicher gern genommen, aber nicht für die Gänse. Lester Eaton ist nicht verheiratet.«

»Würde er Hühner nehmen?«

»Das bezweifle ich – er züchtet selbst Geflügel.«

Tara zermarterte sich den Kopf. »Vielleicht wäre es am besten, wenn wir ihn einfach fragen, was er für die Gänse haben will«, meinte sie schließlich.

»Ich kann ihn jetzt sofort über Funk anrufen, wenn Sie wollen.« Ethan war schon auf dem Weg zum Funkgerät, das in einem Raum am Ende des Flures stand.

Tara sah ihre Tante an. »Ich habe früher viel Tauschgeschäfte gemacht, Tante. Es kann anstrengend sein, aber wenn man eine Ader dafür hat, bringt es oft eine ganze Menge ein. Wir kommen schon wieder auf die Beine, das spüre ich irgendwie!«

Victoria sah ihr an, dass sie sehr aufgeregt war. Die beiden

Frauen hörten das Rauschen und Knacken des Funkgeräts, und dann kam Ethan zurück.

»Wenn ihr Geld hättet, würde er für acht Gänse zwei Pfund nehmen. Wenn nicht, möchte er drei Flaschen Wein, eine Suppenterrine mit einigen Suppenschalen oder, seid jetzt nicht schockiert, einen Nachttopf und eine größere Menge Kartoffeln. Außerdem hat er einiges zu nähen, wenn eine von euch dazu bereit wäre.«

Tara blickte zuerst Victoria, dann Ethan an. »Ich fürchte, ich bin nicht sonderlich talentiert, was Handarbeiten angeht, und meine Tante sieht nicht gut genug, um nähen zu können.«

Im Geiste sah sie Lester Eatons stinkende alte Socken vor sich und fühlte Ekel in sich aufsteigen.

»Aber wir haben fast alles, was er sonst noch erwähnt hat«, meinte Victoria, die sichtlich Feuer gefangen hatte. »Tom hat wertvolle Weine gesammelt. Es müssen einige ziemlich gute Flaschen im Keller sein.« Dann fiel ihr plötzlich etwas ein. »Das heißt, wenn Tadd sie nicht alle inzwischen verkauft hat. Würdest du vielleicht kurz hinuntergehen, Ethan, und nachsehen, was noch da ist?«

»Natürlich.« Er verließ den Raum.

»Ich habe heute Morgen im Garten ein paar alte Kartoffeln ausgegraben«, meinte Tara. »Sie waren nicht mehr sehr appetitlich, deshalb habe ich sie wieder vergraben – aber wenn wir sie für irgendetwas eintauschen könnten ...«

Ethan kam zurück. »Dort unten liegen etwa fünfundzwanzig Flaschen Wein. Weißt du, wie viele es sein müssten?«

»Nicht genau, aber ich glaube, Tom hatte mindestens siebzig oder achtzig Flaschen. Bitte sag Lester Eaton, dass wir ihm für die Gänse zwei sehr gute Flaschen Wein geben, wenn die Tiere jung und gesund sind. Ich bin sicher, dass er zwischen einem guten und einem schlechten Tropfen kaum zu unterscheiden weiß, aber wir werden ihn nicht betrügen. Wenn er ein Entenpärchen oder einen schlachtreifen Truthahn hat, kann er einen Nachttopf dafür bekommen. Und wir beide, Ethan, müssen endlich diese Geldangelegenheit zwischen uns in Ordnung bringen.«

Ethan lächelte. »Ich habe Nugget noch nicht dafür bezahlt, dass er sich in meiner Abwesenheit um die Kamele kümmert. Das würde mindestens die Hälfte der Summe kosten, die du mir schuldest. Vielleicht gibst du ihm einfach, was er verlangt?«

Victoria schüttelte energisch den Kopf. »Das müsst ihr beide untereinander regeln. Ich weiß außerdem, dass du ihm Tabak und alles Mögliche andere gibst, was du eintauschen kannst. Tadd sagte, er hätte ihn in einem deiner Hemden gesehen, und außerdem hat er stolz seine neuen Socken herumgezeigt.«

Wieder grinste Ethan. »Ich musste ihn dafür entschädigen, dass Hannibal ihn gebissen hat.« Tara starrte ihn aus weit aufgerissenen Augen an, und er zwinkerte ihr zu, als habe er sich nur einen Scherz erlaubt – doch sie machte sich trotzdem so ihre Gedanken.

Später war Tara gerade dabei, den Garten umzugraben, als sie Jack in der Nähe der Hundezwinger entdeckte. Ihr war heiß, sie fühlte sich erschöpft, und ihre Handflächen brannten. Langsam richtete sie sich auf und streckte ihren schmerzenden Rücken. Dann beobachtete sie den Jungen eine Weile, der in Gedanken versunken war und ziemlich unglücklich wirkte. Sie hatte gehofft, er würde ihr vielleicht im Garten zur Hand gehen, doch er war ihr seit seiner Rückkehr mit Ethan ein paar Stunden zuvor aus dem Weg gegangen.

Jack hörte sie nicht kommen, als sie zu ihm hinüberging. »Die Zwinger müssten gesäubert werden«, sagte sie, und er schrak zusammen. »Ich dachte, das könntest du vielleicht erledigen. Ich habe mich abgemüht, den Gemüsegarten zum Pflanzen vorzubereiten, aber es ist eine verdammt harte Arbeit ...«

»Es war nicht meine Idee, dass wir uns um die Hunde kümmern sollen«, fiel ihr Jack ins Wort.

Tara war nicht in der Stimmung, ihm ungezogenes Verhalten

einfach durchgehen zu lassen. »Wir müssen alle mit anfassen«, wies sie ihn zurecht.

Er antwortete nicht.

»Hannah hat zum Beispiel die Hühnereier eingesammelt ...«, fügte sie etwas sanfter fort.

»Ich helfe Ethan, aber mehr tue ich nicht!«, rief Jack trotzig und musterte sie mit solcher Abneigung, dass Tara förmlich zurückwich.

»Dir helfe ich jedenfalls nicht!«, fügte der Junge hinzu und rannte davon.

Tränen strömten Tara über die Wangen, als sie zum Gemüsegarten zurückging. Sie begriff nicht, warum Jack sie so sehr zu hassen schien und was sich geändert hatte, seit sie in Tambora angekommen waren. Während der Reise war er zurückhaltend gewesen, aber niemals feindselig.

Enttäuscht und wütend bearbeitete Tara den harten Boden mit solcher Wucht, dass der Spatenstiel in ihrer Hand zerbrach. Fluchend warf sie ihn fort, so weit sie konnte.

»Nun schauen Sie nur, was Sie angerichtet haben!«, sagte in diesem Augenblick Ethan hinter ihr, und sie fuhr zusammen. »Was fällt Ihnen ein, mich so zu erschrecken!«, rief sie, ohne das leichte Lächeln in seinem Blick zu bemerken. Ein langer Splitter hatte sich in ihre Handfläche gebohrt, und es tat schrecklich weh.

Ethan war verwundert über so viel Heftigkeit. Er hatte im Stall gestanden und Pferde beschlagen, als Jack vorbeigerannt war, ohne ihn zu beachten. Er hatte das seltsam gefunden, erkannte jetzt jedoch einen Zusammenhang. »Ist zwischen Ihnen und Jack irgendetwas vorgefallen?«

Tara ließ sich völlig erschöpft zu Boden sinken. Ethan hockte sich vor sie hin, nahm ihre Hand und untersuchte ihre Handfläche. Er war entsetzt, als er ihre aufgeplatzten Blasen sah. Aus einem Futteral an seinem Gürtel zog er ein Messer und meinte sanft: »Jetzt müssen Sie tapfer sein – ich hole diesen Splitter besser heraus, bevor die Wunde sich entzündet«. Als Tara versuchte, ihre Hand wegzuziehen, hielt er sie fest.

»Sind Sie sehr empfindlich?«, fragte er mitfühlend. Tara schüttelte den Kopf, und er begann mit der Messerspitze behutsam zu arbeiten. Tara stöhnte auf, aber in weniger als einer Minute war der Splitter entfernt.

»Ihre Hände sind in einem ziemlich üblen Zustand«, bemerkte Ethan. »Sie hätten Handschuhe anziehen sollen!«

Tara murmelte: »Dafür ist es zu heiß.« Sie holte tief Luft, um die Fassung wiederzugewinnen, und fragte dann: »Hat Jack heute irgendetwas erzählt?«

»Worüber denn?«

»Über mich.«

»Nein, absolut nicht.«

»Hat er Ihnen denn gesagt, warum er so wütend ist?«

»Heute war er nicht wütend, zumindest nicht, während er mit mir zusammen war. Er hat seine schweigsamen Momente, die ich unter diesen Umständen für völlig normal halte, aber wir hatten einen sehr schönen Tag.«

»Dann bin ich es, auf die er wütend ist. Ich wollte es nicht glauben, aber irgendetwas stimmt nicht. Es fing kurz nach unserer Ankunft in Tambora an, aber ich habe absolut keine Ahnung, was der Grund sein könnte. Ich hatte die stille Hoffnung, dass er sich Ihnen anvertrauen würde. Mir wird er ganz sicher nichts sagen!«

»Vielleicht sagt er mir wirklich etwas, aber ich will ihn nicht drängen. Er ist gern bei den Kamelen, dann ist er für kurze Zeit richtig glücklich. Ich fand allerdings, dass er etwas müde aussah, aber dasselbe ließe sich über Sie sagen.«

Tara verdrehte die Augen. »Diese Opossums! Heute Nacht mache ich die Balkontüren zu. Außerdem ist Hannah zu mir ins Bett gekrochen, und sie schläft sehr unruhig. Ich denke, ihre Mutter wird daran gewöhnt gewesen sein, aber mich macht sie ständig wach. Die Nächte müssen für Jack auch schlimm sein, besonders weil das Schiff mitten in der Nacht gesunken ist. Wahrscheinlich hat er Albträume, ich jedenfalls habe welche. Ich wüsste nur gern, was ihn mir gegenüber so abweisend werden lässt. Mutter zu sein scheint mir sehr schwierig, und vielleicht bin ich in dieser Hinsicht einfach nicht sehr begabt.« Sie barg ihr Gesicht in den Händen und hätte gern ein wenig geweint, doch sie hielt sich zurück.

»Sie haben einen anstrengenden Tag hinter sich, Tara«, meinte Ethan sanft. »Und Sie sind müde. Morgen sieht alles schon anders aus. Jetzt ruhen Sie sich erst einmal aus, und geben Sie etwas Jod auf ihre Hand!« Er beugte sich vor und zog sie behutsam am Arm hoch.

»Haben Sie sich mit meiner Tante auf eine Lösung wegen der Bezahlung der Vorräte geeinigt?«, fragte sie noch.

»Nein, sie lässt sich auf nichts ein. Aber anscheinend will sie, dass ich in Wombat Creek etwas für sie erledige, also bin ich in der besseren Position.« Er lächelte, und um seine Augen herum bildeten sich Lachfältchen. Wieder dachte Tara, was für ein ungewöhnlicher und vielschichtiger Mensch dieser Ethan Hunter doch war. Einerseits der harte, durchtrainierte Buschläufer, andererseits der warmherzige Frauentyp, der aus irgendeinem Grund weibliche Wesen aller Altersstufen sexuell sehr anzuziehen schien. Tara wusste noch immer nicht, was sie von ihm halten sollte, und fragte sich, ob sie es jemals wissen würde.

17

Tara war wieder einmal dabei, den Garten umzugraben, als Mellie aufgeregt zu bellen begann. Victoria streckte ihren Kopf aus der Hintertür und rief: »Ich glaube, die Gänse sind da.«

Tara ließ ihren Spaten fallen und wischte sich den Schweiß von der Stirn, als Ethan auch schon auf Hannibal um die Hausecke geritten kam. Mellie sprang aufgeregt um die Beine des Kamels herum, dem drei andere folgten. Jedes der drei Tiere trug je zwei große Drahtkäfige auf dem Rücken, die leichte Decken vor der Sonne schützten.

»Wenn ich noch weiter hätte reiten müssen, hätten sie es wahrscheinlich nicht überstanden«, rief Ethan Tara zu. »Ich musste sie mit Wasser besprengen, um sie am Leben zu halten!«

Tara bemitleidete die armen Tiere. Sie hatten die eintägige Zugfahrt von Emu Creek nach Wombat Creek hinter sich und waren danach noch zwei Tage in den engen Käfigen auf den Rücken der Kamele der unerträglichen Hitze ausgesetzt gewesen. Tara konnte sie trotz des Gebrülls der Kamele zischeln hören.

Die Hühner waren vor der Ankunft der Gänse und Enten in einen kleineren Auslauf gebracht worden. Deren neues Heim wurde an einer Seite von einer hohen Akazie beschattet, die in voller Blüte stand. Tara hatte den gesamten Hühnerdung aufgeharkt, um ihn später im Garten als Dünger zu benutzen. Außerdem hatte sie den Boden mit Stroh ausgestreut und frisches Wasser in den Napf gefüllt.

Die drei Frauen sahen zu, wie Ethan die Käfige auslud und die

Enten und Gänse hinausließ. Sie waren unsicher auf den Beinen, und zwei oder drei von ihnen sanken zu Boden.

»Sie werden doch nicht sterben?«, rief Tara alarmiert.

»Sie haben nur einen leichten Hitzschlag«, erklärte Ethan. Dann nahm er je eine Gans und tauchte sie zuerst in den Wassertrog, um sie dann im Schatten abzusetzen. Die beiden Enten ließ er im Trog schwimmen, wo sie die Köpfe ins Wasser steckten und so herumspritzten, dass Hannah laut lachte. Nach ein paar Minuten standen auch die Gänse wieder auf und schüttelten ihre Federn, bevor sie in überaus würdevoller Haltung zu einer Inspektion ihres neuen zu Heims aufbrachen.

»Ich denke, sie werden alle überleben«, meinte Ethan. »Es war ein langer Weg für sie, und der Zug hatte wieder einmal Verspätung.« Nerida reichte ihm etwas zu trinken, und er leerte das Glas durstig in einem Zug.

»Danke, dass Sie sie für uns geholt haben«, sagte Tara und fügte nach kurzem Durchzählen hinzu: »Wir haben eine Gans mehr bekommen als vereinbart.«

Ethan lachte. »Lester war so froh über den Wein, dass er euch einen Ganter zum Braten oder zum Züchten geschenkt hat.«

»Oh, das ist ja wunderbar!« Tara wandte sich an ihre Tante. »Wir werden ihn als Zuchttier behalten, nicht wahr? Aber grillen wir heute Abend nicht als Festschmaus ein Hühnchen?« Sie hatte seit Tagen nichts anderes gegessen als Brot und Marmelade zum Frühstück und Hammelkoteletts zum Dinner. Hähnchenbraten erschien ihr als willkommene Abwechslung. »Dazu könnten wir ein paar von den Kartoffeln rösten, die ich im Garen gefunden habe.«

»Das ist eine gute Idee«, stimmte Victoria ihr zu. »Ich hätte selbst auch Lust auf etwas anderes als Lammfleisch. Und dann leisten wir uns noch den Luxus, eine Flasche Wein aufzumachen.« Sie runzelte die Stirn. »Sanja wird sich sicher weigern, die Hühner zu schlachten. Er hat zwar keine Probleme damit, sie zu rupfen, aber ich bitte normalerweise Nugget oder Charlie, das

›Eigentliche‹ zu erledigen.« Sie fuhr sich mit der Hand waagerecht über die Kehle, um zu verdeutlichen, was sie meinte. »Nur sind die beiden noch nicht zurück.«

»Dann tue ich es eben«, schlug Ethan vor.

»Oh, danke dir! Was täten wir nur ohne dich? Du musst natürlich zum Essen bleiben. Wir schlachten am besten drei und geben eines davon Nugget und den Jungen. Sie essen sicher auch gern einmal etwas anderes als Damper und Hammelkoteletts!«

»Tante Victoria, bitte versuch zu verhindern, dass Sanja auch nur das kleinste bisschen Curry über das Huhn streut!«, bat Tara beschwörend.

Ethan schüttelte amüsiert den Kopf. »Das wird nicht leicht sein!«

»Ich werde schon dafür sorgen«, gab Victoria zurück. »Und wenn ich den ganzen Nachmittag über in der Küche sitzen und ihm auf die Finger schauen muss!«

Sanja würzte die Gerichte inzwischen nicht mehr ganz so scharf, aber noch immer zu stark für Tara. Jack hatte begonnen, ein wenig davon zu essen, was Sanja als Sieg für sich verbuchte, während Hannah ihre Vorliebe für Dhalbrot und Reis entdeckt hatte.

Seit Tara eine Woche zuvor mit der Gartenarbeit begonnen hatte, wurde sie das Gefühl nicht los, dabei von der nahen Baumgruppe aus beobachtet zu werden. Sie hatte zwar niemanden gesehen, aber sie spürte, dass jemand da war. Außerdem hatte sie bemerkt, dass Nerida, wenn sie ihr ein Glas Wasser brachte, zu den Bäumen hinübersah. »Wer ist dort drüben?«, fragte sie schließlich.

Nerida blickte erschrocken und schuldbewusst zu Boden.

»Ich weiß, dass mich jemand beobachtet«, sagte Tara, während sie weitergrub. »Ich wünschte nur, diejenigen, um die es geht, würden kommen und mir helfen!« Nach dem ersten Tag hatte sie widerstrebend Handschuhe angezogen. Ihre Hände waren nun fast abgeheilt, aber ihr Rücken schmerzte so, dass sie sich kaum aufzurichten vermochte. Der Garten nahm zwar langsam Formen an, doch es war immer noch sehr viel zu tun.

»Die Stammesfrauen sind neugierig, Missus«, meinte Nerida verlegen. »Wollen nicht stören. Sie mögen Ihren Hut und Ihr Kleid.«

»Meinst du, sie würden mir helfen, Nerida? Ich kann sie zwar nicht bezahlen, aber ich könnte ihnen etwas anderes geben, Eier zum Beispiel.«

»Sie wollen keine, Missus. Sie finden Vogeleier ...«

»Und wie wäre es mit etwas anderem? Ein Band für ihre Haare, ein Schaltuch oder irgendeinen hübschen Schmuck?« Sie dachte an etwas, das nicht zu teuer war, wie etwa Armbänder aus Aufziehperlen oder Ähnliches. Unglücklicherweise hatte sie all die schönen Sachen, die man ihr auf dem Schiff für ihre Kartenlegerei gegeben hatte, verloren, als die *Emerald Star* untergegangen war. Jetzt hätten sie ihr gute Dienste leisten können.

Nerida strahlte. »Sie mögen hübsche Sachen, Missus!«

Tara arbeitete weiter, während Nerida losging, um mit ihren Freundinnen zu sprechen. Kurz darauf erschien sie mit drei schüchternen Aborigines-Frauen, die im Outback ›Lubras‹ genannt wurden. Sie waren viel älter als Nerida und sahen aus wie reinblütige Aborigines mit sehr dunklen Gesichtern, breiten Nasen und krausem Haar. Ihre Arme und Beine waren ebenso dünn wie Neridas, doch ihre Bauch- und Brustpartie war sehr kräftig. Sie trugen fleckige Umhänge, aber keine Schuhe.

»Könnten Sie zeigen, was Sie ihnen geben wollen, Missus? Dann arbeiten sie.«

»Natürlich.« Tara ging ins Haus und suchte zwei Haarbänder heraus, die sie für Hannah gekauft hatte, und zwei Schaltücher, die Victoria nicht mehr trug. Victoria hatte nur noch sehr wenig Schmuck. Alles war im Lauf der Jahre verkauft worden, wenn es der Farm schlecht ging. Doch sie fand noch einige nicht sehr wertvolle alte Ketten und Armbänder sowie zwei Broschen, die sie gern abgab. Tara brachte sie hinaus zu den Frauen, die in ihrer Sprache lebhaft miteinander redeten.

»Wenn ich euch das hier gebe, helft ihr mir dann, den Garten umzugraben?«, fragte sie und hielt ihnen die Geschenke hin. Die Frauen sprachen jetzt noch aufgeregter miteinander.

»Sprechen sie vielleicht ein paar Worte Englisch?«, erkundigte Tara sich bei Nerida. »Können sie mich verstehen?«

»Nicht sehr gut, Missus. Yani hat einmal auf einer Missionsstation gewohnt, aber nicht lange.«

»Wie heißen sie?«

»Mona, Yani und Mumu«, erwiderte Nerida.

»Werden sie für mich arbeiten?«, fragte Tara, während sie den Frauen lächelnd demonstrierte, wie man die Dinge trug, die sie ihnen gegeben hatte. Sie fand zwar, dass diese sehr seltsam damit aussahen, doch die Frauen selbst schienen sehr zufrieden.

»Sie arbeiten, Missus!«, meinte Nerida.

»Könntest du ihnen erklären, was ich vorhabe, während ich noch mehr Gartengeräte holen gehe?«

»Ja, Missus.«

Als Tara mit den Geräten zurückkam, ließ Nerida sie allein. Die Frauen redeten miteinander und blickten oft zu Tara hinüber, unternahmen aber keinen Versuch, sich mit ihr zu verständigen. Mona hatte die Bänder in ihre Haare geflochten, Yani und Mumu trugen die Schals und Ketten um ihre Hälse und die Broschen an ihren Umhängen. Sie hatten weniger als eine Stunde gearbeitet, als Tara ihnen bedeutete, dass sie ins Haus gehen und ihnen allen etwas zu trinken holen würde. Sie dachte, dass die Frauen härter arbeiten würden, wenn sie zufrieden waren. Sie war sich jedoch nicht sicher, ob sie sie verstanden hatten. Deshalb bemühte sie sich, ihnen ihre Absicht durch Gesten zu vermitteln. Die Frauen hörten auf zu arbeiten und sahen ihr nach. Als sie durch die Hintertür ins Haus ging, lächelte und winkte sie und rief, dass sie gleich zurück sei. Als sie mit den gefüllten Wassergläsern wiederkam, waren die Frauen fort.

Tara hätte vor Enttäuschung weinen können. Sie schickte Nerida hinterher, doch diese konnte sie nirgends entdecken.

»Wenn sie wieder auftauchen, bekommen sie nichts, bis die Arbeit erledigt ist«, meinte Tara ärgerlich.

Als sie das Haus betrat, hörte sie lautes Schimpfen, und im Flur kam ihr Victoria entgegen, die gerade in der Küche gewesen war. »Sanja weigert sich, die Hühner zu grillen«, sagte sie. »Es tut mir Leid, Tara!«

»Es tut dir Leid? Tante Victoria, mein Gott, er arbeitet für dich! Er sollte tun, was ihm gesagt wird!«

»Er will die Hühner mit Curry würzen«, meinte Victoria mit einem fast mitfühlenden Beiklang.

»Ich bin sicher, dass er das will«, schnaubte Tara.

»Ich muss zu seiner Verteidigung sagen, dass er noch nie etwas Gebratenes zum Abendessen zubereitet hat, seit er hier ist.«

»Das ist aber doch keine Entschuldigung, Tante – er muss tun, was du ihm sagst!«

Tara war heiß, und ihre Enttäuschung über die Frauen war noch nicht abgeklungen. Die Gelegenheit, ihren Ärger an jemandem abzureagieren, kam ihr gerade recht. Trotz des heftigen Protests ihrer Tante rauschte sie in die Küche, um den widerspenstigen Koch zur Rede zu stellen.

»Wenn Missus Victoria Sie bittet, die Hühner zu grillen, dann haben Sie genau das zu tun«, sagte sie scharf. »Falls Sie es nämlich vergessen haben sollten, Sie ist Ihre Arbeitgeberin!«

Victoria berührte Tara leicht am Arm, und diese fuhr wütend herum.

Mit leicht gesenktem Kopf flüsterte Victoria: »Meinst du, wir haben das Recht, ihnen Anweisungen zu geben, wo sie schon so lange keinen Lohn mehr bekommen haben?«

»Das trifft nicht ganz den Kern, Tante Victoria. Sanja scheint der Meinung zu sein, dass er in diesem Haus die Entscheidungen fällt.«

Tara wandte sich wieder dem Koch zu und sagte sehr bestimmt: »Wenn Sie bleiben wollen, schlage ich vor, dass Sie diese Hühner grillen!«

Der Koch erwiderte trotzig ihren Blick. »Sanja nicht Hühner braten. Sie fragen schwarzen Mann!«

Er mochte es ganz und gar nicht, dass Tara mit Nugget und den Jungen aß, und sie wusste es. »Gut«, erwiderte sie. »Genau das werde ich tun. Und Ihnen wird dafür der Lohn gekürzt.«

Sanja lachte höhnisch auf. »Welcher Lohn?«

»Sie werden ihn bekommen, und dann können Sie sicher sein, dass es nicht die volle Summe ist!«

Tara wandte sich wieder zu ihrer Tante um und meinte mit hoch erhobenem Haupt: »Nugget kann die Hühner am Spieß braten, Tante Victoria. Es wird unglaublich gut schmecken, ganz bestimmt besser als jeden Tag Curry. Sanja sorgt noch dafür, dass wir alle genauso gelb werden wie er!« Tara wusste, dass das eine sehr rassistische Bemerkung gewesen war, doch Sanja hatte sie herausgefordert, indem er Nugget einen schwarzen Mann nannte. Der Koch war schockiert und völlig sprachlos. Tara schnaubte noch einmal höhnisch, genau wie er es vorher getan hatte, und verließ die Küche mit ihrer Tante im Schlepptau. Als sie den Flur entlanggingen, hörten sie das metallene Scheppern von Töpfen und Pfannen und Sanjas wütende Ausrufe.

»Ich hoffe sehr, dass er nicht fortgeht«, meinte Victoria leise. »Ich hänge schon sehr an seinen Currygerichten!«

»Er wird nicht gehen, Tante Victoria! Niemand anderer würde seine Wutanfälle ertragen, und das weiß er. Außerdem hat er sowieso kein Geld, um irgendwohin zu fahren.« Sie lachte, und Victoria schüttelte lächelnd den Kopf. »Du bist wirklich eine sehr berechnende Frau, Tara!«

Während Bluey und Charlie die Hühner rupften und dabei witzige Geschichten über ihre Zeit als Krokodilfänger in Darwin zum Besten gaben, schichtete Nugget an der Rückseite des Hauses ein

Feuer auf. Als die Kohlen heiß genug waren, wurden die Hühner auf einem Spieß darüber gebraten. Tara hatte Jack und Karl gebeten, Stühle ins Freie zu bringen, und sie setzten sich alle um das Feuer herum und tranken zwei Flaschen von Toms bestem Wein. Bluey und Charlie erzählten weiter Geschichten aus ihrer schlimmen Jugend, über die alle schrecklich lachen mussten, während Jack und Karl sich über die Kinder in Tambora unterhielten und Hannah sich damit amüsierte, Zweige in die Flammen zu werfen und im Staub zu spielen.

Tara sah, dass ihre Tante den Abend sehr genoss, und ihr selbst ging es ebenso. Der Rauch vertrieb die Moskitos, und der dunkle Nachthimmel bot die perfekte Kulisse für Abertausende blinkender Sterne und den silbrig schimmernden Mond.

Tara wusste nicht, ob es an dem schönen Abend lag, an der netten Gesellschaft oder am Wein, jedenfalls schmeckte das Huhn absolut köstlich, besser als alle, die sie jemals zuvor gegessen hatte. Irgendwann sah sie, dass Sanja sie von der Küchentür aus beobachtete. Sie hoffte, dass er etwas gelernt hatte: Sie kamen sehr gut ohne ihn aus!

»Tadd hat sich verspätet«, meinte Victoria irgendwann. »Hoffentlich ist ihm nichts passiert.«

»Ganz sicher nicht«, erwiderte Ethan beruhigend. »Du weißt doch, dass er öfter einmal die Zeit vergisst. Er kommt bestimmt gleich.«

Tara blickte zu Nugget hinüber, der eine betont ausdruckslose Miene aufgesetzt hatte. Wieder spürte sie, dass er mehr über Tadds Aktivitäten wusste, als er zu erkennen gab. Obwohl Tadd oft spät zurückkam, dachte Victoria immer an die Möglichkeit eines Unfalls. Einen Sturz vom Pferd, ein Schuss, der sich unbeabsichtigt aus einem Gewehr löste, ein Schlangen- oder Spinnenbiss. Es war sogar möglich, dass feindliche Aborigines ihn mit ihren Speeren verwundet hatten, auch wenn das eher unwahrscheinlich war. Trotzdem machte sie sich Sorgen und beschloss, nicht länger als eine Stunde zu warten, bevor sie die Jungen auf die Suche schickte.

»Garten sieht gut aus, Missus«, meinte Nugget, an Tara gewandt.

»Es war harte Arbeit, aber so langsam wird etwas daraus«, erwiderte sie. Dass die Lubras sie im Stich gelassen hatten, erwähnte sie nicht, es schien ihr zu demütigend.

»Wir stellen am Sonntag einen Zaun für Missus auf. Wird Kängurus, Kaninchen, Wombats und Vieh fern halten!«

»Danke, Nugget. Hoffentlich kann ich euch als Belohnung Gänseeier zum Frühstück kochen.«

Nugget lächelte. Sie sahen ein Emu zwischen der Unterkunft für die Arbeiter und den Ställen entlanglaufen, und der Viehtreiber öffnete den Mund, um etwas zu sagen. Er strahlte jetzt über das ganze Gesicht.

Tara konnte seine Gedanken lesen. »Das wäre eine Hähnchenmahlzeit, die sich lohnt«, sagte sie. »Ein richtig guter Braten, nicht wahr, Nugget?«

Er lachte. »Wenn Missus will, röste ich ihn für Sie – in einem Erdofen.«

Tara starrte ihn interessiert an. »Ich weiß nicht, Nugget – ich hätte wenig Lust, ihn zu rupfen.«

»Braucht nicht gerupft zu werden, Missus!«

»Oh!« Sie rümpfte angewidert die Nase. Der Gedanke daran, beim Essen angesengte Federn im Fleisch zu finden, war nicht gerade appetitlich.

Die Männer brachen in lautes Gelächter aus.

Irgendwann stand Ethan auf. »Fast hätte ich es vergessen – ich habe ein Geschenk für Hannah mitgebracht.« Er ging zu Hannibal hinüber und holte etwas aus den Satteltaschen. Als er zurückkam, erkannte Tara, dass es ein Teddybär war.

»Vielleicht hilft er ihr, ruhiger zu schlafen«, meinte er und fügte dann leiser hinzu: »In ihrem eigenen Bett.«

Hannah war sichtlich begeistert von dem Bären. Sie strahlte über ihr ganzes kleines Engelsgesicht, als sie ihn nahm und mit beiden Armen fest umklammerte. Der Ausdruck in ihrem Blick hätte Tara fast aufschluchzen lassen.

»Danke, Ethan«, sagte sie. »Das war ... sehr nett von Ihnen!« Er schien niemals aufzuhören, sie in Erstaunen zu versetzen. »Woher haben Sie ihn?« Der Bär musste früher einem anderen Kind gehört haben, denn ein Ohr war wieder angenäht worden, und anstelle der Augen hatte er Knöpfe – was Hannah aber absolut nicht störte. »Von einer meiner Kundinnen. Ihre Tochter spielte schon lange nicht mehr mit ihm, und ich dachte, er würde Hannah vielleicht gefallen.«

Tara fragte sich, ob er ihn gegen etwas eingetauscht hatte. »Es sieht ganz danach aus!«

Plötzlich kam Tadd um die Hausecke auf sie zu und war offensichtlich sehr verwundert, als er sie alle um das Lagerfeuer herum sitzen sah.

»Hallo, Tadd«, rief Victoria. »Du kommst spät! Ich war gerade im Begriff, einen Suchtrupp loszuschicken.«

»Was macht ihr denn hier draußen?«

»Wir essen gebratenes Hühnchen. Es ist absolut köstlich. Du hast Glück, dass wir dir noch eine Keule aufgehoben haben!«

»Aber warum esst ihr hier draußen mit ...« Er runzelte die Stirn und starrte die Männer finster an, als sei irgendetwas daran nicht richtig, dass diese mit Victoria und ihrer Familie zusammensaßen – dabei war es im Grunde eher umgekehrt.

»Nugget hat für uns gekocht, und das Essen war wundervoll. Wir haben sogar ein paar Flaschen Wein dazu getrunken. Ich finde, wir sollten öfter hier draußen essen. Komm, setz dich zu uns und iss!«, forderte Victoria Tadd auf.

»Nein, danke«, stieß dieser verärgert hervor und ging ohne ein weiteres Wort zu seinem Cottage hinüber.

Tara sah zu ihrer Tante hinüber. Victoria jedoch war von seiner Reaktion anscheinend kaum überrascht, ebenso wenig wie Nugget oder die anderen Männer. Verlegen standen sie auf, um zu gehen.

Plötzlich begriff Tara, warum sie sich immer hinter ihre Unterkunft zurückzogen. »Bitte, setzt euch wieder«, sagte sie. »Es ist viel zu früh, um hineinzugehen.«

Nugget wirkte unsicher und sah Victoria an. Sie bedeutete ihm mit einer Handbewegung, sich wieder zu setzen. »Ich möchte euch etwas sagen«, erklärte sie. »Dies ist das erste Mal seit Tagen, dass wir alle zusammen sind, weil ihr so beschäftigt wart.« Sie stand auf. »Vor ein paar Tagen habe ich herausgefunden, dass ihr Männer seit langer Zeit keinen Lohn mehr erhalten habt, besonders du, Nugget. Ich war erschrocken und ärgerlich, aber vor allem schäme ich mich. Auch wenn es schwer zu glauben ist, aber ich habe wirklich nichts davon geahnt, dass die Farm so schlecht dasteht. Ich weiß, wie hart ihr alle arbeitet, und ich kann nur sagen, es tut mir schrecklich Leid, dass ihr nicht dafür bezahlt worden seid.«

»Das ist nicht Ihre Schuld, Missus«, erwiderte Nugget.

»Ich bin trotzdem dafür verantwortlich, Nugget. Aber vielen Dank für deine Großzügigkeit. Ich möchte, dass ihr Folgendes wisst: Ich werde euch alles geben, was ich euch schulde, und wenn ich die Farm dafür verkaufen muss. Aber ich hoffe, dass es dazu nicht kommen wird. Ich weiß, dass Tambora genauso euer Zuhause ist wie meines, und ihr seid alle sehr loyal gewesen. Ihr ahnt gar nicht, wie dankbar ich euch dafür bin!« Sie verstummte einen Augenblick und rang sichtlich um Fassung. Dann fuhr sie fort: »Ich weiß noch nicht, auf welche Weise, aber ich möchte jedem, der es will, die Möglichkeit geben, sein Geld zu nehmen und zu gehen. Ich würde es keinem übel nehmen. Hier draußen hat jeder zu kämpfen, aber vielleicht zieht es euch ja eher in die Stadt oder irgendwo anders hin ...«

»Ich bin hier zu Hause«, meinte Nugget schlicht. »Ich bleibe.«

»Bevor du so etwas sagst, Nugget, muss ich euch sagen, dass ich euch im Moment nicht bezahlen kann. Ich habe absolut kein Geld und weiß noch nicht, wann sich das ändern wird.«

»Nugget braucht kein Geld, Missus!«

»In der Stadt gibt es keine Arbeit«, ergänzte Bluey. »Hier haben wir ein Dach über dem Kopf und etwas zu essen. Ich bleibe, bis es wieder aufwärts geht. Die Regenzeit kommt ganz bestimmt, Missus, und dann wird alles gut.« Er sah Charlie auffordernd an.

»Ich bleibe auch, Missus«, sagte dieser und blickte seinerseits auf Karl, der jedoch stumm blieb.

Victoria wandte sich an den Jungen. »Ich weiß, dass du wie ein erwachsener Mann arbeitest, Karl, und so sollte ich dich auch bezahlen. Wenn keiner von den anderen dagegen etwas einzuwenden hat, bekommst du eine Lohnerhöhung, sobald es uns wieder etwas besser geht.«

Die Männer nickte zustimmend.

Karl blickte ungläubig auf. »Werden Sie das wirklich tun, Missus? Bezahlen Sie mir denselben Lohn wie einem richtigen Mann?«

»Ich bezahle meinen Männern, was sie wert sind ...« Sie unterbrach sich mit verlegenem Lächeln. »Normalerweise, meine ich.«

Die Männer lachten. »Das wissen wir, Missus!«

Karl strahlte jetzt förmlich. »Hey, vielen Dank, Missus Victoria. Ich werde verdammt hart arbeiten!« Stolz wandte er sich an seinen Vater. »Hast du das gehört? Ich bekomme einen vollen Lohn!«

»Das ist sehr großzügig, Missus!«, sagte Charlie.

»Ich gehe jetzt davon aus, dass die Lage besser wird, Charlie. Wenn nicht, und wenn ich verkaufen müsste, würde ich dieses Land eher euch allen schenken, als dass es unter Preis an irgendjemand anderen fällt.« Ethan hatte ihr Telegramm von Wombat Creek aus abgeschickt, doch Victoria wollte den Männern gegenüber jetzt noch nichts davon erwähnen. Erst musste sie die Antwort von William Crombie in Händen halten. Sie wandte sich wieder an Nugget. »Ich gehe jetzt für ein paar Minuten zu Tadd hinüber, um mit ihm zu sprechen. Erzählt doch Tara ein wenig von eurer Zeit beim Arabana-Volk! Ich habe diese Geschichten immer gern gehört.«

Nugget war geschmeichelt, Tara und den Kindern von der ›Traumzeit‹ berichten zu können, die ihn geprägt hatte.

Tara ahnte, dass ihre Tante Tadd auf das fehlende Geld ansprechen wollte. Während der Tage zuvor war er ihr aus dem Weg gegangen, indem er früh fortging und spät heimkam, sodass sie die Aussprache immer wieder hatte verschieben müssen. Doch jetzt würde er einiges zu erklären haben.

Victoria ging zu Tadds Cottage hinüber und klopfte an die Tür, die nur angelehnt war. Er öffnete ihr mit seinen Stiefeln in einer Hand.

»Ich möchte mit dir reden, Tadd«, begann sie.

Der Ernst auf ihren Zügen und in ihrem Ton erschreckte ihn. Er wusste, dass seine Ausweichmanöver sehr offensichtlich gewesen waren, und fühlte sich wie ein Feigling. Nachdem er die Stiefel vor die Tür gestellt hatte, sagte er müde: »Kann das nicht warten, Victoria? Ich war gerade im Begriff, mich zu waschen.«

»Nein, Tadd. Wir haben schon viel zu lange gewartet.«

»Victoria, als Arbeitgeberin solltest du nicht mit Nugget und den Jungen zusammen essen, finde ich«, sagte er statt einer Antwort. Sein geringschätziger Ton ließ sie zum ersten Mal darüber nachdenken, ob er die Aborigines tatsächlich hasste, wie Tara vermutete. »Warum nicht? Sie haben monatelang ohne Lohn für mich gearbeitet, und diese Art von Loyalität schätze ich sehr hoch ein.«

Tadd fuhr auf: »Willst du damit sagen, ich sei nicht loyal?«

Victoria spürte, wie gekränkt er war. »Nein, natürlich nicht. Ich bin sicher, dass du in bester Absicht gehandelt hast, aber ...«

»Aber was?«

»Du hättest mir die Wahrheit sagen müssen – und zwar die ganze Wahrheit!«

»Du hast in der Bargelddose nachgeschaut, nicht wahr?«

»Ja. Ich weiß, dass sie leer ist. Und ich weiß auch, dass du fast das ganze Geld für Notlagen genommen hast. Ich bin sehr enttäuscht von dir, Tadd. Wann hattest du vor, mir zu sagen, was los ist – wenn wir buchstäblich keinen Penny mehr gehabt hätten?«

Tadd senkte den Kopf. »Ich weiß, dass ich nicht richtig gehandelt habe, Victoria. Ich hatte Angst, es dir zu sagen – Angst, dass es dir das Herz brechen würde!«

»Nun, das hast du so auch geschafft.« Sie sah den Ausdruck der Scham auf seinem Gesicht, und jetzt tat er ihr Leid. »Ich wünschte, ich hätte eher davon gewusst, Tadd. Vielleicht wäre es dann gar nicht so schlimm gekommen.«

»Das bezweifle ich, Victoria«, gab er trotzig zurück. »Alle sind in der gleichen schwierigen Lage.«

»Wir werden rasch handeln müssen, um die Farm zu retten«, erklärte Victoria.

»Wäre es nicht einfacher, wenn du verkaufst und nach Irland zurückgehst?«

Victoria wich zurück, als habe er sie geschlagen. »Nach ... Irland zurückgehen?«

»Ja, mit deiner Nichte und den Kindern.«

»Ich habe keineswegs die Absicht, nach Irland zurückzugehen, Tadd. Ich möchte hier leben, in Tambora. Die Farm ist jetzt auch Taras Heimat, und die der Kinder. Egal, was ich dafür tun muss, ich werde die Farm retten! Ich bin hier um dich zu fragen, ob du mir dabei helfen wirst.«

Tadd runzelte die Stirn. »Das weißt du doch, Victoria. Ich werde tun, was ich kann!« Es klang eher resigniert als entschlossen, wie Victoria fand.

»Ich habe deine Loyalität immer anerkannt, Tadd, und es immer so empfunden, dass unser Verhältnis weit über die normale Beziehung zwischen Arbeitgeber und Angestelltem hinausgeht.«

»Ich weiß, Victoria – und jetzt habe ich dich im Stich gelassen.«

»Wir werden nicht mehr darüber sprechen, Tadd. Wir tun einfach, was wir tun müssen, um die Farm zu retten. Ich habe in Indien einen Freund, der eine Teppichfabrik besitzt. Er hat mir einmal vorgeschlagen, unsere Wolle dorthin zu exportieren. Ich habe vor einiger Zeit die Möglichkeit geprüft und fand alles durchaus machbar. Ethan hat ihm von Wombat Creek aus ein Telegramm geschickt, und wenn die Antwort günstig ausfällt, haben wir durchaus eine Chance. Mit dir und Tara an meiner Seite werde ich es sicher schaffen.«

»Das ist ja wunderbar, Victoria!«, sagte Tadd.

Victoria wandte sich zum Gehen. »Ich sage dem kleinen Jack, er soll dir deinen Anteil vom Hühnchen herüberbringen.«

»Danke«, murmelte Tadd, doch in Wirklichkeit war ihm der Appetit vergangen.

18

Ich ... werde ... nicht ... gehen, ... bevor ... Sie ... mir ... nicht ... gesagt ... haben, ... wo ... meine ... Schwester ... ist!«, stieß Moyna Conway hervor. Sie lehnte ihre schweren Brüste, die wie zwei reife Melonen waren, auf den Tresen des Büros der Dubliner Schifffahrtsgesellschaft. Ihr erhebliches Gewicht hatte den Weg zum Büro für sie zu einer großen Anstrengung werden lassen. Ihr Gesicht war rot angelaufen, ihre fettigen Haare wirr und unordentlich. Drei plärrende Kleinkinder klammerten sich an ihre ausladenden Röcke, und ein halbwüchsiger Junge mit Nagetiergebiss und abstehenden Ohren versuchte gerade, den Wartenden im Nebenraum die Geldbörsen zu stehlen.

»Ich habe Ihnen doch gestern schon gesagt, Madam, wir wissen nichts über ihren Verbleib«, sagte Magnus Stewart. Er war ein hagerer, furchtbar dünner Mann, der bei Aufregung zu Magenschmerzen neigte, und hatte dementsprechend einen großen Teil der vergangenen Nacht im Badezimmer zugebracht. »Wenn wir etwas wüssten, würden wir es Ihnen selbstverständlich mitteilen!« Er hätte alles getan, um sie und ihren diebischen Nachwuchs nicht mehr sehen zu müssen. »Hat das Rote Kreuz Ihnen denn auch nicht helfen können?«, fragte er mit vorgetäuschtem Interesse.

»Nein – und das dürfte Sie auch nicht allzu sehr überraschen. Ich bin jedenfalls nicht den ganzen Weg von Londonderry hier heruntergekommen – wir hatten übrigens eine sehr beschwerliche Reise –, um jetzt hier von Pontius zu Pilatus geschickt zu werden ...«

Magnus bezweifelte nicht im Geringsten, dass die Reise furchtbar gewesen sein musste. Die fünf waren selbst eine wandelnde Katastrophe, und außerdem eine neuerliche Bestätigung für seinen Entschluss, dem heiligen Stand der Ehe aus dem Weg zu gehen.

»Noch eine Nacht in der Pension kann ich mir nicht leisten, weshalb ich mich gezwungen sähe, mein Lager hier in diesem Büro aufzuschlagen, falls ich nicht bald eine zufrieden stellende Auskunft erhalte«, drohte Moyna.

Magnus dünne Beine drohten unter ihm nachzugeben, und er stützte sich schwer auf den Tresen.

»Aber Sie müssen mir doch etwas sagen können«, stieß Moyna klagend hervor, die offenbar ihre Taktik geändert hatte. »Meine Schwester kann doch nicht in der Wildnis verschwunden sein, oder wie immer man diesen abgelegenen Landstrich nennt, den kein anständiger Katholik als Heimat bezeichnen würde.« Seit sie in der Zeitung von dem Schiffsunglück gelesen hatte, arbeitete Moynas Verstand auf Hochtouren. Ein Angestellter der Schifffahrtsgesellschaft hatte sie von Michaels Tod unterrichtet, der sie nicht weiter berührt hatte. Doch dann hatte sie erfahren, dass die Kennard&Rainer-Linie einem Gerichtsurteil zufolge den Angehörigen der Opfer wegen Fahrlässigkeit Entschädigungen zahlen musste. Maureen hatte also eine anständige Summe zu erwarten und war als Frau eines Geschäftsmannes bestimmt auch gut versichert gewesen. Moyna hatte nach kurzer Überlegung beschlossen, ihrer Schwester und deren Kindern ein Heim anzubieten, in das sie zurückkehren konnten. Dass sie die zusätzlichen Arbeitskräfte gut gebrauchen konnte, nachdem ihre drei ältesten Töchter so egoistisch gewesen waren, ihr Zuhause zu verlassen, war ein willkommener Nebeneffekt.

»Es scheint so, Mrs. Conway, als habe Ihre Schwester bei niemandem eine Adresse hinterlassen, als sie Port Adelaide verließ.«

»Aber irgendjemand muss doch wissen, wo sie ist«, schrie Moyna unbeherrscht. »Ich habe den Eindruck, Sie könnten viel hilfreicher sein, wenn Sie es ernsthaft versuchen würden!«

Magnus spürte, wie es in seinem Bauch zu rumoren begann.

»Ich weiß nicht, was ich Ihnen sagen soll, Mrs. Conway. Einige Unterlagen sind auf dem Weg von Australien hierher verloren gegangen, und wie Sie sich sicher vorstellen können, war die Lage dort chaotisch. Ich denke, viele der Opfer werden bis zur Unkenntlichkeit verbrannt gewesen sein. Das hat die Identifizierung fast unmöglich gemacht. Die meisten der Leute dort im Warteraum«, er deutet hinter sie, »reisen dorthin, um die persönlichen Habseligkeiten ihre Verwandten zu identifizieren – eine scheußliche Aufgabe!«

Wenn Magnus gehofft hatte, Moyna würde Mitgefühl zeigen, dann hatte er sich getäuscht. Stattdessen verlor sie die Geduld. »Verloren gegangene Unterlagen sind nicht mein Problem, Mr. Stewart. Ich muss meine Schwester finden. Es scheint, als habe die Fahrlässigkeit Ihres Unternehmens fünfzig Menschen das Leben gekostet!«

Im Warteraum hoben die Leute die Köpfe, und Markus war sich der vielen Zuhörer unangenehm bewusst. »Wir tun unser Bestes, Mrs. Conway, aber es gibt Umstände, die sich unserer Kontrolle entziehen«, sagte er.

»Sie reden jede Menge Schwachsinn, Mr. Stewart, und ich glaube Ihnen kein Wort davon. Hatte meine Schwester eine Kabinengenossin auf dem Schiff? Vielleicht weiß diese Frau oder ihre Familie etwas.« Sie hielt es für wahrscheinlich, dass jemand Maureen mit zu sich genommen hatte, und warum nicht die Familie ihrer Kabinengenossin? Maureen hatte bei ihren Mitmenschen immer Sympathie geweckt und, anders als sie selbst, leicht Freunde gefunden.

»Wenn sie keine Passagierin der Ersten Klasse war, wird sie sicher ihre Kabine mit jemandem geteilt haben. Ich müsste in den Papieren nachsehen, aber ich kann ihnen wahrscheinlich nicht sagen, ob ihre Kabinengenossin umgekommen ist oder nicht.«

»Sehen Sie gefälligst nach, Mr. ... Stewart. Wenn ihre Nachbarin eine Adresse angegeben hat, hätte ich wenigstens einen Anhaltspunkt!«

»Ich fürchte, ich kann Ihnen keine persönlichen Informationen über Passagiere geben, die nicht mit Ihnen verwandt sind, Mrs. Conway. Das wäre gegen die Regeln unserer Gesellschaft, Madam.«

Man sah Moyna an, dass sie innerlich aufstöhnte. Nun gut, dann musste sie also ernsthaft unangenehm werden, etwas, das sie nur zu gut beherrschte. Magnus sah mit Schrecken, wie ihre ohnehin sehr hervorstechenden Augen so weit aus ihren Höhlen traten, als würden sie im nächsten Moment wie Korken von Rumfässern herausspringen und auf den Tresen fallen. Und dann begann Moyna wie eine Sirene zu heulen.

»Bitte, Madam, hören Sie auf damit«, rief Magnus und hielt sich die Ohren zu. Doch Moyna war nicht zu stoppen. Sie heulte, so laut sie konnte, und ihre Töchter stimmten mit ein. Zusammen produzierten sie einen infernalischen Lärm.

»Bitte, Madam, ich werde versuchen, etwas zu finden«, rief Magnus, dem furchtbar übel war. »Ich bitte Sie nur, hören Sie auf mit diesem schrecklichen Geschrei!«

Moyna verstummte augenblicklich. Ihr Gesicht war fast dunkelrot angelaufen. »Still, Balg!«, sagte sie und kniff eines der Mädchen ins Ohr, ohne auch nur hinzusehen. »Hab ich richtig gehört?«, fragte sie dann Magnus. »Willst du mir wirklich helfen, Mann?«

Er nickte resigniert und ging nach hinten in sein eigenes Büro. Nach einigen Minuten angestrengten Blätterns in den Unterlagen kam er wieder heraus. Fast flüsternd sagte er: »Ich habe ein Formular gefunden, dass eine Mrs. Tara Flynn ausgefüllt hat, die Frau, die auf dem Schiff mit Ihrer Schwester und deren Tochter eine Kabine geteilt hat. Als Ziel steht hier eingetragen ›Tambora-Farm, bei Wombat Creek, Südaustralien‹. Allerdings findet sich diese Adresse nirgendwo anders in den Unterlagen, und da einige der Listen verloren gegangen sind, weiß ich nicht, ob Mrs. Flynn unter den Überlebenden war oder nicht. Wenn Sie also mit ihren Verwandten Kontakt aufnehmen, empfehle ich Ihnen dringend, behutsam vorzugehen!«

»Es wird sicher Monate dauern, herauszufinden, ob meine Schwester am Leben ist«, beklagte sich Moyna, die an ihre eigene prekäre Lage dachte.

Magnus wünschte sich nichts sehnlicher, als dass sie endlich verschwinden würde. »Ich weiß, dass viele der Angehörigen telegrafiert haben – vielleicht sollten Sie dasselbe tun.«

Moyna dachte sofort an die Ausgaben, die dann auf sie zukommen würden. »So was können sich nur die Reichen leisten«, erwiderte sie.

Magnus war versucht, ihr das Geld zu geben – er hätte alles getan, um sie loszuwerden. »Wenn Sie wirklich so in Sorge sind ... könnten Sie die Nachricht ja ganz kurz halten.«

Obwohl es sie ärgerte, dass er die Aufrichtigkeit ihrer Gefühle infrage stellte, erwog Moyna diesen Vorschlag. »Vielleicht werde ich genau das tun, Mr. Stewart!« Sie verließ das Büro, ihre wimmernden Sprösslinge hinter sich herziehend.

Magnus Stewart seufzte erleichtert auf. Lieber wäre er auf einem sinkenden Schiff gewesen oder auf dem Weg in einen Krieg, als einen weiteren Besuch von Moyna Conway und ihren Kindern ertragen zu müssen. Hastig eilte er auf eine Tür zu, auf der ein Schild mit der Aufschrift *WC* angebracht war.

»Missus, kommen Sie, sehen Sie, da draußen ...!«

Tara schlug die Augen auf und blinzelte im hellen Sonnenlicht, dass durch die geöffneten Balkontüren hereinströmte. »Was soll ich sehen? Wie viel Uhr ist es eigentlich?« In ihrem Kopf herrschte ein seltsames Durcheinander, was sie daran erinnerte, dass sie Wein einfach nicht gewöhnt war.

»Acht Uhr, Missus.«

»Morgens?«

»Ja, Missus. Yani, Mona und Mumu arbeiten im Garten!«

Verwundert setzte Tara sich auf. »Soll das heißen, sie sind von selbst zurückgekommen?«

»Ja, Missus!« Tara fand es unglaublich, dass sie trotz des Lärms der Papageien tief geschlafen hatte. Sogar die Opossums hatten sie nicht stören können, obwohl sie vergessen hatte, am Abend zuvor die Balkontüren zu schließen. Ein rascher Blick in die Runde zeigte ihr einige Hinterlassenschaften der munteren Tiere.

»Wo ist Hannah?«, fragte sie, als sie aus dem Bett stieg und feststellte, dass die Kleine nicht neben ihr lag.

»Sie schläft, Missus.«

In ihrem eigenen Bett?«

»Ja, Missus!«

Tara konnte nicht glauben, dass die Kleine die ganze Nacht in ihrem eigenen Bett verbracht hatte. Offenbar hatte ihr der Teddy Sicherheit gegeben.

»Und wo ist meine Tante?«

»Sie unten, Missus, in dem Raum mit der Kiste, die schnattern kann.«

Tara lachte herzlich über Neridas Bezeichnung für das Funkgerät.

In den vergangenen Tagen hatte Victoria viel Zeit damit verbracht, sich endlich wieder einmal über Funk mit den Nachbarn auszutauschen. Außerdem hatte sie ihre Begeisterung für den Tauschhandel entdeckt und Ethan oft mit irgendwelchen Waren zwischen den Farmen hin und her geschickt. Dabei war sie sehr erfolgreich gewesen. Sanjas hausgemachte Chutneys hatte sie gegen Dosenfrüchte und Kondensmilch eingetauscht, die die Kinder so gern mochten. Ein überflüssiges Butterfass hatte ihr drei Säcke Mehl und eine Flasche Pflanzenöl zum Kochen eingebracht. Aber ihr bester Handel war der preisgekrönte Merinoschafbock, der in der Royal-Adelaide-Schau mehrere Schleifen gewonnen hatte und den sie für drei Flaschen Wein und eine alte Esse bekam. »Wir müssen wieder anfangen zu züchten«, sagte sie voller Optimismus zu Tara, »also kommt ein guter neuer Bock gerade recht.«

»Hat Missus Victoria irgendetwas von einem Brief erwähnt, den wir nicht finden können, Nerida?« Obwohl Ethan das Telegramm an William Crombie inzwischen abgeschickt hatte, beschäftigte der verschwundene Brief Tara noch immer. Sie hatte das starke Gefühl, dass sein ›Verlust‹ einen ernsten Hintergrund haben musste. Schon seit ihrer Ankunft in Tambora spürte sie eine untergründige, fast feindselige Spannung, deren Ursprung sie jedoch nicht zu ergründen vermochte – noch nicht.

»Ich nicht gesehen Brief, Missus«, erwiderte Nerida, und Tara glaubte ihr. Ihre riesigen braunen Augen waren so ausdrucksvoll wie ein offenes Buch. »Meinst du, irgendwer könnte ihn ... genommen haben?«, fragte Tara weiter.

Nerida starrte sie verständnislos an.

»Wie zum Beispiel Mr. Sweeney? Könnte er den Brief vielleicht versehentlich ... an sich genommen haben?«

Nerida senkte den Kopf und wurde sichtlich unruhig. »Ich weiß nicht, Missus ...«

»Du magst Tadd nicht so sehr, nicht wahr?«

Das Mädchen wagte nicht aufzublicken.

»Putzt du in seinem Cottage?«

»Ja, Missus.«

Tara hatte plötzlich einen Einfall. Sie legte dem Mädchen lächelnd eine Hand auf die Schulter. »Wenn du jemals jemanden brauchst, um dich auszusprechen, oder einfach nur, um ein wenig zu reden, höre ich dir gern zu – und ich bin die Verschwiegenheit in Person.« Sie legte einen Finger auf ihre Lippen, um zu verdeutlichen, was sie meinte.

Nerida blickte sie scheu an. »Danke, Missus«, sagte sie leise.

Als Tara und Nerida ins Freie traten, arbeiteten die Lubra-Frauen im Garten und unterhielten sich dabei angeregt. Mona trug noch immer das Band im Haar und die Armbänder an den

Handgelenken, und die anderen beiden Frauen waren mit den Broschen und Schals geschmückt. Sie trugen ganz genau das Gleiche wie am Tag zuvor, einschließlich der Umhänge, nur dass diese jetzt schmutziger waren. Tara, die wusste, dass Wasser zum Waschen immer knapp war, fand nichts dabei.

»Warum sind sie gestern fortgegangen?«, erkundigte sie sich bei Nerida. »Wir hatten doch erst eine Stunde gearbeitet.

»Als Missus hineinging, dachten sie, Arbeit zu Ende für diesen Tag.«

Tara erinnerte sich, dass sie ihnen zugewunken hatte, und begriff, dass sie das missverstanden haben mussten.

Tara fütterte Mellie und deren Nachwuchs mit den Essensresten des vergangenen Abends und ließ sie dann aus dem Käfig heraus. Sie sah mit Befriedigung, dass die Frauen im Garten gut vorangekommen waren. Sie unterhielten sich lebhaft in der Arabana-Sprache, bis der Frühstücksgong ertönte und sie alle drei lachen mussten. Tara rief Nerida, damit sie ihnen allen etwas zu essen herausbringen sollte, doch als Nerida mit den Frauen sprach, lehnten sie das Angebot ab. Sie erklärten, sie würden im Lager ihres Stammes essen, das gleich hinter den Bäumen lag, und fragten, ob Tara nicht mit ihnen kommen wolle.

Nerida sprach ihr Mut zu, doch obwohl sie sich geehrt fühlte, zögerte sie ein wenig, vor allem weil sie nicht wusste, was man ihr dort zu essen geben würde. Aber schließlich nahm sie die Einladung an.

Als sie, gefolgt von Mellie und deren Welpen, zum Lager hinübergingen, stellte Tara fest, dass Yani ein wenig Englisch sprach und auch verstand, die anderen beiden Frauen jedoch nicht. In der Nähe des Lagers sah Tara zwei ältere Männer im Schatten eines Baums sitzen. Der eine hatte weiße Haare und einen buschigen weißen Bart. Er war gerade dabei, eine Eidechse auf ein Stück Rinde zu malen. Yani erklärte, er heiße Jabba Jurra. Der andere Mann, Jackie Kantji, war offenbar völlig blind, seine Pupillen hatten eine weißliche Färbung. Tara fiel wieder ein, dass ihre Tante ihr erzählt hatte, viele der Aborigines litten unter einer Augenkrankheit, die zur Erblindung führte.

Es waren auch zwei Mädchen im Lager, die nicht älter sein konnten als zehn oder zwölf Jahre. Yani versuchte, Tara mitzuteilen, dass sie auf ihre ›Ehemänner‹ warteten, die auf die Jagd gegangen seien. Tara glaubte, nicht richtig verstanden zu haben, und dachte, die Mädchen warteten vielleicht auf die Männer, denen sie versprochen waren. In einigen Kulturen war es üblich, junge Mädchen schon vom Zeitpunkt der Geburt an zu verloben. Tara war sich ganz sicher, dass das auch hier der Fall sein musste, bis sie erschrocken feststellte, dass eines der Mädchen schwanger war.

Außerdem liefen mindestens fünf magere Hunde im Lager herum, die überall nach Futter suchten. Sie sahen in Mellie und den Welpen eine Konkurrenz im Kampf um die paar Brocken, die es gab, und knurrten sie böse an. Mellie, die ihre Kinder schützen wollte, knurrte zurück. Jabba Jurra nahm einen Stein und warf ihn nach den Hunden, wobei er Mellie traf. Sie lief winselnd zu den Zwingern zurück, und Tara starrte ihr erschrocken nach. Sie wusste, dass Mellie Tamboras wichtigste Zuchthündin war und dass Tadd außer sich sein würde, wenn ihr etwas zustieß. Sie tadelte Jabba Jurra wegen des Steinwurfs, doch er lächelte nur.

Die Frauen, die sehr gleichmütig wirkten, setzten sich nahe am Feuer auf den Boden und bedeuteten Tara, es ihnen gleichzutun. Tara musste feststellen, dass die Aborigines der Schmutz und der Rauch nicht zu stören schien, während ihre eigenen Augen davon zu tränen begannen. Yani stocherte im Feuer herum und förderte aus der Asche ein Damper-Brot zutage, das außen schwarz wie Ruß war und eher unappetitlich aussah. Doch die Frauen schienen sich sehr darauf zu freuen. Während es auskühlte, kochte Mona Tee aus fremdartigen Blättern, und Mumu reichte die Reste des Abendessens vom Vortag herum, ein Fleisch, das Tara nicht einordnen konnte und das sich zu ihrem Unbehagen an einigen Stellen als halb roh erwies.

»Was ist das?«, fragte sie Yani und schob sich zögernd ein kleines Stück in den Mund, um es zu probieren, dankbar, dass sie keine angesengten Federn darin fand. Es sah aus wie Hühnerfleisch, besaß jedoch einen etwas strengeren Geschmack und war ein wenig trocken. Sie versuchte, nicht an all die Fliegen zu denken, die zweifellos darüber gekrochen waren, denn sie hatte Angst, sich sonst erbrechen zu müssen.

»Perenti«, erklärte Yani strahlend.

»Oh! Was ist Perenti?« Tara dachte, es sei vielleicht ein Aborigines-Wort für Wildtruthahn oder Trappe.

Wieder strahlte Yani sie an. »Perenti Goanna-Eidechse, Missus!«

Tara dachte an den Goanna-Waran, dem sie einige Tage zuvor im Garten begegnet war, und ihr wurde übel. Obwohl er gefährlich ausgesehen hatte, war er in Wirklichkeit sehr scheu und harmlos gewesen. Sie fand den Gedanken abstoßend, dass er für diese Mahlzeit getötet worden war. Sie spuckte das Fleisch in ihre Hand und warf es möglichst unauffällig einem der mageren Hunde zu.

»Ich habe nicht sehr viel Hunger«, sagte sie. »Sicher liegt es an der Hitze. Ein bisschen Damper und Tee reichen mir völlig.« Es kostete sie große Willensanstrengung, ihre Übelkeit niederzukämpfen.

Während sie um das Feuer herumsaßen, wandte sich Jackie Kantji an Tara. Er erzählte ihr, dass weiter nördlich Hunderte von Aborigines an Skorbut starben. Wegen der Trockenheit fehlte es ihnen an natürlicher Nahrung und die Rationen von der Mission enthielten nicht die Nährstoffe, die sie brauchten. Der alte Mann war sehr traurig, denn das Leben, wie er es gekannt hatte, gab es nicht mehr. Tara wusste nicht, was sie ihm antworten sollte.

Am späten Nachmittag war der Gemüsegarten so weit vorbereitet, dass gesät werden konnte. Tara war sehr froh, denn ihr schmerzender Rücken hätte kein weiters Graben mehr ausgehalten. Nugget und die Jungen hatten die Überreste des alten Zauns entfernt, sodass nun am folgenden Morgen der neue aufgestellt werden konnte, und sie selbst hatte ihren Dünger aus Hühnermist verteilt, der Millionen von Fliegen anlockte. Tara beschloss, noch einen weiteren Tag zu warten, um zu sehen, ob die Heuschrecken kamen, die bisher sehr zu Tadds Freude noch nicht aufgetaucht waren. Er schien stolz darauf zu sein, dass Nugget sich geirrt und er Recht behalten hatte.

Abends verabschiedete sich Tara von Yani, Mona und Mumu und ging dann zu dem Trog neben der Hintertür, um sich die Hände zu waschen. Sie war sehr müde. Während sie sich zur Kühlung Wasser in Gesicht und Nacken spritzte, kam Sanja aus dem Haus und schleuderte den Inhalt einer Schüssel mit gebrauchtem Spülwasser in ihre Richtung. Sie war sicher, dass er es mit Absicht getan hatte, und schrie ärgerlich auf, als sie von der schmutzigen Brühe getroffen wurde – doch er ließ sich nicht zu einer Entschuldigung herab. Tara verfluchte ihn wütend und benutzte alle Kraftausdrücke, die sie bei den Zigeunern gelernt hatte, doch der Koch warf ihr lediglich einen geringschätzigen Blick zu und ging wieder hinein.

»Es gibt haufenweise Köche, die Arbeit suchen«, rief Tara ihm nach. »Ich werde Ethan bitten, allen zu sagen, dass auf Tambora jemand gesucht wird!«

Sanja streckte den Kopf aus der Tür und erwiderte: »Niemand arbeitet ohne Geld, Missus!«

Tara musste widerstrebend zugeben, dass er Recht hatte, doch das würde sich in naher Zukunft ändern!

Spät an diesem Nachmittag saß Tara nach einem Bad auf dem Balkon, um ihrem schmerzenden Rücken vor dem Abendessen ein wenig Ruhe zu gönnen, als starker Currygeruch zu ihr heraufgetragen wurde. Normalerweise hätte sie jetzt aus Ärger über Sanja den Kopf geschüttelt, doch dazu war sie zu sehr in Gedanken versunken: Sie dachte über Jack nach, den sie die ganze Woche über fast nicht gesehen hatte. Er war die meiste Zeit über bei Ethan an der Hütte gewesen und hatte ihm geholfen, die Kamele zu pflegen. Ethan hatte ihr erzählt, dass er vor allem die jungen Kamele sehr mochte. Das freute sie einerseits, doch war sie andererseits auch enttäuscht darüber, dass ihr Verhältnis zu dem Jungen sich um nichts gebessert hatte. Sie hatte auch feststellen müssen, dass Jack, wenn Ethan nicht da war und er demzufolge nicht bei den Kamelen sein durfte, absichtlich Unfug anstellte.

Einige Tage zuvor hatte er im Busch Feuer gemacht, das die Aborigines zum Glück entdeckt und gelöscht hatten, bevor es ernsthaften Schaden hatte anrichten können. Victoria hatte mit ihm gesprochen und ihm klar zu machen versucht, was für schreckliche Folgen ein Buschbrand haben konnte. Am folgenden Tag war Tara fast das Herz stehen geblieben, als sie ihn auf dem Dach des Wohnhauses entdeckte. Er war vom Balkon aus in den Baum geklettert und von dort aus weiter aufs Dach. Tara wagte sich gar nicht vorzustellen, was geschehen wäre, wenn Hannah es ihm nachzumachen versucht hätte, wie sie es oft tat. Als Ethan von der Gundawindie-Farm zurückkehrte, wo er für Tadd einen reparierten Viehtreibersattel abgeholt hatte, erzählte sie ihm voller Sorge von den Vorkommnissen. Er handelte sofort, indem er den Ast, der dem Haus am nächsten war, einfach absägte und es Jack so unmöglich machte, vom Balkon aus nochmal auf den Baum zu steigen. Danach unterhielt er sich sehr lange mit Jack. Trotzdem schien Jack zu glauben, das Absägen des Astes sei Taras Idee gewesen und reiner Bosheit entsprungen, und er verhielt sich ihr gegenüber noch ablehnender.

Tara stand auf und streckte sich. Die Sonne ging langsam unter und tauchte den Himmel in ein intensives Farbspiel aus warmen Rottönen. Eine sanfte Brise strich durch die Blätter der Eukalyptusbäume, durch die mattes Sonnenlicht auf den schattigen Boden fiel. Zum ersten Mal empfand Tara etwas von dem Frieden, der über dem Ort lag, und dachte gerade darüber nach, als eine Bewegung unten vor dem Haus ihre Aufmerksamkeit erregte. Victoria ging dort mit Hannah spazieren. Tara beobachtete, wie ihre Tante stehen blieb und in die Bäume deutete, wo die Kookaburras und Elstern saßen. Tara lächelte über das schöne Bild, das sich ihr bot. Jetzt hockte sich Victoria neben Hannah und pfiff, wie sie es immer tat, um die Hunde zu rufen. Das wunderte Tara, denn sie wusste, dass die Hunde in ihren Zwingern hinter dem Haus eingesperrt waren.

Etwa zehn Meter von der Stelle entfernt, an der ihre Tante und Hannah standen, nahm Tara jetzt eine andere Bewegung wahr: Ein Tier kam aus der Deckung eines Baumes, hinter dem es versteckt gewesen war. Zuerst dachte Tara, es handle sich um ein kleines Känguru, doch als sie erkannte, was es wirklich war, erschrak sie zutiefst. Victoria pfiff ein weiteres Mal, denn wegen ihres schwachen Augenlichts dachte sie wahrscheinlich, das Tier sei ein Hund. Tara jedoch erkannte darin eines der gefürchtetsten Tiere der Wildnis: einen wilden Eber mit enormen Hauern, die alles aufschlitzen konnten, was das Tier für eine Bedrohung hielt. Tara wollte rufen, doch sie war vor Angst wie gelähmt. Der Eber senkte den Kopf, bereit zum Angriff.

Tara fielen die Gewehre ein, die im Erdgeschoss aufbewahrt wurden. Obwohl sie keine Waffen mochte, hatte Tadd ihr gezeigt, wie man eine der Flinten benutzte, die für den Notfall immer geladen war. Aus Sicherheitsgründen wurde sie jedoch in einem verschlossenen Schrank aufbewahrt. Tara war sicher, dass die Zeit nicht reichen würde, um den Schrank zu öffnen, die Flinte zu ergreifen und hinauszueilen, bevor der Eber angriff.

Die nächsten Augenblicke liefen wie in Zeitlupe ab. Der Eber setzte sich in Bewegung und stürmte auf Victoria und Hannah zu. Tara, deren Herz hart gegen ihre Rippen pochte, öffnete wieder den Mund, um die beiden zu warnen. In diesem Moment durchbrach ein Schuss die Stille ringsum, Vögel flatterten auf, und der wilde Eber fiel tödlich getroffen zu Boden.

Sekunden später war Ethan an Victorias Seite, ein Gewehr in der Hand.

Tara rannte die Treppen hinunter und ins Freie, vorbei an der verängstigten Nerida, die an der Haustür stand. Als Tara bei ihrer Tante angekommen war, zitterte sie wie Espenlaub, doch Victoria schien ganz ruhig. Offensichtlich war ihr nicht klar, wie knapp sie einer schweren Verletzung oder gar dem Tod entgangen war. Sie hielt die erschrockene Hannah in ihren Armen, die vor Angst laut schluchzte.

»Bist du verletzt, Tante?«, fragte Tara atemlos. »Ist mit Hannah alles in Ordnung?«

»Mir geht es sehr gut«, erwiderte Victoria, unsicher, was all die Aufregung zu bedeuten hatte. »Aber der Schuss hat Hannah Angst gemacht. Warum hast du den Hund erschossen, Ethan? War es ein Dingo? Er hätte uns sicher nichts getan. Sie sind nur neugierig ...«

»Es war weder ein Dingo, Victoria, noch irgendeine andere Art von Hund«, erklärte Ethan sanft »Es war ein wilder Eber, wahrscheinlich derselbe, der Sadies Schweine in Angst und Schrecken versetzt hat. Sie wird froh sein, wenn sie hört, dass wir ihn erwischt haben!« Er schlenderte davon, um den Eber zu untersuchen, den er mit einem einzigen sauberen Kopfschuss erlegt hatte.

»Ich dachte, es sei Shelby oder Fergus«, meinte Victoria. »Wie konnte ich mich nur so irren?« Sie schlug die Hand vor den Mund, als ihr klar wurde, was Hannah oder ihr hätte zustoßen können. »Ich fand es schon seltsam, dass er auf meinen Pfiff nicht herankam. Oh Gott, Hannah hätte ...«

»Es geht ihr gut, Tante Victoria. Aber ihr habt wirklich viel Glück gehabt.« Tara wurde beinahe ohnmächtig, als sie daran dachte, was alles hätte geschehen können. »Wir sollten nicht riskieren, das so etwas noch einmal passiert, das ist dir doch klar? Du musst wegen deiner Augen etwas unternehmen – wahrscheinlich brauchst du nur eine Brille.«

»Ich kann mir keine Brille leisten«, flüsterte Victoria leise.

»Wir werden das Geld schon irgendwie auftreiben, und wenn wir etwas verkaufen müssen. Du darfst wegen einer solchen Sache, die leicht in Ordnung gebracht werden kann, nicht dein Leben riskieren!«

»Wie wäre es mit einem Schweinebraten zum Abendessen?«, fragte Ethan, der den Eber an den Beinen gepackt und ihn geschultert hatte.

»Sieht ziemlich schrecklich aus«, meinte Tara nach einem Blick auf die staubbedeckten Hauer und die rasiermesserscharfen Zähne. Zu allem Überfluss stank das Tier auch noch furchtbar.

»Während der Regenzeit sollte man sie nicht essen, wegen der Würmer – aber dieser Kerl hier ist schon in Ordnung. Was meinst du, Victoria, wird Nugget nicht begeistert sein?«

»Oh ja! Er stirbt für einen guten Schweinebraten!«

Ethan weidete den Eber aus und hängte ihn in einen Baum, bevor er ihn am Spieß über einem offenen Feuer briet. Als Nugget und die Jungen von der Schafmusterung zurückkamen – sie hatten den Duft des Schweinebratens schon auf eine Meile Entfernung gerochen – war die Schwarte schön knusprig gebraten.

»Gibt guten Braten«, meinte Nugget strahlend, und Tara musste herzlich lachen.

Als die Männer fort waren, um sich zu waschen, ging Ethan zu Tara hinüber. Sie erzählte ihm von Jackie Kantji und davon, was er über die Aborigines gesagt hatte, die an Skorbut starben. Der Gedanke daran hatte sie die ganze Zeit über nicht losgelassen.

»Das war wirklich eine schlimme Sache«, erwiderte Ethan. »Aber inzwischen geben die Missionare ihnen Vollkornmehl und Orangen, wenn sie sie bekommen können, und seitdem hat sich die Lage sehr gebessert.«

Tara war sehr erleichtert.

»Ich habe gehört, dass Sie Victoria gedrängt haben, etwas wegen ihrer Augen zu unternehmen.«

»Das stimmt. Ich mag gar nicht daran denken, was geschehen wäre, wenn Sie den Eber nicht erschossen hätten. Ich habe es vom Balkon aus kommen sehen und war vor Schreck wie gelähmt. Wir können einfach nicht riskieren, dass so etwas noch einmal passiert.«

»Es gibt neuerdings in Alice Springs einen niedergelassenen Arzt, aber in der Stadt könnte sie verschiedene Spezialisten konsultieren. Nur hat sie sich bisher immer geweigert, dorthin zu fahren. Von Zeit zu Zeit kommen auch ein Arzt und die Bezirkskrankenschwester, aber bis sie das nächste Mal in Wombat Creek sind, dauert es noch mehr als einen ganzen Monat.«

»So lange können wir nicht warten. Ich habe darüber nachgedacht: Sie würde sicher lieber nach Alice Springs fahren als in die Großstadt. Ich habe eine Freundin in Alice, Sorrel Windspear – wir sind zusammen hergereist. Ich werde ihr ein Telegramm schicken und fragen, ob sie sich ein paar Tage lang um Tante Victoria kümmern kann. Ich bin sicher, dass sie das tun wird.«

»Ich reite morgen nach Wombat Creek«, sagte Tadd Sweeney in diesem Moment hinter ihr. »Sagten Sie gerade, dass Sie ein Telegramm abschicken wollen?«

Tara fuhr herum. »Ja, Tadd.«

»Dann erledige ich das für Sie, Mädchen. Victoria hat mir gerade erzählt, was passiert ist. Gott sei Dank waren Sie hier, Ethan. Ihr Eingreifen hat eine Tragödie verhindert!« Damit wandte er sich ab und ging zu seinem Cottage hinüber.

»Jetzt gibt es nur noch ein Problem zu lösen«, meinte Tara.

»Und das wäre?«

»Wenn meine Tante wirklich eine Brille braucht, müssen wir von irgendwoher das Geld dafür auftreiben.«

Ethan senkte den Kopf. »Ich wünschte, ich könnte Ihnen helfen!«

»Das ist nicht Ihr Problem, Ethan. Außerdem hat Sadie Jenkins meiner Tante gerade erzählt, dass Sie der Mission eine großzügige Spende haben zukommen lassen. Meine Tante behauptet, die Mission würde ohne Sie gar nicht mehr existieren.«

Ethan schüttelte abwehrend den Kopf. »Unsinn«, meinte er, um dann hinzuzufügen: »Wir haben in Wombat Creek einmal im Jahr eine Wohltätigkeitsveranstaltung, um Geld für den Ort oder irgendein anderes Projekt zu sammeln, das gerade aktuell ist. Das Geld ist bisher für alle möglichen nützlichen Dinge verwendet worden – einen Fonds für Schäden durch Buschfeuer, oder ... auch wenn es unglaublich klingt, als Rücklage für Verwüstungen, die durch Überflutungen verursacht wurden. Einmal hat man damit die Behandlung eines kranken Kindes in der Stadt finanziert, ein anderes Mal war es ein Rollstuhl für den Sohn eines Viehtreibers, der von einem Stier niedergetrampelt worden war. Ich sehe keinen Grund, warum es nicht dieses Mal für Victorias Brille verwendet werden könnte. Es müsste möglich sein, den Bazar bald durchzuführen, wenn wir jetzt mit der Organisation beginnen.«

»Ist das Ihr Ernst, Ethan? Das wäre wirklich großartig!«

»Ich muss natürlich noch mit den Leuten in Wombat Creek sprechen und werde Ihnen dann berichten, wie die Entscheidung ausgefallen ist. Aber auch da sehe ich kein Problem. Für dieses Jahr gab es noch keinen bestimmten Verwendungszweck. Ich würde nur vorschlagen, dass wir Victoria erst im allerletzten Moment sagen, wofür das Geld dieses Mal eingesetzt werden soll.«

»Sie haben völlig Recht. Meine Tante ist eine sehr stolze Frau und würde es sonst wahrscheinlich ablehnen.« Tara wirkte plötzlich sehr nachdenklich, und Ethan bemerkte ihren Stimmungswechsel sofort. Sie dachte darüber nach, dass er immer genau dann zur Stelle war, wenn er gebraucht wurde. Er war für Jack da und hatte heute wie schon viele Male zuvor ihrer Tante zur Seite gestanden. Außerdem war er das Bindeglied zwischen den Farmen und den umliegenden Städten. Trotz seines fast nomadisch scheinenden Lebensstils konnte man sich ganz offensichtlich auf ihn verlassen, etwas, das sie nie für möglich gehalten hätte.

Tara hatte Garvies Unzuverlässigkeit immer mit dem Nomadenleben der Zigeuner entschuldigt, ebenso die Tatsache, dass er niemals für sie da gewesen war, wenn sie ihn gebraucht hätte. Das war einfacher gewesen, als sich der Wahrheit zu stellen, die sie zum ersten Mal klar durchschaute: In Wirklichkeit war Garvie ein unverbesserlicher Schurke gewesen, der das Unglück anzog und ohne Skrupel über die Gesetze der Siedler hinweggegangen war. Das hatte er oft getan, mit bitteren Konsequenzen. Tara dachte an Rory und Jasper und einige andere unter den Zigeunern und musste feststellen, dass sie ihre Familien immer unterstützt und ihnen so viel Sicherheit gegeben hatten, wie es ein Leben in ständiger Wanderschaft überhaupt bieten konnte. Verwundert fragte sie sich, warum sie das noch niemals zuvor so deutlich erkannt hatte.

»Was geht Ihnen durch den Kopf?«, fragte Ethan, der sie aus seinen dunklen, faszinierenden Augen aufmerksam ansah.

Tara wandte sich halb von ihm ab, plötzlich erfüllt von sehr beunruhigenden Gefühlen. »Ich habe nur über etwas nachgedacht ... und etwas erkannt, das ich nie zuvor so gesehen hatte«, gab sie leise zurück.

»Und das wäre?«

»Ich bin selbst überrascht«, meinte sie zögernd, »aber ich glaube, das Leben hier draußen hat mir geholfen, jemanden drüben in Irland im rechten Licht zu sehen.«

Ethan blieb eine Weile stumm. Tara suchte seinen Blick, doch er starrte hinaus in das weite Land, das sie umgab, über Gräser und Buschland, genau, wie die Aborigines es taten: aufmerksam lauschend und mit offenen Sinnen.

Tara fielen seine Worte wieder ein, dass dieses riesige Land ihr die Augen öffnen und ihre Sicht des Lebens verändern würde. Sie hatte ihm nicht geglaubt, aber jetzt spürte sie, dass es tatsächlich geschah. Sie fragte sich allerdings, ob es wirklich der Einfluss des Landes war oder nicht vielmehr dieser eigenwillige Mann.

»Dieses Land besitzt sehr viel Seele – es ist der ideale Ort, um die Wahrheit zu finden«, meinte Ethan in diesem Moment. Dann erschienen Lachfältchen um seine Augen herum, und er fügte hinzu: »Ich hatte gedacht, in Ihrem Fall würde es viel länger dauern.«

Erstaunt starrte Tara ihn an, und er lachte laut auf.

19

Guten Morgen, Tante Victoria«, sagte Tara, als sie das Esszimmer betrat. »Wo sind sie denn alle?«

Es war erst halb sieben Uhr morgens, und das Haus lag so still da wie eine Kirche. Weil es Sonntag war, hatte Tara den Männern gesagt, sie sollten mindestens eine Stunde länger schlafen, bevor sie den Zaun um den Gemüsegarten in Angriff nahmen. Sie hatte angekündigt, das Frühstück für acht Uhr vorzubereiten, wunderte sich jedoch, wo Tadd, Nerida und die Kinder waren.

»Hannah ist mit Nerida hinausgegangen, um die Hühner- und Gänseeier einzusammeln«, erklärte ihre Tante. »Jack ist bei Tadd – er sieht zu, wie Tadd die Hunde trainiert. Zumindest wissen wir so, dass er eine Weile beschäftigt ist und nicht auf dumme Gedanken kommt. Vorhin habe ich gehört, wie Sanja ihn ausschimpfte, als er mit einem Löffel voller Sirup aus dem Keller kam.«

»Ich habe das Schloss an der Tür gesehen und dachte, du würdest dir Sorgen machen, dass mehr Wein verschwinden könnte.«

Victoria schüttelte den Kopf. »Tadd wird ihn nicht mehr anrühren, jetzt, wo er weiß, dass ich darauf achte.« Ihre Miene wurde plötzlich betrübt. »Sag Jack bitte nichts, Tara, aber ich habe Zac draußen in einem Baum entdeckt.«

»Glaubst du, dass Jack ihn freigelassen hat?«

»Zumindest weiß ich, dass er die Kette, mit der er an der Stange angebunden war, nicht selbst gelöst haben kann.«

Tara seufzte. »Es tut mir so Leid, Tante Victoria. Ich weiß, dass du ihn schon viele Jahre lang hattest. Könnten wir ihn nicht wieder einfangen?«

»Ich bin gar nicht so traurig darüber, Tara. Zac hat sich seine Freiheit redlich verdient. Ich hätte ihn selbst hinausgelassen, aber ich hatte Angst, er würde wegen der Trockenheit sterben. Noch ist er nicht weggeflogen, deshalb habe ich Wasser und Körner auf den Balkon vor meinem Schlafzimmer gestellt.«

Tara stimmte ihr zu, dass Zac frei sein sollte – doch sie sah, dass ihre Tante sich Sorgen machte. Obwohl der Papagei sehr laut gewesen war, besonders morgens, wenn er seine wilden Artgenossen draußen in den Bäumen gehört hatte, so hatte er doch zur Familie gehört.

Sie setzte sich an den Tisch und bestrich einen Pfannkuchen mit Marmelade. Aus Begeisterung über die herrlichen Gänseeier hatte Sanja seine Vorliebe für die Bäckerei entdeckt, doch leider enthielten seine Küchlein viel zu viel Ingwergewürz.

»Es tut mir Leid, dass Jack so viel Unfug stiftet, Tante Victoria. Ich hatte gehofft, er würde mit der Zeit ruhiger werden, aber wenn Ethan fort ist und er nicht zu den Kamelen darf, wird er eher noch rebellischer.«

Victoria lächelte. »Er ist eben ein typischer Junge. Dein Vater war in seinem Alter auch kein Engel. Ich weiß noch, dass er mich mal an einem Baum fesselte, in dessen Krone ein Wespennest war. Mein Vater hat mich gerettet und ist dabei mehrmals gestochen worden. Ich dachte, er würde Ninian umbringen! Der musste sich zwei Tage lang im Stall verstecken, bis Vater sich wieder beruhigt hatte.« Sie lachte. »Und ein anderes Mal nahm er eine von Vaters teuersten Havannas und hat sie geraucht. Ihm war so übel, dass er regelrecht grün anlief. Meine Mutter hatte nicht das Herz, es Vater zu sagen. Sie fand, er sei schon gestraft genug.«

Tara war sich nicht ganz sicher, ob es sich bei Jacks Eskapaden wirklich nur um dumme Jungenstreiche handelte. Sie hatte eher den Eindruck, dass er absichtlich versuchte, sie zu reizen, als wolle er ihre Bereitschaft auf die Probe stellen, seine neue Mutter zu werden.

Mit einem Vergrößerungsglas schaute Victoria die Anzeigen in der *Outback-Gazette* durch, der in Alice Springs erscheinenden Zeitung. Die Ausgabe war schon mehr als eine Woche alt.

»Irgendetwas Interessantes?«, erkundigte sich Tara.

»Ja, in der Tat. Hier ist etwas, das ich dir zeigen möchte. Ich bin nicht sicher, ob ich richtig gelesen habe. Es scheint fast zu schön, um wahr zu sein!«

»Um was geht es denn?«

»Lies selbst, Liebes, und sag mir, was du darüber denkst!«

Tara nahm die Zeitung und las die Anzeige, in der Unterbringungsmöglichkeiten für Waisen und Pflegekinder gesucht wurden. Es hieß, die Regierung stelle ein Programm auf, nach dem eine Summe von zwei Pfund pro Kind und Woche an Pflegeeltern in einem passenden Heim gezahlt würden. In einem Artikel neben der Anzeige stand, die von der Regierung geführten Heime seien überfüllt, da viele bedürftige Familien gezwungen gewesen seien, ihre Kinder in deren Obhut zu geben. Die Arbeitssuche zwinge die Eltern, fortzugehen, manchmal sogar in verschiedene Richtungen.

»Himmel«, stieß Tara hervor und blickte ihre Tante überrascht an, »sie bezahlen sehr gut!«

»Genau das dachte ich auch gerade!«

Tara spürte die Aufregung ihrer Tante. »Überlegst du ernsthaft, diese Kinder aufzunehmen?«

»Ich habe daran gedacht, ja. Wir haben so viel Platz – es würde für mindestens zwölf Kinder reichen!«

»Das wären vierundzwanzig Pfund pro Woche«, meinte Tara, die nun ebenfalls Feuer gefangen hatte. »So viel Geld würde viele unserer Probleme lösen!«

»Das würde es wirklich, zumindest, bis wir etwas von William Crombie hören – aber es bedeutet auch eine Menge Arbeit, sich um so viele Kinder zu kümmern!«

Tara dachte darüber nach. »Da steht, die Pflegefamilien im ländlichen Raum müssen für Schulunterricht, Essen und Unterbringung sorgen.«

Victoria lächelte. »Reverend Guthrie von der presbyterianischen Mission in Beltana würde die Kinder sicher mit Unterrichtsstoff versorgen. Das müsste den Regierungsbeamten eigentlich reichen!«

»Und die Kinder könnten alle kleine Aufgaben übernehmen. Wir haben einen Koch – das heißt, wenn du ihn dazu bringen kannst, etwas anderes zuzubereiten als Currygerichte: Theoretisch hätten wir also beste Voraussetzungen!«

»Meinst du wirklich, Tara?«

»Ja, Tante Victoria, das tue ich.« Tara überflog den Rest des Artikels auf der gegenüberliegenden Seite und runzelte die Stirn. »Hier steht, infrage kommende Häuser müssen inspiziert und für sauber und ungezieferfrei befunden werden.« Sie blickte auf. »Hat Nerida nicht etwas von einer Mäuseplage erzählt, die wir hier haben? Ich habe selbst einiges entdeckt, das dafür spricht.«

»Wir haben das einigermaßen unter Kontrolle – aber hier auf dem Land gibt es immer Probleme mit Mäusen!«

Wie auf das Stichwort hin schnappte in diesem Moment eine Mausefalle hinter dem Sideboard zu, und Victoria lachte herzlich. »Tom hat nie etwas für Katzen übrig gehabt, aber ich denke, wir sollten uns ein paar davon anschaffen!«

Tara wandte sich wieder dem Artikel zu. »Hier steht auch, dass die persönlichen Lebensläufe der Bewerber geprüft werden.«

»Ich weiß, aber wir haben nichts zu verbergen, und ich bin sicher, dass unser Haus für Kinder sehr gut geeignet wäre. Wir haben, wie gesagt, so viel Platz, und Jack und Hannah wären bestimmt froh über ein paar Spielkameraden!«

Tara runzelte seufzend die Stirn.

»Was ist los, Tara?«

»Ich mache mir Sorgen darüber, was geschieht, wenn die Regierungsbeamten in meinem Lebenslauf herumzuschnüffeln beginnen. Immerhin bin ich vor dem Gesetz nicht der rechtmäßige Vormund der Kinder.«

Tadd Sweeney, der gerade das Esszimmer betreten wollte, blieb wie angewurzelt stehen. Er hatte die letzten Worte Taras gehört und fragte sich, ob er richtig verstanden hatte. Er meinte, Tara habe gesagt, sie sei nicht der gesetzliche Vormund von Jack und Hannah. Doch wie war das möglich, wenn sie doch ihre Mutter war?

»Ich glaube nicht, dass du etwas zu befürchten hast, Tara«, meinte Victoria. »Die Kinder haben doch hier keine Verwandten, oder?«

»Nein, aber ...« Die Flurdielen knarrten, und Tara fuhr nervös herum.

»Bist du das, Sanja?«, rief Victoria.

Tadd kam herein. »Wenn du Sanja suchst, Victoria, er ist draußen. Soll ich ihn holen gehen?«

Tara und Victoria wechselten einen Blick. Beide fragten sich, ob Tadd ihre Unterhaltung mitgehört hatte, doch er schien völlig unbefangen.

»Nein, es ist nicht so wichtig, Tadd«, erwiderte Victoria. »Reitest du jetzt nach Wombat Creek?«

»Ja. Ich habe die Nachricht eingepackt, die Sie mir gegeben haben, Tara – keine Sorge, ich schicke das Telegramm für Sie ab.«

»Danke, Tadd. Könnten Sie das hier vielleicht Percy Everett geben?« Es war die Uhr, die Belle ihr anvertraut hatte. »Sagen Sie ihm, er hat sie im Waschraum des Hotels vergessen. Ich fand sie und habe nicht mehr daran gedacht, sie ihm zu bringen.«

Tadd nahm die Uhr und steckte sie ein. »Wir sehen uns, wenn ich zurück bin!«

Im Flur hielt er noch einen Moment inne, doch er wagte nicht, länger stehen zu bleiben und zu lauschen, obwohl er nichts lieber getan hätte.

Victoria sah Tara an. »Ich habe gar keine Lust, nach Alice zu reisen«, meinte sie.

»Ich weiß, Tante Victoria. Aber es ist ja nur für ein paar Tage.

Ich würde ja mitkommen, aber ich halte es nicht für richtig, die Kinder allein zu lassen. Hannah fängt gerade erst an, sich wohl zu fühlen, und ich weiß nicht, was Jack als Nächstes anstellen wird!«

»Das verstehe ich, Tara. Die Kinder brauchen im Moment sehr viel Zuwendung!«

»Du wirst Sorrel sicher mögen.« Tara lächelte, als sie an Sorrels Ruhe und Güte dachte. »Sie ist eine richtige Dame, aber sie sagt so offen, was sie denkt, dass man sie nur dafür bewundern kann.«

»Habt ihr euch auf der Reise angefreundet?«

»Nein. Sie ist erster Klasse gereist, und wir sind uns erst begegnet, als das Schiff sank. Ihre tapfere Haltung hat mich davor bewahrt, völlig die Nerven zu verlieren.« Sie erschauderte bei der Erinnerung an das schreckliche Geschehen.

Victoria war fasziniert, und ihre Neugier wuchs. »Was macht sie in Alice?«

»Ihr Sohn und dessen Frau haben das Stuart-Arms-Hotel gepachtet. Nachdem Sorrels Mann gestorben war, hat ihr Sohn darauf bestanden, dass sie herkommen und bei ihnen wohnen sollte. Ich glaube nicht, dass sie es gern getan hat, aber sie wollte ihren Sohn nicht enttäuschen.«

Das verstand Victoria sehr gut. »Tara, unter diesen Umständen sollte ich die Reise nicht machen. Ich kann mir keine Brille leisten, selbst wenn ich sie brauche.«

»Mach dir darüber keine Gedanken, Tante – wir bekommen das Geld schon zusammen, das verspreche ich dir!«

»Aber wie, Tara?«

»Ich möchte, dass du nicht mehr daran denkst. Hab Vertrauen zu mir, Tante Victoria!«

Ethan war nach Wombat Creek geritten, um die Post abzuholen, und hatte versprochen, mit Ferris, Rex und Percy über die Verschiebung des Wohltätigkeitsfests und den Verwendungszweck des Geldes zu sprechen. Er wollte ihr über Funk Bescheid sagen, wenn eine Entscheidung darüber gefallen war, ob der Erlös in diesem Jahr Victoria zugute kommen konnte.

Victoria hätte gern noch mehr herausgefunden, doch die Entschlossenheit in Taras Ton hielt sie davon ab, weiter zu fragen. Trotzdem hasste sie den Gedanken, Tambora zu verlassen, auch wenn es nur für kurze Zeit war.

»Ich könnte, während ich in Alice bin, vorsichtige Erkundigungen darüber einziehen, ob wir Aussichten hätten, Pflegekinder zu bekommen – aber wir sollten Tadd noch nichts davon sagen. Wenn ich den Eindruck habe, dass die Behörden zu sehr in deinen persönlichen Angelegenheiten herumschnüffeln würden, lasse ich die Sache einfach auf sich beruhen. Aber ich kann wirklich nicht verstehen, worüber du dir Sorgen machst.«

Nach einem wachsamen Blick zur Flurtür meinte Tara leise: »Ich habe dir bisher nichts davon gesagt, Tante Victoria, aber ich habe die Kinder unter falschen Vorspiegelungen mitgenommen. Ich habe den Behörden gegenüber behauptet, ich sei Maureen O'Sullivan. Sie glauben, dass Tara Flynn bei dem Schiffsunglück ums Leben gekommen ist.«

Victoria starrte sie aus weit aufgerissenen Augen an. »Wie um Himmels willen ist dir das nur gelungen?«

»Ich habe die Toten identifiziert, und ein Mitglied der Mannschaft hat dabei mitgespielt. Der Mann heißt James O'Brien und hat selbst als Waise in einem staatlichen Heim schreckliche Erfahrungen gemacht. Deshalb hat er mir geholfen. Es war der einzige Weg, Port Adelaide mit den Kindern zu verlassen.«

Victoria war sichtlich erschrocken. »War es wirklich nötig, so weit zu gehen, Tara?«

Tara nickte. »Ich war völlig verzweifelt. Während wir im Zollhaus warteten, wurden Sorrel und ich Zeugen, wie Beamte der Einwanderungsbehörden einem Kindermädchen ein Baby entrissen, dessen Eltern beide umgekommen waren. Das arme Mädchen war außer sich vor Kummer, denn sie hatte sich seit dessen Geburt um den kleinen Thomas gekümmert – aber die Behörden waren unerbittlich. Sie bot sogar an, das Kind zu seinen Verwandten nach Irland zurückzubringen – vergeblich.« Allein die

Erinnerung an den Kummer des Mädchens trieb Tara die Tränen in die Augen. »Da begriff ich, dass ich keine Aussicht hatte, die Kinder bei mir zu behalten, auch wenn es genau das war, was ihre Eltern sich gewünscht hätten. Die einzige Verwandte, von der Maureen mir erzählt hat, war eine Schwester in Irland. Die hat sie aber regelrecht gehasst, weil diese ihre eigenen Kinder wie Sklaven behandelt. Ich hatte keine andere Möglichkeit, ich musste mich als Maureen O'Sullivan ausgeben. Leider kann es durchaus sein, dass die Behörden inzwischen die Wahrheit herausgefunden haben. Wahrscheinlich werde ich sogar offiziell gesucht.«

Tadd fand Percy Everett im Hotel, wo dieser gerade mit Ferris und einigen der Farmer und Viehtreiber, die in der Stadt waren, einen Drink nahm.

»Wie kommt diese Frau mit dem Leben auf der Farm zurecht?«, erkundigte sich Percy ironisch nach Tara. »Ich hätte nicht geglaubt, dass sie es länger als fünf Minuten dort draußen aushält!«

Tadd merkte, dass die Männer aufhorchten – sie hatten alle über ihre Funkgeräte von Taras Ankunft erfahren.

»Sie hält sich gar nicht schlecht«, gab er widerwillig zu. »Besser, als ich dachte. Aber auf die Dauer ist sie wohl nicht für ein Leben im Outback geschaffen!« Die Uhr in seiner Hemdtasche fiel ihm ein. »Hier, das soll ich dir von ihr geben. Sie sagte irgendetwas wie, du hättest sie im Badezimmer vergessen.«

Beim Anblick der Uhr wurde Percy blass, denn er wusste genau, wo er sie vergessen hatte; und das war nicht im Badezimmer des Hotels gewesen! Er fühlte sich über alle Maßen gedemütigt.

»Ist mit dir alles in Ordnung, Percy? Du bist so weiß wie saure Buttermilch!«

»Ja, ja – mir macht heute nur die Hitze zu schaffen. Komm, lass uns einen Drink nehmen!«

Tadd schüttelte den Kopf. »Oh nein, zuerst das Geschäft, Percy. Ich muss für Tara ein Telegramm abschicken.«

»Was für ein Zufall – für die Farm ist auch ein Telegramm gekommen, vor ungefähr einer Stunde. Ethan war gerade fort, deshalb habe ich es erst einmal zur Seite gelegt.«

»Hat Ethan die Post für Tambora mitgenommen? Normalerweise hole ich sie doch immer ab!«

»Ja, Ethan hat sie mitgenommen.«

Tadd war besorgt, denn er erwartete etwas, das Victoria nicht sehen sollte. »Welchen Weg hat er genommen?«

»Hinaus zu den MacDonalds und dann weiter zu Sadies Farm.«

Tadd entspannte sich. In diesem Fall würde er vor Ethan in Tambora sein und die Post selbst sortieren, wenn sie kam.

»Unter uns: In dem Telegramm geht es um Tara Flynn«, raunte Percy ihm zu.

»Oh! Ist es an sie gerichtet?«

»Nein, an die Verwandten von Mrs. Tara Flynn, also wohl an Victoria. Es kam den ganzen Weg von Irland herüber.«

Im Laden händigte Percy Tadd das Telegramm aus und sendete dann Taras Telegramm an Sorrel Windspear. Ethan hatte schon mit ihm und Ferris und einigen der anderen Männer über Victorias Brille und den Erlös des Wohltätigkeitsfestes gesprochen, sodass ihn der Inhalt des Schreibens nicht sehr überraschte.

»Kommst du jetzt mit auf einen Drink?«, fragte er Tadd, nachdem das Geschäftliche geregelt war.

»Ja, klar. Ich komme gleich nach, muss nur noch nach ... einem meiner Pferde sehen – vielleicht ist ein Hufeisen locker, mir schien, als ob es etwas lahmt.«

»Gut, aber bleib nicht zu lange – ich sage Ferris, er soll dir einen eisgekühlten Drink aufgießen.« Percy ging zurück ins Hotel, während Tadd außen darum herumging, das Telegramm aufriss und dessen Inhalt durchlas.

Dieser lautete:

AN DIE VERWANDTEN VON MRS. TARA FLYNN STOP ICH SUCHE NACH MEINER SCHWESTER MAUREEN O'SULLIVAN UND IHREN KINDERN JACK UND HANNAH STOP ICH GLAUBE, SIE HAT AUF DEM SCHIFF EINE KABINE MIT MRS. TARA FLYNN GETEILT STOP WENN SIE MIR IRGENDETWAS ÜBER MEINE SCHWESTER SAGEN KÖNNTEN, WÄRE ICH IHNEN DANKBAR STOP
IHRE MRS. MOYNA CONWAY

Als Adresse der Absenderin wurde eine Straße in Londonderry, Nordirland, angegeben.

Tadd war verwirrt. Vorhin hatte er Tara sagen hören, sie sei nicht der gesetzliche Vormund der Kinder, und im Telegramm stand, dass Maureen O'Sullivan Jacks und Hannahs Mutter war. Doch wo, fragte er sich, mochte Maureen O'Sullivan sein? Ihm fiel ein, dass Tara mit offensichtlicher Trauer vom Tod ihres Mannes erzählt hatte. Konnte das alles nur gespielt gewesen sein? Wenn das so war, dann war Tara eine Lügnerin und Victoria musste vor ihr gewarnt werden. Er konnte aus all dem nur den Schluss ziehen, dass Maureen beim Untergang des Schiffes umgekommen war und dass Tara die Kinder zu sich genommen hatte. Aber das war doch mit Sicherheit illegal! Tadd fragte sich, warum sie so etwas getan haben sollte und wie sie es geschafft haben mochte. Und, was ihm noch wichtiger erschien, aus welchem Grund war sie nach Tambora gekommen? Immerhin hatte sie Victoria seit vielen Jahren nicht mehr gesehen. Eines war jedenfalls klar: Er würde nicht zulassen, dass sie seine Pläne zunichte machte!

Lottie beobachtete Tadd durch das vordere Fenster ihres Hauses. Er hatte ihre Aufmerksamkeit erregt, als er an der Rückseite des Hotels umherschlich, als habe er etwas zu verbergen. Als sie ihn etwas aufreißen sah, das einem Brief ähnelte, wurde sie erst recht neugierig. Es schien ihr unwahrscheinlich, dass das, was er gerade las, für ihn bestimmt war. Er hätte es dann gewiss nicht dort geöffnet, wo ihn niemand sehen konnte. Da er sie jedoch bestimmt aufsuchen würde, nachdem er einige Drinks gehabt hatte, war sie zuversichtlich, irgendwie herauszufinden, was vor sich ging.

Tadd warf einen kurzen Blick ins Hotel, um sicher zu sein, dass Percy noch dort war, dann ging er in den Laden und schickte ein Antworttelegramm an Moyna Conway ab. Er wusste, wie man den Telegrafen bediente, denn er hatte im Laden gearbeitet, bevor Tom Milburn die Farm gekauft hatte.

In dem Telegramm drängte er Moyna, nach Tambora zu kommen und die Herausgabe der Kinder zu fordern, die sich unter der Obhut einer Frau namens Tara Flynn befanden. Er gab an, nichts über den Aufenthaltsort von Maureen O'Sullivan zu wissen, schrieb aber, die Kinder seien unglücklich in ihrer momentanen Situation. Dann unterschrieb er das Telegramm als Reverend Jim Malally von der Hermannsburger Mission, und fügte erklärend hinzu, er baue eine Missionsstation in einem abgelegenen Teil des Landes auf und sei deshalb wahrscheinlich die nächsten zwei Jahre nicht erreichbar. Er beendete das Telegramm, indem er ihr Erfolg bei ihrem Unternehmen wünschte, ihre Lieben zu finden.

20

Während die Männer an dem Zaun um den Gemüsegarten arbeiteten, briet ihnen Tara im Arbeiterhaus Gänseeier. Um sicherzustellen, dass das Frühstück kein komplettes Desaster wurde, hatte sie Nerida gebeten, das Feuer im Herd zu schüren und Damper-Brot zu backen.

Der Zaun wuchs schon kräftig in die Höhe, als Tara das Frühstück servierte: Zwei zu weiche, noch etwas flüssige Eier und vier leicht angebrannte. Zum Glück waren die Männer sehr hungrig, und Neridas Damper wurde ein voller Erfolg. Nugget hatte den Draht bis etwa dreißig Zentimeter tief unter die Erde gelegt, um die Kaninchen und Wombats davon abzuhalten, sich darunter durchzugraben. Danach hatte er das Geflecht befestigt und darüber noch einmal im Abstand von ebenfalls dreißig Zentimetern einzelne Drahtfäden darüber gespannt, bis eine Höhe von zweieinhalb Metern erreicht war. Damit wollte er verhindern, dass Kängurus in den Garten sprangen. Die hölzernen Pfosten und Bretter stammten zum großen Teil von anderen Zaunanlagen.

»Wir stoppen hungrige Räuber!«, sagte Nugget stolz zu Tara.

Lächelnd erwiderte sie: »Das hoffe ich, Nugget. Ich will so schnell wie möglich säen. Von den Heuschrecken ist immer noch nichts zu sehen.«

»Sie kommen bald diese Richtung, Missus.« Sein Blick verlor sich in der weiten Landschaft.

»Sind Sie sicher, Nugget? Tadd meinte, sie kämen vielleicht überhaupt nicht her. Er meinte, manchmal ändern sie ihre Richtung oder werden vom Wind fortgeblasen.«

Nugget schüttelte den Kopf. »Sie pflanzen Samen, Missus – aber Heuschrecken kommen.«

Tara beschloss, Ethan um Rat zu fragen, wenn er von seiner Postrunde zurückkam.

Während die Männer den Zaun fertig bauten, wollte Tara nachsehen, welcher Samen vorhanden war. Victoria hatte ihr gesagt, Tadd bewahre die Samen in einem Schrank auf der Terrasse seines Häuschens auf, doch sie konnte nicht sagen, ob nicht vielleicht längst die Ameisen darüber hergefallen waren. Als Tara zum Cottage hinüberging, kam Nerida mit einem Bündel Wäsche heraus, das sie zu dem großen Trog hinter dem Haupthaus trug.

Tara fand die Samen sehr schnell, denn Tadd hatte sie in geschlossene Behälter gepackt und noch einmal extra in ölgetränkte Tücher eingewickelt, um die Ameisen abzuhalten. Einige der Tütchen trugen Etiketten, wie Victoria gesagt hatte, andere jedoch nicht. Tara überlegte gerade, was sie anpflanzen sollte, als ihr Blick auf die geöffnete Vordertür fiel und sie einen unwiderstehlichen Drang verspürte, hineinzugehen. Während sie versuchte, dagegen anzukämpfen, kam ihr die Erinnerung an den Tag, als sie an Eloisas Lager vorbeigeritten war und den plötzlichen Impuls verspürt hatte, anzuhalten.

Tara musste zugeben, dass Tadd Sweeney sie neugierig machte. Manchmal glaubte sie, ihm vertrauen zu können; meist dann, wenn ihr Bild von ihm durch die Meinung ihrer Tante ins Wanken geriet, doch viel häufiger fühlte sie sich in seiner Gegenwart unbehaglich. Die Seherinnen unter den Zigeunern behaupteten, dass der Umgang mit den persönlichen Gegenständen eines Menschen ihnen verriet, wer dieser Mensch war. Tara hatte festgestellt, dass das auch bei ihr schon oft funktioniert hatte. Also beschloss sie, herauszufinden, was Tadds Heim ihr über ihn enthüllen konnte.

Das Cottage bestand aus drei Räumen, einem Wohnzimmer, einer kleinen Küche und einem Schlafzimmer, die alle mit den üblichen notwendigen Dingen ausgestattet waren und keinerlei persönliche Züge aufwiesen. Eine typische Junggesellenwohnung, dachte Tara. Sie schaute ins Schlafzimmer, dessen Tür sich als erste gleich rechts neben dem Eingang befand. Auf dem Eisenbett lag die nackte Matratze, und der Schrank stand offen. Da Nerida Tadds schmutzige Wäsche mitgenommen hatte, wirkte der Raum ordentlich und aufgeräumt. Tara zog die Nachttischschublade auf und fand darin ein paar persönliche Dinge: eine sehr alte Uhr, die nicht mehr funktionierte und wahrscheinlich seinem Vater oder Großvater gehört hatte, außerdem eine Pfeife, die ebenfalls alt wirkte, eine Flasche Haaröl, eine Nagelschere, ein Kompass und allerlei Krimskrams.

Tara sah sich auch im Wohnzimmer um, wo sie neben einigen Büchern über Rinderzucht und Hütehundewettbewerbe allerdings nur ein paar alte Zeitungen fand. Die kleine Küchenzeile wurde offensichtlich selten benutzt, denn die Theke war von einer dicken Staubschicht bedeckt, und der Ofen sah aus, als sei er seit Jahren nicht mehr in Gebrauch. Auf dem Weg zurück zu Vordertür fühlte sich Tara seltsamen unzufrieden. Plötzlich spürte sie einen unerklärlichen Drang, noch einmal ins Schlafzimmer zurückzugehen.

Während ihr Blick durch den Raum wanderte, fielen ihr zwei Kisten auf einem Brett im offen stehenden Kleiderschrank auf. Sie nahm eine davon und stellte sie aufs Bett. Das Gewicht der Kiste machte sie neugierig, zumal diese mit einer festen Schnur zugebunden war. Als Tara den Deckel abgenommen hatte, kam darunter noch einmal ein verschlossener Metallbehälter zum Vorschein. Tara erinnerte sich an einen alten Zigeunertrick und durchsuchte die Innentasche einer der Jacken im Schrank nach einem passenden Schlüssel. Sie fand in auch tatsächlich. Lächelnd klappte sie den Metallbehälter auf. Eigentlich hatte sie erwartet, etwas besonders Wertvolles darin zu finden, und starrte überrascht auf ungefähr zwanzig farbige, glatt polierte Steine in verschiedenen Schattierungen von Blau, Grün und Weiß; manche davon mit ein paar roten Einsprengseln. Tara fand sie sehr schön, doch sie hatte niemals zuvor etwas Ähnliches gesehen. In der anderen Kiste, die größer war als die erste, fand sie noch einige unbearbeitete Steine.

Rasch stellte sie alles wieder dahin zurück, wo sie es gefunden hatte, und warf einen Blick aus dem Fenster. Nerida stand noch immer an dem Waschtrog nahe der Hintertür des Haupthauses, und die Männer waren dabei, letzte Hand an den Zaun zu legen. Sie wusste, dass Tadd frühestens am späten Nachmittag aus Wombat Creek zurück sein konnte. Sie hatte also noch Zeit genug – doch sie fühlte sich schuldig, weil sie seine persönliche Habe durchsuchte und so tief in seine Privatsphäre eindrang. Doch dann fiel ihr wieder ein, dass Tadd seinerseits die Geldrücklagen ihrer Tante geplündert und das meiste davon ausgegeben hatte, und das offensichtlich, ohne ein schlechtes Gewissen dabei zu haben. Außerdem war da immer noch das Rätsel um den verschwundenen Brief. Von neuer Entschlossenheit erfüllt, schaute Tara unter das Bett und entdeckte einen kleinen Koffer. Darin fand sie Tadds Korrespondenz und verschiedene Papiere wie seine Geburtsurkunde, seinen Pass und Ähnliches. Sie wollte den Koffer gerade wieder zuklappen, als sie einen Umschlag bemerkte, der zwischen Wand und Boden steckte. Sie zog daran, doch er war teilweise unter dem Boden festgeklemmt.

»Wie ist denn der dahin gekommen?«, murmelte sie verwundert und zog ein wenig stärker. Plötzlich gab der Boden nach, löste sich vom Rand, und sie hielt ihn erschrocken in der Hand. Darunter lagen mindestens zwanzig Briefe, wie sie erstaunt feststellte. Warum mochte Tadd diese unter dem Kofferboden versteckt haben? Als sie den Brief, den sie als ersten herausgenommen hatte, genauer betrachtete, wusste sie die Antwort: Er war an ihre Tante adressiert. Nun fand sie es auch nicht mehr sehr verwunderlich, dass der Absender William Crombie hieß …

Tara wurde ganz blass vor Zorn. Ganz offensichtlich hatte Tadd diesen Brief ihrer Tante gestohlen – und sie hatte sich noch kurz zuvor wie eine Kriminelle gefühlt, weil sie in seinen privaten Sachen herumschnüffelte! Ihre Gedanken überschlugen sich. Warum hatte Tadd Victoria den Brief nicht gegeben? Sie zog die Möglichkeit in Betracht, William Crombie könnte Victorias Anfrage ablehnend beschieden haben. Tadd hatte ihr vielleicht die Enttäuschung ersparen wollen, wie er es angeblich schon öfter getan hatte, aber irgendetwas schien ihr daran nicht ganz glaubwürdig zu sein. Die einzige Methode, herauszufinden, ob Tadd Sweeney wirklich der loyale und vertrauenswürdige Angestellter war, der er zu sein vorgab, bestand darin, den Brief zu lesen.

Tara überflog ihn rasch, und Tränen traten ihr in die Augen. Im Wesentlichen hieß es in dem Schreiben, William Crombie sei sehr erfreut über die Aussicht, mit Victoria Geschäfte zu machen. Er bat sie um eine Wollprobe, die er dem Manager und dem Vorarbeiter der Teppichfabrik zeigen konnte. Er erwartete jedoch keine Probleme und freute sich auf eine lange und harmonische Geschäftsbeziehung. Tara fühlte, wie ihr das Herz sank. William Crombie hatte also all diese Monate über darauf gewartet, dass Victoria ihm die Wollprobe zuschickte! Vielleicht hätten all ihre finanziellen Probleme vermieden werden können – wenn Tadd nur ehrlich zu Victoria gewesen wäre.

Tara fühlte sich wie benommen. Immer wieder hatte sie an Tadd gezweifelt, ihrem eigenen Gefühl jedoch nicht vertraut. Jetzt tröstete es sie nicht, dass ihr Instinkt sie nicht getrogen hatte. Warum war er so sehr daran interessiert, dass die Farm verkauft wurde? Was hatte er dabei zu gewinnen? Soweit sie es jetzt überblicken konnte, würde Tadd in einem solchen Fall sein Zuhause, seine Stelle als Verwalter und Victoria verlieren – und dieser Preis schien ihr sehr hoch.

Ihre Benommenheit wich langsam aufsteigender Wut und sogar purem Hass, als Tara in der Hoffnung auf Antworten die Briefe in dem Versteck durchschaute. Sie waren alle an Victoria gerichtet, und die meisten stammten von der Niederlassung der Adelaide-Bank in Leigh Creek. Noch bevor sie die Briefe öffnete, ahnte Tara, dass sie für ihre Tante nur Schlechtes enthalten konnten.

In dem ersten Umschlag befand sich ein Kontoauszug, und Tara starrte ungläubig auf die fett gedruckte rote Ziffer am Ende der Seite, die Summe, die Victoria der Bank schuldete: mehrere tausend Pfund. Sie fühlte, wie sich alles in ihr verkrampfte, als sie an die Worte ihrer Tante dachte: Wie erleichtert sie sei, keine Schulden bei der Bank zu haben und nicht fürchten zu müssen, dass diese ihr Tambora fortnahm. Tara hatte den sicheren Eindruck gewonnen, dass Tom und Victoria niemals gezwungen gewesen waren, etwas von der Bank zu leihen, nicht einmal in schwierigen Zeiten. Wie kam es dann, dass Victoria der Bank einen so hohen Betrag schuldete? Sie musste irgendwann ein Darlehen beantragt haben, es sei denn, Tadd hätte ihre Unterschrift gefälscht ... Tara schloss die Augen. Sie konnte nicht glauben, dass er wirklich so weit gehen würde.

Ihre Wut wich blankem Entsetzen, als sie die Briefe einen nach dem anderen öffnete. Einige davon waren Zahlungsaufforderungen, andere enthielten Androhungen von Zwangsmaßnahmen, falls die Zinsen nicht bis zu einem bestimmten Termin gezahlt würden. Es schien, als erhöhten sich Zinsen und Schuldenbetrag von Brief zu Brief, und da einige der Brief bereits drei Jahre alt waren, wagte Tara gar nicht daran zu denken, wie hoch der Berg mittlerweile sein mochte. Der letzte enthielt eine Drohung der Bank, bei Nichtrückzahlung des Darlehens bis Weihnachten den Betrag zwangszuvollstrecken. Danach blieben ihnen nur noch ein paar Wochen, um mehrere tausend Pfund aufzubringen.

Tara nahm den Brief an sich, denn sie hatte beschlossen, selbst bei der Bank vorzusprechen. Alles andere legte sie wieder dahin zurück, wo sie es hergenommen hatte. Sie war ungeheuer wütend auf Tadd und zutiefst enttäuscht, dass ihre Tante so gut wie keine Aussicht hatte, Tambora zu behalten. Wie sollte sie ihr das beibringen? Es würde zudem Victorias Bild von Tadd als gutem Freund und loyalem Angestellten vollkommen erschüttern. Er hatte sie furchtbar hintergangen, doch selbst diese Erkenntnis war noch gar nichts gegen den Schmerz, den Victoria empfinden würde, wenn sie ihr geliebtes Tambora verlor.

Tara kämpfte mit Tränen der Wut und der Verzweiflung, als sie das Verwalterhäuschen verließ, und überlegte so angestrengt, wie sie die schreckliche Wahrheit erst einmal vor ihrer Tante verheimlichen sollte, dass sie beinahe zwischen die Hufe eines Pferdes geraten wäre. Der Reiter war Jack, und er hatte Hannah vor sich in den Sattel gesetzt.

»Wo wollt ihr denn hin?«, stieß Tara erschrocken hervor und beschattete ihre Augen mit der Hand vor dem gleißenden Licht, als sie zu den beiden emporblickte.

»Wir reiten nur ein bisschen herum«, gab Jack mit finsterer Miene zurück.

Tara war nicht in der Stimmung, ihm seine unbegründete Aufsässigkeit durchgehen zu lassen. »Reitet nicht zu weit vom Haus weg – ich möchte nicht, dass ihr euch verirrt«, sagte sie streng. »Und pass gut auf Hannah auf!«

»Ich verirre mich nicht«, erwiderte Jack trotzig. »Ich bin kein Baby mehr!«

»Hier draußen kann jeder verloren gehen – denk nur nicht, du wüsstest über alles Bescheid! Und stell bitte nichts Neues mehr an – wir wissen, dass du heute Morgen Zac freigelassen hast, und meine Tante und ich haben im Moment schon genug Sorgen, ohne darüber nachzudenken, was du wohl als Nächstes aushecken wirst!«

Jack schob trotzig die Unterlippe vor. »Es war grausam, Zac mit dieser Kette anzubinden! Vögel sollten fliegen können!«

Tief in ihrem Innern wusste Tara, dass er Recht hatte. Ihr Kummer und ihre Wut hinderten sie jedoch daran, ihm zuzustimmen. »Was immer du darüber denkst, es war nicht deine Sache. Meine Tante hat Zac schon, seit er ein Küken war. Hast du einmal daran gedacht, dass er draußen vielleicht sterben könnte, weil er nicht gelernt hat, sich selbst etwas zu fressen und Wasser zu suchen?«

Tara hatte nicht vorgehabt, ihren Ärger und ihre Enttäuschung an Jack auszulassen, doch sie konnte nicht anders. Ihr fiel kaum auf, wie besorgt er auf einmal bei der Vorstellung wurde, Zac vielleicht eher geschadet als genützt zu haben. Doch von seinem Standpunkt aus war alles Taras Schuld. Er starrte sie feindselig an. »Ich weiß überhaupt nicht, warum du uns hierher gebracht hast – du willst uns doch gar nicht bei dir haben!«, stieß er hervor.

Obwohl sehr verwundert über seine Bemerkung, war Tara in ihrem augenblicklichen Seelenzustand nicht fähig, schnell darauf zu reagieren. »Das ist doch gar nicht wahr«, murmelte sie, als sie sich wieder gefasst hatte, doch Jack war schon davongaloppiert.

Tara stolperte auf die Veranda zu, an Nerida vorüber, die noch immer am Waschtrog stand, und brach in Tränen aus.

Nugget beobachtete vom Garten her, wie sie in einen Bambusstuhl sank und ihr Gesicht mit den Händen bedeckte. Verzweifelt versuchte sie, sich zusammenzunehmen, denn sie wollte nicht riskieren, dass ihre Tante sie so sah und anfing, Fragen zu stellen.

Nerida kam herauf und blieb eine Weile stumm vor ihr stehen. »Alles in Ordnung, Missus?«, fragte sie dann scheu.

Tara schüttelte den Kopf und putzte sich die Nase. Sie nahm wahr, wie Nerida mit argwöhnischem Blick zu Tadds Cottage hinübersah, bemerkte jedoch nicht, dass Nugget dasselbe tat. Als das Aborigines-Mädchen sich ihr wieder zuwandte, meinte Tara leise: »Tadd hat zu viele Geheimnisse!«

Neridas Antwort war fast unhörbar. »Ja, Missus.« Nach einem Blick in Nuggets Richtung senkte sie den Kopf.

Tara fragte sich, wie viel das Mädchen wissen mochte, obwohl auch das inzwischen schon kaum noch etwas ausmachte. »Unglücklicherweise zerstört er damit jemanden, den ich sehr liebe – meine Tante.«

Nerida sah sie besorgt an. Tara sah die Unschuld in ihrem Blick, und erst in diesem Moment fiel ihr wieder ein, wie jung Nerida noch war.

»Gibt es irgendetwas, dass du mir vielleicht sagen möchtest, Nerida?«

Wieder senkte das Mädchen den Kopf. »Nein, Missus.«

Tara hatte auch nicht ernsthaft erwartet, dass Nerida etwas sagen würde – sie hatte offensichtlich viel zu große Angst vor Tadd.

Bevor sie ins Haus ging, beschloss Tara, Victoria nichts von den Bankschulden zu erzählen – zumindest vorläufig nicht. Außerdem würde sie auch Tadd gegenüber nicht zu erkennen geben, dass sie von seinen Geheimnissen wusste. Sie wollte erreichen, dass er sich in Sicherheit wiegte, erst einmal jedenfalls. Sie musste herausfinden, was er vorhatte, was es mit den seltsamen Steinen auf sich hatte und ob sie irgendeinen Wert besaßen. Auch interessierte sie sehr, woher Tadd sie haben mochte.

Tara säte die Samen im Garten aus und gab ihnen morgens und abends ein wenig Wasser. Obwohl es ihr manchmal sinnlos erschien, lenkte es sie doch von drängenderen Problemen ab, die sie allein nicht lösen konnte. Am dritten Tag sah sie grüne Triebe aus dem Boden ragen, und fühlte eine seltsame Mischung aus Freude und Mutlosigkeit. Sie hatte Zwiebeln, Karotten, Kohl, Saatkartoffeln, Mais und Tomaten gesät, dazu noch einige Samen, die aus unbeschrifteten Tütchen stammten und die sie ›Gemüseüberraschung‹ getauft hatte. Jetzt brauchte sie nur noch einen anständigen Regen und musste einen Goldschatz finden, dann waren alle ihre Sorgen mit einem Schlag zu Ende.

»Wahrscheinlich tauchen als Nächstes die Heuschrecken auf«, murmelte sie düster.

Tag und Nacht beobachtete Tara Tadds Bewegungen und stellte rasch fest, dass sie nach einem bestimmten Muster abliefen. Er arbeitete einen oder zwei Tage lang in der Nähe des Hauses, um dann für einen oder zwei Tage zu verschwinden – aber nie mit den anderen Männern. Sie war so wild entschlossen, herauszufinden, wohin er ging, dass sie ihm ein- oder zweimal zu folgen versuchte. Doch er schien es zu ahnen und schüttelte sie ab.

Außerdem stellte sie fest, dass er plötzlich sein Interesse für die Kinder entdeckt zu haben schien. Er sprach mehr mit ihnen und versuchte ganz offensichtlich, ihr Vertrauen zu gewinnen, besonders das von Jack. Irgendetwas hatte er vor, davon war Tara fest überzeugt.

Eines Abends stand sie am Zaun des Gemüsegartens, als Ethan zu ihr herübergeschlendert kam.

»Herzlichen Glückwunsch – Sie haben gute Arbeit geleistet«, sagte er mit einem Blick auf die ordentlichen Reihen gesunder grüner Pflänzchen. Als Tara nicht antwortete, wandte er sich ihr zu und musterte sie forschend. Sie schien in Gedanken meilenweit entfernt. Eine Minute verstrich in tiefem Schweigen. Schließlich meinte Tara: »Ich komme jeden Morgen hier heraus und erwarte, dass irgendein Tier alles aufgefressen hat. Gerade habe ich wieder ein neugieriges Känguru verjagt.«

Ethan wunderte sich über ihre Niedergeschlagenheit. »Nugget und die Jungen haben eine guten Zaun gebaut.« Er deutete auf Spuren rund um den Gemüsegarten. »In den letzten paar Stunden ist schon ein Wombat hier gewesen, und die Kaninchen haben gegraben, aber der unterirdische Draht hat sie aufgehalten, jedenfalls vorläufig«. »Die oberen Drähte sehen unversehrt aus, ich denke, die Kängurus haben also noch nicht versucht, darüberzuspringen.«

»Zu Weihnachten müssten wir eine gute Ernte haben, allerdings nur, wenn die Heuschrecken nicht kommen. Glauben Sie, dass sie kommen, Ethan? Tadd meint, dass sie es wahrscheinlich nicht tun, aber Nugget scheint sich seiner Sache sehr sicher zu sein!«

»Ich würde eher Nugget glauben«, meinte Ethan.

Tara runzelte die Stirn. »Um ehrlich zu sein, ich habe ihm auch geglaubt, aber ich habe gleichzeitig auf ein Wunder gehofft. Als die Zeit verging und sie immer noch nicht zu sehen waren, dachte ich, sie hätten vielleicht ihre Richtung geändert.«

Ethan lächelte. »Sie müssen sich klar machen, dass so eine

Heuschreckenplage sich über Hunderte von Meilen erstreckt, Tara. Es sind buchstäblich Millionen von ihnen. Wenn sie über einen Landstrich herfallen, lassen sie nicht das kleinste bisschen Vegetation übrig. Landwirte haben schon versucht, sie mit Gift zu besprühen oder sie zu verbrennen, aber nichts kann sie aufhalten.«

»Dann waren all meine Anstrengungen doch umsonst«, meinte Tara mutlos.

»Vielleicht auch nicht«, erwiderte Ethan. »Ich wollte gerade vorschlagen, dass Sie die Pflanzen einfach zudecken, wenn die Heuschrecken auftauchen.«

»Zudecken? Aber womit denn? Wir besitzen nichts, das groß genug wäre, um den ganzen Garten damit zu bedecken, es sei denn, ich reiße die Vorhänge im Haus herunter – aber ich glaube nicht, dass Tante Victoria damit einverstanden wäre.«

»Ich habe noch ein paar Zeltplanen oben bei der Hütte, die ich benutze, wenn ich im Regen Luzernballen Richtung Norden transportieren muss. Ich bringe sie morgen früh herüber. Es kann zwar trotzdem passieren, dass sie ein paar Pflanzen verlieren, aber einen Versuch ist es sicher wert!«

»Danke, Ethan – Sie sind uns eine große Hilfe!« Tara fühlte, wie sie unter dem Blick seiner dunklen Augen errötete, und wandte sich kurz ab. Dann fragte sie: »Ach, übrigens, wie geht es eigentlich mit den Plänen für das Wohltätigkeitsfest voran?« Egal was geschehen würde, Tara wollte, dass ihre Tante unter allen Umständen eine Brille bekam.

»Sehr gut – das Planungskomitee, das aus Ferris, Percy, Rex und mir besteht, hat beschlossen, den Termin vorzuverlegen. Es findet Samstag in einer Woche statt.«

Tara strahlte, doch ihr Lächeln erlosch sehr schnell wieder, wie Ethan bemerkte. »Das ist wunderbar – aber Sie haben sicher viel zusätzliche Arbeit mit der Organisation gehabt!«

»Die meisten sind über Funk, per Post oder mündlich informiert worden. Rex nimmt die Anmeldungen entgegen. Er sagt, für die Pferde- und Kamelrennen haben sich sogar Teilnehmer aus Coober Peedy und Alice Springs gemeldet!«

»Ich habe meine Tante einmal den Namen ›Coober Peedy‹ erwähnen hören – es ist eine Bergbaustadt, nicht wahr?«

Er nickte.

»Gold?«

»Nein, Opale. Coober Peedy sieht aus wie der größte Kaninchenbau der Welt, überall Löcher – aber in Wirklichkeit ist es die größte Opalmine überhaupt. Dummerweise herrscht dort eine solche Hitze, dass ein Großteil der Bevölkerung in Höhlen unter der Erde wohnt.«

Tara war plötzlich hellwach. »Wie sehen Opale eigentlich aus?«

»Es sind farbige Edelsteine. Die häufigste Kombination ist blaugrün, manchmal mit kleinen, andersfarbigen Flecken, aber ein guter weißer Opal ist ein Vermögen wert.«

Tara starrte ihn überrascht an. Jetzt wusste sie, wie die Steine hießen, die sie in Tadds Cottage gefunden hatte – Opale. Und einige davon waren sehr hell gewesen. Doch woher stammten sie?

»Hat Tadd irgendwann einmal in einer Opalmine gearbeitet?«, fragte sie angelegentlich.

»Nicht, dass ich wüsste. Warum fragen Sie?«

»Ich dachte ... ich hätte gehört, wie er Jack davon erzählte.«

»Soweit ich weiß hat er die meiste Zeit über auf Farmen gearbeitet. Aber ich meine, er hätte einmal erwähnt, dass er Freunde in Coober Peedy hat.« Ethan musterte sie forschend und runzelte die Stirn. »Gibt es noch etwas anderes als die schlechten Augen ihrer Tante, das Sie bedrückt, Tara?«

»Warum fragen Sie?«

»Sie kamen mir in den letzten Tagen sehr ... angespannt vor.«

Tara nickte zögernd. »Ja, da ist etwas, Ethan. Ich möchte gern noch ein paar Tage darüber nachdenken, aber bald bin ich so weit, dass ich es gern mit jemand besprechen würde – und da dachte ich an Sie.«

»Können Sie mit Victoria nicht darüber sprechen?«

»Nein!«, gab Tara entschieden zurück.

»Geht es dabei um Jack oder Hannah?«, fragte Ethan weiter.

»Nein.«

Er war neugierig, aber um seinen Mund herum erschien auch wieder der leicht amüsierte Zug, und um seine Augen herum bildeten sich Lachfältchen. »Ich bin ein guter Zuhörer und der Kummerkasten für die meisten der einsamen Frauen im Umkreis von ein paar Hundert Meilen, also muss mein Rat einfach gut sein!«, meinte er.

Der Anflug eines Lächelns huschte über Taras Gesicht, doch sie schüttelte den Kopf. »Bilden Sie sich nur nichts darauf ein – die einzige Alternative dieser einsamen Frauen sind ihre Schafe«, erwiderte sie und sah mit Genugtuung, wie das Grinsen von seinem Gesicht verschwand.

Er wurde plötzlich ganz ernst. »Tara, ich weiß, dass unsere erste Begegnung nicht gerade unter einem guten Stern stand – aber wenn Sie gern etwas mit mir besprechen möchten ...« Jetzt wirkte er regelrecht verlegen. »Ich höre Ihnen gern zu, und wenn ich Ihnen helfen kann, dürfen Sie immer auf mich zählen – übrigens nicht nur, weil Sie Victorias Nichte sind!«

»Danke!« Tara blickte lächelnd zu ihm auf. »Ich habe meine Meinung über Sie mittlerweile auch geändert!«

Erfreut erwiderte er ihr Lächeln. »Ich habe Neuigkeiten, die Sie vielleicht etwas aufheitern werden.«

»Das könnte ich jetzt gut gebrauchen. Worum geht es?«, fragte sie.

»Victoria bat mich, Ihnen zu sagen, dass Percy Everett ihr über Funk eine Nachricht übermittelt hat. Es ist eine Antwort auf Ihr Telegramm an Sorrel Windspear gekommen.«

Taras Miene hellte sich etwas auf. »Und was hat sie geschrieben?«

»Das sie Victoria gern so lange bei sich aufnimmt, wie es nötig ist. Sie war enttäuscht, dass Sie nicht mitkommen, aber sie versteht es.«

»Ach, ich bin so froh! Ich muss zugeben, mich interessiert wirklich, wie sie in Alice zurechtkommt. Sie war nicht gerade begeistert von der Idee, in das Outback zu ziehen.«

»Percy hatte noch eine andere Nachricht, aber Victoria konnte sie wegen der schlechten Übertragung nicht ganz verstehen.«

»Hat sie denn gesagt, worum es ungefähr ging?«

»Darum, dass morgen zwei Besucher hier herauskommen sollen«, erklärte Ethan.

»Wirklich? Wir erwarten aber doch überhaupt niemanden. Hat Percy nicht gesagt, wer es ist?«

»Ich nehme an, dass er es getan hat. Aber Victoria konnte ihn wegen der Störungen nicht verstehen. Ich denke, wir werden es sicher bald herausfinden.«

»Es ist sicher ein Nachbar!«

Ethan schüttelte den Kopf. »Als ich die Post ausgeliefert habe, hat keiner von ihnen erwähnt, dass er hierher kommen wolle!«

Ein gellender Schrei riss Tara am nächsten Morgen aus dem Schlaf. Für einige Augenblicke war sie nicht sicher, ob sie noch träumte. Durch die geöffneten Balkontüren starrte sie auf den Himmel, der seltsam rosa-grau gefärbt war, und stellte fest, dass der Wind aufgefrischt hatte. Wieder ertönte ein Schrei, und diesmal wusste sie sofort, dass es Hannah war, die schrie. Hastig sprang sie aus dem Bett, eilte durch den Flur und fand zu ihrer Beunruhigung Hannahs Bett leer. Draußen hörte sie weitere Schreie und eilte zur Treppe. Hannah stand am Fuß der Treppe, und führt vor lauter Angst einen wilden Tanz auf. Nerida kam den Flur entlang. Obwohl Tara nur einen kurzen Blick auf sie warf, sah sie sofort, dass das Mädchen leichenblass war.

»Was ist denn nur passiert, Hannah?«, rief sie.

Die Kleine war noch im Nachthemd und hielt ihren Teddybären fest an sich gepresst. Sie begann, die Stufen rückwärts wieder hinaufzusteigen, eine nach der anderen, den Blick unverwandt auf den Fußboden vor der Haustür gerichtet. Von oben am Geländer, wo Tara stand, war auf den Fliesen nichts anderes auszumachen als wirbelnder Staub und ein paar trockene Blätter. Doch irgendetwas schien Hannah furchtbar zu ängstigen.

»Ist es eine Maus?«, fragte Tara und begann, die Stufen hinunterzugehen. »Keine Sorge, sie tut dir nichts, Hannah.«

Erst als Tara auf den untersten Stufen angekommen war, bemerkte sie, dass der Boden vor der Tür fast vollständig von hüpfenden Insekten bedeckt war.

»Oh mein Gott!«, rief sie entsetzt. »Die Heuschrecken sind da!«

21

Bitte bring Hannah nach oben, Nerida«, rief Tara, während sie den Besen ergriff, der neben der offenen Haustür stand. Vergeblich versuchte sie, die Heuschrecken nach draußen zu kehren, bevor sie das ganze Haus in Besitz nahmen. Schon bald jedoch erkannte sie, dass all ihre Bemühungen vergeblich waren, und schlug hastig die Tür zu.

»Heiliger Jesus«, murmelte sie wütend, als sie feststellte, dass immer noch weitere Insekten unter der Haustür durchkrabbelten.

Verwundert musste Tara feststellen, das Nerida sich noch nicht von ihrem Platz fortbewegt hatte. Sie wandte sie zu ihr um und musterte sie forschend. Zum zweiten Mal an diesem Morgen hatte sie den Eindruck, dass das Mädchen sehr blass wirkte.

»Du siehst heute nicht gerade gut aus, Nerida – was ist los?« Tara nahm Hannah in die Arme. Die Kleine schlang ihre Ärmchen ganz fest um Taras Hals und klammerte sich Hilfe suchend fest. »Es ist schon gut, Hannah«, meinte Tara beruhigend. »Die Heuschrecken tun dir nichts!«

Nerida strich sich über den Bauch. »Mir ist heute Morgen furchtbar übel, Missus!«

»Dann gehst du am besten zurück uns Bett. Ich sage Sanja, dass er dir etwas Magensalz bringt.«

»Nein, nein, schon gut!« Nerida nahm Tara die völlig verängstigte Hannah ab und eilte die Treppe hinauf, dicht gefolgt von hüpfenden Insekten.

Jetzt erschien Victoria oben am Geländer und gleich hinter ihr Jack. »Tara, was ist dort unten los?«, rief sie. »Ich habe Hannah schreien gehört.«

»Die Heuschrecken haben ihr Angst eingejagt«, rief Tara zurück. »Ich muss versuchen, den Gemüsegarten zu retten!« Plötzlich fiel ihr ein, dass Ethan die Zeltplanen noch nicht herübergebracht hatte, und Panik stieg in ihr auf.

»Das kannst du nicht, Tara. Und zieh dich lieber an, bevor du irgendetwas tust!«, meinte Victoria, doch Tara schien sie nicht zu hören. Als sie die Haustür öffnete, starrte sie ungläubig auf den Anblick, der sich ihr bot: Im Westen und Nordwesten schien das meist flache, von Sträuchern bewachsene Land lebendig geworden zu sein. So weit das Auge reichte, bewegte sich der Boden auf und ab wie eine rollende Ozeanwelle. Es war das Seltsamste, was Tara je gesehen hatte, und doch auch von eigenartiger Schönheit.

Entsetzt blickte Tara zu ihrem Gemüsegarten hinüber und betete insgeheim, das Drahtgeflecht vor den unteren Balken werde vielleicht einige der gefräßigen Insekten aufhalten. Sie wusste allerdings, dass es kein dauerhafter Schutz war. »Ich muss etwas tun!«, murmelte sie.

Sie drehte sich um und eilte nach oben. Auf der Treppe traf sie Jack, der gerade herunterkam, um die Heuschreckenplage mit unverhohlenem Vergnügen zu betrachten. Tara hastete von Raum zu Raum und riss die Laken von den Betten, während Victoria erstaunt das seltsame Treiben ihrer Nichte beobachtete.

»Ethan hat gesagt, wenn wir die Pflanzen zudecken, können wir sie vielleicht retten«, rief Tara ihrer Tante zu.

»Du kannst überhaupt nichts tun«, rief Victoria ihr nach. »Du verschwendest nur Zeit und Kraft. Die Heuschrecken sind in ein oder zwei Tagen wieder fort – wir müssen einfach abwarten und hinterher alles wieder aufräumen.«

»Du glaubst doch nicht im Ernst, dass ich tatenlos zusehe, wie diese Biester meine Gemüsepflanzen fressen, oder?«

»Tara, glaub mir, du kannst wirklich nichts tun«, wiederholte Victorias eindringlich, die sich um den Geisteszustand ihrer Nichte ernstlich Sorgen machte.

»Unsinn!«, erwiderte Tara ärgerlich, und Victoria erschrak über ihre Ausdrucksweise. Mit einem Bündel Laken auf beiden Armen ließ Tara die fassungslose Victoria stehen, hastete die Treppen wieder hinunter und zur Haustür hinaus. Sie bemerkte nur im Vorübereilen, dass Jack zusammen mit drei Aborigines-Kindern sowie Mellie und den Welpen Heuschrecken jagte. Die Kinder wollten sich ausschütten vor Lachen und hatten offensichtlich den Spaß ihres Lebens.

Tara hörte Donnergrollen, als sie versuchte, die Laken über ihre Gemüsepflanzen zu legen, während sie gleichzeitig so viele der hüpfenden Insekten zertrat, wie sie konnte. Sie legte Steine auf die Ecken der Laken, doch inzwischen war ein starker Wind aufgekommen, der den Stoff ebenso rasch wieder hoch wehte, wie sie ihn hinlegte.

Tara rief nach Jack und Nugget, damit sie ihre halfen, doch niemand antwortete ihr. Am liebsten hätte sie in ihrer ohnmächtigen Verzweiflung laut geschrien, als die Insekten wieder und wieder auf ihr landeten und der aufgewirbelte Staub ihr in Augen und Mund drang. Vor Entsetzen wimmernd pflückte sie die Heuschrecken von den Pflanzen und warf sie so weit fort, wie sie konnte. Wie eine Verrückte mit den Armen um sich schlagend versuchte sie, die Tiere zu treffen, die ihr ins Gesicht klatschten, doch es war alles vergebens. Die jungen Gemüsepflanzen verschwanden buchstäblich vor ihren Augen.

Als sie sich umwandte, sah sie Ethan am hinteren Ende des Gartens stehen. Er legte übrig gebliebene Zaunbretter auf die Ecken der Zeltplanen, die schwerer waren als die Bettlaken. Unglücklicherweise waren nicht genug Bretter da, um den Rest des Gartens sicher zu bedecken. Tara arbeitete an ihrem Ende verbissen weiter und nahm kaum wahr, dass es in großen Tropfen zu regnen begonnen hatte und der rote, pudrige Staub sich in wahre Schlammströme verwandelte.

Bald war Tara von Kopf bis Fuß mit Schlamm bedeckt und erschöpft von der Anstrengung, die Laken ebenso oft wieder auf die Pflanzen zu legen, wie der Wind sie herunterwehte. Irgendwann fühlte sie sich dann von der Hoffnungslosigkeit des ganzen Unterfangens überwältigt. Sie hatte sich verzweifelt einzureden versucht, dass es noch eine Chance gab, die Farm zu retten. Die Rettung ihres Gartens schien ihr ein Schritt zu sein, der dazu beitragen würde. Doch es war unmöglich – die Hindernisse waren zu groß! Und wie die Heuschrecken würde auch die Bank unerbittlich sein.

»Warum kämpfe ich überhaupt?«, rief sie verzweifelt. »Es ist ja sowieso alles verloren!« Sie stand mühsam auf und schrie all ihre Bitterkeit und Enttäuschung auf einmal hinaus. Als wolle der Himmel ihr das Recht absprechen, so wütend zu sein, begann es in diesem Moment noch stärker zu regnen. Die Tropfen prasselten senkrecht vom Himmel, etwas, das Tara nie zuvor erlebt hatte, doch sie achtete kaum darauf. Ihr durchweichtes Nachthemd war über und über mit Dreck beschmiert und klebte ihr am Körper wie eine zweite Haut, sodass sich ihr Körper darunter deutlich abzeichnete. Doch ihre Verzweiflung war so tief, dass sie es nicht bemerkte. Noch niemals in ihrem Leben hatte sie eine solch abgrundtiefe Hoffnungslosigkeit empfunden, nicht einmal, als die Zigeuner sie aus ihrer Gemeinschaft ausgestoßen hatten.

Ethan sah sie an, doch sie war sich der Wirkung nicht bewusst, die der Anblick ihrer Brüste und der schlanken Oberschenkel auf ihn hatte, die sich unter ihrem nassen Nachthemd so deutlich abzeichneten, als sei sie nackt. Er bot alle Willenskraft auf, um davon unberührt zu bleiben, als er neben sie trat und ihr tröstend einen Arm um die bebenden Schultern legte.

»Es tut mir Leid, dass ich nicht eher hier war, Tara. Die Heuschrecken haben mich überrumpelt. Aber ich glaube, wir werden trotzdem ein paar von den Pflanzen retten.«

Er vermied es, ihr ins Gesicht zu blicken, aus Angst, sie könnte ihm ansehen, wie durcheinander er war. »So etwas passiert hier einfach manchmal – aber es ist nicht das Ende der Welt!«

»Sie verstehen gar nichts!«, rief Tara aufbrausend. »Es ist sowieso bald alles verloren – wirklich alles!«

Ethan sah, dass sie verzweifelt war, doch die Heftigkeit ihrer Reaktion verwirrte ihn. Er hatte sie für stärker gehalten, als sie in diesem Moment schien, vor allem nachdem er sie so hart und ohne jede Klage in diesem Garten hatte arbeiten sehen.

»Ein paar Pflanzen sind doch nicht alles, Tara! Diese hier haben nur ein paar Tage gebraucht, um aus der Erde zu kommen – ich helfe Ihnen gern, wieder neue zu säen! Nach diesem Regen werden sie in Rekordzeit wachsen!«

Trotz ihres Kummers spürte Tara, wie froh Ethan über den Regen war, und das aus gutem Grund. Nach Jahren der Trockenheit wurde jeder Niederschlag freudig begrüßt, auch wenn der Zeitpunkt nicht schlechter hätte sein können. Doch Ethan konnte ja nicht wissen, dass es nichts gab, was Tambora retten würde.

Der Wind war abgeflaut, doch es regnete noch immer wie aus Kübeln. Tara blickte sich indem zerstörten Garten um. Sogar die nassen Bettlaken, die die Pflanzen eigentlich hatten schützen sollen, waren völlig durchnässt, und ihr Gewicht drohte die zarten Schößlinge zu zerdrücken. Tara sank auf die Knie in den Schlamm und brach in Tränen aus. Ihr ganzer Körper wurde von verzweifeltem Schluchzen geschüttelt.

Ethan fühlte sich hilflos, und gleichzeitig eigenartig tief berührt wie nie zuvor. Er spürte den Impuls, bei Tara zu bleiben und sie zu trösten, doch zum ersten Mal in seinem Leben war er nicht sicher, ob er sich selbst trauen konnte. Wahrscheinlich war es am besten, wenn er fortging, solange er es noch konnte. Er war jedoch kaum ein paar Schritte weit gekommen, als Tara den Kopf hob und ihn mit einem Blick ansah, in dem tiefe Hilflosigkeit stand. Ethan seufzte leise auf, ging zurück, kniete vor ihr nieder und strich ihr eine Strähne ihres nassen Haares aus der Stirn. Er war verzweifelt bemüht, ihren Reizen nicht zu erliegen und ihr Trost zu spenden.

»Hier draußen, Tara, sind wir der Natur und ihren Elementen ausgeliefert – und die können sehr grausam sein.« Er versuchte, seine Gefühle nicht durchklingen zu lassen, doch es fiel ihm so schwer. Sie blickte ihn aus tränenfeuchten Augen an, und unter ihrem nassen Nachthemd sah er deutlich, wie sich ihre vollen Brüste im Rhythmus ihrer Atemzüge hoben und senkten.

»Himmel!«, murmelte er. Ahnte sie denn nicht, wie sehr sie ihn aus dem Gleichgewicht brachte? Er wusste genau, wenn er sie in die Arme nahm, würde das seinen Untergang bedeuten. Deshalb räusperte er sich und wandte den Blick ab. »Man muss lernen, sich ihnen auszuliefern – wenn man niedergestoßen wird, steht man einfach wieder auf. Wenn Sie sich das hier zu sehr zu Herzen nehmen, wird dieses Land Sie zerstören!«

Taras Blick hing an seinen Lippen, als mache er sie zur Teilhaberin jahrhundertealten Wissens. Regentropfen rannen ihm über das Gesicht und tropften aus seinem schwarzen Haar. Obwohl er die Stirn runzelte und sich bemühte, ernst und sachlich zu sprechen, sah sie die Zuneigung und das Mitgefühl in seinen ausdrucksvollen dunklen Augen, und etwas anderes, das sie nicht zu deuten wusste. Er hatte an ihrer Seite gearbeitet, um ihre Pflanzen zu retten. Aber auch, wenn sie nicht sehr erfolgreich gewesen waren, fühlte sie, wie eine tiefe Dankbarkeit in ihr aufstieg. Dieses Gefühl war so überwältigend, dass sie einen Augenblick lang den Impuls verspürte, ihn zu küssen. Ihr Blick ruhte auf seinem wohl geformten Mund, doch sie sah, wie sich seine Muskeln spannten, sah seine halb geschlossenen Augen und die zu Fäusten geballten Hände und widerstand der Versuchung.

»Ich habe nicht den Garten gemeint, als ich sagte, dass alles verloren ist, Ethan.« Sie wandte sich von ihm ab und blickte sich traurig um. »Es scheint nur alles so sinnlos!«

»Vielleicht sieht jetzt manches hoffnungslos aus, aber glaub mir, in ein paar Tagen wirst du dich fragen, warum du so verzweifelt warst!« Ohne sich dessen bewusst zu sein, war er zum vertraulichen Du übergegangen, doch Tara schien es kaum zu bemerken. Sie schüttelte nur den Kopf, und Ethan begriff, dass ihr Kummer noch einen ganz anderen Grund haben musste als nur die zerstörten Pflanzen.

»Ich weiß, dass dich schon länger etwas bedrückt, Tara«, meinte er sanft. Wieder fühlte er, wie seine Gefühle ihn zu überwältigen drohten, und bemühte sich um eine ruhige und sachliche Haltung. »Wenn du mir sagen würdest, was es ist, könnte ich dir vielleicht helfen!«

Tara hatte eigentlich vorgehabt, erst einmal mehr über Tadd herauszufinden, bevor sie etwas sagte. Inzwischen wusste sie allerdings, dass das unmöglich sein würde. Tadd war zu raffiniert. Sie fürchtete, dass er mithilfe der ahnungslosen Kinder versuchte, so viel wie möglich über sie alle drei herauszufinden. Wenn er erfuhr, dass sie Jack und Hannah unrechtmäßig mit sich genommen hatte, würde er sie sicher anzeigen, und in diesem Fall musste sie mit einer Gefängnisstrafe rechnen. Dann würde ihre Tante mit dem Verlust von Tambora allein fertig werden müssen. Die Last all dieser Probleme war zu schwer geworden – sie musste mit jemandem darüber reden.

»Vor ein paar Tagen habe ich herausgefunden, dass meine Tante der Bank eine große Summe Geld schuldet«, begann sie. Ethan war ebenso erschrocken wie verblüfft. Tara schloss für einen Moment die Augen. »Und was noch schlimmer ist, ich glaube nicht, dass sie es überhaupt weiß!«

»Wie soll das möglich sein?« Ethan war zutiefst verwirrt. »Hat Tom vor seinem Tod eine Hypothek auf den Besitz aufgenommen?«

Daran hatte Tara nicht gedacht – doch keiner der Briefe stammte aus der Zeit um Toms Tod. »Ich glaube, Tadd hat über einen langen Zeitraum ohne ihr Wissen Geld bei der Bank geliehen. Ich weiß, dass das kaum glaubhaft klingt, aber meine Tante hat mir erst vor ein paar Tagen gesagt, wie froh sie ist, keine

Schulden bei der Bank zu haben.« Ein Schluchzen stieg ihn ihr auf. »Die Summe ist inzwischen riesig, und die Zinsen sehr hoch – es besteht keine Hoffnung, dass wir jemals alles zurückzahlen können. Die Bank wird die Farm zu Weihnachten übernehmen.« Diese Worte laut auszusprechen führte ihr die Realität noch deutlicher vor Augen. Tara ließ sich wieder in den Schlamm sinken. Sie war von einem Gefühl tiefer Hilflosigkeit erfüllt, kam sich schwach und verletzlich vor, doch sie hatte keine Tränen mehr.

Ethan fasste sie sanft an den Schultern und zog sie zu sich hoch. »Woher weißt du all das, Tara? Hat Tadd etwa zugegeben, diese schrecklichen Dinge getan zu haben?«

Sie schüttelte den Kopf. »Ich habe in seinem Cottage einen Brief von der Bank gefunden. Ich war dorthin gegangen, um die Gemüsesamen zu holen, aber etwas, das ich nicht erklären kann, zwang mich, hineinzugehen. Ich weiß, dass es falsch war – aber ich hatte seit meiner Ankunft hier ein seltsames Gefühl, was ihn betraf. Außerdem fehlte ein Brief, der meiner Tante gehörte. Ich vermutete, dass er ihn gestohlen hatte, und ich hatte Recht: Der Brief lag zusammen mit anderer Post, die an meine Tante adressiert war, versteckt in einem Koffer – die meisten Briefe stammten von der Bank.« Plötzlich begannen ihre Tränen wieder zu fließen. »Wie soll ich meiner Tante beibringen, dass es für sie keine Hoffnung gibt, Tambora zu behalten? Sag mir wie, Ethan!«

Sie sank in seine Arme, die sich um sie schlossen wie eine tröstende Decke.

»Wir können es ihr nicht sagen«, meinte er, wütend auf sich selbst, weil er Victoria nicht hatte schützen können und nicht selber auf die Idee gekommen war, Tadd zu verdächtigen. »Zuerst müssen wir bei der Bank nachfragen. Wenn Tadd etwas Illegales getan hat, ist Victoria für die Schulden vielleicht gar nicht haftbar zu machen – und Post zu stehlen verstößt sicher gegen die Gesetze.« Ethan wusste, dass er sich an einen Strohhalm klammerte, aber er wollte Tara ein wenig Hoffnung geben. Er konnte es nicht ertragen, sie so mutlos zu sehen – und er wusste außerdem, dass Victoria niemals über den Verlust von Tambora hinwegkommen würde. Es würde sie buchstäblich umbringen.

»Mir fällt schon etwas ein, Tara. Viele Menschen hier draußen schulden mir einen Gefallen. Und wenn ich sie alle bitten muss, mir zu helfen, ich werde es tun!«

Einige Augenblicke verstrichen, doch Tara zögerte, sich aus Ethans tröstender Umarmung zu lösen. Sie fühlte, wie er sich entspannte, ahnte nicht, dass er den Kampf gegen seine Gefühle aufgegeben hatte. Jetzt genoss er das Gefühl, sie fest umschlungen zu halten. Sie schmiegte sich an ihn und ließ sich von seiner Stärke trösten und aufrichten. Zum ersten Mal in ihrem Leben fühlte sie sich wirklich sicher und geborgen. Wenn irgendjemand die Dinge wieder ins Lot bringen konnte, dann war es Ethan. Sie nahm kaum wahr, dass etwas zwischen ihnen vorging, bis die Berührung ihrer nassen Körper beide gleichzeitig erschauern ließ.

Tara fühlte, wie Ethans starke Arme sich noch fester um sie schlossen und sie gegen seinen muskulösen Brustkorb pressten. Sie spürte das Hämmern seines Herzens ganz nah an ihrem eigenen. Ihre Hände streichelten seine Oberarme, und sie fühlte seine Muskeln beruhigend fest unter ihren Fingerspitzen. Dann spürte sie seine großen, warmen Hände auf ihrem Rücken. Seine Finger fuhren mit hungrigen Bewegungen über ihre Haut, die sich durch das nasse, seidene Nachthemd hindurch wie nackt anfühlte. Es war die sinnlichste Berührung, die Tara je erfahren hatte, und sie fühlte, wie sie als Antwort darauf bis ins Innerste erbebte.

Auch Ethan hatte niemals zuvor so erotische Empfindungen erlebt und wusste, dass er kurz davor war, sich vollkommen hinreißen zu lassen. Wilde, lustvolle Fantasien schossen ihm durch den Kopf, die Vorstellung, Tara jetzt und hier im Schlamm zu nehmen. Er griff mit seinen Fingern in Taras nasses Haar und zog ihren Kopf ein wenig zurück, sodass sie ihn ansah. Einen endlosen Moment lang versank sein Blick in den großen, grünen Seen ihrer Augen. Sie erkannte die Sehnsucht in seinen Augen, die ihr eigenes brennendes Verlangen widerspiegelten.

Gleich darauf spürte sie seine Lippen sanft auf ihrem Mund, und eine heiße Woge der Lust stieg in ihr auf. Der Kuss wurde leidenschaftlicher, als Ethan mit hungrigem Verlangen die feuchte Höhle ihres Mundes erkundete. Tara wurde überwältigt von seinem machtvollen Drängen, das all ihre Sinne erreichte.

Im strömenden Regen vergaß sie jedes Denken und antwortete mit einer alles verzehrender Leidenschaft dem Druck seiner Lippen, der ihre Lust ins Unerträgliche steigerte. Sie grub ihre Fingernägel in seine kräftigen Schultern, hörte Ethan aufstöhnen, und gleich darauf entrang sich auch ihr ein Laut, der aus ihrem tiefsten Innern kam. Alles um sie herum schien sich zu drehen, sie konnte an nichts anderes mehr denken als an diesen Mann, dessen Arme sie umfingen und dessen Lippen sie alle Vernunft vergessen ließen ...

Plötzlich zog Ethan sich zurück, und sie blieb bis ins Innerste aufgewühlt, wo sie war, atemlos und benommen, von einer seltsamen Traurigkeit erfüllt.

»Was ist los?«, flüsterte sie und öffnete die Augen, das Smaragdgrün noch ein wenig trüb vor Verlangen. Dass er eine so heftige Reaktion in ihr auszulösen vermochte, erschreckte sie fast, denn sie hatte sich in dieser Hinsicht vorher nicht im Mindesten von ihm angezogen gefühlt.

Ethan wirkte hin- und hergerissen zwischen Vernunft und Verlangen. »Ich ... ich dachte, ich hätte das Geräusch eines Automobils gehört, aber ich muss es mir wohl ... eingebildet haben.« Der Regen prasselte jetzt so heftig vom Himmel, dass er jedes andere Geräusch zu verschlucken schien. Ethan konnte nur den raschen Schlag seines Herzens in seinen Ohren pulsieren hören.

Wäre er nicht so atemlos gewesen, Tara hätte vielleicht geglaubt, sie hätte sich sein Verlangen nach ihr nur eingebildet. Sie ahnte nicht, wie verzweifelt er sich bemühte, seine Gefühle zu unterdrücken – und dass er es fast nicht vermochte. Als er sie losließ, bemerkte sie, dass seine Hände zitterten.

»Es tut mir sehr Leid, Tara – ich sollte die Situation nicht ausnutzen, jetzt, wo du so verletzlich bist!«

»Du brauchst dich für nichts zu entschuldigen, Ethan«, gab sie zurück und trat einen Schritt auf ihn zu. »Ich denke, wir sind beide überrascht und ... erschrocken über das, was gerade passiert ist. Ich ... hätte nie gedacht, dass ich so ... fühlen könnte.« Wieder fand ihr Blick seinen Mund, er starrte auf den ihren, und sie näherten sich einander, beide vom anderen wie magisch angezogen ...

»Tara ... Bist du das?«

Vollkommen verblüfft wandte sich Tara um und sah einen Mann und eine Frau. Sie standen beiden nur ein paar Meter entfernt unter einem großen Tuch, das als Regenschutz nur sehr bedingt geeignet war. Hinter ihnen war ein Automobil geparkt, in dem Ethan Rex Crawleys Wagen erkannte. Doch der Regen auf der Windschutzscheibe hinderte ihn daran, den Mann hinter dem Steuer zu erkennen. Tara verschränkte verlegen die Arme vor der Brust und wischte sich das Regenwasser aus dem Gesicht, unfähig zu begreifen, was sie sah.

Riordan Magee starrte sie mit offenem Mund an, als hielte er sie für einen Geist. Und neben Riordan stand ihre Mutter, Elsa, die offensichtlich über den Anblick ihrer unmittelbaren Umgebung entsetzt schien. Sie wirkte sehr viel älter und zerbrechlicher, als Tara sie in Erinnerung hatte. Elsa war blass vor Schreck und verstand die Heuschrecken und den sturzbachartigen Regen anscheinend als Angriff gegen ihre Person.

Ethan fragte sich, wer die Besucher sein mochten, besonders weil Tara erschrocken wirkte, als sie sie erkannte. Nach einem resignierten Blick in ihre Richtung nahm er ein Bettlaken von einem der Zaunpfosten und hängte es ihr über die Schultern.

»Was ... was willst du hier?«, fragte Tara ihre Mutter befremdet und starrte dann ungläubig auf Riordan.

Elsa vernahm die Feindseligkeit in ihrem Ton. »Ich musste kommen«, erwiderte sie, während ihr Blick zwischen ihrer Tochter und Ethan hin und her ging, den sie mit offensichtlicher Abneigung musterte. »Was machst du dort im Schlamm, Tara?«

Tara erkannte den vertrauten vorwurfsvollen Ton und freute sich auf geradezu schadenfrohe Art darüber. All ihre Frustration entlud sich in ihren nächsten Worten. »Du *musstest* also kommen? Warum um Himmels willen?«

Elsa wollte nicht laut herausschreien, dass sie Witwe und allein war und ihr Heim verloren hatte und antwortete lediglich: »Weil du meine Tochter bist und ich dich liebe.« Plötzlich stieß sie doch einen lauten Schrei aus, als eine Heuschrecke auf ihrem Rock landete. Angewidert wischte sie das Tier fort.

»Wie scheinheilig, Mutter! Du liebst deinen guten Ruf viel mehr, als du mich jemals geliebt hast.«

Elsa erschrak. Sie war entsetzt darüber, wie feindselig Tara sich ihr gegenüber immer noch verhielt, inzwischen waren immerhin zwölf Jahre vergangen.

Jetzt ergriff Riordan zum ersten Mal das Wort. »Bitte, Tara, lassen Sie Ihre Mutter erklären!«

Verwundert registrierte Tara sein fast bescheidenes Auftreten. Er war ein ganz anderer Mann als der, der sie bei ihrem letzten Zusammentreffen so sehr von oben herab behandelt hatte.

»Es dürfte mich nicht überraschen, dass ihr beide euch zusammengetan habt«, meinte sie kalt. »Ihr seid euch in so vielen Dingen ähnlich! Ich dachte, ich hätte deutlich genug zum Ausdruck gebracht, dass ich keinen von euch jemals wiedersehen wollte!«

Ethan hörte mit unverhohlener Neugier zu. Er hatte inzwischen begriffen, dass Elsa Taras Mutter war, doch ihn interessierte viel mehr, um wen es sich bei dem Mann handelte. Seine Kleidung war teuer und gut geschnitten, er musste also wohlhabend sein.

Da Tara den Fremden nicht gerade sehr herzlich begrüßt hatte, durfte er wohl annehmen, dass sie nicht zusammengehörten. War er vielleicht früher einmal ihr Liebhaber gewesen? Diesen Gedanken fand Ethan seltsam beunruhigend.

»Du hast jedes Recht, wütend zu sein, Tara«, stellte Elsa ruhig fest. »Ich verdiene deinen Zorn. Ich weiß, dass ich im Unrecht war, und es vergeht kein Tag, an dem ich nicht bereue, was geschehen ist. Du warst unschuldig und hast nichts Unrechtes getan, und ich bin hier, weil ich dich um Verzeihung bitten will.«

Bevor Tara antworten konnte, rief Victoria vom oberen Balkon: »Bring unsere Besucher doch bitte herein, Tara!«

Elsa schaute mit tränenfeuchten Augen zu ihr hinauf und winkte.

Zuerst erkannte Victoria sie nicht. »Wer ist es denn?«

Als Tara nicht antworte, rief Elsa selbst hinauf: »Victoria, ich bin es, Elsa!«

»Oh Himmel!«, sagte Victoria voll freudiger Überraschung. »Elsa! Wie schön!«

Sie verließ den Balkon, und Elsa wusste, dass sie herunterkommen würde. Sie wandte sich an Riordan, und auf ihren Zügen lag ein Ausdruck tiefer Besorgnis. Tara sah es und wusste sofort, dass irgendetwas nicht stimmte. Ihr war auch aufgefallen, dass ihre Mutter ihren Vater mit keinem Wort erwähnt hatte.

Rex Crawley stieg aus seinem Wagen. »Bekommt ein Mann hier keine Tasse Tee, nachdem er stundenlang hinter dem Steuer gesessen hat?«

»Du solltest im Moment überhaupt nicht fahren«, meinte Ethan vorwurfsvoll.

»Ich hatte ein Angebot, das ich nicht ablehnen konnte.« Rex blickte mit bedeutungsvoll gehobenen Brauen zu Riordan und Elsa hinüber. Sie hatten ihn ohne Zweifel fürstlich dafür bezahlt, dass er sie nach Tambora chauffiert hatte. »Außerdem bin ich sicher, dass die Leute hier draußen endlich wieder eine anständige Postauslieferung erwarten!«

»Ihre Post wird schnell und zuverlässig geliefert, und sie brauchen sich nicht einmal mit Forderungen nach Kuchen und Tee oder Stärkerem auseinander zu setzen!«

Rex versetzte ihm gut gelaunt einen Rippenstoß. »Für einen so schnellen und guten Service sind sie mehr als bereit, dem Fahrer eine Erfrischung anzubieten!«

Ethan grinste. »Die brauchen sie oft genug selbst, nachdem sie dich und dein altes Vehikel aus dem Sanddünen gezogen haben. Normalerweise sehen deine Passagiere etwas unwohler aus, nachdem sie mit dir gereist sind.«

Elsa fühlte sich durch Ethans Bemerkung anscheinend beleidigt und wirkte etwas erschüttert. Aber Ethan war sich nicht sicher, ob es an Rex' verrückter Fahrweise lag oder an dem nicht eben warmherzigen Empfang durch ihre Tochter. Der Gentleman neben ihr sah auch ein wenig verunsichert aus. Ethan vermutete allerdings, dass es eher daran lag, Tara in den Armen eines anderen vorgefunden zu haben hatte.

Ethan wandte sich an Tara. »Ich denke, wir gehen uns besser erst einmal säubern!«

Sie nickte stumm.

In diesem Moment rief Victoria von der Hintertür aus: »Kommt doch um Himmels willen herein! Warum steht ihr bloß alle im Regen herum?«

22

Tara nahm sich absichtlich viel Zeit zum Baden. Da die Regenwasserbehälter von der immer noch andauernden Sintflut stetig gefüllt wurden, hatte sie kein ganz so schlechtes Gewissen wie sonst, das Wasser zu verschwenden. Sie fühlte sich absolut nicht gewappnet, ihrer Mutter gegenüberzutreten. Auch verspürte sie nicht die geringste Lust, schmerzhafte Dinge wieder aufzurühren, die sie während der vergangenen fast zwölf Jahre irgendwo in ihrem Innern begraben hatte. Und ganz sicher hatte sie nicht die Absicht, ihrer Mutter zu vergeben, egal wie oft Elsa sich dafür entschuldigen mochte. Noch immer schmerzte die Erinnerung, dass diese ihr nicht geglaubt hatte, von Stanton Jackson vergewaltigt worden zu sein.

Zusammen mit all dem anderen, das um sie herum geschah, war es ihr einfach im Moment zu viel.

Allein die Sache mit Ethan ... Sie musste ständig an diese Woge der Leidenschaft denken, die urplötzlich über sie beide hereingebrochen war. Die reine Erinnerung daran ließ sie schon wieder von Kopf bis Fuß erschauern, weil jemand, bei dem sie es am allerwenigsten erwartet hätte, ein solch intensives, überwältigendes Gefühl in ihr auslösen konnte. Obwohl sie es für unwahrscheinlich hielt, dass es sich jemals wiederholen würde, wusste sie schon jetzt, dass sie Ethan Hunter niemals mehr so sehen würde wie vorher. Tara schüttelte den Kopf, versuchte, ihre Gedanken zu ordnen, und kam nach einer kurzen Weile zu einem recht befriedigenden Schluss: »Riordan und meine Mutter müssen so schnell wie möglich wieder abreisen. Damit wären alle Probleme gelöst«, murmelte sie leise und stieg aus der Wanne.

Als Tara endlich den Salon betrat, war sie überrascht, ihn vollkommen verlassen vorzufinden. Außer den Heuschrecken, die überall auf dem Boden herumhüpften, schien das Haus seltsam still. Auch Nerida war nicht da, ebenso wenig wie die Kinder. Tara sah in allen Zimmern im Erdgeschoss einschließlich Neridas Zimmer nach, doch das Aborigines-Mädchen war nirgends zu finden. Tara versuchte von Sanja zu erfahren, wohin die anderen alle gegangen waren, doch er hatte sich in der Küche verbarrikadiert, um den Heuschrecken zu entkommen. In seiner üblichen unkooperativen Art weigerte er sich, die Tür zu öffnen. Zumindest wusste sie, wo Ethan und Rex sich aufhielten: Die beiden waren zum Schererhaus hinübergegangen, weil Ethan dort ein Bad nehmen wollte.

Tara ging in den ersten Stock zurück, um Jack und Hannah zu suchen, und eilte gerade am Zimmer ihrer Tante vorüber, als Victoria nach ihr rief.

Zögernd blieb Tara an der offenen Tür stehen. Ihre Tante saß auf dem Bett, Elsa neben ihr, und sie hatten beide geweint.

»Da bist du ja, Tara«, sagte Victoria und tupfte sich mit einem Taschentuch die Tränen ab. »Wir haben uns hierher zurückgezogen, um ... den Heuschrecken zu entfliehen.« Sie warf Elsa einen kurzen Blick zu, und Tara nahm an, dass die beiden ihrer Mutter wegen heraufgekommen waren. Die Heuschrecken wären für Victoria kein Problem gewesen.

Tara bemerkte, dass ihre Tante Schwierigkeiten hatte, sich zu beherrschen, und wieder fiel ihr auf, wie ungewöhnlich verletzlich ihre Mutter wirkte, etwas, das sie nie für möglich gehalten hätte. Sie sah es an Elsas plötzlich rund gewordenen Schultern und in einem leisen Zittern ihrer Lippen. Früher hatte sie immer sehr ruhig und beherrscht gewirkt, sogar in vollkommen chaotischen Situationen. Sie jetzt so zerbrechlich zu sehen, war ein Schock, besonders deshalb, weil Tara ihre ganze Kindheit über geglaubt hatte, ihre Mutter sei menschlichen Gefühlen gegenüber fast immun.

Tara trug ein weites Baumwollkleid, doch ihr war immer noch warm. Der Regen und die Hitze hatten dafür gesorgt, dass die Luftfeuchtigkeit extrem gestiegen war. Victoria trug immer lockere, für die Wärme gut geeignete Kleider. Doch Tara bemerkte, dass ihre Mutter in dem schlichten, aber elegant geschnittenen Hosenanzug ziemlich litt, der hier im Outback lächerlich deplatziert wirkte.

Tara war sich nicht darüber im Klaren, wie jung und unschuldig sie mit ihren nassen Haaren wirkte, die ihr in feuchten, losen Strähnen über den Rücken fielen. Auch konnte sie nicht wissen, wie sehr sie ihre Mutter an glücklichere Zeiten erinnerte, als sie ein junges Mädchen gewesen war, dem die Welt zu Füßen gelegen hatte. Als Elsa an all die inzwischen vergangenen Jahre dachte, konnte sie kaum glauben, dass zwar so viel geschehen war, Tara sich trotzdem aber kaum verändert hatte. Erst, als ihr wieder einfiel, wie sie Tara vor einer Stunde in einer leidenschaftlichen Umarmung mit diesem sehr rau wirkenden Mann gefunden hatte, wurde ihr bewusst, dass ihr ›kleines Mädchen‹ sich durchaus sehr gewandelt hatte. Elsa mochte gar nicht an das Leben denken, das Tara geführt und das offensichtlich ihre Ansichten so dramatisch verändert hatte, dass sie einen so unpassenden Mann attraktiv finden konnte.

»Komm und setz dich zu uns!«, sagte Victoria leise.

Tara zögerte. »Ich würde lieber stehen bleiben, Tante Victoria«, erwiderte Tara kühl und sah ihre Mutter an. »Ich frage mich wirklich, warum du hier bist!«

»Ich wollte dich wiedersehen, und außerdem ...« Elsa blickte Hilfe suchend zu Victoria hinüber, und beide Frauen senkten den Kopf.

»Ich denke, du solltest nach Irland zurückfahren«, meinte Tara wenig gastfreundlich. Sie sah, dass ihre Tante ihre Haltung nicht gerade guthieß, ja, sie wirkte sogar sehr enttäuscht.

Tara merkte erst jetzt, dass Riordan draußen auf dem Balkon stand und in den Regen hinausstarrte. Jetzt wandte er sich um, lehnte sich an den bogenförmigen Türrahmen und sah sie an. Auf seinen gut geschnittenen Zügen lag ein seltsamer Ausdruck. Tara fiel auf, dass er schlanker war als bei ihrer letzten Begegnung, und ein wenig müde wirkte.

Auch Riordan fand, dass Tara in ihrem locker fallenden Kleid jung und unverdorben wirkte, ganz anders als die Verführerin, die damals am Lagerfeuer die Leidenschaft der Zigeuner angestachelt hatte. Jetzt, wo er wusste, warum sie fortgelaufen war, und dass sie ihm die Wahrheit gesagt hatte, fühlte er tiefe Scham angesichts seines eigenen Verhaltens ihr gegenüber. Er hatte mittlerweile verstanden, dass sie Opfer tragischer Umstände geworden war und niemand das Recht hatte, sie zu verurteilen, nur weil sie schön, anziehend und sinnlich war. Doch – würde sie ihm sein unhöfliches und ungerechtfertigtes Benehmen verzeihen? Falls er den Blick, mit dem sie ihn bedachte, als Antwort auf diese Frage werten musste, gab es wenig Grund zur Hoffnung.

Tara starrte ihn kalt an. Sie war über seine Anwesenheit etwa so erfreut wie ein Viehtreiber über eine King-Brown-Schlange in seiner Satteltasche. Doch Tambora war das Haus ihrer Tante, und er war Victorias Freund, wie sehr sie ihn auch hassen mochte.

Riordan senkte den Kopf und ging zurück auf den Balkon. Sie hatte ihm nicht zu sagen brauchen, dass er ihr nicht willkommen war – er hatte es auch so deutlich genug begriffen. Ohne ihr Verhalten zu bedauern, wandte sich Tara zum Gehen.

»Warte, Tara!«, sagte Elsa so leise, dass es neben dem Trommeln der Regentropfen auf das Blechdach kaum zu verstehen war. »Ich muss dir ... etwas sagen.«

Tara machte kehrt und wappnete sich innerlich. Sie ahnte, dass es schlechte Neuigkeiten waren, und sie wusste ebenfalls, dass es um ihren Vater gehen musste. Doch sie versuchte, sich ihre Furcht nicht anmerken zu lassen. Vor ihrem geistigen Auge sah sie ihn krank und schwach, ganz anders als den kraftvollen Mann, den sie zurückgelassen hatte. Mit einiger Willensanstrengung verbannte sie diese Vision aus ihren Gedanken. Wenn er verlangte, dass sie nach Hause kam, würde sie sich weigern.

»Du hast sicher nichts zu sagen, was ich hören will«, erklärte sie abwehrend.

»Bitte hör deiner Mutter zu!«, bat Victoria, und irgendetwas in ihrem Ton machte Tara Angst.

»Dein Vater ...«, Elsa verstummte; Victoria nahm ihre Hand und drückte sie.

»Wenn Vater krank ist und möchte, dass ich nach Hause komme, Mutter – ich werde nicht zurückgehen!«

Elsa wirkte jetzt traurig, ja, zutiefst bekümmert, und plötzlich rechnete Tara mit dem Schlimmsten. Sie wollte ihrer Mutter nicht länger zuhören, sondern nur noch Fliehen. Rasch wandte sie sich wieder um.

»Er ist nicht krank, Tara!«, sagte Elsa schnell. Tara blieb kurz vor dem Geländer im Flur stehen, die Augen fest geschlossen. So wütend sie auch auf ihren Vater war, sie wollte nicht glauben, dass er ...

»Er ist vor ein paar Monaten gestorben.« Elsas blassgrüne Augen standen voller Tränen, als sie zu ihrer Tochter hinausging. Sie streckte die Hand aus, um Tara tröstend zu berühren, überlegte es sich jedoch im letzten Moment anders. »Er wusste, dass er dir Unrecht getan hatte, Tara – und ich wusste es auch. Er war nie wieder derselbe, nachdem du fortgegangen bist ... Wärst du doch nur nach Hause gekommen!«

Tara fühlte sich vollkommen elend. »Gibst du mir etwa die Schuld an Vaters Tod?« Sie hatte ihrer Mutter noch immer den Rücken zugewandt und kämpfte gegen einen wahren Sturm von Emotionen an, der sich gewaltsam Bahn zu brechen drohte. Sie hätte ihre Mutter am liebsten absichtlich verletzt und Elsa zu verstehen gegeben, dass sie keine Schuld am Leiden ihres Vaters traf. Sie selbst hatte genug gelitten. Doch gleichzeitig wünschte das kleine Mädchen in ihr sich nichts sehnlicher, als dass ihre Mutter sie in die Arme nehmen und sie trösten sollte.

Aber Elsa war nie sehr gefühlvoll gewesen. Zärtlichkeit hatte Tara immer nur bei den Kindermädchen erfahren.

»Natürlich gebe ich dir nicht die Schuld!« Elsa berührte sie ganz leicht am Arm, doch sie zuckte zusammen, als habe jemand sie mit einem weißglühenden Eisen verbrannt. »Er hat getrauert, als seist du …« Elsa sprach das Wort nicht aus, doch es war gewesen, als sei Tara gestorben, zumindest hatten sie es beide so empfunden. »Es war sein letzter Wunsch, dass du erfahren solltest, wie Leid es ihm tat, an dir gezweifelt zu haben. Ich musste dich finden, musste es dir sagen …«

Tara zitterte am ganzen Körper, als sie sich langsam umwandte. »Wenn du willst, dass ich dir verzeihe, Mutter«, stieß sie mit Tränen in den Augen leise hervor, »das kann ich nicht.«

Elsa schluckte schwer und nickte dann. »Ich verstehe – es ist wahrscheinlich noch zu früh. Aber vielleicht eines Tages …« Sie sah Tara hoffnungsvoll an, doch diese senkte den Kopf. Sie wollte nichts versprechen, was sie nicht halten konnte.

»Wir müssen miteinander reden«, meinte sie, jetzt wieder ganz beherrscht. »Am besten ungestört.« Durch die Türöffnung hindurch sah sie ihre Tante an. »Wir gehen in ein anders Zimmer, eines von denen am Ende des Flures.«

Victoria nickte. »Ich werde Nerida bitten, uns Tee heraufzubringen.«

»Ich habe keine Ahnung, wo sie ist«, erwiderte Tara. »Unten konnte ich sie nirgends finden, und Sanja hat sich in der Küche verbarrikadiert.«

Victoria lächelte schwach. »Er hatte immer schon eine Heidenangst vor Heuschrecken und Käfern.« In dem Jahr, als Sanja aus Indien zu ihnen gekommen war, hatte es eine Invasion von Stinkkäfern gegeben. Wochenlang hatte er die nach Fäulnis riechenden Käfer in den Küchenregalen, Töpfen und Pfannen, in Schubladen, Mehlsäcken, im Reis und sogar zwischen den Teeblättern gefunden. Die Käfer hatten ihn fast um den Verstand gebracht. Seitdem wurde er schon beim kleinsten Anzeichen eines krabbelnden Insekts in der Küche fast verrückt.

»Geht nur«, meinte Victoria. »Riordan und ich kommen schon allein zurecht.«

Die beiden Frauen gingen in angespanntem Schweigen den Flur entlang. Als sie bei Hannahs Zimmertür angelangt waren, schaute Tara hinein in der Hoffnung, Nerida zu finden. Hannah saß auf ihrem Bett, von einem großen Laken fast ganz bedeckt, unter dem sie sich anscheinend versteckt hatte. Sie wirkte noch immer verängstigt und suchte mit ihren Blicken den Boden nach Heuschrecken ab. Jack hielt ein offenes Märchenbuch in der Hand – wie es aussah, hatte er seiner Schwester daraus vorgelesen. Tara war sehr gerührt darüber. Trotz seines ansonsten komplizierten Charakters hing er ohne Zweifel mit zärtlicher Liebe an seiner kleinen Schwester.

»Ich dachte, Nerida wäre vielleicht hier«, meinte Tara.

»Sie ist fort«, erwiderte Jack düster. Er schien eine Mauer zwischen ihnen zu errichten, wann immer Tara in seiner Nähe war, ohne dass sie wusste, warum.

»Was meinst du damit, fort – wohin ist sie denn gegangen?«

»Sie hat nur gesagt, sie muss gehen und ich soll bei Hannah bleiben.«

Tara war verwirrt. Sie fragte sich, ob Nerida vielleicht ins Lager ihres Stammes gegangen war, um ein Mittel gegen ihre Übelkeit zu holen, vielleicht irgendeines der traditionellen Heilmittel – aber bei diesem Unwetter?

»Zu wem gehören diese Kinder?«, fragte Elsa, die Tara über die Schultern blickte.

Überrascht wandte sich Tara zu ihrer Mutter um. Sie hatte, ohne lange darüber nachzudenken, angenommen, dass ihre Tante ihr von Jack und Hannah erzählen würde – doch offensichtlich hatte Victoria nichts dergleichen getan. »Es sind meine Kinder«, erklärte Tara, die mit fast boshafter Freude bemerkte, wie Elsa die beiden fassungslos betrachtete. Dann bedeckte sie mit einer Hand ihren Mund, und ihre Augen wurden feucht vor Rührung. »Deine ... Ich hatte ja keine Ahnung!«

Tara blieb stumm. Sie hatte eine ablehnende Reaktion erwartet, irgendetwas zwischen angedeutetem Missfallen und völliger Verdammung, aber ihre Mutter wirkte ehrlich bewegt, als sie vergeblich gegen die Tränen kämpfte.

»Sie sind wunderhübsch, Tara«, flüsterte sie und wirkte plötzlich so verletzlich und überwältigt von ihren Gefühlen, dass Tara fast schwach geworden wäre und ihr die Wahrheit erzählt hätte.

»Wie alt sind sie?«, fragte Elsa, als sie an Tara vorbei in das Zimmer ging.

Tara antwortete nicht.

»Ich bin eure Großmutter«, sagte Elsa zu den Kindern.

Jack warf Tara einen unschlüssigen Blick zu, als Elsa sich neben ihn auf das Bett setzte. Hannah sah sie ängstlich an und zog sich das Laken über den Kopf.

Tara riss sich zusammen. Wenn sie jetzt schwach wurde und ihren mühsam errichteten Verteidigungswall aufgab, würde sie wieder verletzt werden. »Mutter!«, sagte sie ernst. »Bitte komm mit mir! Ich muss mit dir reden, und das so schnell wie möglich!« Sie wünschte auf keinen Fall, dass ihre Mutter sich in ihr Leben einmischte, und sie würde nicht zulassen, dass Elsa sich bei den Kindern beliebt machte und zu ihnen eine enge Beziehung aufbaute.

Elsa sah sie betroffen an. »Ich möchte doch nur meine Enkel kennen lernen!«

»Aber nicht jetzt«, erwiderte Tara kühl.

Nach einem letzten Blick auf die Kinder stand Elsa auf und folgte ihrer Tochter mit zusammengepressten Lippen. Tara sah ihrer Mutter an, dass sie tief verletzt war, doch sie selbst blieb nach außen hin gänzlich unbewegt. Innerlich aber zitterte sie angesichts ihrer eigenen Gehässigkeit, die sie selbst überraschte ...

Die beiden Frauen betraten eines der unbenutzten Schlafzimmer, das ein paar Türen von Hannahs Zimmer entfernt lag. Tara schloss die Flurtür, damit sie ungestört reden konnten, während Elsa die Balkontür öffnete und hinaustrat. Sie befanden sich an der Rückseite des Gebäudes, weit weg von den Kindern, Victoria und Riordan.

Elsa umklammerte das Balkongeländer so fest, dass ihre Fingerknöchel weiß hervortraten, und tat einen tiefen Atemzug. Dann schaute sie hinaus über das Land, das Victoria und nun auch Tara und deren Kinder ihre Heimat nannten. Die Eukalyptusbäume schienen ihre Zweige dem lang ersehnten Regen entgegenzustrecken, der die Heuschrecken am raschen Weiterziehen gehindert hatte. Der Boden war noch immer buchstäblich mit Insekten übersät.

»Du kannst nicht hier bleiben, Mutter«, sagte Tara. Elsa wandte sich langsam um. »Victoria hat gesagt, Riordan und ich könnten so lange bleiben, wie wir es wünschen, und ich denke, wir beide brauchen Zeit, um unser Verhältnis zu klären, Tara.«

»Ich begreife nicht, wie du darauf kommst, dass es so einfach ist, Mutter.«

»Ich bin sicher, dass wir uns wieder näher kommen, wenn wir viel Zeit miteinander verbringen«, beharrte Elsa.

»Ich erinnere mich nicht, dass wir uns je nahe gewesen wären.«

Elsa neigte den Kopf, und plötzlich sah man ihr jeden Tag ihrer fünfzig Jahre an. »Tara, warum bist du so grausam?«

»Das Gleiche hätte ich dich vor zwölf Jahren auch gern gefragt.«

Elsa blickte auf den polierten Holzboden. »Ich wollte dich nicht absichtlich verletzen. Ich wusste damals einfach nicht, was ich glauben sollte. Aber ich habe mich geirrt, und es tut mir schrecklich Leid. Gib mir die Gelegenheit, es wieder gutzumachen, bitte, Tara!«

Tara schüttelte den Kopf und ging zurück ins Zimmer. Elsa folgte ihr.

»Du hättest nicht herkommen sollen, und ich wünschte, du hättest Riordan Magee nicht mit hergebracht. Ich mag ihn absolut nicht.«

Elsa seufzte. »Er ist nach dem Tod deiner Vaters sehr gut zu mir gewesen. Ohne seine Hilfe hätte ich dich überhaupt nicht gefunden. Er hat sogar Privatdetektive engagiert.«

Taras Kommentar war ein wütendes Schnauben.

Elsa wunderte sich sehr über Taras feindselige Haltung Riordan gegenüber. »Ich denke, er ist vor ein paar Jahren auf der Suche nach dir fast umgebracht worden – unter diesen Umständen könntest du wirklich ein bisschen dankbarer sein!«

»Danke für die Kritik, Mutter; aber er hätte wissen müssen, dass es unklug war, ins Lager zu kommen, noch dazu mitten in der Nacht! Die Zigeuner beschützen ihre Frauen und Kinder nun mal sehr gut!«

Elsa zuckte merklich zusammen, und es war offensichtlich, dass sie noch immer nicht gern über die Zigeuner sprach. Deshalb hielt Tara es auch nach wie vor für unmöglich, dass sie selbst Zigeunerblut in den Adern haben sollte, wie Eloisa behauptet hatte.

»Warum hasst du Riordan so sehr?«, fragte Elsa. »Ich glaube, er hat dich wirklich gern.«

Tara dachte daran, wie er sie bei ihrer letzten Begegnung behandelt hatte – ein Wunder, dass er sie nicht als Lügnerin beschimpft hatte. Wenn das seine Art war, jemanden gern zu haben, dann konnte sie gut darauf verzichten.

Als sie nicht antwortete, sagte Elsa: »Er ist ein wunderbarer Mann, so charmant und gut aussehend!«

Diese Worte hatte Tara früher öfter von ihr gehört: Riordan war genau die Art von Mann, mit dem ihre Mutter sie gern verheiratet gesehen hätte. Plötzlich durchzuckte sie der Gedanke, dass Elsa vielleicht gekommen war, um sie mit ihm zusammenzubringen. Immerhin hatte Elsa Ethan angestarrt, als sei er ein verachtenswerter Zigeuner. Ganz offensichtlich war sie entsetzt gewesen, Tara in seinen Armen zu sehen, und das machte Ethan in Taras Augen seltsamerweise noch begehrenswerter. Spontan sagte sie: »Wenn du Riordan so wundervoll findest, Mutter, warum heiratest du ihn dann nicht selbst?«

Elsa starrte sie schockiert an, doch Tara erwiderte ihren Blick äußerlich unbewegt. Sie war voller Abwehr – und doch herrschte in ihrem Innern ein wahrer Sturm widerstreitender Gefühle.

Die beiden Frauen bemühten sich, ihre Fassung wiederzugewinnen, und einige Minuten lang herrschte absolutes Schweigen zwischen ihnen. Danach war Tara die Erste, die sprach, und ihr Ton verriet, dass sie langsam die Geduld verlor. »Mutter, ich habe keine Ahnung, warum du unbedingt hier draußen bleiben willst.«

»Das habe ich dir doch gesagt!«

»Aber hast du dir denn deine Umgebung wirklich genau angeschaut? Das Nächste, was man mit viel gutem Willen als Zivilisation bezeichnen könnte, ist Wombat Creek mit seinem winzigen Laden, dem einen Hotel und genau vier Häusern.« Sie hätte beinahe auch das Bordell erwähnt, unterließ es jedoch aus Rücksicht auf Lottie. »Die nächsten Nachbarn sind meilenweit entfernt.«

»Ich habe einige Zeit im Wombat-Creek-Hotel verbracht, Tara«, erwiderte Elsa. »Ich weiß, wie es in der Stadt zugeht.«

Es hatte Riordan mehrere Stunden und eine horrende Summe Geld gekostet, Rex Crawley zu überreden, sie nach Tambora zu fahren. Der Mann hatte die Gelegenheit beim Schopf ergriffen und sie buchstäblich ausgeraubt. Die wenigen Stunden in Wombat Creek waren die längsten in Elsas Leben gewesen: Ferris Dunmore hatte sie mit seiner Lebensgeschichte unterhalten, die aus einer einzigen langen, bizarren Folge von Missgeschicken bestand. Ferris' Frau, ein wildes Eingeborenenmädchen, das so ähnlich hieß wie ›Hope‹ oder ›Charity‹, war halb nackt herumgelaufen und dazu noch hochschwanger gewesen. Sie hatte es tatsächlich gewagt, Elsa zu bitten, ihr beim Abhäuten von Kaninchen zu helfen. Daraufhin war Elsa jeglicher Appetit auf das Mittagessen vergangen. Und dann dieser Wein! Er hatte wahrhaftig die Farbe alten Waschwassers gehabt. Außerdem hatte sie es abstoßend gefunden, dass er weder Socken noch Schuhe trug. Insgesamt hatte Wombat Creek auf sie den Eindruck eines Schrecken erregenden Ortes gemacht. Es war ein staubiges Loch am Ende der Welt.

Elsa hatte irrtümlich gehofft, die Fahrt hinaus zur Farm werde dagegen die reine Erholung sein, doch in Wirklichkeit war sie entsetzlich gewesen. Rex Crawley musste von allen guten Geistern verlassen sein. Er war mit halsbrecherischer Geschwindigkeit Kängurus hinterhergejagt, um dann plötzlich abzudrehen und in rasantem Tempo über Sanddünen hinweg Emus nachzusetzen, während ständig Heuschrecken auf die Windschutzscheibe prallten und vom heißen Wind durch die offenen Fenster ins Innere des Wagens getrieben wurden. Elsa hatte ihn sogar beschuldigt, betrunken zu sein, doch er behauptete, es sei ihm noch nie so gut gegangen. Er hatte sogar noch die Frechheit besessen, sie daran zu erinnern, dass er dafür sehr großzügig bezahlt worden war.

»Du würdest hier nicht zurechtkommen«, erklärte Tara ihrer Mutter. »Ich wollte zuerst selbst nicht bleiben und bin immer noch nicht sicher, ob ich es tun werde. Aber zumindest war ich durch das Leben mit den Zigeunern halbwegs auf das vorbereitet, was mich hier erwartete. Das Outback ist eine der härtesten Umgebungen überhaupt. Wie würdest du dich fühlen, wenn überall Staub und Fliegen wären und du von Tausenden von Schafen und Rindern und stinkenden Kamelen umgeben wärst?«

»Tara, du vergisst offensichtlich, dass ich die Frau eines Farmers bin!«

»Oh Mutter! Du warst die Frau eines Großgrundbesitzers, eines Mitglieds der Oberschicht. Ich bezweifle, dass du jemals näher als hundert Meter an ein Schaf herangekommen bist. Du hast ein behütetes Leben gehabt, umgeben von Bediensteten, und für dich war Arbeit gleichbedeutend mit einem Spaziergang im Rosengarten und den Besuchen von Blumenschauen und Teepartys. Hier draußen gibt es kein gesellschaftliches Leben, nur harte Arbeit. Wenn du Beweise dafür brauchst, sieh dir meine Hände an.« Sie hielt ihrer Mutter ihre schwieligen Handflächen entgegen.

Obwohl Elsa sich bemühte, es zu verbergen, spürte Tara, wie ihre Mutter erschauerte. Ihre Nägel waren stumpf, ihre Haut trocken, rau und rissig. Jede Waschfrau in Irland hatte gepflegtere Hände, und sogar die Zigeunerinnen ...

»Ich habe Tage damit zugebracht, eisenharten Boden umzugraben, in der Hoffnung, ein bisschen frisches Gemüse ziehen zu können. Aber nach all diesen Anstrengungen sind die Pflanzen ein Festessen für die Heuschrecken geworden.«

»Aber warum um Himmels willen hast du die Arbeit nicht dem Gärtner überlassen oder ihn zumindest um Hilfe gebeten?«, fragte Elsa verständnislos.

Tara sah sie verzweifelt an. »Welchen Gärtner? Hast du mir nicht zugehört, Mutter? Es gibt hier draußen keine Bediensteten. Nerida, das Hausmädchen, das sich auch um Tante Victoria kümmert, scheint auf Wanderschaft gegangen zu sein, und der Koch ... hat im Haus das Sagen.«

»Du meinst sicher in der Küche?«

»Nein. Ich meine das Haus. Er kocht, was er will, wann er will und wie er will, und es läuft immer auf dasselbe hinaus: Curry!«

Elsa rümpfte die Nase. »Curry?!«

»Tante Victoria wagt nicht, sich mit ihm anzulegen, weil sie panische Angst hat, dass er seine Sachen packt und das Haus verlässt.«

»Wer hat je davon gehört, dass ein Koch tut, was er will?«

»Ich habe versucht, mit ihm zu reden, aber er hat mich praktisch aus ›seiner‹ Küche hinausgeworfen.«

Elsa starrte sie mit großen Augen an. Sie hatte nie etwas dergleichen gehört.

Tara ließ sich auf einen Stuhl sinken und seufzte tief auf. »Mutter, selbst wenn ich naiv genug wäre, zu glauben, wir könnten hier eine Weile zusammenleben, sind da noch ganz andere Gründe, die dagegensprechen, dass du bleibst.«

»Was für Gründe, Tara? Hier gibt es offensichtlich genug Platz; dieses Haus ist wirklich riesig.« Elsa ließ ihren Blick durch den Raum schweifen und bemerkte die Spinnweben und den Staub. Das Haus bedurfte ganz sicher einer gründlichen Reinigung, aber wenn es ordentlich geführt wurde, konnte Tambora ein richtiges Schmuckstück sein – obwohl nicht ganz klar war, für welche Besucher. Elsa überlegte kurz, ob es wohl einen Ballsaal gab ...

»Ich spreche von unserer finanziellen Situation, die ziemlich ernst ist, um es vorsichtig auszudrücken.«

»Die Depression hat das Leben für alle sehr schwierig gemacht, Liebes.«

»Unsere Probleme gehen weit über das hinaus, was die Depression anrichten könnte.«

»Willst du mir etwa mitteilen, Victoria sei in finanziellen Schwierigkeiten? Riordan sagte mir, sie habe einen wohlhabenden Mann geheiratet.«

Tara nickte. »Tom war ein vermögender Mann, aber er ist vor ein paar Jahren gestorben, und die Dürre hat verheerende Auswirkungen gehabt. Wie die Dinge liegen, treiben wir Tauschhandel, um genug zu Essen zu haben, und die paar Schafe, die wir noch besitzen, sterben langsam an Hunger und Durst. Jetzt werden sie zumindest Wasser haben, aber es gibt nicht mehr viel Futter hier in der Gegend. Doch das ist noch nicht das Schlimmste. Ich habe kürzlich herausgefunden, dass der Farmverwalter das Land mit hohen Geldsummen beliehen hat, und Victoria weiß offensichtlich nichts davon.«

Elsa wurde blass und tupfte sich mit einem Spitzentaschentuch den Schweiß von der Stirn.

»Er hat die Farm in so hohe Schulden gestürzt, dass wir wahrscheinlich zu Weihnachten kein Zuhause mehr haben werden. Du siehst also, Mutter, es wird besser sein, wenn du wieder abreist.«

Elsa kam ein Gedanke: »Tara, ich habe ein bisschen Geld ...«

»Nein, Mutter.« Tara stand auf und begann, im Raum auf und ab zu gehen.

»Tara, bitte, hör mir doch wenigstens zu! Ich musste nach dem Tod deines Vaters den Familiensitz und alle seine Antiquitäten und Kunstgegenstände verkaufen. Dafür habe ich zwar nicht den vollen Wert bekommen, und mit einem Teil des Geldes musste ich Schulden zurückzahlen, aber was noch da ist, gehört dir!«

So viel Großzügigkeit sah ihr sonst gar nicht ähnlich. Aber Tara wurde bewusst, dass sie Elsa schlecht hinauswerfen konnte, sobald diese völlig mittellos war. Außerdem war die Farm so hoch verschuldet, dass ein kleinerer Geldbetrag sie ohnehin nur ein paar Tage länger über Wasser halten würde.

»Wenn ich euch etwas Zeit erkaufen kann, Tara, lass es mich bitte tun!«

»Würde das dein Gewissen beruhigen, Mutter?«

Elsa verzog das Gesicht. »Ich bitte dich doch nur darum, ein wenig Zeit mit dir, Victoria und den Kindern verbringen zu dürfen. Danach, nun, danach fahre ich eben wieder nach Hause. Ich möchte euch wirklich keine Last sein!«

Tara seufzte, unsicher geworden.

»Würden vierhundert Pfund euch nicht helfen?«

Tara stieß überrascht den Atem aus. So viel Geld würde tatsächlich eine große Hilfe sein. Zwar war es nicht genug, um die eigentlichen Schulden zurückzuzahlen, doch es konnte die Bank für mehrere Monate zufrieden stellen – und sie konnte einen solchen Aufschub gut gebrauchen, auch wenn er das Unvermeidliche vielleicht nur hinauszögerte: Victoria das Herz brechen zu müssen.

Tara wusste, dass Nugget und die Jungen in den nächsten paar Wochen Hilfe brauchen würden, um die Schafe zusammenzutreiben, damit sie geschoren werden konnten, und dass ihre Tante damit überfordert war, auf Hannah Acht zu geben. Nachdem sie mehrere Minuten lang mit sich gerungen hatte, hin und her gerissen zwischen ihrem Stolz und den nicht zu leugnenden Vorteilen des Angebots, das ihre Mutter ihr soeben unterbreitet hatte, siegte schließlich ihr Sinn für das Praktische.

»Gut, Mutter – du kannst bleiben; aber erst einmal nur bis Weihnachten. Und ich werde nicht dein ganzes Geld annehmen, weil du sonst selber mittellos bist. Was uns beide angeht, so ist der Schaden in unserer Beziehung nicht wieder gutzumachen, also erwarte bitte keine Wunder.«

Elsa war schon zufrieden, die erste Hürde überwunden zu haben. Für sie war schon die Tatsache, dass sie vorerst bei Tara und den Kindern bleiben konnte, ein kleines Wunder.

Tara ging wieder auf den Balkon hinaus, und Elsa folgte ihr.

»Ich muss dir noch etwas sagen, Mutter«, meinte Tara, als sie nebeneinander an der Brüstung standen. »Ich bin nicht die leibliche Mutter von Jack und Hannah.«

Elsa zuckte zusammen, als habe Tara sie geschlagen. »Dann hast du also gelogen?« Elsa fand, dass ihre Tochter ihr nichts Grausameres hätte antun können, denn sie hatte immer von dem Tag geträumt, da Tara sie zur Großmutter machen würde.

»Ihre Eltern sind ertrunken, als das Schiff unterging. Wir standen uns sehr nah ...« Sie fühlte, wie sich ihre Kehle schmerzhaft zusammenzog. »Ich habe vor, Jack und Hannah aufzuziehen, als seien es meine eigenen Kinder.«

»Oh Tara, das ist sehr großzügig von dir. Sie scheinen wirklich nette Kinder zu sein.« Elsa war ein wenig versöhnt.

»Niemand außer Tante Victoria und Ethan Hunter weiß, dass ich nicht ihre Mutter bin – und ich möchte vor allem vermeiden, dass der Farmverwalter es erfährt: Ihm ist nicht zu trauen.«

»Natürlich«, erwiderte Elsa. Sie hätte zwar gern gewusst, warum diese Sache Geheimhaltung erforderte, wollte jedoch nichts fragen, um ihren gerade erreichten Erfolg nicht wieder zu gefährden.

Tara war neugierig darauf, was aus ihren Brüdern Liam und

Daniel geworden sein mochte. Sie fragte sich, ob sie wohl Kinder hatten – doch sie konnte sich nicht überwinden, ihre Mutter danach zu fragen.

Tara blickte über das Land hinaus. Der Regen hatte etwas nachgelassen, doch sie hörte das Wasser gluckernd vom Dach in die Wassertanks laufen. »Weißt du, Mutter, hier muss jeder seinen Teil tun – besonders jetzt, wo Nerida fort ist.«

»Natürlich – ich tue, was ich kann!«

»Bist du bereit mitzuarbeiten? Das Haus müsste gründlich geputzt werden, und der Koch braucht eine starke Hand.« Tara wollte ihre Mutter prüfen, in der Gewissheit, dass diese versagen würde.

Elsa zögerte nur einen ganz kurzen Augenblick. »Ja, sicher.«

»Bist du wirklich sicher, dass du es auch kannst? Du hast schließlich noch nie körperlich gearbeitet.«

Tara dachte daran, wie nutzlos sie sich am Anfang in der Gemeinschaft der Zigeuner gefühlt hatte, und das, obwohl sie jung und willig gewesen war. Es hatte ihr nichts genützt.

»Ich bin sicher, dass du überrascht sein wirst!« Elsa hatte während der vergangenen Monate vieles eigenhändig tun müssen, weil sie nicht mehr die Mittel besessen hatte, Bedienstete zu bezahlen. Zwar hatte sie kein so großes Haus zu reinigen gehabt, aber immerhin für sich selbst geputzt und gekocht.

Tara hörte die Unsicherheit in Elsas Stimme und bezweifelte ernsthaft, ob ihre Mutter ihr Vorhaben auch nur eine Woche durchhalten würde – doch sie sprach es nicht aus.

Als sie kurz darauf den Flur entlanggingen, fragte Elsa leise: »Wie viele Räume hat das Haus?«

»Genug, um dich eine Woche lang zu beschäftigen. Danach kannst du dann wieder von vorn anfangen.« Sie hatte natürlich vor, ihrer Mutter zu helfen, doch sie sagte es ihr nicht.

Elsa wirkte niedergeschlagen.

»Mutter, wenn du Sanja dazu bringen kannst, etwas anderes als

Currygerichte zu kochen, vielleicht sogar einen ›Irish Stew‹, dann ...«

Elsa hoffte inständig, sie würde sagen: ... ›verzeihe ich dir alles‹, doch sie fuhr fort: »... wäre das wirklich eine Überraschung!«

Tapfer erwiderte Elsa: »Ich nehme die Herausforderung an.« Die Miene ihrer Tochter machte sie wütend, denn Tara ließ keinen Zweifel aufkommen, dass sie es für ein fast hoffnungsloses Unterfangen hielt. Das machte Elsa nur umso neugieriger – und ließ fast so etwas wie Sympathie für den rebellischen Koch in ihr aufsteigen.

23

Nachdem Tara ihre Mutter zu Victoria zurückgebracht hatte, entschuldigte sie sich und eilte in ihr eigenes Schlafzimmer. In dem Augenblick, als sie die Tür hinter sich geschlossen hatte, brach sie in Tränen aus. Als habe sich eine Schleuse geöffnet, strömten mit den Tränen all ihre unterdrückten Empfindungen aus ihr hervor, Schmerz, Trauer, Enttäuschung, Wut und das Gefühl eines tragischen Verlusts.

Nun, da ihr Vater nicht mehr lebte, konnte Tara ehrlich zugeben, wie sehr sie ihn vermisst hatte. Und dass sie immer die stille Hoffnung gehegt hatte, ihn eines Tages wiederzusehen. Jetzt war diese Hoffnung für immer dahin, und dass ihr Vater sein Handeln tatsächlich bereut hatte, ließ ihren Schmerz nur noch tiefer werden.

Nachdem sie eine ganze Stunde geweint hatte, fühlte Tara in ihrem Innern nur noch Leere – doch sie war zu einer Entscheidung gelangt. Die Vergangenheit sollte mit ihrem Vater begraben sein, auch wenn Bitterkeit ihr das Verzeihen unmöglich machte. Um der Kinder willen musste sie in die Zukunft blicken und weitergehen ...

Nachdem sie ihre Tränen getrocknet hatte, ging Tara zu Hannahs Zimmer zurück. An der offen stehenden Tür vorbei sah sie, dass die Kleine eingeschlafen war, doch Jack saß noch immer neben ihr auf dem Bett, den Rücken durch Kissen gestützt. Er schien in Träumereien versunken und starrte durch die geöffneten Balkontüren nach draußen. Der verlorene Ausdruck in seinem Gesicht ließ tiefes Mitgefühl in Tara aufsteigen. Sie nahm an, dass er an seine Eltern dachte, und zum ersten Mal konnte sie seinen Schmerz völlig nachempfinden.

Tara setzte sich ans Fußende des Bettes, und er wandte den Kopf, um sie anzusehen. Er sah sofort, dass sie geweint hatte, und fragte sich, ob sie mit ihrer Mutter in Streit geraten war. Trotz seiner Jugend hatte er die Spannung zwischen ihnen gespürt.

»Hannah ist also eingeschlafen«, sagte sie leise.

Jack nickte. Tara fiel auf, wie sehr seine Augen denen seines Vaters glichen. Sie waren so blau wie Kornblumen, und in ihrem meist freundlichen Blick stand mehr Klugheit und Erfahrung, als sein Alter erwarten ließ.

»Meine Mutter bleibt für eine Weile hier, mindestens bis Weihnachten«, sagte Tara.

»Warum magst du sie nicht?«, wollte Jack wissen, und seine direkte Frage traf sie gänzlich unvorbereitet. »Wir haben eine sehr ... komplizierte Beziehung zueinander«, erwiderte sie, ratlos, wie sie die jahrelange Bitterkeit und deren Ursache erklären sollte. »Sie glaubt, wenn wir viel Zeit miteinander verbringen, verstehen wir uns wieder besser, aber ich bin da nicht so sicher.« Ihr Vater hatte sie verstanden, ihre Mutter dagegen hatte zu große Nähe zwischen ihnen immer abgelehnt. Wie konnte Elsa nun erwarten, seinen Platz in Taras Herzen einzunehmen?

Jack wandte den Blick nicht von ihr. Sie sah ihm an, dass er neugierig war, und wollte so ehrlich wie möglich zu ihm sein. Seit sie vom Tod ihres Vaters erfahren hatte, wusste sie, dass sie nur dann eine enge Beziehung zu Jack und Hannah aufbauen konnte, wenn sie absolut offen und ehrlich zu ihm war – und das wünschte sie sich mehr, als sie es jemals für möglich gehalten hätte.

»Du hast geweint!«, stellte Jack fest, und Tara nickte. »Meine Mutter hat mir gerade gesagt, dass mein Vater vor ein paar Monaten gestorben ist. Es war ein ziemlicher Schock für mich.« Schon wieder den Tränen nahe, wandte sich Tara einen Augenblick ab.

»Hast du dich mit deinem Vater gut verstanden?«, fragte Jack.

»Wir waren einander sehr nahe, als ich noch jünger war. Aber dann ist vor ein paar Jahren ... etwas geschehen, das mich auf meine Mutter und meinen Vater sehr wütend gemacht hat.«

»Was war es denn?«

Tara zögerte. »Ich denke, du bist noch ein wenig zu jung, um es zu verstehen, Jack, aber vielleicht eines Tages ...«

Fast sofort spürte sie, wie er sich wieder vor ihr verschloss. Die Neugier und Lebhaftigkeit, die eben noch in seinen Augen gestanden hatten, erloschen wie eine Flamme im Wind. Das feine Band, das sich gerade zwischen ihnen entsponnen hatte, war durch ihren Mangel an Einfühlsamkeit gleich wieder zerrissen. Tara spürte, dass er ihre Offenheit brauchte, um sich selbst öffnen zu können. Er hatte ihr klar genug zu verstehen gegeben, dass er es hasste, wie ein Kind behandelt zu werden. Genau das hatte sie aber geradc getan, obwohl sie wusste, dass er etwas anderes verdiente, nach allem, was er durchgemacht hatte. Und wenn sie überhaupt jemals eine gute Beziehung zueinander haben wollten, dann musste es etwas anderes sein als das, was ihn mit seinen Eltern verbunden hatte. Diese würde sie ihm sowieso niemals ersetzen können. Nach einem tiefen Atemzug versuchte sie Jack die Vergewaltigung so zu erklären, dass Jack es verstehen konnte.

»Am Abend meines achtzehnten Geburtstags bin ich von einem Mann, der für meinen Vater arbeitete, ... überfallen worden«, sagte sie leise und starrte auf ihre Hände hinab, die sie in ihrem Schoß verschränkt hatte. Sie hob nur kurz den Blick. Jack sollte den Schmerz in ihren Augen nicht sehen. Aber sie stellte fest, dass sich in seine neu erwachte Neugier auch Überraschung mischte. »Es war kein netter Mann. Ich hatte ihn schon immer seltsam und böse gefunden, und er trank auch zu viel.« Sie erschauderte. »An jenem Abend war er ebenfalls betrunken und hat mir sehr weh getan. Dann hat er meine Eltern angelogen, und als ich ihnen später erzählen wollte, was wirklich passiert war, haben sie ihm geglaubt.«

»Aber warum haben sie das getan?«

Eine sehr gute Frage, dachte Tara, die sie sich auch immer wieder gestellt hatte. »Ich weiß es wirklich nicht, Jack. Meine Mutter hat sich immer viele Gedanken darüber gemacht, was andere Leute von uns dachten. Sie hatte wahnsinnige Angst vor einem Skandal, und mein Vater genoss großen Respekt in der feinen Gesellschaft. Aber ich fand, dass es keine Entschuldigung für ihr Verhalten gab – ich fühlte mich verraten, lief von zu Hause fort und ging nie wieder dorthin zurück.«

»Wohin bist du denn gegangen? Und wie hast du gelebt?«

Tara überlegte, was sie antworten sollte, und sagte schließlich: »Ein paar Leute haben mich bei sich aufgenommen. Sie waren nett und freundlich zu mir. Aber mein Leben verlief von diesem Tag an vollkommen anders, so ähnlich wie deines jetzt. Manchmal war es schwierig, und ich wollte nach Hause, aber ich war zu verletzt und viel zu stolz, um zurückzugehen. Außerdem war ich fest davon überzeugt, nicht willkommen zu sein. Jetzt hat meine Mutter mir erzählt, sie hätten schon kurz nach meinem Verschwinden erkannt, dass ich die Wahrheit gesagt hatte, aber da war es zu spät ...« Tara sah, dass Jack genauso traurig wirkte, wie sie sich fühlte.

»Ich glaube, ich habe gehofft, dass sie mich finden würden, damit wir alles klären konnten – aber das geschah nie. Die Jahre vergingen, und meine Bitterkeit wuchs.« Tara stand auf und ging zur offenen Balkontür hinüber, wo sie mit verschränkten Armen stehen blieb.

»Wirst du deiner Mutter denn jetzt verzeihen?«, fragte Jack, um kaum hörbar hinzuzufügen: »Ich würde es tun, wenn sie sagt, dass es ihr Leid tut.«

Tara drehte sich um und sah ihn an. Jetzt wirkte er wieder unendlich traurig. »Ich weiß nicht, ob ich es kann, Jack. Ich habe sie so lange gehasst – fast eine Ewigkeit. Ich weiß, dass meine Mutter meine Vergebung braucht – aber es wäre nicht ehrlich, wenn ich es ihr sage, ohne auch so zu fühlen. Das habe ich ihr erklärt – jetzt bleibt ihr nur, zu warten, aber es kann sein, dass es nie geschieht.« Sie ging zu Jack zurück und setzte sich neben ihn aufs Bett. »Aber der Tod meines Vaters hat mir wieder bewusst gemacht, wie wertvoll das Leben ist, und besonders die Beziehungen zu anderen Menschen. Die Vergangenheit kann ich nicht ändern, aber ich möchte Pläne für die Zukunft machen, mit dir und Hannah.«

Jack runzelte die Stirn. »Was für Pläne?« Er fürchtete, sie würde ihn fortschicken, vielleicht zu Tante Moyna oder auf ein Internat.

Tara sah die Angst in seinem Blick und hoffte, dass er sich über ihre Idee freuen würde. »Tante Victoria fährt bald nach Alice Springs, um zu einem Arzt zu gehen und sich eine Brille verschreiben zu lassen. Sie wird bei Mrs. Windspear wohnen, erinnerst du dich noch an sie? Wir sind zusammen mit dem Zug gefahren.«

Jack nickte schweigend, und seine Miene verfinsterte sich zusehends.

»Der Sohn von Mrs. Windspear, Marcus, leitet ein Hotel in Alice, aber eigentlich ist er Rechtsanwalt. Ich werde Tante Victoria bitten, mit ihm zu sprechen, weil ich mein Verhältnis zu euch rechtlich absichern will.«

Jack starrte immer noch finster vor sich hin, und sie erkannte, dass er nicht begriffen hatte, was sie meinte.

»Ich will dich und Hannah adoptieren, und falls das nicht möglich sein sollte, will ich versuchen, zumindest euer gesetzlicher Vormund zu werden. Wie denkst du darüber, Jack?«

Jack wirkte immer noch skeptisch. Er verstand zwar, was Adoption bedeutete, aber er hatte wochenlang geglaubt, Tara wollte ihn und Hannah nicht wirklich bei sich haben und fürchte sich vor den Behörden.

»Warum willst du das tun?«, fragte er misstrauisch.

Seine Frage überraschte Tara. Sie hatte erwartet, dass er zufriedener sein würde, wenn die Zukunft sicherer aussah. »Natürlich weil ich möchte, dass wir eine richtige Familie werden, du und Hannah und ich!«

Jack sprang mit einem Satz vom Bett, blieb vor ihr stehen und starrte sie ungläubig an. »Und ich dachte ...« Er verstummte, ganz offensichtlich den Tränen nahe.

»Was, Jack? Was hast du gedacht?«

Er senkte den Kopf.

Tara sah ihn eindringlich an. »Ich hätte deine Schwester und dich nicht zu mir genommen, wenn ich euch nicht haben wollte, Jack – das glaubst du mir hoffentlich, oder?«

»Ich habe gehört, wie du zu Tante Victoria gesagt hast, du wärst nicht sicher, ob ... ob es richtig war, uns mitzunehmen.« Er blickte sie forschend an, als wage er nicht, ihr zu vertrauen.

Tara versuchte sich zu erinnern, wann sie so etwas zu ihrer Tante gesagt haben könnte. Ja, es war am Tag ihrer Ankunft in Tambora gewesen. Jack musste gelauscht und den letzten Teil ihres Gesprächs mitbekommen haben. Kein Wunder, dass er sich so aufsässig benommen hatte! Taras Züge entspannten sich. »Ich will ehrlich zu dir sein, Jack: Ich hatte wirklich meine Zweifel, ob ich richtig gehandelt habe, als ich euch beide zu mir nahm.« Wieder sah sie den Schmerz in seinem Blick. »Aber ich habe nicht einen Augenblick an meinen Gefühlen für euch gezweifelt. Ich war mir nur nicht sicher, ob ich wirklich für euch sorgen konnte, weil ich euch kein Heim bieten konnte und kaum Geld hatte. Um ganz offen zu sein, ich hatte Angst. Ich war noch nie vorher für ein Kind verantwortlich gewesen, geschweige denn für zwei. Aber es dauerte nicht lange, bis ich merkte, dass keines dieser Probleme von Bedeutung ist, solange wir nur zusammen sind.« Es war zwar durchaus möglich, dass sie bald obdachlos sein würden, doch ein Leben ohne die Kinder vermochte Tara sich nicht mehr vorzustellen.

Jacks Augen standen voller Tränen.

»Ich liebe dich und Hannah, Jack – und ich möchte, dass wir eine richtige Familie werden!«

Jack warf sich in ihre Arme, und Tara hielt ihn ganz fest umschlungen, während sie beide vor Freude weinten.

»Ich habe ein paar schlimme Dinge getan«, schluchzte Jack und klammerte sich an sie.

Tara dachte an die zerstochenen Reifen des Buggys – sie konnte immer noch nicht glauben, dass er es gewesen war. »Das ist nicht mehr wichtig, Jack«, sagte sie nach einem Blick in sein kummervolles Gesicht, das von unzähligen Sommersprossen bedeckt war. »Du hast so viel erlebt, und viel zu viel Schlimmes! Ich weiß, dass du dich für Hannah verantwortlich fühlst und auf sie aufpassen willst. Aber das kannst du später auch noch tun, wenn sie älter wird. Versprich mir, dass du nicht zu schnell erwachsen wirst. Ich möchte deine Kindheit mit dir zusammen genießen!«

Er lächelte, und Tara sah die Erleichterung, in seinem Blick. Es war, als sei ihm ein tonnenschweres Gewicht von den Schultern genommen worden. »Abgemacht«, sagte er, um dann nach einem schüchternen Seitenblick auf die schlafende Hannah hinzuzufügen: »Wenn du mich und Hannah adoptierst, wirst du dann unsere ... Mutter?«

»Ja – aber ich will in euren Herzen nicht den Platz eurer richtigen Mutter einnehmen. Ich hoffe, es ist Platz genug für uns beide da?«

Er nickte, und sein Blick war voller Trauer. »Darf ich ... Wäre es in Ordnung, wenn ich dich Mama nenne?«

Tara war so glücklich, dass sie schon wieder mit den Tränen kämpfte. »Das fände ich wunderbar, Jack.«

Er wirkte erleichtert. »Wäre deine Mutter dann unsere Großmutter? Sie hat gesagt, dass es so ist.«

»Ja, sie wäre eure Großmutter!« Was für ein beunruhigender Gedanke!

Jack aber wirkte glücklich darüber. »Ich hatte nämlich noch nie eine Großmutter – Mama hat mir erzählt, unsere Großeltern sind alle beide gestorben, bevor Hannah und ich geboren wurden.«

Tara lächelte leicht. »Meine Mutter hat sich immer sehnlichst Enkel gewünscht – also pass auf, dass sie nicht übertreibt ...«

Am frühen Abend, als die Kookaburras und die Kakadus am lautesten waren, gingen Tara und die Kinder ins Esszimmer hinunter. Tara und Jack hatten vorher eine Stunde lang gemeinsam die Heuschrecken aus dem Flur und der Eingangshalle gefegt, doch es kamen immer noch neue dazu. Tara hatte Hannah tragen müssen, weil die Kleine bei dem Gedanken, eine Heuschrecke könne auf ihr landen, regelrecht hysterisch wurde.

Riordan und Victoria saßen allein am Tisch. Tara stellte verwundert fest, dass Riordan eine riesige Portion Lammcurry aß, während ihr allein von dem Chiligeruch schon die Augen zu tränen begannen. Seit Tara Sanja mit Kündigung gedroht hatte, würzte der Koch das Essen extra scharf.

»Hättest du das gedacht, Tara?«, meinte Victoria. »Ich glaube, Riordan mag Curry ebenso sehr wie ich. Aber er hat ja auch genau wie ich schon den exotischen Osten bereist!«

Tara antwortete nicht, sondern warf Riordan lediglich einen gleichgültigen Blick zu, als dieser sich gerade mit einer Hand den Schweiß von der Stirn wischte.

»Können wir bei Nugget Lammkoteletts essen gehen?«, fragte Jack.

Tara freute sich sehr über das strahlende Lächeln, mit dem er sie bedachte. »Einverstanden. Du hast doch nichts dagegen, Tante Victoria, nicht wahr?«

Victoria hatte die Veränderung bemerkt, die mit Jack vorgegangen war, und sie freute sich sehr darüber. »Natürlich nicht, Liebes«, erwiderte sie. »Deine Mutter schläft noch, Tara. Ethan und Rex sind auch zu Nugget hinübergegangen, um dort zu essen – ich glaube, er kocht einen Eintopf und außerdem noch Lammkoteletts.«

»Ist Nerida inzwischen zurück?«, fragte Tara, die den Gedanken an Ethan weit von sich schob.

»Nein. Sie muss mit ihrem Stamm fortgegangen sein. Wahrscheinlich sind sie geflohen, weil sie Riordan und deine Mutter für Vertreter der Behörden gehalten haben, die ihnen die Kinder fortnehmen wollten.«

Riordan blickte sie verständnislos an. »Vor mir brauchen sie doch keine Angst zu haben. Ich bin wirklich kein großer Kinderfreund, erst recht nicht, wenn es um eine ganze Horde von ihnen geht!«

Victoria lachte herzlich.

»Das ist aber keine Erklärung für Neridas Fortbleiben«, meinte Tara, die nicht verstand, wie man Kinder nicht lieben konnte. »Schließlich ist sie auch nicht weggelaufen, als ich hierher kam.«

»Ich weiß«, erwiderte Victoria. »Ich mache mir auch Sorgen um sie, vor allem, weil sie sich nicht wohl gefühlt hat. Aber die Aborigines misstrauen unseren Medikamenten und nehmen lieber ihre traditionellen Mittel, die sie selber herstellen. Vielleicht ist sie deshalb fortgegangen – ich wünschte nur, sie hätte mir vorher etwas davon gesagt! Normalerweise ist sie so zuverlässig!«

»Wahrscheinlich hat sie gedacht, jetzt, wo Mutter und ich hier sind, könnte sie dich ruhig allein lassen«, meinte Tara mit einem kühlen Blick in Riordans Richtung. »Wir sehen uns später, Tante Victoria!«

Als Tara und die Kinder gegangen waren, sah Victoria Riordan an. »Sie ist noch immer sehr wütend auf dich, das höre ich an ihrem Ton.«

»Ich kann es ihr nicht übel nehmen, Victoria. Ich hoffe, sie gewöhnt sich irgendwann an meine Anwesenheit hier, und dann werde ich mit ihr reden. Jetzt werde ich ihr erst einmal Gelegenheit geben, ihrer Mutter wieder näher zu kommen.«

Victoria tätschelte ihm den Arm. »Du bist wirklich ein sehr verständnisvoller Mensch, Riordan!«

Er lächelte verhalten. »Ich glaube, deine Nichte würde dir im Moment wohl kaum zustimmen. Wenn ich vor sieben Jahren mehr Verständnis aufgebracht hätte, oder vor ein paar Monaten, als sie zu mir kam, wäre wahrscheinlich alles anders. Unglücklicherweise war mein Urteil über sie von meiner Besessenheit getrübt. Aber das ist jetzt vorüber, ich hoffe es jedenfalls.«

»Aber du findest sie noch immer attraktiv, nicht wahr?«

»Ja, Gott steh mir bei, das tue ich.«

Ethan und Rex Crawley saßen mit Bluey, Charlie und dem Jungen Karl im Schererhaus. Es hatte inzwischen fast ganz aufgehört zu regnen, doch überall auf dem Boden standen Pfützen, in deren schlammigem Wasser ertrunkene Heuschrecken schwammen. Es wäre fast unmöglich gewesen, im Freien Feuer zu machen. Drinnen köchelte ein Eintopf auf dem Herd vor sich hin, und im Ofen stand eine Platte mit appetitlich duftenden Lammkoteletts.

Tara hatte kaum die Schwelle überschritten, da fühlte sie ihren Blick wie magisch von Ethan angezogen, und ihr Herz begann wie wild zu hämmern. Sie lächelte verlegen.

»Hast du vielleicht noch ein paar Lammkoteletts übrig, Nugget? Der Curry riecht heute Abend besonders scharf!«

»Natürlich, Missus – kommen Sie schnell aus dem Regen!«

Tara trat ein, gefolgt von Jack und Hannah. »Der Regen scheint nachzulassen – aber draußen sieht es schlimm aus!«, sagte sie und fügte dann hinzu: »Weiß vielleicht irgendjemand, wo Nerida hingegangen ist?«

»Wahrscheinlich mit ihrem Stamm auf Wanderschaft«, ließ sich Rex vernehmen.

»Ich weiß nicht«, erwiderte Tara. »Normalerweise ist sie sehr verlässlich, aber heute Morgen hat sie gesagt, ihr ginge es nicht gut. Ich hoffe nur, dass mit ihr alles in Ordnung ist!«

»Sie muss wirklich mit ihren Leuten gegangen sein«, meinte Ethan und sah ihr direkt in die Augen. Sein Blick war so intensiv, dass ihre Knie unter ihr nachzugeben drohten. »Wenn sie sich nicht wohl fühlt, ist sie wahrscheinlich bei Kitty Koko. Sie ist so etwas wie eine Krankenschwester für die Aborigines auf dem Missionsgelände. Sie kennt sich im Busch sehr gut aus und ist eine sehr nette Person.«

Ethan hatte gebadet und war frisch rasiert. Tara dachte daran, wie seine Arme sie umschlungen gehalten hatten, fühlte in der Erinnerung wieder seine Lippen auf den ihren, und ihr wurde warm.

»Sie müssen Tara Flynn sein«, sagte Rex. »Wir sind uns noch nicht offiziell vorgestellt worden. Hier scheint niemand zu wissen, was Manieren sind!« Dabei warf er Ethan einen vorwurfsvollen Blick zu.

»Tara, das hier ist Rex Crawley«, stellte Ethan sie vor.

Rex fügte prompt hinzu: »Ich bin der offizielle Postbote für diese Gegend.«

Tara sah, wie Ethan die Augen verdrehte, und bemühte sich, ernst zu bleiben.

»Ich habe per Funk alles über Sie gehört, Tara«, fuhr Rex fort. »Jeder Neuankömmling ist natürlich Hauptgesprächsthema.«

Tara fragte sich, was wohl über sie geredet wurde, doch sie brachte es nicht über sich, danach zu fragen. »Es freut mich, Sie kennen zu lernen, Rex«, sagte sie und streckte ihm die Hand entgegen.

»Setzen Sie sich doch«, meinte Rex und bot ihr seinen Platz an, doch Ethan hatte zu seinem Ärger schon einen Stuhl für sie geholt. Die Rivalität zwischen den beiden schien sich auf alle Bereiche zu erstrecken.

»Sie sind hier im Outback eine lebende Legende, Mr. Crawley«, sagte Tara und zwinkerte Jack zu, der sich mit Hannah zu ihr gesellte.

Rex müde Züge hellten sich sichtlich auf. »Hörst du, Ethan Hunter?«, rief er und versetzte dem Freund einen Rippenstoß.

Ethan warf Tara einen völlig verzweifelten Blick zu, und sie musste sich sehr beherrschen, um nicht zu lachen.

»Lass doch Tara von deinem Eintopf probieren«, sagte Ethan zu Nugget.

Tara horchte auf. Ethan sah aus, als führe er etwas im Schilde. »Was für ein Eintopf ist es denn?«, fragte sie skeptisch.

»Guter Braten«, erwiderte Nugget grinsend. Das konnte eigentlich nur bedeuten, dass es sich um etwas in ihren Augen eher Exotisches handelte.

Als sie wieder zu Ethan hinübersah, starrte dieser betont desinteressiert nach draußen auf den schlammigen Boden, doch einer seiner Mundwinkel war leicht hochgezogen. Auch Jack grinste, und Tara kam ein schrecklicher Gedanke. »Sie haben doch wohl keine ... Heuschrecken gekocht, Nugget?«

Der Viehtreiber rührte lachend den Eintopf um. »Sie schmecken wirklich gut, Missus!«

Tara verzog das Gesicht. »Glaubt nur nicht, dass ich irgendetwas davon esse!«, stieß sie hervor, und die Männer lachten herzlich.

Tara verzichtete tatsächlich auf den Eintopf, der trotz Nuggets gegenteiliger Beteuerungen verdächtig nach Heuschreckensuppe aussah. Man hörte sogar knackende Geräusche, als die Männer ihn aßen.

Tara und die Kinder verzehrten dagegen genüsslich ihre Lammkoteletts. Nach dem Essen setzte Ethan sich neben sie; er und Rex hatten sich zu Jacks Vergnügen ein Wortgefecht geliefert. Der Junge hatte so viel gelacht, dass ihm davon nun der Bauch weh tat. Doch jetzt hatten Rex und die anderen Männer angefangen, Karten zu spielen, und es schien um hohe Einsätze zu gehen.

»Hat deine Mutter sich ein wenig eingewöhnt?«, erkundigte sich Ethan beiläufig.

»Es ist noch zu früh, dazu etwas zu sagen«, erwiderte Tara. »Sie möchte zwar gern bleiben, aber ich kann mir nicht vorstellen, dass sie es auch nur eine Woche hier aushält, geschweige denn die lange Zeit bis Weihnachten.«

»Ich hätte auch nie gedacht, dass du es mehr als einen Tag hier aushältst, als ich dich vor dem Wombat-Creek-Hotel im Staub fand«, meinte er und zwinkerte ihr zu, »aber du bist immer noch hier.«

»Meine Mutter hat bisher ein sehr viel behüteteres Leben geführt als ich«, sagte Tara und wandte den Blick ab. Ethan sollte nicht sehen, welch tiefen Eindruck das Erlebnis mit ihm bei ihr hinterlassen hatte. Wenn er sie nur nicht geküsst hätte ... Jetzt fand sie es fast unmöglich, ein ganz normales Gespräch mit ihm zu führen, denn sie musste ständig an seine Umarmung und die starken Gefühle denken, die seine Zärtlichkeit in ihr ausgelöst hatte ...

»Wer ist der Mann, der mit ihr kam?«, fragte Ethan, der offensichtlich durchaus fähig war, an andere Dinge zu denken.

»Riordan Magee. Er ist eigentlich ein uralter Freund meiner Tante.«

»Und deiner auch?«

»Ganz sicher nicht!«, erwiderte Tara scharf.

Ihre Reaktion war eine Spur zu heftig. »Aber du kennst ihn doch – ich dachte, er sei vielleicht ein ... alter Bekannter von dir!« Er bemühte sich um einen unbefangenen Ton, denn er wollte sie nicht merken lassen, dass er eifersüchtig war.

»Wir sind uns zweimal kurz begegnet, aber das macht ihn noch lange nicht zu einem alten Bekannten!« Tara nahm Hannah auf den Schoß, denn ein paar Heuschrecken flogen durch die offene Tür herein. Jack war völlig versunken in die Beobachtung des Kartenspiels und den ständigen Austausch von Streichhölzern. Ethan war inzwischen in Bezug auf Riordan Magee neugieriger als ihm selber lieb war.

»Wie lange bleibt er hier?«

Tara zuckte mit den Schultern. »Ich habe keine Ahnung, aber meinetwegen kann er nicht schnell genug wieder abreisen.«

Etwas leiser meinte Ethan: »Er wirkte heute Morgen sehr irritiert, als er ... dich und mich zusammen sah ...!«

Tara musste lächeln, obwohl sie spürte, wie sie errötete. »Er wirkte nicht annähernd so entsetzt wie meine Mutter!«

Ethan bemerkte, wie sehr es sie freute, dass ihre Mutter ihn anscheinend unpassend fand. Tara spürte seine Verlegenheit. »Wir müssen einen sehr seltsamen Anblick geboten haben dort draußen im Regen, schmutzig und von Heuschrecken umgeben ...« Sie sah ihn an, bemerkte, wie ernst er geworden war. Dass sie sich geküsst hatten, hatte die Ankömmlinge sicher am meisten gewundert.

»Ich könnte mir vorstellen, dass deine Mutter diesen Riordan Magee für dich sehr viel ... passender fände als ... jemanden wie mich«, stellte er ruhig fest.

Tara seufzte leise. »Meine Mutter und ich waren schon immer verschiedener Meinung darüber, was passend für mich ist. Und sie kann jeden Gedanken an eine Verbindung zwischen mir und Riordan Magee getrost vergessen.«

Ethan forschte eine Weile in ihren Zügen. »Gib es ruhig zu, Tara, im Grunde bist du über das, was zwischen uns geschehen ist, genauso erstaunt wie deine Mutter, nicht wahr?«

Tara errötete noch tiefer, und sie vermochte dem Blick seiner dunklen Augen nicht standzuhalten. »Ich war überrascht, vor allem, weil wir seit unserer ersten Begegnung nicht gerade freundschaftlich miteinander umgegangen sind. Aber dir schien es ebenso zu gehen!«

Er stimmte vorbehaltlos zu. Sie waren so verschieden – aber vielleicht erklärte gerade das die immense Anziehungskraft zwischen ihnen! Er hatte sich jedenfalls noch niemals so stark zu einer Frau hingezogen gefühlt. »Es war eine sehr aufwühlende Zeit besonders für dich«, meinte er und fügte hinzu, wie um die Sache herunterzuspielen: »Wir haben uns einfach hinreißen lassen.«

Tara fühlte sich durch seine Worte gedemütigt. Anscheinend fühlte er für sie doch nicht dasselbe wie sie für ihn! Deshalb erwiderte sie leise: »Das ist sicher richtig. Wir haben uns von dem Augenblick davontragen lassen. Es wird sicher nicht wieder passieren ...«

»Nein ... natürlich nicht ...!«

»Ich fahre jetzt«, meinte Rex und klopfte Ethan auf die Schulter, der wie Tara hochschreckte. »Diese Schurken haben mich völlig ausgenommen! Wir sehen uns alle am Samstag beim Rennen – ich gehöre zu den Schiedsrichtern, also sieh dich vor, Ethan – mir entgeht nichts! Übrigens bin ich auch bestechlich und nehme besonders gern kaltes Bier an!«

Tara musste lächeln – bei den Rennen schien es sich nicht um eine sehr ernste Angelegenheit zu handeln.

»Pass unterwegs gut auf dich auf«, meinte Ethan, trotz ihrer Rivalität ehrlich besorgt. Er wusste, dass die Kängurus nachts auf der Piste gefährlich werden konnten. Die Scheinwerfer der Autos blendeten und lähmten sie. »Ruf morgen früh über Funk kurz durch, damit wir wissen, dass du heil wieder in die Stadt gekommen bist.«

»Ich würde den Weg auch blind finden, Ethan«, gab Rex zurück.

»Warum bleiben Sie nicht über Nacht und fahren erst morgen früh?«, schlug Tara vor.

»Ich habe ihm schon vorgeschlagen, bei mir zu bleiben«, meinte Ethan. »Aber er ist so eigensinnig, wie der Tag lang ist!«

»Wir haben mehr als genug Platz drüben im Haus«, beharrte Tara. »Sie sind uns herzlich willkommen, Mr. Crawley.« Sie wandte sich an Ethan. »Und du natürlich auch.«

»Danke Ihnen, Tara«, erwiderte Rex, der erst jetzt die Spannung zwischen ihnen spürte. »Aber Sie haben schon Gäste, und ich denke, Sie werden mit den beiden beschäftigt genug sein, vor allem mit Ihrer Mutter.« Er zwinkerte ihr verschwörerisch zu, und Tara lächelte nicht im Mindesten gekränkt zurück. Sie konnte sich lebhaft vorstellen, wie seine Fahrt mit ihrer Mutter verlaufen war. Sicher hatte Elsa ihm ziemlich zugesetzt.

»Ein anderes Mal gern.« Rex warf Ethan unter hochgezogenen Brauen einen Blick zu. »Das ist sicher eine nette Abwechslung, wenn man sonst sein Schlafquartier mit einem Mann teilen muss, der wie ein Kamel riecht.«

Ethan starrte ihn finster an, doch er lachte nur.

24

Mama, Mama, hilf mir!«

»Wo bist du, Jack?«, rief Tara. »Ich kann dich nicht sehen!«

»Hier drüben, Mama! Hol mich hier raus!«

Seine Stimme schien aus großer Entfernung zu kommen und klang in der Stille der Nacht noch lange nach. Tara stolperte durch den Busch, wo die Dornen der Akaziensträucher ihr den Rock zerrissen und tote Eukalyptusbäume wie stumme Wächter in den Himmel ragten. Kängurus und Emus kreuzten ihren Weg und blieben einen Moment neugierig stehen, bevor sie sich eilig in den Schutz der Dunkelheit zurückzogen.

Tara spürte, dass sie nicht mehr viel Zeit hatte. »Jack, ich kann dich nicht finden!«, rief sie voller Angst. Dann spürte sie einen stechenden Schmerz in ihrem Knöchel, als sie über einen Stein stolperte und einen ungewollten Sprung nach vorn tat. Im letzten Moment merkte sie, dass vor ihr im Boden ein tiefschwarzes Loch gähnte, in das sie beinahe hineingefallen wäre. Irgendwo in seinen düsteren Tiefen tropfte Wasser. »Jack!«, rief sie wie gelähmt vor Angst, und ihr Herz raste. »Bist du da unten?« Ihre Worte hallten dumpf von den gewölbten Wänden wider.

Tara hörte Jack husten und dann gurgelnde Laute. »Mama, hilf mir, hilf mir! Ich kann nicht schwimmen! Bitte hol mich raus!«

Nackte Panik stieg in Tara auf, sie war vollkommen hilflos. Verzweifelt überlegte sie, wie sie Jack retten könnte, allein, das wusste sie, würde sie es nie schaffen.

»Jack, halte durch – ich hole Hilfe!«, rief sie. Wieder hörte sie einen gurgelnden Laut, als Jack unter Wasser sank, und dann herrschte plötzlich Stille – absolute, grausame Stille.

Tara schrie auf, fuhr hoch und streckte die Arme aus. Sie brauchte ein paar Sekunden, bis sie merkte, dass sie in ihrem Bett saß und ihr der Schweiß über Stirn und beide Wangen lief.

»Es war nur ein Albtraum«, versuchte sie sich selbst zu beruhigen und barg ihr Gesicht in den Händen. Es war die dritte Nacht in Folge, dass sie diesen schrecklichen Traum hatte, und jedes Mal war sie bis ins Mark erschrocken. Ihr Herz pochte noch immer rasend schnell gegen ihre Rippen, denn die Bilder des Traums standen ihr noch erschreckend klar vor Augen. Sie wusste, dass dies kein normaler Traum sein konnte – dazu war er viel zu realistisch gewesen. Trotzdem versuchte sie verzweifelt, sich vom Gegenteil zu überzeugen.

Während sie ihr Gesicht mit kaltem Wasser bespritzte, sagte sie sich, dass sie unbewusst wahrscheinlich Angst hatte, die Kinder zu verlieren, und deshalb diese Dinge träumte. »Gott sei Dank gibt es hier in der Gegend keinen so tiefen Schacht«, sagte sie sich. Sie hatte Bluey, Charlie und sogar Tadd gefragt, ob sie von einem solchen Loch wüssten, doch sie hatten alle verneint.

Am Fuß der Treppe begegnete sie kurz darauf ihrer Tante, die so aufgeregt wirkte, wie Tara sie noch nie gesehen hatte.

»Percy Everett hat mir gerade über Funk etwas mitgeteilt«, stieß sie atemlos hervor. »Es ist ein Telegramm von William Crombie angekommen. Er will, dass wir ihm so schnell wie möglich eine Ladung Wolle nach Indien schicken. Ist das nicht wunderbar, Tara?«

Tara stand noch so sehr unter dem Eindruck des Albtraums, dass sie nur nicken konnte.

»Anscheinend hat William bereits in seinem letzten Brief um eine Wollprobe gebeten, aber jetzt sollen wir ihm einfach nur so schnell wie möglich hundert Ballen Merinowolle schicken.«

»Das ist wirklich wunderbar, Tante Victoria«, brachte Tara endlich hervor. Fast war sie versucht, ihr zu gestehen, dass sie den ersten Brief inzwischen gelesen hatte. Aber dann würde sie noch viel mehr Dinge offen legen müssen.

»Es ist die beste Nachricht, die ich seit langer, langer Zeit erhalten habe, aber andererseits ... Himmel, es gibt jetzt so viel zu organisieren! Erst einmal müssen tausend Schafe zusammengetrieben werden, und dann muss ich die Scherer und einen Wollgutachter benachrichtigen. Hier hätten wir die Wolle nicht mehr verkaufen können, aber so kommen wir wahrscheinlich durch die nächste Saison. Nach dieser herrlichen Neuigkeit und dem Regen gestern sehe ich mit viel mehr Optimismus in die Zukunft. Ich glaube, du hast uns von Irland viel Glück mit herübergebracht, Tara!«

Tara musste an die Schulden bei der Bank denken, und es versetzte ihr einen Stich. Wie sollte sie ihrer Tante nur beibringen, dass praktisch keine Hoffnung bestand, die Farm zu behalten, egal wie viel Wolle sie an William Crombie exportierten?

»Was ist los, mit dir, Tara?«, fragte Victoria stirnrunzelnd. »Du siehst heute Morgen sehr seltsam aus.«

»Mir geht es gut, Tante Victoria – ich bin nur etwas müde.«

»Ganz sicher? Du bist reichlich blass!«

»Ich hatte heute Nacht wieder einen Albtraum, das ist alles.«

»Oh nein! Diese Träume müssen noch Folgen dieser schrecklichen Erlebnisse auf dem Schiff sein! Sie werden bestimmt mit der Zeit vergehen. Wenn du nur nicht krank wirst – du willst doch das Wohltätigkeitsfest und die Kamel- und Pferderennen nicht versäumen, oder? Es ist *das* gesellschaftliche Ereignis hier draußen. Aus irgendeinem Grund haben sie es in diesem Jahr vorgezogen. Nugget und die Jungen haben sich schon auf den Weg in die Stadt gemacht. Sie reiten mit und behaupten, ihre Pferde brauchen eine ruhige Nacht vor den Rennen, damit die Tiere morgen früh frisch sind. Ich nehme eher an, dass sie die Kartenspiele nicht versäumen wollen, die heute Nachmittag schon anfangen. Wenn ich an die viele Arbeit in der nächsten Woche denke, freut es mich sehr, dass sie diese Zeit haben, um mit unseren Nachbarn zusammenzusein. Heute Abend wird bestimmt sehr viel getrunken werden, und morgen früh leiden dann mit Sicherheit einige unter den Nachwirkungen. Wir selbst brechen gleich nach dem Frühstück auf und müssten, wenn alles gut geht, am späten Abend dort sein. Ich freue mich riesig darauf, all diese Leute wiederzusehen!«

»Tante Victoria, hast du vielleicht Jack irgendwo gesehen?«, fragte Tara, als sie eine halbe Stunde später ins Esszimmer kam. Eigenartigerweise tat ihr der Knöchel weh, ohne dass sie es sich hätte erklären können, was ihren Traum um so realer erscheinen ließ. Sie und Hannah waren mittlerweile angezogen, doch Jack hatte sie nirgends finden können. »Er wird doch nicht mit den Männern geritten sein?«

»Nein, Liebes, da bin ich absolut sicher. Ich hatte es dir eigentlich nicht sagen wollen, aber er scheint heute Morgen als Allererstes mit Tadd aneinander geraten zu sein. Ich habe gehört, wie Tadd ihn anschrie. Tadd hat das jähzornige Temperament der Iren ... Vielleicht wollte Jack daraufhin ein Weilchen allein sein – er ist so ein sensibler Junge!«

»Aber was hat Jack denn getan, dass Tadd so erbost war?« Tara hatte nicht ein einziges Mal mehr Schwierigkeiten mit Jack gehabt, seitdem sie sich einige Tage zuvor ausgesprochen hatten. Im Gegenteil, er war höflich und fügsam gewesen und hatte eifrig darauf bestanden, ihr bei der Arbeit zu helfen, unter anderem beim Aufräumen des Gartens und beim Säen neuer Pflanzen nach der Heuschreckeninvasion. Tara hatte ihm immer wieder gesagt, er müsse sich jetzt nicht doppelt anstrengen, um sein früheres Verhalten wieder gutzumachen, doch es schien ihm ein wirkliches Bedürfnis zu sein.

»So genau weiß ich es nicht – am besten fragst du Tadd selbst danach. Aber er sagte irgendetwas wie, dass Jack Mellie und die

Welpen zu sehr verwöhnt. Anscheinend hat Tadd heute Morgen schon ganz früh mit den Welpen trainiert, weil er hofft, morgen in der Stadt einen Käufer zu finden, und er behauptete, Jack habe sie abgelenkt. Mellie scheint Jack sehr gern zu haben und folgt ihm überall hin.«

»Das ist sicher für beide nicht schlecht, Tante Victoria. Mellie war regelrecht hungrig nach Zuwendung, als wir hierher kamen, und ich weiß, dass sie Jack auch gut tut. Er liebt sie einfach heiß und innig.«

»Ich gebe dir Recht, Tara, aber Tadd möchte, dass Mellie wieder bei den Schafen arbeitet, jetzt, wo die Welpen entwöhnt sind. Er hätte sie sicher schon eher wieder mitgenommen, aber dann wäre ihre Milch versiegt.«

»Wo ist Tadd eigentlich? Ich möchte ihn fragen, was los war.«

»Ich weiß nicht ...« Victoria hörte schwere Schritte. »Ah, da kommt er ja gerade!«

Tara wandte sich um und sah Tadd den Flur hinunterkommen. Unwillkürlich verkrampfte sie sich. »Wissen Sie, wo Jack ist?«, fragte sie kurz angebunden. Seit sie herausgefunden hatte, was der Verwalter hinter dem Rücken ihrer Tante alles getan hatte, fiel es ihr sehr schwer, ihm auch nur einigermaßen höflich zu begegnen.

Als er Jacks Namen hörte, verfinsterte sich Tadds Miene. »Er ist fortgeritten, nachdem ich ihn gescholten hatte.«

»Fortgeritten ... und Sie haben ihn nicht zurückgehalten?«

»Ich konnte ihn nicht aufhalten.«

»Warum haben Sie mir nichts gesagt? Er ist noch immer nicht zurück.«

»Er wird sich bald beruhigen und von allein nach Hause kommen.« Tadd wollte an ihr vorbeigehen, doch Tara war noch nicht bereit, die Sache auf sich beruhen zu lassen.

»Was haben Sie denn zu ihm gesagt, dass ihn so aufgeregt hat?«

»Ich habe ihm gesagt, dass er die Welpen verdorben hat – und das stimmt auch. Sie gehorchen mir überhaupt nicht mehr.«

»Was für ein Unsinn!«

»Unsinn, ach ja? Sie hören nicht einmal, wenn ich sie rufe. Stattdessen folgen sie dem Jungen überallhin. Hunde können nur einen Herrn haben!«

Tara sah Tadd mit flammendem Blick an. »Hunde reagieren auf Freundlichkeit, Tadd – und niemand kann behaupten, dass Sie besonders freundlich mit Tieren umgehen. Ist es da ein Wunder, dass die Hunde lieber bei Jack sind?«

Tadds Wangen röteten sich vor Zorn. »Diese Hunde sind Arbeitstiere, nichts zum Kuscheln. Wenn ich ihnen ihren Willen ließe, wären sie bald völlig verdorben. Untrainiert bekommen wir keinen anständigen Preis für sie, und wir brauchen jeden Pfennig.«

Tara war so wütend, dass sie beinahe die Wahrheit laut herausgeschrien hätte: dass vor allem er die Schuld an der trostlosen Lage der Farm trug. Doch um ihrer Tante willen gelang es ihr mühsam, sich zu beherrschen.

Victoria trat zwischen sie. »Streiten hilft uns nicht weiter, wenn wir den Jungen finden wollen«, sagte sie. »Riordan hat mir gerade erzählt, dass er Jack in südwestliche Richtung hat davonreiten sehen. Wir sollten einen Suchtrupp zusammenstellen – aber jetzt, wo die Männer alle fort sind, bleiben nur wir.«

»Vielleicht ist er doch den Männern gefolgt«, meinte Tara. Ihr fiel auf, dass Tadd plötzlich sehr besorgt wirkte.

»Sie sind schon vor Sonnenaufgang fortgeritten«, erwiderte Victoria. »Er kann sie nicht einholen.«

»Mein Pferd ist schon gesattelt – ich werde sofort losreiten und ihn suchen«, sagte Tara.

»Aber Sie kennen sich doch überhaupt nicht aus«, meinte Tadd grimmig.

»Das stimmt, Tara«, gab Victoria ihm Recht. »Wir können nicht riskieren, dass du uns auch noch verloren gehst. Wenn nur Nugget oder Ethan hier wären – sie sind beide ausgezeichnete Spurensucher.«

Victoria bemerkte nicht, dass Tadd sich durch ihre Bemerkung gekränkt fühlte.

»Was, wenn Jack nun nicht zurückkommt, Tante Victoria?« Tara geriet langsam in Panik. »Wir würden ihn dort draußen niemals finden!« Als sie an die Hunderte von Meilen offenen Landes dachte, verließ sie ihr Mut, und sie fühlte sich unendlich niedergeschlagen.

»Ich rufe über Funk in Wombat Creek an«, erklärte Victoria. »Ethan ist seit gestern dort, um alles zu organisieren – er weiß sicher, was zu tun ist.«

»Und ich reite in die Richtung, die Riordan dir angegeben hat«, meinte Tadd. »Ich kenne dieses Land recht gut, und im Spurensuchen habe ich auch einige Erfahrung!«

»Es meldet sich keiner«, sagte Victoria, nachdem sie zum dritten Mal versucht hatte, Percy, Ferris oder Rex über Funk zu erreichen.

»Sie sind wahrscheinlich alle irgendwo draußen, wo sie das Funkgerät nicht hören«, meinte Tara verzweifelt. »Und was ist mit Lottie und den Mädchen? Sie müssten eigentlich zu Hause sein, und auch wenn sie vielleicht gerade schlafen ... könnte vielleicht eine von ihnen Ethan eine Nachricht überbringen.«

»Eine gute Idee!«, erwiderte Victoria.

Einen Augenblick später hörten sie Lotties freundliche Stimme ein wenig entstellt durch das Knacken im Äther.

»Ich habe dich doch hoffentlich nicht geweckt?«, fragte Victoria.

»Nein, die Mädchen werden zwar sicher noch lange schlafen – sie hatten gestern Abend viel zu tun –, aber ich werde beim leisesten Geräusch wach, und heute haben wir hier reichlich Lärm!«

Victoria erklärte die Situation, und Lottie sagte, sie könne Ethan von ihrem vorderen Fenster aus sehen. »Er steckt gerade die Rennstrecke ab. Ich gebe ihm sofort Bescheid!«

Victoria konnte durch Lotties offenes Fenster das Lärmen und Treiben der Menschen in Wombat Creek hören und fühlte, wie ein Schauer der Erregung sie durchlief.

»Sag ihm auch, dass Tadd sich auf die Suche nach dem Jungen gemacht hat«, rief sie. »Aber wir brauchen seinen Rat!«

»Das klingt, als sei es Tadds Schuld, dass das Kind fortgelaufen ist«, erwiderte Lottie. »Mir ist nur aufgefallen, dass er sich in letzter Zeit sehr seltsam benimmt.«

»Wie meinst du das?«, fragte Tara gespannt.

»Vor ein paar Tagen habe ich ihn dabei beobachtet, wie er sich hinter dem Hotel versteckte und irgendetwas las. Offensichtlich wollte er nicht, dass ihn dabei jemand beobachtete. Später ist er nach einigen Gläsern Bier noch herübergekommen und war in einer ganz eigenartigen Stimmung.«

Tara war verwundert. Sie fragte sich, was Tadd gelesen haben mochte und wie er es sich leisten konnte, Lottie und die Mädchen aufzusuchen, wo er schon so lange keinen Lohn mehr bekommen hatte. Der einzige Schluss, zu dem sie kam, war der, dass er einen weiteren Brief der Bank unterschlagen hatte und die Opale verkaufte, um Lottie bezahlen zu können. »Hat er irgendetwas dazu gesagt, was er getan hatte, oder warum?«

»Er war unruhig und konnte nicht ... nun ja, du weißt schon ... Er wirkte einfach besorgt, wenn du weißt, was ich meine.«

Victoria errötete. Sie hatte nicht gewusst, dass Tadd zu den Mädchen ging. »Also, jetzt verstehe ich gar nichts mehr«, sagte sie.

Lottie spürte, dass sie zu viel gesagt hatte, und meinte: »Ich werde Ethan jetzt eure Nachricht bringen – ihr habt es sicher eilig, Jack wieder zu finden!«

»Danke, Lottie«, antwortete Victoria. »Ende.«

Ein paar Minuten später meldete sich Ethan über Funk. »Ich mache mich sofort auf den Weg zur Farm«, sagte er. »Aber ich werde frühestens am späten Nachmittag dort sein können.«

Ethan hatte vor, sich ein schnelles Pferd zu leihen, doch ihm war klar, dass ihm wegen der Rennen am folgenden Tag niemand gern sein Tier abtreten würde.

»Es tut mir sehr Leid«, sagte Tara. »Ich weiß, dass du in der Stadt gebraucht wirst, aber wir haben schon die ganze Umgebung abgesucht, und Jack ist einfach nicht zu finden. Normalerweise hätte ich dich nicht gestört, aber ich bin ganz sicher, dass etwas Schreckliches geschehen ist.«

»Ich verstehe schon, Tara – und ich habe den Jungen auch sehr gern.« Ethan überlegte ernsthaft, Rex zu bitten, ihn mit dem Wagen nach Tambora zu bringen. Obwohl er sich regelrecht vor der Fahrt fürchtete, würde es schnell gehen, und es konnte sein, dass Jacks Leben in Gefahr war.

»Glaubst du, dass Jack zu deiner Hütte geritten ist?«, wollte Tara wissen.

»Saladin ist dort und kümmert sich um die Kamele. Ich habe gerade über Funk mit ihm gesprochen, aber er sagt, er hat Jack nicht gesehen. Ich habe ihn gebeten, zu euch zu reiten und euch bei der Suche zu helfen, bis ich dort bin.«

Tara fühlte, wie ein kalter Schauder sie durchlief. Sie wollte Saladin nicht sehen. »Das ist nicht nötig«, erklärte sie.

Ethan hörte das Unbehagen in ihrem Ton. »Er ist ein sehr guter Spurenleser, Tara, und die Zeit drängt. Ich will euch keine Angst machen, aber je länger Jack dort draußen herumirrt, desto weniger Chancen hat er, zu überleben.«

»Aber Tadd hat sich schon auf die Suche gemacht ...«

»Dies ist ein weites Land, Tara. Vielleicht wären selbst hundert Männer zu wenig, um Jack zu finden, und wenn er nicht innerhalb von zwölf Stunden gefunden wird, kann es zu spät sein. Ich habe ihm eingeschärft, niemals ohne Wasser loszureiten, aber wenn er aufgeregt und durcheinander war, wird er wahrscheinlich keine Feldflasche mitgenommen haben.«

Tara wusste, dass er Recht hatte. Sie musste ihre persönlichen Gefühle beiseite lassen, denn Jacks Leben war in Gefahr. »Gut – ich tue, was immer du sagst, Ethan. Wir müssen ihn finden, bevor er …« Ihr Traum verfolgte sie noch immer, und die Angst saß ihr wie ein schwerer Klumpen in der Kehle.

»Ich mache mich sofort auf den Weg, Tara«, erklärte Ethan. »Wenn er bei Anbruch der Dämmerung noch nicht gefunden ist, rufe ich über Funk alle Männer in der Stadt zu Hilfe.«

Tara wünschte insgeheim, er wäre schon bei ihnen in Tambora, aber selbst der beruhigende Klang seiner Stimme war ihr schon ein großer Trost. Er würde verhindern, dass Jack etwas geschah, dessen war sie sich ganz sicher.

»Passt auf, dass niemand Spuren verwischt die Saladin helfen könnten – er wird kommen, so schnell er kann.«

Tara bestand darauf, dass Victoria, Riordan und ihre Mutter zu den Rennen nach Wombat Creek ritten. Riordan hatte sie in den paar Tagen seit seiner Ankunft kaum gesehen, und sie war dankbar dafür. Victoria sagte, er vertrage die Hitze nicht, und wenn er sich gerade einmal nicht beklagte, lag er die meiste Zeit über auf seinem Bett. Aus dem, was Victoria noch andeutete, schloss Tara, dass er auch Fliegen und Moskitos hasste, kein Interesse an Tieren hatte, sich in Gegenwart von Kindern unbehaglich fühlte und nicht einmal genügend Energie aufbrachte, um sich die Kunst der Aborigines anzusehen. Tara verstand nicht, warum ihre Tante ihm nicht einfach vorschlug, abzureisen.

Stattdessen beharrte Victoria darauf, dass er sich bald an alles gewöhnt haben und ihnen dann ein durchaus unterhaltsamer Hausgenosse sein würde. Was sie in ihrem Glauben bestärkte, war seine Bereitschaft, in die Stadt zu fahren und sich die Rennen anzusehen.

Tara wusste, dass ihre Tante sich schon lange darauf gefreut hatte. Es hätte auch keinen Sinn gehabt, wenn Victoria in Tambora geblieben wäre. Als sie trotzdem zögerte, erklärte Elsa ihr, es sei nicht nötig, dass sie alle herumsäßen und auf Nachricht warteten. Tadd war auf der Suche nach dem Jungen, und bald musste auch Saladin eintreffen, um ihm zu helfen. Victoria stimmte zu, denn sie schien großes Vertrauen zu dem afghanischen Kamelführer zu haben – fast so viel wie zu Ethan.

»Gut, dann brechen wir jetzt auf«, meinte sie schließlich. »Du kommst nach, wenn ihr Jack gefunden habt.« Dann wandte sie sich an ihre Schwägerin. »Bist du so weit, Elsa?«

»Ich bleibe hier bei Tara«, stieß Elsa entschlossen hervor.

Tara sah sie überrascht an. »Du brauchst aber nicht zu bleiben, Mutter!«

»Ich bin fest entschlossen«, beharrte Elsa. »Irgendjemand muss doch auch bei Hannah bleiben. Die Fahrt in die Stadt wäre für sie viel zu anstrengend!«

Tara war ihr sehr dankbar; sie hatten eigentlich vorgehabt, Hannah in der Obhut Neridas zurückzulassen, doch das Aborigines-Mädchen war noch immer nicht zurückgekommen.

Tara und Elsa sahen von der Veranda aus zu, wie Victoria und Riordan in einen Buggy stiegen und losfuhren. Tara staunte über Riordans Aufmachung, die einigermaßen lächerlich wirkte: Er trug einen cremefarbenen Leinenanzug und einen Panamahut. Unter den Viehtreibern und Scherern in der Stadt würde er ohne Zweifel auffallen wie eine Ziege bei einer Auktion für Merinoschafe, und dankbares Objekt für viele derbe Scherze sein. Wenn sie nicht so wütend auf ihn gewesen wäre, hätte sie ihm vielleicht geraten, seine Kleidung eher den hiesigen Gebräuchen anzugleichen.

Nachdem der Buggy außer Sicht war, ging Tara zur Rückseite des Hauses und blickte von der schattigen Veranda aus über die weite Ebene in die Richtung, in die Jack geritten war. Elsa und Hannah, die mit ihrem Teddybären spielte, folgten ihr.

Fast über Nacht hatte der Regen dem fahlgelben Spintifexgras, das den Boden bedeckte, einen grünen Hauch verliehen. Außer dem lauten Krächzen eines seltsamen Vogels lagen das Haus und seine Umgebung so still da wie ein Friedhof. Auch von den Heuschrecken, die über die Gegend hergefallen waren, war absolut nichts mehr zu sehen – sie schienen ebenso plötzlich verschwunden zu sein, wie sie gekommen waren.

»Ich habe in den letzten drei Nächten jedes Mal den gleichen schrecklichen Traum gehabt, und immer ging es um Jack«, sagte Tara leise, als ihre Mutter neben sie trat. »Und wenn er sich nun erfüllt, Mutter?«

»Erzähl mir von dem Traum«, sagte Elsa, die hoffte, Tara beruhigen zu können. Sie spürte, dass ihre Tochter kurz davor stand, hysterisch zu werden.

»In dem Traum ruft Jack nach mir. Ich suche ihn nachts im Busch, kann ihn aber nicht finden. Ich stolpere und falle beinahe in ein sehr tiefes Loch, das halb voll Wasser steht. Jack ist dort drin und ertrinkt.«

»Es ist nur ein Traum Tara!«, versicherte Elsa ihr, die sich den Albtraum mit Taras Erlebnissen auf der *Emerald Star* erklärte.

»Aber er war so real ... Wenn es nun eine Warnung sein sollte, oder eine Art Weissagung? Ich hatte schon öfter solche Eingebungen ...«

Elsa starrte sie verwundert an. »Willst du damit sagen, du hättest Ereignisse vorausgesagt, die dann tatsächlich stattgefunden haben?«

Tara nickte. »Auf dem Schiff habe ich aus Spaß den Leuten die Karten gelegt. Aber in der Nacht, als das Schiff sank, habe ich von einem Brand geträumt. Ich kannte sogar die Zahlen an der Kabinentür, in der das Feuer ausbrach, wenn auch nicht in der richtigen Reihenfolge. Ich habe diese Kabine dann auf dem Unterdeck gefunden, sie lag von meiner Kabine aus ein Stück den Flur hinunter, und konnte die Passagiere und die Mannschaft warnen – sonst wären noch sehr viel mehr Menschen umgekommen, die Kinder und mich eingeschlossen.«

Elsa erschrak sichtlich und musste sich an der Verandabrüstung festhalten, da sie leicht ins Schwanken geraten war.

»Was ist mit dir, Mutter?«, fragte Tara. »Du siehst aus, als ob dir ein Geist erschienen wäre.«

»Ich glaube, es liegt an der Hitze«, log Elsa.

Tara wandte sich wieder um und starrte in die Ebene hinaus.

Sie umklammerte die Brüstung so fest, dass ihre Fingerknöchel weiß hervortraten. »Ich habe ein schreckliches Gefühl bei dieser Sache, Mutter.« Sie verstummte einen Moment, um dann mit gehobener Stimme hinzuzufügen: »Ich muss etwas unternehmen! In meinem Traum ertrinkt Jack, weil ich nicht zu ihm gelangen kann.«

»Gibt es denn irgendwo auf der Farm ein solches Loch im Boden, Tara? Einen alten Brunnen, oder einen Bergwerksschacht?«

»Ich habe Nugget und Ethan noch nicht gefragt, aber Tadd, Bluey und Charlie behaupten, dass es hier so etwas nicht gibt. Wahrscheinlich bin ich nur hysterisch und mache mit völlig unnötig Sorgen. Bestimmt haben meine Träume gar nichts zu bedeuten, aber ...« Sie erschauderte und schlag die Arme um ihren Körper. »Warum werde ich dann das Gefühl nicht los, dass etwas Schreckliches passieren wird?«

»Tara«, erklärte Elsa plötzlich sehr ernst, »ich denke, es wäre klug, deinen Ahnungen zu vertrauen.«

Tara war verblüfft. Warum hatte ihre Mutter ihre Meinung plötzlich geändert? »Aber warum denn, Mutter? Gerade hast du doch noch gesagt, es sei sicher nur ein Traum gewesen!«

Elsa sah sie eindringlich an. »Nur um ganz sicher zu sein. Wenn wirklich Hinweise in deinem Albtraum versteckt waren, dann lass es von irgendjemandem nachprüfen oder tu es selbst ... Manche Menschen haben tatsächlich die Gabe, in die Zukunft zu blicken.«

Tara wandte sich ab und suchte in dem weiten Land nach irgendeinem Anzeichen von Bewegung. Sie bemerkte kaum, dass ihre Mutter plötzlich sehr beunruhigt wirkte.

»Eine alte Zigeunerin hat mir einmal gesagt, ich ... ich hätte ebenfalls Zigeunerblut in den Adern«, meinte Tara so leise, als spreche sie zu sich selbst. »Aber das kann ja nicht wahr sein ...«

Elsa ließ sich in einen der Korbstühle sinken. »Eloisa«, flüsterte sie so leise, dass Tara sie nur mit Mühe verstand. Erstaunt darüber, dass ihre Mutter die alte Zigeunerin kannte, wandte sie sich Elsa zu und starrte sie an. Erschrocken stellte sie fest, welche innere Zerrissenheit sich plötzlich auf Elsas Zügen spiegelte.

»Du kennst ... Eloisa?« Tara bezweifelte, dass es sich um dieselbe Frau handeln konnte, die ausgestoßene Zigeunerin.

Elsa antwortete ihr nicht.

In Tara stieg ein Verdacht auf, und sie sagte drängend: »Mutter, Jacks Leben ist vielleicht in Gefahr. Wenn du mir etwas zu sagen hast, dann tu es jetzt, bevor es zu spät ist!«

Elsa schloss die Augen und versuchte, die Wahrheit zurückzudrängen, die sie so viele Jahre lang sorgfältig vor ihrer Umwelt verborgen hatte. Tara stand vor ihr und beobachtete sie genau. »Ist es wahr, Mutter? Habe ich wirklich Zigeunerblut in den Adern?«

Elsa bewegte den Kopf von einer Seite zur anderen, und Tara stieß erleichtert den Atem aus, den sie vor Spannung angehalten hatte. Doch sie täuschte sich. Sie hatte nicht erkannt, dass Elsas Kopfschütteln nur der Versuch gewesen war, die Wahrheit noch länger zu leugnen.

Tara wandte den Blick nicht von ihrer Mutter, die am Rande eines Nervenzusammenbruchs zu stehen schien. Schließlich begann Elsa heftig zu schluchzen.

»Es ist wahr – Gott vergebe mir!«

Tara ließ sich gegen die Brüstung sinken, die Augen weit aufgerissen und mit vor Staunen geöffnetem Mund. Sie war vollkommen verblüfft.

Elsa blickte zu ihr auf, in Minuten um Jahre gealtert. »Ich hätte nie gedacht, dass ich es einmal jemandem sagen würde – es ist nur, weil Jack in Gefahr schwebt, sonst wäre es niemals über meine Lippen gekommen.« Dass sie sich mitten im Nirgendwo befanden, hatte ihr den notwendigen Mut gegeben, die Wahrheit zu sagen.

Tara war noch immer zu verwirrt, um etwas zu sagen. Jahrelang hatte sie bei den Zigeunern gelebt und nicht einen Augenblick lang daran gedacht, sie könnte tatsächlich eine von ihnen sein!

»Meine Mutter war eine Seherin«, gestand Elsa flüsternd, als würden die Worte ihr von einer unsichtbaren Macht entrungen. »Sie ist gestorben, als ich zehn Jahre alt war. Die Mutter meines Vaters, eine Schwester des Grafen von Bradford, hat mich aufgezogen.«

»Du hast mir doch erzählt, deine Mutter sei mit einer Gräfin verwandt gewesen.«

Elsa stand auf und stützte sich an der Verandabrüstung ab. »Das war eine erfundene Geschichte – meine Großmutter hatte sie sich ausgedacht. Ich habe von klein auf gelernt, meine richtige Mutter niemals zu erwähnen, obwohl ich nicht verstand, warum ich es nicht durfte.«

Tara war noch immer kaum fähig zu sprechen.

»Als ich etwa fünfzehn war, kam im Garten des Bradford'schen Anwesens eine Zigeunerin auf mich zu, die mir sagte, sie sei meine Großmutter und heiße Amorita. Eloisa war ihre Schwester. Amorita hatte wunderschöne, kupferrote Haare, genau wie deine, und war auch eine Seherin. Sie hat mir von meiner Mutter Celena erzählt und mir diesen Ring gegeben, der Celena gehört hatte.« Elsa hatte diesen Ring immer getragen, einen schmalen, filigranen Goldreif. Tara hatte immer angenommen, er habe ihrer Großmutter gehört, obwohl sie bei den Zigeunern ähnliche Ringe gesehen hatte. »Wir haben ein paar Minuten miteinander gesprochen, bis der Gärtner sie fortjagte. Danach habe ich nie wieder ein Wort mit ihr gewechselt. Aber ich habe manchmal bemerkt, dass sie mich beobachtete. Sie ist vor dreizehn Jahren gestorben.«

»Woher weißt du das?«

»Eloisa hat es mir gesagt.«

»Und warum hast du mir all das nicht schon viel früher erzählt? Du hast immer so getan, als würdest du die Zigeuner hassen!«

Wieder schloss Elsa die Augen und kämpfte gegen den Aufruhr der Gefühle an, der in ihr tobte. »Weil man mir beigebracht hat, mich meines Zigeunerbluts zu schämen. Meine Großmutter sagte mir, wenn jemand davon erführe, würde ich es im Leben sehr schwer haben. Die gute Gesellschaft würde mich schneiden, und ich würde auf der Straße angespuckt. Deshalb hat es mir auch das Herz gebrochen, als du damals beschlossen hast, dieses Leben zu leben – und das, wo ich dir all die Jahre über die Wahrheit verschwiegen hatte ...«

Elsas Großvater hatte Amorita und Eloisa eine ansehnliche Summe für ihr Schweigen bezahlt. Nachdem Amorita sich Elsa genähert und ihr gesagt hatte, wer sie war, war die Zigeunerin von einem Attentäter ermordet worden. Den Täter hatte man nie gefunden. Elsa vermutete, dass ihr Großvater dafür verantwortlich war, doch sie hatte sich bis zu seinem Tod nie überwinden können, ihn danach zu fragen. Und sogar auf seinem Sterbelager hatte er noch geleugnet, auch nur das Geringste mit Amoritas Ermordung zu tun zu haben.

»Ich wollte mich nie ... minderwertig fühlen müssen«, murmelte Elsa.

Tara schloss die Augen. Ironischerweise hatte sie sich bei den Zigeunern genau so gefühlt, weil sie geglaubt hatte, nicht dazuzugehören! »Hat Vater davon gewusst?«

»Oh nein«, erwiderte Elsa erregt. »Wenn ich oder irgendjemand anderer ihm die Wahrheit gesagt hätte, hätte er mich niemals heiraten dürfen, selbst, wenn er gewollt hätte.« Dann fügte sie schuldbewusst hinzu: »Ich weiß, dass ich selbstsüchtig gehandelt und nur an mich gedacht habe. Aber ich liebte deinen Vater sehr, Tara. Er war ein guter Mensch, freundlich und großzügig, vielleicht sogar zu gut für mich. Ich versuchte, meine Scham durch Überheblichkeit zu überspielen, und habe ihm so das Leben schwer gemacht. Ich glaubte, wenn die Leute mich für arrogant hielten, würden sie niemals auf die Idee kommen, dass ich in Wirklichkeit eine Stufe unter ihnen stand.«

Tara wusste nicht, was sie sagen sollte. »Und warum ... sagst du mir das alles jetzt?«

»Weil du Jack vielleicht wirklich helfen kannst.«

Tara starrte ihre Mutter ungläubig an. »Willst du damit sagen, dass ich tatsächlich in die Zukunft blicken kann? Und dass eintreffen wird, was ich gesehen habe?« Entsetzen und namenloser Schrecken stiegen in ihr auf.

Elsa seufzte leise auf. »Ich habe die Gabe nie besessen, aber es sieht so aus, als ob du sie hättest. Vertraue deinen Gefühlen, Tara, aber sprich mit niemandem darüber.«

Tara konnte kaum glauben, dass ihre Mutter sich noch immer Gedanken um ihren guten Ruf machte, jetzt, wo Jacks Leben auf dem Spiel stand. Plötzlich geriet sie wirklich in Panik. »Ich muss Jack finden, bevor es zu spät ist!« In diesem Moment sah sie aus dem Augenwinkel Saladin, der wie ein Geist in fließenden Gewändern geräuschlos aufgetaucht war. Er hatte sie erschreckt, doch sie versuchte, es ihn nicht merken zu lassen. Elsa schrie auf, als sie ihn sah, und erschreckte damit ihrerseits Hannah.

»Es ist schon gut, Mutter – Saladin arbeitet für Ethan, und er ist hier, um uns bei der Suche nach Jack zu helfen«, sagte Tara.

Saladin wandte sich wortlos ab und verschwand um die Hausecke, nur um kurz danach auf einem Kamel reitend wieder zu erscheinen. Elsa schrak zusammen, als sie das riesige Tier sah, das seinem Unmut lautstark Luft machte.

»Ich komme mit Ihnen«, sagte Tara. »Ich hole nur rasch mein Pferd.« Eigentlich war ihr der Gedanke zuwider, sich irgendwo länger in Saladis Nähe aufzuhalten, doch sie hatte keine Wahl. Wenn Jack gefunden wurde, würde er einen freundlichen Menschen nötig haben, der sich um ihn kümmerte.

Saladin schüttelte den Kopf, doch Tara achtete nicht darauf. Sie holte ihr Pferd, das gesattelt vor dem Haus stand. Nur Augenblicke später hatte sie aufgesessen und war wieder an der Seite des afghanischen Kamelführers. Sie würde ihn begleiten, ob er es wollte oder nicht, und seine feindseligen Blicke sprachen eher dafür, dass er es nicht guthieß.

»Tara, bist du sicher, dass du mitreiten solltest?« Elsa warf einen viel sagenden Blick auf die unheimliche Gestalt Saladins und das zur Hälfte kahle Kamel, und drückte Hannah beschützend an sich. Der Afghane erwiderte ihren Blick mit kaum verhüllter Verachtung.

Tara ignorierte die Frage ihrer Mutter und deutete mit der Hand nach Südwesten. »Man hat uns gesagt der Junge sei dorthin geritten.«

Ohne etwas zu erwidern, ritt Saladin los, und Tara folgte ihm.

Elsa blickte ihnen noch eine Weile nach und ging dann mit Hannah ins Haus. Die Kleine sagte, sie habe Hunger, und Elsa stellte fest, dass es schon elf Uhr morgens war. Hannah bekam um diese Zeit immer etwa zu essen und machte dann ein Schläfchen. Auch Elsa hatte sich tagelang absolut erschöpft gefühlt und schob es auf die lange Reise nach Tambora und die Hitze. Bisher hatte sie sich der Herausforderung noch nicht gewachsen gefühlt, dem Koch gegenüberzutreten und ihn dazu zu bringen, die Mahlzeiten abwechslungsreicher zu gestalten. Aber dieser Moment erschien ihr so gut wie irgendein anderer, und außerdem würde es sie von ihren Sorgen um Tara ablenken, die mit diesem seltsamen Mann zusammen war, und Jack, der irgendwo verloren im Busch herumirrte.

Nach einem tiefen Atemzug betrat sie erhobenen Hauptes die Küche. Im Umgang mit Angestellten war Selbstvertrauen das Allerwichtigste, doch gleich danach folgten Würde und Gelassenheit. Außerdem hatte sie festgestellt, dass Respekt, den man Dienstboten entgegenbrachte, meist doppelt erwidert wurde.

»Guten Morgen, Sanja«, sagte sie. »Ich bin Elsa Killain, Mrs. Milburns Schwägerin.« »Guten Morgen, Missus«, gab Sanja zurück, der deutlich in Abwehrhaltung ging.

»Himmel, hat man schon einmal eine so saubere und aufgeräumte Küche gesehen?«, rief Elsa ehrlich erstaunt aus. Sie brauchte nicht zu schauspielern, denn sie hatte wirklich nicht erwartet, eine so blitzsaubere Küche vorzufinden. »Ich bin sehr beeindruckt, Sanja!«

»Danke, Missus. Ich mag nicht schmutzige Küche.«

»Ja, solche hohen Ideale sind sehr wichtig, aber leider findet man sie bei manchen der heutigen Küchenchefs nicht mehr!« Indem sie ihn als Chef bezeichnete statt einfach als Koch, hoffte sie, seinen Ehrgeiz zu wecken, was eine etwas interessantere Speisenauswahl betraf. »Aber ich sehe schon, dass Sie sehr hohe Ansprüche an sich haben. Jetzt verstehe ich, warum Victoria und ihr verstorbener Mann die Anstrengung und die Kosten nicht gescheut haben, Sie hierher zu bringen – die beiden wussten ganz sicher, was sie taten!«

Sanja wirkte sehr zufrieden mit sich selbst.

»Wie Sie vielleicht wissen, Sanja, ist Victoria in die Stadt gefahren und hat mir für ein paar Tage die Verantwortung für den Haushalt übertragen.«

Sanja hob fragend eine Augenbraue, doch Elsa gab vor, es nicht zu bemerken.

»Sie hat mir so viel Gutes über Sie erzählt, Sanja!« Während sie sprach, wanderte Elsa in der Küche herum und betrachtete alles, was sie sah, mit demonstrativer Bewunderung. Sanja verfolgte neugierig jede ihrer Bewegungen. »Weil Victoria so viel gereist ist und in so vielen aristokratischen Häusern gespeist hat, kann ich es jetzt kaum erwarten, Ihre kulinarischen Leckerbissen zu probieren. Ich habe kaum etwas angerührt, seit ich hier bin – die Reise war einfach entsetzlich, aber jetzt kehrt mein Appetit langsam zurück. Ich muss leider zugeben, dass ich für meinen gesunden Appetit bekannt bin, aber glücklicherweise zeigt sich das nicht in meiner Taillenweite! Man sagte mir, hier herrsche im Moment ein Mangel an Nahrungsmitteln – aber vielleicht könnten Sie mir freundlicherweise eine Zusammenstellung der Gerichte in Ihrem Repertoire geben, damit ich daraus etwas auswählen kann?«

Sanjas honigbraune Augen wurden schmal. »Kein Repertoire, Missus. Ich koche nur, was es gerade gibt, Lamm oder Rind.« Damit verschränkte er trotzig die Arme vor der Brust, doch Elsa ließ nicht locker.

»Ich verstehe, Sanja. Aber ich bin sicher, dass Sie ebenso einfallsreich wie bescheiden sind. Sogar jemand wie ich kennt schon einige verschiedene Zubereitungsarten für Lamm und Rind – Beef Stroganoff zum Beispiel gehört zu meinen Lieblingsgerichten, und Lammragout ist einfach köstlich. Gebratenes Lamm mit Rosmarin schmeckt ebenfalls sehr gut. Ihnen brauche ich natürlich nichts über Stroganoff und Ragout zu erzählen – ich bin sicher, dass Sie beides besser zubereiten als die europäischen Küchenchefs. Haben Sie von Maurice Rycoft gehört?« Elsa ließ Sanja keine Zeit zum Antworten. »Natürlich haben Sie«, meinte sie mit einer bekräftigenden Handbewegung und ein wenig aufgesetztem Lachen. »Maurice ist einer der besten Köche in ganz Europa. Er hat einmal für kurze Zeit bei uns gewohnt, während der Graf von Aberdeen in seinem Schloss im schottischen Hochland eine neue Küche für ihn bauen ließ. Es hieß damals, die Küche sei besser als die im Buckingham-Palast; er hat uns einige exquisite Mahlzeiten gekocht. Mein verstorbener Mann fand keinen Gefallen an scharfen Gewürzen, er zog gute Hausmannskost vor, und ich muss sagen, ich habe mich im Lauf der Zeit auch daran gewöhnt. Ich habe im Moment große Sehnsucht nach einem ›Irish Stew‹ mit einem Tropfen Stout-Bier darin – aber das wird wohl nicht gehen ohne Stout, nicht wahr?«

»Ich koche nicht …«

»Hören Sie, Sanja«, unterbrach ihn Elsa, »ich wollte Ihnen noch etwas zu den Mahlzeiten sagen. Könnten wir heute zum Mittagessen kalten Braten bekommen? Es ist niemand da außer Hannah und mir. Ach ja, und vielleicht eine einfache Lammkasserole zum Abendessen. Sie wollen sich doch nicht nur für uns furchtbar viel Arbeit machen! Und nun lassen Sie mich Ihnen noch einmal zu einer der saubersten und bestaufgeräumten Küchen gratulieren, die ich jemals gesehen habe. Meine Schwägerin hat mit Ihnen wirklich einen Schatz ausgegraben ...«

Damit rauschte Elsa aus der Küche, und Sanja blieb leicht benommen zurück. Er wusste nicht recht, ob er sich geschmeichelt fühlen sollte oder eher überlistet ...

25

Um Saladin nicht ins Gesicht sehen zu müssen, aber auch um nicht unabsichtlich irgendwelche Spuren auf dem Boden vor ihnen zu zerstören, ritt Tara hinter dem Afghanen. Sie war fast erleichtert, dass er sie ignorierte, denn sie hätte seine Feindseligkeit und ihre Sorge um Jack nicht gleichzeitig ertragen.

Während sie, wie es Tara vorkam, im Schneckentempo vorwärts ritten, untersuchte Saladin den Boden ganz genau. Am liebsten hätte sie ihn zur Eile gedrängt, denn sie spürte, wie in ihrem Innern das Gefühl verzweifelter Dringlichkeit, das sie schon zuvor empfunden hatte, wieder stärker wurde. Jack brauchte ihre Hilfe, dessen war sie sich ganz sicher.

»Halt durch, Jack«, flüsterte sie, und es bedurfte ihrer ganzen Willenskraft, sich daran zu hindern, einfach vorauszugaloppieren. Allein die Tatsache, dass sie die Richtung nicht wusste, hielt sie davon ab.

Manchmal hielt Saladin an, um einen Abdruck auf dem Boden besonders gründlich zu untersuchen. Da es erst kürzlich geregnet hatte, waren die Spuren in der weichen Erde klar zu erkennen, sogar für Tara. Ethan hatte ihr oft die verschiedenen Spuren erklärt, sodass sie jetzt einige von ihnen wiedererkannte: Kängurus, Emus, Wombats, Warane, Schafe und Rinder, sogar die Schlangen hinterließen sichtbare Spuren auf dem feuchten Boden. In welche Richtung die Tiere gezogen waren oder wann sie hier vorbeigezogen waren, würde ihr immer ein Rätsel bleiben.

»Tadd Sweeney ist vor etwa einer Stunde in diese Richtung geritten«, sagte Tara, als Saladin durch einige Hufabdrücke verwirrt schien, die in verschiedene Richtungen wiesen. Dass der Afghane ihre Bemerkung einfach ignorierte, ärgerte sie. Aber um die Suche nicht zu gefährden, hielt sie sich zurück, obwohl sie innerlich immer unruhiger wurde.

Saladin untersuchte die beiden verschiedenen Abdrücke und zog seine eigenen Schlüsse daraus.

Tara beobachtete ihn genau. »Woher wissen Sie, welches Jacks Spuren sind?«, fragte sie. »Pferdehufe sind sich doch sehr ähnlich!«

»Pferd des Jungen trägt weniger Gewicht«, erwiderte Saladin. Es war das erste Mal, dass Tara ihn Englisch sprechen hörte, und es überraschte sie, wie langsam und deutlich er sprach. Auch seine Stimme klang weicher als sie es sich vorgestellt hatte.

»Hund folgt Kind«, fügte er noch hinzu.

Tara erschrak. »Ein Dingo?«

Der Afghane schüttelte den Kopf.

»Dann muss es Mellie sein«, sagte Tara leise. Die Tatsache, dass Mellie bei Jack war, tröstete sie ein wenig. Zumindest war er nicht ganz allein.

Sie gelangten an den Fuß einer hohen Felsklippe, die sich mehr als zehn Meilen weit von Osten nach Westen erstreckte. Saladin hielt sein Kamel an und blickte hinauf.

»Ist Jack dort hinaufgeklettert?«, fragte Tara besorgt. Die Felsen wirkten steil und gefährlich. Saladins Miene war vollkommen ausdruckslos.

»Sagen Sie es mir, um Himmels willen!«, rief Tara, die langsam die Geduld verlor. Etwas in ihrem Innern sagte ihr, dass ihnen nur noch wenig Zeit blieb, um Jack zu finden. Saladin blickte auf den felsigen Boden und dann hinauf zum Klippenrand.

»Glauben Sie, Jack könnte hier hinaufgeklettert sein? Es sieht so gefährlich aus!«

Saladin schüttelte den Kopf.

»Oh Jack, wo bist du nur?«, flüsterte Tara und schloss verzweifelt die Augen. Wenn sie wirklich eine seherische Gabe hatte, wie ihre Mutter vermutete, dann musste sie doch jetzt wissen, wo Jack zu finden war! Aber sie sah absolut nichts und hätte am liebsten ihre Verzweiflung laut herausgeschrieen.

»Ich habe offensichtlich nicht das geringste Talent«, murmelte sie und hatte plötzlich das überwältigende Gefühl, Jack genauso nah oder fern zu sein, wie sie es den ganzen Tag über gewesen war. »Jack!«, rief sie und stieg ab, »bist du da oben, Jack?« Dann pfiff sie nach Mellie.

Tadd Sweeney stand über den alten Minenschacht gebeugt, als er eine Frau rufen hörte und dann den Pfiff vernahm. Er war sicher, dass es nur Tara sein konnte. »Verdammtes, neugieriges Weibsbild!«, murmelte er wütend.

»Mama, hilf mir!«, rief Jack aus der Dunkelheit des Schachtes, und seine Stimme klang merklich schwächer als zuvor. Er meinte, seine richtige Mutter aus den dunklen Tiefen des Ozeans nach ihm greifen zu sehen. Im Lauf der vergangenen Stunde hatten sich seine Gedanken verwirrt. Er glaubte, wieder an Bord des Schiffes zu sein, wo sich die Kabine, die er mit seinem Vater teilte, langsam mit Wasser füllte. Er hatte sich an einer Nische in der Wand des Schachtes festgeklammert, die er mit seinem Messer noch weiter ausgekratzt hatte, doch jetzt verließen ihn langsam die Kräfte, und auch sein Wille wurde schwächer.

Tadd ging vom Schacht fort bis zum felsigen Rand der Klippe und schaute vorsichtig hinunter. Er erschrak, als er mehr als fünfzig Meter unterhalb Saladin auf dem Kamel erkannte und das gesattelte Pferd sah. Er hörte, wie jemand versuchte, die Klippe hinaufzuklettern, sah Steine hinunterprasseln und wusste, dass es Tara sein musste. Saladin schien auf dem Boden nach Spuren zu suchen, und es war nur eine Frage der Zeit, bis sie einen Weg nach oben finden würden.

Tadd kämpfte mit sich: Sollte er den Jungen sterben lassen, oder sollte er ihn retten? Er hatte vorgehabt, ihn ertrinken zu lassen und dann seinen Körper irgendwo weit entfernt in der entgegengesetzten Richtung der Farm abzulegen, um so die Aufmerksamkeit von der Mine abzulenken. Doch dafür war es jetzt zu spät. Wenn Tara zu nahe herankam, würde sie die Mine entdecken, besonders wenn Mellie noch in der Gegend war. Er hatte die Hündin zwar fortgejagt, doch es war durchaus möglich, dass sie nicht zur Farm zurückgelaufen war. Wenn Tara Mellie fand, würde der Hund sie direkt zur Mine und zu Jack führen, und dann war für ihn alles verloren. »Verdammt!«, murmelte er, denn er hatte keine Wahl.

Rasch ging er zurück zum Schacht und warf ein Seil hinunter. »Binde dir das Seil um!«, rief er gerade so laut, dass nur Jack es hören konnte. Doch der Junge war zu schwach, um zu tun, was er sagte. Jack wusste, dass er ertrinken würde, sobald er den Vorsprung in der Schachtwand losließ.

Tadd fluchte. Also würde er hinuntersteigen und den Jungen herausholen müssen.

Tara schaffte es nicht, an der felsigen Wand der Klippe hinaufzuklettern, und Saladin schüttelte lebhaft den Kopf, um ihr zu bedeuten, dass es zu gefährlich war. Sie hatte schon bemerkt, dass er immer dann in seine Muttersprache zurückfiel, wenn er aufgeregt war, und dann konnte sie ihn nicht verstehen. Doch durch energische Gesten bedeutete er ihr, dass sie um die Klippe herumreiten und einen sanfteren Anstieg suchen mussten. Da sie keine Zeit mit nutzlosen Diskussionen vertun wollte, schwang sich Tara auf ihr Pferd und folgte ihm.

Eine halbe Meile weiter fanden sie eine Stelle, an der man sogar hinauf reiten konnte. Der Boden war hier eher sandig als felsig, und Saladin konnte Spuren ausmachen, die allerdings sehr undeutlich waren. Sowohl Tara als auch Saladin betrachteten gerade angespannt die Abdrücke auf dem Boden, als Tadd Sweeney plötzlich vor ihnen auftauchte. Er hatte Jack vor sich auf dem Pferd, und Mellie kam in einiger Entfernung hinterhergetrottet.

Tara war so erleichtert, Jack lebend wiederzusehen, dass sie vom Pferd sprang und die zwischen ihnen liegende Entfernung innerhalb von Sekunden überwand. Jack schien unter Schock zu stehen, als Tara ihn sanft von Tadds Pferd hob und ihn in die Arme schloss.

»Wo haben Sie ihn gefunden, Tadd?«, fragte sie atemlos vor Freude.

Jack schmiegte sich an sie. Er war vollkommen durchnässt und hatte Schürfwunden an Gesicht und Armen. Tara fiel auf, dass er den einen Arm, der am Ellenbogen geschwollen war, an seinen Körper presste.

»Sein Pferd hatte ihn in einen ... einen Felsensee geworfen«, beantwortete Tadd ihre Frage und deutete nach Westen anstatt nach Osten, wo die Mine lag.

»Bist du verletzt, Jack?«, fragte Tara und blickte in seine Augen, um nach Anzeichen für eine Gehirnerschütterung zu suchen. Auf seinem Nacken bemerkte sie einen roten Striemen, und er hatte eine Beule an einer Seite der Stirn.

Jack senkte den Blick und drückte sein Gesicht wie schutzsuchend an sie.

»Wir müssen ihn zur Farm zurückbringen«, sagte sie und sah erst jetzt, dass auch Tadds Hosenbeine nass waren. »Wie haben Sie ihn gefunden, Tadd?«, fragte sie.

»Ich bin den Spuren bis zum Fuß der Klippe gefolgt, und dann hat Mellie mich zu Jack geführt.« Er hatte Mellie schon eine halbe Meile vor der Mine bellen gehört.

Tara bemerkte, wie Saladin misstrauisch die Stirn runzelte.

»Haben Sie sein Pferd gefunden?«, frage sie weiter.

Tadd zögerte einen Augenblick. »Nein«, sagte er dann.

Tara wandte sich an Saladin. »Würden Sie nach dem Pferd suchen?«

»Wahrscheinlich ist es längst zur Farm zurückgelaufen«, warf Tadd hastig ein.

»Wir haben es aber nicht gesehen.«

»Ich bin sicher, dass es dort ist, wenn wir kommen!«

Plötzlich hatte Tara wieder eine ganz starke Vision und sah Jack in einem Loch im Boden. Das Bild war so real, dass sie zu zittern begann und Jack noch enger an sich zog.

Auf dem ganzen Weg zurück zur Farm sagte Jack kein Wort, und Tara machte sich Sorgen, weil er mit leerem Blick vor sich hin starrte. Es war, als habe er alle Hoffnungen auf eine bessere Zukunft begraben, nachdem er gerade in den Tagen zuvor seit Wochen das erste Mal wieder gelacht hatte. Irgendetwas hatte ihn tief erschüttert, und sie glaubte nicht, dass es der Sturz vom Pferd gewesen war.

Bevor Saladin wieder losritt, dankte Tara ihm dafür, dass er Jack gefunden hatte. Er antwortete nicht, und der Blick seiner dunklen Augen ließ keinerlei Regung erkennen, was Tara verlegen machte. »Ich glaube, ich habe mich in Ihnen geirrt«, sagte sie schüchtern. »Ich hoffe, Sie können mir verzeihen?«

Saladins Erwiderung bestand in einem kaum wahrnehmbaren Nicken, dann war er fort. Sein weißer Kaftan flatterte im Wind, als er in majestätischer Haltung über den Wüstenboden davonritt. Tara sah ihm nach und fand, dass er eine großartige Figur machte. Ethan hatte Recht gehabt, was ihren Mangel an Verständnis für die Eigenheiten des Afghanen betraf!

Im Haus versorgte Tara Jacks Wunden. Sein Arm schien nicht gebrochen zu sein, nur böse verstaucht, aber er war über und über von Kratzern und Schürfwunden bedeckt. Tara nahm sich vor, Tadd noch einmal genau danach zu fragen, wo er Jack gefunden hatte und wie er sich beim Sturz in einen Felsensee so viele Verletzungen hatte zuziehen können. Seit sie wusste, dass Tadd ein Lügner war, misstraute sie seinen Worten grundsätzlich und hoffte, er werde sich irgendwann in seinen eigenen Lügengespinsten verfangen.

»Meine Tante erzählte mir, dass Tadd dich gescholten hat, weil du angeblich die Hunde zu sehr verwöhnst«, sagte sie sanft und setzte sich auf den Bettrand, nachdem sie Jack bequem hingelegt hatte. Mellie lag neben dem Bett und weigerte sich, von Jacks Seite zu weichen. Voller Sorge beobachtete sie jede seiner Bewegungen mit ihren freundlichen, braunen Augen. »Bist du deshalb davongelaufen, Jack? Weil Tadd dich angeschrien hat?«

Jack wandte den Kopf ab.

Tara fürchtete, er werde sich wieder in sich selbst zurückziehen, und das durfte nicht sein! Während der letzten Tage waren sie sich näher gewesen als jemals zuvor – es war einfach wunderbar gewesen, und sie wollte nicht, das sich daran etwas änderte.

»Ich bin nicht böse auf dich, Jack. Wenn man ein Tier dadurch verwöhnt, dass man ihm Liebe und Zuwendung schenkt, dann trifft mich sehr viel mehr Schuld als dich.«

»Die Welpen wollten doch nur spielen«, sagte der Junge leise. »Aber Tadd hat Shellie geschlagen, und als ich ihm sagte, er soll es nicht tun, hat er den Arm gehoben, um ... mich zu schlagen.«

Tara erschrak, und kalte Wut stieg in ihr auf. Wie konnte Tadd es wagen!

»Mellie hat ihn angeknurrt. Sie wollte mich nur beschützen, aber Tadd war sehr zornig. Er trat nach ihr, deshalb habe ich sie zu mir gerufen. Er wollte, dass sie zurückkam, aber sie hat nicht auf ihn gehört. Da ist er noch wütender geworden ...« Jack liefen heiße Tränen über die Wangen.

»Oh Jack, keine Angst, das kommt alles wieder in Ordnung – ich verspreche es dir!«, sagte Tara tief erschüttert.

»Aber sag ihm nichts!« Jack richtete sich schluchzend auf. »Sonst wird er wieder wütend auf mich!«

Tara hätte Tadd am liebsten eine ganze Menge gesagt. Sie presste die Lippen zusammen und versuchte mühsam, sich zu beherrschen.

»Bitte!«, flehte Jack, und in seinen braunen Augen spiegelte sich nackte Angst.

Tara wollte vermeiden, dass er sich noch mehr aufregte – er

hatte wahrhaftig genug durchgestanden. »Gut, Jack, ich werde erst einmal nichts sagen.«

»Versprochen?«

»Ich gebe dir mein Wort!«

Erleichtert ließ sich Jack in die Kissen zurücksinken, wandte den Kopf ab und schloss die Augen.

Tara litt mit ihm, und sie war furchtbar zornig auf Tadd. Der Verwalter wusste ganz genau, dass der Junge vor kurzem seinen Vater verloren hatte, wenn er auch vom Verlust der Mutter nichts ahnte – und dass es Jack ein wenig Freude bereitet hatte, mit Mellie und den Welpen zusammen zu sein. Und trotzdem verhielt sich Tadd so grausam! Tara musste sich sehr beherrschen, um nicht auf der Stelle eine Viehpeitsche zu holen und ihn zur Rede zu stellen. Tadd würde wirklich eine Menge Antworten geben müssen ...

»Ich bringe dir gleich etwas zu essen herauf, Jack«, sagte sie und bemühte sich um einen möglichst munteren Ton. »Danach kannst du dich ausruhen.«

»Ich bin nicht sehr hungrig.«

»Dann vielleicht später!« Tara stand auf und ließ ihn allein, damit er schlafen konnte.

Unten angekommen, vermochte sie die Tränen nicht länger zurückzuhalten.

»Wie geht es Jack?«, fragte ihre Mutter.

Tara schüttelte den Kopf und wischte sich die Tränen ab, die ihr langsam über die Wangen liefen. »Ich könnte Tadd Sweeney mit meinen eigenen Händen erwürgen«, sagte sie und stellte dankbar fest, dass dieser nirgends zu sehen war. Sonst wäre sie in große Versuchung geraten, das Versprechen, das sie Jack gerade erst gegeben hatte, zu brechen.

»Aber er hat den Jungen doch gefunden, nicht wahr?«

»Ja, durch einen seltsamen Zufall. Ich frage mich, warum er so genau wusste, wo er suchen musste!«

»Wahrscheinlich ist er den Spuren gefolgt, genau wie es dieser Afghane getan hat.«

»Das hat er auch behauptet – und auch, dass Mellie ihn zu Jack geführt hat.«

»Na, dann hast du ja deine Antwort.«

»Da bin ich nicht so sicher, Mutter.«

Elsa war zutiefst verwirrt. »Weißt du denn inzwischen, warum der Junge überhaupt fortgelaufen ist?«

»Ja – weil Tadd ihm Angst gemacht hat. Er hat die Welpen trainiert, und die junge Hündin war ungehorsam. Er wurde wütend, auf sie, und Jack hat sich eingemischt. Tadd wollte daraufhin Jack ebenfalls schlagen, Mellie knurrte ihn an ...«

Jetzt verstand Elsa. »... was ihn dann noch wütender werden ließ, weil er es als Verrat empfand, dass Mellie Jack verteidigte ...«

»Ich nehme an, er stürmte auf die beiden los, und Jack lief davon, gefolgt von Mellie.«

»Wirst du Tadd zur Rede stellen?«

»Ich würde mich nur zu gern einmal sehr ausgiebig mit Mr. Sweeney unterhalten, oh ja, aber Jack hat mich gebeten, es nicht zu tun. Ich habe ihm versprochen, die Sache erst einmal auf sich beruhen zu lassen – aber glaub mir, Mutter, Tadd Sweeney ist uns sehr viele Antworten schuldig!«

Tara saß auf dem Balkon vor Jacks Zimmer, Mellie an ihrer Seite, als sie ein Motorengeräusch hörte. Es war Rex Crawleys Wagen. Als sie unten ankam, war Ethan gerade ausgestiegen, und zum ersten Mal wirkte er nicht so gelassen wie sonst.

»Wir haben Jack gefunden«, stieß Tara statt einer Begrüßung hervor.

»Ich weiß – wir sind Saladin begegnet«, gab Ethan zurück. »Das sind ja wunderbare Neuigkeiten. Geht es ihm gut?«

»Er hat einige Schnitte und Schürfwunden, aber zum Glück nichts wirklich Ernstes. Ich habe über Funk in der Stadt angerufen, als wir zurückkamen, aber ihr wart schon fort.«

»Ja – Rex war so freundlich, mich herzufahren«, gab Ethan mit einem eigenartigen Blick auf den Postboten zurück.

Tara wandte sich an beide Männer: »Ihr müsst sehr schnell gefahren sein – ich hatte euch erst in ein paar Stunden erwartet.«

»Tja, mein alter Packard macht eben noch gute Fahrt, sogar auf den Sanddünen!«, erwiderte Rex und schlug stolz die Wagentür zu, offensichtlich froh über diese Gelegenheit, die Vorteile des Automobils gegenüber Ethans Kamelen herausstellen zu können.

»Ich möchte ja nicht undankbar erscheinen«, entgegnete Ethan, »aber ich wäre sogar auf einem Kamel mit drei Beinen bequemer hergekommen. Meine armen Knochen haben mir selbst nach einem Sturz in hundert wilde Dornensträucher nicht so weh getan!«

»Du verweichlichst, Ethan!«, stellte Rex mit schlecht verhohlenem Grinsen fest. Dann wandte er sich an Tara. »Ich hoffe, das Teewasser ist schon heiß – ich sterbe nämlich vor Durst!«

Tara und Ethan sahen sich an. Ethan verdrehte die Augen zum Himmel und rieb sich den schmerzenden Rücken.

»Ich bin euch wirklich dankbar, dass ihr so schnell gekommen seid!«, meinte Tara.

»Es scheint allerdings, als würde ich gar nicht mehr gebraucht«, erwiderte Ethan.

»Oh doch, Ethan«, erwiderte Tara leise. »Irgendetwas stimmt nicht.«

Elsa ließ Sanja den Nachmittagstee im Esszimmer servieren. Tara fiel auf, dass die Kekse frisch gebacken und hübsch angerichtet waren und dass sie erheblich weniger Ingwer enthielten als sonst. Ihre Mutter dankte Sanja und lobte seine Mühen, und als sie sagte, sie könne es gar nicht erwarten, seine Zimtplätzchen zu probieren, die köstlich dufteten, sah Tara zu ihrer Überraschung, dass Sanja sehr geschmeichelt wirkte. Außerdem gab er sich ungewöhnlich bescheiden.

Tara ging mit Ethan nach oben, um nach Jack zu sehen, der tief und fest schlief. Ethan untersuchte behutsam seinen Kopf und seine Arme, doch Jack war so erschöpft, dass er ihn nicht wecken wollte. Dann führte Tara Ethan hinaus auf den Balkon, an eine Stelle, wo sie sicher sein konnten, dass Jack sie nicht hören würde, wenn er aufwachen sollte.

»Sein Arm ist stark geschwollen«, sagte sie, »und er hat viele Schnitte und Schürfwunden am Rücken und an den Beinen. Ich kann mir nicht vorstellen, dass sie alle von einem Sturz in einen See herrühren«, meinte sie voller Zweifel. »Außerdem war er völlig durchnässt, aber das Wasser muss schlammig gewesen sein.«

Ethan runzelte die Stirn. Er hatte die rote Schürfwunde an Jacks Nacken bemerkt, die aussah, als stamme sie von einem Seil. Außerdem hätte der Junge einen Sonnenbrand haben müssen, wenn er mehrere Stunden lang verletzt in der Sonne gelegen hätte – aber davon war nichts zu sehen. Saladin hatte Ethan außerdem erzählt, er glaube, dass Tadd absichtlich versucht habe, Jacks Spuren zu verwischen und dass der Verwalter ihnen einen falschen Fundort genannt habe. Ethan mochte das zwar kaum glauben, doch nach allem, was Tara ihm über die unterschlagenen Briefe und die Hypotheken auf Tambora erzählt hatte, traute er Tadd Sweeney langsam alles zu.

»In den letzten drei Nächten hatte ich immer wieder denselben Albtraum, und es ging darin um Jack«, sagte Tara. »Ich sah ihn in einem Loch im Boden, das zur Hälfte mit Wasser gefüllt war und in dem er langsam ertrank. Der Traum schien schrecklich real, und als Jack heute Morgen vermisst wurde, war ich sicher, dass er Wirklichkeit geworden war.«

»Aber das stimmt nicht, Tara. Jack ist gesund und in Sicherheit!« Er nahm ihre Hand und strich mit den Fingerspitzen leicht über die weiche Haut ihres Oberarms. Tara erschauerte und rückte ein Stück von ihm ab, aus Angst, er könnte ihr anmerken, wie sehr diese leise Berührung sie in Unruhe versetzte.

»Es gibt etwas, das ich dir bisher nicht gesagt habe, Ethan«, erklärte sie. »An dem Tag, als ich die gestohlene Post in Tadds Cottage fand, habe ich auch eine Kiste mit farbigen Edelsteinen entdeckt. Damals wusste ich noch nicht, um was es sich handelte, aber jetzt glaube ich, dass es Opale sind.«

»Opale? Wie sollte Tadd daran kommen?«

»Ich habe keine Ahnung, aber ich finde, er benimmt sich manchmal sehr merkwürdig.«

»Denkt Victoria auch so?«

»Ich glaube, sie hat sich mit der Zeit an seine Eigenarten gewöhnt, aber Lottie machte heute Morgen eine Bemerkung dazu.«

»Was findest du denn seltsam an seinem Verhalten?«

Tara schöpfte tief Atem. »Alle paar Tage verschwindet er, ohne dass irgendjemand weiß, wohin. Ich habe zweimal versucht, ihm zu folgen, als er die Farm verließ, aber er scheint es gemerkt zu haben und hat mich abgeschüttelt. Hinterher hat er immer eine Erklärung dafür, wo er gewesen ist, aber nichts, was irgendwie nachprüfbar wäre. Ich habe ihn noch nicht auf die Opale angesprochen, weil ich ihm nicht zu früh verraten will, dass ich in seinem Cottage war und in seinen Sachen herumgestöbert habe. Wahrscheinlich kommt es zwangsläufig irgendwann heraus, aber meine Tante ist im Moment so optimistisch, und wir haben noch keinen Kontakt zur Bank aufgenommen ...«

Ethan sah sie nachdenklich an. »Jacks Verletzungen könnten durchaus von einem Sturz in einen Minenschacht oder einen alten Brunnen herrühren – obwohl ich nicht wüsste, dass es hier in Tambora so etwas gibt. Aber das hätte er dir doch sicher erzählt!«

»Ja, ganz sicher – wenn es nicht tatsächlich eine Mine war ...«, der Gedanke schockierte sie zutiefst, »... und Tadd ihm gedroht hat.«

Ethans Augen wurden schmal. Wenn Tadd es gewagt hatte, Jack in irgendeiner Form zu bedrohen ... »Vielleicht kann ich ihn nach der Opalmine ausfragen, ohne ihn wissen zu lassen, dass du die Steine in seinem Cottage gefunden hast. Aber vorher spreche ich über Funk mit Mohomet Basheer. Wenn zwischen Port Augusta und Alice Springs irgendjemand Opale verkauft, ist er der Erste, der davon weiß.«

Rex, der nicht mit Elsa allein bleiben wollte, entschuldigte sich und nahm seinen Tee und ein paar Kekse mit hinaus auf die Veranda, wo es kühler war. Er hatte beschlossen, lieber die Fliegen zu ertragen als die Gesellschaft einer Frau, die ihn ununterbrochen kritisierte. Elsa begab sich in die Küche, um Sanja zu sagen, dass sie zum Abendessen Gäste hatten, und so fand Tadd das Esszimmer leer, als er hereinkam. Er goss sich gerade eine Tasse Tee ein, als Ethan und Tara den Raum betraten.

»Sie haben bei der Suche nach dem Jungen gute Arbeit geleistet«, sagte Ethan.

»Ich bin nur froh, dass es ihm gut geht«, erwiderte Tadd, ohne sie anzusehen.

Lügner!, dachte Tara voller Empörung.

»Es ist fast ein Wunder, dass Sie ihn gefunden haben, wenn man bedenkt, dass er so weit fort geritten war«, meinte Ethan.

»Sie sind eben hier nicht der Einzige, der Spuren lesen kann«, erwiderte Tadd trotzig, aber Ethan ignorierte diese Bemerkung.

»Der Regen hat es sehr viel einfacher gemacht«, sagte Ethan nur.

Nach einem feindseligen Blick wandte Tadd sich wieder seinem Tee zu.

»Ich habe gerade nach Jack gesehen, und er hat einige üble Schnitte und Schürfwunden«, fuhr Ethan fort. »Ich weiß, dass Sie behauptet haben, sie hätten ihn in einem Tümpel zwischen den Felsen gefunden – aber seine Verletzungen sprechen eher dafür, dass er in einen Brunnen oder Minenschacht gefallen ist.«

Jetzt blickte Tadd auf, eindeutig verunsichert. »Sind Sie jetzt auch noch ein Experte für Verletzungen geworden? Ich glaube, dass sein Fuß im Steigbügel hängen geblieben ist und sein Pferd ihn mitgeschleift hat. Sie wissen genau, dass es hier in der Gegend keine Minenschächte oder Brunnen gibt.«

»Ich kenne keinen«, meinte Ethan, »aber ich habe auch noch nicht jeden Meter dieses Landes gesehen. Das wäre auch unmöglich. Aber wo wir gerade von Schächten sprechen, fällt mir ein: Jemand in Marree erzählte, Sie hätten Opale verkauft?«

Tadds Miene spiegelte blanke Überraschung. »Wer hat das behauptet?«

»Ist es denn wahr?«

Tadd wandte den Blick ab, um sich wieder zu fangen. Man sah ihm an, dass er Ethan am liebsten geraten hätte, sich um seine eigenen Angelegenheiten zu kümmern. Doch er wusste nur zu genau, dass er damit noch mehr Verdacht erregen und Ethan weiter bohren würde, bis er die Wahrheit kannte. Also sagte er: »Ich habe einen sehr kleinen Anteil an einer Mine in Coober Peedy. Meine Partner hatten mich gebeten, einige Opale für sie zu verkaufen, aber ich finde nicht, dass das irgendjemanden außer mich etwas angeht!«

»Sie brauchen nicht gleich verlegen zu werden, Tadd. Ich war nur neugierig«, erwiderte Ethan.

Tadd stand auf und nahm seine Teetasse. »Um Opale macht jeder ein Geheimnis, das wissen Sie doch, Ethan. Wenn meine Partner erfahren würden, dass jemand von ihrem Fund weiß, wären sie sicher nicht allzu froh darüber, und mein Anteil ist ohnehin schon sehr klein.« Damit verließ Tadd das Esszimmer in der Hoffnung, Ethans Neugier ein wenig gedämpft zu haben.

Ethan und Tara wechselten einen Blick.

»Wenn ich aus Wombat Creek zurück bin, reite ich zu der Stelle, wo ihr Jack gefunden habt, und werde mich dort gründlich umsehen. Ich habe das sichere Gefühl, dass ich dort auf eine Opalmine stoße – und wenn diese Mine auf dem Gebiet von Tambora liegt, hat Tadd keinen Anspruch auf die Steine, die er gefunden hat!«, meinte Ethan.

26

Der Gong zum Abendessen ertönte um sieben Uhr und riss Jack unsanft aus dem Schlaf. Erschrocken setzte er sich auf und rief angstvoll: »Mama!«

Tara, die den unerträglich heißen Nachmittag schläfrig und von Fliegen geplagt in einem Liegestuhl auf dem Balkon verbracht hatte, eilte zu ihm hinein.

»Ich bin hier, Jack«, sagte sie und nahm ihn in die Arme. Er schwitzte, und seine braunen Augen waren voller Angst. »Es ist schon gut – du bist in Sicherheit!«, flüsterte Tara. »Ich passe auf, dass dir nichts geschieht.«

Nach einer Weile wurde er ruhiger, und der Griff, mit dem er sich an sie geklammert hatte, lockerte sich. »Hast du jetzt Hunger?«, fragte Tara und strich ihm das weiche, schweißnasse Haar aus dem sommersprossigen Gesicht.

»Ein bisschen«, erwiderte er und wich ihrem Blick aus. »Möchtest du zum Abendessen mit hinunterkommen, oder soll ich dir etwas heraufbringen?« Sie nahm an, dass er ebenso wie sie Tadd Sweeney nicht unbedingt begegnen wollte.

Jack zögerte, und Tara spürte seine Angst. Ob Tadd ihm wirklich gedroht hatte? Sie entschied, dass jetzt nicht der richtige Moment war, ihn danach zu fragen. Er schien noch immer unter Schock zu stehen.

»Hannah wird wahrscheinlich schon gegessen haben, aber ich bin sicher, dass sie dir hier gern Gesellschaft leisten würde.«

In diesem Augenblick wurde die Tür geöffnet, und Elsa erschien mit einem Tablett in der Hand. »Ich dachte, du würdest heute wahrscheinlich am liebsten mit Hannah hier oben essen«, sagte sie zu Jack. Hannah folgte ihr mit ihrem Teddybären in der Hand.

Tara fiel auf, wie erleichtert der Junge wirkte. Jetzt war sie sicher, dass Tadd der Grund für seine Angst sein musste.

»Danke, Mutter!«, meinte sie, gerührt über Elsas Umsicht. Sie konnte sich nicht erinnern, dass ihre Mutter jemals so aufmerksam gewesen wäre, als sie selbst noch ein Kind war. Damals hatte Elsa sich kaum um Tara oder deren Brüder gekümmert und wäre nie auf die Idee gekommen, ihnen ein Essenstablett zu bringen.

»Es ist Lammauflauf, aber weil noch nicht viel Gemüse da ist, haben wir es durch Kartoffelklöße ersetzt.«

Der Auflauf duftete köstlich.

»Ich rieche ja gar keinen Curry«, stellte Tara verwundert fest.

»Lammauflauf enthält doch auch keinen Curry«, erwiderte Elsa lächelnd.

»Sanjas schon!«, sagten Tara und Jack wie aus einem Mund, und beide strahlten so glücklich, dass Elsa lachen musste.

»Wie hast du Sanja nur dazu gebracht, ohne Curry oder Chili zu kochen?«, erkundigte sich Tara, als sie später mit ihrer Mutter die Treppe hinunterging.

»Ich habe an seinen Stolz als Küchenchef appelliert«, meinte Elsa. »Und bisher funktioniert es sehr gut.«

Tara musste an ihre erste Begegnung mit Sanja denken – er hatte sie praktisch aus ›seiner‹ Küche hinausgeworfen. »Ich habe es mit Höflichkeit, Lob und sogar mit eisiger Feindseligkeit versucht, aber es hat alles nichts genützt. In den letzten Wochen habe ich mir oft gewünscht, ich hätte deine Geschicklichkeit im Umgang mir Angestellten!« Bei ihrer Mutter hatte es immer sehr einfach ausgesehen.

»Ich habe Jahre gebraucht, um ein kleines bisschen Geschick darin zu entwickeln, Tara. Als ich deinen Vater heiratete, hatte ich keine Ahnung, wie man einen Haushalt führt. Ich habe es dann schmerzhaft lernen müssen, und du kannst mir glauben, dass ich dabei Fehler gemacht habe! Ein alter Koch zum Beispiel nahm überhaupt keine Notiz von dem, was ich ihm sagte. Ich dachte, er sei taub, bis er irgendwann hörte, wie ich ganz leise eine beleidigende Bemerkung über ihn machte. Er hat mich furchtbar zurechtgewiesen, und ich fühlte mich hinterher wie ein zitterndes, schlotterndes Häufchen Unglück. Eines Tages, als ich fast so weit war, meine Koffer zu packen, nahm mich die Haushälterin beiseite und gab mir ein paar gute Ratschläge, die mir bis heute nützlich sind. Wichtig ist vor allem eines: gegenseitiger Respekt. Sei bestimmt, aber respektvoll, und erkenne an, was für dich getan wird. Immer nur zu fordern mag eine Zeit lang funktionieren, aber ich hatte damit nie viel Erfolg. Und ein paar Komplimente dann und wann helfen sehr viel, wenn man Wert auf eine gute Beziehung legt.«

»Hat sich der alte Koch denn geändert?«

»Nein. Aber ich konnte ihn überreden, in Ehren seinen Abschied zu nehmen, indem ich ihm drohte, ihn zu entlassen, falls er sich weigerte. Nachdem er begriffen hatte, dass ich es ernst meinte, entschied er sich für den ehrenvollen Weg und ging. Ninian hat mir das lange nicht verziehen, weil dieser Mann für zwei Generationen von Killains gearbeitet hatte. Ich habe mir sehr viel Mühe bei der Auswahl seines Nachfolgers gegeben, und zum Schluss ging dann alles gut aus.« Elsa blieb stehen und sah ihre Tochter ernst an. »Ich weiß, du möchtest, dass ich das Haus putze, Tara«, meinte sie. »Ich werde es auch tun, aber ich habe ein paar Tage gebraucht, um mich an die Hitze zu gewöhnen ... Sie macht mich so schrecklich müde.«

Tara setzte eine ausdruckslose Miene auf. »Ich glaube nicht, dass du dich wirklich jemals an die Hitze gewöhnen wirst – oder an die Fliegen und die Moskitos. Du musst eben versuchen, so gut wie möglich damit zurechtzukommen.«

Elsa antwortete nicht. Sie hoffte, dass dieses Hausmädchen

Nerida bald zurückkommen würde, denn wenn sie wirklich Victorias riesiges Haus putzen wollte, würde sie jede Hilfe brauchen können!

Ethan und Rex fuhren am späten Nachmittag wieder nach Wombat Creek zurück, sodass sie noch ein paar Stunden Tageslicht hatten. Rex meinte, sie würden kurz nach Einbruch der Dunkelheit wieder in der Stadt sein, wenn sie sich nicht in irgendwelchen Sanddünen festfuhren. Tara spürte, dass Ethan nur sehr widerwillig mitfuhr. Aber er war auch gespannt darauf, wie die Rennen in der Zwischenzeit ausgegangen waren. Außerdem wollte er noch mit Victoria sprechen, bevor sie sich am folgenden Nachmittag wieder auf den Heimweg machte.

»Ich wünschte, ich könnte dabei sein, wenn du Tante Victoria sagst, dass der Erlös in diesem Jahr für ihre Brille bestimmt ist«, sagte Tara.

»Dann komm doch einfach mit«, schlug Ethan vor.

Tara zögerte. Sie wäre zu gern mitgefahren, aber ...

»Eine Menge Farmer und ihre Viehtreiber warten schon gespannt darauf, Sie zu sehen«, erklärte Rex. Gleich darauf wurde er rot, weil ihm bewusst wurde, was er gesagt hatte, und fügte hastig hinzu: »Ich meine, es sind viele Leute in der Stadt, die Sie gern kennen lernen würden!« Er warf Ethan einen Hilfe suchenden Blick zu, doch dieser runzelte nur die Stirn.

»Bei Neuankömmlingen sind sie immer neugierig«, setzte Rex verlegen hinzu.

»Ich kann aber Jack und Hannah nicht allein lassen«, erwiderte Tara, »und Jack geht es noch nicht gut genug, um mitzufahren.«

Als Tara gegen Abend Lottie über Funk mitteilte, dass sie Jack gefunden hatten, berichtete diese, dass die Rennen sehr gut verlaufen seien und die Stadt noch voller sei als in den vorangegangenen Jahren. Sie behauptete, die Neuigkeit von den beiden neuen Frauen in der Gegend habe sich wie ein Lauffeuer verbreitet, und alle

Männer im Umkreis von fünfhundert Meilen, ob Junggesellen oder brave Ehemänner, seien eigens gekommen, um sie zu ›begutachten‹.

»Seit der Ankunft der ersten Brahman-Bullen, hat nichts das Interesse der Farmer und ihrer Leute so sehr angeheizt wie ihr«, meinte Lottie, verschwieg aber wohlweislich, dass auch ihr Betrieb von diesem Interesse lebhaft profitiert hatte.

»Das fasse ich nicht unbedingt als Kompliment auf«, erwiderte Tara, gekränkt darüber, mit Vieh verglichen zu werden. Aber Lottie lachte nur. Dann berichtete sie weiter, es herrsche allgemein große Enttäuschung darüber, dass nun keine der beiden Frauen zu den Rennen erschienen war. Belle hatte aber einige der Männer belauscht, die einen Besuch auf der Farm unter dem Vorwand planten, Arbeit zu suchen. Lottie behielt aber lieber für sich, dass die Arbeiter, die sämtlich Jungegesellen waren, Wetten darüber abgeschlossen hatten, ob Tara und Elsa sich für Zuchtzwecke eigneten.

Tara war ein wenig verwundert darüber, dass sie und ihre Mutter so viel Neugier geweckt hatten. Sie fragte sich im Stillen, was all diese Männer wohl sagen würden, wenn sie wüssten, dass sie und Elsa Zigeunerblut in den Adern hatten.

Elsa und Tara speisten allein im Esszimmer. Tadd hatte Sanja angewiesen, ihm sein Essen zum Cottage hinüberzubringen, wo er für sich sein konnte, und Tara war darüber sehr erleichtert.

In der Tischmitte stand ein großer Kandelaber, und Elsa hatte die Tafel mit Victorias bestem Silberbesteck, chinesischem Porzellan und feiner Tischwäsche für fünf Personen gedeckt.

»Es sieht so aus, als ob wir unter uns bleiben werden«, meinte sie, während sie ein wenig verlegen drei Gedecke wieder abräumte.

Tara wusste Elsas Mühe wohl zu schätzen, doch es war seltsam, zum ersten Mal nach so vielen Jahren wieder eine Mahlzeit ganz allein mit ihrer Mutter einzunehmen. Das Gespräch verlief entsprechend am Anfang auch sehr steif.

»Der Tisch ist ... sehr schön gedeckt«, meinte Tara.

»Danke«, erwiderte Elsa. »Victoria hat hübsche Tischwäsche und schönes Besteck.«

Danach herrschte ein unbehagliches Schweigen. Tara spürte, dass ihrer Mutter immer noch auf ihre Vergebung hoffte. – Aber dass Elsa wirklich geglaubt hatte, sie habe sich einfach dem erstbesten Zigeuner in die Arme geworfen und die ungeheuerliche Geschichte um Stanton Jackson schlicht erfunden, schmerzte noch zu sehr und stand zwischen ihnen wie eine unsichtbare Wand. Schließlich fand Tara den Mut, sich nach ihren Brüdern zu erkundigen.

»Was machen Liam und Daniel jetzt? Sind sie verheiratet, und haben sie schon Kinder?«

Elsa ließ die Gabel sinken. »Nachdem du fortgegangen warst ...«, begann sie. Tara wirkte plötzlich sichtlich angespannt, und Elsa erkannte ihren Fehler sogleich. »Nach ... dem Tod deines Vaters ist Liam zur See gegangen.«

Tara konnte ihr Erstaunen nicht verbergen und fragte sich, ob ihre Mutter ihr wohl die Schuld daran gab, dass Liam die Farm verlassen hatte.

»Weißt du nicht mehr, wie sehr ihn alles interessierte, was mit Seefahrt zu tun hatte?«, fragte Elsa.

»Ich erinnere mich noch, dass er immer Bücher über das Meer gelesen hat«, meinte Tara. »Besonders ›Moby Dick‹ von Herman Melville. Er hat darin gelesen, wann immer er konnte.«

Elsa seufzte. »Deinem Vater und mir zuliebe hat er versucht, ein Interesse für die Landwirtschaft zu entwickeln, aber er war nicht mit dem Herzen dabei. Als er fast erwachsen war, hat er oft davon gesprochen, dass er gern in der Handelsschifffahrt arbeiten würde. Nach dem Tod deines Vaters habe ich ihn ermutigt, sich seinen Traum zu verwirklichen. Er zögerte, weil er glaubte, ich würde ihn brauchen, aber schließlich habe ich darauf bestanden.« Sie verschwieg, dass sie die Farm nach Ninians Tod ohnehin nicht hätten halten können – die Schuldenlast war schon zu groß gewesen.

»Und was ist aus Daniel geworden? Er hat doch die Arbeit auf der Farm sehr geliebt.«

Elsa lächelte traurig. »Ja, aber um ehrlich zu sein ist er trotzdem nie ein sehr guter Farmer gewesen.«

»Was macht er jetzt?«

»Er hat eine Engländerin geheiratet und lebt in Cornwall. Aileen erwartet gerade ihr erstes Kind.«

»Oh!« Tara musste lächeln, als sie sich ihren Bruder als Vater vorstellte. Als sie fortgegangen war, war er ein linkischer Teenager gewesen, der voller Streiche steckte. Es war schwierig, sich ihn als verantwortungsvollen Familienvater vorzustellen. »Wovon leben sie?«

Elsa wirkte einen Augenblick lang verlegen. »Er arbeitet mit Aileens Vater und Brüdern zusammen ... in einer Zinnmine.«

Tara starrte sie mit offenem Mund an.

»Ich glaube, er ist glücklich, Tara, und nur darauf kommt es an.«

Tara war über Elsas Bemerkung zutiefst verblüfft, und das sah man ihr an.

Elsa legte Messer und Gabel beiseite. »Du hättest nie gedacht, dass du mich so etwas einmal sagen hören würdest, nicht wahr? Dass es wichtiger ist, glücklich zu sein, als eine hohe Position zu haben. Aber genau so denke ich heute.«

Tara schüttelte den Kopf. »Heute ist wirklich der Tag der Offenbarungen, Mutter!«

Elsa verstand sofort, was sie meinte.

»Wie fühlst du dich, seit du weißt, dass du tatsächlich Zigeunerblut in den Adern hast, Tara?«

»Ich bin nicht ganz sicher ... Ich habe immerhin jahrelang als Zigeunerin gelebt, und deshalb fühle ich mich nicht viel anders als sonst. Ironischerweise haben sie mich ausgestoßen, bevor ich Irland verließ, mit der Begründung, dass ich keine von ihnen war.«

»Darf ich fragen, warum dein Mann nicht dagegen protestierte, dass sie dich fortjagten?«

»Er konnte nicht – er war im Gefängnis.«

Elsa bemühte sich ohne großen Erfolg, ihren Schrecken zu verbergen, und Tara kannte die unzähligen Fragen, die ihrer Mutter durch den Kopf gingen.

»Ich kann es dir eigentlich ruhig erzählen, Mutter – er wird wahrscheinlich für den Mord an Stanton Jackson gehängt.«

Elsa starrte sie aus weit aufgerissenen Augen an, und dieses Mal versuchte sie gar nicht erst, ihr Entsetzen zu verbergen. »Du hast einen ... Mörder geheiratet?«

»Oh nein, Mutter. Garvie war mir ein sanfter und liebender Ehemann. Er hat sich an dem Abend, an dem ich fortlief, mit Stanton geprügelt, aber er hat ihn nicht umgebracht. Er wusste nicht einmal, dass Stanton tot war, bis ein Polizeibeamter ihn vor einiger Zeit vernommen hat. Stanton muss gefallen sein und sich den Kopf aufgeschlagen haben, obwohl Garvie und ich glauben, dass er irgendeinen Anfall gehabt haben muss, als er mich überfiel. Er schien unter starken Kopfschmerzen zu leiden, als er mich ...« Tara brachte das Wort nicht über die Lippen.

Elsa wirkte sehr unsicher. »Es tut mir Leid, dass das geschehen ist«, sagte sie leise.

Tara ignorierte ihre Worte und fuhr fort: »Ich wollte in Irland bleiben und Garvies Unschuld beweisen, aber er hat mich fortgeschickt, damit ich ein neues Leben anfange. So war er immer, Mutter, uneigennützig bis zur Selbstaufgabe. Manchmal war er etwas fehlgeleitet und nahm es mit einigen Gesetzen nicht so genau, aber mir gegenüber ist er immer freundlich und großzügig gewesen. Er hat nie auch nur ein Wort von mir in Zweifel gezogen.«

Elsa senkte den Kopf, und Tara wusste, dass sie sie getroffen hatte.

»Ich möchte nie mehr über all das reden, Mutter. Die Vergangenheit können wir nicht ändern, wir müssen vorwärts gehen.«

»Aber wie sollen wir das tun, wenn du mir nicht verzeihen kannst, Tara?«

»Das weiß ich noch nicht«, erwiderte Tara aufrichtig, »aber ich werde es versuchen.«

Als Sanja hereinkam, um den Nachtisch, zu servieren – einen sahnigen Reispudding mit Rosinen – lobte Elsa das Essen über alle Maßen; Tara dagegen sagte kein Wort.

»Sie haben sich selbst übertroffen, Sanja«, erklärte Elsa überschwänglich. »Das Lamm war herrlich zart, das beste, das ich jemals gekostet habe!«

»Danke, Missus Killain«, gab Sanja zurück, der sich in ihrem Lob geradezu sonnte, »Ich haben nur Milchpulver und Trockenfrüchte für den Pudding, aber ich hoffe, Sie mögen ihn trotzdem!«

Tara fing einen trotzigen Blick von ihm auf.

»Er duftet absolut köstlich, Sanja«, stellte Elsa fest. Der Koch deutete eine Verbeugung an und verließ danach den Raum.

Tara sah ihre Mutter mit offenem Mund an. »Du hast ihn wirklich vollkommen verwandelt! Er ist sonst furchtbar überheblich – erst vor einer Woche habe ich ihm mit Entlassung gedroht, weil er eine Schüssel mit schmutzigem Abwaschwasser nach mir geworfen hat.«

Elsa versuchte, ihr Lächeln hinter einer Hand zu verbergen. »Ich bin froh, dass du ihn nicht hinausgeworfen hast. Diesem Auflauf nach zu urteilen ist er nämlich ein ausgezeichneter Koch.« Sie lachte trocken auf. »Ich bin zwar selbst kaum imstande, Wasser zu kochen, aber ich hatte immer ein Gespür dafür, wer als Koch etwas taugt und wer nicht – manchmal sogar, bevor sie noch das Herdfeuer entzündet hatten!«

»Jetzt muss ich mich aber wirklich auf den Weg nach Tambora machen!«, sagte Victoria unruhig.

Es war am späten Vormittag des folgenden Tages. Ferris hatte Victoria und Riordan überredet, die Nacht im Hotel zu verbringen, da Ethan über Funk mitgeteilt hatte, er sei unterwegs und würde wahrscheinlich gegen acht Uhr abends wieder in der Stadt sein. Als gegen zehn Uhr weder er noch Rex eingetroffen waren, hatten sich Nugget, Charlie und Bluey auf die Suche nach den beiden gemacht.

»Sie können noch nicht abfahren«, beschied Ferris Victoria, als sie ernsthafte Anstalten machte, aufzubrechen. »Ich glaube, Charity hat Wehen, und ich weiß absolut nicht, was ich tun muss.«

Victoria lachte. »Ich habe selbst keine Kinder, Ferris, deshalb wäre ich Ihnen sicher keine große Hilfe. Rufen Sie doch eine von den Aborigines-Frauen aus ihrem Volk!«

»Die sind alle ... auf Wanderschaft gegangen.«

Jetzt wurde Victoria langsam misstrauisch. Seit dem Frühstück hatte Ferris sich einen Grund nach dem anderen ausgedacht, um sie in der Stadt festzuhalten. Zuerst hatte er behauptet, er brauche Hilfe hinter der Bar. Victoria hatte eine Stunde lang bedient, bis sie ihn dabei erwischt hatte, wie er Charity in der Küche herumwirbelte. Dann hatte er gesagt, er fühle sich krank, und etwas später hatte sie ihn einen riesigen Teller voller Kaninchengulasch in sich hineinschaufeln sehen. Schließlich meinte er, Riordan sei zu betrunken, was auch stimmte, denn die Männer gaben ihm einen Drink nach dem anderen aus. Er war gebeten worden, bei den Rennen als Schiedsrichter einzuspringen, da Rex mit Ethan nach Tambora gefahren war, und die Männer hatten festgestellt, dass er mit Getränken durchaus bestechlich war. Und da er von jedem Starter in den unzähligen Rennen einen Drink spendiert bekam, war er gegen Mittag völlig betrunken gewesen. Aber er hatte durch seine leutselige Art und seinen Hang zur Ausgelassenheit, der immer dann durchbrach, wenn er zu viel trank, viele Freunde gewonnen. Victoria und er hatten sich sehr gut amüsiert, auch wenn Riordan seit dem Vortag gar nicht mehr richtig nüchtern geworden war. Victoria drängte jetzt ernsthaft zum Aufbruch.

»Also gut, Ferris – was geht hier eigentlich vor?«, fragte sie schließlich.

»Ach, gar nichts, Victoria. Warum bist du nur immer gleich so misstrauisch?«

Victoria warf auch Percy einen forschenden Blick zu, doch der wandte sich hastig ab.

»Ferris, ich merke genau, wenn mich jemand hintergeht. Wenn Sie mir nicht auf der Stelle die Wahrheit sagen, fahre ich los.«

In eben diesem Moment ging die Tür auf, und Ethan und Rex betraten gefolgt von einer Wolke aus Staub und Fliegen die Bar. Victoria merkte Ethan an, dass er erleichtert war, sie zu sehen.

»Wo zur Hölle wart ihr?«, fragte Ferris.

»Die Achse von Rex' so überaus verlässlichem Automobil ist gebrochen«, meinte Ethan mit finsterem Blick auf Rex. »Wir haben den einzigen umgestürzten Baum zwischen Tambora und Wombat Creek überfahren.«

Rex ignorierte Ethans Worte und ging direkt an die Bar.

»Ich weiß nicht, was heute mit Ferris los ist, Ethan«, sagte Victoria. »Er denkt sich einen Grund nach dem anderen aus, warum ich unbedingt in der Stadt bleiben muss.«

»Wir haben dich eben gern hier«, erwiderte Ferris mit entwaffnendem Grinsen.

Victoria schüttelte den Kopf, und Ethan lächelte verschmitzt. Er stürzte das Bier hinunter, das Ferris innerhalb von Sekunden gezapft hatte und das nicht nur seinen Durst stillte, sondern auch noch seine Nerven beruhigte. Das war nötig nach der qualvollen Nacht, die er mit Rex im Busch verbracht hatte, bevor Nugget und die Jungen gekommen waren.

»Die Schuld daran trage ich, Victoria«, meinte er. »Ich wollte, dass Ferris dich hier zurückhält, bis ich wieder da bin – und ich dachte eigentlich, wir würden gestern Abend wieder hier sein ...« Ein weiterer vorwurfsvoller Blick traf Rex. »Auf einem Kamel wäre ich auch sicher längst zurück gewesen. Die Tiere besitzen zumindest so viel Vernunft, umgestürzten Bäumen aus dem Weg zu gehen.«

Victoria sah ihn besorgt an. »Ist in Tambora etwas passiert? Geht es Jack gut?«

»Ja, er hat sich schon wieder erholt. Er war vom Pferd gefallen und hat einige Kratzer und Schürfwunden abbekommen, aber jetzt lässt er sich von Tara und ihrer Mutter verwöhnen. Alles andere ist genau so, wie du es verlassen hast.«

»Was geht dann hier vor? Ich verstehe nicht, warum ihr alle so geheimnisvoll tut!«

»Wie du weißt, wird das Geld aus den Rennwetten jedes Jahr für einen wohltätigen Zweck gespendet.«

»Das stimmt. Aber bisher hat mir niemand erzählt, wofür es in diesem Jahr ausgegeben wird.«

»Aus einem guten Grund!«

»Und der wäre?«

»Ich glaube, jeder wird mir zustimmen, dass das Geld dieses Mal besonders nutzbringend angewandt wird!« Ethan blickte sich lächelnd um.

Victoria runzelte die Stirn. »Gut – also, wofür ist es?«

»Für deine neue Brille.«

Victoria starrte ihn ungläubig an. »Das ist doch nicht dein Ernst? Es gäbe sicher viele, die es nötiger hätten.«

»Es ist uns damit sogar sehr ernst.« Ethan warf einen Blick auf den Scheck, den Percy ihm reichte, und schien sichtlich verwundert über die Summe, die zusammengekommen war. »Das dürfte für deine Fahrt nach Alice und die neue Brille reichen, und vielleicht noch für ein gutes Essen im Stuart-Arms-Hotel.« Damit reichte er Victoria den Scheck und sah, dass deren Hände zitterten. »Nimm es ruhig an – ich überreiche es dir im Namen der Einwohner von Wombat Creek und der ganzen Umgebung.«

In der halb besetzten Bar, in der die Farmer das große Ereignis des vergangenen Tages nachfeierten, erscholl kräftiger Applaus, und Victoria liefen Tränen der Rührung über die Wangen. Sie wandte sich zu Riordan um. »Das kann ich nicht annehmen!«

»Oh doch, das kannst du!«, erwiderte er.

»Ich weiß gar nicht, was ich sagen soll ...«

»Wie wäre es mit ›Danke‹?«, meinte Ethan lachend.

Victoria blickte in die lächelnden Gesichter ihrer Nachbarn und Freunde. »Ich möchte euch allen ganz herzlich danken«, sagte sie bewegt. »Ich fühle mich sehr geehrt, aber auch ein wenig verlegen, weil mir viele Dinge einfallen, für die das Geld sinnvoller verwendet werden könnte. Sadie zum Beispiel braucht einen neuen Regenwassertank ...«

»Bob Reynolds hat den alten wieder zusammengeflickt, und jetzt leckt er nicht mehr«, rief Sadie aus der Ecke, in der sie im Wombat-Creek-Hotel immer saß.

»Noonie Jacobs Dach stürzt fast ein ...«

»Das ist auch längst repariert«, erklärte Sadie mit breitem Grinsen und ließ ihren einzigen Zahn sehen, der ungefähr denselben Grauton hatte wie ihre Haare.

Riordan legte Victoria den Arm um die Schulter.

»Weiß Tara davon?«, erkundigte sie sich bei Ethan.

»Ja, das tut sie.«

Victoria lächelte. Jetzt wusste sie endlich, warum Tara so sicher gewesen war, dass sie das Geld für ihre Fahrt zusammenbekommen würden.

Jacks lauter Schrei riss Tara aus tiefem Schlaf. Sie sprang aus dem Bett und lief zu seinem Zimmer.

»Jack, ich bin doch bei dir!«, sagte sie und hielt ihn fest umschlungen, während er haltlos schluchzte und sich in panischer Angst an sie klammerte. »Ich hatte einen Albtraum«, sagte er.

Sie hätte ihn gern gefragt, worum es in dem Traum gegangen war, wagte es aber nicht. »Würdest du vielleicht gern bei mir schlafen?«, fragte sie, obwohl sie sich ein wenig seltsam dabei vorkam. Doch eine ›richtige‹ Mutter hätte wohl ebenso gehandelt.

Jack nickte, und Tara trug ihn in ihr Zimmer und legte ihn auf die andere Seite ihres riesigen Bettes. »Ich bin hier neben dir«, sagte sie und legte sich auf ihre eigene Hälfte. »Wenn du Angst hast, brauchst du nur die Hand auszustrecken!«

Jack nickte und kuschelte sich in die Kissen.

»Ich lasse die Lampe brennen«, sagte Tara und schloss die Augen. Insgeheim schwor sie sich, am folgenden Morgen mit Tadd Sweeney zu sprechen und herauszufinden, was wirklich geschehen war.

27

Rex hat sich gerade über Funk gemeldet!«, rief Tara ihrer Tante, die auf der Empore stand, vom Fuß der Treppe aus zu. »Er fährt jetzt los.«

Victoria befand sich in einem Zustand leichter Panik. Der Zug fuhr um zwei Uhr nachmittags in St. Williams Creek ab, und sie wollte ihn auf keinen Fall verpassen. Sorrel Windspear erwartete sie in Alice am Bahnhof, und obwohl sie ursprünglich gar nicht hatte fahren wollen, war sie jetzt doch voller Vorfreude.

Als Victoria mit ihrem kleinen Koffer in der Hand die Treppe herunterkam, bemerkte Tara besorgt ihre gerunzelte Stirn. Tara nahm ihr den Koffer ab und stellte ihn lächelnd neben die Haustür. »Du musst doch noch eine ganze Weile warten, bis er kommt, Tante Victoria.«

»Wenn alles gut geht«, murmelte Victoria missgestimmt. »Eigentlich hätte er um sechs Uhr morgens hier sein sollen.«

Tara spürte, dass sie sich wirklich Sorgen machte. »Du weißt doch, dass er Mühe hatte, die neue Achse für seinen Wagen aus Port Augusta zu bekommen. Sie ist erst gestern geliefert worden, und dafür hat er alles sehr schnell repariert. Anscheinend hat er mit den anderen Männern gestern bis weit nach Einbruch der Dunkelheit daran gearbeitet.« Das hatte Rex besonders hervorgehoben.

Victorias Stirn glättete sich. Sie wusste, dass alle in der Stadt für sie getan hatten, was sie konnten, und sie war ihnen sehr dankbar dafür. Doch das hielt sie nicht davon ab, sich wegen der Reise viel zu viele Gedanken zu machen.

»Hör auf, dich zu sorgen, Tante Victoria!«, meinte Tara sanft.

»Ich kann nicht anders. Ich denke ständig mit Grausen daran, was passiert, wenn ich den Zug verpasse und Sorrel vergeblich auf mich wartet, ohne zu wissen, was geschehen ist.«

»Du wirst den Zug aber nicht verpassen!«

»Und wenn nun die Achse wieder bricht? Vielleicht haben sie sie nicht richtig eingebaut. Dann würden wir zwischen Tambora und Wombat Creek festsitzen, ohne dass es jemand bemerkt. Wenn nur Ethan hier wäre, und nicht irgendwo zwischen Marree und Leigh Creek, würde ich mich sehr viel besser fühlen.«

Tara hatte mittlerweile festgestellt, dass ihre Tante Ethan Hunter vertraute wie niemandem sonst. »Nugget hat mir erzählt, dass Ethan und Saladin Nahrung und Wasser zu einer Expedition bringen, die auf dem Strzelecki-Track liegen geblieben ist. Es war ein Notfall, sonst wäre er sicher nicht gegangen.«

Tara hatte Ethan genug Geld mitgegeben, um auf dem Weg in Leigh Creek die fällige Zinsrate bei der Bank einzuzahlen. Außerdem hatte sie ihn gebeten, so viel wie möglich über ihre Schulden in Erfahrung zu bringen. Vielleicht bestand die Möglichkeit, dort eine Vereinbarung zu treffen, die es Victoria ermöglichen würde, Tambora zu behalten. Sie betete, dass seine Mission Erfolg haben möge – doch obwohl Ethan sehr zuversichtlich gewesen war, weil er den Manager persönlich kannte, waren die Schulden erdrückend. Sie befürchtete, dass ihm die Hände gebunden sein würden.

»Also, Tara, ich habe die Männer angewiesen, die Schafe zusammenzutreiben. Sofort nach meiner Rückkehr werde ich mich mit den Scherern in Verbindung setzen. Wegen der Verschiffung der Wolle hat Tadd für mich ein Telegramm an das Büro der Schifffahrtsgesellschaft in Port Adelaide geschickt. Die Antwort darauf müsste in Kürze eintreffen. Ich bin voraussichtlich in ein paar Tagen wieder da ... aber wenn irgendetwas sein sollte, kannst du mich von Wombat Creek aus anrufen oder mir über Percy ein Telegramm ins Stuart-Arms-Hotel schicken ...«

»Das alles hast du mir schon mindestens zehn Mal gesagt, Tante Victoria. Hältst du mich etwa für so vergesslich?«

»Nein, natürlich nicht, Liebes. Ich möchte nur nicht, dass du dir über irgendetwas Sorgen machen musst – und ich weiß, dass du es tust.«

»Ich mache mir keine Sorgen, Tante Victoria. Wir kommen hier schon ein paar Tage allein zurecht, oder wie lange es auch immer dauert. Hör einfach auf, daran zu denken.« Victoria war lange nicht mehr von Tambora fort gewesen, und Tara hoffte für sie, dass die Reise schön werden würde – ein wenig Abwechslung würde ihr sicher gut tun.

Victoria war kaum mit Rex fort, der trotz ihrer Eile versprochen hatte, vorsichtig zu fahren, da meldete sich Percy über Funk in Tambora.

»Bei mir ist gerade ein Telegramm aus Indien eingegangen«, erklärte er.

»Und was steht darin?«, fragte Tara mit erhobener Stimme, um das Knacken im Äther zu übertönen.

»Es ist an Ihre Tante gerichtet«, erwiderte Percy streng. »Ich muss unbedingt mit ihr sprechen. Es geht um eine vertrauliche Angelegenheit.«

Tara spürte, dass er sich nur wichtig machte. »Wo haben Sie dieses schwierige Wort gelernt, Percy?«, fragte sie sarkastisch und fuhr dann, ohne auf eine Antwort zu warten, wegen der Störungen im Gerät sehr laut fort: »Meine Tante ist nicht da. Rex hat sie gerade abgeholt, und sie ist auch ohne andere Sorgen aufgeregt genug wegen ihrer Reise nach Alice. Also sagen Sie mir jetzt bitte, was in dem Telegramm steht, und versuchen Sie nicht, mir weiszumachen, Sie hätten es Ferris und Charity noch nicht erzählt! Außerdem bin ich sicher, dass uns gerade mindestens die Hälfte der Nachbarn zuhört!«

Tara meinte, empörte Ausrufe zu hören, doch Percy seufzte resigniert auf. »Na gut«, meinte er, »aber wenn Victoria damit nicht einverstanden ist, sage ich ihr, dass Sie darauf bestanden haben.«

»Tun Sie das nur. Was also steht in dem Telegramm?«

»Es ist von einem Mr. William Crombie.«

»Das weiß ich längst, Percy. Um Himmels willen, wie lautet der Text?«

»Er braucht die Schiffsladung Wolle sehr dringend. Wenn sie nicht bis Ende nächsten Monats dort ist, wird sein neuer Partner einen Vertrag mit einem Schaffarmer in Neuseeland abschließen, der eine Ladung bereitstehen hat.«

Tara glaubte, unterdrücktes Gemurmel zu vernehmen, als die Mithörenden die Neuigkeit untereinander weitergaben. Natürlich hätten alle Schaffarmer in der Gegend gern diese Gelegenheit beim Schopf ergriffen, ihre Wolle zu exportieren.

Oh nein, dachte Tara. Laut sagte sie: »Dann müssen wir uns hier allerdings etwas beeilen!«

»Sie schaffen es doch nie, mit diesen vier faulen Abos innerhalb einer Woche tausend Schafe zusammenzutreiben«, meinte Percy abfällig.

Tara prallte förmlich vom Funkgerät zurück und meinte sogar, jemanden kichern zu hören. »Ich hoffe, Sie meinen damit nicht die Viehtreiber in Tambora?«, fragte sie zornig. »Die arbeiten nämlich außergewöhnlich hart, besonders, wenn man bedenkt, dass sie so lange keinen Lohn bekommen haben!« Zu spät erkannte sie, dass sie zu viel gesagt hatte, doch ihre Empörung hatte sie veranlasst, Nugget und die anderen Männer zu verteidigen.

»Ich sage ja nur, dass ... Sie diese Ladung nicht pünktlich zusammenbekommen werden.«

»Sie scheinen ja gut über uns Bescheid zu wissen«, meinte Tara erbost.

Percy war so verlegen, dass er über seine eigenen Wörter stolperte: »... Victoria hat mir davon erzählt, als ... sie in der Stadt war ...«

»Von dieser Sache kann sie aber noch nichts wissen, Percy. Ich möchte, dass sie sich auf der Fahrt nach Alice keine Sorgen zu machen braucht, und deshalb sagen Sie ihr bitte nichts, wenn sie in Wombat Creek ankommt. Das gilt übrigens auch für alle, die uns gerade zuhören.« Dieses Mal war sie sicher, einige Ausrufe der Überraschung zu vernehmen.

»Schon gut«, erwiderte Percy, eingeschüchtert durch ihren Unheil verkündenden Ton. Ihm war klar, dass Tara nur ein Wort über die Uhr zu verlieren brauchte, die er in Lotties Haus vergessen hatte, und jeder in der Gegend würde darüber Bescheid wissen. Der Gedanke allein machte ihn nervös und weckte in ihm den dringenden Wunsch nach einem starken Getränk. Nur deshalb ging er auf ihre Forderungen ein.

»Und was Ihre Bemerkung betrifft, wir bekämen die Schiffsladung nicht rechtzeitig zusammen – wir werden es schaffen, und wenn wir Tag und Nacht arbeiten müssen!«

Tara hätte gern mit Nugget gesprochen und ihm erklärt, wie dringend sie die Schafe zusammentreiben und scheren mussten, doch er war schon mit den anderen zum Sammelplatz geritten. Sie machte sich auf die Suche nach Tadd, der kurz erschienen war, um sich von Victoria zu verabschieden, doch er schien wie vom Erdboden verschluckt. Tara ging zu seinem Cottage hinüber, schaute bei den Hundezwingern und in der Hütte der Viehtreiber. Zuletzt sah sie in den Ställen nach und stellte fest, dass sein Pferd nicht da war.

Später starrte sie von der hinteren Veranda aus über das weite Land in die Richtung, in die er ihrer Meinung nach geritten war, nach Südwesten, dorthin, wo Jack seinen ›Unfall‹ gehabt hatte.

Tadd hätte eigentlich Nugget und den Jungen helfen müssen, die jede zusätzliche Hand brauchen konnten. Tara war so in Gedanken versunken, dass sie die leisen Schritte hinter sich kaum hörte.

»Stimmt etwas nicht?«, erkundigte sich Riordan. Erschrocken fuhr sie zusammen. Er fand, dass sie tief beunruhigt wirkte.

Tara wandte sich um und musterte ihn feindselig von oben bis unten. Er trug ein frisches weißes Hemd und eine cremefarbene Leinenhose, hatte sich offensichtlich gerade gewaschen und rasiert, denn sowohl seine blonden Haare wie auch der Bart waren ordentlich geschnitten und frisiert. Er hatte seit Tagen nicht so gut ausgesehen und war sogar noch leicht gebräunt von seinem Ausflug in die Stadt.

»Nichts, das ich nicht unter Kontrolle hätte«, gab sie knapp zurück.

Riordan schwieg einen Moment stirnrunzelnd. Dann sagte er: »Jetzt, wo wir einmal allein sind, Tara, sollten wir die Gelegenheit nutzen und uns aussprechen.«

Tara schüttelte den Kopf. »Ich verstehe nicht, warum Sie noch hier sind, Riordan. Meine Tante haben Sie gesehen und sicher schon viel über alte Zeiten geredet, warum fahren Sie also nicht zurück nach Irland? Zwischen Ihnen und mir gibt es nichts, worüber wir uns aussprechen müssten.«

Der sonst so heitere Blick seiner graublauen Augen war trüb vor Schmerz, doch Tara vermochte kaum Mitgefühl aufzubringen.

»Ich weiß, dass ich mich in Ihnen geirrt habe, Tara«, sagte er leise. »Ich habe mich Ihnen gegenüber schrecklich benommen und kann Ihnen gar nicht sagen, wie Leid es mir tut und wie sehr ich bedaure, was in der Galerie geschehen ist. Wenn Sie es mir erlauben, kann ich Ihnen alles erklären, und dann werden Sie vielleicht verstehen ...«

»Ich lege keinen Wert auf Ihre Entschuldigungen, Riordan«, erwiderte sie kalt, entschlossen, ihn ebenso tief zu verletzen, wie er sie verletzt hatte.

Er zuckte ein wenig zusammen, als habe sie ihn geschlagen, und aus seinen markanten Zügen wich alle Farbe. »Tara, haben Sie doch ein Herz! Wenn Sie mir nicht verzeihen können, dann wenigstens Ihrer Mutter!«

Seine Sorge um Elsa rührte Tara, doch ihr Zorn auf ihn wurde dadurch nicht geringer. »Was zwischen meiner Mutter und mir geschieht, geht nur sie und mich etwas an, Riordan, und braucht Sie nicht zu kümmern.«

Jetzt wirkte er sehr schuldbewusst. »Sie haben natürlich Recht, Tara.« Wieder verstummte er für einen Moment, um dann hinzuzufügen: »Es gibt trotzdem etwas, das ich Ihnen gern sagen würde. Nachdem Sie mich angehört haben, werde ich gern abreisen, wenn Sie das wünschen.«

»Mich interessiert wirklich nichts von dem, was Sie zu sagen haben.« Tara wandte ihm den Rücken zu.

Nach kurzem Zögern erklärte Riordan: »Ich bin den ganzen Weg hierher gekommen, um Sie zu sehen, und deshalb sage ich ihnen jetzt einfach, was ich auf dem Herzen habe.«

Tara blieb stumm. Sie wäre gern einfach weggegangen, beschloss jedoch, ihm zuzuhören, weil er gesagt hatte, er werde danach abreisen, wenn sie es wünschte – und das konnte er nicht früh genug tun, wenn es nach ihr ging.

Riordan trat neben sie an die Brüstung und starrte hinaus über die Ebene, die seit dem Regen einen zartgrünen Ton angenommen hatte. Tara blickte aus den Augenwinkeln zu ihm hinüber, doch er schwieg, und sie fragte sich, ob er vielleicht seine Meinung geändert hatte. Doch gerade als sie gehen wollte, begann er zu sprechen.

»Als Ihre Tante mir Ihr Bild schickte, fand ich, dass Sie die schönste Frau waren, die ich je gesehen hatte.« Verlegen blickte er Tara an, doch diese wandte den Kopf ab.

Wenn er glaubte, sie durch Schmeicheleien umstimmen zu können, hatte er sich geirrt!

Riordan starrte wieder in die karge Buschlandschaft Australiens hinaus. Während er die flimmernde Luft über dem Horizont betrachtete, wanderten seine Gedanken in die Vergangenheit zurück, nach Irland, in eine Zeit, als er ›Tara, der Zigeunerin‹ hoffnungslos verfallen gewesen war. Noch einmal meinte er, dieselbe Besessenheit und die Qual der unerwiderten Liebe zu spüren, und derselbe Schmerz wie damals erfüllte ihn.

»Du warst noch nicht einmal ganz erwachsen«, flüsterte er, zum vertraulichen Du übergehend, »jung, verletzlich und doch die sinnlichste Frau, die ich je gesehen hatte.« Eine unwiderstehliche Kombination, dachte Riordan. »Trotzdem war in deinem Blick irgendetwas ... Verlorenes. Ich bildete mir ein, du wartetest darauf, dass ich dich aus einem Leben befreite, in dem du ...« Er konnte nicht weitersprechen, denn es schmerzte ihn zu sehr.

Tara erschrak darüber, wie genau er ihren damaligen Gemütszustand erfasst hatte, denn als das Porträt entstanden war, hatte sie sich wirklich wie verloren gefühlt, hin- und hergerissen zwischen zwei Welten, zu denen sie nicht ganz gehörte. Bei den Zigeunern war sie nicht heimisch, konnte aber auch nicht nach Hause zurückgehen. Nicht einmal Garvie hatte geahnt, wie sie sich fühlte, Riordan dagegen hatte ein Blick auf ihr Porträt genügt.

»Natürlich war es nicht so«, meinte er, und sie unterließ es, ihn aufzuklären.

»Das weiß ich jetzt – aber ich glaubte fest daran, dass du mich brauchtest. Auch wenn es lächerlich klingt, ich war hoffnungslos in die Frau auf dem Bild verliebt.«

»Aber du kanntest mich doch gar nicht!«, erwiderte Tara ungläubig.

»Ich versuche dir ja auch gerade zu erklären, dass es dabei nicht um dich ging. Die Frau auf dem Bild existierte nur in meiner Fantasie.«

Tara runzelte verwirrt die Stirn, und Riordan bemühte sich verzweifelt, es ihr verständlich zu machen. »Auf dem Bild, das warst zwar du, aber die Frau, die ich sah, war eine ganz andere. Ich verliebte mich leidenschaftlich in jemanden, den es gar nicht gab. Meine Geschäfte und mein Privatleben litten darunter, doch ich lebte nur noch für meine Besessenheit. Ich kannte dich nicht, wie du wirklich warst, aber ich redete mir ein, dich zu kennen. Wie du weißt, hatte man mir gesagt, du seist entführt worden. Es quälte mich, dass die Frau, an die ich ständig dachte, die Frau auf dem

Bild, gegen ihren Willen von den Zigeunern gefangen gehalten wurde. Ich redete mir ein, ich ließe sie im Stich, wenn ich sie nicht fand und rettete.«

Tara sah Riordan an, doch er blickte starr geradeaus. Auf seinen Zügen erkannte sie tiefen Schmerz, auch wenn sie seine Besessenheit für eine Frau, die es nicht gab, noch immer nicht ganz nachvollziehen konnte.

»Als ich sie – dich – schließlich gefunden hatte, war ich fasziniert, aber auch verzweifelt, weil meine Illusion in sich zusammenfiel. Zuerst glaubte ich, die Zigeuner hätten dich unter Drogen gesetzt, doch mir wurde schnell klar, dass es nicht so war. Und obwohl dein Anblick mich auf fast hypnotische Weise gefangen nahm, fühlte ich mich betrogen.«

Tara fühlte, wie ihr die Röte in die Wangen stieg, und war froh, dass er sie nicht ansah.

»Es war nicht deine Schuld, das weiß ich jetzt, aber als du in die Galerie kamst, hatte ich mich immer noch nicht ganz in der Gewalt.« Jetzt wandte er sich ihr zu, und seine Miene wirkte so ernst, dass Tara den Kopf senkte. »Ich möchte, dass du Folgendes weißt. Ich habe meine Besessenheit besiegt. Ich weiß, dass dich keinerlei Schuld an dem trifft, was ich mir eingebildet habe, ebenso wenig wie daran, was mit dem Mann geschehen ist, der für deinen Vater gearbeitet hat. Es tut mir sehr Leid, dass dein ... Mann nun auch noch dafür bestraft wird, dass er dir geholfen hat.«

»Woher weißt du das?«, fragte Tara.

»Deine Mutter sagte mir, einer der Zigeuner würde gehängt, weil er Stanton Jackson ermordet hätte. Ich nehme an, dass es dein Mann ist, Tara ...« Ihr Blick sagte ihm, dass er Recht hatte.

»Das war ein Unfall, Riordan. Garvie hat nicht einmal gewusst, dass Stanton tot war.«

»Es ist eine Tragödie, Tara – aber den höchsten Preis hast du zahlen müssen.«

Tränen traten Tara in die Augen und strömten langsam über ihre Wangen. Mit einer ungeduldigen Bewegung wischte sie sie fort. »Garvie verliert sein Leben – einen höheren Preis gibt es nicht!«, meinte sie aufschluchzend. Riordan zog sie tröstend an sich, und Tara merkte erst jetzt, wie verzweifelt sie sich nach einer tröstenden Umarmung gesehnt hatte.

»Es tut mir Leid, aber dieses Mal habe ich kein Taschentuch bei mir«, sagte Riordan leise, und Tara musste trotz ihres Kummers lächeln. Riordan sah in ihre tränenfeuchten grünen Augen, und sie las Mitgefühl in seinem Blick. »Ich weiß, dass ich kein Recht habe, dich darum zu bitten, aber wenn du mir verzeihen könntest, könnten wir noch einmal ganz von vorn beginnen«, meinte er. »Ich würde nämlich gern die echte Tara kennen lernen.«

Gegen ihren Willen fühlte Tara, wie seine Worte sie rührten, denn aus ihnen sprach eine entwaffnende Ehrlichkeit. »Ich weiß nicht, Riordan ...«

»Denk darüber nach, Tara. Wenn ich nicht gerade ein besessener Träumer bin, kann ich ein ganz umgänglicher Mensch sein – Victoria war zumindest immer dieser Meinung.« Das Zwinkern seiner blaugrauen Augen erinnerte sie an ihre erste Begegnung mit ihm. Damals hatte sie ihn sehr charmant und geistreich gefunden, und dazu unverschämt gut aussehend.

Verwundert hörte sie sich sagen: »Gut, ich werde darüber nachdenken, Riordan. Aber ich kann dir nichts versprechen!«

Er lächelte sein verheerend strahlendes Lächeln, und sie spürte, wie ihr seltsam flau wurde. Ob er sich der Macht seines Charmes wohl bewusst war? Ein Blick in seine lachenden Augen sagte ihr, dass er es sehr wohl wusste.

»Mehr verlange ich ja auch gar nicht. Und jetzt sag mir, warum ich dich hier so tief besorgt vorgefunden habe. Wenn ich dir helfen kann und du mich lässt, bin ich gern dazu bereit.«

Tara lächelte über seinen kindlichen Eifer. »Kannst du Schafe zusammentreiben?«, fragte sie und lachte über seine erschrockene Miene.

»Also, ich habe schon lange nicht mehr auf einem Pferd gesessen, aber ich glaube, das müsste noch gehen. Was allerdings Schafe anbetrifft – sie sind mir ungefähr so vertraut wie ... Wasserbüffel ...«

»Ich habe auch noch nie Schafe getrieben – aber wir müssen in den nächsten Tagen tausend Schafe zum Scheren zusammenbringen. Nugget und die Jungen werden jede Hilfe brauchen können, und ich werde es zumindest versuchen. Wie ist es mit dir?«

Riordan wirkte verlegen. »Wenn du bereit bist, bin ich es auch.«

Als sie zusammen ins Haus gingen, fühlte er einen bittersüßen Schmerz. Er ahnte, dass es ebenso leicht sein würde, sich in die echte Tara zu verlieben, wie vom Pferd zu fallen – und das würde er in den nächsten Tagen sicher mehr als einmal tun.

28

Ich kann heute nicht stundenlang im Sattel sitzen«, meinte Tadd, als sie ihn bat, bei der Musterung der Schafe mitzuhelfen.

»Warum denn nicht? Es ist doch ihre Aufgabe als Verwalter, ein solch großes Unternehmen zu beaufsichtigen!« Tara wusste, dass Nugget auch schon versucht hatte, mit Tadd darüber zu sprechen. Tadd hatte nur mit den Schultern gezuckt, ihm gesagt, er solle weitermachen, und war gegangen. Tara war inzwischen misstrauisch bei allem, was er tat oder sagte. Warum er die Farm in Schulden gestürzt und Victorias Post unterschlagen hatte, wusste sie zwar noch immer nicht, aber es schien ihm gleichgültig zu sein, dass die Bank Tambora bald übernehmen würde.

»Wegen meines Rückens«, erwiderte er und verzog das Gesicht, als habe er Schmerzen. »Er macht mich manchmal verrückt, und im Moment ist es wieder ganz schlimm. Ich bleibe lieber hier und erledige, was um das Haus herum zu tun ist.«

»Wir können Tante Victoria nicht im Stich lassen, Tadd. Sie weiß nichts davon, dass William Crombie den Liefertermin vorverlegt hat. Uns bleiben nur zwei Wochen, um tausend Schafe zusammenzutreiben und zu scheren, wenn wir es schaffen wollen.«

»Ich verstehe, und ich wünschte, ich könnte Ihnen helfen – aber es geht leider nicht.«

Tara war sicher, dass es ihm nicht im Mindesten Leid tat, und an seine Rückenschmerzen glaubte sie auch nicht. Wenn ihm wirklich etwas an Victoria gelegen wäre, hätte er mitgeholfen, ob er Schmerzen hatte oder nicht. Er hätte zumindest so viel Ehre im

Leib haben können, ihnen zu helfen, Tamboras Schulden zu verringern – aber das schien nicht in seine Pläne zu passen.

Enttäuscht machten sich Tara und Riordan mit Nugget, Bluey, Charlie und Karl auf den Weg. Auch Jack hatte ihnen helfen wollen, aber Tara hatte darauf bestanden, dass er noch einen Tag im Bett blieb.

Elsa brachte Jack und Hannah ihr Frühstück und trug gerade das schmutzige Geschirr auf einem Tablett in die Küche zurück, als die Hintertür geöffnet wurde, und ein Aborigines-Mädchen eintrat. Elsa starrte es überrascht an, doch das Mädchen schien ebenso überrascht wie sie, jemand Fremdes im Haus zu sehen.

»Wer Sie?«, fragte Nerida, als ihre Augen sich an das gedämpfte Licht im Flur gewöhnt hatten.

»Ich bin Elsa Killain«, erwiderte Elsa, »Taras Mutter. Und wer sind Sie?«

In diesem Augenblick kam Sanja aus der Küche, weil er ihre Stimmen gehört hatte. »Wo bist du gewesen, faules Mädchen?«, rief er vorwurfsvoll und drohte Nerida mit dem Finger. »Geh zurück in den Busch – Missus ist sehr böse auf dich!«

Plötzlich kam Elsa eine Ahnung, wer das Mädchen sein könnte. »Nerida?«, fragte sie, und die Kleine nickte mit Tränen in den Augen. Elsa sah in ihr die Rettung, was den anstehenden gründlichen Hausputz betraf. »Achten Sie nicht auf Sanja«, sagte sie, überreichte dem Koch das Tablett mit dem schmutzigen Geschirr und führte das Mädchen den Flur entlang. »Missus Victoria wird sehr froh sein, Sie zu sehen, und Tara ebenfalls.« Ich bin auch schrecklich erleichtert, dass du wieder da bist, dachte sie im Stillen. »Kommen Sie, wir gehen ins Wohnzimmer.« Dann führte sie die schüchterne Nerida in den hinteren Teil des Hauses, so weit wie möglich fort von Sanjas aufmerksamen Ohren und Blicken.

»Wo ist Missus Victoria?«, erkundigte sich das Mädchen mit einem Blick zum ersten Stock hinauf, als sie an der Treppe vorübergingen.

»Victoria ist nach Alice Springs gefahren, weil sie wegen einer Brille zum Arzt gehen muss, und Tara ist mit den Männern hinausgeritten, um Schafe zusammenzutreiben.«

Nerida sah sie verständnislos an.

»Ich bin hier geblieben, um nach den Kindern zu sehen und ... das Haus zu putzen. Jetzt, wo Sie zurück sind, können Sie mir ja dabei helfen.« Sie waren im Wohnzimmer angekommen und setzten sich.

»Ja, Missus.« Nerida hielt den Blick schüchtern auf ihre ineinander verschränkten Hände gesenkt, was Elsa Gelegenheit gab, sie eingehend zu betrachten. Entsetzt stellte sie fest, dass das Aborigines-Mädchen nicht einmal Schuhe trug. Neridas Fußsohlen sahen aus wie sonnenverbranntes Leder, und zwischen ihren weit auseinander stehenden Zehen klebte roter Wüstenstaub. Sie trug ein loses Hängerkleid, das dringend gewaschen werden musste, und die Haare standen ihr wirr vom Kopf ab.

»Dieses Haus ist so groß, Nerida«, sagte Elsa. »Wie um Himmels willen ist es ihnen gelungen, es ganz allein in Ordnung zu halten?«

»Ich tun, was ich kann, Missus, vor allem ich kümmern um Missus Victoria. Sie finden Haus nicht so wichtig.«

»Das sehe ich«, erwiderte Elsa mit einem Blick auf die staubigen Möbel und die Spinnweben in den Ecken.

Nerida stand auf. »Ich gehen jetzt in mein Zimmer, Missus.«

Auch Elsa erhob sich. Sie wusste nicht, was Nerida vorhatte, aber es gab viel zu tun. »Ich würde gern heute Morgen oben anfangen sauber zu machen«, sagte sie. »Treffen wir uns gleich in Victorias Zimmer?«

Das Mädchen nickte zögernd, doch Elsa war entschlossen, Nerida dazu zu bringen, ihr zu helfen.

»Dann bringen Sie bitte einen Besen, Staubtücher, einen Eimer voll Seifenlauge und ein paar Lappen mit.«

»Ja, Missus.«

Elsa fand, dass Nerida irgendwie niedergeschlagen wirkte.

»Geht es Ihnen gut?«, erkundigte sie sich besorgt. Sie konnte nicht ahnen, dass Nerida zehn Meilen zu Fuß durch den Busch gegangen war, um nach Hause zu kommen.

»Ja, Missus.« Mit gesenktem Kopf ging Nerida den Flur hinunter zu ihrem Zimmer.

Am späten Vormittag brannte die Sonne heiß auf die Ebene herunter. Riordan war es zwar gelungen, sich auf seinem Pferd zu halten, doch wie man Schafe zusammentrieb, war ihm noch immer ein ziemliches Rätsel. Wenn er in eine Richtung tritt, liefen sie in die andere, um sich dann aufzuteilen und in verschiedene Richtungen davonzulaufen, sodass er nicht wusste, welchen Tieren er folgen sollte. Er versuchte, nah bei Nugget zu bleiben, der sehr viel Geduld mit ihm hatte. Unterdessen zeigten Charlie und sein Sohn Karl Tara, wie man die Schafe in einer Gruppe beisammenhielt.

Am frühen Abend ging es schon viel besser. Sie hatten eine kurze Mittagsrast eingelegt und den Teekessel über ein Feuer gehängt, während Nugget Riordan Tipps gegeben und ihm Mut zugesprochen hatte.

»Um ehrlich zu sein, käme ich ohne Mellie sehr viel schlechter zurecht«, sagte Riordan zu Tara. Die Hündin trieb alle Ausreißer wieder zusammen und wirkte mittlerweile völlig erschöpft. Als die Männer und Tara am Feuer standen, behielt sie die ihr Anvertrauten scharf im Auge. Die Zunge hing ihr aus der Schnauze, und ihr Brustkorb hob und senkte sich in rascher Folge, während sie keuchend in der Hitze stand.

Riordan war voller Bewunderung für Mellie und die anderen beiden Hunde Shelbie und Fergus, die, wie er fand, absolut hervorragende Hütehunde waren. Nugget hatte Jack für diesen Tag Shellie als Gesellschaft dagelassen. Tara hatte dem Jungen die Situation erklärt, und er hatte verstanden, dass Mellie dringend gebraucht wurde.

Elsa und Nerida brauchten mehr als zwei Stunden, um Victorias Zimmer zu putzen, und Elsa hatte noch nie in ihrem Leben so hart gearbeitet. Ihr Rücken schmerzte, und ihre Hände waren rot und rau vom gründlichen Schrubben. Sie hatte gedacht, Nerida würde ihr eine große Hilfe sein, doch stattdessen arbeitete das Mädchen aufreibend langsam und irgendwie lustlos, was Elsa mehr denn je davon überzeugte, dass sie sich entweder nicht wohl fühlte oder ziemlich faul war.

»Sind Sie krank?«, fragte sie schließlich, als Nerida sich zum wiederholten Mal hinsetzte.

»Nein, Missus«, erwiderte Nerida mit gesenktem Kopf.

Elsa vermutete, dass sie sich vielleicht wegen irgendetwas Sorgen machte. »Victoria sagte mir, Ihnen sei es nicht gut gegangen und Sie hätten bei Ihren Leuten Hilfe gesucht?«

»Mir geht gut, Missus. Bitte, Sie mich nicht fortschicken?«

»Ich habe nicht die Absicht, Sie fortzuschicken. Ich wollte Sie fragen, ob Sie nicht ein paar Frauen kennen, die uns helfen können, das Haus zu putzen. Hier gibt es wirklich sehr viel zu tun!«

»Stamm ist auf Wanderschaft, Missus.«

»Wanderschaft? Heißt das, sie sind von hier fortgegangen?«

»Ja, Missus.«

»Und wann kommen sie wieder?«

Nerida zuckte mit den Schultern und ging wieder an die Arbeit.

Als Elsa und Nerida auch in Taras Zimmer das Bett abgezogen, den Boden gefegt und gewischt, und alles abgestaubt hatten, war Elsa vollkommen erschöpft, völlig verschwitzt, und sie hatte das Gefühl, einen leichten Hitzschlag erlitten zu haben. Sie konnte kaum glauben, dass sie erst zwei Räume gesäubert und fast dafür den ganzen Tag gebraucht hatten. Jetzt wusste sie, dass Taras Schätzung richtig gewesen war: Wenn sie Glück hatten, würden sie in einer Woche mit allem fertig sein, und dann konnten sie wieder von vorn anfangen.

Der Himmel hatte sich im Westen schon tiefrot gefärbt, und die Papageien krächzten in den Eukalyptusbäumen, als Tara und Riordan zurückkamen – beide so erschöpft, dass sie fast von ihren Pferden fielen. Elsa kam ihnen auf der Terrasse mit großen Gläsern voll Wasser entgegen und erschrak beim Anblick ihrer völlig verschmutzten Kleidung und dem Staub auf ihren sonnenverbrannten Gesichtern. Sie selbst hatte geglaubt, todmüde zu sein – bis sie sah, in welchem Zustand sich Riordan und Tara befanden.

»Tara, das ist zu viel für dich«, sagte sie, als ihre Tochter sich in einen der Sessel fallen ließ, nach Pferden stinkend und beinahe zu müde zum Trinken. »Könnte Tadd Sweeney nicht einfach ein paar Männer anheuern, die bei der Musterung helfen?«

»Das können wir uns nicht leisten, Mutter – und selbst, wenn wir es könnten, hätten wir nicht die Zeit, noch welche zu suchen.«

Elsa schüttelte den Kopf. »Sieh dich an, Riordan: Ich habe dich noch nie so ... schmutzig gesehen. Niemand in Dublin würde dich so wiedererkennen!«

Riordan grinste. »Ich fürchte, ich würde selbst nicht mal mein eigenes Spiegelbild wiedererkennen – aber obwohl ich müde bin, habe ich den Tag sehr genossen.«

Tara sah ihn überrascht an und lächelte müde. »Du hast dich doch gar nicht schlecht geschlagen.«

Riordan lachte. »Und ich bin auch nicht vom Pferd gefallen, obwohl es mir ein paar Mal beinahe passiert wäre.«

»Nugget sagte, wir hätten heute etwa hundert Schafe zusammengebracht«, meine Tara. »Aber morgen müssen wir mehr schaffen.« Dann fügte sie, an ihre Mutter gewandt, hinzu: »Wie geht es den Kindern?«

»Gut – und es wird dich sicher freuen, zu hören, dass Nerida zurück ist.«

»Wunderbar – wir brauchen sie nämlich dringend. Geht es ihr gut?«

»Es scheint zumindest so. Ich fand, dass sie krank aussah, aber als ich sie fragte, hat sie behauptet, es sei alles in Ordnung. Sie scheint sich mehr Sorgen darum zu machen, dass ich sie fortschicken könnte, warum, das weiß der Himmel. Ich war heute sehr froh, dass sie mir geholfen hat, auch wenn sie ein wenig langsam und geistesabwesend wirkte und ich Victorias Zimmer fast allein gesäubert habe.«

»Was hat Tadd eigentlich den ganzen Tag über getan?«, wollte Tara wissen. Er war nirgends zu sehen, und sie fand auch keinerlei Anzeichen dafür, dass er tatsächlich in der Umgebung des Hauses Zäune repariert oder Ställe ausgemistet hatte.

»Ich habe ihn nicht gesehen«, meinte Elsa.

»Auch nicht um die Mittagszeit? Sonst scheint er immer einen gesunden Instinkt dafür zu haben, wann das Essen serviert wird.«

Elsa schüttelte den Kopf. »Er ist zum Essen gar nicht hier gewesen. Ich habe ihn den ganzen Tag über weder im Haus noch hier draußen gesehen.«

Tara seufzte tief auf. Eines war jedenfalls sicher: Er hatte sie schon wieder angelogen.

Der nächste Tag wurde noch härter für Tara und Riordan. Es war extrem heiß, und die Schafe schienen, wenn sie sie überhaupt fanden, noch eigensinniger. Tara stürzte einmal mit ihrem Pferd, das stolperte, nachdem es drei Mutterschafen eine steile Böschung hinunter in ein ehemaliges Flussbett gefolgt war. Sie landete sehr hart und verletzte sich an der Schulter. Kurz darauf stießen Riordans und Jacks Pferd zusammen, und Riordan verdrehte sich den Fußknöchel. Es war windig und staubig, und sie trieben insgesamt nur etwa siebzig Schafe zusammen.

Im Haus verlor Elsa langsam die Geduld mit Nerida. Das Mädchen arbeitete ungefähr eine Stunde, um dann ohne ein Wort zu verschwinden. Elsa fand sie etwas später in ihrem Zimmer auf dem Bett.

»Um Himmels willen, Nerida, ich möchte auf der Stelle wissen, was mit Ihnen los ist. Und erzählen Sie mir bloß keinen Unsinn!«, verlangte Elsa in ihrem strengsten Ton. Sie konnte das große Haus nicht allein putzen, und außerdem ertrug sie Neridas Lethargie nicht länger. Als diese plötzlich in Tränen ausbrach, erschrak sie jedoch, betrat den Raum und setzte sich an das Fußende des Bettes. »Ich hätte Sie nicht anschreien sollen«, sagte sie reumütig. »Ich wünschte nur, Sie würden mir endlich sagen, ob Sie krank sind. Vielleicht kann ich Ihnen dann helfen!

Tadd Sweeney betrat das einzige Geschäft in Wombat Creek. Percy bediente gerade Lottie und scherzte mit ihr, als er Tadd sah. Plötzlich wurde er ernst und gab sich Lottie gegenüber zurückhaltend, und sie verstand sein Verhalten. Die Männer verhielten sich immer völlig anders, wenn sie mit ihr allein waren.

»Tag, Tadd«, sagte sie, als sie das Geschäft verließ. Er antwortete nicht, aber sie wusste, dass sie ihn mit ziemlicher Sicherheit später noch sehen würde, nachdem er einige Drinks gehabt hatte.

»Ich bin froh, dass du kommst«, wandte sich Percy im Verschwörerton an Tadd. »Ich habe gerade ein dringendes Telegramm für Victoria angenommen.«

Tadd wandte sich halb um und wartete, bis Lottie außer Hörweite war. »Du hast doch Lottie nichts davon gesagt, oder?«, fragte er scharf.

»Nein, kein Wort!«

»Dann gib es mir!«, verlangte Tadd mit finsterer Miene.

»Du bist ja reichlich schlechter Laune an diesem herrlichen Morgen«, meinte Percy. »Was ist los? Machen dir die Weiber in Tambora das Leben schwer?«

Tadd schnaubte nur wütend.

»Vielleicht langweilen sie sich. Gib ihnen doch etwas zu tun«, schlug Percy vor.

»Ich wünschte, sie würden gar nichts tun«, erwiderte Tadd. »Stattdessen wollen sie das Sagen haben. Gestern wollte diese neunmalkluge Nichte von Victoria mir doch tatsächlich Anweisungen geben, und heute hat sie gefragt, was ich getan habe, während sie mit den Männern Schafe gemustert hat.«

»In dem Moment, als ich sie gesehen habe, wusste ich, dass sie Ärger bedeutet«, erwiderte Percy mitleidig und reichte Tadd das Telegramm, das ironischerweise an Tara adressiert war.

»Ich gehe auf einen Drink in die Bar«, erklärte Tadd noch immer missgestimmt und verließ das Geschäft.

An der Rückseite des Hotels öffnete er das Telegramm, ohne zu merken, dass Lottie ihn wieder von ihrem Vorderfenster aus beobachtete. Sie hatte Percy sagen hören, dass ein Telegramm für Victoria gekommen war, und sich gedacht, dass er es ganz bestimmt lesen würde. Sie baute darauf, dass er betrunken sein würde, wenn er später herüberkam, und hoffte, irgendwie herauszufinden, was er vorhatte.

Als Tara, Riordan und Jack an diesem Abend wiederkamen, taten sie sich alle selbst Leid. Elsa sah von der Terrasse aus zu, wie sie von den Ställen herüberkamen: Riordan hinkte, Tara hielt sich die Schulter und Jack wirkte hundemüde.

»Was ist passiert?«, fragte Elsa, als Tara sich vorsichtig in einen der Korbstühle sinken ließ.

»Ich gehe mich waschen«, erklärte Riordan und verschwand in Richtung des Badehäuschens an der Rückseite des Hauses.

»Ich bin vom Pferd gefallen«, beantwortete Tara die Frage ihrer Mutter.

»Oh Tara, wie schlimm bist du verletzt?«

»Mein Stolz hat mehr abbekommen als meine Schulter – es war nicht gerade ein würdevoller Sturz.« Taras Blick streifte einen Brief, der auf dem Tisch zwischen ihnen lag, und als sie ihn umdrehte, las sie ihren Namen darauf. »Von wem ist dieser Brief?«

»Von diesem Kamelmenschen«, erwiderte Elsa.

»Saladin?«

»Nein, von dem halb wilden Trapper ...«

»Ethan?«

»Heißt er so?«

»Du weißt genau, dass er so heißt!« Tara stieß einen entnervten Seufzer aus. »Wo ist er?«

»Mit dem Mann im Kaftan auf Kamelen in diese Richtung dort geritten.« Elsa deutete nach Südwesten, und Tara begriff, dass Ethan das Gebiet absuchen wollte, wo sie Jack gefunden hatten, um festzustellen, ob es dort eine Mine gab.

»Ich muss dir etwas sagen, Tara«, meinte Elsa und rutschte unruhig nach vorn, bis sie ganz vorn auf der Kante ihres Stuhles saß. Tara hatte begonnen, ihren Brief zu öffnen.

»Worum geht es?«, fragte sie nur mäßig interessiert. Sie rechnete damit, dass ihre Mutter ihr irgendetwas absolut Unwichtiges mitteilen würde, zum Beispiel, dass Sanja einen ›Irish Stew‹ kochte oder dass eine Maus im Haus ihr Unwesen trieb.

»Nerida ist schwanger.«

Tara fuhr auf und starrte ihre Mutter erschrocken an. »Wie bitte? Woher weißt du das?«

»Sie hat es mir erzählt – allerdings musste ich es ihr fast mit Gewalt entlocken. Dieses Mädchen ist furchtbar schüchtern. Mir ist aufgefallen, dass sie sich merkwürdig benahm, aber sie ist nicht krank, wie ich zuerst befürchtet hatte. Sie leidet nur unter der typischen morgendlichen Übelkeit. Anscheinend hat eine Frau namens Kitty, die so etwas wie eine Buschkrankenschwester oder Missionarin sein muss, es bestätigt.«

Tara war so erstaunt, dass sie ihre Mutter eine Weile lang nur stumm anstarren konnte. »Aber wer ist der Vater?«, fragte sie dann. Sie hatte Nerida noch nie mit einem fremden Mann gesehen, und nichts an ihrem Verhalten deutete darauf hin, dass sie mit einem der Arbeiter eine Liebesbeziehung hatte. Der Vater musste also jemand von ihrem Volk sein.

»Das weiß ich nicht – sie will es nicht sagen.«

»Was wird wohl Tante Victoria zu dieser Neuigkeit sagen?«

»Ich habe keine Ahnung. Nerida selbst hat panische Angst davor, fortgeschickt zu werden. Du glaubst doch nicht, dass Victoria das tun würde, oder?«

»Oh nein! Tante Victoria hält große Stücke auf sie.« Tara riss Ethans Brief auf und überflog rasch den Inhalt. Der war nicht gerade erfreulich, doch er überraschte sie auch nicht. Ethans Freund bei der Bank hatte bestätigt, dass Tambora mit einer hohen Hypothek belastet worden war. Es lägen Papiere mit Victorias Unterschrift vor, bei denen Tara sicher war, dass Tadd die Signaturen gefälscht hatte. Die Zinsrate, die Ethan in ihrem Auftrag eingezahlt hatte, hatte die Enteignung zwar um einen Monat aufgeschoben, doch das war alles, was sie tun konnten.

Tara schüttelte verzweifelt den Kopf. Vielleicht, so überlegte sie, konnten sie das Unausweichliche durch die Wolllieferungen und die Aufnahme von Pflegekindern so lange hinausschieben, bis ein Wunder geschah.

Nachdem Tara gebadet hatte, legte sie sich hin und fiel sofort in tiefen Schlummer. Drei Stunden später wachte sie auf, weil jemand sie heftig schüttelte.

»Wachen auf, Missus!«

»Was ist los?«, fragte Tara schläfrig und dachte zuerst an die Kinder.

»Jemand spricht in der Kiste, die schnattert. Sie fragen nach Ihnen«, erklärte Nerida.

Tara eilte die Treppe hinunter in den Raum, in dem das Funkgerät stand, und meldete sich. Überrascht stellte sie fest, dass die Anruferin Lottie war.

»Wie nett, von dir zu hören, Lottie!«, sagte sie.

»Ich kann nicht lange sprechen, Tara. Für dich ist heute Nachmittag ein Telegramm von Victoria angekommen.«

»Oh, danke, dass du es mich wissen lässt. Ich rufe gleich Percy an ...«

»Nein!«, rief Lottie, »nur das nicht!«

»Warum denn nicht?«

»Weil Tadd das Telegramm abgeholt hat. Weder er noch Percy sollen erfahren, dass ich davon weiß. Tadd ist vor ein paar Stunden hier gewesen, und er war betrunken. Während er ... bei Belle war, habe ich das Telegramm aus seiner Hosentasche genommen und es heimlich gelesen. Ich weiß, dass das falsch war, aber ich hatte den Eindruck, dass er es dir nicht zeigen würde. Er war in einer furchtbaren Stimmung, als er kam.«

Tara fühlte, wie Wut in ihr aufstieg. »Was stand in dem Telegramm?«, fragte sie trotzdem beherrscht.

»Victoria schrieb, dass sie sich wegen der Pflegekinder umgehört hat und dass an einem der nächsten Tage jemand von der Behörde zu euch kommt, um das Haus zu inspizieren. Victoria kommt übermorgen am frühen Abend zurück, aber sie fürchtet, dass der Besucher in der Zwischenzeit bei euch erscheint und wollte, dass ihr vorbereitet seid. Außerdem schrieb sie noch, sie hätte deinen Namen aus allem herausgehalten, was immer das heißen mag.«

»Oh!«, stieß Tara verblüfft hervor.

»Verstehst du die Nachricht?«, wollte Lottie wissen.

»Ja, das tue ich. Danke, dass du mir Bescheid gesagt hast, Lottie!«

»Gern geschehen. Es tut mir Leid, dass ich so spät noch angerufen habe – aber um diese Zeit hört uns sicher keiner zu.«

»Ich bin dir sehr dankbar!« Tara dachte an all die Dinge, die in den nächsten Tagen getan werden mussten, und Verzweiflung stieg in ihr auf. Sie konnte sich schon gut vorstellen, was ihre Mutter dazu sagen würde.

Tara fand ihre Mutter mit einem feuchten Waschlappen auf der Stirn auf ihrem Bett liegend. Elsa fächelte sich mit einer Zeitung Luft zu.

Als Tara ihr die Situation schilderte, wurde sie sichtlich blass. »Ich kann doch nicht das ganze Haus in weniger als zwei Tagen putzen, Tara«, meinte sie. »Genau so lange habe ich gebraucht, um ein paar Räume zu säubern. Nerida hat heute nur eine Stunde gearbeitet.«

Tara zuckte mit den Schultern. »Dann tu es einfach, so gut du kannst, Mutter – vielleicht räumst du einfach nur ein bisschen auf, wischst Staub und entfernst die Spinnweben. Wir können nur hoffen, dass die Inspektoren nicht zu gründlich hinschauen. Ich kann leider nicht hier bleiben, um zu helfen, weil die Männer draußen alle Hilfe brauchen, die sie bekommen können. Wir haben nur noch einen Tag, bis wir mit der Schur beginnen müssen.«

Elsa setzte sich plötzlich auf. »Hast du das gehört, Tara?«

Tara schüttelte abwesend den Kopf. »Ich habe gar nichts gehört.«

»Ich glaube, draußen schreit jemand«, beharrte Elsa.

»Bist du sicher?« Tara trat auf den Balkon hinaus, wo sie tatsächlich etwas hörte, das wie ein heftiger Streit klang. Doch das Gebrüll schien von irgendwo hinter dem Haus zu kommen.

»Das klingt nach Ethan und Tadd«, sagte sie zu ihrer Mutter. »Ich gehe hinunter und sehe nach, was los ist.«

Tara eilte hinüber zu Tadds Cottage. Noch ehe sie die Tür erreicht hatte, verstand sie jedes Wort, denn die Männer schrien sich ärgerlich an.

»Was zur Hölle haben Sie vor, Tadd? Jack ist ein zehnjähriger Junge, und Victoria ist immer gut zu Ihnen gewesen. Ist das Ihre Art, es ihr zu vergelten? Indem Sie sie betrügen und ihre Familie bedrohen?«

»Ich habe hart für Victoria gearbeitet, und keiner hat das Recht, etwas anderes zu behaupten. Ohne mich hätte sie die Farm niemals halten können, nachdem Tom gestorben war.«

»Nur, weil Sie sie mit Absicht von sich abhängig gemacht haben. Sie hat genauso hart gearbeitet wie Tom, und härter als die meisten Männer in der Gegend, Sie eingeschlossen.«

»Das ist doch Unsinn ...«

»Was geht denn hier vor?«, rief Tara und trat ein. »Ich habe euch bis in den ersten Stock hinauf schreien gehört.«

Ethan sah wütender aus, als sie ihn jemals erlebt hatte.

»Dieses Stück Dreck hat uns alle belogen«, sagte er. »Und was noch schlimmer ist, er hat Jack gedroht, ihm etwas anzutun, falls der Junge uns etwas von der Mine erzählt, die ich zufällig heute entdeckt habe.«

Tadds Augen sprühten Blitze.

»Sie Mistkerl!«, stieß Tara außer sich hervor. »Wie können Sie es wagen, einem kleinen Jungen wie Jack so viel Angst einzujagen?«

»Ich habe nichts dergleichen getan«, erwiderte Tadd empört.

»Er hat es mir selbst erzählt, und ich glaube ihm tausend Mal eher als solchem Abschaum wie Ihnen!«, sagte Ethan.

Tara sah, dass er die Fäuste geballt hatte und dass Tadds Unterlippe geschwollen war. Im Wohnzimmer stand ein kaputter Stuhl, und das Bücherregal war offensichtlich umgeworfen worden. Ethan hatte anscheinend völlig die Beherrschung verloren, und Tara konnte nur Vermutungen darüber anstellen, warum.

»Wo ist Jack?«, fragte sie in plötzlicher Panik.

»Er ist oben in seinem Zimmer«, erklärte Ethan. »Er hat auf mich gewartet, als ich zurückkam, und er war in einer schrecklichen Verfassung. Wie es scheint, hat Tadd ihn in dem Minenschacht gefunden, und Jack glaubt, dass er ihn dort … ertrinken lassen wollte.«

Tara starrte ihn aus weit aufgerissenen Augen fassungslos an.

»Das ist nicht wahr!«, sagte Tadd energisch.

»Irgendwann hat er ihn dann doch herausgeholt, zweifellos als er glaubte, ihr würdet sonst die Mine entdecken. Und dann hat Tadd Jack gesagt, wenn er die ganze Sache nicht für sich behielte, würde er dir oder Hannah etwas antun. Seitdem hat Jack mit dieser Angst gelebt, aber jetzt konnte er es nicht länger ertragen. Anscheinend hatte er Albträume euretwegen.«

Tara konnte es nicht glauben – doch nun verstand sie auch die Veränderung, die mit dem Jungen vorgegangen war, nachdem sie gedacht hatte, er hätte das Schlimmste hinter sich. »Armer Jack! Hat er denn nicht schon genug durchgemacht?« Sie fragte sich, warum er ihr gegenüber nichts gesagt hatte – wahrscheinlich aus Angst. Offensichtlich sah er in Ethan jemanden, der in der Lage war, sie zu beschützen.«

»Mein Gott, Tadd, was für ein Ungeheuer Sie sind!«, sagte sie leise.

»Das sind doch alles Lügen! Sie wissen, dass dieses Bürschchen nur Unsinn im Kopf hat. Schauen Sie sich nur einmal an, was er alles angestellt hat, seit er hier ist.«

»Versuchen Sie nicht, es zu leugnen, Tadd«, fuhr Ethan wieder auf. »Ich habe Verletzungen an seinem Hals entdeckt, die nur von einem Seil stammen können.«

»Wie können ausgerechnet Sie es wagen, Jack ins Unrecht zu setzen? Wir wissen ganz genau, dass Sie Tambora in riesige Hypothekenschulden gestürzt haben. Dafür müssen Sie die Unterschrift meiner Tante gefälscht haben, weil sie glaubt, die Farm sei schuldenfrei. Was Sie getan haben, wird ihr das Herz brechen!«

Für einen kurzen Augenblick wirkte Tadd verunsichert. Er fragte sich, woher sie von der Hypothek wissen konnten. War Ethan in Leigh Creek dem Bankdirektor begegnet? Doch dann fing er sich wieder. »Wovon reden Sie überhaupt?«, fragte er scheinbar ahnungslos.

»Donald Blair hat mir alles erzählt«, erklärte Ethan und bestätigte damit Tadds Befürchtungen. »Außerdem wissen wir jetzt, dass Sie nach Opalen gebohrt haben – und dass die Mine auf dem Gebiet von Tambora liegt.«

Tadds Augen wurden schmal. »Ich habe aber nichts Nennenswertes gefunden«, sagte er, entschlossen, seine Ausbeute zu behalten, die ihn mehr als ein Jahr harte Arbeit gekostet hatte.

»Warum machen Sie sich dann so viel Mühe, es geheim zu halten, warum erfinden Sie Geschichten über einen Anteil an einer Mine in Coober Peedy?«, fragte Ethan.

»Sie sind ein widerlicher Lügner, Tadd Sweeney«, sagte Tara, bevor Tadd Zeit hatte, sich eine weitere Entschuldigung auszudenken. »Ich bin auch sicher, dass Sie keine Rückenschmerzen haben. Und wenn Sie wirklich nichts gefunden haben, wie kommt es dann, dass Sie nie knapp an Geld zu sein scheinen wie die anderen Männer auf der Farm? Sie können es sich leisten, im Hotel etwas zu trinken und die Mädchen in der Stadt aufzusuchen.«

»Ich werde doch wohl das Recht haben, etwas Geld für mich auszugeben – ich arbeite schließlich hart genug.«

Tara schnaubte abfällig. »Hier sehe ich nicht viel davon. Ich werde dafür sorgen, dass Sie gehen, sobald meine Tante wieder hier ist – fangen Sie am besten schon einmal an zu packen!«

Ethan und Tara gingen auf die offene Tür des Cottage zu, doch Tadd folgte ihnen.

»Victoria wird mich niemals entlassen«, sagte er schneidend. »Es gibt niemanden, der mich ersetzen könnte, niemanden, der die Farm so genau kennt wie ich.«

Tara wandte sich um, und ihre grünen Augen blitzten vor Wut. »Und ob es jemanden gibt: Nugget! Er wäre ein viel besserer Verwalter, als Sie es je gewesen sind, und ich werde dafür sorgen, dass er Ihren Job bekommt!«

Tadd platzte fast vor Zorn bei dem Gedanken, dass ausgerechnet Nugget ihn ersetzen sollte. »Sie müssen verrückt sein! Dieser faule, nichtsnutzige ...«

Jetzt war es mit Taras Beherrschung vorüber. »Der Nichtsnutz hier sind Sie! Soweit ich sehe, erledigen Nugget und die Jungen die ganze Arbeit auf der Farm. Meine Tante hat das vielleicht nicht gesehen, aber ich werde sie auf alles hinweisen, was mir auffällt. Bis zu ihrer Rückkehr möchte ich Sie nicht im Haus oder in der Nähe meiner Kinder sehen.«

»Sie sind doch gar nicht Ihre Kinder«, rief Tadd, der sich nicht beherrschen konnte.

Tara starrte ihn mit offenem Mund an.

»Nicht vor dem Gesetz jedenfalls«, fügte er noch hinzu. »Ich wäre vorsichtig, wenn ich Sie wäre!«

Ethan stürzte sich auf ihn und packte ihn mit aller Kraft am Kragen. »Sie gemeines Stück Dreck!«, stieß er hervor und zog den Verwalter ganz langsam zu sich hin. »Wenn das wieder eine Drohung sein soll, dann werden Sie nicht lange genug leben, um sie wahr zu machen!«

Tadd war plötzlich sichtlich unbehaglich zumute. »Sie müsste sich wegen der Behörden Sorgen machen – nicht meinetwegen«, sagte er und versuchte, sich aus Ethans stählernem Griff zu winden.

»Lass ihn gehen«, sagte Tara; Ethan warf ihn förmlich von sich. »Er ist es nicht wert, sich seinetwegen aufzuregen. Und was die Behörden betrifft: Das Fälschen einer Unterschrift ist ein schweres Vergehen, Tadd. Ich bin sicher, der Polizeibeamte in Leigh Creek würde sich gern einmal mit Ihnen darüber unterhalten!« Damit wandte Tara sich um und verließ das Cottage zusammen mit Ethan. Tadd sah ihnen nach. Er fühlte sich tief gedemütigt. Sie sind nicht deine Kinder, dachte er. Und ich glaube nicht, dass du sie lange behalten wirst. Er hoffte, dass Moyna Conway schon etwas unternommen hatte, um die beiden zu sich zu holen, denn er konnte den Tag kaum erwarten, an dem sie Tara fortgenommen wurden. Dann würde sie nicht mehr auf diesem hohen Ross sitzen!

Draußen wandte sich Tara Ethan zu. Sie hatte fast das Gefühl, unter Schock zu stehen. »Jetzt muss ich meiner Tante alles sagen«, murmelte sie.

Ethan nickte ernst und sah sie eindringlich an. »Aber mach dir nur keine Gedanken wegen Tadd, Tara – wenn er wirklich Schwierigkeiten macht, wird das das Letzte sein, was er tut.«

Tara war ihm für seine Unterstützung unendlich dankbar. Sie starrte hinaus über die weiten Ebenen, die jetzt fast völlig in Dunkel gehüllt waren. »Meine Mutter hat Recht«, sagte sie in der Erinnerung an den Minenschacht und all die Ängste, die sie gequält hatten. »Ich habe tatsächlich diese Gabe.«

»Welche Gabe, Tara?«

Sie blickte zu ihm auf. »Ich habe geträumt, Jack sei in ein Loch im Boden gefallen, das zur Hälfte mit Wasser gefüllt war. Ich habe drei Nächte in Folge dasselbe geträumt, und es ist eingetroffen. Als ich meiner Mutter davon erzählte, hat sie mir etwas gestanden, das sie mir jahrelang verheimlicht hatte.«

»Und was war das?«

Tara zögerte. Ihre Mutter hatte ihr geraten, es niemandem zu sagen, aber Ethan kannte auch schon die Wahrheit über die Kinder und hatte sie deswegen nicht verurteilt. Diesmal ging es um etwas anderes, aber sie musste mit jemandem darüber reden und fühlte, dass sie ihm vertrauen konnte. Außerdem brauchte sie in der Sache mit Tadd seine Hilfe, denn allein würde sie nie damit fertig – also hatte er auch ein Recht darauf, die ganze Wahrheit zu erfahren. »Sie sagte, ich hätte ... Zigeunerblut in den Adern. Meine Großmutter und meine Urgroßmutter waren Seherinnen und konnten die Zukunft vorhersagen.«

Ethan wirkte überrascht.

»Bist du jetzt schockiert?«, fragte Tara unsicher.

»Nein, nur verwundert«, gab er zurück. »Aber wenn du diese Gabe hast, dann pflege sie, denn sie kann dir sehr nützlich sein!«

Tara hätte vor Erleichterung weinen mögen. Ethan war wirklich ein außergewöhnlicher Mensch. Sie erkannte, dass sie es nicht ertragen hätte, wenn er auf sie herabgesehen hätte – denn dazu schätzte sie ihn mittlerweile viel zu sehr.

»Im Moment habe ich das ganz starke Gefühl, dass Tadd mir der Kinder wegen Schwierigkeiten machen wird.«

»Vielleicht solltest du versuchen, sie ganz legal zu adoptieren.«

»In dieser Richtung habe ich schon ein paar Schritte unternommen. Tante Victoria wird in Alice Springs mit dem Sohn von Sorrel Windspear sprechen. Er ist Rechtsanwalt, und ich habe sie gebeten, ihn zu fragen, ob eine legale Adoption überhaupt möglich wäre. Vielleicht bin ich schon in großen Schwierigkeiten wegen der Art und Weise, wie ich die Kinder mit mir genommen habe.«

»Ich verstehe auch gar nicht, warum man dir einfach so erlaubt hat, sie mitzunehmen«, meinte Ethan. »Schließlich bist du keine Blutsverwandte. Es wäre doch sicher irgendein offizieller Akt nötig gewesen.«

Mit gesenktem Kopf erklärte Tara: »Ich habe die Behörden getäuscht«, sagte sie kaum hörbar. »Indem ich behauptete, die Mutter der Kinder zu sein. Sie glauben, ich sei Maureen O'Sullivan, und Tara Flynn sei beim Untergang des Schiffes umgekommen.«

Jetzt war Ethan eindeutig erschrocken. Kopfschüttelnd meinte er: »Es ist ein Wunder, dass noch niemand dahinter gekommen ist. Weiß Tadd davon?«

»Ich bin mir nicht sicher. Aber für die Behörden gab es keinen Grund, an dem, was ich sagte, zu zweifeln. Jack hat mitgespielt, und da einige der Toten bis zur Unkenntlichkeit verbrannt waren, haben sie die Identitäten der Überlebenden nicht allzu gründlich prüfen können. Ich musste es tun, Ethan. Jack hatte panische Angst davor, in ein Waisenhaus gesteckt und vielleicht sogar von Hannah getrennt zu werden.«

»Ich verstehe. Es muss schrecklich für ihn gewesen sein. Hoffentlich bringt Victoria bei ihrer Rückkehr gute Nachrichten mit.«

»Da gibt es übrigens noch etwas, das du wissen solltest, Ethan«, meinte Tara. »Tante Victoria hat sich auf eine Zeitungsanzeige gemeldet, in der dazu aufgefordert wird, verwaiste Kinder bei sich aufzunehmen.«

»Warum hat sie das denn getan? Wie will sie die Kinder denn ernähren?«

»Die Regierung hat anscheinend ein neues Programm entwickelt und bezahlt zwei Pfund pro Woche und pro Kind an Leute, die bereit sind, für sie zu sorgen. Die öffentlichen Waisenhäuser sind alle überfüllt. Tante Victoria fand, es sei eine gute Möglichkeit, etwas Geld einzunehmen, und Platz haben wir ja wirklich genug. Lottie sagte mir heute Abend über Funk, dass Victoria ein Telegramm geschickt hat. Tadd muss es abgeholt haben, doch sie glaubte nicht, dass er es mir geben würde.«

»Himmel, dieser Mensch ist uns wirklich eine Menge Erklärungen schuldig! Warum hast du ihn nicht darauf angesprochen?«

»Ich wollte Lottie nicht in Schwierigkeiten bringen, nachdem sie so viel gewagt hatte, um herauszufinden, was er vorhat.«

Jetzt verstand Ethan: Lottie war wirklich eine bemerkenswerte Frau!

»Das Telegramm enthielt eine Warnung, dass jemand kommen wird, um Tambora zu inspizieren und zu prüfen, ob wir ordentliche Unterkünfte stellen können. Ich denke, das wäre eine Möglichkeit für Tadd, mir Schwierigkeiten zu bereiten, und er ist genau in der richtigen Stimmung dazu.«

»Da könntest du Recht haben. Vielleicht solltest du erst einmal fortgehen, Tara?«

Sie schüttelte energisch den Kopf. »Ich kann meine Tante nicht ausgerechnet jetzt im Stich lassen, Ethan! Nugget und die anderen brauchen jede Hilfe, die sie bekommen können. Wir müssen unbedingt den Termin einhalten!«

»Aber du kannst auch nicht riskieren, ins Gefängnis zu gehen. Was würde dann aus Jack und Hannah? Sie sind gerade erst dabei, sich hier einzugewöhnen!«

»Ich weiß. Aber was soll ich tun? Ich will nicht, dass Tadd nach allem, was er getan hat, ungestraft davonkommt, aber ich will auch nicht, dass er mir Schwierigkeiten macht. Wahrscheinlich hat er ein Gespräch zwischen mir und meiner Tante mitbekommen ...«

»Ich habe eine Idee, Tara«, meinte Ethan nachdenklich. »Vielleicht gibt es eine Möglichkeit, wie du den Männern helfen, Tadd aber trotzdem glauben machen könntest, du hättest die Farm verlassen und die Kinder mitgenommen.«

Gespannt blickte Tara ihn an. »Ich höre ...«

29

Lottie, ich bin es, Tara.« Es war elf Uhr abends, und Tara war fast sicher, dass niemand ihr Gespräch mithörte.

»Hallo, Tara. Ist alles in Ordnung?«

»Ich würde dich gern um einen Gefallen bitten, Lottie, und ich wollte sicher sein, dass die Angelegenheit unter uns bleibt.«

»Natürlich – was kann ich für dich tun?«

»Es geht um diese ›Besucher‹, die wir erwarten ...«

»Besucher? Ah, ja richtig ...«

»Sie werden bestimmt morgen mit dem Zug aus Alice Springs ankommen, und ich wollte dich bitten, mir über Funk Bescheid zu geben, wenn sie in der Stadt sind.«

»Natürlich, gern. Allzeit bereit, so sagt man doch, nicht wahr?«

»Genau. Vielen Dank, Lottie. Es kann sogar sein, dass sie mit demselben Zug ankommen wie Victoria.«

»Holt Ethan sie hier ab?«

»Nein. Er wollte Rex bitten, sie zur Farm zu bringen.«

»Rex ist gerade hier ...«

Das überraschte Tara. »Wirklich?«

»Ja – wir trinken oft spät abends noch eine Tasse Tee zusammen. Er schläft in der Hitze schlecht, und ich bin sowieso wach ...« Tara hörte das Lächeln in ihren Worten.

»Ethan ist hier bei mir«, sagte Tara und fühlte, wie sie errötete. »Könnte er kurz mit Rex sprechen? Dann braucht er später nicht noch einmal dort anzurufen.«

»Natürlich.«

»Danke, Lottie – und bitte verlier kein Wort über die andere Sache.«

»Ich verstehe!«

»Ich bin froh, dass nun alles arrangiert ist«, sagte Tara zu Ethan, als sie ihn später auf die Veranda begleitete. Sie war noch immer ein wenig verwundert darüber, dass Rex spät abends mit Lottie Tee trank, obwohl Lottie ganz sicher für jeden eine angenehme Gesellschaft war. »Es ist nett, dass du uns beim Zusammentreiben der Schafe helfen willst!«

Ethan lächelte. »Saladin kann sich durchaus für ein paar Tage allein um die Kamele kümmern und die nötigen Lieferungen erledigen. Übrigens ist Riordan Magee ja immer noch hier.«

»Ja – er hat uns bei der Musterung geholfen.«

Ethan wirkte einigermaßen verwundert. »Ich kann ihn mir ehrlich gesagt nicht so recht als Viehtreiber vorstellen. Macht er sich dabei nicht seinen hellen Anzug schmutzig?«

Tara sah seine weißen Zähne in der Dunkelheit blitzen und wusste, dass er sich über Riordan lustig machte. Merkwürdigerweise hatte sie das Gefühl, Riordan verteidigen zu müssen.

»Im Grunde weiß keiner von uns beiden genau, was wir tun, Ethan, aber wir sind mit Feuereifer dabei. Riordan hat es sogar viel Spaß gemacht, bis er sich heute am Knöchel verletzt hat. Jacks Pferd ist mit seinem zusammengestoßen. Übrigens wirkte Jack tatsächlich in den letzten Tagen sehr bedrückt – jetzt wissen wir, warum.«

Einen Moment herrschte Schweigen zwischen ihnen. Tara hatte das Gefühl, als ob Ethan etwas Persönliches auf dem Herzen habe. Und wirklich meinte er gleich darauf: »Du scheinst deine Meinung über Riordan gründlich geändert zu haben.«

Etwas in seinem Ton machte Tara verlegen. »Wir haben einige unserer Differenzen begraben und beschlossen, einen neuen Anfang zu machen. Außerdem brauchen Nugget und die Jungen Hilfe, wenn wir den Liefertermin für die Wolle einhalten wollen. Ich finde es gut, dass Riordan uns so tatkräftig unterstützt.«

Tara blickte zu Ethan auf, doch sie konnte in der Dunkelheit den Ausdruck seiner Augen nicht erkennen.

Er überlegte, welcher Art ihre ›Differenzen‹ mit Riordan wohl gewesen sein mochten, und beschloss, sie näher zu beobachten. Er wollte herausfinden, ob sie einander einmal etwas bedeutet hatten. Dass er so neugierig war, überraschte ihn selber, doch andererseits erstaunten ihn sehr viele der Gefühle, die er Tara entgegenbrachte.

»Du hast Recht«, sagte er, »und Victoria wird seine Hilfe sicher zu schätzen wissen. Ich schlafe heute Nacht im Arbeiterhaus – wir sehen uns morgen früh. Gute Nacht, Tara.«

Ethan wandte sich um und ging davon. Tara blieb ein wenig verwirrt zurück. Während sie ihm nachsah, überlegte sie, ob er vielleicht eifersüchtig auf Riordan sein konnte. Aber das erschien ihr dann doch zu lächerlich. Ethan band sich an niemanden, das hatte Victoria einmal gesagt. Außerdem war er ihrer Meinung nach viel zu selbstsicher, um auf einen anderen Mann eifersüchtig zu sein. Als sie später die Treppe hinaufging, fragte sie sich, was der nächste Tag wohl bringen würde, und betete, dass Ethans Plan gelingen möge, sie in Sicherheit zu bringen.

Elsa erwachte am nächsten Morgen vom Krächzen der Papageien und dem Fliegengesumm außerhalb des Moskitonetzes, das über ihrem Bett hing. Sie erhob sich langsam und in dem festen Glauben die Erste zu sein, die wach war. Doch dann hörte sie die Männer im Stall miteinander reden, die ihre Pferde sattelten, und sie nahm den Duft frisch gebackenen Damper-Brotes wahr, der sich mit dem eigenartigen Geruch brennender Eukalyptusblätter mischte. Unten genügte ihr ein Blick auf Nerida, um zu wissen, dass diese ihr keine Hilfe sein würde. Also machte sie sich allein an den Hausputz und dachte mit Schrecken an den langen Arbeitstag, der vor ihr lag.

Mit Ethans Hilfe nahm das Zusammentreiben der Schafe völlig neue Dimensionen an, und Tara wie Riordan waren sprachlos vor Bewunderung. Obwohl auch Nugget und die anderen gute Viehtreiber waren, wurde jetzt deutlich, warum Ethan im gesamten Outback eine lebende Legende war. Reiter und Pferd waren eins, und sein Palomino reagierte auf die leisesten Pfiffe oder den leichtesten Druck seiner Knie. Die beiden schienen miteinander verschmolzen, und Tara und Riordan fanden es faszinierend, ihre fast fließenden Bewegungen zu beobachten. Noch vor der Mittagspause hatten sie über zweihundert Schafe zusammengetrieben, doppelt so viele wie an den vorangegangenen Tagen, und sie in die einzige große Umzäunung auf der Farm hinter den Scherhütten gebracht.

»Sie heute viel besser«, sagte Nugget zu Tara und Riordan, als sie um die Mittagszeit den Teekessel aufs Feuer setzten, während Charlie und Bluey aus einem Tiefbrunnen Wasser für die Pferde und Schafe hochpumpten.

»Ich fing auch gerade an, daran zu glauben – aber Ethan lässt uns eher noch stümperhafter wirken«, meinte Riordan aufrichtig. Die beiden Männer hatten bisher respektvollen Abstand voneinander gehalten, doch Riordan fand, dass er Ethan die ihm gebührende Anerkennung zollen müsse. Obwohl er Ethan für unkultiviert hielt und ihn nicht würdig für Tara hielt, war er doch offensichtlich perfekt an ein Leben im Outback angepasst.

Ethan hob den Blick von dem Seil, das er gerade aufrollte. Er hatte Riordan den ganzen Tag über beobachtet und war sicher, dass der andere tiefe Gefühle für Tara hegte. Ob diese Gefühle allerdings erwidert wurden, konnte er nicht sagen. »Ich bin auch praktisch im Sattel geboren«, meinte er, »und Nuggets Vater hat ihn auf einen Viehtreibersattel gebunden, bevor er laufen konnte. Bei Charlie, Bluey und Karl war es so ähnlich. Nugget hat Recht – Sie haben heute beide ihre Sache sehr gut gemacht, wenn man bedenkt, dass Sie ... noch neu im Geschäft sind.« Er zog amüsiert einen Mundwinkel nach oben. »Noch einen Tag wie diesen, dann haben wir genügend Schafe für Victorias Wolllieferung beisammen.«

»Ethan«, meldete sich Jack schüchtern zu Wort, »Karl hat mir erzählt, dass ein Junge in meinem Alter bei dem Gymkhana drei Kamelrennen gewonnen hat.«

»Ja, Matt Lewis«, fügte Karl hinzu. »Aber er hätte Ethan auf Hannibal nicht schlagen können, wenn sie teilgenommen hätten.«

»Da bin ich nicht so sicher, Karl. Hannibal und ich beginnen langsam, unser Alter zu spüren, und Matt ist ein guter Reiter.«

»Hast du ihm Unterricht gegeben?«, wollte Jack wissen.

»Ja, aber das war vor zwei oder drei Jahren. Jetzt hat er ein eigenes Kamel.«

Riordan sah die Bewunderung in Jacks Blick. Er war sich jedoch nicht sicher, ob Ethan mit seinem unruhigen, fast nomadenhaften Leben ein gutes Vorbild für den Jungen darstellte. Außerdem war Riordan der Ansicht, dass die Kinder für Tara eine zu große Belastung waren. Seiner Meinung nach wären sie bei Verwandten in Irland besser aufgehoben gewesen.

Ethan hatte erwartet, dass Jack noch etwas sagen würde, doch der Junge verstummte schüchtern.

»Würdest du auch eines Tages gern Kamelrennen reiten, Jack?«, fragte er.

Der Junge strahlte. »Würdest du es mir beibringen, Ethan?«

Nach einem Blick zu Tara hinüber erwiderte Ethan: »Natürlich – aber nur, wenn deine Mutter nichts dagegen hat.«

Tara wusste nicht recht, was sie sagen sollte. Aber da sie sah, dass diese Vorstellung Jack große Freude bereitete, schob sie ihre Bedenken beiseite. »Wenn du vorsichtig bist und genau das tust, was Ethan sagt ...«

Jack nickte, und seine Augen strahlten. Im Vergleich mit dem Tag zuvor, als er noch eine große Last auf seinen jungen Schultern getragen hatte, schien er wie verwandelt. Manchmal huschte noch ein Schatten über seine Züge, bei der Erinnerung daran, was Tadd ihm angetan hatte. Aber es tröstete ihn sehr, dass seine ›Großmutter‹ und Nerida auf Hannah Acht gaben – und dass Tadd, wie Tara ihm gesagt hatte, nicht länger im Haus geduldet wurde. Außerdem hatte Ethan ihm sein Wort gegeben, ihn selbst sowie Hannah und Tara zu beschützen.

Als Tara, Riordan und Jack in der Abenddämmerung nach Hause kamen, meldete sich Lottie über Funk. Zuerst begriff Tara nicht, dass sie es war, denn Lotti versprach mit verstellter Stimme. Tara hatte zwar nur einmal kurz mit Charity gesprochen, doch sie fand, dass es ein wenig nach Ferris' junger Frau klang, oder so, wie diese sich nach einigen Gläsern von Ferris' Spezialwein angehört hätte.

»Ich versuche seit drei Stunden, Sie zu erreichen«, sagte die fremde Stimme.

»Oh!« Tara wusste, dass ihre Mutter im ersten Stock gearbeitet hatte, wo sie das Funkgerät nicht hören konnte. Sie wollte gerade fragen, wer die Anruferin war, als diese auch schon hastig fortfuhr: »Der Zug ist heute Nachmittag angekommen, und das ... Paket, nach dem Sie gefragt haben, war auch dabei.«

»Paket?« Tara war einen Augenblick lang verwirrt, und ihr Kopf schmerzte von dem langen Tag in der glühenden Sonne. »Ach, ja, das Paket!« Jetzt begriff sie, dass es Lottie war, und geriet in Panik. Bei dem Paket handelte es sich um die Abgesandten der Behörde. »Bringt Rex sie ... es sofort zu uns heraus? Unseretwegen hat es nämlich keine Eile, verstehen Sie!« Sie waren noch nicht auf diesen Besuch vorbereitet, und sie fragte sich, ob die Gäste wohl auch die Nacht auf der Farm zu verbringen gedachten – was sie nicht hoffte.

»Rex war in der Bar und hat den ganzen Nachmittag über mit Ferris und Percy getrunken. Sie haben die Geburt von Charitys Baby gefeiert.«

»Oh, wie schön! Ist es ein Junge oder ein Mädchen?«

Lottie vergaß in ihrer Aufregung, sich weiter zu verstellen, und sprach mit ihrer normalen Stimme weiter. »Ein Junge, und ich denke, er wird sicher hübsch sein. Sie hat ihn mir noch nicht gezeigt, aber ich habe ein paar kleine Sachen genäht ...«

»Hast du das gehört, Mabel?«, fragte jemand.

»Habe ich. Als ob Ferris' Frau irgendwas von der annehmen würde ...«

Tara und Lottie blieben eine Weile stumm, beide verlegen. Lottie fühlte sich gedemütigt, und sie tat Tara furchtbar Leid. Am liebsten hätte Tara einen bissigen Kommentar in den Äther geschickt, doch sie sagte sich, dass sie es damit wahrscheinlich nur noch schlimmer gemacht hätte.

»Jedenfalls glaube ich nicht, dass Rex vor morgen früh irgendwohin fährt«, sagte Lottie.

»Oh, sehr gut – sag ihm bitte, dass uns das sehr gut passt. Es hat absolut keine Eile.« Tara konnte es nicht genug hervorheben.

»Das tue ich.«

»Vielen Dank! Ende!« Tara konnte Lotties Schmerz regelrecht fühlen, und heißer Zorn stieg in ihr auf. Sie ging, um die Kinder und ein wenig Gepäck zu holen, und nahm Hannah und Jack dann mit hinüber ins Arbeiterhaus, wo ihre Helfer bereits auf sie warteten.

Am folgenden Morgen stand Elsa sehr früh auf. Alle Muskeln und Knochen in ihrem Körper schmerzten, und sie fühlte sich wie eine alte Frau. In dieser Nacht hatte sie nicht viel mehr als eine Stunde geschlafen. Sie zog eines ihrer schönsten Kleider an, dann weckte sie Nerida, sagte ihr, sie solle aufstehen und ein sauberes Kleid und Schuhe überziehen. Nerida musste ihre breiten Füße förmlich in die Schuhe quetschen und lief demzufolge sehr eigenartig. Ihre Absätze klapperten laut auf den polierten Böden, doch Elsa bestand darauf. Außerdem ließ sie Nerida ein Tuch um ihren Kopf schlingen, um die wilde Haarmähne zu bändigen.

Sanja war immer früh wach. Elsa bat ihn freundlich, Plätzchen zum Tee zu backen, weil sie ›wichtige Gäste‹ erwarte. Um acht Uhr meldete sich Rex über Funk und sagte, er verlasse jetzt mit den Besuchern – einem Mann und einer Frau – die Stadt und werde in etwa zwei Stunden in Tambora sein, wenn alles gut ging.

Elsa war schrecklich nervös. Sie würde mit allem allein zurechtkommen müssen, und es lag an ihr, ob ihnen allen eine erfolgreiche Zeit oder tiefe Armut bevorstand. Sie wusste, dass Tara und Victoria auf sie zählten.

Als Rex schließlich den Wagen mit einer halben Stunde Verspätung inmitten einer Staubwolke vor dem Haus anhielt, saß Elsa zurückgelehnt in einem Stuhl auf der Terrasse und bot ein Bild völliger Entspannung – was man von den Passagieren, die gleich darauf dem altersschwachen Vehikel entstiegen, nicht behaupten konnte. Rex fuhr sofort wieder los, um die Post zu den Nachbarfarmen zu bringen, und rief Elsa zu, er sei um die Mittagszeit zurück. Ihr fiel auf, dass er immer zu den Mahlzeiten auftauchte, was ihrer Meinung nach kein Zufall sein konnte.

Herbert Quinlan und Mrs. Blythe Horton schienen einen Augenblick halb benommen, als sie über die weite Ebene blickten, während sich die Staubwolke des sich entfernenden Wagens langsam auf ihnen niederließ. Elsa hörte die Frau abfällig sagen, dass sie sich buchstäblich am Ende der Welt befänden und die Rückfahrt sicher ebenso schrecklich sein würde wie die Hinfahrt, vermutlich sogar noch schlimmer, falls sie wieder eine Reifenpanne haben sollten. Als sie sich dann umdrehten, um das Haus zu betrachten, spiegelte sich in ihren Mienen große Überraschung.

»Was für ein eindrucksvolles Heim«, hörte Elsa den Mann sagen. »Es wirkt zwar hier draußen etwas unangebracht, aber ich wünschte, wir wären schon gestern Abend herausgekommen. Das Hotel in der Stadt war eines der schlechtesten, in denen ich je gewohnt habe. Ich weiß nicht, was abstoßender war: das Essen oder dieser betrunkene, verrückte Ferris Dunmore ... Ich kann es gar nicht erwarten, bis ich nach Hause fahren darf.«

Elsa hatte das Gefühl, die Dinge nähmen von Anfang an eine schlechte Wendung. Sie stand auf und rief den Besuchern fröhlich zu: »Guten Morgen! Willkommen in Tambora! Treten Sie doch ein – die Sonne sticht heute förmlich!« Und auch sonst an jedem verdammten Tag, fügte sie in Gedanken hinzu, als sie spürte, wie ihr kleine Schweißtropfen zwischen den Brüsten hinunterliefen.

»Oh«, meinte Blythe mild erschrocken und strich den Rock ihres matronenhaft geschnittenen Kleides glatt. »Bitte verzeihen Sie, wir haben Sie gar nicht gesehen. Wir ... bewundern gerade ihr schönes Haus.«

»Danke«, erwiderte Elsa lächelnd. »Ich bin Elsa Killain, Victoria Milburns Schwägerin. Victoria ist leider noch nicht aus Alice Springs zurück, und deshalb werden Sie mit mir als Fremdenführerin vorlieb nehmen müssen.«

»Ich bin Blythe Horton, und das hier ist Herbert Quinlan«, sagte Blythe. »Wie Sie wahrscheinlich schon wissen, kommen wir von der Abteilung für Kinder- und Jugendhilfe.«

»Ja – kommen Sie bitte herein. Victoria sagte mir, dass Sie kommen würden, aber ich hatte Sie nicht so bald erwartet.«

»Normalerweise bereisen wir die ländlichen Gegenden auch kaum«, erwiderte Blythe. »Aber wir hatten ohnehin in Alice etwas Geschäftliches zu erledigen.«

Es war leicht zu erkennen, das Herbert Quinlan gewöhnlich ein Ausbund an Ordnung und Sauberkeit war. Doch zweieinhalb Stunden in Rex' Wagen, über eine unebene Piste und einige Sanddünen, hatten sein Erscheinungsbild vollständig gewandelt. Er war ein großer, schlanker Mann Ende Fünfzig mit einer Brille und dünnen, grauen Haaren. Er trug eine Hose mit Nadelstreifen, die von Hosenträgern gehalten wurde, und ein Hemd, das eine Stunde zuvor mit Sicherheit noch strahlend weiß und makellos gewesen war. Jetzt starrte es vor Schmutz und Flecken vom Gummi des Reifens, den er auf Rex' Zureden hin gewechselt hatte. Seine Fliege saß schief, und Elsa vermutete, dass Mrs. Horton sie sicher gern geradegerückt hätte.

Trotz ihrer Körperfülle war Blythes Gesicht sehr schmal, und ihre Miene wirkte so verkniffen, dass sie auch dem mutigsten Kind nackte Angst einjagen musste. Als sie Elsas gepflegte Erscheinung bemerkte, versuchte sie verlegen, einige ihrer braunen Strähnen zur Rückkehr in die ehemals tadellose Frisur zu veranlassen.

Elsas erste Wahrnehmung von Blythe waren Beine, die wie Stöcke aus einem kartoffelförmigen Körper ragten, und Arme, die geeignet schienen, jedem anständigen Seemann beim Armdrücken einen harten Kampf zu liefern.

Wie es nur Frauen vermochten, nahm Blythe ihrerseits mit einem einzigen Blick Elsas äußeres Erscheinungsbild in sich auf und registrierte dabei erstaunlich viele Details: Elsas blumengemustertes Kleid mit weißem Kragen und Manschetten, die Spitzenhandschuhe und die schlichte, einreihige Perlenkette. Daraufhin entschied sie, dass Elsa ›nett‹ aussah, jedoch im Outback in dieser Aufmachung etwas fehl am Platze wirkte. Sie änderte ihre Meinung jedoch rasch, als sie die elegante, geflieste Eingangshalle des Hauses durchschritt. Tambora war großartig, und Elsa die perfekte Herrin eines solchen Besitzes.

»Oh, was für ein wunderschönes Haus, Mrs. Killain«, rief Blythe ehrlich überwältigt aus. Sie hatte noch niemals etwas Ähnliches gesehen: die Fliesen, die ihr Bild spiegelten, die glänzenden hölzernen Treppen und Möbel, die blitzenden Spiegel und Fenster und die Kühle vermittelnden Palmen in den riesigen Töpfen.

»Danke – wir finden es auch recht ... bequem. Kommen Sie doch ins Wohnzimmer und setzen Sie sich. Ich lasse unser Hausmädchen etwas Kühles zu trinken holen. Oder würden Sie eine Tasse Tee vorziehen?«

»Tee wäre wunderbar, nicht wahr, Herbert?«

»Ja, ja, Tee ist genau das Richtige. Die Fahrt hier heraus war gelinde gesagt haarsträubend – unser Fahrer scheint seit gestern Abend nicht mehr nüchtern geworden zu sein.« Seine Brille hüpfte auf seiner Nase auf und ab, während er sich mit einem Taschentuch den Schweiß vom Hals tupfte.

Elsa hatte nicht das Herz, ihm zu sagen, dass Rex immer wie ein Verrückter fuhr. Stattdessen sagte sie entschuldigend: »In einem so kleinen Ort wie Wombat Creek ist eine Geburt immer ein großes Ereignis. Ich bin froh, dass wir einen so gut funktionierenden Postdienst haben – Rex bringt uns alles sehr zuverlässig hier heraus.«

Die Besucher wirkten wenig beeindruckt, weshalb Elsa Nerida rief. Kurz darauf hörten sie das Echo ihrer klappernden Absätze auf den Fliesen in der Eingangshalle.

Blythe und Herbert wandten sich erwartungsvoll der Wohnzimmertür zu, als Nerida hereinkam. Doch zu Elsas Schrecken blieb sie mit zueinander gedrehten Fußspitzen stehen und sah aus, als sei ihr speiübel.

»Nerida, würden Sie uns bitte Tee und etwas von Sanjas Gebäck bringen?«, bat Elsa ausgesucht höflich.

»Ja, Missus.« Nerida machte einen ihrer seltsamen Knickse, wandte sich um und lief klappernd den Flur entlang.

Ein paar Minuten später – Elsa und die Besucher überlegten gerade, wie viele Zimmer benötigt wurden, um zwölf Kinder unterzubringen – hörten sie einen lauten Krach. Elsa entschuldigte sich, ging nachsehen und stellte fest, dass Nerida das Tablett mit dem Tee im Flur vor der Küchentür fallen gelassen hatte. Tee, Zucker und Milch waren an die Wände und auf den Boden gespritzt, und Sanjas köstliche Kekse lagen zerkrümelt zwischen den Scherben von Victorias feinem chinesischen Teeservice.

»Mädchen kann in Schuhen nicht laufen!«, bemerkte Sanja vorwurfsvoll, während er hastig den Schaden beseitigte und Nerida verzweifelt vor sich hin schluchzte.

»Himmelherrgott«, rief Elsa. »Reißen Sie sich zusammen, Nerida, und bringen Sie neuen Tee! Ich zeige inzwischen unseren Gästen das obere Stockwerk.«

»Warum sind hier, Missus Killain?«, fragte Sanja, der zu dem Schluss gekommen war, dass es sich nicht um normale Gäste handeln konnte.

»Wenn sie das Haus geeignet finden, möchte Victoria Waisenkinder aufnehmen, ich glaube, es waren zwölf.«

Sanja richtete sich alarmiert auf. »Wer kocht für all diese Kinder?«

»Sie natürlich, Sanja.«

»Sanja nicht kochen für so viele Kinder. Zu viel Arbeit!«, entgegnete der Koch energisch.

Elsa kämpfte den Impuls nieder, ihren Ärger laut herauszuschreien, und dachte blitzschnell nach. »Die Regierung bezahlt gut, Sanja, und das bedeutet, dass du wieder Lohn bekommen würdest – gutes Geld. Ich würde Victoria bitten, dein Gehalt zu erhöhen – um wie viel du willst, solange es maßvoll bleibt.«

Sanja überlegte einen Moment, um dann lächelnd zu nicken. »Kochen für Kinder kann nicht schwer sein – Kinder essen alles.«

Elsa spürte, dass er mit ihr gespielt hatte, doch jetzt war nicht die Zeit, sich damit zu befassen.

Als sie später mit den beiden Beamten die Treppe hinaufging, blieb Blythe auf dem Treppenabsatz stehen. »Wenn die Unterlagen korrekt sind, die man uns gegeben hat, Mrs. Killain, dann sind Sie und Mrs. Milburne Witwen. Ist das richtig?«

»Ja, das stimmt.«

»Ich fürchte, dann muss ich Ihnen sagen, dass Sie als Alleinstehende im Nachteil sind.«

»Pardon, wie darf ich das verstehen?«

»Mindestens die Hälfte der Kinder, die wir unterbringen möchten, sind Jungen – und zwar sehr wilde Jungen. Sie brauchen einen Mann, der ihnen ihre Grenzen zeigt. Ich bin sicher, dass sie bei Ihnen und Mrs. Milburne nichts als Unsinn anstellen würden.«

Elsa dachte an das Geld, das sie so verzweifelt dringend brauchten. »Victoria hat Ihnen aber doch sicher gesagt, wie viele

Männer hier für sie arbeiten, nicht wahr, Mrs. Horton?«, sagte sie.

»Nein, das hat sie nicht.«

»Wahrscheinlich hat sie nicht geglaubt, dass es wichtig sein könnte. Sie hat diese Farm seit dem Tod ihres Mannes jahrelang allein geführt und sich für eine Frau hervorragend geschlagen; da sind sich alle Männer in der Gegend einig. Inzwischen arbeiten, wenn man den Koch abzieht, fünf feste Angestellte für sie, und vor der Dürre waren es noch viel mehr, wie ich gehört habe. Tadd Sweeney, der Verwalter, gehört praktisch zur Familie. Die anderen sind Farmarbeiter, die schon seit Jahren hier bei Victoria leben. Sie wohnen auf dem Grundstück und schlafen in der Baracke hinter dem Haus. Ich sollte Ihnen vielleicht auch sagen, dass ich ein Zwillingspärchen, beides Jungen, großgezogen habe und deshalb sehr genau weiß, was sie meinen, wenn sie von wilden Jungen sprechen.«

Mrs. Blythe lächelte höflich, doch Elsa fühlte sich nicht im Mindesten beruhigt.

Als sie Blythe und Herbert die Schlafräume zeigte, erschien plötzlich Tadd auf der Schwelle von Jacks Zimmer und erschreckte sie durch sein Auftauchen fast zu Tode.

»Wo sind Tara und die Kinder?«, stieß er grimmig hervor.

Elsa erkannte sofort, dass er in übelster Stimmung war, und versuchte, ihn mit sich auf den Flur zu ziehen – doch er wich nicht von der Stelle. Blythe und Herbert standen gerade am anderen Ende des Raumes, in der Nähe der offenen Balkontüren, doch ihre Aufmerksamkeit galt Tadd.

Elsa bemühte sich um ein unbefangenes Lächeln. »Sie sind nach Irland zurückgefahren, Tadd. Ich dachte, jemand hätte es Ihnen gesagt?«

Tadd starrte sie finster an. »Nein, das hat mir niemand gesagt.« Er zweifelte ganz offensichtlich an Elsas Worten und sah sich im Zimmer um, ohne die Besucher zu beachten. Er suchte nach Jacks Sachen, doch er konnte sie nirgends entdecken. Daraufhin ging er den Flur hinunter und schaute in Taras und Hannahs Zimmern nach, doch auch ihre persönlichen Sachen waren fort. Elsa folgte ihm.

»Wann sind sie abgereist?«, verlangte Tadd zu wissen, als er endlich überzeugt war. Er nahm an, Tara fürchtete, ihre Lüge könnte aufgedeckt werden, und sie sei in wilder Panik geflohen.

»Gestern«, log Elsa. »Sie fand, es sei am besten, die Kinder zu ihrer leiblichen Tante zu bringen.« Elsa warf einen raschen Blick zurück zu Jacks Zimmertür, wo sie den unteren Teil von Blythes Rock hinter dem Rahmen hervorlugen sah – Blythe belauschte also ihre Unterhaltung!

Elsa spürte, dass Tadd wütend war, weil Tara seine Pläne zunichte gemacht hatte. Jetzt, wo sie nicht mehr auf der Farm war, hatte es keinen Sinn mehr, wegen der Kinder die Behörden zu informieren. Er stürmte die Treppe hinunter, und Elsa blickte ihm nach. Als er an Nerida vorüberlief, fiel ihr auf, dass das Mädchen sich voller Angst duckte.

»Wer war dieser Mann?«, fragte Blythe, als Elsa wieder in Jacks Zimmer zurückkehrte.

Elsa zögerte mit der Antwort. Sie zitterte innerlich und stand kurz vor einem Nervenzusammenbruch. Sie hatte nicht damit gerechnet, dass Tadd das Haus betreten würde, obwohl Tara es ihm verboten hatte. Offensichtlich hatte ihre Ahnung, dass er ihr Schwierigkeiten machen würde, sie nicht getrogen. Zum Glück war Ethan auf die Idee gekommen, sie mit den Kindern und einigen Angehörigen des Arabana-Volkes in den Busch zu schicken.

»Tadd ist der ... Verwalter der Farm. Er hat irgendwo draußen gearbeitet und nicht mitbekommen, dass eine Besucherin mit ihren Kindern nach Irland zurückgekehrt ist.«

»Er schien nicht zu glauben, dass sie abgereist waren«, meinte Herbert misstrauisch und dachte, dass Tadd ein typischer, ungehobelter Ire war. Und er hatte sich absolut nicht so verhalten, als ›gehöre er fast zur Familie‹.

»Er hat die Kinder während ihres Aufenthalts sehr lieb gewonnen. Wissen Sie, er hat keine eigenen, und auch darum wird es schön sein, wenn hier Kinder spielen. Tadd wird sehr viel Zeit mit ihnen verbringen und ihnen alles über die Haltung von Schafen und Rindern beibringen.« Blythe und Herbert wechselten einen zweifelnden Blick, und Elsa fragte sich, ob sie etwas Falsches gesagt hatte. Tadds verschrobene, unhöfliche Art und seine misstrauische Natur waren schließlich nicht gerade gute Eigenschaften für jemanden, in dessen Hände man die Erziehung von Kindern legen wollte.

»Wer würde es übernehmen, den Kindern Schulunterricht zu geben?«, fragte Herbert.

Elsa versuchte sich verzweifelt zu erinnern, was Tara ihr dazu gesagt hatte. »Ich ... also Victoria und ich werden uns selbst darum kümmern. Die Missionsstation ganz in der Nähe wird uns mit Lehrstoff versorgen, und wir werden die Kinder mindestens zwei Stunden pro Tag im Lesen, Schreiben und Rechnen unterrichten. In der übrigen Zeit können sie lernen, wie man Pferde beschlägt, Schafe schert und so weiter. Für den Fall, dass einige von ihnen daran interessiert sind, Kochen zu lernen, haben wir einen exzellenten Küchenchef. Ich dachte auch daran, ihnen Zeichenunterricht zu erteilen – es gibt hier in der Gegend einige sehr schöne Landschaften ...«

Die Beamten runzelten leicht verwirrt die Stirn. Ganz sicher konnte sie damit doch nicht die Great-Victoria-Wüste meinen? Im Westen des Lake Eyre war die Gegend sandig und mit Sträuchern bewachsen, und es gab einige niedrige Tafelberge – aber nichts, was das Auge fesseln konnte.

»Wie ... nett. Ich würde auch gern die Küche sehen«, meinte Blythe. »Sauberkeit ist ein sehr wichtiger Punkt, wenn es um die Erziehung von Kindern geht.«

»Natürlich«, sagte Elsa voller Zuversicht, denn die Küche war immer ein Hort der Ordnung, selbst wenn der Rest des Hauses im Chaos lag.

Sie hätte wissen müssen, dass etwas nicht stimmte, als sie

Blythe und Herbert mit hinunternahm und im Flur eine Mehlspur entdeckte, die von der weit offenen Kellertür bis zur Küche verlief. Aus der Küche drangen hysterische Schreie und Geräusche, als schlage etwas auf dem Boden auf.

Kreischend vor Angst rannte Nerida mit nackten Füßen an ihnen vorbei, hinterließ überall weiße Fußabdrücke und wäre beinahe in den Resten des hastig aufgewischten Morgentees ausgerutscht. Elsas erster Gedanke war, dass Sanja das Mädchen überfallen haben könnte, und war fassungslos. Doch als sie, gefolgt von ihren Gästen, zur Küchentür ging und in den Raum hineinspähte, blieb ihr vor Verblüffung der Mund offen stehen: Ein geöffneter Mehlsack, dessen Inhalt sich teilweise über den Boden ausgebreitet hatte, lehnte an einer Schranktür. Sanja rannte wie ein Verrückter im Raum herum und jagte mit einem Besen drei riesige Küchenschaben vor sich her. Einen Augenblick lang stand Elsa nur stumm da und starrte ungläubig auf den kleinen Inder. Er war fast wahnsinnig vor Hysterie und schrie aus Leibeskräften, während Wolken von Mehl in der Luft herumwaberten und langsam auf seine sonst so blitzende Küche niedergingen.

Elsa nahm kaum wahr, dass Mrs. Blythe und Herbert noch immer neben ihr standen. »Sanja«, rief sie energisch, »was um alles in der Welt tun Sie hier?«

Plötzlich fühlte sie sich beiseite geschoben, und Blythe betrat die Küche. Mit der Präzision einer geübten Jägerin und in für ihren Körperumfang blitzartiger Geschwindigkeit zermalmte sie mit dem Fuß zuerst eines der hässlichen Tiere und gleich darauf ein zweites. Sanja erwischte das dritte mit seinem Besen, woraufhin die beiden schwer atmend stehen blieben und einander mit triumphierenden Blicken ansahen.

»Sie sind üble Geschöpfe«, sagte Blythe. »Ich kann sie nicht ausstehen.«

Sanja blickte die leichenblasse Elsa an. »Schaben in meinem Mehl, Missus! Mäuse machen Loch, und dann kriechen sie hinein.«

Elsa nickte resigniert. Mäuse! Küchenschaben! Sie fühlte, wie ihr flau wurde. Himmel, konnte es noch schlimmer kommen?

Einen Augenblick später fand sie ihre Stimme wieder und sagte das Erste, was ihr in den Sinn kam, auch wenn es unter diesen Umständen völlig lächerlich klingen musste. Doch sie war verzweifelt bemüht, den Eindruck aufrechtzuerhalten, alles sei unter Kontrolle. »Wie ... weit sind Sie mit dem Essen?«, fragte sie atemlos und brach zusammen.

Zehn Minuten später kam Elsa wieder zu sich und fand sich auf dem Sofa im Wohnzimmer liegend. Blythe beugte sich über sie.

»Was ist passiert?«, fragte sie und setzte sich hastig auf. In ihrem Kopf drehte sich alles, und sie fiel kraftlos in die Kissen zurück.

»Sie sind ohnmächtig geworden, meine Liebe«, erklärte Blythe und tätschelte ihre Hand.

»Oh nein! Es tut mir furchtbar Leid!«

»Meine Schwester ist beim Anblick von Mäusen immer ohnmächtig geworden, und Sie scheinen dasselbe Problem mit Küchenschaben zu haben. Machen Sie sich darüber nur keine Sorgen – Mr. Crawley ist früher als geplant eingetroffen, und wir fahren mit ihm in die Stadt zurück.«

»Aber das Mittagessen ...«, protestierte Elsa, die noch nicht in der Lage war, zusammenhängend zu denken. Sonst hätte sie sicher begriffen, dass die beiden wahrscheinlich keinen Wert auf eine Mahlzeit legten, die in einer Küche zubereitet war, in der Mäuse und Küchenschaben ihr Unwesen trieben. »Sanja hat kalten Lammbraten, eingelegtes Gemüse und hart gekochte Gänseeier vorbereitet.«

»Seien Sie uns nicht böse, meine Liebe. Herbert möchte gern den Nachmittagszug nach Adelaide erreichen.«

»Aber ... was soll ich denn jetzt Victoria sagen?«

»Wir werden ihr unsere Entscheidung in einigen Tagen mitteilen.«

Obwohl Elsa immer noch nicht ganz bei sich war, ließ Blythes Ton bei ihr wenig Zweifel daran aufkommen, dass diese Entscheidung ungünstig ausfallen würde.

»Wir finden den Weg schon allein«, sagte Blythe und verließ mit Herbert den Raum.

Elsa rappelte sich mühsam hoch. »Ich kann nicht glauben, dass ich dafür wie ein Sklave geschuftet habe«, schluchzte sie. »Ich habe Blasen an den Fingern und raue Haut ...« Sie blickte in der Erwartung auf ihre Hände hinab, Handschuhe zu sehen, doch gleich darauf begann ihr Herz wie wild zu hämmern. Blythe hatte ihr die Handschuhe ausgezogen und dadurch ihre Hände gesehen. Im Vergleich zu ihren Händen mussten die einer Waschfrau wie Prinzessinnenhände wirken. Sie fühlte sich tief gedemütigt und hatte plötzlich das Bedürfnis, Blythe und Herbert alles erklären zu müssen, um Taras und Victorias willen. Sie zählten auf sie, und sie durfte sie nicht enttäuschen.

Draußen auf der Terrasse sah sie Blythe und Herbert gerade noch zu Rex in den Wagen steigen. Rex hatte den Mund voll Teegebäck und konnte ihr deshalb keinen Gruß zurufen, doch er winkte ihr mit einem Keks in der Hand fröhlich zu.

»Warten Sie!«, rief Elsa verzweifelt, doch gleich darauf waren sie fort. Wäre nicht die Staubwolke gewesen, die sich unter einem weiten, tiefblauen Himmel langsam entfernte, hätte Elsa geglaubt, sie habe sich den Besuch nur eingebildet.

30

Jaba Jurras Lieblingsplatz am frühen Abend war der Schatten eines Gidgee-Baumes. Mit Ockerfarben malte er dort traditionelle Punktmuster auf Rindenstücke, während Jack und Hannah neben ihm saßen und seine Zeichnungen auf Steinen nachmalten. Tara und Nugget saßen am Lagerfeuer, in angeregtem Gespräch mit Jackie Kantji. Mit Nuggets Hilfe als Übersetzer erzähle Jackie Tara Geschichten aus seiner Zeit als Pferdezureiter. Nugget behauptete, Jackie sei der beste Zureiter in der Gegend um Broken Hill und Wilcannia gewesen, wo es Tausende von Wildpferden gab. Einige davon wurden speziell für die Arbeit mit dem Vieh ausgebildet und an die großen Farmen in dieser Gegend verkauft.

»Weiße in dieser Gegend haben immer auf Jackie gesetzt«, sagte Nugget stolz. »Und viel Geld damit gemacht.«

»Wie lange ist Jackie schon blind?«, fragte Tara. Sie sah, wie der alte Mann es genoss, seine besten Jahre in Gedanken noch einmal zu durchleben. »Es ist so tragisch, dass er nichts mehr sehen kann.«

»Dunkelheit ist seit langer Zeit immer tiefer geworden, Missus, aber Jackie sieht immer noch alles hier drin.« Er deutete auf seinen Kopf. Tara dachte, er meine seine Erinnerungen, bis Jackie sich umwandte, auf die Ebene zeigte und etwas zu Nugget sagte.

»Ethan kommt, Missus«, erklärte Nugget.

»Woher wissen Sie das?«

»Jackie hat es mir gesagt. »Er deutete hinter sich in die Büsche, doch sie konnte außerhalb der Akaziensträucher, die sie umgaben, nichts hören oder sehen. Tara glaubte, der alte Mann bilde sich Dinge ein, und fühlte Mitleid in sich aufsteigen. Doch er blieb geduldig wartend sitzen, und tatsächlich tauchte wenige Minuten später Ethan bei ihnen auf.

»Woher wusste Jackie, dass er kommen würde?«, wollte Tara überrascht wissen. Ethan kam auf Hannibal angeritten, und da ein Kamel im Gegensatz zu Pferden sehr leise lief, war es fast unmöglich, dass Jackie ihn gehört hatte.

Nugget grinste, sagte aber nichts.

Tara konnte es nicht glauben. Hier im Busch gab es so viele verschiedene Geräusche, das Summen der Insekten, die Rufe der Vögel und das Rascheln der Tiere im trockenen Gras. Nachts waren die Geräusche der Kängurus, Emus, Kaninchen und Wombats, die durch das Lager zogen, genau wie die Sinfonie der Insekten so laut, dass Tara nicht hatte schlafen können.

»Die Besucher sind wieder fort«, sagte Ethan und goss sich eine dampfende Tasse Tee aus dem Kessel ein.

»Ist alles in Ordnung? Hat Tadd versucht, Unheil zu stiften?«

»Ich habe nicht mit deiner Mutter gesprochen, aber ich denke, ihr könnt ruhig zum Haus zurückkehren. Charlie hat Rex mit den Besuchern wegfahren sehen, als er gegen Mittag nach Hause ritt, um frische Pferde zu holen.« Ethan blickte zu den Kindern hinüber. »Hat es Jack und Hannah gefallen, hier draußen zu übernachten?«

»Und wie. Jabba Jurra hat ihnen alle möglichen interessanten Dinge gezeigt – Zuckerameisen und Engerlinge ...«

Grinsend fragte Ethan: »Und – haben sie sie gegessen?«

»Jack hat mich überrascht – er hat alles probiert, aber Hannah wollte nur Damper essen. Sie hat aber immerhin Spaß daran gehabt, die Larven mit einem Stock aus der Erde zu holen.«

»Und du? Hast du die Larven probiert?«

Tara rümpfte die Nase. »Oh nein, das nicht. Aber ich habe gestern Abend Schlange gegessen. »Sie sah Nugget lächelnd an. »Um ehrlich zu sein, es war ›ein guter Braten‹, aber ich hatte auch solchen Hunger, dass ich wahrscheinlich sogar Baumrinde gegessen hätte.«

Ethan lachte, wurde dann aber plötzlich ernst und sah sie unverwandt an. Tara dachte daran, wie sie sich geküsst hatten, und war sicher, dass er auch gerade daran dachte, vor allem, als sein Blick ihren Mund streifte und ihr ganz warm wurde.

»Ich war sehr gern hier draußen, Ethan, und die Kinder auch. Aber ich mache mir trotzdem Gedanken darüber, ob Tadd wirklich geglaubt hat, dass wir nach Irland zurückgefahren sind, und ob meine Mutter mit ihm zurechtgekommen ist ...«

Ethan nickte. »Ich bin zwar sicher, dass sie sehr gut zurechtkommt, aber wir reiten zurück, wenn du dir Sorgen machst.«

Tara und die Kinder verabschiedeten sich von Jackie Kantji und Jabba Jurra und dankten ihnen für ihre Gastfreundschaft. Beide erklärten, sie hätten gern Gesellschaft gehabt. Nugget meinte, die beiden Alten seien einsam gewesen, weil sie wegen Jackies angegriffener Gesundheit nicht mit dem Rest des Stammes auf Wanderschaft hatten gehen können. Seine Knie und eine seiner Hüften plagten ihn sehr, und die traditionelle Medizin schlug nicht an. »Keine Medizin kann das Alter besiegen«, sagte Nugget nüchtern. »Jackie ist bereit für die Welt der Geister.«

Auf dem Weg zurück zur Farm bat Tara Nugget: »Bitte sagen Sie mir, woher Jackie wusste, dass Ethan kommen würde! Ich habe ihn weder gehört noch gesehen.«

Nugget grinste. »Er wusste einfach, Missus.«

»Bei den Aborigines gibt es eine Menge, was wir weder erklären noch verstehen können«, meinte Ethan. »Sie haben einen tief verwurzelten Instinkt für das Land, die Jahreszeiten und alles, was lebt – die Pflanzen, Tiere, sogar für die Insekten.«

Tara hatte sich gefragt, ob Jackie ein sehr gutes Gehör hatte oder so wie die Seher unter den Zigeunern einen sechsten Sinn besaß. Was auch immer es sein mochte, dagegen schien ihr Talent vollkommen unbedeutend.

Tara und die Kinder erreichten zusammen mit Ethan und Nugget bei Einbruch der Dunkelheit wieder die Farm. Genau zur selben Zeit fuhr Rex mit dem Wagen vor, und Tara flüchtete sich alarmiert mit Jack und Hannah hinter die Ställe. Sie fürchtete, die Behördenvertreter seien vielleicht auf Tadds Rat hin zurückgekommen.

»Es ist Victoria«, rief Ethan, der ihr gefolgt war, um sie zu holen, »und sie hat eine andere Frau mitgebracht, schon älter, aber sehr damenhaft. Ich habe sie noch nie gesehen.«

»Sorrel!«, jubelte Tara und eilte auch schon mit den Kindern zum Haus hinüber.

»Sorrel, wie schön, dich zu sehen!«, rief sie aufgeregt.

Sorrel und Victoria standen neben dem Wagen und starrten sie fassungslos an.

»Was habt ihr denn?«, fragte Tara, doch dann begriff sie. Sie musste zum Fürchten aussehen. Ihre Haare waren ungekämmt, ihre Kleidung starrte genau wie die der Kinder vor Schmutz und Jacks und Hannahs Gesichter waren dazu noch mit Ockerfarbe bemalt.

»Was um Himmels willen habt ihr nur gemacht?«, fragte Victoria. Sie trug eine dunkelrandige Brille, die ihr überhaupt nicht stand, doch Tara war froh, dass sie offenbar gut damit sehen konnte. Lachend erwiderte Tara: »Kannst du mich klar erkennen, Tante Victoria?«

»Nicht ganz – diese Brille brauche ich zum Glück nur vorübergehend zu tragen – sie ist einfach schrecklich. Meine wird in ein paar Wochen fertig sein. Aber ich kann erkennen, wie schmutzig du bist. Du hast doch hoffentlich nicht schon wieder im Garten gegraben?«

»Nein, wir haben ... Camping gemacht.«

»Camping?«

»Ja, aber das erkläre ich dir alles später.«

Sorrel lachte. »Ich glaube, du bist eine Aborigine geworden, Tara!«, meinte sie und zog die Jüngere in die Arme. »Und Jack und Hannah sind in diesen wenigen Wochen so gewachsen! Und sie sind so braun – oder ist das Farbe?« Sie berührte mit dem Finger die Flecken auf Jacks Nase und untersuchte sie.

»Es ist Farbe und auch Dreck«, erklärte Jack lächelnd.

»Ich habe euch allen Geschenke mitgebracht«, sagte Sorrel. »Aber zuerst hat Victoria mir etwas Starkes zu trinken versprochen, und das habe ich jetzt auch nötig.«

»Sie brauchen einen Drink?«, sagte Rex ungläubig. »Das hier ist heute meine zweite Fahrt nach Tambora, und eines ist sicher, dieses Mal bleibe ich über Nacht hier!«

»In der Stadt sind sicher heute alle verkatert, nicht wahr?«, fragte Ethan, als er hereinkam.

»Da hast du nicht Unrecht. Ferris ist brummig wie ein Bär heute Morgen, weil das Baby die ganze Nacht über geschrien hat. Für seine Kopfschmerzen war das sicher nicht so gut.«

Während alle einander vorgestellt wurden, wuschen Tara und die Kinder sich rasch und zogen sich frische Sachen an. Danach gingen sie wieder zu den anderen ins Wohnzimmer hinunter. Als sie hereinkamen, hörte Tara, das Elsa vom Besuch der Behördenvertreter berichtete. »Sie schienen mir nicht sonderlich beeindruckt«, erklärte sie niedergeschlagen, nachdem sie vorher von dem Desaster in der Küche erzählt hatte, über das Ethan und Rex herzlich lachten. »Es tut mir furchtbar Leid, Victoria – ich komme mir vor, als hätte ich dich im Stich gelassen.«

»Bei diesen Dingen weiß man vorher nie, was passieren wird, Elsa, also mach dir keine Gedanken darüber«, erwiderte Victoria. »So etwas geschieht eben. Du hast jedenfalls dein Bestes getan, und das Haus sieht einfach großartig aus.«

»Das tut es wirklich, Mutter. Ich kann gar nicht glauben, dass du das alles in nur zwei Tagen bewerkstelligt hast. Du musst von morgens bis abends gearbeitet haben.«

»Und die halbe Nacht«, ergänzte Elsa. »Aber es hat alles nichts genutzt!«

»Hat Nerida dir denn nicht geholfen?«, fragte Victoria. »Sanja sagte mir, sie sei vor ein paar Tagen zurückgekommen, aber ich weiß nicht, wo sie sich versteckt.«

Elsa warf Tara einen Blick zu. »Ihr geht es immer noch nicht gut, Victoria«, sagte sie.

»Oh – was hat sie denn? Vielleicht sollte sie doch einmal zu einem richtigen Arzt gehen – die Buschkrankenschwestern sind zwar sehr gut, aber sie wissen auch nicht alles.«

»Es ist nichts Ernstes – wir sprechen später darüber, Tante Victoria«, meinte Tara. »Wie hat dir Alice Springs gefallen?«

»Es ist sehr gewachsen, seit ich zum letzten Mal dort war. Es sind zu viele Menschen da, mindestens dreihundert, und viele Geschäfte, eine Pension und eine Werkstatt für Automobile ... Aber Sorrel war eine wunderbare Gastgeberin, und es war eine schöne Zeit. Aber bei Gott, ich habe Tambora trotzdem vermisst.«

»Und wie findest du Alice, Sorrel? Wie geht es deinem Sohn?«

»Marcus geht es gut, und er ist auch mit dem Hotel recht erfolgreich. Sie haben es kürzlich vergrößert und bestanden darauf, dass ich während der ersten Woche in der Bar mithalf, um die Einheimischen kennen zu lernen. Ich sage euch, das war schon eine Erfahrung! Einige der Männer sind ziemlich raue Kerle, aber ich muss zugeben, dass die Menschen im Outback viel Sinn für Humor besitzen.«

»Und die Stadt?«, beharrte Tara.

»Am Anfang habe ich Alice einfach schrecklich gefunden. Die Hitze und die Fliegen, der allgegenwärtige Staub, und kein einziger Baum in weitem Umkreis ... Aber seit ich der Geschäftsführerin im Adelaide-House und dem Inland-Mission-Hostel helfe, bin ich zu beschäftigt, um mir Gedanken über das Wetter, den Staub oder die Fliegen zu machen. Man könnte auch sagen, ich habe mich eingelebt.«

»Was tust du dort?«

»Ich gebe Schauspiel- und Musikunterricht, und es macht mir viel Spaß. Dasselbe habe ich auch vor meiner Heirat getan, als ich in einem Theater angestellt war.«

Tara spürte, dass Sorrel zufrieden und ausgefüllt war, und das machte sie glücklich.

»Ich musste sie förmlich fortzerren«, meinte Victoria lächelnd.

»Das ist nicht wahr«, wehrte sich Sorrel. »Da du ja nicht nach Alice gekommen bist, Tara, musste ich eben herkommen und nachschauen, wie es dir geht.«

»Ich bin sehr froh, dass du es getan hast!«, erwiderte Tara.

»Und jetzt musst du uns erzählen, warum du in den Busch gegangen bist!«, bat Victoria ihre Nichte, während sie Getränke von einem Tablett servierte, das Sanja gerade hereingebracht hatte.

Tara sah Ethan an und wollte gerade anfangen zu sprechen, als Tadd hereinkam. Er entdeckte Tara sofort, und seine Augen wurden schmal.

»Ich wusste, dass Sie nicht nach Irland zurückgegangen sind!«, stieß er hasserfüllt hervor und bedachte Elsa mit einem eisigen Blick. Elsa schaffte es jedoch, völlig ungerührt zurückzustarren, obwohl sie innerlich zitterte.

»Zurück nach Irland?«, fragte Victoria verständnislos. »Wovon sprichst du, Tadd?«

»Das kann ich dir erklären«, sagte Tara.

»Ich wette, das können Sie!«, knurrte Tadd.

»Nein, das tue ich schon«, erklärte Ethan, der aufstand und Tadd kalt musterte. »Aber ich denke, wir sollten im kleinen Kreis über alles reden, Victoria. Würdest du mit hinüber ins Esszimmer kommen?«

»Aber wozu denn nur, Ethan? Ich verstehe gar nichts mehr!«

»Bitte, Tante Victoria«, sagte Tara.

»Wir gehen am besten hinaus auf die Terrasse, wo es kühler ist«, erklärte Elsa. »Kommt, Kinder – Riordan, Mr. Crawley, Mrs. Windspear, Sie begleiten uns doch sicher?«

»Bitte, Elsa, nennen Sie mich Sorrel – Mrs. Windspear klingt wie irgendjemandes exzentrische Tante«, bat Sorrel und fügte hinzu: »Nichts für ungut, Victoria!« Dann folgte sie den anderen hinaus.

Victoria hörte Sorrels Bemerkung kaum, und außerdem hatte sie sich mittlerweile an deren trockenen Humor gewöhnt. Im Moment war sie viel zu sehr damit beschäftigt, darüber nachzudenken, was Ethan ihr wohl zu sagen hatte.

»Also, was soll das alles hier eigentlich?«, fragte Victoria. Sie hatte inzwischen begriffen, dass Tara wahrscheinlich fortgegangen war, um den Beamten der Kinderhilfe aus dem Weg zu gehen. Sie würde ihr später unter vier Augen sagen, dass sie sie nicht als offizielle Pflegeperson angegeben hatte und dass deshalb auch keinerlei Fragen über ihre persönlichen Umstände zu erwarten waren. Leider hatte sie schlechte Neuigkeiten von Marcus Windspear, was die legale Adoption der Kinder betraf, doch auch darüber mussten sie reden, wenn sie allein waren.

»Tante Victoria«, begann Tara, »ich muss dir etwas über die Farm sagen, das für dich ein schlimmer Schock sein wird.«

Victoria starrte sie erschrocken an. »Und das wäre?«

Tara sah Tadd an und hasste ihn in diesem Augenblick für den Schmerz, den er ihrer Tante bereitete. »Tadd hat bei der Bank Geld geliehen – sehr viel Geld – und mit den Schulden die Farm belastet.«

Victoria fuhr zu Tadd herum, der hinter ihr stand. »Das ist doch sicher nicht wahr, Tadd?«

Tadd senkte den Kopf und seufzte tief auf. »Ich fürchte, es ist wahr, Victoria. Aber ich wollte nicht, dass du es erfährst, bevor ich es wieder in Ordnung gebracht hatte.«

»Außerdem hat er auf deinem Land in einer Mine nach Opalen gegraben«, erklärte Ethan. »Dort war Jack, als wir ihn nicht finden konnten – er war in den Schacht gefallen.«

Victoria wurde blass vor Schrecken.

»Und ich habe ihn herausgeholt«, sagte Tadd, der sah, dass Victoria vollkommen außer sich war. Er ging um das Sofa herum, setzte sich neben sie und nahm ihre zitternden Hände in die seinen.

»Ich musste Geld borgen, um den Betrieb der Farm aufrechtzuerhalten, Victoria«, sagte er. »Ich weiß, das es falsch war und dass du es nicht wolltest, aber wenn ich es nicht getan hätte, hätten wir diese Farm schon vor einem Jahr verloren.«

»Das wird jetzt trotzdem geschehen, Tadd«, stieß Tara bitter hervor, »nur, dass meine Tante nun auch noch bis an ihr Lebensende verschuldet sein wird.«

»Einen Moment, Tara«, sagte Victoria, den Tränen nahe, »ich bin sicher, Tadd kann es erklären.«

»Du wirst Tambora nicht verlieren«, meinte Tadd ruhig. »Das verspreche ich dir.«

»Ich weiß, wie hoch die Schulden sind«, sagte Ethan. »Ich habe mit dem Bankdirektor gesprochen. Egal was du tust, du kannst das Unvermeidliche nicht mehr aufhalten. Es tut mir sehr Leid, Victoria.«

»Steht es wirklich so schlimm?«, fragte Victoria, der inzwischen die Tränen über die Wangen liefen. »Könnte uns nicht vielleicht der Erlös der Wolle retten, die wir exportieren werden?«

Auch Tara traten die Tränen in die Augen. Sie wusste, wie sehr ihre Tante in diesem Augenblick litt. »Ich fürchte nein, Tante Victoria. Und anstatt mitzuarbeiten, um die Farm zu retten, hat Tadd noch versucht, seine eigenen Taschen zu füllen«, sagte sie. »Er wollte uns nicht einmal dabei helfen, Schafe zusammenzutreiben, als wir erfuhren, dass der Liefertermin für die Wolle vorgezogen worden war. Ich habe Nugget geholfen, genau wie Ethan und Riordan und sogar Jack – aber nicht Tadd.«

»Ich wollte in der Mine weiterkommen ...«

»Das wissen wir längst. Sie glauben doch nicht, dass wir Ihnen die Rückenschmerzen abgenommen haben, oder?«

»Warum hast du mir nichts von der Mine erzählt?«, fragte Victoria Tadd ungläubig. »Ich habe dir all diese Jahre über vertraut. Mein Gott, du gehörtest hier zur Familie!«

Tara hielt den Atem an und wartete darauf, dass Victoria den Verwalter entlassen würde.

Doch er gab nicht kampflos auf. »Victoria, ich weiß, dass das alles gegen mich spricht. Aber ich habe das alles für dich getan. Die Opale habe ich gesucht, um die Schulden bei der Bank zurückzuzahlen, und ich dachte, das sei wichtiger ... Ich habe gehofft, auf eine gute Ader zu stoßen, denn dann hätten wir uns nie wieder Gedanken um Geld machen müssen.«

»Alles Lügen!«, stieß Tara verächtlich hervor. »Ethan und mir haben Sie erzählt, dass sie so gut wie nichts gefunden haben, aber das ist auch nicht wahr, oder, Tadd? Sie hatten nur vor, all Ihre Reichtümer für sich zu behalten.«

Tadds Blick nahm etwas Befremdliches, Drohendes an. Wahrscheinlich fragte er sich, ob Tara über sein geheimes Lager Bescheid wusste. Wenn es so war, konnte er schlecht weiterhin leugnen.

»Ich habe eine ganz ansehnliche Menge von Opalen gefunden, aber das geht Sie nichts an, Tara.« Er sah, dass Victoria ihn anstarrte, als sei er ein Fremder. Er wusste, dass er dringend etwas unternehmen musste, wenn er sich nicht ohne Arbeit und ohne ein Dach über dem Kopf wieder finden wollte. Während der vergangenen Jahre hatte er auf der Farm immer mehr Einfluss gewonnen, doch seit Taras Ankunft war Victorias Selbstvertrauen gewachsen und inzwischen fast wieder so stark wie früher. »Der Gewinn reicht, um die Schulden zu decken, und ich werde alles in den nächsten Tagen zurückzahlen. All diese Monate über habe ich heimlich schwer gearbeitet, damit du nicht merktest, wie nah am Abgrund wir im letzten Jahr gestanden haben. Diese Dürre war furchtbar, und ohne das zusätzliche Geld hätten wir sie nicht überstanden. Ich weiß besser als jeder andere, wie viel Tambora dir bedeutet, Victoria, und ich schwöre dir, ich hatte nur dein Bestes im Sinn.«

Tara und Ethan wechselten einen fassungslosen Blick: Irgendwie hatte Tadd es fertig gebracht, eher wie ein Held als wie ein Schurke dazustehen.

»Bist du sicher, dass der Gewinn aus den Opalen die Schulden deckt?«, fragte Victoria.

»Ja. Ich habe mich erkundigt, was Opale im Moment Wert sind, und es wird genügen, um alles zurückzuzahlen, was ich geborgt habe. Ich hoffe, du kannst mir verzeihen, dass ich dich getäuscht habe – ich wollte nur nicht, dass du dir Sorgen machst.«

Victoria seufzte erleichtert auf. »Ich bin zwar nicht gerade glücklich darüber, dass du es nicht mit mir besprochen hast, aber wie es scheint, ist ja kein wirklicher Schaden entstanden.«

»Kein Schaden entstanden? Tante Victoria, er hat auf den Bankdokumenten deine Unterschrift gefälscht«, meinte Tara. »Das ist illegal!«

Victoria schüttelte den Kopf. »Hier draußen kann ein Mann an der Dürre verzweifeln, Tara. Solange wir Tambora behalten und Wolle exportieren können, bin ich sicher, dass wir es schaffen. Von jetzt an kümmere ich mich persönlich um die Bücher.«

Tara erwog, ihrer Tante auch zu erzählen, dass Tadd sie und die Kinder bedroht hatte, doch sie schwieg, weil sie sie nicht noch mehr aufregen wollte. Sie hätte Victoria auch erzählen können, warum sie wirklich in den Busch gegangen war, wusste aber, dass es keinen Sinn gehabt hätte. In den Augen ihrer Tante war Tadd ein loyaler und vertrauenswürdiger Freund und Angestellter. Ob Victoria immer noch so denken würde, wenn sie wüsste, dass er den Brief von William Crombie gestohlen hat, überlegte Tara.

»Ich gehe mit Ihnen zur Bank, Tadd«, erklärte Ethan.

»Ich bin sicher, das wird nicht nötig sein, Ethan«, meinte Victoria.

»Es ist schon in Ordnung« erwiderte Tadd. »Ich habe nichts dagegen, wenn jemand mitkommt – nicht einmal, wenn es Ethan ist.« Dann wandte er sich wieder Victoria zu. »Ich bin ziemlich müde – wenn du nichts dagegen hast, ziehe ich mich jetzt zurück.«

»Tu das ruhig, Tadd – gute Nacht.«

»Es ist gut, dich wieder hier zu haben, Mädchen – und ich bin froh, dass wir über alles gesprochen haben.« Tadd stand auf und verließ nach einem triumphierenden Blick in Taras Richtung den Raum.

Tara hörte ihre Tante sagen: »Armer Tadd!«, und schüttelte ungläubig den Kopf. Sie hatte gehofft, Victoria werde ihn entlassen, doch offensichtlich konnte er in ihren Augen nichts Unrechtes tun.

»Deine Mutter sah so niedergeschlagen aus, Tara – ich finde, wir sollten eine Party geben, um die Geburt von Ferris' und Charitys Baby zu feiern. Das würde Elsa sicher aufmuntern, und außerdem trinkt jeder gern auf ein freudiges Ereignis – leider werden hier nicht allzu viele Babys geboren!«

Tara wusste nicht, was sie sagen sollte. Sie hatte mit Tadds Entlassung und einem eher unerfreulichen Abend gerechnet, und nun würden sie stattdessen eine Party feiern – es war einfach zu viel für sie.

Elsa kam herein und hörte Victorias letzte Worte. »Sagtest du, wir geben eine Party?« Der Gedanke an eine Gesellschaft in einem solch großartigen Haus gefiel ihr.

»Ja. Ich finde, es ist Zeit, dass wir hier draußen ein bisschen Spaß haben. Sorgen haben wir uns für den Rest unseres Lebens genug gemacht. Außerdem würde eine Party Sorrel Gelegenheit geben, die Outback-Nachbarschaft kennen zu lernen.«

Elsas Miene hellte sich schlagartig auf. »Oh, wie wundervoll, Victoria.«

»Ich setze mich gleich morgen früh ans Funkgerät und lade die Leute ein«, meinte Victoria.

»Es ist übrigens noch ein Baby auf dem Weg«, sagte Tara, die fand, dieser Zeitpunkt sei so gut wie jeder andere, um Victoria die Neuigkeit mitzuteilen. Victoria sah sie erstaunt an. »Oh! Und wer erwartet es?«

»Nerida«, erklärte Tara.«

»Deshalb hat sie sich auch nicht gut gefühlt«, ergänzte Elsa.

»Himmel – da fährt man für ein paar Tage weg und dann ... Wer ist denn der Vater?«

»Das wissen wir nicht, und sie will es nicht sagen. Sie hat furchtbare Angst, dass du sie fortschickst; deshalb versteckt sie sich auch.«

»Ja, ich habe mich schon gefragt, wo sie ist. Was für ein Unsinn! Nerida gehört zur Familie, und ich liebe sie sehr. Ich würde sie nie fortschicken.«

»Ich glaube, sie wird sehr erleichtert sein, wenn sie das hört!«, sagte Tara lächelnd.

»Gott sei Dank habe ich jetzt eine Brille«, meinte Victoria. »Vielleicht sehe ich jetzt, was genau unter meinen Augen vor sich geht!«

Wie sie es sich vorgenommen hatte, saß Victoria am folgenden Morgen schon früh am Funkgerät. Gegen Mittag hatte sich die Nachricht wie ein Buschfeuer verbreitet: Victoria gab eine ihrer berühmten Partys auf Tambora, und alle wollten kommen, denn die Siedler sprachen noch immer gern von den prunkvollen Gesellschaften vergangener Zeiten.

Spät an diesem Abend riefen Victoria und Tara auch Lottie und die Mädchen an, um sie ebenfalls einzuladen. Es war ehrlich gemeint, und Lottie schien sehr gerührt, doch es überraschte weder Tara noch Victoria, als sie absagte.

»Habt vielen Dank für die Einladung«, sagte Lottie, und sie hörten die Rührung in ihrer Stimme. »Ihr wisst gar nicht, was das für mich bedeutet.«

»Danke für alles, was du schon für uns getan hast«, gab Tara zurück. »Du bist uns eine sehr gute Freundin, und wir werden immer in deiner Schuld stehen.«

Lottie hatte kaum ›Ende‹ gesagt, das schluchzte sie schon auf.

Am nächsten Morgen kam mit dem Zug aus Adelaide ein Paket an, das an Victoria adressiert war. Tadd befand sich gerade in Wombat Creek, um Einkäufe zu machen. Vorher war er mit

Ethan bei der Bank in Leigh Creek gewesen, und jetzt war er in sehr düsterer Stimmung. Es hatte ihn all seine Opale gekostet, die Schulden samt Zinsen zurückzuzahlen, und er hatte einige sehr schöne Stücke dabeigehabt. Seine ganze Arbeit war umsonst gewesen – so sah er es wenigstens. Aber wenn er geleugnet hätte, die Opale zu besitzen, hätte Ethan sie gefunden und sie Victoria ausgehändigt, denn nach dem Gesetz gehörten sie ihr. Wenn nur Jack nicht in den Minenschacht gefallen wäre, dann wäre dieser nie entdeckt worden! Er verfluchte den Tag, an dem Tara und die Kinder nach Tambora gekommen waren.

Tadds ursprünglicher Plan war gewesen, Victoria mithilfe der Opale die Farm abzukaufen, sobald sie völlig heruntergewirtschaftet war. Dann hatte Victoria ihm eines Tages mitgeteilt, sie habe ihn in ihrem Testament als Erben der Farm eingesetzt, sodass es nur eine Frage der Zeit gewesen wäre ... und in der Zwischenzeit konnte er Tambora wie sein Eigentum behandeln. Doch irgendwann war Tara aufgetaucht, und durch Zufall hatte er bei der Suche nach Victorias Rücklagen ihren letzten Willen gefunden und festgestellt, dass sie ihre Verfügung geändert hatte: Nun würde Tara die Farm erben.

»Vielleicht sollte ich Victoria heiraten«, überlegte Tadd nicht zum ersten Mal. Dann würde Tambora mir gehören, und Tara könnte nichts dagegen tun. Er hatte Victoria nach Toms Tod einen Antrag gemacht, doch sie hatte gesagt, es sei noch zu früh, an eine Heirat mit jemand anderem zu denken. Doch jetzt würde sie vielleicht ernsthaft darüber nachdenken!

»Jemand aus Irland hat Victoria ein Gemälde geschickt«, erzählte Percy, als Tadd in den Laden kam. Tadd brummte nur ungnädig vor sich hin.

»Ich weiß, dass es sich um ein Gemälde handelt, weil das Packpapier an einer Ecke eingerissen ist.«

Tadd hörte nicht hin. Er war damit beschäftigt, Vorräte aus den nicht eben gut bestückten Regalen zu nehmen.

»Ob es wohl wertvoll ist? Es kommt von einer Galerie.« Als Percy das Paket hochheben wollte, blieb die schon aufgerissene Stelle des Packpapiers an der Ecke des Tresens hängen, und riss noch weiter auf. »Oh, verdammt!«, entfuhr es Percy und er drehte das Gemälde um. »Schau nur, was ich jetzt wieder angestellt habe.«

Dann starrte er ungläubig auf das Gesicht, das ihm aus dem Bild entgegenblickte. »Das kann doch nicht ...«, stammelte er. »Mein Gott, das ist doch ... Tara!«

Tadd wandte sich von dem Regal ab und kam zum Tresen herüber. »Wo ist Tara?«, fragte er und stellte die Konservenbüchsen ab. Dann riss er auch den Rest des Packpapiers von dem Bild herunter, sah sich das Porträt an, und seine Miene hellte sich schlagartig auf. »Wie wäre es mit einem Drink in der Bar, Percy? Ich lade dich ein!«

Als Tadd mit dem Bild auf der Farm ankam, hatte sein Gang etwas Federndes. Er fand Victoria im Wohnzimmer, wo sie sich mit Tara unterhielt, und konnte vor Aufregung kaum an sich halten.

»Ich habe mit den Scherern gesprochen, und sie haben versprochen, morgen in aller Frühe hier zu sein«, sagte Victoria gerade zu ihrer Nichte. »Damit dürfte alles klappen – zu fünft brauchen sie für tausend Schafe höchstens zwei Tage, und wenn Wally Sherbourne kommt, sogar noch weniger. Also werden wir keine Schwierigkeiten haben, den Termin einzuhalten.« Victoria blickte auf und sah Tadd an der Tür stehen.

»Oh, Tadd – du bist schon zurück. Hast du die zusätzlichen Vorräte bekommen, die ich bestellt hatte?« Mithilfe der Brille hatte sie keine Schwierigkeiten zu erkennen, dass Tadd betrunken war. Seine Augen glänzten, und auf seinen Lippen lag ein leichtes Lächeln. Sie glaubte, er habe wahrscheinlich die Rückzahlung der Schulden gefeiert.

»Ja, aber du wirst sie nicht mehr brauchen«, sagte er jetzt.

»Was in aller Welt willst du damit sagen?«

»N...niemand kommt zu eurer Party!«

Wenn Tara sich nicht irrte, klang keinerlei Sympathie oder Mitgefühl für Victoria aus seinen Worten. Sie fragte sich, was er jetzt wieder vorhaben mochte.

»Wovon sprichst du, Tadd? Alle, die ich angerufen habe, haben die Einladung mit Freuden angenommen.«

»Dann haben sie eben ihre Meinung geändert!«

»Und warum sollten sie das tun?«

»Wegen der Zigeunerin!« Tadd starrte Tara höhnisch an, aus deren Zügen alle Farbe gewichen war.

»Das hier«, er griff nach dem Bild, das er vor der Tür abgestellt hatte, »kam heute mit der Post aus Adelaide.« Er drehte das Porträt um und hielt es hoch. »Percy lässt ausrichten, es tut ihm Leid, dass das Papier am Ladentresen hängen geblieben ist.«

Es war das Bild, das Tara an die Harcourt Gallery verkauft hatte, bevor sie Irland verlassen hatte. Sie war immer der Meinung gewesen, dass es eins von Garvies besten gewesen war, aber in diesem Augenblick hätte sie alles dafür gegeben, es nicht sehen zu müssen. Auf dem Bild tanzte sie um ein Lagerfeuer, den Rücken gebogen und den Kopf stolz nach hinten geworfen. Ihre gerafften Röcke entblößten ihre wohlgeformten Beine. Der Feuerschein umschmeichelte ihre vollen Brüste und verlieh ihrer goldenen Haut einen seidigen Schimmer. Ihr Mund war leicht geöffnet, ihre vollen Lippen ein wenig feucht, und ihre smaragdgrünen Augen halb geschlossen. Das Licht des Feuers ließ ihre roten Haare wie poliertes Kupfer aufleuchten, und sie wirkte ungeheuer verführerisch – eine wahre Zigeunerschönheit ...

Tadd hielt das Bild noch immer hoch, als Riordan hereinkam.

»Woher haben Sie das?«, fragte er den Verwalter.

»Es ist heute mit dem Zug angekommen.«

Riordan sah den entsetzten Ausdruck in Taras Augen, bevor sie ihr Gesicht in den Händen barg. »Kelvin muss es hergeschickt haben«, stellte er fest. »Ich hatte ihn gebeten, es Victoria zurückzusenden.«

»Oh Tante Victoria«, stieß Tara verzweifelt hervor, »es tut mir so Leid!« Dann verließ sie schluchzend den Raum.

»Percy hat das Bild gesehen, bevor ich etwas unternehmen konnte, Victoria«, erklärte Tadd. »Und ich konnte ihn leider nicht davon abhalten, es im Hotel allen zu erzählen. Du weißt ja, wie redselig er wird, wenn er ein paar Drinks gehabt hat ... Die Männer waren so schockiert! Ich habe noch versucht, Tara zu verteidigen, aber du weißt ja, wie die Leute sind ...«

»Ja«, erwiderte Victoria, »ich weiß, wie die Leute sind.«

Ein anderes Porträt von Tara hatte lange im Esszimmer an der Wand gehangen, bevor sie es Riordan geschickt hatte. Die Männer hatten Taras Schönheit bewundert, doch Victoria war klar gewesen, dass die Frauen hinter ihrem Rücken getuschelt hatten, weil sie mit einer Zigeunerin verwandt war. Glücklicherweise hatte niemand außer Ethan Tara bei ihrer Ankunft im Outback als die Frau auf dem Bild erkannt, doch jetzt würde jeder erfahren, dass sie bei den Zigeunern gelebt hatte.

Victoria selbst störte das Gerede nicht, und Tara behauptete, dass sie es gewöhnt war, von Menschen verteufelt zu werden, die auf sie herabsahen – doch Victoria befürchtete, dass es Elsa furchtbar treffen würde.

31

Nugget war vor Tagesanbruch auf den Beinen, um den Schafen Futter und Wasser zu geben. Er war gerade dabei, Wasser aus dem Brunnen hochzupumpen, als er die Scherer ankommen hörte. Sie waren eine laute Truppe, besonders Wally Sherbourne, der beste unter ihnen, ein großer Mann Ende dreißig, der an Schultern und Rücken stark behaart, auf dem Kopf jedoch fast kahl war. Er konnte an einem Tag einhundertfünfzig Schafe scheren, und das bei Temperaturen von manchmal über fünfzig Grad. Dann lief ihm der Schweiß vom Körper wie Wasser aus einem undichten Eimer.

Nachdem er die Tröge für die durstigen Schafe gefüllt hatte, ging Nugget zu den Hütten hinüber, um die Männer zu begrüßen. Normalerweise backte er für sie morgens Brot und kochte Tee, doch Tadd hatte ihm gesagt, die Männer würden nicht vor neun Uhr eintreffen. Das war ihm allerdings seltsam erschienen, denn sonst fingen sie immer im ersten Tageslicht an. Doch Tadd hatte ihm keinen Grund dafür genannt, warum das an diesem Tag anders sein sollte. Bevor Nugget die offene Tür einer der Hütten erreicht hatte, hörte er Tadds Stimme und blieb stehen.

»Ich bin überrascht, euch hier zu sehen«, erklärte Tadd in seltsam scherzhaftem Ton, der Nugget verwirrte. Schließlich hatten sie die Scherer heute erwartet.

»Victoria sagte, es sei dringend«, erwiderte Wally, der mit der Geschicklichkeit eines Experten die Schneiden seiner Schere schliff.

»Wo bleibt Nugget mit unserem Tee und dem Damper?«, fragte Wonky Warburton. Er war ein eher schmächtiger Mann, aber zäher, als man vermutet hätte. Er hatte ein Auge verloren, als ihm in einem Wirbelsturm ein Stück Baumrinde ins Gesicht geflogen war, und trug eine Augenklappe, doch er war noch immer einer der besten Scherer in ganz Südaustralien.

»Um ehrlich zu sein, ich habe ihm gesagt, er soll heute Morgen gar nicht erst kommen, weil ich ganz sicher war, dass ihr nicht auftauchen würdet.«

»Aber warum?«, wollte Wonky wissen.

»Anscheinend habt ihr noch nicht gehört, was in der Stadt erzählt wird«, erwiderte Tadd. »Vielleicht ist es auch besser so.«

»Was wird denn erzählt?«, fragte Wonky, und vier der anderen Männer unterbrachen das, was sie gerade taten, um zuzuhören. Nur Wally arbeitete ungerührt weiter.

»Also – wahrscheinlich sollte ich es euch gar nicht sagen, aber ich finde, ihr habt genauso ein Recht darauf, es zu wissen, wie alle anderen auch. Victorias Nichte lebt hier auf der Farm, und in der Stadt ist gerade bekannt geworden, dass sie in Irland bei den Zigeunern gelebt hat.«

»Percy hat gestern Abend so etwas erwähnt – aber was ist schon dabei, sage ich?«, meinte Wonky. »Ich war mal mit einem Mädchen zusammen, dessen Großmutter eine Zigeunerin gewesen sein soll. Verdammt hübsch war sie, und eine gute Köchin dazu – aber sie hat mich verlassen. Sie sagte, ich wär' dumm wie Stroh, wenn ich ein paar Drinks gehabt hätte, und mir fiel nichts dazu ein.«

»Nicht jeder ist so tolerant wie du, Wonky«, fuhr Tadd fort. »Ich habe auch keine Vorurteile, aber anscheinend hat Tara gegen Bezahlung für die Männer getanzt ... Jedenfalls will niemand mehr etwas mit ihr zu tun haben, und auch nicht mit ihren Verwandten, Victoria eingeschlossen. Und wenn sie sich schon gegen Victoria wenden, dann schneiden sie jeden, der mit dieser Frau zu tun hat. Ich würde sagen, ihr riskiert, zukünftige Anstellungen zu verlieren, nur in dem ihr hier nach Tambora kommt!«

Nugget war zutiefst erschrocken. Tara hatte ihm von dem Zigeunerbild erzählt, als er sie wegen ihrer düsteren Stimmung angesprochen hatte. Obwohl er kein Problem darin sah, dass sie bei den Zigeunern gelebt hatte, und ihr das auch gesagt hatte, wusste er selbst nur zu gut, wie überheblich die Weißen sein konnten. Was er nicht verstand war, warum Tadd den Scherern davon erzählte.

»Ich denke nicht, dass wir damit Probleme haben werden«, sagte Wally und ging wieder an die Arbeit. Er war als Scherer durch das ganze Land gezogen, von der Känguru-Insel im Norden bis zum Hochland von New South Wales, und er hatte dabei fast alles erlebt, was man erleben konnte. Ihn überraschte nichts, und er hatte es sich zur Gewohnheit gemacht, sich niemals in die inneren Angelegenheiten oder Probleme der Farmen einzumischen. Er scherte einfach nur die Schafe und verschwand dann wieder. Natürlich hatte er die Männer im Wombat-Creek-Hotel reden hören, doch er hatte einfach abgeschaltet und war zu einem Spielchen ›Two-Up‹ mit Ferris nach draußen gegangen. In der kommenden Woche zog er weiter nach Süden, in die ›Flinders-Ranges‹, und bis dahin hatte er kein Interesse an irgendwelchen Schwierigkeiten.

»Victoria wollte dieses Wochenende eine Party geben«, fuhr Tadd fort. »Und alle Welt hatte schon zugesagt – bis sie das mit Tara erfahren haben. Jetzt kommt niemand mehr. Aber ihr müsst selbst entscheiden, ob ihr das Risiko eingehen wollt, woanders nicht mehr angestellt zu werden. Ich weiß, dass einige von euch Familien zu ernähren haben und dass gute Jobs im Moment rar sind. Ich wollte euch nur darüber informieren, was vor sich geht.« Tadd sah, dass die Männer immer noch nicht überzeugt waren. Vermutlich war es am besten, sie zuerst einmal in Ruhe über seine Worte nachdenken zu lassen. Er wandte sich schon zum Gehen, als ihm eine Idee durch den Kopf schoss. »Wolltet ihr nicht zu Bill MacDonalds, nachdem ihr hier fertig seid?«

»Ja, genau. Er verkauft seine Wolle wie die meisten Farmbesitzer hier draußen an die Landwirtschaftskammer. Sie bezahlen zwar nicht so gut, sind aber sichere Abnehmer, und die Farmer müssen ihre Verluste wieder wettmachen.«

»Also, keine Angst, ich sage Bill nichts davon, dass ihr hier wart. Ihr wisst ja, wie er ist – er kann die Abos nicht ausstehen. Wahrscheinlich wäre er nicht sehr erfreut, jemanden in der Nachbarschaft zu haben, der sich mit Zigeunern abgibt, vor allem, wo er aus Wimbledon kommt, dieser vornehmen Gegend in England, wo sie solche Herumtreiber gar nicht mögen.«

»Das hier ist für uns die erste Arbeit seit Wochen, Tadd. Wir können es uns nicht leisten, sie abzulehnen. Les hat ein Mädchen geschwängert, dessen Vater mit einer Schrotflinte hinter ihm her ist, und Jocks Frau trägt auch wieder ein Kind.«

Tadd wurde es langsam müde, aber er war verzweifelt genug, als letzten Trumpf einen Bluff einzusetzen. »Ich verstehe, Wally. Ihr wisst ja wahrscheinlich, dass Victoria diese Wolle nach Indien exportiert – ihr werdet also eine ganze Weile auf euer Geld warten müssen.«

»Davon hat sie uns nichts gesagt. Wir haben bei ihr noch nie gewartet.«

»Tja, es tut mir Leid, aber die Dinge haben sich eben geändert. Sie hat das Haus voller Gäste – Tara und die Kinder sind da, ihre Schwägerin, ein Galeriebesitzer aus Irland und nun auch noch eine Besucherin aus Alice.«

Einer der Männer stand auf. »Ich riskiere keinen sicher bezahlten Job auf MacDonalds Farm, wenn ich hier vielleicht monatelang auf mein Geld warten muss!«, sagte er. »Ich habe fünf Kinder zu ernähren, und uns drücken alle die Schulden.«

Unter den anderen Männern erhob sich zustimmendes Gemurmel. Ihre Schulden bestanden zum großen Teil aus Rückständen in Hotels, einschließlich des Wombat-Creek-Hotels, wo sie am vergangenen Abend einiges hatten anschreiben lassen. Außerdem schuldete Wally Ferris ein paar Pfund aus den ›Two-Up‹-Spielen, die dieser gewonnen hatte.

»Es tut mir Leid, Tadd, aber uns bleibt wirklich nichts anderes übrig, als zu gehen«, erklärte Wally.

Nugget hörte, wie die Männer ihre Sachen zusammensuchten. Er hätte sie gern aufgehalten, aber er konnte nichts tun. Weil er wusste, wie enttäuscht die Missus sein würde, schüttelte er resigniert den Kopf.

»Ich verstehe, Wally«, meinte Tadd. »Ihr müsst tun, was ihr für richtig haltet!«

Nugget wandte sich um und stapfte entsetzt davon, und die Missus tat ihm sehr Leid.

Als Tadd aus der Hütte trat, lag ein schadenfrohes Grinsen auf seinen Zügen. Er sah Nugget gerade noch um die Ecke des Gebäudes verschwinden, folgte ihm und rief ärgerlich: »Hey, warte, Bursche!«

Nugget blieb stehen und drehte sich um. An seinem eigenartigen Blick sah Tadd, dass der Aborigine seine Unterhaltung mit den Scherern belauscht hatte.

»Was hast du hier zu suchen?«, stieß Tadd böse hervor. »Ich hab dir doch gesagt, dass die Scherer kein Frühstück brauchen.«

»Habe den Schafen Wasser gegeben, Boss.«

»Die Schafe sind dort hinten in den Umzäunungen. Was du getan hast, nennt man Spionieren!«

»Nein, Boss. Aber Sie machen Probleme für Missus?«

»Das geht dich verdammt noch mal nichts an!«

Nugget senkte den Kopf und starrte vor sich in den Staub. »Missus rechnet mit der Wolle, Boss. Was Sie tun, nicht gut.« Victoria selbst hatte ihnen am Tag zuvor beim Zusammentreiben und Aussondern der Tiere geholfen, daher wusste er, wie wichtig es ihr sein musste, dass die Wolle pünktlich verschifft wurde.

Tadd wurde rot vor Zorn. »Du reißt den Mund aber verdammt weit auf, Bursche! Ich schlage vor, du suchst dir dort Arbeit, wo sie ein schwarzes Großmaul brauchen können.«

Nugget hatte schon seit einiger Zeit damit gerechnet, dass Tadd ihn entlassen würde. Doch auch wenn er es nicht getan hätte, konnte er nicht auf der Farm bleiben, ohne der Missus zu erzählen, was vor sich ging, denn sie war immer gut zu ihm gewesen. Deshalb nickte er nur stumm.

»Ein Wort zu Victoria, und ich erschieße dich!«, sagte Tadd, als habe er Nuggets Gedanken gelesen. »Und jetzt mach, dass du von Tambora fortkommst!«

Nugget starrte ihn auf eine Weise an, die ihn sehr nervös machte. Aber er hätte sich lieber selbst den Arm abgehackt, als es zu zeigen. Er hatte die Aborigines immer unberechenbar gefunden und wusste, dass er sich von jetzt an in Acht nehmen musste.

Ohne ein weiteres Wort wandte sich Nugget um und ging davon.

Victoria hatte seit sechs Uhr morgens auf der Terrasse gesessen und auf die Scherer gewartet, und nun war es fast Mittag.

»Ich verstehe das nicht«, sagte sie zu Tara, als diese ihr etwas zu Trinken herausbrachte. »Ich habe über Funk in der Stadt angerufen, und Ferris sagte mir, dass sie lange vor Sonnenaufgang losgezogen sind. Sie hätten schon vor Stunden hier sein müssen! Würdest du Nerida bitten, Nugget zu mir zu bringen? Er könnte etwas wissen!«

»Ich hole ihn selbst, Tante Victoria. Nerida hat sich hingelegt – ihr ist heute Morgen furchtbar übel.«

»Gut, Liebes. Dann bringe ich Nerida etwas Magensalz gegen ihre Übelkeit. Es macht mich verrückt, hier zu sitzen und zu warten!«

Als Tara zurückkam, war sie sehr blass. »Tante Victoria, du wirst es nicht glauben«, rief sie. »Tadd hat Nugget entlassen!«

»Er hat was getan?«

»Es ist wahr. Anscheinend ist Nugget schon in den Busch gegangen – Charlie und Bluey haben es mir gerade erzählt. Sie sind sehr wütend, und ich glaube nicht, dass sie noch gern unter Tadd arbeiten.«

»Wo ist Tadd?«, stieß Victoria zornig hervor. Sie verstand Tadd schon seit einiger Zeit überhaupt nicht mehr, aber jetzt war er zu weit gegangen!

»Ich weiß nicht – wahrscheinlich ihn seinem Cottage«, erwiderte Tara. Sie hatte Tadd schon seit Tagen nicht mehr gesehen und war dankbar dafür.

Victoria traf Tadd an der Eingangstür des Verwalterhäuschens. Er kam gerade heraus und schlug die Tür hinter sich zu.

Victoria kam ohne Umschweife zum Thema. »Tadd, ist es wirklich wahr, dass du Nugget entlassen hast?«

»Ja.«

»Was hast du dir nur dabei gedacht? Er ist seit Jahren bei uns! Ich wünschte, du würdest mich zurate ziehen, bevor du so impulsive Entscheidungen triffst.«

Tadd bemühte sich, ruhig zu bleiben. »Victoria, du hast mich vor langer Zeit zum Verwalter gemacht und mir gesagt, die Einstellung und Entlassung von Personal sei meine Angelegenheit. Ich habe Nugget in meinem Cottage beim Stehlen ertappt – was hätte ich deiner Meinung nach tun sollen? Es auch noch gutheißen?«

Victoria holte tief Atem. »Nugget ist so loyal wie sonst kaum einer. Er würde uns nie bestehlen. Ich bin sicher, dass du dich geirrt haben musst.«

»Ich denke, ich merke schon, wenn jemand mich bestiehlt. Er hatte keinen Grund, in mein Cottage zu gehen – absolut keinen.«

»Hast du ihn gefragt, was er dort wollte?«

»Er hielt eine Flasche Wein in der Hand, die Ferris mir geschenkt hatte, und etwas Kleingeld, also würde ich sagen, die Tatsachen sprachen für sich selbst.«

»Gibt es irgendwelche Zeugen?«

»Wenn du damit die anderen Männer meinst, sie werden natürlich Nugget unterstützen, das weißt du. Wahrscheinlich wollte er den Wein mit ihnen teilen.« Tadd überlegte einen Moment, ob er sagen sollte, dass sein Wort ihr eigentlich genügen müsse, doch er wollte es nicht zu weit treiben.

Victoria war fest davon überzeugt, dass Nugget niemals etwas gestohlen hätte. Außerdem war ihr inzwischen bewusst geworden, dass Tadd in letzter Zeit nicht mehr verlässlich war. Mit fest aufeinander gepressten Lippen, um nichts zu sagen, was sie hinterher bedauern würde, wandte sie sich um und ging zum Haus zurück.

»Stimmt es wirklich, Tante Victoria? Hat er Nugget entlassen?«, fragte Tara, als sie hereinkam.

»Ja«, stieß Victoria ärgerlich hervor.

»Und weswegen, um Himmels willen?«

»Er behauptet, Nugget in seinem Cottage beim Stehlen erwischt zu haben. Aber ich glaube auch nicht eine Minute daran, egal was Tadd sagt.«

»Dann stell Nugget wieder ein – schließlich hast du hier das letzte Wort.«

»Das tue ich auch, Tara – später.« Victoria wusste, dass Nugget nicht weit fortgehen würde, dazu war Tambora zu lange seine Heimat gewesen. Nach den Begriffen der Aborigines war er auch nicht weit von hier geboren – im Herzen der Simpson-Wüste. Er hatte auf Farmen gearbeitet, seit er die Missionsstation verlassen hatte, also einen großen Teil seiner Jugend und seines Lebens als Erwachsener dort verbracht, und er hatte mehr als einmal erklärt, dass er mit Geist und Herz an Tambora hing.

Besorgt ging Victoria in den Raum hinüber, in dem das Funkgerät stand. Ihre Gedanken überschlugen sich. Zuerst waren die Scherer nicht aufgetaucht, und dann hatte Tadd Nugget entlassen. Irgendetwas ging hier vor, und sie war fest entschlossen herauszufinden, was es war.

Auf der Schwelle des Raumes blieb Victoria abrupt stehen. Elsa saß am Funkgerät, einen kummervollen Ausdruck im Gesicht und die Augen feucht von Tränen. Das Gerät war auf Empfang geschaltet, und sie konnte die Unterhaltung zwischen den Frauen auf den umliegenden Farmen mitverfolgen.

»Oh Elsa, hör doch einfach nicht hin!«, meinte Victoria.

Elsa hob eine Hand, um ihr zu bedeuten, sie solle schweigen.

»Stellt euch bloß vor, Victorias Nichte eine Zigeunerin ...«

»Das ist dreckiges Diebesgesindel. Wir haben sie in England ständig von unserem Land vertrieben ...«

»Ich habe gehört, diese Nichte soll nackt für die Männer getanzt haben – gegen Bezahlung ...«

»Und wer weiß, was sie sonst noch alles für Geld getan hat!«

Die Frauen lachten anzüglich. Sie hatten ihre Männer sagen hören, Tara sei eine Schönheit, und deshalb genossen sie ihre kleinen Bosheiten umso mehr.

Tara sah Victoria in der offenen Tür des Funkraums stehen und fragte sich, was sie dort tat. Sie trat hinter sie und schaute ihr über die Schulter. Erschrocken sah sie ihre Mutter völlig aufgelöst neben dem Funkgerät sitzen. Doch Elsa brach nicht etwa zusammen, wie Victoria befürchtet hatte. Es schien, als sei sie von unbändiger Wut erfüllt, die sich bald in einem furchtbaren Ausbruch Bahn brechen würde.

Tara war entsetzt. Es traf sie nicht, dass die Frauen schlimme Dinge über sie sagten. Aber der Schmerz in den Augen ihrer Mutter tat ihr weh, weil sie wusste, dass sie der Grund dafür war. Elsa schien sich der Anwesenheit ihrer Schwägerin und ihrer Tochter kaum bewusst zu sein. Sie hatte nur Ohren für das bösartige Geschwätz der Frauen. Es rief ihr schmerzhaft in Erinnerung, warum sie ihr Leben lang ihre wahre Identität geheim gehalten hatte. Ihre schlimmsten Befürchtungen waren Wirklichkeit geworden.

Wenn die Frauen über sie gesprochen hätten, wäre Elsa vielleicht einfach weggegangen und hätte so getan, als wäre es nie geschehen. Doch diese Klatschweiber sprachen über ihre Tochter – und das rief all ihre mütterlichen Beschützerinstinkte wach – auch wenn Tara schon eine erwachsene Frau war.

»Wie konnte Victoria nur eine Zigeunerin hier bei sich aufnehmen ... Ich verstehe es nicht ... Gott sei Dank muss Tom das nicht mehr erleben. Er hatte Niveau ...«

Victoria erkannte die Stimmen von Eva und Clara Vine, einem ledigen Schwesternpaar, dessen einziger Lebenssinn in der Verbreitung von Klatschgeschichten bestand. Sie wohnten über hundert Meilen weit entfernt und kamen nur unregelmäßig in die Stadt, verbrachten dafür aber Stunden am Funkgerät und hatten schon mehr als einen guten Ruf auf dem Gewissen.

»Ich verstehe es auch nicht. Kein anständiger Mensch würde so etwas tun ... Aber ich habe gehört, dass Victoria in letzter Zeit etwas seltsam sein soll. Vielleicht färbt ja das Zigeunerhafte auf sie ab ...«

Tara legte ihrer Tante tröstend einen Arm um die Schulter, und Victoria drückte ihre Hand, um ihr zu sagen, dass sie ihr keinerlei Vorwürfe machte.

»Wahrscheinlich wollte uns diese Tara auf der Party unsere Zukunft vorhersagen«, schwatzten die Frauen weiter.

»Das würde ich jetzt nur zu gern tun«, flüsterte Tara, und Victoria zwinkerte ihr zu.

»Aber sicher nur gegen Bezahlung ...«

»Ob sie wohl eine Kristallkugel hat?«

»Und Froschbeine und Spinnen kocht?«

Plötzlich konnte Elsa es nicht länger ertragen. »So, und jetzt hört mir einmal gut zu, ihr elenden Klatschmäuler. In Tara Killains Adern fließt edleres Blut, als ihr es jemals haben werdet.«

»Wer spricht dort?«, fragte Eva hochmütig.

»Elsa Killain; Taras *Mutter*.«

Die meisten der Frauen schwiegen betreten. Doch eine von ihnen, Mildred Gowers, gab bissig zurück: »Wie können Sie es wagen, so mit uns zu reden? Wir sind gute Frauen, aus guten Familien. Mein Mann hat dieses Land erschlossen ...«

»Und mein Mann war ein Gentleman und Mitglied des britischen Landadels. Meine Großmutter väterlicherseits war die Schwester des Grafen von Bradford, aber ich bin genauso stolz auf meine Mutter und deren Mutter, beides Zigeunerinnen feinsten Geblüts, und auf meine Tochter. Für mich sind

Menschen, die klatschen und sich den Mund über andere zerreißen, nicht besser als ein Wurf Mischlingshunde. Meine Tochter ist schön, liebenswert, selbstlos und nobel. Wie viele von Ihnen können das über Ihre Töchter sagen? Wenn ich eine von Ihnen auch nur noch eine böse Bemerkung über meine Tara machen höre, komme ich höchstpersönlich zu Ihnen hinaus und schneide Ihnen die Zunge mit einem stumpfen Messer heraus. Und jetzt sehen Sie zu, dass Sie etwas Sinnvolles tun, putzen Sie Ihre Häuser und kümmern Sie sich um Ihre Männer und Kinder!«

Im Äther herrschte tiefe Stille; dann drehte Elsa das Gerät mit einer fast gewaltsamen Bewegung ab, sodass die Frauen keine Gelegenheit zu einer Antwort hatten, wenn sie die Sprache wieder fanden.

Victoria und Tara sahen sich erstaunt an und klatschten dann beide laut Beifall. Elsa wandte sich überrascht um und tat einen tiefen Atemzug, um sich zu beruhigen.

»Oh Mutter«, sagte Tara bewegt, »du hast es ihnen wirklich gezeigt!« Tara wusste, wie viel Überwindung es ihre Mutter gekostet haben musste zuzugeben, dass sie Zigeunerblut in den Adern hatte. Sie ging neben Elsa in die Knie und umarmte sie. »Ich liebe dich!«

Elsa hatte ihre Tochter wieder, und das genügte, um sie glücklich zu machen.

»Gut gemacht, Elsa«, meinte Victoria. »Die Vine-Schwestern haben es wirklich verdient – aber so viel Mut hätte ich dir gar nicht zugetraut!«

Elsa schüttelte den Kopf und wischte sich die Tränen ab. »Ich mir auch nicht. Ich bin jedenfalls froh, dass diese Frauen nicht zu unserer Party kommen. Ich möchte sie hier nicht haben.«

»Wir brauchen sie doch auch nicht, um eine Party zu feiern, oder?«

»Du hast Recht, Victoria, wir brauchen niemanden. Wir veranstalten eine Party für uns allein und feiern, dass wir ... alle hier beisammen sind. Wir können tun, was wir wollen, sogar nackt Walzer tanzen – wer sollte daran Anstoß nehmen?«

»Oh Himmel«, rief Victoria lachend, »dann hätten sie wirklich etwas zu klatschen!«

»Tara, deine Tante hat mir von deiner Idee erzählt, die Kinder rechtmäßig zu adoptieren. Es tut mir Leid, dass Marcus euch nicht helfen konnte, aber die Sache ist wirklich sehr kompliziert.« Sorrel hatte im Esszimmer gesessen und eine Tasse Tee getrunken, als Tara hereinkam. Sie las eine sieben Tage alte Zeitung aus Adelaide, die Ethan ihnen dagelassen hatte.

»Es ist schon gut, Sorrel. Ich hätte wissen müssen, dass daran nichts zu ändern ist, besonders da ich die Kinder illegal mitgenommen habe. Ich habe schon mit meiner Tante darüber gesprochen, aber meine Möglichkeiten sind begrenzt. Wenn ich Kontakt mir der leiblichen Tante der Kinder in Irland aufnehme, riskiere ich, dass sie die Kinder zu sich nehmen möchte. Aber ich weiß, dass Jack sie hasst, und Maureen hat mir erzählt, sie sei eine furchtbar schlechte Mutter. Und auch wenn Moyna die Kinder nicht möchte, würden die Behörden sie mir fortnehmen und in ein Heim stecken. Also lasse ich erst einmal alles, wie es ist. Ich hoffe nur, dass Jack das verstehen wird – ich habe ihm bisher noch nichts gesagt.«

»Wo sind eigentlich Victoria und Elsa? Ich habe sie heute Morgen noch gar nicht gesehen.«

»Als ich sie zuletzt sah, waren sie oben und kicherten wie Schulmädchen über den Plänen für ein Kostümfest.«

»Oh Himmel, nein!«, stöhnte Sorrel. »Sie werden mich nicht in so ein furchtbares Kostüm zwängen!«

»Ich würde mir darüber keine Gedanken machen, Sorrel – es sind ja keine anderen Gäste da, die uns sehen.«

»Hat Victoria mittlerweile herausgefunden, warum die Scherer nicht gekommen sind?«

Tara seufzte. »Eine Frau aus der Stadt hat uns gestern spät

abends über Funk berichtet, dass sie im Wombat-Creek-Hotel waren. Sie will sich heute Abend noch einmal melden, wenn sie herausfinden kann, warum sie nicht hergekommen sind.«

»Vielleicht haben die Leute in der Stadt sie irgendwie beeinflusst.«

»Das ist möglich – aber der Wirt des Hotels hat Tante Victoria gesagt, dass sie die Stadt verlassen hätten, um nach Tambora zu reiten. Wenn die Leute in der Stadt sie beeinflusst hätten, wären sie doch gar nicht erst aufgebrochen. Ich frage mich, ob Tadd sie fortgeschickt hat – das würde ich ihm durchaus zutrauen.«

»Und warum sollte er das tun?«

»Ich weiß, es klingt weit hergeholt, aber nichts von dem, was er bisher getan hat, war in Tante Victorias Interesse, auch wenn er immer das Gegenteil behauptet.«

Plötzlich wurde die Hintertür so heftig aufgestoßen, dass sie krachend gegen die Wand schlug. Dann hörte Tara Jack schluchzen. Sie eilte in den Flur, wo Jack fast hysterisch auf sie zu lief.

»Was ist passiert, Jack?«

Der Junge konnte kaum sprechen. »Es ist ... Mellie. Ich glaube, sie ist ... tot.«

32

Oh Mellie!«, flüsterte Tara und kämpfte selbst gegen die Tränen an. Sie kniete im Staub neben Mellies reglosem Körper. Die Augen der Hündin waren offen und starr, ebenso wie ihre Schnauze. Ameisen hatten begonnen, auf ihr herumzukriechen, und Buschfliegen schwirrten um sie herum. Tara ahnte instinktiv, dass sie einen schrecklichen Tod gehabt hatte.

»Eine Schlange muss sie gebissen haben«, sagte sie zu Jack.

»Nein!«, rief der Junge so heftig, dass sie erschrak. »Mellie war viel zu schnell für die Schlangen. Tadd hat sie umgebracht.«

Entsetzt über seine Worte fragte sie: »Warum glaubst du das, Jack?«

Jack begann erneut zu schluchzen. »Er hat ... versucht, sie zu sich ... zu rufen, aber sie hat nicht auf ihn ... gehört. Sie wollte lieber bei mir bleiben.«

»Ich verstehe nicht ganz – wann war das?«

»Gestern Abend. Mellie wollte nicht im Zwinger eingesperrt werden, weil sie so gern neben meinem Bett schläft. Tadd hat sie so ... böse angestarrt – ich wusste, dass er ihr etwas Schreckliches antut!« Er barg sein Gesicht in den Händen, und sein ganzer Körper wurde von Schluchzen geschüttelt. Tara brach es fast das Herz, ihn so zu sehen.

»Ich wünschte, ich wäre schon ein Mann!«, stieß Jack verzweifelt hervor. »Dann würde ich Tadd auch etwas Schreckliches tun!«

Tara hob Mellie auf und trug sie zur Terrasse, wo Nerida im Schatten stand. »Können Sie etwas holen, um sie zuzudecken,

Nerida?«, bat sie und legte die Hündin auf ein Korbsofa. Dann strich sie der toten Mellie durch das Fell an Schnauze und Augen, um die Ameisen fortzuwischen.

Jack kniete neben Mellie und streichelte weinend ihr schwarzweißes Fell. Sein verstörter Blick tat Tara im Herzen weh – er hatte in seinem kurzen Leben schon so viel verloren, und Mellie war seine ständige Begleiterin und Freundin gewesen. Die Welpen, die jetzt drei Monate alt waren, begannen, an ihrer Mutter zu schnuppern. Dann ließen sich die beiden Rüden, Rusty und Duke, verwirrt neben dem reglosen Körper nieder, und Shellie legte den Kopf auf ihre Mutter. Die kleine Hündin war Mellie sowohl im Aussehen wie im Wesen sehr ähnlich.

Tara warf einen Blick zu Tadds Cottage hinüber und meinte zu sehen, dass sich der Vorhang am vorderen Fenster leicht bewegte. Es fiel ihr nur sehr schwer, den Zorn, der in ihr aufstieg, zu beherrschen: Wie konnte Tadd so etwas Niederträchtiges tun, nur weil Mellie lieber bei Jack geblieben war?

Entschlossen stand sie auf, ging zum Verwalterhaus hinüber und stieß die Tür auf, ohne anzuklopfen. Tadd stand genau dahinter, ein weiteres Zeichen dafür, dass er sie vom Fenster aus beobachtet hatte.

»Tadd Sweeney«, stieß sie außer sich hervor, »Sie sind die niedrigste Kreatur, die ich jemals kennen gelernt habe. Ich wünschte, ich hätte Sie nie gesehen. Wie konnten Sie einem unschuldigen Hund etwas so Gemeines antun, nur, um einen kleinen Jungen zu verletzen?«

Tadd sah sie scheinbar verständnislos an. »Worüber regen Sie sich so auf, Frau? Ist einem meiner Hunde etwas passiert?«

»Sie wissen verdammt gut, dass Mellie etwas passiert ist, weil Sie es selbst getan haben!«, rief Tara und deutete mit anklagend erhobenem Zeigefinger auf ihn.

»Ich weiß absolut nicht, wovon Sie reden. Was ist mit Mellie?«

»Sie haben sie vergiftet – Sie niederträchtiger Mistkerl ...«

»Sind Sie komplett verrückt geworden? Mellie ist meine beste

Zuchthündin. Wo ist sie jetzt?« Tadd stieß Tara zur Seite und eilte an ihr vorbei auf die Terrasse zu.

»Kommen Sie Jack nicht zu nahe!«, rief Tara und eilte hinter ihm her.

Victoria und Elsa hatten die Schreie gehört und waren auf die Terrasse herausgekommen.

»Was ist mit Mellie?«, fragte Victoria Nerida.

»Das möchte ich auch gern wissen!«, rief Tadd grimmig, während er auf sie zu stürmte und dabei Nerida in Angst und Schrecken versetzte, die sich hinter Victorias Rücken flüchtete.

Als Tadd auf der Terrasse ankam, stand Jack auf. Er war nicht groß für sein Alter, aber er stand so gerade er konnte. »Sie haben Mellie umgebracht!«, schrie er Tadd entgegen.

Tara rannte an dem Verwalter vorbei und zog den Jungen beschützend in ihre Arme.

»Das habe ich natürlich nicht getan«, sagte Tadd und untersuchte die Hündin. »Wenn sie gestern Abend eingesperrt worden wäre, wäre das hier vielleicht gar nicht passiert.«

»Das ist nicht fair, Tadd«, meinte Victoria. »Du weißt genauso gut wie ich, dass eine Schlange ebenso leicht in die Zwinger gelangt wie an jeden anderen Ort.«

»Jedenfalls kann man nichts mehr für sie tun«, meinte Tadd ungerührt und trat zurück. »Ich hole einen der Männer, damit er sie begräbt.« Tara fand, dass er reichlich unbewegt wirkte, wenn man bedachte, dass er soeben seine ›preisgekrönte Zuchthündin‹ verloren hatte. Wenn er so an ihr hing, hätte er sie sicher eigenhändig begraben.

»Nein!«, rief Jack. »Fassen Sie sie nicht an!«

»Wir begraben sie«, erklärte Tara so entschlossen, dass Tadd nichts darauf entgegnen konnte. Nach einem eigenartigen Blick in ihre Richtung wandte er sich um und ging davon.

Im selben Moment verließ Jack seine Tapferkeit, und er ließ seinen Tränen um Mellie wieder freien Lauf.

»Ich bin sicher, dass es ein Schlangenbiss war, Tara«, meinte Victoria leise. »Mellie hat uns einige der besten Hunde im ganzen Outback geboren – Tadd würde sie niemals umbringen.«

Tara sah sie eindringlich an. »Nach allem, was er in der letzten Zeit getan hat, Tante Victoria, wie kannst du noch so fest an ihn glauben?«

Victoria senkte den Kopf und betrachtete Mellie und Jack. Auf diese Frage wusste sie keine Antwort.

»Wohin wollen wir eigentlich?«, fragte Jack, als sie später weit in den Busch hineinritten. Tara hatte die tote Mellie vorn über ihren Sattel gelegt.

»Wir müssen Nugget finden. Charlie meinte, wenn wir in diese Richtung reiten, finden wir sein Lager. Ich bin sicher, dass er uns sagen kann, was mit Mellie geschehen ist.«

Schon kurz darauf sahen sie über einem kleinen Wäldchen aus niedrigen Sträuchern und Akazienbäumen den Rauch eines Feuers aufsteigen. Wie Tara vermutet hatte, lagerte Nugget dort mit Jabba Jurra und Jackie Kantji. Sie waren überrascht, Tara und Jack zu sehen.

»Nugget, ich brauche Ihre Hilfe«, sagte Tara beim Absitzen. Dann begrüßte sie die anderen Männer. Jabba Jurra kochte gerade einen Känguruschwanz in einem Topf auf dem Feuer, und Jackie Kantji saß unter einem Gidgee-Baum, auch Stinkakazie genannt, und schnitzte einen Bumerang mit der gleichen Geschicklichkeit wie ein Sehender.

»Geht es Missus Victoria gut?«, fragte Nugget, und Tara sah, dass er sich wirklich Sorgen machte.

»Ja, Nugget, ihr geht es gut. Aber Jack ist sehr traurig. Er hat heute Morgen Mellie tot vorgefunden.«

Nugget warf Jack einen mitfühlenden Blick zu. »Hat eine Schlange sie gebissen, Missus?«

»Um das herauszufinden, bin ich hier, Nugget. Können Sie den

Unterschied zwischen einem Schlangenbiss und einer Vergiftung erkennen? Charlie und Bluey meinten, Sie könnten es.«

»Vielleicht, Missus. Aber wer vergiftet Mellie?«

»Jack glaubt, Tadd hat es getan.«

Wieder sah Nugget den Jungen an, und Tara hatte das sichere Gefühl, dass er mit Jack übereinstimmte.

Tara und der Junge hoben Mellie behutsam von ihrem Pferd und schlugen die Decke auf, mit der sie zugedeckt war. Im Schatten eines Gidgee-Baumes untersuchte Nugget ihren Körper und sah sich sorgfältig jeden Zentimeter ihrer Haut an, sogar die zwischen den Zehenkrallen.

»Kein Schlangenbiss, Missus.« Nugget roch an Mellies Schnauze. »Kann auch kein Gift riechen, aber vielleicht ist es schon gestern Abend passiert und sie heute Nacht krank.«

»Ich glaube nicht, dass es so war, Nugget – sie hat neben Jacks Bett geschlafen.«

»Wenn sie heute Gift hatte, kann ich es nicht riechen.«

»Sie glauben also nicht, dass sie vergiftet worden ist?«

»Kann nicht sicher sagen, Missus, aber kein Schlangenbiss.«

Tara wusste nicht, was sie denken sollte.

»Sie wollen, dass ich Hund für Sie begrabe? Ein paar schöne Stellen hier in der Nähe.«

Tara sah Jack an. »Ich glaube, Jack möchte sie unter dem Balkon nah bei seinem Zimmer begraben. Nugget und ich werde einen der anderen Männer bitten, uns zu helfen. Aber trotzdem vielen Dank!«

Nugget nickte. »Hat Tadd gesagt, warum er ... mich entlassen?«

»Er hat meiner Tante irgendetwas gesagt, aber sie hat es nicht geglaubt, und ich tue es auch nicht.«

Nugget blickte zu Boden, und Tara nahm an, dass er ihr den eigentlichen Grund nicht sagen konnte. Sie war sicher, dass Tadd auch ihn bedroht hatte.

»Ich muss jetzt gehen, Nugget – aber ich wollte dir noch sagen, dass meine Tante vollstes Vertrauen zu Ihnen hat. Sie muss noch ein paar Dinge regeln, und dann möchte sie, dass Sie zurückkommen und wieder für sie arbeiten. Im Moment versucht sie gerade herauszufinden, warum die Scherer nicht gekommen sind. Wenn sie die Antwort gefunden hat, wird sich einiges ändern – bitte haben Sie bis dahin Geduld.«

Nugget sah sie niedergeschlagen an. »Ich kann nicht für Tadd arbeiten, Missus«, sagte er. »Sie vorsichtig sein und aufpassen auf Missus Victoria.«

Tara nickte stumm.

Gleich nach ihrer Rückkehr zur Farm ließ Tara Charlie unter dem Balkon vor Jacks Fenster ein Grab für Mellie schaufeln. Karl zimmerte ein Kreuz und schrieb Mellies Namen darauf, wofür Jack ihm sehr dankbar war.

Als sie zusammen vor dem kleinen Grab standen, sagte Tara leise: »Sie wird immer bei dir sein, Jack.« Shellie schnupperte an dem kleinen Erdhügel, der ihre Mutter bedeckte, und legte sich dann daneben in den Staub.

»Ich glaube, Mellie wird in Shellie weiterleben, findest du nicht?«, fragte Tara. »Sie ist ihr so ähnlich!«

Jack streckte die Hand aus, um Shellie zu streicheln, aber er wandte den Blick nicht von dem Kreuz, auf dem Mellies Name stand. »Ich habe gehört, wie Tadd Tante Victoria erzählte, dass Shellie an eine Farm in New South Wales verkauft werden soll.«

Tara hörte die Verzweiflung in seiner Stimme, und es brach ihr fast das Herz.

Als sie ins Haus ging, kam Victoria ihr entgegengeeilt. »Tara, wo in aller Welt seid ihr gewesen? Wir haben uns solche Sorgen um euch gemacht!«

»Jack und ich waren bei Nugget, Tante Victoria. Wir haben ... Mellie mitgenommen.«

Victoria starrte sie verständnislos an. »Aber wozu denn das?«

»Ich wollte, dass Nugget sie untersucht, um zu sehen, ob er weiß, woran sie gestorben ist – an einer Vergiftung oder einem Schlangenbiss. Er hat sie sich sehr genau angesehen, aber keinen Schlangenbiss gefunden.«

»Und – willst du mir etwa beibringen, dass sie vergiftet worden ist?«

»Nugget war nicht ganz sicher.«

Victoria sah sie traurig an. »Wahrscheinlich werden wir es nie erfahren, Tara. Ich weiß, dass Tadd sich in letzter Zeit sehr seltsam verhalten hat, aber ich kann einfach nicht glauben, dass er Mellie etwas so Schreckliches antun würde.«

Tara wusste nicht, was sie denken sollte, doch es war klar, dass ihre Tante Tadds doppeltes Spiel noch immer nicht durchschaute. »Wir haben sie gerade begraben. Jack ist mit Shellie nach oben gegangen.«

Victoria wirkte zutiefst bekümmert. Es war schlimm genug, dass sie Mellie verloren hatten, die für sie wie ein Familienmitglied gewesen war – doch noch schlimmer war es, Jack so traurig zu sehen ...

»Tante Victoria, darf ich dich bitten, Tadd davon abzuhalten, Shellie zu verkaufen? Ich weiß, dass wir das Geld brauchen, aber sie ist Mellie sehr ähnlich und sie scheint auch sehr an Jack zu hängen.«

»Wenn es Jack glücklich macht, Tara, dann bleibt sie hier. Tadd kann nichts dagegen sagen, weil wir Mellie ersetzen müssen.«

Tara atmete erleichtert auf. Sie war nicht sicher gewesen, ob ihre Tante sie unterstützen würde.

Sie gingen zusammen ins Wohnzimmer und setzten sich. Plötzlich sagte Victoria: »Ich habe eine ziemlich überraschende Neuigkeit. Lottie hat sich während eurer Abwesenheit gemeldet und gesagt, die Scherer seien in der Stadt.«

»Aber das wusstest du doch schon, nicht wahr?«

»Ja, aber anscheinend ist einer der Männer gestern Abend bei Maddy gewesen und hat behauptet, sie kämen aus dem gleichen

Grund nicht hierher, aus dem der Rest der Stadt sich gegen uns gewendet hat ...«

»Weil ich bei den Zigeunern gelebt habe ...«

»Ja, aber warte, es geht noch weiter!« Noch immer verblüfft über die Nachricht fuhr Victoria fort: »Lottie ist so wütend geworden, dass sie den Scherer hinausgeworfen hat, bevor er noch seine Hose wieder angezogen hatte – und dann hat sie zum Streik aufgerufen. Kannst du dir das vorstellen?« Victoria sah Tara aus großen Augen an. »Lottie und die Mädchen streiken!« Sie lachte. »Ich habe noch nie etwas Ähnliches gehört. Die allein stehenden Männer auf den Farmern werden Amok laufen, besonders die Scherer und die Viehtreiber. Sie gehen immer zu Lottie, wenn sie in der Stadt sind. Außer vielleicht Wally Sherbourne, der es nicht wagt, weil Dixie ihn umbringt, wenn sie dahinter kommt. Aber ich weiß, dass die anderen regelmäßig dorthin gehen.« Sie verschränkte ihre Hände ineinander. »Gute Lottie – sie sagte, sie wird den Streik nicht eher beenden, als bis die Scherer herkommen und unsere Schafe scheren.«

»Glaubst du, das könnte funktionieren?«

»Das wird sich erst mit der Zeit herausstellen.«

Tara seufzte. »Aber wir haben keine Zeit, Tante Victoria. Charlie, Bluey und Karl haben gesagt, wenn die Männer nicht morgen in aller Frühe hier sind, machen sie sich selbst an die Arbeit.«

Victoria war ebenso überrascht wie gerührt. »Wir haben leider nur ein paar sehr alte Scheren, und die Männer, Gott segne sie, sind darin nicht sehr geübt.«

»Sie geben ja auch zu, dass sie langsam sind und kein gutes Werkzeug haben – aber dafür sind sie willig und sogar bereit, es mir beizubringen. Wenn Riordan und Ethan auch helfen, können wir den Liefertermin für die Wolle vielleicht doch einhalten.«

Victoria wischte sich eine Träne aus dem Augenwinkel. »Gut, dass ich euch alle habe«, sagte sie. »Aber wenn die Scherer nicht kommen, haben wir so gut wie keine Chance.«

Riordan kam aus dem Haus, gesellte sich zu Tara auf die Veranda und setzte sich neben sie. Sie wollte noch rasch etwas trinken, bevor sie zu den Schererhütten hinüberging. Charlie und Bluey wollten ihr dort das Scheren zeigen. Sie hatte Riordan seit zwei Tagen kaum gesehen und fand, dass er leicht verlegen wirkte, als er sich in den Sessel neben dem ihren fallen ließ. Sie fragte sich, ob er sich Vorwürfe machte, weil das Bild in Wombat Creek angekommen war, oder ob er es nicht ertrug, weil ihr vergangenes Leben als Zigeunerin nun allgemein bekannt war.

»Du gehörst nicht hierher, Tara«, begann er. »Zumindest nicht mehr als ich. Deine Mutter ist übrigens der gleichen Meinung.« Er hatte zwar Freude am Zusammentreiben der Schafe gefunden, doch er vermisste die Welt der Kunst und die Euphorie nach einem guten Kauf.

»Um ehrlich zu sein, ich weiß selbst nicht genau, wohin ich gehöre, Riordan, ganz besonders in diesem Moment. Aber ich bin hergekommen, um einen neuen Anfang zu machen und meiner Tante zu helfen. Ich gebe zu, dass ich das Outback zuerst gehasst habe. Die Fliegen und den Staub mag ich noch immer nicht, aber dieses Land hat seine ganz eigene Art, einen gefangen zu nehmen. Ich fange langsam an zu verstehen, warum meine Tante es so lieb gewonnen hat.«

»Bitte versteh das nicht falsch, aber im Moment wäre es für deine Tante besser, wenn du nicht hier wärst.«

Seine Bemerkung versetzte Tara einen Stich, doch sie musste zugeben, dass er Recht hatte. »Ich bin vor vielen Jahren einmal von meiner Familie und meinem Leben in Irland fortgelaufen«, sagte sie leise, »aber ich möchte es nicht noch einmal tun. Wenn meine Vergangenheit mich sogar hier einholt, dann wird sie es überall tun. Außerdem muss ich jetzt auch an die Kinder denken.«

Riordan blickte zu Boden, und Tara sah, dass er sehr angespannt wirkte. »Es sind nicht deine Kinder, Tara – es war sehr mitfühlend von dir, dich um sie zu kümmern, sogar ganz wundervoll –, aber ich glaube nicht, dass du es dir gut überlegt hast.«

Tara sah ihn empört an und erwiderte energisch: »Riordan, ich liebe diese Kinder, und obwohl dieses Schiffsunglück ein entsetzliches Erlebnis war und ich keine Zeit hatte, alles in Ruhe abzuwägen, wusste ich nur zu genau, was ich tat.«

»Glaubst du nicht, dass sie bei Blutsverwandten in Irland besser aufgehoben wären – bei ihren eigenen Leuten?«

»Die einzige Verwandte, von der ich weiß, ist die Schwester ihrer Mutter, und Jack hat mich fast angefleht, sie nicht dorthin zu schicken. Maureen hätte das auch nicht gewollt; sie sagte mir, ihre Schwester sei ihren eigenen Kindern gegenüber grausam und behandle sie wie Sklaven. Ich glaube wirklich, dass Jack und Hannah hier glücklicher leben können.«

»Wenn deine Tante Tambora behält. Aber selbst, falls sie es tut, solltest du nicht auf der Farm bleiben, wenn dich die Leute hier so schlecht behandeln.«

»Aber wo sollte ich denn hingehen, Riordan?«

Er zögerte einen Augenblick. »Zurück nach Irland, mit mir, als meine Frau.«

Tara sah ihn verblüfft an und suchte in Riordans graublauen Augen nach Anzeichen dafür, dass er sich wieder einmal einen Scherz mit ihr erlaubte. Zu ihrer Überraschung wirkte er sehr ernst. »Also, wer überlegt sich hier die Dinge nicht richtig? Wie würde deine vornehme Kundschaft reagieren, wenn du eine ehemalige Zigeunerin zur Frau nimmst?«

»Du warst nie dazu bestimmt, eine Zigeunerin zu sein.«

»Aber genau das war ich, Riordan, und zwar elf Jahre lang.«

»Niemand in meinen Kreisen weiß davon.«

»Kelvin weiß es.«

»Aber er wird keine Schwierigkeiten machen.«

»Du weißt genau, dass er das tun wird. Er hasst die Zigeuner – und mich.«

»Ich könnte die Galerie verkaufen.«

»Und was dann? Die Galerie ist dein Leben!«

»Ich liebe die Kunst, und ich wollte schon immer eine Galerie in Paris eröffnen, oder in Rom. Dazu wäre jetzt ein guter Zeitpunkt.«

Tara schüttelte den Kopf. »Riordan, du kannst nicht dein ganzes Leben für mich auf den Kopf stellen. Das wäre für keinen von uns gut.«

»Tara, du bist mein Leben. Ich liebe dich!«

»Riordan, du hast mir doch erklärt, was du fühlst. Du warst besessen von ›Tara, der Zigeunerin‹ ...«

Riordan stieß einen tiefen Seufzer aus. »Ich weiß, aber inzwischen habe ich mich in die echte Tara verliebt. Ich habe dich seit meiner Ankunft hier beobachtet, und du bist haargenau so, wie ich mir dich vorgestellt habe. Dass du schön bist, bedarf keiner Worte, aber außerdem bist du auch noch freundlich, liebevoll und großzügig. Du stellst das Wohl anderer immer vor dein eigenes, und du stehst für die Dinge ein, an die du glaubst.« Er zog sie in seine Arme, und bevor sie recht wusste, was geschah, fanden seine Lippen die ihren. Sein Mund fühlte sich sanft und warm an, und sein Bart kitzelte sie an der Nase. Sein Kuss war voller Sehnsucht und unterdrückter Leidenschaft, doch seine Lippen riefen in ihr nicht die gleichen Gefühle wach. Als er sich schließlich von ihr zurückzog, war sie weder atemlos, noch schlug ihr Herz viel rascher als zuvor. Aber der Ausdruck auf seinen gut geschnittenen Zügen sagte ihr, dass er sie wirklich liebte.

»Riordan ... Ich weiß nicht, was ich sagen soll.«

»Dann sag doch einfach, dass du mich heiraten wirst, und komm mit mir nach Irland zurück, Tara. Ich tue, was immer ich kann, um dir dort ein angenehmes Leben zu ermöglichen. Ich kann mir ein Leben ohne dich nicht mehr vorstellen!«

Tara war sprachlos.

»Entschuldigt, bitte!«

Riordan und Tara wandten sich überrascht um. Ethan stand genau hinter ihnen und sah nicht gerade erfreut aus. Seine dunklen

Augen schossen Blitze. Tara fragte sich, ob er wohl ihr Gespräch mitangehört hatte und Zeuge ihres Kusses geworden war.

»Charlie und Bluey warten in den Schererhütten auf dich, Tara«, meinte er. »Soll ich ihnen sagen, dass du ... andere Verpflichtungen hast?«

Tara fühlte, wie sie errötete. »Nein, Ethan – ich komme schon.« Sie stand auf und sah Riordan an. »Charlie und Bluey zeigen mir, wie man ein Schaf schert. Wenn die Scherer nicht kommen, werden wir es selbst tun müssen.«

»Könnt ihr noch ein Paar Hände gebrauchen?«

»Und ob – je mehr, umso besser!«

Lottie stand am Fenster und blickte hinaus, als es an der Tür klopfte. »Was willst du, Jed?«, rief sie dem Mann zu, der auf ihrer Schwelle stand.

»Mach doch auf, Lottie – das haltet ihr sowieso nicht lange durch.«

»Haben Wally Sherbourne und die anderen Männer die Schafe in Tambora geschoren?«

»Nein, und das werden sie auch nicht tun.«

»Dann werde ich auch meine Tür nicht öffnen.«

»Ihr werdet euch zu Tode hungern!«

»Das erlebst du jedenfalls nicht.«

Jed seufzte verzweifelt auf. »Lottie, komm schon – was hast du mit Victoria Milburn zu schaffen? Das ist doch nicht deine Angelegenheit!«

»Ich mache es aber zu meiner Angelegenheit. Was Victorias Nichte in Irland getan hat, geht niemanden etwas an als sie selbst. Wenn ihr Männer das zu eurer Sache macht, will ich keinen von euch hier bei mir sehen. Und jetzt geh und sag den Männern, sie brauchen nicht zu kommen, bis diese Schafe geschoren sind – und das ist mein letztes Wort!«

Belle und Maddy waren hinter Lottie getreten. Alle drei hörten Jed Hanson fluchend davongehen.

»Wie lange wollen wir diesen Streik aufrechterhalten?«, fragte Belle.

»So lange, wie es nötig ist.«

»Ich glaube nicht, dass es sehr lange dauern wird«, erwiderte Belle. »Die ganze Nacht über haben Männer an mein Fenster geklopft.«

»Bei mir war es genauso«, meinte Maddy. »Ich habe kaum ein Auge zugetan.«

Lottie wurde plötzlich nachdenklich. »Mädchen, zieht eure schönsten Kleider an«, sagte sie plötzlich. »Wir gehen zu einer Party!«

Belle und Maddy wechselten einen überraschten Blick. »Und wo?«

»In Tambora. Ich glaube nicht, dass Victoria und ihre Familie etwas dagegen haben, uns für ein paar Tage bei sich aufzunehmen. Und wir könnten für eine Weile hier heraus.«

»Wie schön!«, stieß Maddy begeistert hervor. »Ich habe Ethan seit Wochen nicht gesehen, und er müsste eigentlich dort sein.«

33

Die Männer begannen schon im Morgengrauen damit, die Lämmer von den Mutterschafen und den Böcken zu trennen. Sie hatten wenig Hoffnung, dass die Scherer auftauchen würden, und bereiteten sich darauf vor, die Schafe selbst zu scheren. Wie immer, wenn harte Arbeit bevorstand, war Tadd Sweeney verschwunden.

Nach Taras erstem, tapferen Versuch entschieden die Männer, dass sie zu zierlich war, um ein fünfzig Pfund schweres Schaf auf den Rücken zu werfen. Sie war wohl besser als Roustabout oder Gehilfin, die die Wolle von den Dielen sammelte und sie auf einen Tisch warf, um dann die Enden sauber abzuschneiden. Normalerweise tat das ein Klassierer, doch bei kleineren Aufträgen konnte es auch einer der Scherer oder ein Gehilfe tun. Victoria meinte, es sei nicht so wichtig, ob die Wolle ordnungsgemäß klassiert war, weil William Crombie kleine Läufer daraus herstellen wollte.

Jack fungierte als ›Teerjunge‹, was bedeutete, dass er alle kleinen Wunden und Schnitte, die die Schafe eventuell beim Scheren abbekamen, mit Teer einschmieren und den Holzboden fegen musste. Um Hannah eine Freude zu machen und ihr das Gefühl zu geben, sie gehöre dazu, hatte Tara ein Lamm in ihre Obhut gegeben, das mit der Flasche gefüttert werden musste. Das kranke Mutterschaf war eine leichte Beute der Dingos geworden, doch das Lamm hatte Nugget retten können.

Obwohl er das Scheren in den heißen Hütten als Schwerstarbeit empfand und sein Rücken schon bald von der ungewohnten Haltung schmerzte, tat Riordan sein Bestes, um sich nützlich zu machen. Er war zu dem Schluss gekommen, dass er bisher im Vergleich zu den harten Männern aus dem Outback ein angenehmes und privilegiertes Leben geführt hatte. Manchmal zog es ihn mit Macht zurück nach Irland, doch er hatte sich geschworen, nicht ohne Tara dorthin zurückzukehren.

Unglücklicherweise war Ethan wegen eines Notfalls fortgerufen worden und konnte ihnen bei der Arbeit in den Hütten nicht helfen. Einem Suchtrupp war es nicht gelungen, auf der Emu-Plain-Farm, einer der größten Farmen südlich von Wombat Creek, zwei vermisste Kinder ausfindig zu machen, und Ethan war ihre einzige Hoffnung. Er war mit Saladin mitten in der Nacht aufgebrochen, sodass sie noch vor Sonnenaufgang mit der Suche beginnen konnten. Tara war aufgefallen, dass er, als der Hilferuf über Funk eingegangen war, einen Augenblick gezögert hatte, seine Hilfe zuzusagen, und sie hätte gern gewusst, warum. Sicher würde er niemals jemanden im Stich lassen, der seine Hilfe wirklich brauchte, also musste es einen guten Grund für sein Zögern geben. Bluey erzählte ihr später, dass er, seit sich die Nachbarn gegen Victoria gestellt hätten, für diese nicht mehr zur Verfügung stand, etwas, das er noch niemals getan hatte.

»Wenn keine Leben auf dem Spiel gestanden hätten, hätte er sicher auch jetzt keine Ausnahme gemacht«, meinte Bluey. Und obwohl Ethans Loyalität ihrer Tante galt, war Tara ebenso überrascht wie gerührt.

Der Tag schien nicht enden zu wollen. Die Männer arbeiteten hart, doch bei Sonnenuntergang hatten sie gerade sechzig Schafe geschoren und sie fühlten sich ziemlich niedergeschlagen.

»Ein professioneller Scherer schafft allein sechzig Schafe vor dem Frühstück«, meinte Charlie und schleuderte seine Schere wütend zu Boden.

»Morgen schafft ihr sicher mehr«, tröstete ihn Tara, die selbst todmüde und erschöpft war.

»Wir schaffen den Termin für die Missus nicht«, sagte Bluey entmutigt. »Ohne Ethan und Nugget haben wir keine Chance.« Die Männer hatten sich nur schwer damit abgefunden, ohne Nugget zu arbeiten, vor allem, weil sie immer noch keinen Lohn erhalten hatten. Tara beschloss, noch einmal mit ihrer Tante darüber zu sprechen.

»Kommt doch alle heute Abend zu unserer Party«, sagte sie. »Das wird uns alle etwas aufheitern!«

Als Tara, Riordan und die Kinder zum Haus zurückkamen, sahen sie zu ihrer Überraschung Rex Crawleys Automobil davor stehen.

»Es sieht so aus, als hätte Rex sich doch noch entschlossen, zu unserer Party zu kommen«, meinte Tara. »Ob er wohl jemanden mitgebracht hat?«

Als sie das Haus betraten, hörten sie Frauenlachen.

»Wer kann denn das sein?«, fragte Tara laut und blickte Riordan an, der nur mit den Schultern zuckte.

Im Wohnzimmer fanden sie Lottie und die Mädchen mit Victoria und Elsa.

»Himmel!«, rief Tara begeistert. »Wie schön, euch alle zu sehen!«

»Danke, Tara«, erwiderte Lottie erleichtert.

»Ist es nicht wunderbar?«, meinte Victoria. »Und sehen sie nicht hinreißend aus in ihren Partykleidern? Ihres mag ich ganz besonders, Maddy – woher haben Sie es? Es sieht nämlich nicht aus, als stamme es aus Mohomet Basheers Laden.«

Nach einem triumphierenden Blick in Taras Richtung erklärte Maddy mit gespielter Verlegenheit: »Ein Bewunderer hat es mir geschenkt.«

Victoria brachte nur ein höflich-erstauntes »Oh, ja?« heraus, während Tara überlegte, ob Maddy tatsächlich Ethan meinen konnte.

Das Kleid war in einem tiefen Dunkelrot gehalten, das sich stark von Maddys porzellanweißer Haut abhob. Es war weit ausgeschnitten, wodurch ihrer vollen Brüste gut zur Geltung kamen, und war eng tailliert über einem weit fallenden Rock. Sie sah hinreißend aus, und Tara versuchte vergeblich, sich einen Schmierflecken von der Nase zu wischen, den sie stattdessen auch noch über ihre rechte Wange verteilte. Sie sah Riordan an, um festzustellen, ob dieser sich ebenso unbehaglich fühlte wie sie, doch er schien viel zu beeindruckt von Maddys Erscheinung, um verlegen zu sein. Als Tara sich wieder Maddy zuwandte, stellte sie fest, dass diese ihrerseits Riordan wie gebannt anstarrte.

»Riordan«, sagte Tara energisch, »vielleicht sollten wir uns erst einmal waschen und umziehen, bevor wir uns zu unseren Gästen gesellen?«

»Ja ... ja, natürlich!«

»Aber beeilt euch!«, flötete Maddy mit süßem Lächeln. Kaum ein paar Minuten zuvor war sie noch recht niedergeschlagen gewesen, weil Ethan fort war. Ihre Stimmung hatte sich jedoch blitzartig gebessert, als sie sah, dass ein gut aussehender Gentleman im Hause weilte. Sie fand Riordan sogar in seinem schmutz- und staubstarrenden Aufzug attraktiver als die meisten Männer zwischen Marree und Alice Springs, auch wenn er im Vergleich mit Ethan eher etwas weich wirkte. Außerdem schlug die Tatsache, dass er unverheiratet zu sein schien, für ihn zu Buche.

Belles cremefarbenes Kleid mit dem eher hochgeschlossenen Ausschnitt trug nicht dazu bei, ihre glatten, unauffällig braunen Haare oder ihre eher gewöhnlichen Züge aufzuwerten. Lottie dagegen sah in ihrem tiefblauen Kleid und mit dem bunt gemusterten Tuch um ihre Schultern sehr frisch aus. Das Tuch erinnerte Tara an die lebhaft gemusterten Schals der Zigeunerinnen. Außerdem hatte Lottie ihr Make-up ein wenig dezenter gehalten als üblich und ihre goldblonden Haare zu einer Turmfrisur hochgekämmt, sodass ihr Gesicht schmaler wirkte. Sie freute sich offensichtlich sehr, unter Menschen zu sein, die sie ohne Vorurteile akzeptierten.

»Es ist schlimm, dass ihr die Schafe jetzt eigenhändig scheren müsst«, sagte sie zu Tara.

»Wir haben dir noch gar nicht dafür gedankt, dass du versucht hast, die Scherer ... zum Kommen zu überreden«, erwiderte Tara errötend.

»Das hier ist ein bisschen wie Urlaub«, meinte Belle lachend. Tara stimmte dankbar mit ein, und der unbehagliche Moment war vorüber.

»Ich habe Lottie gerade gesagt, dass ich die Idee mit dem ... Streik einfach grandios finde«, erklärte Victoria. »Es würde mich nicht überraschen, wenn ihr euch sogar in der Zeitung wieder findet.«

»Meinst du?«, erwiderte Lottie. »Mir fiel nichts ein, was ich sonst hätte tun können. Ich hasse Ungerechtigkeit.« Plötzlich unsicher, fast wie bei ihrer ersten Begegnung mit Tara, fuhr sie fort: »Ich habe Victoria gefragt, ob wir für ein paar Tage hier bleiben können – hoffentlich hast du nichts dagegen, Tara?«

»Natürlich nicht. Ich finde es einfach wundervoll!«

Lottie wirkte überaus erleichtert. »Während der letzten beiden Tage haben ununterbrochen Männer an unsere Tür geklopft. Wir haben kaum geschlafen.« Damit allein wären sie zwar im Notfall zurechtgekommen. Aber Rex hatte Lottie von dem Boykott gegen Victorias Party wegen Taras Vergangenheit erzählt, und Lottie war der Meinung gewesen, ein wenig moralische Unterstützung könne ihnen nicht schaden. Tara sah zu ihrer Mutter hinüber, die im hinteren Teil des Raumes stand – Elsa wirkte alles andere als begeistert darüber, dass die Besucherinnen länger zu bleiben gedachten.

»Wenn euch das Geschrei der Kakadus am frühen Morgen nicht stört, werdet ihr hier sicher gut schlafen«, meinte Tara. »Jetzt entschuldigt mich bitte, ich muss baden und mich umziehen. Ich rieche wahrscheinlich schlimmer als Schafsmist.«

»Du riechst lange nicht so schlimm wie Ferris Dunmores Füße an einem heißen Nachmittag«, sagte Lottie trocken, als sie den Raum verließ.

»Gott sei Dank!«, rief sie lachend zurück.

»Ich werde Hannah baden«, erklärte Elsa, nahm die Kleinc an der Hand und führte sie hinaus. Jack war mit Riordan zu dem Waschraum hinter dem Haus gegangen, den die Männer benutzten.

Tara war sicher, dass ihre Mutter nur einen Vorwand gesucht hatte, um den Raum zu verlassen. Als sie mit Hannah die Treppe hinaufgingen, fragte sie sie geradeheraus, ob etwas nicht stimme.

»Nein, alles in Ordnung«, erwiderte Elsa.

»Ist es wegen der Gäste?«

Elsa schüttelte den Kopf. »Dies ist Victorias Haus, und sie kann einladen, wen immer sie mag.«

»Dass Lottie und die Mädchen streiken, um uns zu helfen, ist einfach unglaublich, Mutter«, sagte Tara leise.

»Ich weiß«, gab Elsa zurück. »Ich bin nur noch niemals in Gesellschaft solcher Frauen gewesen.«

»Das hatte ich auch nicht angenommen«, sagte Tara trocken.

»Ich weiß einfach nicht, wie ich mich ... verhalten oder was ich sagen soll.« Wenn Elsa ehrlich war, hatte sie mehr Angst davor, was die Frauen ihrerseits sagen und tun würden.

Tara lächelte. »Du brauchst dich überhaupt nicht anders zu verhalten als sonst, Mutter. Sie sind ganz normale Frauen, und Lottie selbst ist eine der nettesten Menschen, die ich jemals kennen gelernt habe. An dem Tag, als ich zum ersten Mal nach Wombat Creek kam, habe ich sie besucht ...«

»Aber Tara, warum um alles in der Welt bist du denn in ein ... Bordell gegangen?«, unterbrach Elsa sie schockiert.

»Ich wusste nicht, dass Lotties Haus ein Bordell war. Außen gab es kein Schild, das darauf hingewiesen hätte. Und sogar nachdem ich schon eine Weile mit ihr gesprochen hatte, ahnte ich nicht, dass sie eine Prostituierte war, bis sie es mir sagte. Für mich war sie nur eine ganz normale Frau und eine mögliche Freundin in dieser Abgeschiedenheit. Aber selbst als ich es dann wusste, es hat mich nicht gestört – ich habe sie sofort gemocht. Sie ist stark, großzügig und rücksichtsvoll, und ich empfinde es als Ehre, sie zur Freundin zu haben. Du wirst sie auch mögen, wenn du sie erst richtig kennst!«

Elsa war da nicht so sicher. »Was wirst du eigentlich heute Abend anziehen, Tara?«, fragte sie, taktvoll das Thema wechselnd.

»Ich weiß es nicht«, erwiderte Tara seufzend. »Beim Untergang der *Emerald Star* habe ich alles verloren, was ich besaß. Ich habe mir später – ausgerechnet in Mohomet Basheers Laden – einige Sachen gekauft, aber ich besitze nichts, das auch nur annähernd mit Maddys Kleid konkurrieren könnte.«

»Vielleicht habe ich die Lösung für dein Problem.«

»Oh! Hast du irgendetwas, das du mir leihen könntest?«

»Nein, das nicht. Aber als ich von dem Schiffsunglück erfuhr, habe ich als Erstes ein paar neue Kleider für dich gekauft. Ich war nicht einmal sicher, ob du überlebt hattest, denn die Berichte widersprachen sich, aber es weckte irgendwie meinen Optimismus ...«

Tara starrte ihre Mutter freudig überrascht an, denn Elsa hatte schon immer einen ganz exquisiten Geschmack besessen.

»Ich habe nur auf den richtigen Moment gewartet, um sie dir zu geben.«

»Oh Mutter, jetzt ist genau der richtige Moment dafür!«

Zufrieden lächelnd stellte Elsa fest: »Eins davon ist wie für diesen Abend gemacht!«

Gegen elf Uhr an diesem Abend waren schon einige Flaschen Wein geleert worden. Die Party fand in einem Salon im ersten Stock statt, der durch das Öffnen einer Zwischentür in einen Ballsaal verwandelt werden konnte. Darin standen ein Klavier, das während der letzten Jahre nur selten benutzt worden war, und ein riesiger Büfetttisch. Die Balkontüren standen offen, sodass immer ein kühler Luftzug durch den großen Raum strich.

Lottie und Victoria wechselten sich beim Klavierspielen ab und sangen, so laut sie konnten. Wenn nicht gesungen wurde, nahm das Gespräch bisweilen einen etwas gewagten Verlauf, doch Tara hatte noch nie in ihrem Leben so viel gelacht. Sie bemerkte, dass sogar ihre Mutter sich insgeheim sehr amüsierte, besonders als die Besucherinnen von ehemaligen Kunden und deren seltsamen Angewohnheiten und Manien erzählten. Sie nannten allerdings keine Namen und stellten es so dar, als seien all diese Männer ihre Kunden gewesen, bevor sie nach Wombat Creek gekommen waren. Einer hatte eine Vorliebe dafür gehabt, Frauendessous zu tragen, besonders Lotties Büstenhalter. Ein anderer hatte laut Belle darauf bestanden, die Perücke seiner toten Mutter überzuziehen, wenn er mit ihr im Bett war. Victoria, Tara und Elsa waren zwar ein wenig schockiert, doch auch sie mussten lachen, als Belle beschrieb, dass er mit der Perücke ausgesehen habe wie eine hässliche Großmutter.

Riordan tanzte mit allen Frauen, aber Maddy brachte es fertig, ihn mit Beschlag zu belegen. Bluey und Charlie saßen draußen auf dem Balkon und erzählten sich Geschichten. Sie genossen die Aussicht und die kühle Brise auf der Höhe der Baumwipfel fast ebenso sehr wie Victorias Wein. Karl und Jack spielten in einem der angrenzenden Räume Karten und stibitzten hier und da einen Schluck Wein, wenn gerade niemand hinsah, bis sie irgendwann einschliefen. Rex hatte nach dem Ausliefern der Post lange geschwankt, ob er mitfeiern sollte oder nicht, sich jedoch schließlich von Victoria verabschiedet und war lange vor Beginn der Party in die Stadt zurückgefahren. Victoria verstand, dass er die Leute dort nicht verärgern wollte – schließlich musste er mit ihnen leben.

Als Tadd gegen neun Uhr zur Farm zurückkam, hörte er Gelächter und blickte zu dem erleuchteten Balkon hinauf. Er fragte sich, wer Victorias Gäste sein mochten, denn das Lachen kam ihm seltsam bekannt vor. Während er in der Dunkelheit stand und das Haus beobachtete, sah er Riordan mit einer Frau auf den Balkon hinaustreten, und ihm blieb vor Staunen der Mund offen stehen, als er Maddy erkannte.

Tadd war den größten Teil des Tages in der Stadt gewesen und hatte im Hotel seinen Kummer ertränkt. Lottie und die Mädchen waren das Hauptgesprächsthema gewesen, doch er hätte niemals damit gerechnet, dass sie auf der Farm waren. Die Männer wussten, dass sie die Stadt verlassen hatten, und vermuteten, sie hätten vielleicht den Zug nach Adelaide genommen – doch niemand hatte sie tatsächlich einsteigen sehen. Alle redeten sich ein, dass die drei Frauen bald wiederkommen würden, da sie das Geld sicherlich dringend brauchten.

Tadd schüttelte den Kopf. »Na wartet – wenn sie das erfahren!«, murmelte er. Dann beobachtete er das Treiben noch eine Weile und ging wütend zu seinem Cottage hinüber. Er hatte sich geschworen, weder Victoria noch ihren Gästen in irgendeiner Weise zu helfen oder ihre Gesellschaft zu suchen, doch es ärgerte ihn, dass sie so viel Spaß zu haben schienen.

Kurz nach elf Uhr verließ Tara das Haus, um einen kurzen Spaziergang zu machen. Die Party war noch in vollem Gange, doch sie brauchte ein wenig Zeit für sich selbst. Langsam ging sie zwischen den Eukalyptusbäumen entlang, blickte zum Mond und zu den Sternen auf und dachte über Riordans Antrag nach. Obwohl er fast den ganzen Abend über mit Maddy getanzt hatte, hatte er immer wieder zu ihr hin geblickt und sie sehr eng an sich gezogen, wenn er mit ihr tanzte.

Sie mochte ihn – aber war das ein Grund, ihn gleich zu heiraten? Sie hatte schon einmal den Fehler gemacht, aus den falschen Gründen eine Ehe einzugehen, und sie wollte diesen Fehler nicht wiederholen.

»Was tust du denn so ganz allein hier draußen?«

Tara wandte sich überrascht um und stellte fest, dass Ethan direkt hinter ihr stand. Sie hatte nicht bemerkt, dass er sie schon einige Minuten lang beobachtete. Sie trug ein rotes Kleid aus einem seidig schimmernden Stoff, der ihren Körper wie eine zweite Haut umschloss. Mit ihren zu einer Turmfrisur hochgekämmten Locken sah sie aus wie eine Königin, nicht ohne einen leisen Hauch von Exotik, und sie bot einen wahrhaft atemberaubenden Anblick.

»Ich brauchte nur etwas frische Luft. Seit wann bist du zurück?«

»Noch nicht lange.«

Seine noch feuchten Haare glitzerten im Mondlicht, und er roch angenehm nach Seife. Er besaß eine ungeheuer männliche Ausstrahlung, so stark wie kein anderer, dem sie je begegnet war. »Hast du die vermissten Kinder gefunden?«, erkundigte sie sich.

Ethan dachte, dass Tara das schönste Geschöpf war, das er je gesehen hatte. Ihre Züge waren wunderbar zart, und ihre Haut leuchtete im Mondschein wie Samt. »Ja«, erwiderte er, »und gerade noch rechtzeitig. Sie wären fast verdurstet – ich bezweifle, dass sie auch nur eine Stunde länger durchgehalten hätten.«

»Ihre Eltern waren dir sicher sehr dankbar.«

Ethan verzichtete auf eine Antwort. Lob machte ihn jedes Mal verlegen, besonders wenn er nur jemandem einen kleinen Gefallen getan hatte. Plötzlich fielen Tara Blueys Worte wieder ein, dass Ethan sich bei denjenigen Nachbarn rar machte, die sich gegen Victoria gewandt hatten.

»Bluey hat mir erzählt, du weigerst dich, den Leuten zu helfen, die sich gegen meine Tante gestellt haben. Sie weiß nichts davon, aber ich bin sicher, dass sie deine Loyalität sehr zu schätzen wüsste.«

Ethan schüttelte den Kopf. »Niemand hat das Recht, dich für das Leben zu verurteilen, das du in Irland geführt hast, Tara. Himmel, alle hier führen sich plötzlich auf wie kleine Heilige!«

Tara war überrascht, aber auch sehr froh darüber, dass das Verhalten der Leute ihn so sehr zu stören schien – besonders da er absolut nichts über die Umstände wusste, die sie veranlasst hatten, sich den Zigeunern anzuschließen. Sie fühlte, wie ihr heiß wurde bei dem Gedanken an all das, was die Frauen an den Funkgeräten über sie gesagt hatten. »Es gibt nicht viele Menschen, die sich hinter jemanden wie mich stellen würden – besonders wenn sie ihn erst ein paar Wochen kennen.«

»Das kann ich nicht beurteilen – aber Lottie zum Beispiel hat es getan.«

»Ja, das hat sie – ich wusste in dem Moment, als ich sie zum ersten Mal sah, dass Lottie eine sehr warmherzige Frau und genau der Typ ist, jemanden wie mich zu verteidigen.« Tara erkannte plötzlich, dass Ethan genau das Gleiche getan hatte, ohne eine einzige Frage zu stellen, und das verblüffte sie maßlos. Er hörte nicht auf, sie zu überraschen. »Sie und die Mädchen sind hier, musst du wissen.« Sie versuchte, in der Dunkelheit seine Reaktion zu erkennen.

»Ach, ja?« Er lächelte. »Ich habe mich schon gefragt, wo sie wohl hin sind.«

Plötzlich hörte er boshaftes Gelächter und erkannte Maddys Stimme.

»Warst du bei Lotties Haus und hast sie vermisst?«, fragte Tara. Aus ihren Worten klang ein leichter Vorwurf, der Ethan offensichtlich amüsierte. Zumindest zog er einen seiner Mundwinkel leicht nach oben. »Nein, aber jeder im Umkreis von Hunderten von Meilen macht sich Gedanken darüber, wo sie sein könnten. Ich bezweifle, dass irgendjemand auf die Idee kommen würde, sie in Tambora zu vermuten. Ich habe es jedenfalls nicht getan.«

Tara wandte sich ab und bemühte sich um einen beiläufigen Ton. »Maddy hat fast den ganzen Abend über mit Riordan getanzt.« Sie war nicht eifersüchtig, Maddy hatte wirklich das Talent, einen Mann zu verzaubern, selbst dann, wenn der Auserkorene gar nicht so sehr darauf eingehen wollte, wie es bei Riordan anscheinend der Fall gewesen war.

Ethan blieb einen Augenblick stumm. Er wusste, dass Maddy für ihr Leben gern flirtete, und konnte sich vorstellen, dass ihr jemand wie Riordan gefiel. »Deshalb also gehst du allein hier draußen spazieren – dein Verlobter ist dir untreu geworden!« Er verstand nicht, wie Riordan Augen für eine andere Frau haben konnte, besonders an diesem Abend. Tara bot einen Anblick, den zu bestaunen er nie müde werden würde.

Tara fuhr herum. »Riordan ist nicht mein Verlobter, und er ist auch nicht untreu. Maddy hat nur so eine Art an sich, die man ... nur schwer ignorieren kann. Du weißt bestimmt, was ich meine.«

»Oh ja, das tue ich.« Maddy konnte wirklich eine kleine Hexe sein. Er lächelte, wurde jedoch gleich wieder ernst. »Soll das übrigens heißen, dass du Riordans Antrag abgelehnt hast?«

»Nicht direkt.« Tara mochte den Gedanken nicht, dass Ethan gegen Maddys Reize nicht immun zu sein schien. »Ich denke noch darüber nach.«

Ethan senkte den Kopf und starrte zu Boden. Tara fühlte, wie ihr Blick von seinem gut geschnittenen Mund wie magisch angezogen wurde, den sie im blassen Mondlicht nah vor sich sah. Sie dachte an Riordans Kuss, der in ihr keinerlei Erregung ausgelöst hatte. Doch der elektrisierende Moment mit Ethan konnte auch eine Ausnahme gewesen sein – vielleicht hatten ihre Gefühle sie wirklich mit sich fortgerissen, wie Ethan gesagt hatte, und es wäre beim nächsten Mal ganz anders.

»Deine Mutter wäre bestimmt dafür, dass du Riordan heiratest«, meinte Ethan und beobachtete sie scharf. Allein der Gedanke daran bereitete ihm unerträgliche Schmerzen.

Elsa hatte tatsächlich oft durchblicken lassen, dass eine solche Verbindung ihr sehr recht wäre. »Ich habe dir doch schon einmal gesagt, dass ich selten tue, was meiner Mutter gefällt.«

»Dass du mich geküsst hast, hat ihr sicher nicht gefallen.« Er fragte sich, ob sie deshalb so leidenschaftlich auf sein Drängen geantwortet hatte – doch sie hatte ja nicht ahnen können, dass ihre Mutter sie beobachtete.

Wieder starrte Tara auf seinen Mund, und ihr fiel ein, wie atemlos der Kuss sie gemacht hatte. Sie erinnerte sich an das flaue Gefühl in ihrer Magengrube und fragte sich, warum sie niemals so empfunden hatte, wenn Garvie oder Riordan sie geküsst hatten.

»Aber mir hat es gefallen«, hörte sie sich flüstern. Eigentlich hatte sie die Worte nicht aussprechen wollen, doch einige Gläser Wein hatten ihre Zunge gelöst.

Sie lehnte sich an den Stamm eines Eukalyptusbaums, schloss die Augen und dachte an den Tag, an dem die Heuschrecken über Tambora hergefallen waren. Der Wein hatte auch ihren Geist entspannt, und so war es leicht, die Gedanken wandern zu lassen. Ein leichter Wind löste einige Locken aus ihrer Frisur und trug den Fliederduft ihres Parfums mit sich davon. Ethan sah sie an, und ihr Duft reizte seine Sinne. Er spürte seinen raschen Herzschlag, während er ihren zauberhaften Anblick im Mondschein genoss. Sie war die schönste Frau, die er je gesehen hatte, und er kämpfte gegen den Impuls an, sie auf der Stelle in seine Arme zu ziehen. Als sie jetzt ihren Mund leicht öffnete und sich in der Erinnerung an diesen einen wundervollen Kuss mit der Zunge über die Lippen fuhr, ergab er sich dem Verlangen, das ihn durchströmte.

Tara fühlte sich von starken Armen ergriffen und an einen warmen Körper gezogen. Sie erschauerte, öffnete aber nicht die Augen. Sie spürte Ethans Atem auf ihrer Wange, und dann berührten seine Lippen ganz leicht die ihren. Wieder durchfuhr sie ein wohliger Schauer, als sie sich gegen ihn sinken ließ, und sie meinte, ihn ihren Namen flüstern zu hören.

Plötzlich schlossen sich seine Arme ganz fest um sie; seine Lippen suchten hungrig die ihren, und ihre Knie wurden weich. Eine alles verzehrende Leidenschaft durchströmte sie wie ein Feuerstoß, und sie seufzte leise auf, während sie sich mit den Fingern in seine kräftigen Rückenmuskeln krallte.

Sie hörte auch ihn aufstöhnen und fühlte sich noch fester gegen seinen kraftvollen, männlichen Körper gepresst. Sie war nicht mehr in der Lage, zu reden oder auch nur zusammenhängend zu denken ...

»Tara!«, flüsterte er mit vor Erregung rauer Stimme, während er leichte Küsse auf ihrem Hals und ihrer rechten Schulter verteilte. »Oh Tara!«

Kurz bevor das Verlangen sie vollkommen überwältigte, löste sich Ethan urplötzlich von ihr. Sie schwankte einen Moment unsicher hin und her und öffnete die Augen. Ethan trat ein paar Schritte von ihr zurück.

»Ich sollte das nicht tun«, sagte er leise, und seine Stimme war heiser vor unterdrückten Gefühlen. Dann nahm er eine Bewegung wahr und schaute hinauf zu dem Balkon vor dem Festsaal, wo er Riordan stehen sah. Benommen blickte Tara über ihre Schulter zurück und bemerkte Riordan ebenfalls. Sie war nicht sicher, ob er sie im Schatten der Bäume hatte ausmachen können. Jetzt trat Maddy neben ihn und reichte ihm ein Glas Wein.

Tara wandte sich wieder Ethan zu, konnte aber den Ausdruck im Blick seiner dunklen Augen nicht lesen. Sie sehnte sich danach, wieder in seinen Armen zu liegen und seine Lippen auf den ihren zu spüren, doch sie nahm sich zusammen. Auf jeden Fall hatte sie jetzt die Antwort auf ihre Frage: Sein Kuss hatte in ihr genau die gleichen Empfindungen wachgerufen wie am Tag der Heuschreckenplage. Das war seltsam, und sie wusste nicht recht, was es zu bedeuteten hatte. Ob sie sich doch, ohne es zu merken, in Ethan verliebt hatte? Oder hatte er einfach ein Talent dafür, Frauen um den Verstand zu bringen? Beides erschien ihr eher unwahrscheinlich.

»Ich sollte wieder hineingehen«, sagte sie leise.

Ethan, der kein Wort herausbrachte, nickte nur stumm.

»Kommst du mit? Bestimmt wären alle froh, dich zu sehen.«

»Nein ... ich glaube nicht. Würdest du ... würdest du Victoria sagen, dass ich ein Telegramm für sie auf den Tisch im Esszimmer gelegt habe? Es könnte etwas Wichtiges sein.«

»Natürlich.«

Er wandte sich zum Gehen.

»Ethan – du bist ja schon zurück!«, rief Maddy aufgeregt. »Komm doch zu uns herauf!«

Ethan sah Tara an und fand, dass sie sehr verletzlich und einfach unwiderstehlich wirkte. Er hätte sie gern wieder in die Arme gezogen, und der letzte Mensch, den er jetzt sehen wollte, war Maddy. Doch das konnte er kaum umgehen, ohne extrem unhöflich zu erscheinen.

»Du willst sie doch nicht enttäuschen, oder?«, meinte Tara, hakte sich bei ihm unter und zwang ihren Herzschlag wieder auf eine normale Frequenz herunter.

Von dem Augenblick an, da Ethan den Raum betrat, wurde er zum Zentrum von Maddys Universum. Es war, als habe Riordan für sie aufgehört zu existieren. Diese Verwandlung war verblüffend zu beobachten. Riordan sagte nichts darüber, ob er Tara und Ethan beobachtet hatte, doch sie glaubte einen eigenartigen Blick von ihm aufzufangen, als sie mit Ethan den Raum betrat.

»Ich habe eigentlich immer Frauen mit etwas mehr Fingerspitzengefühl vorgezogen«, meinte Riordan, als sie eine Bemerkung über Maddys raschen Meinungsumschwung machte.

Tara zog die Brauen hoch. »Wie meinst du das?«

»Sie nennt die Dinge immer genau beim Namen«, erklärte er.

»Was für Dinge?«

»Nun, sie ist sehr ... unverblümt. Ich kann mir schon vorstellen, dass Männer sie aufregend finden.«

»Das ist in ihrem Beruf sicher von Vorteil«, stellte Tara trocken fest.

»Ja, Victoria hat es mir gesagt.« Riordan war sichtlich unbehaglich zumute.

Tara beobachtete Maddy und errötete vor Verlegenheit. Ihr war klar geworden, dass sie neben Maddy wie ein braves Schulmädchen wirken musste. Sie hatte sich in ihrem ganzen Leben noch nie so wenig begehrenswert gefunden.

Riordan sah sie an und bemerkte den Schatten in ihrem Blick. »Diese Art von Anziehung ist sehr kurzlebig, Tara. Eine etwas weniger offenherzige Frau ist sehr viel anziehender, besonders wenn sie auch noch ein rotes Kleid trägt.«

Tara versuchte zu lächeln, doch Maddy flüsterte irgendetwas in Ethans Ohr, und sie sah das Lächeln um seine Mundwinkel und das Zwinkern in seinem Blick ... Während sie zu ihm hinübersah, hob er den Kopf, und ihre Blicke trafen sich. Der Ausdruck in seinen dunklen Augen wurde fremd.

»Würdest du mit mir tanzen?«, fragte Riordan.

»Ja, gern«, erwiderte Tara, dankbar für die Ablenkung.

Während sie im Walzertakt durch den Raum wirbelten, hörte sie ihre Mutter zu Lottie sagen, sie seien ein sehr hübsches Paar. »Da stimme ich ihr zu«, flüsterte Riordan ihr ins Ohr, und sie lächelte.

Dann hörte sie, wie ihre Mutter Lottie von Riordans Galerie in Dublin erzählte, und versuchte, sich im Geist als seine Ehefrau zu sehen – doch stattdessen drängten sich ganz andere Bilder in ihr Bewusstsein: Bilder von Wüsten und Sternen und das Abbild eines dunkelhaarigen Mannes, der ihr die Sinne zu verwirren vermochte ...

Victoria schlüpfte aus dem Festsaal, um nach Nerida zu sehen. Sie hatte das Mädchen den ganzen Abend über nicht zu Gesicht bekommen und machte sich Sorgen um sie. Als sie durch den dunklen Flur zu Neridas Zimmer ging, sah sie, dass deren Zimmertür leicht angelehnt war und dass in dem Raum gedämpftes Licht brannte. Beim Näherkommen meinte sie erstickte Laute zu vernehmen. Victoria blieb vor der Tür stehen und fragte sich, ob Nerida jemanden bei sich hatte – eines der Kinder vielleicht. Langsam schob sie die Tür auf ...

»Nerida?«, sagte sie leise, um gleich darauf furchtbar zu erschrecken. Zuerst konnte sie nicht glauben, was sie sah: Tadd lag auf Nerida und war gerade dabei, ihr das Kleid zu zerreißen. Das Aborigines-Mädchen schluchzte und versuchte, sich zu wehren, doch es hatte keine Chance. Keiner der beiden bemerkte Victoria, die fassungslos an der Tür stehen geblieben war.

»Still, du kleine Hure!«, fluchte Tadd, während er weiter versuchte, in sie einzudringen – doch Nerida entwand sich ihm immer wieder.

»Tadd!«, rief Victoria außer sich. Sie stürmte in den Raum hinein und ergriff den nächsten schweren Gegenstand, den sie finden konnte – einen steinernen Türstopper.

Tadd wandte sich um; sein Blick war irr vor Schrecken und animalischem Verlangen. Nerida wirkte zutiefst gedemütigt. Als Tadd vom Bett heruntterstieg, zog sie ihr zerrissenes Kleid wieder über ihren nackten, schon leicht gerundeten Körper und rollte sich schluchzend zusammen.

»Was für ein Schwein bist du nur!«, rief Victoria und warf den Türstopper nach Tadd. Er trat gerade noch rechtzeitig beiseite, sodass der Stein hart an die hinter ihm liegende Wand prallte. Victoria war nie in ihrem Leben so wütend gewesen und konnte kaum einen klaren Gedanken fassen.

»Was tust du denn da? Du hättest mich verletzen können, Victoria!«, stieß Tadd ungläubig hervor.

»Nerida ist schwanger«, sagte Victoria. Und plötzlich begriff sie, warum niemand wusste, wer der Vater des Kindes war. Tadd hatte Nerida anscheinend schon öfter ... vergewaltigt! Der Gedanke allein war ein furchtbarer Schock für Victoria: Während sie ahnungslos oben geschlafen hatte, hatte Tadd dem armen Mädchen Gewalt angetan ...

»Schwanger?«, rief Tadd, und sein Gesicht nahm eine ungesunde, tiefrote Farbe an. Während er sich bemühte, seine Hose zu schließen, starrte er Nerida an, als sei sie das verdorbenste Geschöpf auf Gottes Erdboden. »Dumme Gans!«, schrie er dann. »Du wirst mein Kind nicht bekommen!« Er hob die Hand, um sie zu schlagen.

Nerida wimmerte vor Angst und barg das Gesicht in den Händen.

»Tadd«, rief Victoria warnend und näherte sich ihm, »du wirst jetzt auf der Stelle mein Haus verlassen und es nie wieder betreten!«

Erstaunt wandte Tadd sich ihr zu. »Sie hat mich hereingelegt, Victoria. Sie wollte, dass ich sie heirate!«

»Lüg mich nicht an, Tadd Sweeney. Nerida ist kaum mehr als ein Kind. Du hast großes Glück, dass ich dich nicht anzeige. Ich möchte, dass du jetzt gehst und nie mehr einen Fuß auf Tambora-Land setzt – nie mehr, hörst du? Und jetzt raus hier, bevor ich der Versuchung nachgebe, meine Peitsche zu holen!«

Es gab nichts mehr zu sagen. Tadd wusste, dass Victoria es ernst meinte, denn er hatte sie nie so entschlossen erlebt. Victoria schlug die Tür hinter ihm zu, nachdem er gegangen war, und blieb einen Moment stehen, um ihre Fassung wiederzugewinnen, bevor sie wieder zu Nerida zurückkehrte. Jetzt hätte sie selbst gern geweint, oder einfach geschrien und irgendetwas gegen die Wand geworfen. Doch nach einigen tiefen Atemzügen gelang es ihr, sich wieder in die Gewalt zu bekommen.

»Du armes Mädchen«, sagte sie zu Nerida, »es tut mir so Leid, dass dir das in meinem Haus geschehen konnte!«

Nerida schluchzte noch immer haltlos. Victoria dachte an Neridas Mutter Cissie, die an einem Schlangenbiss gestorben war und der sie versprochen hatte, sich um Nerida zu kümmern. »Ich weiß, dass ich dich im Stich gelassen hab, Nerida, aber ich schwöre dir, mich von jetzt an besser um dich zu kümmern – und um das Baby.« Sie nahm das Mädchen in ihre Arme. »Ich wünschte, du hättest mir erzählt, was Tadd dir angetan hat – dann hätte ich ihn schon vor langer Zeit entlassen!«

»Ich haben Angst, Missus«, stieß Nerida weinend hervor. »Tadd hat gesagt, Sie mich fortschicken!«

»Ich kann nicht glauben, dass ich so blind gewesen bin«, flüsterte Victoria und ließ endlich ihren Tränen freien Lauf. »Tara hatte von Anfang an Recht – er ist ein schrecklicher Mensch.«

Eine Stunde später war Victoria wieder oben im Festsaal. Sie fand Tara allein auf dem Balkon vor. Riordan war fortgegangen, um Getränke zu holen, und Ethan und Maddy standen am äußersten Ende des Balkons und unterhielten sich. Belle und Lottie hatten Charlie und Bluey auf die Tanzfläche gelotst, und wenn Victoria nicht so aufgewühlt gewesen wäre, hätte sie sicher herzlich über den Anblick gelacht, den sie boten: Charlie war ungefähr so gelenkig wie ein Betrunkener in einem Dorngestrüpp, und Bluey schien sich für Fred Astaire zu halten.

»Du weißt, wo Nugget ist, nicht wahr, Tara?«

»Ja, Tante Victoria – wenn er sein Lager nicht inzwischen verlegt hat.« Tara sah sofort, dass ihre Tante innerlich sehr erregt war.

»Kannst du ihn gleich morgen früh hierher holen?«

»Natürlich. Ist irgendetwas vorgefallen?«

Victoria schloss die Augen und versuchte, die schreckliche Szene zu vergessen, die sich ihr vor kurzem geboten hatte. »Ich habe gerade Tadd dabei überrascht, wie er ... sich an Nerida verging.«

»Oh mein Gott! Wo ist er jetzt?«

»Fort.«

»Aber er ist doch hoffentlich nicht ... der Vater ihres Kindes?« Tara fand diese Möglichkeit sehr beunruhigend.

»Doch, ich denke schon. Nerida ist im Moment zu durcheinander, um mir viel zu erzählen. Aber ich bezweifle, dass er heute Abend zum ersten Mal bei ihr war.«

»Er ist ein durch und durch schlechter Mensch.« Tara dachte an all das, was sie ihrer Tante nicht erzählt hatte – doch es war alles nichts im Vergleich mit der Tatsache, dass er Nerida vergewaltigt hatte.

»Ich habe ihn entlassen. Wenn er jemals wieder einen Fuß auf unser Land setzen sollte, werde ich ihn eigenhändig erschießen.«

»Oh Tante Victoria – ich weiß, dass du jetzt furchtbar enttäuscht von ihm bist. Aber du hast genau das Richtige getan.« Tara fand, dies sei der passende Moment, um ihrer Tante die ganze Wahrheit über Tadd Sweeney zu erzählen. »Ich habe dir einiges bisher verschwiegen, weil ich fand, das du schon genug Sorgen hattest – aber ich habe William Crombies Brief in seinem Cottage gefunden.«

Victoria wirkte einen Augenblick fassungslos, doch dann senkte sie resigniert den Kopf.

»Er hatte außerdem alle Briefe von der Bank abgefangen, damit du nichts von dem Darlehen erfährst. Es tut mir so Leid, Tante Victoria!«

»Ich wünschte nur, ich hätte schon viel eher auf dich gehört, Tara. Aber ich hielt ihn für meinen Freund und Vertrauten. Mein Gott, es gab sogar eine Zeit, da wollte er mich heiraten!«

Das überraschte Tara nicht – sie hatte immer vermutet, dass die beiden mehr als Freunde waren. »Ich glaube, er wollte Tambora, und er war bereit, alles dafür zu tun.«

Victoria dachte an das Testament, das sie einmal zu seinen Gunsten verfasst hatte, und meinte mit einem Seufzer: »Er wird nie erfahren, wie nah er seinem Ziel gekommen ist.«

34

Sie wollten mich sehen, Missus?« Es war sechs Uhr dreißig am Morgen, und Nugget stand mit seinem Hut in der Hand auf der Veranda, wo Victoria ihn erwartet hatte.

»Danke, dass Sie gekommen sind, Nugget«, meinte Victoria und sah Tara an, die erwartungsvoll hinter dem Aborigine stehen geblieben war. »Hat Tara Ihnen erzählt, dass ich Tadd gestern Abend entlassen habe?«

Nugget bekam große Augen. »Nein, Missus.« Er wandte sich zu Tara um und wartete darauf, dass sie Victorias Worte bestätigte. Er hatte nicht mehr daran geglaubt, diesen Tag noch zu erleben.

Tara nickte und sah ihre Tante an. »Ich dachte, ich lasse dich am besten alles erklären.« Sie wusste nicht, wie viel ihre Tante den Männern sagen wollte.

Victoria ließ ihren Blick über die weite, staubige Ebene schweifen, die Sonne und Wind schon wieder völlig ausgetrocknet hatten. »Ich wollte nicht glauben, dass er so schlecht war, Nugget. Obwohl es immer mehr Anzeichen dafür gab. Ich musste es erst selber sehen.« Victoria ging zu einem Stuhl und ließ sich müde darauf sinken. »Gestern Abend habe ich Tadd dabei überrascht, wie er ... Nerida vergewaltigte. Das war zu viel.«

Nugget senkte den Kopf. Er hatte selbst schon vermutet, dass Tadd Nerida Gewalt antat, doch sie hatte ihm nichts sagen wollen. Wahrscheinlich hatte sie insgeheim gefürchtet, dass ihr Volk etwas unternehmen würde, und sie wollte nicht, dass Victoria etwas geschah. Als Nugget über das ›Buschtelefon‹ gehört hatte, dass sie schwanger war, hatte er ihr angeboten, sich um sie zu kümmern. Aber sie war zu stolz gewesen, sein Angebot anzunehmen, und zu schüchtern, um ehrlich zu sagen, wie sie sich fühlte. Sie schämte sich und hatte Angst, ihre Leute würden sie verstoßen, weil sie das Kind eines weißen Mannes trug. Er hatte ihr geraten, sich Victoria anzuvertrauen, doch anscheinend hatte sie es nicht fertig gebracht.

»Nerida war unter meiner Obhut, seit ihre Mutter Cissie vor ein paar Jahren starb, und ich habe sie im Stich gelassen«, fuhr Victoria fort. Tränen traten ihr in die Augen, wenn sie daran dachte, wie lange Tadd das Mädchen wohl schon ... so traktiert hatte.

»Nerida schämt sich, Missus, macht aber Missus keine Vorwürfe.«

»Ich mache mir selbst Vorwürfe, Nugget. Wenn Tadd mich gefragt hätte, hätte ich auch nie zugelassen, dass er Sie entlässt – es tut mir sehr Leid!«

»Sie immer gut zu mir, Missus, aber ich konnte nicht bleiben, nachdem ich Gespräch von Tadd mit Scherern belauscht hatte.«

Victoria runzelte die Stirn. »Willst du damit sagen, die Scherer seien tatsächlich hier gewesen?«

»Ja, Missus.«

»Warum hast du es mir denn nicht gesagt?«

Nugget verlagerte unbehaglich sein Gewicht auf das andere Bein, und Victoria und Tara begriffen, dass Tadd auch ihn bedroht hatte. Trotz allem, was Tadd bisher schon angerichtet hatte, schockierte es sie beide.

»Tadd hat Scherer fortgeschickt, Missus. Hat ihnen gesagt, Missus Tara hätte bei den Zigeunern gelebt ...«

Tara schloss die Augen, als die Demütigung sie wieder zu überwältigen drohte.

»... und dass sie keine Arbeit mehr bekommen, wenn sie in Tambora scheren. Tadd nicht gut, Missus!«

Victoria fühle sich wie eine Närrin, weil sie offensichtlich als

Einzige Tadd gegenüber blind gewesen war. »Nun, jetzt ist er fort, Nugget, und er wird nie wiederkommen. Ich habe Sie gebeten, heute Morgen zu kommen, weil ich einen neuen Farmverwalter brauche – und ich hatte gehofft, Sie wären vielleicht bereit, diesen Posten zu übernehmen.«

Nugget starrte sie verblüfft an. »Aber ... viele weiße Farmverwalter suchen Arbeit, Missus.«

»Ich weiß, Nugget. Aber warum soll ich einen von ihnen einstellen, wenn der beste Mann für diesen Posten längst hier ist? Ich mag Tadds Fehler nicht gesehen haben, aber ich habe sehr wohl gesehen, dass Sie und die anderen Männer hier die meiste Arbeit geleistet haben. Sie kennen die Farm und wissen, was ich erwarte, und Sie haben sich den Posten redlich verdient.«

Nugget war sprachlos und stumm vor Rührung. Eines Tages Verwalter auf einer Farm wie Tambora zu sein, davon hatte er nie zu träumen gewagt. Er kannte in ganz Südaustralien keinen einzigen Aborigine, der es bis zum Farmverwalter gebracht hatte.

Tara lächelte ihm strahlend zu. Sie hatte ihn ihrer Tante nicht direkt vorgeschlagen, war jedoch sehr froh, dass diese der gleichen Meinung war wie sie.

»Sie nehmen doch an, nicht wahr, Nugget?«, sagte sie.

Der Aborigine strahlte über das ganze Gesicht. »Ich wäre verrückt, wenn nicht, Missus.«

Victoria war sehr froh darüber. »Dann ist es also abgemacht. Sie bekommen das Verwalterhaus und eine Lohnerhöhung, sobald wir die Wolle verkauft haben.«

»Mir reicht es, mit den anderen im Arbeiterhaus zu bleiben, Missus.«

»Eigentlich gehört das Cottage zu dem Posten, aber das musst du selbst entscheiden.«

Tara wurde plötzlich ernst. »Wo du gerade von der Wolle sprichst – ich gehe besser hinüber zu den Hütten und helfe beim Scheren.«

Nugget hatte sich schon umgewandt, um das Gleiche zu tun, als er noch einmal innehielt. »Danke, Missus«, sagte er. »Schön, wieder ... zu Hause zu sein.«

Victoria nickte ihm lächelnd zu. Sie wusste, dass sie richtig gehandelt hatte. Nugget verdiente ihr Vertrauen. »Wir haben noch eine Menge Arbeit vor uns, wenn wir bis morgen Nachmittag fertig sein wollen. Ich ziehe mich auch besser um und komme gleich nach zu den Schererhütten. Elsa kann sich für ein paar Stunden um unsere Gäste kümmern.«

Tara fiel noch etwas ein. »Ach, Tante Victoria, über all dem Betrieb gestern Abend und heute Morgen habe ich vergessen, dir zu sagen, dass Ethan ein Telegramm für dich auf den Tisch im Esszimmer gelegt hat. Ich hoffe, es war nichts allzu Wichtiges!«

»Ich schaue rasch nach und komme dann zu den Hütten hinüber.«

Tadd Sweeney kam kurz nach neun Uhr morgens im Wombat-Creek-Hotel an. Er hatte die ganze Nacht kein Auge zugetan und war unrasiert, seine Sachen waren so schmutzig und zerknittert, wie die Männer es noch nie an ihm gesehen hatten. Als er hereinkam und seinen verbeulten, staubigen Koffer auf den Boden warf, wussten Percy und Ferris sofort, dass etwas nicht stimmte.

»Was ist denn mit dir los?«, fragte Ferris. »Willst du in Urlaub fahren?«

»Ich brauche ein Zimmer«, gab Tadd missgelaunt zurück.

Die Männer wechselten viel sagende Blicke. »Für wie lange?«, erkundigte sich Ferris.

»Weiß noch nicht; aber wo ist das Problem? Bist du etwa ausgebucht?« Es war ironisch gemeint, doch Ferris war zu beschäftigt, um es zu bemerken.

»Die Scherer sind noch hier. Bist du zu Hause ausgezogen, Tadd?« Ferris und Percy grinsten, doch Tadd warf ihnen einen so finsteren Blick zu, dass sie augenblicklich wieder ernst wurden.

»Das hier ist doch ein Hotel, verflixt noch mal, oder? Wieso treibt ihr Späße mit einem Mann, der vor Durst beinahe umkommt?«

Ferris goss Tadd einen Drink ein, den dieser in einem Zug austrank. Ferris schenkte ihm das Glas wieder voll; er wusste, dass es nur eine Frage der Zeit war, bis der Alkohol Tadds Zunge lösen würde.

Insgesamt war es im Wombat-Creek-Hotel ein interessanter Morgen gewesen. Samstags war die Bar immer gut gefüllt, und außer den Scherern waren auch noch Viehtreiber und ihre Gehilfen aus Oodnadatta im Norden und Hawker im Süden angekommen. Dirk Dolan, ein irischer Dingojäger mit Aborigines-Blut in den Adern, war auf ein paar Drinks hereingekommen. Sein dreizehnjähriger Sohn würde mit dem Nachmittagszug aus Adelaide eintreffen, um die Ferien mit ihm zu verbringen. Dirk war immer sehr laut und trank viel zu viel, doch die Männer wussten, dass er das einsamste Leben der Welt führte. Er ritt den so genannten ›Hundezaun‹ hinauf und hinunter, der von Ceduna in Südaustralien bis in das Herz von Queensland führte. Er wies jeden stolz darauf hin, dass der Hundezaun dreimal länger war als die große Chinesische Mauer.

Gegen Mittag konnte Tadd sich nicht mehr auf den Beinen halten. Ferris hatte ihn in einer ruhigen Ecke auf einen Barhocker gesetzt und mit dem Rücken an die Wand gelehnt, und er hatte stundenlang vor sich hin gebrabbelt. Ferris und die anderen Männer waren zu sehr mit sich selbst beschäftigt gewesen, um zuzuhören. Als er schließlich gestand, dass Victoria ihn in Neridas Zimmer erwischt und ihn hinausgeworfen hatte, wurde Ferris neugierig.

»Das ist aber nicht richtig«, meinte er und schenkte Tadd noch einen Drink ein. »Nerida war doch willig, oder etwa nicht?«

»Natürlich war sie das. Glaubst du, ich hätte es nötig, eine Frau dazu zu zwingen? Wie hätte ich wissen sollen, dass sie schon ein Kind im Bauch hatte?« Er konnte immer noch nicht fassen, dass das Mädchen schwanger geworden war. »Ich dachte, Abo-Frauen wüssten, wie man ungewollte Babys verhindert!«

»Du hast sie geschwängert?«, fragte Percy ungläubig. »Himmel, Tadd, das hätte dir aber in deinem Alter nicht passieren dürfen!«

»Ich war es doch gar nicht, du verdammter Dummkopf. Es war ... Nugget.«

»Nugget? Er war immer nett zu Nerida«, meinte Ferris.

»War er das?« Tadd hatte nie darauf geachtet.

»Wenn er ihr ein Kind gemacht hätte, hätte er sie geheiratet.«

»Sie will ihn aber nicht heiraten, weil sie einen dickeren Fisch an der Angel hat.«

»Und wer sollte das sein?«

»Na, ich natürlich.«

Die Männer feixten, und Tadd wurde wütend. »Ich habe ein Cottage und einen guten Posten, und ich hab euch ja schon öfter erzählt, dass ich Tambora erben sollte, bevor diese Zigeunerschlampe aufgetaucht ist.«

»Sie ist mit Victoria verwandt, Tadd«, meinte Ferris. »Dagegen kannst du nichts sagen. Außerdem hast du jetzt nicht mal einen Job, geschweige denn ein Cottage!«

»Es ist alles ihre Schuld. Victoria und ich waren uns sehr nahe, bis dieses Weib kam und Victoria alles Mögliche in den Kopf gesetzt hat. Vielleicht hätten wir sogar eines Tages geheiratet.«

Die Männer verdrehten die Augen, denn keiner von ihnen glaubte ernsthaft, dass Victoria Tadd jemals geheiratet hätte.

»Indem du dich mit Nerida eingelassen hast, hast du dir deine Chancen anscheinend gründlich verdorben«, meinte Percy lachend.

»Stimmt«, fügte Ferris hinzu. »Wenn du eine Frau gebraucht hättest, hättest du in die Stadt kommen und Lottie einen Besuch abstatten sollen.«

Tadd winkte ab. »Ihr glaubt, ihr wüsstet so viel – Lottie ist nicht in der Stadt, sondern mit den Mädchen in Tambora.«

»Wie bitte?«

Tadd war sehr zufrieden mit sich. »Es ist wirklich wahr.«

»Habt ihr das gehört, Männer?«, rief Percy. »Lottie und die Mädchen sind in Tambora.«

»Und was machen sie da draußen?«, fragte Wonky Warburton.

»Gestern Abend haben sie mit Victoria und deren Gästen eine Party gefeiert«, erwiderte Tadd lallend. »Hättet sie sehen sollen, gelacht und getanzt und gesungen haben sie und sich aufgeführt wie die feinen Pinkel. Victorias besten Wein haben sie getrunken und waren herausgeputzt wie die Modepuppen.«

Die meisten Männer bedauerten schon längst, nicht zu der Party gegangen zu sein, denn mindestens die Hälfte von ihnen hatten deswegen Streit mit ihren Frauen, auch wenn sie es nicht zugeben würden.

Obwohl die Frauen furchtbar über Tara klatschten, hätten sie sich doch zu gern für eine von Victorias Abendgesellschaften herausgeputzt. Außerdem waren sie mehr als neugierig darauf gewesen, Elsa Killain kennen zu lernen, nachdem diese die Vine-Schwestern und Mildred Gower am Funkgerät so selbstlos heruntergeputzt hatte. Außerdem wäre es das erste echte gesellschaftliche Ereignis nach dem Kamelrennen gewesen, und das war doch eher Männersache. Aber es war den Frauen unmöglich, ohne ihre Männer zu der Party gehen, und die beharrten nun mal darauf, Victoria zu boykottieren.

»Wann kommen die Mädchen zurück?«, wollte einer der Männer im hinteren Teil des Raumes wissen.

»Keine Ahnung«, erwiderte Tadd. »Vielleicht bleiben sie ja ganz da.«

»Victoria wird doch sicher bald das Geld ausgehen, weil Wally und die Jungen ihre Schafe nicht scheren.«

Tadd, der sich mittlerweile mit einem Ellenbogen auf der Theke abstützen musste, lachte höhnisch auf. »Das tun sie jetzt selbst.«

»Was? Scheren?«, fragte Wally ungläubig und arbeitete sich durch die Menge, um zu Tadd zu gelangen.

»Ja. Sie machen alle mit, Charlie, Bluey und der junge Karl – sogar dieser Schönling aus Irland. Tara haben sie zum ›Roustabout‹ gemacht und den Kleinen zum Teerjungen.«

»Nugget ist nicht da, oder?«, fragte Wonky. »Er hat hundert an einem Tag geschafft, als er jünger war.«

»Du kannst dein Leben drauf wetten, dass er jetzt wieder da ist. Tara hat sogar gesagt, sie will ihn zum Verwalter machen. Könnt ihr euch Nugget als Verwalter vorstellen? Kriminell ist das!«

Die Männer hatten kein Ohr mehr für Tadds Gerede, vor allem weil sie alle großen Respekt vor Nugget hatten.

»Das ist nur deine Schuld, Wally«, meinte Des Brown. »Wenn ihr Victorias Schafe geschoren hättet, würden wir jetzt nicht hier so herumhocken.«

»Das stimmt«, meinte Fred Wilcox. »Ich habe gerade einen ganzen Monat damit verbracht, in der Simpson-Wüste Rinder mit Brandzeichen zu versehen, und nur verschwitzte Männer und Kühe als Gesellschaft gehabt. Ich hatte mich wirklich auf dieses Wochenende gefreut, und dann komme ich in die Stadt und muss mir eure hässlichen Gesichter anschauen, statt mit Maddy und ihren Wahnsinnsbrüsten im Bett zu liegen – nehmt es mir nicht übel, aber ich wäre jetzt wirklich lieber mit ihr zusammen.«

»Ja, und ich habe eine feste Samstag-Abend-Verabredung mit Belle«, murmelte ein anderer.

»Das ist aber nicht unsere Schuld«, protestierte Wonky, dessen eines Auge vor Ärger blitzte. »Wir dachten, dass wir das Richtige tun.«

Wally Sherbourne schüttelte den Kopf. »Ich kann kaum glauben, dass sie auf Tambora versuchen, ihre Schafe selbst zu scheren. Dass muss man Victoria und den Männern lassen, und sogar dieser Tara: Sie haben wirklich Mut!«

»Tara? Tara! Die Kinder kommen!« Victoria kam buchstäblich zu den Hütten herübergerannt. In der Hand hielt sie das Telegramm, und auf ihrem schweißbedeckten Gesicht stand ein Ausdruck nicht gelinden Schreckens.

Tara warf ein Stück Vlies über den Tisch, damit er gesäubert werden konnte. Sie war so müde, dass sie kaum noch klar denken konnte. »Kinder?«

»Ja, die Kinder, alle zwölf, und sie sind zwischen fünf und fünfzehn Jahre alt.«

Plötzlich begriff Tara, wovon Victoria sprach. »Oh Himmel! Wann werden sie hier sein?«

»Morgen. Das Telegramm, das Ethan mitgebracht hat, ist von einer Mrs. Blythe Horton. Elsa sagt, es ist die Frau, die hier war, um das Haus zu inspizieren. Sie entschuldigt sich dafür, dass sie uns erst jetzt benachrichtigt, aber anscheinend haben sie in den Heimen der Regierung so viele Kinder, dass sie nicht mehr wissen, was sie mit ihnen machen sollen. Elsa steht unter Schock, weil sie sicher war, dass unser Antrag abgelehnt werden würde. Aber Mrs. Horton hat geschrieben, dass das Haus allen Standards genügt und dass offensichtlich alle Anstrengungen unternommen würden, die Kinder mit Güte und Wärme aufzunehmen.«

»Das ist ja wunderbar, Tante Victoria. Aber – sind wir denn schon so weit, dass die Kinder kommen können? Es müssen genügend Betten bezogen werden, und ich weiß nicht einmal, ob wir ausreichend Lebensmittel im Haus haben.«

»Darüber brauchen wir uns erst einmal keine Gedanken zu machen – anscheinend hat Mrs. Horton wegen der kurzfristigen Benachrichtigung jedem Kind eine Fünftagesration an Lebensmitteln mitgegeben.«

»Dann müsste alles bereit sein.«

Plötzlich erschienen Lottie, Belle und Maddy hinter Victoria. Überraschenderweise steckten sie alle in Arbeitsanzügen, die aus dem Schrank im Arbeiterhaus stammten. »Wir sind hier, um uns unsere Mahlzeiten zu verdienen«, erklärte Lottie, die ein Tuch um ihre blonden Haare gebunden hatte. »Elsa und Sorrel sind dabei, zwölf Betten zu beziehen.«

»Das ist wirklich nett von euch«, stieß Tara dankbar hervor. »Wir können jede Hilfe gebrauchen.«

Um zehn Uhr kamen Elsa und Sorrel mit Tabletts voller Zimtplätzchen, die Sanja gerade frisch gebacken hatte, zu den Hütten herüber. Nugget hatte den Teekessel aufgesetzt. Die Männer hatten mittlerweile fünfundsechzig Schafe geschoren. Sogar Riordan beherrschte das Scheren inzwischen recht gut, doch sein Rücken schmerzte, als ob er in zwei Teile brechen wollte.

»Wir werden viel mehr schaffen, wenn Ethan zurückkommt«, meinte Nugget. Ethan half Saladin beim Aufladen und Ausliefern von Vorräten für die Kinder in der Missionsschule. Er hatte versprochen, kurz nach Mittag wieder auf der Farm zu sein. Zur Not würden sie eben die ganze Nacht durcharbeiten, um alle Schafe zu scheren. Victoria fürchtete, dass sie es niemals schaffen würden, den Verladetermin in zwei Tagen einzuhalten, obwohl Lottie, Maddy und Belle Tara halfen, die Wolle mit Bändern zu Ballen zusammenzuknoten. Sie war niedergeschlagener als je zuvor in ihrem Leben. Nicht nur, dass sie William Crombie nicht enttäuschen wollte, vor allem aber brauchte sie das Geld, um den Männern und Nerida alles zurückzuzahlen, was sie ihnen schuldete. Sie würde sich erst wieder wohl fühlen, wenn das geschehen war.

Als die Männer nach einer kurzen Pause wieder an die Arbeit gehen wollten, hörten sie das Motorengeräusch eines Wagens. Eine Minute später blickten sie auf und sahen die besten Scherer der Gegend – Wally, Wonky, Dave Barnett und Mitch O'Connel an der Tür stehen. Hinter ihnen tauchte auch Rex Crawley auf.

»Was wollt ihr hier?«, fragte Victoria kühl.

Wally wirkte so zerknirscht, wie es bei einem Mann seiner Größe möglich war. »Wenn ihr den Mut habt, tausend Schafe eigenhändig zu scheren, dann ziehe ich vor euch den Hut«, sagte er und genau das tat er: Er nahm seine Kappe ab.

»Wenn du den ganzen Weg hier herausgekommen bist, um deinen Hut zu ziehen, Wally Sherbourne, dann verschwendest du deine Zeit«, meinte Victoria unfreundlich.

»Wir sind hier, um Schafe zu scheren, Victoria. Es tut mir Leid, dass wir auf Tadd gehört haben – was deine Nichte getan hat, bevor sie herkam, geht niemanden außer ihr etwas an.«

»Es gibt nicht viele, die dir da Recht geben würden.«

»Als wir gerade losfahren wollten, kam Ethan in die Bar. Er hat die Männer daran erinnert, dass keiner von ihnen ein Heiliger ist. Ich denke, sie haben verstanden, was er sagen wollte. Und wenn Ihre Tara nur halb so mutig ist, wie man mir erzählt hat, dann ist sie für mich in Ordnung!«

Victoria blieb einen Augenblick stumm. Sie war versucht, zu lächeln, zwang sich aber, ernst zu bleiben. Ein Blick zu Tara hinüber zeigte ihr, wie erleichtert diese war. »Seid ihr bereit, die Nacht durchzuarbeiten? Das wird nämlich nötig sein, wenn wir den Verladetermin einhalten wollen.«

»Wir hören nicht auf, bis die Arbeit erledigt ist.«

Da noch ungefähr achthundert Schafe zu scheren waren, war Victoria ehrlich beeindruckt. Sie warf einen Blick in die Runde der Männer und Frauen, die mit ihr in der Hütte standen und die alle heilfroh über das Auftauchen der Scherer waren. Die Arbeit war viel zu schwer für sie gewesen, und sie ahnten nicht, wie dankbar sie ihnen auf ewig für ihre Loyalität und Hilfsbereitschaft sein würde.

»Dann fangen Sie besser sofort an«, sagte sie, zu Wally gewandt.

Wally ging in den hinteren Teil der Hütte und lächelte, als er die Schafe hinter der Absperrung sah, die schon geschoren waren. Die Armen hatten reichlich Schnitte und Kratzer abbekommen, aber insgesamt hatten die Männer für Amateure nicht schlecht gearbeitet. Victoria beobachtete ihn, sodass er sich nicht traute, einen Kommentar abzugeben, doch jetzt war es an der Zeit, ihnen zu zeigen, wie man es richtig machte.

Als die Arbeit getan war und die Scherer ihre Werkzeuge niederlegten, war es zwei Uhr morgens. Victoria hatte mehrere Öllampen in die Hütten gestellt, und die Männer fanden es trotz ihrer Müdigkeit angenehmer, in der Kühle der Nacht zu arbeiten. Zwei Stunden später war die Wolle zu Ballen verschnürt, Sanja hatte den Männern etwas zu Essen gebracht, und sie hatten sich erschöpft ins Arbeiterhaus zurückgezogen.

»Ich glaube, jetzt schaffen wir den Termin«, sagte Victoria zu Tara, als sie schließlich im Esszimmer bei einer Tasse Tee zusammensaßen. Es war das erste Mal, das sie wieder optimistischer in die Zukunft sah.

»Das hoffe ich – aber ich wünschte, die Kinder würden nicht ausgerechnet heute ankommen. Ich bin so müde, dass ich trotz der Hitze vierundzwanzig Stunden schlafen könnte.«

»Ich weiß, was du meinst«, murmelte Victoria, die in ihrem Sessel beinahe eingeschlafen wäre.

Als Tara die Treppe hinaufgehen wollte, sah sie Koffer neben der Eingangstür stehen. »Sind das Sorrels?«, fragte sie ihre Tante. »Ich dachte, sie bliebe noch zwei Tage hier.«

»Die Koffer gehören Riordan. Er hat mir gesagt, dass er heute Morgen mit Rex Crawley in die Stadt fahren will, damit er den Nachmittagszug nach Adelaide noch erwischt.«

Tara erschrak. »Aber warum? Ich wusste ja, dass er irgendwann abreisen wollte, aber weshalb tut er es jetzt, und dann noch so plötzlich?«

»Ich weiß es wirklich nicht«, erwiderte Victoria. »Aber ich vermute, es hat irgendetwas mit dir zu tun.«

Tara klopfte leise an Riordans Tür, die nur angelehnt war, doch es kam keine Antwort. Da stieß sie die Tür ganz auf und sah seine Silhouette auf dem Balkon.

»Riordan?«, flüsterte sie, als sie ihn fast erreicht hatte.

Er wandte sich überrascht um. »Ich dachte, du würdest längst schlafen«, sagte er, und sie sah ihm an, dass ihn etwas zutiefst schmerzte. »Du musst doch völlig erschöpft sein.« Tara war nach einer kurzen Pause noch einmal zu den Hütten hinübergegangen, um den Scherern zu helfen. Sie war so müde wie nie zuvor in ihrem Leben.

»Ich wollte gerade ins Bett gehen, als ich deine Koffer sah. Wärst du wirklich abgereist, ohne mir Lebwohl zu sagen?« Tara wusste, dass Rex gleich nach dem Frühstück mit den Scherern abfahren wollte. Riordan drehte sich um und blickte über die mondbeschienene Landschaft. In etwas mehr als einer Stunde würde es hell werden. »Ich hasse Abschiede, und ich dachte, ich könnte es nicht ertragen, dir Lebwohl zu sagen.« Er wandte sich schnell ab, weil seine Gefühle ihn zu überwältigen drohten. Er konnte den Gedanken nicht ertragen, Tara niemals wiederzusehen.

Tara wusste nicht, was sie sagen sollte. Seit Riordan sie gebeten hatte, ihn zu heiraten, hatte er seine Gefühle für sie nie wieder erwähnt. Tara hatte ihm bislang keine eindeutige Antwort gegeben – deshalb verstand sie nicht, warum er jetzt so plötzlich abreiste. »Warum gehst du so ... unvermittelt? Wegen der vielen Arbeit? Oder ist es die Hitze? Man braucht einige Zeit, um sich daran zu gewöhnen.«

Riordan seufzte. »An dem Tag, als ich mit deiner Mutter hier ankam, habe ich gesehen, wie du Ethan Hunter geküsst hast.«

Tara errötete.

»Es war der ... leidenschaftlichste Kuss, den ich je gesehen hatte, und als ich dich küsste, hast du nicht auf dieselbe Weise geantwortet. Trotzdem habe ich im Stillen gehofft ... bis ich euch gestern während der Party zufällig wieder bei einem Kuss beobachtet habe. Seitdem weiß ich, dass du nie mit mir nach Irland kommen wirst.«

Tara sah ihn verwirrt an. »Riordan, ich ... ich habe dafür selbst keine Erklärung ...«

»Wenn du mich so küssen würdest, Tara, wäre ich der glücklichste Mann auf Erden.«

»Du willst doch nicht etwa sagen, dass Ethan irgendwelche

Gefühle für mich hegt oder ich für ihn? Wir sind so verschieden, wie man nur sein kann.«

»Vielleicht besteht gerade darin der Reiz, Tara. Zwischen euch ist etwas, auch wenn du dich weigerst, es zuzugeben.«

Tara wusste nicht, was sie darauf antworten sollte. Dass sie ihm nicht widersprach, versetzte ihm einen schmerzhaften Stich.

»Er ist ein Nomade, Tara, immer in Bewegung. Du wünschst dir doch sicher nicht schon wieder so ein Leben?«

»Nein, natürlich nicht ...«

»Wir könnten es zusammen so schön haben, Tara, ein hübsches Heim ... sogar Kinder, wenn es das ist, was du dir wünschst.«

Tara fiel ein, dass er ihrer Tante gegenüber erwähnt hatte, Kinder nicht sonderlich zu mögen.

Riordan sah ihr an, dass sie hin und her gerissen war.

»Ich fahre in ein paar Stunden, Tara. Komm doch mit!«

»Ich muss auch an Jack und Hannah denken, Riordan. Sie sind meine Familie.«

»Du weißt aber doch, dass eigentlich andere für sie verantwortlich sind, nicht wahr? Du solltest eigene Kinder haben!«

Tara wich zurück. Ihr war plötzlich klar geworden, dass Riordan ihre Gefühle für Jack und Hannah niemals verstehen würde. Ethan dagegen verstand sie, wie er alles an ihr zu verstehen schien ...

»Ich kann nicht mit dir gehen, Riordan«, sagte sie und ging zur Tür, wo sie sich noch einmal umwandte, um ihn anzusehen. Er stand noch immer auf dem Balkon, mit dem Rücken zu ihr, doch sie sah, wie er litt. »Lebwohl, Riordan. Ich werde dich nie vergessen.« Sie wandte sich zum Gehen.

»Tara?«

»Ja?«

»Wenn du jemals deine Meinung ändern solltest, weißt du, wo du mich findest.«

Tara zog leise die Tür hinter sich zu.

35

Tara wurde durch Geräusche im Erdgeschoss geweckt. Die Sonne stand schon hoch und brannte vom Himmel herab, was bedeutete, dass es schon Mittag sein musste. In den wenigen benommenen Augenblicken direkt nach dem Erwachen registrierte Taras Unterbewusstsein, dass Riordan schon lange fort war. Ein kleiner Teil von ihr würde seinen scharfen Verstand und seinen jungenhaften Charme vermissen, aber ihre Wege waren nicht dazu bestimmt, gemeinsam zu verlaufen.

Tara wusste, dass es für Riordan wichtig war, sich wieder unter die schillernden Charaktere des Geldadels und der Kunstszene zu mischen. Er lebte dafür, seltene Gemälde zu kaufen und zu verkaufen und Ausstellungen für unbekannte Talente auszurichten, die dadurch entdeckt wurden. Davon sprach er ständig – und das Einzige, was ihm in seiner fast perfekten Welt fehlte, war eine schöne Frau an seiner Seite. Das Schlimme war nur, dass er sich einzig Tara in dieser Rolle vorstellen konnte, während sie sich etwas ganz anderes wünschte: ein ruhiges Leben in einem gemütlichen Heim zusammen mit Jack und Hannah.

Als Tara etwas später über das Treppengeländer nach unten blickte, war die durch die Hitze und den Schlafmangel ausgelöste leichte Benommenheit augenblicklich verflogen. Die Eingangshalle war voller aufgeregter Kinder verschiedener Altersstufen und Größen. Die meisten waren sehr ärmlich gekleidet, ihre Haare waren ungekämmt, und sie trugen keine Schuhe. Die Kleinsten hatten von der Hitze gerötete Gesichter. Victoria stand ein wenig ratlos mitten unter ihnen.

Als sie die Treppe hinunterging, sah sie durch die offen stehende Haustür, dass Rex Crawley sehr große Eile zu haben schien, wieder in seinen Packard einzusteigen. Er überließ es Nugget, die Kartons mit den Essensrationen, die in einem chaotischen Haufen auf der Terrasse lagen, ordentlich aufeinander zu stapeln.

Victoria versuchte vergeblich, sich Gehör zu verschaffen, denn die Kinder hatten unzählige Fragen und schrien, um ihren eigenen Lärm zu übertönen.

»Wann können wir reiten gehen?«

»Gibt es hier irgendwelche Flüsse oder Staudämme, in denen man schwimmen kann?«

»Können wir die Lämmer und Kälber füttern?«

»Dürfen wir auf die Bäume klettern?«

»Ich habe Durst ...«

»Ich habe Hunger ...«

Tara stöhnte auf, während sie die letzten Stufen bis zum Erdgeschoss hinunterlief.

Plötzlich ertönte ein Gong, und sogleich senkte sich Stille über die Gruppe. Elsa und Sorrel standen neben der großen Metallscheibe direkt neben der Wohnzimmertür.

»Jetzt hört mir einmal zu, Kinder«, sagte Elsa ein wenig heiser vor Nervosität. »Ihr habt sicher alle Durst und seid müde von der langen Reise hierher. Aber es werden keine Getränke ausgegeben, solange ihr euch nicht ruhig und anständig benehmt. Ich bin Mrs. Killain, und das hier ist Mrs. Windspear. Eure Gastgeberinnen sind Mrs. Milburn und ihre Nichte, Mrs. Flynn.«

»Bitte nennt mich Tara«, sagte diese. Wenn man sie mit ›Mrs. Flynn‹ anredete, fühlte sie sich immer alt oder, was noch schlimmer war, wie eine Matrone.

»Das Hausmädchen heißt Nerida, und der Koch ist Sanja«, fuhr Elsa fort. »Es gibt noch mehr Angestellte auf der Farm, die ihr später kennen lernen werdet. Bitte habt während der nächsten Tage etwas Geduld mit uns – wir müssen eure Namen auch erst lernen ...« Elsa warf Sorrel und Victoria Hilfe suchende Blicke zu, denn sie war plötzlich um Worte verlegen.

Daraufhin übernahm Sorrel das Kommando. »Während wir entscheiden, wer von euch welches Zimmer bekommt, geht ihr bitte leise mit Nerida ins Esszimmer. Dort wird Sanja euch etwas zu trinken und Kekse servieren, die er erst heute Morgen gebacken hat.«

»Eure Koffer könnt ihr so lange in der Eingangshalle stehen lassen«, fügte Victoria hinzu, und zu ihrer Überraschung stellten die Kinder ihre kleinen, meist verbeulten Koffer brav auf dem Boden ab und folgten Nerida ruhig ins Esszimmer. Victoria wandte sich an Elsa. »Ich wünschte, ich hätte selbst an den Gong gedacht«, sagte sie lächelnd.

»Ich wusste nicht, wie ich sonst ihre Aufmerksamkeit auf mich lenken sollte«, gab Elsa zurück.

»Du warst großartig, Mutter«, meinte Tara. »Und du auch, Sorrel. Ihr habt so ... souverän gewirkt.«

»Danke – aber es war alles nur gespielt«, flüsterte Elsa.

»War keine Aufsichtsperson bei den Kindern?«, wollte Sorrel wissen.

»Nein, und das ist wirklich sehr seltsam«, erwiderte Victoria. »Aber ich bezweifle, dass noch Platz für eine weitere Person gewesen wäre. Drei der Kinder saßen mit Rex vorn, und die anderen neun hinten im Kofferraum, zwischen der Post und den Vorräten, die er ausliefern musste – darunter war auch ein junger Truthahn für Sadies Hühnerstall. Ich kann mir nicht vorstellen, dass irgendeine Frau dort eingestiegen wäre.«

»Entschuldigung, Missus«, sagte Nugget von der Tür aus, »Rex sagt, eine Frau namens Missus Horton war im Zug mit Kindern, aber sie sehr ... dick und passte nicht ins Auto.« Rex hatte Blythe Horton als eine ›fette Henne mit Armen wie ein Sumo-Ringer‹ beschrieben. Obwohl Nugget herzlich darüber gelacht hatte, fühlte er, dass für einen Farmverwalter eine diskretere Ausdrucksweise angebracht war.

»Wahrscheinlich hatte sie sich auch noch nicht ganz von ihrer letzten Fahrt mit Rex hier heraus erholt«, vermutete Elsa diplomatisch, deren Gedanken jedoch in die gleiche Richtung gingen wie Rex' Kommentar. Sie konnte sich beim besten Willen nicht vorstellen, dass Mrs. Blythe Horton zusammen mit einem Truthahn und mehreren Kindern in den Kofferraum des Packard gepasst hätte.

»Rex hat mir diesen Brief gegeben, Missus«, sagte Nugget und hielt ihr einen großen Umschlag entgegen, auf dem *›Vertraulich‹* stand. »Er sagte, dies medizinische und andere Informationen über einige von den Kindern.«

»Danke, Nugget. Dann lasst uns einmal nachsehen, was in dem Brief steht.« Victoria riss den Umschlag auf und überflog die kurze Nachricht. »Mrs. Horton entschuldigt sich dafür, dass sie die Kinder in Rex' Obhut gelassen hat – aber sie schreibt, es sei ihr unmöglich gewesen, sich zu ihnen in sein Vehikel zu zwängen, und dass Rex ihr versichert hat, er werde die Kinder unversehrt nach Tambora bringen.« Victoria zog die Augenbrauen hoch. »Habt ihr gemerkt, dass er gar nicht schnell genug wieder abfahren konnte?«

Die anderen drei Frauen nickten, und jede von ihnen fragte sich insgeheim, ob es ihr am Ende der Woche wohl ebenso gehen würde.

»Viel mehr steht hier jedenfalls nicht. Mrs. Horton hat uns eine Nummer aufgeschrieben, unter der wir sie erreichen können, sollte es Fragen geben. Ihre erste Zahlung an uns in Höhe von vierundzwanzig Pfund wird gegen Ende der Woche auf unserem Konto eingehen.« Victoria schaute die anderen an. »Jetzt sind wir auf uns gestellt, was auch immer passiert.« Sie seufzte tief auf. »Ich hoffe, dass wir es schaffen – Gott steh uns bei!«

Es dauerte zwei Stunden, die Kinder auf die verschiedenen Zimmer zu verteilen und ihnen beim Auspacken zu helfen. Danach waren die Frauen reichlich erschöpft. Mit ein paar Stunden mehr

Schlaf wäre alles natürlich einfacher gewesen, doch so brachten sie wenig Geduld für die Fragen und Wünsche der Kinder auf.

Tapfer kämpften sie sich durch den Rest des Tages und das Abendessen, das eine laute Angelegenheit und ein ziemliches Durcheinander war. Sanja hatte mit kaum verhohlenem Abscheu die Vorräte durchgeschaut, die mit den Kindern angekommen waren. Das Dosenfleisch nannte er reinen Müll, und über die Tüten mit Mais- und Weizenmehl zum Plätzchenbacken schüttelte er nur den Kopf. Er hatte schließlich Dhal-Fladen und Roti-Brot gemacht und eine große Menge Reis als Beilage zu dem, was er Eintopf nannte – eine etwas mildere Version eines Currygerichts.

Die Kinder aßen mit gutem Appetit, was den Koch wiederum sehr freute, und waren abends früh müde. Doch es dauerte scheinbar eine Ewigkeit, bis sie alle im Bett lagen. Zu Victorias Überraschung erzählten Lottie und Belle einigen aus der Gruppe sogar Gutenachtgeschichten.

Das jüngste der Kinder teilte das Zimmer mit Hannah. Mary war zwar gerade fünf geworden, aber aufgrund einiger traumatischer Erlebnisse seelisch und körperlich etwas zurückgeblieben. Sie konnte kaum zusammenhängend sprechen, sich noch nicht allein ausziehen, und sie aß mit den Fingern.

In Mrs. Hortons Bericht stand, dass der zerschmetterte Körper ihrer Mutter kurz nach Marys Geburt am Ufer eines Kanals in Manchester gefunden worden war. Ihr ständig betrunkener Vater war der Hauptverdächtige gewesen, doch man hatte ihm nichts nachweisen können. Auch entzog er sich dem Gesetz, indem er ständig seinen Wohnort wechselte. Als Mary mit vier Jahren von ihrem Vater nach Australien gebracht worden war, hatte sie schon unter mehr als vierzig verschiedene Adressen gelebt. Nach einem Saufgelage hatte ihr Vater schließlich beim Rauchen sein Bett angezündet und war bis zur Unkenntlichkeit verbrannt. Da Mary keine anderen Verwandten in Australien besaß und niemand in England sie zu sich nehmen wollte, war sie in ein Waisenhaus gebracht worden. Mary wirkte zurückgezogen und in sich gekehrt, was Hannah jedoch nicht störte. Sie fand es sehr spannend, das Zimmer mit einem anderen kleinen Mädchen zu teilen.

Früh am nächsten Morgen erwachte Tara durch das Motorengeräusch von Rex Crawleys Wagen. Wenn der Wind günstig stand, konnte man das Brummen des Motors hören, lange bevor die lang gezogene Staubwolke sichtbar wurde, die der Wagen aufwirbelte.

An diesem Morgen jedoch ging das Geräusch teilweise im Lärm der Kinderstimmen unter, was Tara zu dem Schluss führte, dass es mit der Stille im Outback jetzt wohl vorüber war.

Sie ging hinaus auf den Balkon und sah eine Frau so hastig vom Beifahrersitz des Wagens springen, als habe sie auf einem Ameisenhaufen gesessen. Taras erster Eindruck war der einer schwerfälligen, ungepflegten Person, doch andererseits sah jeder, der Rex' Automobil entstieg, einigermaßen durchgeschüttelt aus.

»Beim heiligen Moses! Wir haben Glück, dass wir in einem Stück hier ankommen, Sie Verrückter!«, rief die Frau und warf die Tür wütend zu, ehe Rex etwas erwidern konnte. »Sie müssen ihren Führerschein jemandem im Säuferheim abgekauft haben!«

An dem starken Akzent erkannte Tara, dass die Frau aus Londonderry stammen musste. Rex öffnete die Fahrertür und streckte den Kopf heraus. »Ich bin der Postbote, kein verdammtes Taxiunternehmen. Sie können von mir aus in die Stadt zurücklaufen – oder noch besser, ich schicke ihnen einen Verwandten, der sie auf die Hörner nehmen kann – einen Stier!«

Die Frau kreischte auf vor Empörung auf und machte damit einem ganzen Baum voller schreiender Papageien ernsthafte Konkurrenz. Doch bevor sie noch ein Wort sagen konnte, setzte Rex mit halsbrecherischer Geschwindigkeit zurück, wendete den Wagen und fuhr in einer Staubwolke davon. Die Frau blieb hustend und keuchend zurück.

»Kann ich Ihnen helfen?«, rief Tara vom Balkon herunter, als die Frau wieder zu Atem gekommen war. Tara war entsetzt über das, was Rex zu der Fremden gesagt hatte, gleichzeitig aber auch neugierig. Sie überlegte, ob die Frau vielleicht mit einem der Kinder verwandt war, die sich jetzt in ihrer Obhut befanden.

Die Besucherin blickte zu ihr hinauf und blinzelte im hellen Morgenlicht, während sie mit wütenden Handbewegungen die Buschfliegen vertrieb, die sich auf ihr niedergelassen hatten. Ihr faltiges Gesicht erinnerte Tara entfernt an einen verknautschten Gummischuh, und es hatte absolut keine Ähnlichkeit mit einem der Kinder im Haus.

»Oh, es tut wirklich gut, in diesem gottverlassenen Land, das kein anständiger Katholik seine Heimat nennen würde, einen irischen Akzent zu hören. Dieser Verrückte war absolut keine Hilfe – er behauptete, schon seit zehn Jahren hier zu wohnen, aber er hatte noch nie etwas von einem Reverend Jim Malally von der Hermannsburger Mission oder von meiner Schwester gehört.«

»Ich kenne zwar die Hermannsburger Mission, aber keinen Reverend Jim Malally. Ich bin aber auch noch nicht lange in der Gegend. Vielleicht kennt meine Tante ja ihre Schwester. Wie heißt sie denn?«

»Maureen O'Sullivan«, sagte die Frau.

Tara fiel beinahe in Ohnmacht.

»In Port Adelaide hat man mit gesagt, meine Schwester habe mit den Kindern das Zollamt verlassen, und jetzt wollen Sie mir erzählen, sie sei zusammen mit ihrem Mann auf der *Emerald Star* umgekommen? Woher soll ich wissen, dass das wahr ist?« Moyna Conway saß Tara im Wohnzimmer gegenüber. Ihre Miene spiegelte eher Feindseligkeit als Verzweiflung wider, und doch tupfte sie sich mit einem Tuch unsichtbare Tränen ab.

»Ich habe Maureens und Michaels Leichen identifiziert«, erklärte Tara mit vor Kummer rauer Stimme. »Sie hatten sich aneinander festgebunden und ... sind ertrunken. Es tut mir sehr Leid, Mrs. Conway. Ich weiß, dass es ein Schock für sie sein muss. Ich war Maureens Kabinengenossin, sie war Jack und Hannah eine wundervolle Mutter und die einzige Freundin, die ich je gehabt hatte. Ich habe sie sehr gemocht. Fragen Sie mich ruhig nach Dingen, die Ihnen beweisen würden, dass ich die Wahrheit sage.«

»Wie können Sie erwarten, dass ich einer Frau glaube, die die Identität meiner Schwester gestohlen hat?«

Tara fühlte, wie aller Mut sie verließ. »Ich weiß, dass es nicht richtig war – aber die Umstände waren ... sehr außergewöhnlich.«

Obwohl der Tod ihrer Schwester Moyna Conway betroffen machte, interessierte sie im Grunde nur der finanzielle Gewinn, der für sie dabei herauskommen würde. Wenn sie die Vormundschaft für die Kinder übernahm, würde ihr die Entschädigung für die Opfer des Schiffsunglücks buchstäblich in den Schoß fallen. Beinahe hätte sie die Reise gar nicht unternommen, doch dann hatte ihr Mann sich bei der Arbeit den Rücken gebrochen, und seine liebende Schwester, die Moyna nicht ausstehen konnte, war gekommen, um ihn zu pflegen. Das war eine einmalige Gelegenheit gewesen, und deshalb hatte Moyna ihre Kinder bei Mann und Schwägerin gelassen. Sie dachte an die Zukunft, denn sie wollte nicht in Armut leben und wie eine Sklavin schuften müssen.

Tara senkte den Kopf. »Moyna, verstehen Sie doch – ich hatte Angst, die Behörden würden Jack und Hannah in ein Waisenhaus stecken und sie voneinander trennen. Jack hatte ebenfalls Angst, und die arme Hannah war vollkommen verwirrt. Ich weiß, dass ich etwas Schlimmes getan habe, aber ich hatte keine Wahl. Ich habe die beiden sehr gern.«

»Unsinn! Sie sind nur hinter der Entschädigung her, die die Schifffahrtslinie an die Hinterbliebenen der Opfer bezahlt.«

Tara sah sie verwirrt an, und Victoria war entsetzt.

Elsa, die hinter Tara stand, legte ihr die Hände auf die Schultern. »Meine Tochter würde niemals so etwas Schreckliches tun«, sagte sie.

»Das stimmt«, fügte Victoria hinzu. »Von einer Entschädigung haben wir nichts gehört.«

»Wahrscheinlich steckt ihr alle unter einer Decke«, meinte Moyna und wandte sich dann wieder an Tara. »Ich könnte Sie für das, was Sie getan haben, verhaften lassen!«

Tara erschrak. »Michael wollte, dass ich mich um die Kinder kümmere, falls ihm etwas passierte.«

»Oh, tatsächlich? Ich nehme an, Sie haben das schriftlich?«

»Natürlich nicht, Moyna – dazu war keine Zeit. Das Schiff stand in Flammen und sank. Die Kinder wurden eilig zu mir in das Rettungsboot gesetzt, als es bei ihrem Schwierigkeiten mit dem Herunterlassen gab. Michael blickte mich an ...« Tara sah ihn deutlich vor sich, denn sein Bild hatte sich unauslöschlich in ihre Erinnerung eingebrannt. »Ich kann es nur als ›beschwörend‹ bezeichnen.«

»Wollen Sie damit sagen, er hat sie nie wirklich *gebeten*, die Kinder zu nehmen?«

»Er hat die Worte nicht ausgesprochen, aber das war auch nicht nötig.«

Moyna sah sie zufrieden an. »Dann haben Sie also angenommen, dass er das gemeint hat. Genauso könnte er sie aber auch beschworen haben, die Kinder zu mir zu bringen.«

Darauf hatte Tara keine Antwort. Sie war sicher, Michael hätte nicht gewollt, dass die Kinder zu Moyna kamen, ebenso wenig wie Maureen, doch das konnte sie schließlich nicht sagen, ohne Moyna zutiefst zu beleidigen.

»Die Kinder sollten bei Verwandten aufwachsen«, erklärte Moyna energisch. »Ich nehme sie mit mir zurück nach Irland.«

Tara erstickte fast an dem trockenen Schluchzen, das in ihr aufstieg. Sie sprang auf und floh tränenüberströmt die Treppe hinauf in ihr Zimmer.

Elsa setzte sich Moyna gegenüber in den Sessel. Sie hielt sie mittlerweile für eine kalte, mitleidlose Frau. »Meine Tochter hat im Interesse der Kinder gehandelt, Mrs. Conway. Sie hatte keine Möglichkeit, Sie zu erreichen ...«

»Sie hat es doch gar nicht versucht, nicht wahr? Die Behörden haben mich gefunden und mir mitgeteilt, dass mein Schwager umgekommen war.«

»Ihre Schwester hatte Tara erzählt, dass sie selbst eine große Familie haben.«

Moyna seufzte theatralisch. »Meine drei ältesten Töchter gehen schon ihre eigenen Wege.« Sie erzählte nicht, dass die drei ausgezogen waren, sobald es ihnen möglich gewesen war, und jetzt für Lohn in anderen Diensten standen, anstatt umsonst für sie zu schuften. »Die vier Jüngsten habe ich allerdings noch zu Hause ...« Zwei davon waren Jungen, und ihr Mann hatte darauf bestanden, dass sie sich bezahlte Arbeit suchten, sodass Moyna und die beiden Mädchen sich jetzt allein um die Farm kümmerten. »Ich liebe Kinder, und die meiner Schwester sollen bei ihren Verwandten aufwachsen.«

In diesem Moment kamen mehrere Jungen lärmend die Treppe hinuntergerannt, gefolgt von zwei weiteren, die am Geländer herunterrutschten. Elsa bemerkte, dass der Krach Moyna zu irritieren schien, ein Anzeichen dafür, dass es mit ihrer angeblichen Kinderliebe nicht so weit her sein konnte. Direkt hinter den Jungen, die aus dem Haus stürzten und Shellie vor sich her jagten, folgte Jack, der ins Wohnzimmer schaute, als er an der Tür vorüberkam. Er erkannte den Rücken seiner Tante auf Anhieb und blieb wie angewurzelt stehen. Aus seinem Gesicht war alle Farbe gewichen.

»Tante Moyna!«

Moyna Conway wandte sich um. »Jack!«

»Was machst du denn hier?«, fragte der Junge in nicht eben freundlichem Ton. Einen Moment lang durchzuckte ihn der Verdacht, dass Tara sie benachrichtigt haben könnte, doch er konnte es nicht glauben.

»Das ist keine Art, deine Tante zu begrüßen, Jack«, sagte sie mit aufgesetzt wirkendem Lächeln. »Ich bin gekommen, um euch nach Irland zurückzuholen. Du und deine Schwester, ihr werdet von jetzt an bei mir wohnen.«

Jack war ganz entsetzt. »Ich will aber nicht ... zurück nach Irland.«

Das aufgesetzte Lächeln verschwand wie die ersten Regentropfen in der Wüste. »Du bist viel zu jung, um selbst zu wissen, was gut für dich ist, Jack«, erklärte Moyna, und es war offensichtlich, das sie sich sehr zusammennahm. Über ihren dichten Brauen hatten sich Schweißperlen gebildet, und ihre Lippen zuckten, als hätte sie am liebsten geflucht. »Deine Eltern hätten gewünscht, dass ihr bei Verwandten aufwachst.«

»Die Kinder sind glücklich hier, Mrs. Conway«, wandte Victoria ein.

Moyna holte tief Luft in dem offensichtlichen Bemühen, ihre Beherrschung nicht zu verlieren. »Ich bin sicher, dass sie sich gut um sie gekümmert haben, Mrs. Milburn. Aber sie werden sich bei uns schnell eingewöhnen.« Dass ihr gesamtes Haus kleiner war als das Wohnzimmer, in dem sie saßen, verunsicherte Moyna und erregte ihren Neid.

»Meine Tochter liebt diese Kinder, Mrs. Conway«, erklärte Elsa. »Es würde ihr das Herz brechen, wenn Sie sie mitnehmen. Ich bitte Sie, tun Sie es nicht!«

Victoria dachte, dass das Haus ohne Jack und Hanna nicht mehr dasselbe sein würde.

»Ich habe ein Telegramm an die Verwandten von Mrs. Tara Flynn geschickt, und Sie haben sich nicht einmal die Mühe gemacht, darauf zu antworten.«

»Dafür gibt es eine ganz einfache Erklärung«, erwiderte Victoria. »Wir haben es nicht bekommen.«

»Ich habe aber eine Antwort von einem Reverend Jim Malally erhalten, der mit schrieb, die Kinder seien hier nicht glücklich, Mrs. Killain – wem soll ich denn nun glauben?«

Victoria runzelte verwirrt die Stirn. »Ich weiß nichts von einem Reverend Jim Malally, Mrs. Conway, und ich kenne jeden hier in der Gegend.« Plötzlich kam ihr eine Ahnung, was passiert sein mochte: Tadd musste das Telegramm abgefangen und Moyna geantwortet haben. Sie begann vor Wut zu zittern: Ja, eine so boshafte Rache sah Tadd ähnlich!

»Bitte lassen Sie jemanden die Sachen der Kinder packen, Mrs. Milburn – ich nehme die beiden mit, und zwar jetzt sofort.«

In diesem Moment kam Tara zurück. »Sie können sie nicht mitnehmen, Moyna – ich lasse es nicht zu. Maureen wollte nicht, dass Sie sie bekommen; sie hat mir erzählt, Sie seien grausam zu ihren eigenen Kindern ...« Sie legte Jack beschützend einen Arm um die Schultern und fühlte, dass er zitterte.

Jack seinerseits spürte, wie Tara bei dem Gedanken litt, ihn und Hannah vielleicht zu verlieren, und sein Verdacht, sie könne Moyna nach Tambora gerufen haben, verflog.

»Wie können Sie so etwas sagen!«, rief Moyna, die nicht länger imstande war, sich zu beherrschen.

»Ich gehe nicht mit dir«, sagte Jack entschlossen. »Und ich lasse nicht zu, dass du meine Schwester mitnimmst und zu deiner Sklavin machst.«

Moyna bekam vor Empörung keine Luft mehr, und ihr Gesicht nahm eine ungesunde dunkelrote Farbe an. Sowohl Victoria als auch Tara bemerkten ihre geballten Fäuste und waren sich sicher, dass es Jack und Hannah bei Moyna schlimm ergehen würde.

In diesem Moment kam Lottie mit einem Teetablett herein, und ein besorgter Ausdruck erschien auf ihren Zügen.

»Du hast keine Wahl, Jack«, stieß Moyna höhnisch hervor. »Das Gesetz ist auf meiner Seite. Diese Frau ...«, sie deutete auf Tara, »hatte kein Recht, euch von Port Adelaide fortzubringen.«

»Ich habe Tara gebeten, Hannah und mich mitzunehmen, damit wir nicht getrennt werden. Tara ist gut zu uns, und wir haben sie lieb. Sie wird unsere neue Mama.«

Tara sah Jack an, und ihre Augen füllten sich mit Tränen. Sie wünschte sich nichts sehnlicher, als den Kindern eine Mutter zu sein – das wusste sie so sicher wie sonst nichts in ihrem Leben.

Moynas Augen traten aus ihren Höhlen hervor. »Eure Mama?

Diese Frau wird nie eure Mama sein! Ich bin euer gesetzlicher Vormund; diese Leute haben es doch nur auf die Entschädigung der Schifffahrtsgesellschaft abgesehen!«

»Du weißt, dass das nicht wahr ist, oder, Jack? Ich hatte keine Ahnung, dass die Gesellschaft überhaupt eine Entschädigung auszahlt.«

Jack wandte sich wieder an seine Tante. »Mir ist das Geld egal, Tante Moyna. Mir gefällt es hier, und Hannah auch. Wir wollen bei Tara und ihrer Tante bleiben. Wenn du uns mitnimmst, laufen wir wieder fort und kommen hierher zurück.«

»Du wirst nichts dergleichen tun. Bring Hannah zu mir, und zwar sofort.«

Jack wandte sich um und rannte nach draußen. Moyna sprang so rasch auf, wie es ihre Leibesfülle erlaubte, und stolperte unbeholfen und schnaubend hinter ihm her. »Komm sofort zurück, Jack, oder es passiert was, Gott helfe mir ...«

Jack beachtete sie nicht, sondern rannte weiter.

Tara lief die Treppe hinauf, um Hannah zu suchen. Sie schwor sich, eher mit den Kindern in den Busch zu gehen, als Moyna ihren Willen zu lassen.

»Bitte, nehmen Sie Jack und Hannah nicht mit«, sagte Victoria. »Tara liebt sie wirklich sehr.«

»Es sind die Kinder meiner Schwester, und ich werde sie großziehen.«

Empört stand Elsa auf und verließ den Raum, um Tara zu suchen und sie zu trösten.

»Victoria«, sagte Lottie, »dürfte ich kurz mit Mrs. Conway sprechen?«

Victoria sah sie verwirrt an, und in ihren Augen glitzerten Tränen, doch sie nickte. Als sie hinausging, sah sie zum ersten Mal so alt aus, wie sie war.

Lottie sah ihrer Freundin nach, und Victoria tat ihr sehr Leid. Tara und Victoria waren gute Menschen und hatten den Kummer nicht verdient, den Moyna Conway ihnen bereitete. Ungerechtigkeit brachte Lottie jedes Mal furchtbar auf, denn sie hatte selbst so viel davon erlebt und war oft, zu oft, das Opfer von Menschen wie Moyna geworden. Jetzt mussten drastische Mittel ergriffen werden, das wusste sie.

»Mrs. Conway, jetzt, wo wir unter uns sind, lassen Sie uns über den eigentlichen Grund für ihr Kommen sprechen.« Lottie hatte schon alle möglichen Arten von Menschen getroffen, und sie war sicher, Moyna Conway zu durchschauen.

Diese hatte sich wieder gesetzt. Ihre Beine machten ihr offensichtlich Kummer – sie waren so geschwollen, dass ihre Knöchel und Knie kaum noch zu erkennen waren. »Was meinen Sie damit?«, erwiderte sie.

»Ihre Schauspielerei beeindruckt mich nicht, Mrs. Conway, also sparen Sie ihren Atem. Wie viel muss ich Ihnen bieten, damit Sie gehen und meine Freunde und die Kinder in Ruhe lassen?«

Moyna tat furchtbar beleidigt. »Wie können Sie es wagen anzudeuten ...«

Lottie unterbrach sie kühl. »Wie viel, Mrs. Conway? Sie müssen doch eine Vorstellung haben, wie viel Entschädigung die Schifffahrtsgesellschaft bezahlt, also können Sie mir sicher eine Zahl nennen.«

Moyna musterte Lottie, als versuche sie herauszufinden, ob diese es ernst meinte oder nicht. Sie legte den Kopf in den Nacken, und der Blick ihrer kleinen Augen nahm etwas Verschlagenes an, während sie sich wie aus Vorfreude auf eine gute Mahlzeit mit der Zunge über die leicht behaarte Oberlippe fuhr.

»Wenn er nicht wirklich fortläuft, wird ihnen Jack während der nächsten zehn Jahre das Leben sehr schwer machen. Warum lassen sie sich Tara nicht um ihn kümmern?«

Moyna vermutete, dass viel Wahrheit in diesen Worten steckte, doch sie würde ihn zur Not ständig in einem Verschlag einsperren, solange sie nur über sein Geld verfügen konnte. Hannah allerdings brauchte sie als billige Arbeitskraft. Lottie beobachtete sie und glaubte, ihre hinterhältigen Gedanken erraten zu können. Sie war sicher, dass in Moynas Herzen keinerlei Liebe für die Kinder war. Sie wollte die Kinder mit Sicherheit nur ausnutzen.

Moyna überlegte stirnrunzelnd: Die Entschädigung würde sicher ziemlich hoch ausfallen.

Lottie begriff, dass sie ohne stärkeren Anreiz ihre Rechte an den Kindern nicht aufgeben würde.

»Wissen Sie, Mrs. Conway, hier draußen im Outback verschwinden Menschen manchmal einfach so, und man hat nie wieder eine Spur von ihnen entdeckt.«

Moynas Augen wurden schmal. »Was wollen Sie damit sagen?«

»Ich dachte nur gerade, wie viel Glück Sie hatten, uns hier draußen zu finden – aber da konnten Sie natürlich auch auf Rex' Hilfe zählen. Das wird auf dem Rückweg sicher nicht der Fall sein. Sie sind den Elementen schutzlos ausgeliefert, das heißt allein inmitten von Tausenden von Meilen offenen Landes, in denen es nur sehr wenig Menschen gibt, dafür aber mehr Spinnen und Schlangen als sonst irgendwo auf der Welt. Ich habe schon Ameisen gesehen, die mehrere Zentimeter lang waren und einen Menschen in weniger als einer Stunde auffressen können, sodass lediglich ein paar Knochen übrig bleiben ... Nennen Sie mich ruhig seltsam, aber ich finde das so ... faszinierend! Wussten Sie, dass einige der Aborigines Kannibalen sind? Und falls Sie verloren gehen – es gibt hier draußen leider nicht genügend Männer für eine groß angelegte Suche ...«

»Und die Polizei?«, fragte Moyna.

»Die nächste Polizeistation ist in Marree, und die Beamten entfernen sich nie sehr weit von der Zivilisation – was ich ihnen nicht verdenken kann!« Plötzlich malte sich echtes Erschrecken auf Lotties Zügen, als drei furchteinflößend aussehende Aborigines durch das Wohnzimmerfenster starrten. Ihre Gesichter und Körper waren mit Ockerfarbe angemalt, und ihre Mienen wirkten bedrohlich. Einer hatte einen Speer in der Hand, den er gegen die beiden Frauen richtete.

Moyna wandte sich um, weil sie sehen wollte, was Lottie Angst gemacht hatte, und schrie vor Entsetzen laut auf. Lottie blickte in die bemalten Gesichter und meinte, darin etwas Vertrautes zu erkennen. Plötzlich begriff sie und hatte Mühe, sich das Lachen zu verkneifen. Dann, genauso unerwartet, wie sie erschienen waren, verschwanden die Gesichter wieder.

»Wohin sind sie gegangen?«, wollte Moyna wissen. Ihre ohnehin hervorstehenden Augen schienen fast aus den Höhlen zu treten.

»Ich weiß nicht. Vielleicht haben unsere Viehtreiber sie abgeschreckt. Ich glaube, wir sind erst einmal sicher – für den Augenblick. Victoria hat immer eine geladene Flinte zur Hand.«

Moyna blickte weiter aus dem Fenster und sah in einiger Entfernung wirbelnde Staubfahnen. Plötzlich malte ihre Fantasie ihr namenlose Schreckensbilder, und sie fühlte großes Heimweh nach Irland in sich aufsteigen. »Wie viel bieten Sie mir?«, fragte sie in einem Ton, der leise Verzweiflung verriet. »Denken Sie daran, dass ich mir das Geld für die Fahrt von Irland hierher leihen musste – und die Reise war sehr teuer.« Zum ersten Mal bemerkte sie jetzt Lotties wertvolle Ringe und Ketten, die aussahen, als hätten sie ein Vermögen gekostet. »Ich liebe diese Kinder wirklich sehr.«

Diese angebliche Liebe führte jedoch nicht dazu, sich Gedanken um die Kinder zu machten, wie Lottie bemerkte.

»Ich werde Ihnen hier und jetzt einen Scheck über hundert Pfund geben, aber nur unter einer Bedingung: Sie müssen ein Schreiben unterzeichnen, aus dem hervorgeht, dass Sie Tara die Kinder überlassen. Dann können Sie mit dem nach Hause fahren, wofür Sie hergekommen sind.«

Lottie rief über Funk Ethan an, der sich oben bei seiner Hütte um seine Kamelen kümmerte. »Ethan, ich möchte dich um einen Gefallen bitten, und ich bin bereit, großzügig dafür zu bezahlen.«

Ethans Neugier war geweckt. »Du weißt genau, dass das nicht nötig ist. Worum geht es?«

»Ist Saladin schon nach Marree aufgebrochen?«

»Nein, aber er will in weniger als einer Stunde losreiten. Warum, Lottie? Was ist los?«

»Ich hätte gern, dass er jemanden mitnimmt.« Lottie erklärte Ethan die Situation und bat ihn, über die Angelegenheit zu schweigen.

»Ich bin sicher, das lässt sich machen«, meinte er. »Ich werde Saladin bitten, Horace zu satteln, wenn es dir recht ist.« Das war halb scherzhaft gemeint, denn Horace war so unberechenbar wie der Regen im Outback.

»Hast du Hurricane Horace etwa noch, Ethan?«, fragte Lottie ungläubig. »Ich dachte, du hättest ihn schon vor Jahren erschossen.«

»Du weißt doch, dass ich nicht das Herz dazu habe, Lottie. Er ist Hannibals Zwilling. Der alte Bill MacDonald hatte ihn für ein paar Monate, aber ich habe ihn vor ein paar Tagen wiedergeholt.«

»Was wollte Bill denn mit ihm? Niemand, der noch ganz bei Verstand ist, würde ihn reiten wollen!«

»Horace hasst Dingos. Er ist als Jungtier einmal von ihnen angegriffen worden und hat es nie vergessen. Bill hat ihn als eine Art Wachhund für seine Kälber benutzt, während er fort war, um Schafe mit Brandzeichen zu versehen. Unglücklicherweise hat Horace sich die Zeit damit vertrieben, seine Hütehunde zu jagen, und zwei davon fast umgebracht. Menschen gegenüber ist er etwas friedlicher geworden, solange kein Dingo auftaucht, aber ich würde ihm keine zerbrechliche Ladung anvertrauen.«

Lottie grinste boshaft. »Er wäre goldrichtig, Ethan.«

»Gut – Saladin kommt gleich bei euch vorbei – seht zu, dass sein ›Passagier‹ fertig ist.«

»Danke, Ethan. Und dann hätte ich noch eine große Bitte: Könnte Saladin mir zuliebe den längsten Weg nach Marree nehmen?«

»Ah, die Route mit dem schönen Ausblick, am Oodnadatta-Track entlang? Dort kommen sie an der ›Klippe des toten Mannes vorbei, am Aussichtspunkt der Giftschwestern, dem Henkersbaum und den Schwefelteichen‹. Aber sollte euer unwillkommener Gast nicht besser nach Wombat Creek reiten, um den Zug zu erreichen?«

»Ja, aber ich möchte, dass sie ein bisschen von unserem schönen Land sieht, bevor sie nach Hause zurückfährt.« Lottie wollte sicher sein, dass Moyna Conway nie wieder nach Tambora kam. »Ich hörte, dass sie mit Rex auch nicht zurechtgekommen ist, also wird er dir besonders dankbar sein.«

36

Egal was Moyna Conway sagt, ich weigere mich, ihr Jack und Hannah mitzugeben.« Tara wanderte unruhig in Hannahs Zimmer auf und ab. Die Kleine und Mary spielten neben dem Bett mit glatten Steinen, die sie draußen gesammelt hatten. Sie waren ganz in ihre Fantasiewelt eingesponnen und ahnten nichts von dem Drama, das sich um sie herum abspielte.

»Mir fällt nichts ein, was du tun kannst, Tara«, meinte Elsa. »Sie hat das Gesetz auf ihrer Seite. Ich bete nur, dass sie ihre Drohung nicht wahr macht, dich verhaften zu lassen.«

Tara hörte die Angst, die in der Stimme ihrer Mutter mitschwang, und es ärgerte sie, dass Moynas Drohung sogar sie selbst beunruhigte. Auch ihre Tante machte sich deswegen Sorgen.

»Dazu müssten sie mich erst einmal finden, und das können sie nicht, wenn ich die Kinder nehme und mit den Aborigines auf Wanderschaft gehe ...«

»Tara, aber was für ein Leben wäre das, ohne ein Dach über dem Kopf?«

»Nicht das ideale, das ist sicher, aber die Kinder und ich haben ja schon ein paar Tage im Busch verbracht, und es war gar nicht so schlecht. Außerdem ist es ja nicht so, dass ich es nicht gewohnt wäre, draußen zu schlafen.« In Wirklichkeit fürchtete sich Tara vor einem solchen Leben, doch sie wollte ihrer Mutter zu verstehen geben, dass sie schon zurechtkommen würden. Elsa wusste, dass Tara mit ihrem Herzen dachte und nicht mit ihrem Kopf. »Bei den Zigeunern hattest du wenigstens den Schutz des Wohnwagens. Und zwei Tage im Busch bereiten dich nicht unbedingt darauf vor, wie solch ein Leben auf lange Sicht aussieht. Victoria hat mir erzählt, dort draußen gebe es kein Wasser und unzählige Schlangen, und ich möchte gar nicht daran denken, was noch alles dort herumkriecht – ganz zu schweigen von dieser unerträglichen Hitze. Es wäre ein schreckliches Leben für euch. Jack mag es am Anfang ja noch aufregend finden, aber denk doch einmal an die arme kleine Hannah!«

Tara betrachtete Hannahs weiche blonde Locken und ihr süßes Engelsgesicht und wusste, dass ihre Mutter Recht hatte. Doch der Gedanke, die Kinder zu verlieren, war erst recht unerträglich. »Mutter, alles ist besser, als von Jack und Hannah getrennt zu werden – selbst das Leben im Busch.«

Von der Balkontür aus blickte Elsa über das weite, ungastliche Land, über dem die Hitze flimmerte. Sie konnte sich nicht vorstellen, auch nur einen Tag dort draußen zu verbringen. Der Gedanke, dass Tara und die Kinder in dieser großen Leere verschwinden könnten, brachte sie fast um den Verstand.

Während sie noch an der Balkontür stand, erschien plötzlich Saladin auf einem Kamel in ihrem Blickfeld. Zuerst dachte sie, er sollte Moyna Conway und die Kinder nach Wombat Creek bringen, und geriet in Panik. Doch dann fiel ihr auf, dass er nur ein anderes Kamel bei sich hatte. Als sie vor dem Haus anhielten, brüllte und schnaubte das reiterlose Kamel, ein riesiges Tier mit wilden Augen, so aggressiv, dass auch Tara aufmerksam wurde. Sie hatte bereits angefangen, wahllos Kleidungsstücke in einen Koffer zu werfen.

»Ist Ethan da?«, fragte sie und hielt in ihrer Tätigkeit inne.

»Nein, es ist dieser Mann im Kaftan.«

»Saladin?« Tara ging auf den Balkon hinaus und blickte hinunter. »Oh Gott, er ist hier, um die ... Kinder wegzubringen!« Sie bedeckte ihren Mund mit der Hand, und Tränen traten ihr in die Augen, als sie sich umwandte, um hineinzustürmen.

»Das glaube ich nicht, Tara«, meinte Elsa ganz ruhig. »Sie werden sicher nicht alle auf ein Kamel passen, nicht wahr?«

Tara blieb stehen. »Nein, das werden sie nicht!« Sie kam zurück und beobachtete, wie Moyna Conway erschien und ungeschickt den Rücken des brüllenden Ungeheuers erklomm. Neben einigen ermutigenden Worten versorgte Lottie sie auch noch mit einem breitkrempigen Hut. Sie stellte ihr Saladin vor, der sie jedoch kaum beachtete, als er ihren kleinen Koffer auf das Kamel band. Als fühle er Taras Anwesenheit, blickte der Afghane mit diesem kühlen, undeutbaren Blick, der ihm eigen war, zum Balkon hinauf – und dann geschah etwas Ungewöhnliches: Seine Lippen verzogen sich zu einem ganz leichten Lächeln, das den Ausdruck seiner dunklen Augen sanfter wirken ließ. Dann wandte er sich ab. Es war so schnell gegangen, dass Tara fast glaubte, es sich eingebildet zu haben.

»Halten Sie sich besser fest«, sagte Lottie, als das riesige Tier sich schwankend erhob. Moyna stieß einen Schrei aus und wäre beinahe heruntergefallen. Der Hut flog davon, doch Lottie holte ihn wieder, und Moyna und Saladin ritten davon.

»Sie geht, Mutter«, meinte Tara. »Ich kann es kaum glauben. Sie reitet tatsächlich fort ... ohne die Kinder. Weshalb sie wohl ihre Meinung geändert hat?«

Moyna bot einen fürchterlichen Anblick. Ihr Hinterteil war breiter als das des Kamels, und ihre geschwollen Beine ragten nach beiden Seiten wie zu kurz geratene Riemen eines Ruderboots. Sogar aus einiger Entfernung konnten Tara und ihre Mutter noch hören, wie sie sich bitter beklagte.

»Ich habe keine Ahnung, Tara«, erwiderte Elsa. »Komm, lass uns nach unten gehen und es herausfinden.«

Als Tara und Elsa unten ankamen, stand Victoria an der offenen Haustür. Lottie hatte Moyna noch zugewunken und kam jetzt zurück.

»Ich habe Moyna Conway fortreiten sehen«, sagte Tara zu ihrer Tante.

»Und sie kommt nie wieder«, meinte Lottie, als sie das Haus betrat.

Tara brach vor Erleichterung fast zusammen, und schon wieder kamen ihr die Tränen. »Aber warum hat sie ihre Meinung so schnell geändert? Sie war doch fest entschlossen, die Kinder mitzunehmen.« Sie sah ihre Tante an, doch diese ihrerseits blickte zu Lottie hinüber. »Wie hast du sie überzeugt, die Kinder hier zu lassen?«, fragte sie verblüfft.

Lottie ging ins Wohnzimmer hinüber, und die anderen Frauen folgten ihr.

»Hast du sie umgestimmt, Lottie?«, wollte Tara wissen.

»Ich war es sicher nicht allein«, meinte Lottie, »aber ich bin so froh, dass sie fort ist!« Sie lachte. »Moyna wird mit Saladin einen Höllenritt haben – sie reitet auf *Hurricane Horace* bis nach Marree.«

»Oh mein Gott! Ich habe ihn gar nicht erkannt!« Auch Victoria lachte herzlich.

Tara sah Lottie und ihre Tante befremdet an.

»Falls er sich nicht sehr geändert hat, was ich bezweifle«, erklärte Victoria, »ist er das gemeinste und unberechenbarste Geschöpf, das je die Bezeichnung ›Lastkamel‹ getragen hat. Gott steh Moyna bei!«

»Ethan hat mir versichert, dass er sich inzwischen Menschen gegenüber besser benimmt«, sagte Lottie. »Aber wenn er Dingos sieht, wird er immer noch verrückt. Das ist eine lange Geschichte – er ist als Jungtier einmal von Dingos angegriffen worden. Wenn er auf diesem Ritt einen Dingo sieht, wird Moyna Conway etwas erleben, das sie nie mehr vergisst.«

»Und wie stehen die Chancen, dass ihnen zwischen Tambora und Marree ein Dingo über den Weg läuft?«, wollte Tara wissen.

»Verdammt gut«, erwiderte Victoria trocken, und die Frauen lachten, bis ihnen die Tränen über die Wangen rannen.

Als Tara sich endlich wieder gefasst hatte, bat sie Lottie, ihr zu erzählen, wie sie Moyna Conway überzeugt hatte, ohne die Kinder abzureisen. »Bis ich nicht weiß, warum sie ihre Meinung geändert hat, werde ich immer fürchten, dass sie zurückkommt.«

Lottie merkte, dass Victoria sie forschend ansah. »Um ehrlich zu sein, Tara, habe ich versucht, ihr Angst einzujagen, indem ich ihr sagte, sie könne dort draußen verloren gehen und nie gefunden werden.«

»Ja, das könnte passieren, und es ist mit auch durch den Kopf gegangen«, meinte Victoria.

Verlegen fuhr Lottie fort: »Ich habe ihr auch erzählt, einige der Aborigines seien ... Kannibalen.«

Victoria erschrak. »Lottie!«

»Ich hätte nicht gedacht, dass das genügt, um Moyna Conway Angst einzujagen«, meinte Elsa. »Sie kam mir nicht vor, als gerate sie leicht in Panik.«

»Schon richtig, Elsa«, erwiderte Lottie, »aber kaum dass ich ihr von den Aborigines erzählt hatte, tauchten am Fenster wie gerufen drei Furcht einflößende Gestalten auf, die uns drohend anstarrten.«

»Wie bitte?«, sagte Victoria. »Das musst du dir eingebildet haben, Lottie. Hier gibt es keine Furcht einflößenden Aborigines, von Kannibalen ganz zu schweigen.«

»Ich weiß.« Lottie lachte leise. »Es waren Nugget, Bluey und Charlie. Ihr hättet sie sehen sollen – sie waren in voller Kriegsbemalung, und Nugget trug sogar einen Speer bei sich. Mir ist fast das Herz stehen geblieben, bis ich sie erkannte. Danach hatte ich Mühe, mir das Lachen zu verbeißen.«

»Was um Himmels willen haben sie da draußen gemacht?«, wollte Victoria wissen.

»Ich habe absolut keine Idee, aber der Zeitpunkt war brillant gewählt. Moyna haben sie jedenfalls in Angst und Schrecken versetzt.« In diesem Augenblick kam Nerida kichernd ins Wohnzimmer gelaufen.

»Lass mich raten«, meinte Victoria. »Du hast gerade Nugget, Charlie und Bluey gesehen.«

Nerida nickte, immer noch kichernd. »Sie sehen so ... komisch aus, Missus!«

»Ich gehe kurz hinaus und frage sie, was sie vorhatten.« Victoria verließ den Raum. Als sie gleich darauf wiederkam, lachte auch sie. »Es scheint, als hätte Jack Nugget und den anderen von Moyna erzählt, und sie dachten, sie sei eine Regierungsbeamtin, die ihn und Hannah mitnehmen wollte. Sie wussten nicht, was sie tun sollten, also haben sie ihre Kriegsbemalung aufgelegt und beschlossen, ihr Angst zu machen.« Wieder musste sie lachen. »Zum Glück hat sie Charlies Füße nicht gesehen – er hatte noch seine Stiefel an.« Sie schüttelte den Kopf. »Er kann nicht barfuß gehen – man sollte nicht glauben, dass ein so großer Mensch unter den Füßen so zarte Haut hat –, aber bei ihm ist es so.«

Alle lachten.

»Ich kann nicht glauben, dass sie das getan haben, Tante Victoria!«, meinte Tara überwältigt.

»Sie hängen sehr an den Kindern, Tara. Sie tun immer so, als ob sie harte Kerle seien, aber unter ihrer rauen Schale steckt ein weicher Kern. Ich habe Bluey schon weinen sehen, wenn er ein Lamm schlachten musste.«

Tara hatte sich noch nie von so vielen Menschen geliebt gefühlt – doch sie musste wieder an Moyna denken. »Was passiert, wenn Moyna mit der Polizei wiederkommt?«

»Das wird sie nicht, Tara«, meinte Lottie beruhigend.

»Wie können wir da sicher sein?«

»Weil ich ihre angegriffenen Nerven dazu ausgenutzt habe, sie eine Erklärung unterschreiben zu lassen, in der sie auf ihre Rechte als gesetzlicher Vormund der Kinder verzichtet.«

»Oh Lottie, du bist wundervoll!« Tara dankte Lottie mit einer herzlichen Umarmung.

»Am besten legst du die Erklärung an einen sicheren Ort!«, meinte Lottie verlegen.

»Das tue ich!« Tara starrte auf das Blatt Papier, als könne sie kaum glauben, dass es echt war. »Vielleicht sollte ich sie einrahmen!«

»Wo sind eigentlich die Mädchen, Victoria? Es wird Zeit, dass wir in die Stadt zurückfahren. Ich hoffe, ich kann Rex dazu bringen, herzukommen und uns abzuholen.«

»Sie sind mit Sorrel oben.«

»Ihr könnt jetzt aber noch nicht gehen«, protestierte Tara. »Das hier«, sie wedelte übermütig mit Moynas Erklärung in der Luft herum, »ist ein Grund zum Feiern!«

»Tara hat Recht, Lottie. Außerdem bezweifle ich, dass Rex heute noch herkommt – wahrscheinlich tut er es auch morgen noch nicht.«

»Ich muss Jack und Nugget und den Männern noch die gute Neuigkeit mitteilen«, erklärte Tara. »Jack wird so erleichtert sein!«

»Lottie, du bist ein großartiger Mensch«, sagte Victoria, nachdem Tara und Elsa den Raum verlassen hatten.

»Unsinn!« Lottie errötete vor Verlegenheit, was Victoria noch misstrauischer werden ließ. »Ich habe nichts Ungewöhnliches getan, Victoria, also lass uns nicht mehr darüber sprechen.« Sie wandte sich ab, um weiteren Fragen aus dem Weg zu gehen.

»Ich glaube aber, dass du etwas sehr Nobles getan hast, und ich kann dir nicht genug dafür danken.«

Trotz ihrer offensichtlichen Verlegenheit wurde Lotties Blick weicher, und die Falten in ihrem Gesicht glätteten sich, was sie um Jahre jünger erscheinen ließ. »Ich bin nur froh, Tara glücklich zu sehen. Sie hat es verdient, die Kinder zu bekommen – Jack und Hannah hätten bei dieser Frau ein schreckliches Leben gehabt.«

»Das ist wahr.« Victoria vermutete, dass Lottie Moyna Conway Geld gegeben hatte, damit sie ging – doch sie wusste, dass sie darum kein Aufhebens wünschte.

»Ich verstehe nur nicht, woher Moyna wusste, dass Tara und die Kinder hier sind, Victoria. Und wer ist dieser Reverend Jim Malally? Ich habe noch nie von ihm gehört.«

»Die Antwort auf beide Fragen lautet meiner Meinung nach Tadd Sweeney.«

Lottie stieß überrascht den Atem aus. »Dann war es also Moynas Telegramm, das ich ihn hinter dem Hotel habe lesen sehen?«

»Ich glaube schon. Er schuldet uns noch einige Antworten, und ich werde dafür sorgen, dass wir sie auch bekommen. Ich habe diesem Mann viel zu viel durchgehen lassen, aber dass er Moyna hergelockt hat, war reine Bosheit. Diese unschuldigen Kinder hätten einen schrecklichen Preis dafür bezahlt. Ich kann zwar nicht beweisen, dass er das Telegramm an Moyna geschickt hat – aber ich kann ihn dafür anzeigen, dass er meine Unterschrift auf Bankdokumenten gefälscht und Nerida vergewaltigt hat.«

Lottie war zutiefst schockiert. »Er hat wirklich ein paar schreckliche Dinge getan, Lottie, und ich schäme mich, dass das alles praktisch vor meinen Augen geschehen ist. Ich habe mich immer für einigermaßen ... scharfsinnig gehalten, aber irgendwann muss ich mein gesundes Urteilsvermögen verloren haben. Mich von Tadd abhängig machen zu lassen war das Dümmste, was ich tun konnte.« Zum ersten Mal seit Wochen sah Victoria wieder sehr zerbrechlich aus.

»Du hast ihm eben vertraut«, meinte Lottie und legte ihr den Arm um die Schulter. »Wir alle müssen im Leben irgendwann einmal unser Vertrauen in die Hände eines anderen legen – und manchmal wird dieses Vertrauen eben missbraucht ...«

Victoria war bewusst, dass Lottie aus Erfahrung sprach. »Das macht es nicht gerade leichter, nicht wahr?«

Lottie schüttete stumm den Kopf.

Dann hörten sie draußen freudige Ausrufe und wussten, dass Tara den Männern gerade die gute Neuigkeit mitgeteilt hatte.

Nach einem frühen Abendessen folgten alle Kinder Sorrel ins obere Stockwerk, wo sie ihnen ›Schauspielunterricht‹ geben wollte. Sanja hatte zu Ehren von Jack und Hannah einen besonderen Kuchen gebacken, um ihr neues Leben als Taras Kinder zu feiern. Tara war gerührt über diese Geste und beschloss, ihm persönlich zu danken. Außerdem wollte sie noch etwas anderes mit ihm besprechen.

»Hallo, Sanja?«

Der Koch, der sie nicht hatte hereinkommen hören, wandte sich um, überrascht, sie in ›seiner‹ Küche zu sehen.

»Ich wollte Ihnen für den Kuchen danken«, sagte Tara. »Die Kinder haben ihn sehr gern gegessen, und es war sehr ... nett von Ihnen.«

Der Koch lächelte leicht. »Jack und Hannah sehr gute Kinder, Missy.«

»Ja, das sind sie. Ich habe viel Glück mit den beiden.«

Der Koch sah sie offen an. »Die Kinder auch viel Glück mit Missy.«

Tara lächelte, und in ihren Augen glänzten Tränen. »Danke, Sanja.«

»Das Gemüse wächst gut – bald kann ich Irish Stew machen.«

»Wirklich?« Jetzt erst fiel ihr auf, dass sie über der Arbeit mit den Männern den Garten vollkommen vergessen hatte. »Haben Sie sich um den Garten gekümmert, Sanja?«

Er nickte. »Viel Arbeit soll nicht umsonst sein.«

Tara lächelte dankbar. »Und es war sehr harte Arbeit, Sanja.«

Der Koch nickte und begann wieder Fleisch zu schneiden, als sei für ihn das Gespräch beendet.

»Sanja, ich würde Sie gern um einen Gefallen bitten.«

Der Koch drehte sich um, und Tara bemerkte, dass er müde wirkte. Beinahe hätte sie ihre Absicht geändert, doch schließlich sagte sie: »Wie meine Tante Ihnen sicher gesagt hat, würden wir heute Abend gern eine Art Festessen veranstalten.«

Sanja verschränkte die Arme vor der Brust und sah sie an.

»Ich ... Also, Sanja, alle auf der Farm waren so nett zu mir, und die Kinder und Sie auch ... und es ist so heiß, deshalb dachte ich ...«

»Soll ich draußen Tisch decken, Missy?«

Tara zögerte, da sie seine Stimmung nicht einschätzen konnte.

»Ja, Sanja. Und bitte decken Sie auch einen Platz für sich selbst, wenn Sie Lust haben, mitzufeiern.«

Sanjas Augen wurden schmal, und Tara nahm an, dass er verstanden hatte, was sie wirklich wollte. »Für mich, Missy?«

»Ja – wie ich schon sagte, es wäre keine richtige Feier, wenn nicht alle dabei wären – alle Erwachsenen, meine ich. Die Kinder werden – hoffentlich – schon schlafen.« Sie versuchte ein Lächeln, doch Sanja sah sie so eindringlich an, dass es ihr schwer fiel.

»Gut, Missy – es ist Ihr Abend«, sagte er dann und wandte ihr den Rücken zu.

Tara war noch immer nicht sicher, ob er wirklich verstanden hatte. »Haben wir genug Geschirr für so viele Personen?«, fragte sie nervös.

Langsam drehte sich Sanja wieder zu ihr um. »Ja, Missy.« Er sah die Verlegenheit in ihrem Blick und fügte schlicht hinzu: »Vierzehn.«

Tara hatte ebenfalls rasch die Zahl der Gäste überschlagen. Jetzt seufzte sie erleichtert auf. »Danke, Sanja. Es sieht aus, als würde es ein rundum gelungener Abend!«

Sanja zuckte mit den Schultern. »Hinaus aus meiner Küche, Missy – ich muss Festessen vorbereiten!«

Lächelnd wandte sich Tara zum Gehen. »Ja, Sanja.« Sie hätte gern gefragt, was er zubereiten würde, doch da es nicht nach Curry roch, beschloss sie, lieber nichts zu sagen.

Der Sonnenuntergang bot eine spektakuläre Kulisse, und am dunkleren Teil des Himmels zeigten sich schon die ersten Sterne, als sich um acht Uhr die Gäste im Freien hinter dem Haus zum Essen versammelten. Tara trug ein blassgrünes Kleid, das ihre Mutter für sie gekauft hatte, und die Farbe passte wunderbar zu ihrer honigfarbenen Haut und ihren kupferroten Haaren. Zufrieden stellte sie fest, dass Ethan sich mit seiner äußeren Erscheinung besondere Mühe gegeben hatte – er trug ein weißes Hemd und eine dunkle, eng geschnittene Hose aus feinem Moleskin-Leder. Seine Haare waren noch feucht und ordentlich gekämmt, und er hatte sich frisch rasiert. Er sah sehr gut aus, fand Tara, ganz anders als bei ihrer ersten Begegnung, als er wie ein verwilderter Buschläufer gewirkt hatte.

Die anderen Frauen machten ihm Komplimente, und er wurde verlegen. Tara jedoch sagte gar nichts. Sie lächelte ihm zu, und er erwiderte ihr Lächeln mit einem warmen Aufleuchten seiner dunklen Augen. Als er ihr einen Stuhl zurechtrückte, flüsterte er ihr ins Ohr: »Herzlichen Glückwunsch, du wirst eine wunderbare Mutter abgeben.«

»Danke«, gab sie zurück und blickte strahlend zu ihm auf.

»Es freut mich zu sehen, dass ihr Männer euch zum Essen umgezogen habt«, sagte Victoria mit einem Blick auf Nugget, Bluey und Charlie, die saubere Hemden und Hosen trugen. »Ich glaube, Sie haben beim Waschen noch etwas Farbe vergessen, Bluey«, fügte sie hinzu und deutete auf sein linkes Ohrläppchen, doch er lachte nur.

Das Essen war absolut köstlich, Lammbraten in Blätterteig gebacken und mit Dhal-Brot serviert. Tara stimmte wahre Lobeshymnen an, als Sanja das Dessert servierte, einen Grießpudding mit Rosinen. Der Koch strahlte vor Stolz.

»Die Pastete war göttlich, Sanja«, sagte sie, »die beste, die ich je gegessen habe.« Sie übertrieb nicht, ihre Worte waren absolut ernst gemeint. Die milde Nacht, die nette Gesellschaft und ihre überschäumende Freude hatten diesen Abend und dieses Essen vollkommen gemacht.

»Ich frage mich gerade, was Moyna heute Abend wohl essen wird?«, sinnierte Lottie, als sie ihren leeren Dessertteller mit einem wohligen Seufzer von sich schob.

Victoria lachte. »Was meinst du, Ethan? Schlange, Goanna oder Termiten?«

Ethan grinste boshaft. »Saladin bevorzugt Beutelratte.«

»Wenn sie wirklich heil in Marree ankommt, glaube ich nicht, dass sie jemals wieder das Wort ›Australien‹ hören möchte«, meinte Lottie.

»Das wird ein Abenteuer, von dem sie noch ihren Enkeln erzählen kann«, sagte Belle in ihrer gewohnt optimistischen Art.

»Wahrscheinlich wird sie in den nächsten sechs Monaten jede Nacht schreiend und schweißgebadet aufwachen«, fügte Maddy hinzu, und alle lachten.

»Hört bitte alle zu«, meinte Ethan dann, wieder ernster werdend. »Ich möchte einen Toast auf Tara und die Kinder ausbringen«, erklärte er und blickte Tara mit warmem Lächeln an. »Auf ein langes und glückliches Leben miteinander!«

Alle hoben ihre Gläser. »Zum Wohl ... zum Wohl ...«

»Danke«, sagte Tara. »Ich bin sehr froh, dass wir heute Abend hier zusammen sind!« Sie sah sich in der Runde um, doch ihr Blick verweilte etwas länger bei Ethan als bei den anderen.

Als alle Dessertteller leer waren, stand Tara auf. »Während wir alle hier zusammensitzen, möchte ich die Gelegenheit nutzen, euch etwas zu sagen.« Sie überlegte einen Moment, wie sie ausdrücken sollte, was sie fühlte, bevor sie anfing zu sprechen.

»Als ich hierher nach Tambora kam, wusste ich zuerst nicht, ob ich bleiben wollte.« Sie schwieg einen Augenblick, um sich dann zu korrigieren. »Nein, das ist nicht ganz richtig. Ich wusste genau, dass ich nicht hier bleiben wollte. Ich hasste den Staub, die Fliegen, die Moskitos und vor allem die Hitze.« Sie blickte ihre Tante an, darauf gefasst, sie überrascht oder vielleicht sogar enttäuscht zu sehen, doch Victoria erwiderte ihren Blick voller Verständnis.

»Um ehrlich zu sein, wäre ich ohne Ethan nicht einmal bis Tambora gekommen. Als ich in Wombat Creek aus dem Zug stieg, nach einer schrecklichen Woche in Marree, war ich vom Anblick der ›Stadt‹ bitter enttäuscht und brach schluchzend vor Selbstmitleid im Staub zusammen. Ethan hat mich buchstäblich aufgesammelt und mich durch ein paar harte Worte wieder zur Vernunft gebracht. Ich hatte sie nötig, war aber trotzdem furchtbar wütend und habe einige ziemlich schlimme Dinge gesagt. Es ist schon lange her, aber ich ... möchte mich dafür entschuldigen.«

Ethan lächelte. »Schon vergeben«, sagte er.

»Danach habe ich an Lotties Tür geklopft, und sie hat mir ihre Freundschaft geschenkt, ohne überhaupt zu wissen, wer oder was ich war. Und dieser selbstlosen Freundschaft habe ich es zu verdanken, dass ich die beiden Kinder behalten kann, die mir mehr bedeuten als alles andere auf der Welt – ich werde es ihr nie vergessen!« Tara prostete mit ihrem Glas in Lotties Richtung, und Lottie erwiderte ihre Geste.

»Ich hatte Jack und Hannah mit mir genommen, ohne darüber nachzudenken, wie ich sie ernähren oder ihnen ein Dach über dem Kopf bieten sollte. Ich hatte keine Erfahrung als Mutter und folgte blindlings meinen Instinkten. Aber ich hatte trotzdem mehr Zweifel und Fragen als Antworten und war ängstlich und voller Panik. Sorrel hat mich mit ihrer Ruhe und ihrer Klugheit durch die erste schwierige Zeit begleitet, und du, Tante Victoria, hast uns ohne Zögern dein Herz und dein Haus geöffnet. Wir standen uns zwar nahe, als ich klein war, aber ich fürchtete, das könnte sich geändert haben. Ich hätte es besser wissen müssen. In den schwierigen Wochen danach seid ihr alle sehr freundlich zu uns gewesen. Nerida hat die Kinder unter ihre Fittiche genommen, besonders Hannah, und Nugget, Bluey, Charlie und Karl haben uns ohne Vorbehalte freundlich aufgenommen. Sie glauben vielleicht, das sei nichts Besonderes, aber mir hat es ungeheuer viel bedeutet. Am Anfang war ich Sanja gegenüber reichlich anmaßend, aber diesem wunderbaren Essen nach zu urteilen, hat er es mir inzwischen verziehen.«

Der Koch strahlte sie an. »Sie in Ordnung, Missy.«

»Als meine Mutter herkam, war ich ihr gegenüber sehr abweisend, wofür ich mich heute schäme.«

Elsa senkte den Kopf. Sie war der Ansicht, dass sie die Ablehnung ihrer Tochter verdient hatte.

»Ich bewundere dich für alles, was du für die Farm und unsere

Beziehung getan hast, Mutter, und ich habe mich dir nie näher gefühlt als in diesem Moment. Ich hoffe, du bleibst über Weihnachten und alle anderen Weihnachtsfeste, die noch kommen!«

Elsa tupfte sich mit einem Taschentuch die Tränen ab. »Ich bleibe so lange, wie du mich brauchst.«

»Ich werde dich immer brauchen – immer.«

Es war das Gefühl, gebraucht zu werden, das Elsa so glücklich machte. Zum ersten Mal in ihrem Leben hatte sie das Gefühl, etwas wirklich Nützliches zu tun, und aus diesem Grund hatte sie auch Riordans Angebot abgelehnt, mit ihm nach Irland zurückzugehen.

»Was mich am meisten überrascht«, fuhr Tara fort, »ist, wie sehr ich dieses Land inzwischen lieben gelernt habe. Ich wusste nicht, was mir Tambora bedeutet, bis ich dachte, wir würden es verlieren. Und wieder habt ihr alle mitgeholfen. Ihr hättet uns verlassen können«, sie blickte Nugget und die anderen Männer an, »aber ihr habt es nicht getan, genauso wenig wie Nerida und Sanja, die auch ohne Lohn geblieben sind. Lottie und die Mädchen haben sogar für uns gestreikt, was sicher in die Geschichtsbücher eingehen wird.«

»Werden wir dann ein Teil der Volkskunde?«, fragte Belle spöttisch.

Die Frauen lachten.

»Jedenfalls wollte ich euch allen sagen, dass eure Liebe für diese Farm und eure Loyalität gegenüber meiner Tante und jetzt auch mir und den Kindern mich einfach ... sprachlos macht.«

»Darauf wäre ich jetzt nicht gekommen«, bemerkte Victoria trocken, und alle lachten.

Tara lächelte. »Es scheint, als hätte ich jetzt lange genug geredet, aber ich möchte gern noch eines hinzufügen.« Wieder ließ sie ihren Blick um den Tisch wandern. Sie waren eine bunte Gesellschaft von sehr verschiedenen Menschen aus allen Schichten, und die Umstände, die sie alle zur selben Zeit hier zusammengeführt hatten, waren ebenso ungewöhnlich wie einzigartig. »Für mich werdet ihr immer genauso zur Familie gehören wie Jack und Hannah.«

Es blieb ein paar Augenblicke still, und Tara lächelte in die Runde der fast andächtig blickenden Freunde. »Aber das heißt natürlich nicht, dass ihr tun könnt, was ihr wollt! Lasst uns auf viele weitere Abende wie diesen anstoßen wie eine große, glückliche Familie!«

Wieder hoben alle ihre Gläser, und Victoria stand auf. »Ich werde keine Rede halten, aber ich möchte etwas sagen, bei dem ihr mir sicher alle zustimmt. Tara, ohne deinen Mut, Tadd entgegenzutreten, hätten wir Tambora wahrscheinlich verloren. Ich war von ihm abhängig geworden, und das ist nie gut. Meine Augen wurden schlechter, aber ich hatte auch sonst die Übersicht verloren. Ja, alle haben sich sehr eingesetzt, aber du hast den Ball ins Rollen gebracht. Ich habe es schon einmal gesagt und kann es nur wiederholen: Dass du hergekommen bist, war ein Segen für uns alle. Übrigens habe ich eben die Nachricht erhalten, dass unsere Wolle heute Port Adelaide in Richtung Indien verlassen hat.«

In der Runde brach ein Begeisterungssturm aus.

Als alle sich wieder beruhigt hatten, meinte Lottie: »Tara hat dein Durchhaltevermögen, Victoria, und den klugen Kopf ihrer Mutter.«

»Außerdem hat sie Victorias Eigensinn und ihre scharfe Zunge geerbt«, fügte Ethan hinzu. »Ihr kennt ja alle nur ihre nette Seite, aber glaubt mir ...«

»Das reicht, Ethan Hunter«, unterbrach ihn Tara lächeln.

Ein Känguru und sein Junges hüpften auf die Lichtung in der Nähe des Tisches, und zwei Emus folgten ihnen. Angezogen vom Funkeln der Bestecke im Lampenlicht kamen die Emus zum Tisch herüber, um zu sehen, was darauf war.

»So eine Party spricht sich eben sehr schnell herum«, meinte Victoria und verscheuchte die Emus.

»Tja, und die Vine-Schwestern dürfen dabei natürlich nicht fehlen«, sagte Lottie, und alle blickten auf die neugierigen Emus und lachten.

Im Lauf des Abends hatte Maddy Tara und Ethan genau beobachtet und auch die Blicke registriert, die zwischen den beiden hin und her gingen. Sie hatte zwar einen Stuhl direkt neben Ethan ergattert, aber Tara saß ihm gegenüber. Am Anfang dieses Abends hatte Ethan sich erkundigt, wo Riordan war, und erfahren, dass der nach Irland zurückgefahren sei. Maddy war nicht entgangen, wie sehr ihn das gefreut hatte, ebenso wenig das warme Aufleuchten in seinen Augen, wann immer Taras und seine Blicke sich trafen.

Bitterkeit stieg in ihr auf, wenn sie an all die Jahre dachte, in denen sie sich gewünscht hatte, Ethan möge sie so ansehen. Tara schaute immer wieder in seine Richtung, und manchmal war es, als seien sie die einzigen Menschen am Tisch. Maddy fühlte nichts als brennende Eifersucht.

Nach dem Essen zogen sich Nugget und die Jungen ins Arbeiterhaus zurück. Sie standen immer schon in der Morgendämmerung auf und gingen deswegen früh schlafen. Die restlichen Gäste gingen hinüber ins Wohnzimmer, wo Victoria noch eine gute Flasche Tawny-Portwein aus dem Barossa-Tal öffnete.

Tara ging auf die Veranda hinaus, um einen Augenblick allein zu sein. Sie blickte zu den Sternen hinauf und dachte, dass es einer der schönsten Tage ihres Lebens gewesen war.

»Einen Penny für deine Gedanken«, sagte jemand hinter ihr. Tara wandte sich um und sah, dass es Maddy war.

»Ich habe gerade gedacht, dass es ein sehr schöner Tag war«, sagte sie.

»Ich weiß, was du meinst – mir geht es auch so.«

Tara meinte, etwas Geheimnisvolles aus Maddys Stimme herauszuhören, und sah sie forschend an.

»Ach, ich kann es einfach nicht länger für mich behalten«, erklärte Maddy scheinbar verlegen. »Es macht dir doch nichts aus, wenn ich mich dir anvertraue?«

»Natürlich nicht.«

»Ethan und ich machen Pläne für eine gemeinsame Zukunft.«

Tara war sprachlos. »Ich ... das habe ich nicht gewusst«, stammelte sie.

»Wir sind schon eine ganze Weile befreundet. Ich glaube, all das Gerede über Familie und Kinder hat ihn dazu gebracht.« Maddy streifte Tara mit einem Seitenblick. Trotz der Dunkelheit konnte sie erkennen, dass Tara völlig am Boden zerstört war.

»Und wie sehen eure Pläne aus, wenn ... wenn ich fragen darf?« Tara konnte nicht glauben, dass Maddy die Wahrheit sagte – sie musste nähere Einzelheiten hören.

»Nach der Hochzeit bauen wir uns ein Haus – kein so großes wie dieses, natürlich, aber etwas geräumiger als seine Hütte. Ich würde gern mit ihm herumreisen, bevor wir eine Familie gründen.«

Tara antwortete nicht. Sie fühlte sich wie betäubt und begriff erst in diesem Augenblick, wie viel Ethan ihr bedeutete.

»Ich ... Das freut mich für dich, Maddy. Wenn du mich jetzt entschuldigst – ich würde gern noch einen kleinen Spaziergang machen und über einiges nachdenken ...« Damit stolperte Tara in die Dunkelheit hinaus.

Maddy sah Tara zwischen den Schatten der Eukalyptusbäume verschwinden. Sie fühlte eine leise Reue, doch nichts, das mit ihrer Eifersucht vergleichbar gewesen wäre.

»Maddy!«, sagte Ethan neben ihr. »Ich dachte ... ich hätte Tara hier herauskommen sehen.«

»Nein, sie ist nicht hier.« Maddy hakte sich mit einer besitzergreifenden Geste bei ihm unter. »Bist du jetzt enttäuscht?«, fragte sie kokett und blickte lächelnd zu ihm auf.

»Nein – natürlich nicht.« Doch trotz seiner Worte hörte Maddy die Enttäuschung in seiner Stimme, und es gab ihr einen schmerzhaften Stich. Ethan war dabei, sich in Tara zu verlieben, und Maddy war fast sicher, dass Tara auch ihn liebte.

»Ich denke, Tara wird jetzt eine Menge zu tun haben«, sagte sie und beobachtete Ethan genau.

»Ja, das wird sie wohl.«

»Ihre Mutter erzählte mir vorhin, dass sie eine gemeinsame Zukunft mit Riordan Magee in Irland plant. Du weißt ja, dass er sie um ihre Hand gebeten hat, nicht wahr?«

Ethan fühlte einen stechenden Schmerz in seiner Brust. »Ja, aber ich dachte ...«

»Er ist ein sehr gut aussehender Mann, und er besitzt eine Galerie, also wird sie bei ihm bestimmt ein gutes Leben haben.«

Ethan blieb stumm, doch er fühlte ich so elend wie selten zuvor.

»Sie hat mir gesagt, dass sie nach dem Wanderleben bei den Zigeunern jetzt gern ein festes Heim hätte und einen Mann, der jede Nacht an ihrer Seite schläft.«

Maddy sah die Verzweiflung in Ethans dunklen Augen, und die Eifersucht schnitt ihr wie ein Messer ins Herz ...

Am folgenden Morgen kam Rex, um Lottie, Belle und Maddy abzuholen. Er war tatsächlich alles andere als erfreut darüber, schon wieder nach Tambora fahren zu müssen, vor allem mit der Aussicht, diesen ›Stier von einer Frau‹ ertragen zu müssen.

»So – und was ist nun diese fantastische Neuigkeit, deretwegen du mich hier herausgelotst hast?«, fragte er Lottie und blickte sich müde um. In Wirklichkeit brauchte Lottie ihn nie zu lotsen, denn er konnte ihr nichts abschlagen.

»Saladin bringt Mrs. Conway in einem wilden Kamelritt nach Marree«, sagte sie.

Rex ließ ihre Reisetaschen in den Sand fallen. »Ist das dein Ernst?«

Lottie nickte. »Sie sind gestern aufgebrochen, und sie reitet *Hurricane Horace*!«

Rex brüllte vor Lachen. »Das ist das beste Weihnachtsgeschenk, das ich je bekommen habe, Lottie!« Er hob sie hoch und wirbelte sie herum.

»Stell mich wieder hin, bevor du uns beiden weh tust!«, rief Lottie atemlos, »und fahr bitte vorsichtig in die Stadt zurück!«

Während sie sich alle vier vorn in den Packard quetschten, verlangte Rex, alles ganz genau zu hören. Tara, Elsa, Sorrel und Victoria winkten ihnen noch zu, und die Kinder riefen ihnen vom Balkon aus Abschiedsworte nach.

»Was ist mit dir los, Tara?«, fragte Elsa, als sie zusammen die Treppe hinaufgingen. »Du scheinst heute Morgen so verändert.«

»Es geht mir gut, Mutter. Ich bin nur ein bisschen müde.«

Elsa war nicht überzeugt – die dunklen Ringe um Taras Augen waren ihr nicht entgangen.

Tara blieb fast den ganzen Tag für sich. Ihr war nicht nach Reden zumute, obwohl ihre Mutter es einige Male versuchte. Nachmittags kam Victoria in ihr Zimmer, um nach ihr zu sehen. Die Sachen vom Abend zuvor lagen noch auf dem Boden, und das Bett war ungemacht. »Was ist los, Tara? Du müsstest doch eigentlich bester Stimmung sein.«

»Nichts, Tante Victoria. Ich bin nur müde, das habe ich Mutter auch schon gesagt.«

Victoria betrachtete sie forschend. »Vermisst du vielleicht Riordan?«

»Nein.«

Das überraschte Victoria nicht, doch sie hatte sicher sein wollen. Auch sie hatte Tara und Ethan am Abend zuvor beobachtet. »Erinnerst du dich noch daran, wie ich dir einmal gesagt habe, dass Ethan seine Gefühle für sich behält?«

Tara nickte.

»In all der Zeit, die ich ihn jetzt kenne, habe ich ihn noch nie über eine Frau sprechen oder von einer Frau erzählen hören. Ich habe nicht einmal bemerkt, dass er eine Frau je wirklich angesehen hätte – bis gestern Abend.«

»Du meinst ... Maddy?«

»Maddy? Himmel, Tara, nein. Ich meine dich. Die Liebe, die aus seinem Blick sprach, schien so hell wie die Sonne.«

Tara seufzte. »Das kannst du nicht ernst meinen, Tante Victoria. Maddy hat mir gestern Abend erzählt, dass sie und Ethan Pläne für eine gemeinsame Zukunft machen.«

»Nur in ihren Träumen, Tara!«

»Aber sie würde doch sicher nicht lügen, wenn es um so etwas Wichtiges geht ...«

»Oh doch, das würde sie, wenn es ihren Zwecken dient. Diese ›Romanze‹ war von Anfang an einseitig, und natürlich ist sie eifersüchtig, weil Ethan gestern Abend nur Augen für eine Frau hatte: für dich. Es war fast, als hätte niemand anderer am Tisch gesessen, Maddy eingeschlossen.«

Tara lebte sichtlich auf.

Victoria lächelte. »Das Abendessen ist gleich fertig. Du kannst doch Sorrel, deine Mutter und mich nicht mit all diesen Kindern allein lassen – ich erwarte dich also gleich im Esszimmer.« Ihr Lächeln vertiefte sich. »Ist dir klar, dass wir in weniger als zwei Wochen Weihnachten feiern? Ich muss Ethan unbedingt sagen, dass er Geschenke für die Kinder einkauft. Ich möchte nämlich, dass es ein Fest wird, an das sie ihr Leben lang gern zurückdenken.«

Von neuer Energie durchströmt, öffnete Tara die Tür ihres Kleiderschranks, um das grüne Kleid aufzuhängen. Sie hatte es am Abend zuvor achtlos auf den Boden fallen lassen, als sie sich auf ihr Bett geworfen und Tränen der Verzweiflung vergossen hatte.

Als sie das Kleid an die Stange hängte, fiel ihr Blick auf etwas Rotes, das ganz unten im Schrank lag. Sie hob es auf und erkannte den Stoff ihres wunderschönen roten Abendkleides. Als sie es in der Hand hielt, glitten ihr Stofffetzen durch die Finger: Jemand hatte es vollkommen zerrissen!

»Mama, Mama«, rief Jack, der ins Zimmer gelaufen kam. »Hast du vielleicht Harry gesehen?«

Benommen wandte Tara sich um und sah Jack an, ohne ihn wirklich zu sehen. Ihre Hände umklammerten noch immer die dünnen Fetzen ihres einst so schönen Kleides.

Jack sah erst das Kleid an und dann Tara, und auf seiner Miene spiegelte sich seine Verwirrung. Einen Moment lang fürchtete er, sie würde ihn für den Übeltäter halten, doch dann überkam ihn ein Gefühl großer Sicherheit, und seine Zweifel schwanden.

»Jack, hast du ... gestern Abend jemanden in mein Zimmer gehen sehen?«

»Nein, Mama. Ich habe Maddy an der Tür gesehen, aber sie hat gesagt, sie hätte sich im Raum geirrt.«

»Maddy!« Plötzlich passte alles so gut zusammen. Es waren auch nicht Saladin oder Jack gewesen, die die Reifen des Buggys zerfetzt hatten – sondern Maddy! Tara starrte auf die Reste ihres Kleides, erstaunt über so viel Hass. Er schien imstande zu sein, im Menschen ungeheuer zerstörerische Kräfte zu wecken. Konnte Eifersucht so schlimme Auswirkungen haben? Jetzt zweifelte Tara wirklich an dem, was Maddy ihr über Ethan erzählt hatte. Im Grunde wusste sie, dass er sie niemals so geküsst oder angesehen hätte, wenn er wirklich in Maddy verliebt gewesen wäre. Aber am Abend zuvor war sie zu sehr von ihrem Kummer geblendet gewesen, um folgerichtig zu denken.

Sie rief über Funk bei Ethans Hütte an, doch dort antwortete niemand. Als Nächstes versuchte sie es bei Lottie. Wenn Ethan dort war, würde sie ihn in Ruhe lassen, doch wenn nicht, wollte sie versuchen, ihn zu finden.

»Lottie? Ich bin es, Tara. Seid ihr heil und unversehrt zu Hause angekommen?«

»Ja. Rex war so froh über die Geschichte mit Moyna Conway, dass er wie eine alte Frau gefahren ist.«

»Lottie, ist ... Ethan zufällig da?«

»Nein, meine Liebe. Er war kurz hier, ist aber schon wieder fort.«

Tara wusste nicht, was sie denken sollte. Ethan war dort gewesen ... Kurz entschlossen bat sie: »Lottie, könntest du mir sagen, ob Ethan ... Maddy liebt?«

»Was um Himmels willen hat dich denn auf diese Idee gebracht?«

Tara stieß erleichtert den Atem aus. »Ich muss ihn unbedingt finden, Lottie. Weißt du vielleicht, wo er sein könnte?« Tara war sicher, dass Lottie es wissen würde, wenn Ethan und Maddy mehr als Freunde waren. Jetzt war es also fast sicher, dass Maddy gelogen hatte.

»Nein, das weiß ich nicht. Er geht manchmal zum See, um nachzudenken, und er schien mir in sehr nachdenklicher Stimmung zu sein.«

»Zum Lake Eyre?«

»Ja. Er hat einen besonderen Ort dort draußen.«

»Danke, Lottie. Ende!«

Tara kam im Reitdress ins Esszimmer marschiert und verkündete, sie werde zum Lake Eyre reiten.

»Lake Eyre?«, fragte Victoria verständnislos. »Aber warum denn, um Himmels willen?«

»Das kann ich dir jetzt nicht erklären, Tante Victoria. Aber ich muss dorthin.«

»Warte noch, Tara«, erwiderte Victoria. »Du bist dir hoffentlich darüber im Klaren, dass es bald dunkel wird und dass der See Tausende von Quadratmeilen groß ist?«

Tara schien überrascht, als habe sie noch gar nicht darüber nachgedacht. »Ich muss Ethan finden, und Lottie sagte, er wäre vielleicht dort. Anscheinend reitet er immer hin, wenn er nachdenken will ...«

Victoria war aufgefallen, wie bedrückt Ethan wirkte, als er am vergangenen Abend aufgebrochen war. »Dann nimm Nugget mit – ich möchte nicht, dass du dich verirrst.«

Tara nickte. »Macht euch keine Sorgen, wenn es länger dauert.« Sie küsste Victoria, ihre Mutter, Jack und Hannah.

»Ich glaube, mein Weihnachtswunsch geht in Erfüllung«, sagte Jack mit breitem Grinsen, und die Frauen sahen sich verwundert an.

»Ich weiß, wo wir Ethan finden«, meinte Nugget, als sie sich Lake Eyre näherten. Sie waren sehr schnell geritten, um den See vor Sonnenuntergang zu erreichen. Inzwischen war es kaum noch hell genug, um die Formen und Linien der Landschaft zu erkennen. Der Wind trug Musik zu ihnen herüber.

»Der Kokata-Clan feiert ein Corroboree-Fest«, sagte Nugget und deutete nach Süden, wo sie in mehreren hundert Metern Entfernung den Schein mehrerer Feuer und Umrisse von Gestalten sehen konnten, die zu der Musik tanzten. Die klagenden Töne des Didjeridoo hallten über die weiten Salzflächen des Sees und verliehen der Musik etwas Übernatürliches. Tara war, als betrete sie eine Szene, die vor Millionen von Jahren spielte. Die Spiritualität der Landschaft war fast mit Händen zu greifen.

Am Rande der Salzfläche stiegen Tara und Nugget ab und gingen zu Fuß auf die Sanddünen zu. Tara trat auf die harte, krustige Oberfläche, blickte hinaus über den See und versuchte sich vorzustellen, überall sei Wasser. Sie lächelte, als ihr einfiel, dass sie hier hatte schwimmen lernen wollen. Nugget zeigte ihr eine Stelle, die weich wie Treibsand war, und ermahnte sie zur Vorsicht.

Als sie sich den Sanddünen näherten, konnten sie den Schein eines kleinen Lagerfeuers erkennen.

Nugget blieb stehen. »Dort drüben Ethans besonderer Platz.«

Tara war plötzlich nervös. »Wie können wir sicher sein, dass er es auch wirklich ist?«

Nugget war ganz sicher und lächelte über Tara. Er spürte ihre Nervosität. »Sie gehen, Missus. Ich bleibe hier. Wenn Sie nicht zurückkommen ...«

»In Ordnung, Nugget.« Sie führte ihr Pferd am Zügel hin zu dem Feuer und dem Mann, von dem sie jetzt wusste, dass sie ihn liebte.

Das Schnauben ihres Pferdes sagte Ethan, dass jemand kam. Er stand auf, als er sie sehen konnte.

»Tara! Was machst du denn hier?«

»Ich ...« Tara fehlten plötzlich die Worte. »Ich habe heute Nachmittag mein rotes Kleid zerrissen im Schrank gefunden«, sagte sie schließlich.

»Was?«

Taras Kehle war wie ausgetrocknet, und sie fühlte sich sehr unsicher. »Ich glaube, dass es Maddy war, die die Buggyreifen zerfetzt hat.«

Ethan war bekannt, dass Maddy eifersüchtig werden konnte, aber er hatte nicht gewusst, dass sie auch bösartig sein konnte.

Tara spürte, dass er nicht wusste, was er denken sollte. »Gestern Abend hat sie mir erzählt, ihr beide würdet Pläne für eine gemeinsame Zukunft machen.«

Jetzt war Ethan sichtlich verwirrt. »Mir hat sie gesagt, du gingest nach Irland, um Riordan zu heiraten ...« Tara schüttelte den Kopf. »Ich könnte Riordan niemals lieben. Mein Herz ... gehört längst einem anderen.« Ethan sah die Liebe in ihrem Blick, und sein Herz begann wie wild zu schlagen.

»Ich hatte nie damit gerechnet, hier draußen jemandem wie dir zu begegnen«, sagte er leise. »Und auch nicht damit, dass ich mich so ... zu dir hingezogen fühlen würde. Hingezogen ist nicht das richtige Wort – was ich für dich fühle, ist so mächtig, dass ich kaum noch klar denken kann.«

»Oh Ethan!«, murmelte Tara, und ein unbeschreibliches Glücksgefühl stieg in ihr auf.

Ethan schien kein Wort mehr herauszubringen. Stattdessen nahm er sie einfach in die Arme und küsste sie.

Tara war so überwältigt, dass sie glaubte, ohnmächtig zu werden. Als sie seine Lippen wieder auf ihren spürte, sank sie neben seinem Lagerfeuer zu Boden. Der Zauber des Lake Eyre hüllte die Liebenden ein, während die klagenden Töne des Didjeridoo und die Worte der Jahrtausende alten Lieder der Aborigines über sie dahinwehten.

Die aufgehende Sonne über dem See war der wundervollste Anblick, den Tara je erlebt hatte. Mit jeder verstreichenden Minute änderten die riesigen Salzflächen ihre Farbe, von Silber zu Pink zu Blau, bis sie schimmerten wie eine weiße Firnschicht.

Tara lehnte sich an Ethans behaarte Brust. »Ich war noch nie so zufrieden«, sagte sie. »So seltsam es klingen mag, aber ich habe das Gefühl, nach Hause gekommen zu sein. Als ob ich jetzt genau da bin, wohin ich gehöre.«

Ethan schloss seine Arme fester um ihren halb nackten Körper. »Du weißt hoffentlich, das du mich jetzt heiraten musst, oder?«

Tara lächelte. »Ich kann mir kein schöneres Schicksal vorstellen.

»Macht es dir etwas aus, wenn dein Mann nicht jede Nacht zu Hause ist?« Er konnte sich zwar nicht vorstellen, irgendwo anders zu sein als an Taras Seite, aber er wusste, dass es nicht immer möglich sein würde.

Tara hatte vorerst nicht die Absicht, ihn wieder von sich fort zu lassen. »Es würde mich nicht stören, solange du nichts dagegen hast, in Tambora zu wohnen.«

Lächelnd meinte Ethan: »Das ist ein fairer Kompromiss.« Er fand den Gedanken beruhigend, dass Tara dann nicht mit den Kindern allein sein würde, wenn er fort musste. »Es gibt übrigens etwas, das ich dir früher hätte sagen müssen – viel früher, um genau zu sein.«

Tara wandte sich ihm zu und sah ihn forschend an. »Was ist es, Ethan?«

»Ich weiß nicht genau, wie ich es dir beibringen soll«, erwiderte er mit besorgter Miene.

»Ethan, du machst mir Angst! Was ist es? Sag es mir bitte, ehe ich vor Neugier sterbe!«

»Dieser Platz ist ein heiliger Ort der Aborigines.«

Tara starrte ihn verwirrt an. »Haben wir ihn entweiht?«

Er grinste. »Was wir die ganze Nacht über getan haben, würde ich nicht unbedingt ... entweihen nennen.«

Tara fühlte, wie sie errötete, als sie an ihre leidenschaftlichen Umarmungen dachte.

»Es ist ein Ort der Fruchtbarkeit. Männer und Frauen kommen hierher, um sich zu lieben und Kinder zu zeugen. An diesem Platz wirken besondere Kräfte.«

Tara schüttelte den Kopf und dachte an all die Jahre, die sie vergeblich versucht hatte, ein Kind zu empfangen. »Was für ein Unsinn, Ethan. Wie kann ein Ort einem Paar helfen, ein Kind zu zeugen?«

»Ich sage dir, es ist so. Und der Zauber dieses Ortes hat noch nie versagt – kein einziges Mal seit Tausenden von Jahren.«

Tara blickte sich um. Sie hörte den Wind sanft über die weiten Salzflächen und durch die Dünengräser streichen. Es war ein eigenartiges Geräusch ... Nun, vielleicht funktionierte es ja doch, mit einem Mann wie Ethan, der ihr Herz ebenso gefangen nahm wie ihre Seele, und am richtigen Platz, diesem magischen Ort ...

Sie lächelte, glücklicher und zufriedener als jemals in ihrem Leben. Ein Kind, wenn sie wirklich eines empfangen hatte, würde ein besonderer Segen sein, doch sie war absolut glücklich mit ihrem Sohn und ihrer Tochter.

»Ich liebe dich, Ethan Hunter«, sagte sie und küsste sanft seinen Mundwinkel.

»Und ich liebe dich, Tara Flynn, von ganzem Herzen und mit meiner ganzen Seele!«